U1000710

经典传家

经典回到生活　阅读从心开始

经典传家

『经典传家』丛书遴选了清代《四库全书》的精华，而且每一种书在注释、译文、解读等方面做了大量的、扎实的工作。

——傅璇琮

国学就是中国人的学问。『经典传家』是一套非常适合大众阅读的国学经典丛书。国学的传承和发展迫切需要好的大众读本。

——毛佩琦

《四库全书》浩如烟海，真正的必读经典就这百余部。

——任德山

国学是相互通融的，切忌断章或是割裂。今人只有从《周易》等原始经典入手，才能真正找到进入国学的门径。

——刘君祖

经典传家系列丛书

图解 阅微草堂笔记

纪晓岚 著

崇贤书院 释译

黄山书社

中国小说谱系简表

先秦神话与传说		《山海经》
		《穆天子传》
汉人小说	《伊尹说》	（今佚）
	《鬻子说》	（今佚）
	《青史子》	（今佚）
	《虞初周说》	（今佚）
	《师旷》	（今佚）
	《务成子》	（今佚）
六朝志怪小说	曹丕	《列异传》
	王嘉	《拾遗记》
	张华	《博物志》
	干宝	《搜神记》
	刘义庆	《幽明录》
唐传奇小说	沈既济	《枕中记》
	陈鸿	《长恨歌传》
	白行简	《李娃传》
	元稹	《莺莺传》
	李公佐	《南柯太守传》
		《谢小娥传》
		《古岳渎经》
宋传奇小说	乐史	《绿珠传》
		《杨太真外传》
	徐铉	《稽神录》
	洪迈	《夷坚志》
	秦醇	《赵飞燕别传》
	刘斧	《青琐高议》
		《青琐摭遗》
宋元话本	佚名	《大唐三藏法师取经记》
	佚名	《大宋宣和遗事》
元明历史演义	罗贯中	《三国演义》
		《隋唐志传》
		《残唐五代史演义》

中国小说谱系简表

类别	作者	作品
元明英雄传奇	施耐庵	《水浒传》
	熊大木	《两宋志传》
明神魔小说	吴承恩	《西游记》
	许仲琳	《封神演义》
	罗懋登	《三宝太监西洋记》
	董　说	《西游补》
明世情小说	兰陵笑笑生	《金瓶梅词话》
明公案小说	佚　名	《包公案》
明拟话本	冯梦龙	《喻世明言》《警世通言》《醒世恒言》
	凌濛初	《初刻拍案惊奇》《二刻拍案惊奇》
清公案小说	佚　名	《施公案》《彭公案》
清才子佳人小说	佚　名	《玉娇梨》
	荻岸山人	《平山冷燕》
	名教中人	《好逑传》
	云封山人	《铁花仙史》
清讽刺小说	吴敬梓	《儒林外史》
清世情小说	曹雪芹	《红楼梦》
清之拟晋唐小说	蒲松龄	《聊斋志异》
	纪　昀	《阅微草堂笔记》
清狭邪小说	陈　森	《品花宝鉴》
	魏秀仁	《花月痕》
	俞　达	《青楼梦》
清侠义小说	文　康	《儿女英雄传》
	石玉昆	《三侠五义》《七侠五义》
清末谴责小说	李宝嘉	《官场现形记》
	吴趼人	《二十年目睹之怪现状》
	刘　鹗	《老残游记》
	曾　朴	《孽海花》

说明：中国小说如何分类学界观点不一，以上分类仅供参考。

总 序

国学是什么？简单说，就是中国人之所以成为中国人的学问。因此，国学不仅包括数千年积累流传下来的经典，比如“四书五经”、《老子》《庄子》《孙子》《史记》《汉书》、唐诗、宋词，也包含研究中国人思维方式、生活方式、行为方式乃至娱乐方式的各种学问。广言之，国学研究的对象不仅包括文献，也包括实物；不仅包括物质文化遗产，也包括非物质文化遗产，如我国各民族的建筑、服饰、饮食、音乐、绘画、医药、戏曲等等。

国学是不断丰富、不断发展的学问。上面说的从“四书五经”到唐诗、宋词就是一个不断丰富发展的过程。近代以来，国学的研究范围还在不断地扩大，比如敦煌学、甲骨学，是随着有关文物的出土而兴起的；比如红学，是随着文学理论和学术风气的发展变化而兴起和发展的。随着时间的推移和学术的进步，必将有更多的学问被纳入国学研究的范围。

数千年来，中国人做学问形成了自己独特的理论和方法，比如思想理论、史学理论、文学理论，以及训诂学、考据学、音韵学等等。但这些理论和方法并不是一成不变的。比如，在史学研究领域，由于地下文物的出土，王国维等人提出了以地下文物与传世文献相补充互证的“二重证据法”。近代以来，西风劲吹。国人主动借鉴西方学术研究的理论和方法，研究中国学问。王国维借鉴尼采的哲学理论研究中国的文学戏剧，胡适以杜威的实验主义研究中国的“国故”。国学从来没有拒绝外国学问的融合，佛教传入中国后，经过改造，形成了中国独特的佛学、因明学；自明朝末年西学传入中国后，中国的天文学、数学等就已经融入了西学的因素。马克思主义传入中国后，不少人用马克思主义理论研究中国历史文化，它们自然也成为了国学的一部分。因此，国学又是开放的、随时代而进步的。那么，当今我们研究、振兴国学，不允许也不应该倒退，不允许也不应该僵化。

然而，国学又是与西学明显区分的。国学是西学的对应物，是与西学完全不同的学术体系。在近代，西学挟坚船利炮强势进入中国之后，中国人还视自我，对于中国固有之学问的称呼出现了中学、国故学、国粹、国学这样的名称。面对“帝国主义”的强大，中国人自愧不如，一方面拼命地学习、引进西学，另一方面拼命地贬低、抛弃国学。虽然也有一些人，如张之洞为保护中华文化之根本，提出“中学为体，西学为用”，如胡适，提出“整理国故”，以“再造文明”“建立民族自信心”，但其声音终被时代所淹没。国学一再被严重曲解和轻视，造成了中国历史文化的大断裂。也许，这一历史过程是必然的。但回顾过去，中国在走向独立富强的过程中，国学所付出的代价实在太大、太惨重了。

新中国成立后，饱受屈辱的中国人从此站立了起来，民族自信心大大加强，但没有能够及时认识到国学在新时代的重要性，甚至仅存的一点点国学遗产也进一步成为被抛弃的对象。改革开放三十年之后，走向富强的国人终于幡然醒悟，保护和振兴国学逐渐成为全民的共识。一个强大的自立于世界民族之林的国家，必然要有与之相匹配的伟大的民族文化。中国人，从领导者、学术界到普通百姓，都在重新发现国学的现代价值。同时，在走向全球化的进程中，东西方各国也把目光投向了中国。中国学问，中国的一切都在被重新评价。中国不仅为了自身的建设和发展需要从传统文化中汲取智慧，而且也面临着以优秀的中华文化向全人类贡献智慧的责任和挑战。

那么，这套经典传家丛书的编纂就是可喜的，编纂者的初衷和努力就是可敬的。希望这套丛书能发挥点滴作用，如同涓涓细水与千百万有志者的努力一道汇成大潮，去迎接中华民族的伟大复兴！

是为序。

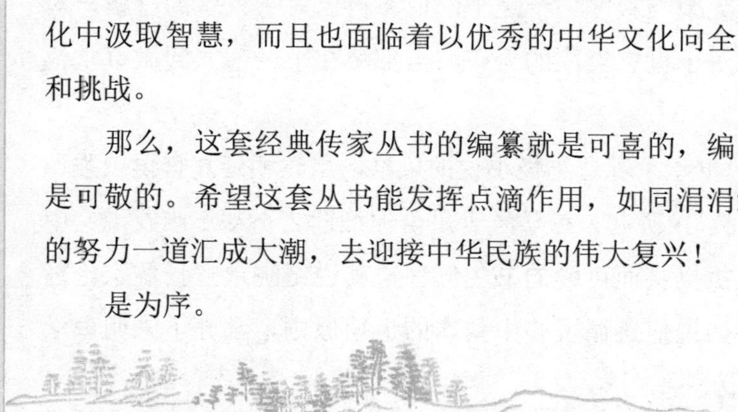

毛佩琦

二〇一五年五月

前言

在北京城南，有座著名的晋阳饭庄，那里曾经是大学士纪昀的家。人们也许会觉得这个名字有几分生疏，但他还有一个令人闻之如雷贯耳的表字——晓岚。据说，这位五掌都察院、三任礼部尚书的文坛宗师在这里住了大约 30 年。如今，饭庄已经从这座古宅中迁出。前来参观的游人伴着繁盛的紫藤花，穿过砖雕门楼，走入曾经的大学士府邸。院中第二进院落，就是主人的阅微草堂。正是在这里，草堂主人写下了他那部谈狐说鬼、堪称神奇的《阅微草堂笔记》。

作为《四库全书》的总纂官，纪晓岚是被文林仰止的南山北斗；作为乾嘉时代的文坛领袖，纪晓岚为后人留下了太多的话题。而如果没有《阅微草堂笔记》，他永远是一个寂寞的学问大家，一个谜一样的人物。这部书里，藏着一个真实的纪晓岚。

这个真实的纪晓岚，却并不似电视剧里演绎的那番春风得意，更多的时候，是作为文人的无奈与寂寥。于是乎，他将自己对于人生的感悟，对于官场险恶的嗤鼻，对于世态炎凉的无奈，全部藏在了一部《阅微草堂笔记》之中。

《阅微草堂笔记》继承了魏晋志怪小说的风格，虽然朝廷高官再三强调此书“大旨不乖于风教”，听起来道学气十足，但细读之下却不难发现文中缓缓渗透出的依然是执拗甚而可爱的书生气。与其说纪晓岚宣扬儒家伦理道德和价值观念，不如说他遵循了心中基本的道德原则，鄙弃了宋明理学家或道学家的迂执虚伪。

全书以记述狐鬼神怪为主，然而在作者淡雅质朴的文字里，“虚幻”与“现实”的界限被打破了，人生的道理自现实生活，甚至神鬼仙怪的妄谈中演绎出来。连鲁迅先生也赞叹："他生在乾隆年间法纪最严的年代，竟敢借文章以攻击社会上不通的礼法、荒谬的习俗，以当时的眼光看去，真称得上很有魄力的一个人。"

无奈古代的文言文对于现在人来说，无疑是有一层阅读障碍的。许多语汇、典故至今愈见稀少。纪晓岚用文言"信笔写来"的《阅微草堂笔记》，言辞简洁锋利、说理透彻周密，却已被时光划出了一道深深的鸿沟，将我们与它远远隔开。为了让《阅微草堂笔记》重新绽放出昔日的光彩，向现今的人们展现纪大学士一代文宗的风范，我们在编纂时下了一番功夫：

在篇目的选择上，我们本着作者著书的原旨，选取的篇目摒弃了一些迷信色彩浓重的故事和佶屈聱牙的段落，希望我们提供给读者的是一部真正的《阅微草堂笔记》精华本，让读者做到轻松阅读。

在本书的编辑过程中，随文附加了注音与注释，力图帮助读者扫清阅读障碍。我们更为有意了解古代文言文的朋友附加了白话译文的部分，以便读者能顺利欣赏一个个谈狐说鬼的新奇故事。

为了烘托整部书的气氛，我们在书中穿插配以古代版画，这些版画与作品图文并茂，生动形象。考究的版式设计加之精致的版画，为本书更增添了一份阅读的快感。

纪晓岚曾为自己的《阅微草堂笔记》写过一首诗：

"千生心力坐销磨，纸上烟云过眼多。

拟筑书仓今老矣，只应说鬼以东坡。"

如今的阅微草堂，虽已物是人非，却依然花开花落，芳菲依旧。我们仿佛跨越时空，走近了脑垂长辫、手握书卷的纪晓岚，似乎看到了一个年逾古稀的老人在伏案秉烛夜书……《阅微草堂笔记》中娓娓道来的故事，引得多少读者或是一笑，或是一怒，或是赞叹，或是唏嘘。一百年后，两百年后，也许没有人再能体味到纪晓岚著书时的真实感情，然而一定有人有兴趣知道那个时空中曾经发生过、谣传过的往事。

目 录

原　序

文以载道，儒者无不能言之。夫道岂深隐莫测，秘密不传，如佛家之心印、道家之口诀哉！万事当然之理，是即道矣。故道在天地，如汞泻地，颗颗皆圆；如月映水，处处皆见。大至于治国平天下，小至于一事一物、一动一言，无乎不在焉。文其道之一端也，文之大者为《六经》，固道所寄矣。降而为列朝之史，降而为诸子之书，降而为百氏之集，是又文中之一端，其言皆足以明道。再降而稗官小说，似无与于道矣，然《汉书·艺文志》列为一家，历代书目亦皆著录。岂非以荒诞悖妄者虽不足数，其近于正者，于人心世道亦未尝无所裨欤？河间先生以学问文章负天下重望，而天性孤直。不喜以心性空谈，标榜门户；亦不喜才人放诞，诗坛酒社，夸名士风流。是以退食之余，惟耽怀典籍；老而懒于考索，乃采掇异闻，时作笔记，以寄所欲言。《滦阳消夏录》等五书，俶诡奇谲，无所不载，洸洋恣肆，无所不言。而大旨要归于醇正，欲使人知所劝惩。故诲淫导欲之书，以佳人才子相矜者，虽纸贵一时，终渐归湮没。而先生之书，则梨枣屡镌，久而不厌，是则华实不同之明验矣。顾翻刻者众，讹误实繁，且有妄为标目，如明人之刻《冷斋夜话》者，读者病焉。时彦夙从先生游，尝刻先生《姑妄听之》，附跋书尾，先生颇以为知言。迩来诸板益漫漶，乃请于先生，合五书为一编，而仍各存其原第。篝灯手校，不敢惮劳，又请先生检视一过，然后摹印。虽先生之著作不必藉此刻以传，然鱼鲁之舛差稀，于先生教世之本志，或亦不无小补云尔。

嘉庆庚申八月，门人北平盛时彦谨序。

滦阳消夏录一

［原文］

乾隆己酉①夏，以编排秘籍，于役滦（luán）阳②。时校理久竟，特督视官吏题签庋（guǐ）③架而已。昼长无事，追录见闻，忆及即书，都无体例。小说稗（bài）官，知无关于著述。街谈巷议，或有益于劝惩。聊付抄胥④存之，命曰《滦阳消夏录》云尔。

［注释］

①乾隆己酉：乾隆五十四年（公元1789年）。②滦阳：今河北承德。③庋：放置，收藏。《新唐书·牛仙客传》："前后锡与，缄庋不敢用。"④抄胥：负责缮写的小官吏。

［译文］

乾隆五十四年（公元1789年）夏天，（我）在滦阳编辑整理朝廷藏书。当时校勘工作早已完成，每日只是监督有关官吏题写书签、将书放到架上而已。昼长无事，便追思以往所见所闻，想到了便写出来，没有固定的体例；或小说或故事，明知它对著述之事无多大帮助，但这些街谈巷议的内容，也许有益于劝诫，因此叫小吏抄写了编辑起来，起名为《滦阳消夏录》。

［原文］

爱堂先生言：闻有老学究夜行，忽遇其亡友。学究素刚直，亦不怖畏，问："君何往？"曰："吾为冥吏，至南村有所勾摄，适同路耳。"因并行。至一破屋，鬼曰："此文士庐也。"问："何以知之？"曰："凡人白昼营营，性灵汩①没。惟睡时一念不生，元神朗澈，胸中所读之书，字字皆吐光芒，自百窍而出，其状缥缈缤纷，烂如锦绣。学如郑、孔，文如屈、宋、班、马②者，上烛霄汉，与星月争辉。次者数丈，次者数尺，以渐而差，极下者亦荧荧如一灯，照映户牖，人不能见，惟鬼神见之耳。此室上光芒高七八尺，以是而知。"学究问："我读书一生，睡中光芒当几许？"鬼嗫嚅良久曰："昨过君塾，君方昼寝。见君胸中高头讲章③一部，墨卷④五六百篇，经文七八十篇，策略⑤三四十篇，

字字化为黑烟，笼罩屋上。诸生诵读之声，如在浓云密雾中，实未见光芒，不敢妄语。”学究怒叱之。鬼大笑而去。

［注释］

①汩：没，沉下。②郑、孔、屈、宋、班、马：指郑玄、孔颖达、屈原、宋玉、班固、司马迁。③高头讲章：明清时八股文家解释经典的讲义。④墨卷：明清科举考试的试卷的一种名目。⑤策略：古时读书人为考试而准备的压题文章。

［译文］

爱堂先生说：听说有一位老学究在夜里赶路，忽然遇到了他死去的朋友。老学究性情刚直，也不害怕，便问：“先生去哪里？”亡友答：“我在阳间当差，到南村去摄勾人，正巧与你同路。”于是两人一起走。到了一间破房子前，鬼说：“这是文人的家。”老学究说你怎么知道？鬼说：“一般人在白天都忙于生计，以致掩盖了本来性灵。只有到了睡着时，什么也不想，性灵才清朗明澈，所读过的书，字字都在心中放射出光芒，透过人的全身窍孔照射出来。那样子缥缥缈缈，五彩斑斓，灿烂如锦绣。学问像郑玄、孔颖达，文章像屈原、宋玉、班固、司马迁的人，所发出的光芒直冲云霄，与星星、月亮争辉；不如他们的，光芒有几丈高，或者几尺高，依次递减。最次的人也有一点微弱的光，像一盏小油灯，能照见门窗。这种光芒人看不到，只有鬼神能看见。这间破屋上，光芒高达七八尺，因而知道是文人的家。”老学究问：“我读了一辈子书，睡着时光芒有多高？”鬼欲言又止，沉吟了好久才说：“昨天到你的私塾去，你正在午睡。我看见你胸中有一部高头讲章、五六百篇墨卷、七八十篇经文、三四十篇策略，字字都化成黑烟，笼罩在屋顶上。那些学生的朗读声，好似密封在浓云迷雾之中。实在看不到一丝光芒，我不敢说假话。”老学究听了斥责鬼，鬼大笑着走了。

［原文］

献县令明晟，应山人。尝欲申雪一冤狱，而虑上官不允，疑惑未决。儒学门斗[①]有王半仙者，与一狐友，言小休咎(jiù)多有验，遣往问之。狐正色曰：“明公为民父母，但当论其冤不冤，不当问其允不允。独不记制府[②]李公之言乎？”门斗返报，明为悚(sǒng)[③]然。因言制府李公卫未达时，尝同一道士渡江。适有与舟子争诟者，道士太息曰：“命在须臾，尚较计数文钱耶！”俄其人为帆脚所扫，堕江死，李公心异之。中流风作，舟欲覆。道士禹步[④]诵咒，风止得济。李公再拜谢更生。道士曰：“适堕江者，命也，吾不能救。公贵人也，遇厄得济，亦命也，吾不能不

救。何谢焉？”李公又拜曰：“聆师此训，吾终身安命矣。”道士曰：“是不尽然。一身之穷达，当安命，不安命则奔竞排轧，无所不至。不知李林甫、秦桧，即不倾陷善类，亦作宰相，徒自增罪案耳。至国计民生之利害，则不可言命。天地之生才，朝廷之设官，所以补救气数也。身握事权，束手而委命，天地何必生此才，朝廷何必设此官乎？晨门[5]曰：‘是知其不可而为之。’诸葛武侯曰：‘鞠躬尽瘁，死而后已。成败利钝，非所逆睹。’此圣贤立命之学，公其识之。”李公谨受教，拜问姓名。道士曰：“言之恐公骇。”下舟行数十步，翳[6]然灭迹。昔在会城，李公曾话是事。不识此狐何以得知也。

［注释］

①门斗：清朝官学里的杂役。②制府：清朝时对总督的尊称。③悚：害怕，惊惧。④禹步：是道士在祷神仪礼中常用的一种步法动作。传为夏禹所创，故称禹步。因其步法依北斗七星排列的位置而行步转折，宛如踏在罡星斗宿之上，又称“步罡踏斗”。⑤晨门：守门官吏。⑥翳：遮蔽、障蔽。

［译文］

献县县令叫明晟，是应山人。他要为一冤案昭雪，却怕上司不准，便犹豫不决。儒学的公役中有个叫王半仙的和狐狸是朋友，他说这狐狸对小吉凶算得较准。明晟便打发他去问问。狐狸严肃地说：“明公作为百姓的父母官，只应该考虑这个案子冤不冤，而不该问上司准不准。不记得制府李公讲过的那段话么？”公役回来报告了明晟，明晟受了震动，于是说起制府李卫在未任官时，曾和一个道士过江。碰巧赶上有一个人在和船夫争吵。道士长叹道：“活不多大一会儿了，还在计较那几文钱。”不久，这人就被船帆扫了一下，掉到江里淹死了。李卫觉得这道士不凡。船到江中时起了风，船要被刮翻。道士踩着禹步念咒，风停了，船才得以过江。李卫一再拜谢道士的救命之恩。道士说：“刚才掉进江中的人，是命里注定的，我救不了他。你是贵人，遭难而终能平安地渡过河，也是命中注定的，我不能不救，有什么好感谢的？”李卫又拜谢道：“接受大师的这个训导，我将终生听天由命。”道士说：“也不要完全这样。一个人是穷困还是飞黄腾达，应当听从命运的安排。如果不听从命运的安排，那么就会奔波竞争排挤倾轧，各种手段就都用上了。却不知李林甫、秦桧即便不陷害忠良，也能当宰相；那样做，只不过是增加他的罪孽罢了。至于事关国计民生的大事，就不能听从命运。天地所生有才干的人，朝廷所设置的百官，都是用来弥补气数的。手中有权，却无所事事地完全听天由命，那么天地何必生出有才干的人，朝廷又何必设置这一职位呢？守门人说：‘知道不行而强要去做。’诸葛亮说：‘鞠躬尽瘁，死而后已。至于成功顺利与否，我就来不及回头去看了。’这都是圣贤建功立业的教诲，你要记住。”李卫恭谨地接受了道士的劝说，并请问道士的姓名。道士说：“我说了怕你受惊。”下了船走了几十步，便一晃不见了。以前在省城，李卫说起过这件事，不知这个狐狸怎么也知道这件事。

[原文]

北村郑苏仙，一日梦至冥府，见阎罗王方录囚。有邻村一媪(ǎo)至殿前，王改容拱手，赐以杯茗，命冥吏速送生善处。郑私叩冥吏曰：“此农家老妇，有何功德？”冥吏曰：“是媪一生无利己损人心。夫利己之心，虽贤士大夫或不免。然利己者必损人，种种机械①，因是而生，种种冤愆，因是而造，甚至贻臭万年，流毒四海，皆此一念之害也。此一村妇而能自制其私心，读书讲学之儒，对之多愧色矣。何怪王之加礼乎！”郑素有心计，闻之惕然而寤(wù)。郑又言，此媪未至以前，有一官公服昂然人，自称所至但饮一杯水，今无愧鬼神。王哂曰：“设官以治民，下至驿丞闸官，皆有利弊之当理。但不要钱即为好官，植木偶于堂，并水不饮，不更胜公乎？”官又辩曰：“某虽无功，亦无罪。”王曰：“公一生处处求自全，某狱某狱，避嫌疑而不言，非负民乎？某事某事，畏烦重而不举，非负国乎？三载考绩②之谓何？无功即有罪矣。”官大踧踖(cù jí)③，锋棱顿减。王徐顾笑曰：“怪公盛气耳。平心而论，要是三四等好官，来生尚不失冠带。”促命即送转轮王④。观此二事，知人心微暖，鬼神皆得而窥，虽贤者一念之私，亦不免于责备。“相在尔室”，其信然乎。

[注释]

①机械：机心，狡诈。②三载考绩：《书·舜典》：“三载考绩，三考，黜陟幽明。”意指多次考察官员的政绩。③踧踖：恭敬不安的样子。④转轮王：迷信中的地狱十殿阎王之一，主管轮回。此王身具三十二相，即位之时由天感得轮宝，转其轮宝，降伏四方，故得名。

[译文]

北村的郑苏仙，一天做梦到了阴曹地府，看见阎罗王正在审查记录囚徒的罪状。邻村的一位老妈妈来到殿前，阎罗王脸色温和地拱手见礼，赐给老妈妈一杯茶，然后命令手下官吏赶紧送老妈妈到一个好地方转生。郑苏仙偷偷地问阴府的官吏：“这

个是农村老太，有什么功德？”阴府的官吏说：“这位老妈妈一辈子也没有损人利己之心。哪怕是好士大夫也难免有利己之心。自私自利的人肯定要损害别人，于是种种机诈就生出来了，并且造成了种种冤愆罪过，甚至为了实现个人野心而不顾遗臭万年、流毒四海，这都是利己这个念头所惹下的祸害。这位村妇却能够压制自我的私心，连那些读书讲学有知识的人，在她面前都有愧色。那么阎罗王尊敬她，又有什么可奇怪的呢？”郑苏仙一向善于算计，听了这话，不觉有所警醒。郑苏仙还说，这位老妈妈来之前，有一位官员穿着官服雄赳赳气昂昂地来到殿上，自我标榜说所到之处，只是喝一杯水而已，因此在鬼神面前也心中无愧。阎罗王讥讽说：“设置官员是为了治理百姓。最低一级的官如驿丞、闸官等，都有兴利除弊的事需要做。仅仅认为不要钱就是好官，那么把木偶放在大堂上，它连一杯水也不喝，不更胜过你么？”这位官员又辩称说：“我虽然没有功劳，但也没有罪过。”阎罗王说：“你这个人不论干什么都只顾保全自己，某案某案，你为了避免嫌疑而不表态，这不是有负于百姓么？某事某事，你怕烦劳而不去做，这不是有负于国家么？《书·舜典》里‘三载考绩’是怎么说的？没有功劳就是罪过。”这位官员极为不安，顿时锐气大减。阎罗王慢慢地转头看着他笑道：“只怪你有点盛气凌人。平心而论，你也能算个三四等的好官，转生还能做一个士大夫。”于是命令把这位官员送到转轮王那里。通过这两件事，可知人的内心深处有一点杂念，也能被鬼神看穿。好人的一念之私，也免不了受责备。“鬼神时刻都在你身边”，这话真不假啊。

［原文］

无云和尚，不知何许人。康熙中，挂单①河间资胜寺，终日默坐，与语亦不答。一日，忽登禅床，以界尺拍案一声，泊然化去。视案上有偈曰：“削发辞家净六尘②，自家且了自家身。仁民爱物无穷事，原有周公孔圣人。”佛法近墨③，此僧乃近于杨④。

［注释］

①挂单：指僧人到寺庙投宿。“单”，即单位，指僧堂内各人的座位，各单前长六尺、宽三尺的空间，亦即各人坐卧、饮食的座席。②六尘：佛教用语，指依于六根所接之六尘，即声、色、香、味、触、法。尘即染污之义。③墨：指墨家创始人墨翟。墨家主张兼爱非攻、节俭尚同。④杨：战国时魏国人杨朱，反对儒墨，主张利己。

［译文］

有位叫作无云的和尚，不知他是哪里人。康熙年间，他在河间资胜寺挂单，整天默默地坐着，和他说话也不回答。有一天，他忽然登上禅床，用界尺拍了一下几案，便静静地坐化了。几案上留下了一首诗偈道：“削发辞家绝了六尘，自己就管自己的事。爱民爱物事情没有个完，这只有周公孔圣人去管。”佛家的主张接近墨子，而这位无云和尚却接近杨朱。

［原文］

交河及孺(rú)爱、青县张文甫，皆老儒也，并授徒于献①。尝同步月南村北村之间，去馆稍远，荒原阒(qù)②寂，榛莽翳(yì)然。张心怖欲返，曰："墟墓间多鬼，曷可久留！"俄一老人扶杖至，揖二人坐曰："世间安得有鬼，不闻阮瞻③之论乎？二君儒者，奈何信释氏之妖妄。"因阐发程朱二气④屈伸之理，疏通证明，词条流畅。二人听之，皆首肯，共叹宋儒见理之真。递相酬对，竟忘问姓名。适大车数辆远远至，牛铎⑤铮然。老人振衣急起曰："泉下之人，岑寂久矣。不持无鬼之论，不能留二君作竟夕谈。今将别，谨以实告，毋讶相戏侮也。"俯仰之顷，欻(xū)⑥然已灭。是间绝少文士，惟董空如先生墓相近，或即其魂欤？

［注释］

①献：今河北献县。②阒：形容安静，没有声音。③阮瞻：晋朝人，是无鬼神论者。著有文集二卷，《旧唐书·经籍志》尝著录。④程朱二气：南宋理学家朱熹承袭北宋理学家程颢、程颐的学说，后世并称为程朱理学。二气，指阴阳之气。⑤铎：指铃。⑥欻：突然。

［译文］

交河的及孺爱和青县的张文甫，都是老学究，一起在献县教学生。在一个月夜，两人在南村北村之间散步。离学馆越来越远了，只见荒郊死寂，树丛森森。张文甫害怕要回去，说："坟墓之中鬼多，不能在这儿久留。"继而一位老人拄着拐杖来了，与两人见礼之后坐下，说："世间哪有鬼？没听过阮瞻的论述么？二位是读书人，怎么信佛家的胡说八道？"于是老人便阐述二程朱熹关于阴阳二气消长的学说，分析证明，极为通达清楚。两人听了连连点头，一起赞叹宋代大儒学说的精粹。彼此相互应答，竟忘掉通个姓名，这时远处来了几辆大车，牛铃哗哗响。老人抖抖衣服急忙起来说："我这阴间的人，寂寞好久了。我若不谈无鬼论，怎能留二位谈一个晚上呢？现在将要离别，我实话告诉你们，请不要惊讶、嘲笑我。"转瞬之间，老人已悄然不见了。这儿极少读书人，只有董空如先生的墓离得很近，莫非就是他的魂灵？

［原文］

德州田白岩曰：有额都统者，在滇黔间山行，见道士按一丽女于

石，欲剖其心。女哀呼乞救，额急挥骑驰及，遽(jù)格道士手。女噭(jiào)[①]然一声，化火光飞去。道士顿足曰：“公败吾事！此魅已媚杀百余人，故捕诛之以除害。但取精已多，岁久通灵，斩其首则神遁去，故必剖其心乃死。公今纵之，又贻患无穷矣。释一猛虎之命，放置深山，不知泽麋(mí)林鹿，劘(mó)[②]其牙者几许命也！”匣其匕首，恨恨渡溪去。此贻白岩之寓言，即所谓一家哭，何如一路哭[③]也。姑容墨吏，自以为阴功，人亦多称为忠厚；而穷民之卖儿贴妇，皆未一思，亦安用此长者乎！

［注释］

①噭：高呼声。②劘：削，切。③一家哭，何如一路哭：此典出自南宋朱熹《五朝名臣贤行录·参政范文正公》，意谓朝廷整顿纪纲，肃贪惩恶，罢免一个不称职的官吏，不过使他一家人痛哭，这点悲伤与一个地区所遭受的痛苦是无法相比的。一路，是宋代的行政区域，相当于今天的一个省。

［译文］

德州的田白岩说：有位额都统在滇黔间的山中行走，看见一个道士将一位美女按在石头上，要剖开她的心。美女哀呼求救，额都统急忙打马奔过去，格开道士的手。美女一声叫唤，化作一道火光飞去了。道士连连顿足道：“你坏了我的大事。这个精魅已经媚死一百多人，所以我才捉住她杀掉除害。但她已取到很多精气，修炼时间很久，达到精灵的地步，如果砍了她的头，神就会逃走，所以必须剖出她的心才能死。你如今放了她，又将贻害无穷了。怜悯一条猛虎的性命，而把它放到深山之中，那么不知有多少麋鹿将要命丧它的利牙之下。”说完，道士把匕首收起来，愤恨地渡过溪水走了。田白岩讲的这件事差不多可以当作一个寓言。所谓“一家哭何如一路哭”。姑息贪官污吏，自认为积了阴德，人们也往往称赞他忠厚。但从不去考虑，贫困的百姓在卖儿卖妻，那么用这种官又有什么用呢？

［原文］

安中宽言：昔吴三桂之叛，有术士精六壬[①]，将往投之。遇一人，言亦欲投三桂，因共宿。其人眠西墙下，术士曰：“君勿眠此，此墙亥刻当圮(pǐ)[②]。”其人曰：“君术未精，墙向外圮，非向内圮也。”至夜果然。余谓此附会之谈也，是人能知墙之内外圮，不知三桂之必败乎？

［注释］

①六壬：是用阴阳五行占卜吉凶的一种术数。六十甲子中壬有六个，即壬

申、壬午、壬辰、壬寅、壬子、壬戌，统称为六壬。六壬有六十四课，以刻有干支的天盘、地盘相叠，转动天盘后得出所值的干支及时辰，判明吉凶。②圮：塌坏，倒塌。

［译文］

安中宽说：过去吴三桂叛变时，有个术士精通六壬之术，要去投奔他。路上碰到一个人，说也要去投奔吴三桂。所以两人一起投宿。术士遇见的那人睡在西墙下，术士说："你不要睡在这儿，这座墙将在今晚九点到十一点之间倒塌。"对方说："你的艺业还不太精湛。墙向外倒，而不会向里倒。"到了夜里，墙果然向外倒塌了。我认为这是牵强附会之谈。这个人能知道墙会倒向何方，怎么就不知道吴三桂必败无疑呢？

［原文］

有僧游交河苏吏部次公家，善幻术，出奇不穷，云与吕道士同师。尝抟[①]泥为豕，咒之，渐蠕动。再咒之，忽作声。再咒之，跃而起矣。因付庖屠以供客，味不甚美。食讫(qì)，客皆作呕逆，所吐皆泥也。有一士因雨留同宿，密叩僧曰："《太平广记》[②]载术士咒片瓦授人，划壁立开，可潜至人闺阁中。师术能及此否？"曰："此不难。"拾片瓦咒良久，曰："持此可往。但勿语，语则术败矣。"士试之，壁果开。至一处，见所慕，方卸妆就寝。守僧戒，不敢语，径掩扉，登榻狎昵(xiá nì)，妇亦欢洽。倦而酣睡。忽开目，则眠妻榻上也。方互相疑诘，僧登门数之曰："吕道士一念之差，已受雷诛。君更累我耶！小术戏君，幸不伤盛德，后更无萌此念。"既而太息曰："此一念，司命[③]已录之，虽无大谴，恐于禄籍有妨耳[④]。"士果蹭蹬，晚得一训导，竟终于寒毡[⑤]。

［注释］

①抟：把东西捏成球状。②《太平广记》：宋代李昉、扈蒙、李穆等奉宋太宗之命编纂。成书于太平兴国三年（公元978年），故定名为《太平广记》。全书取材于汉代至宋初的野史小说及释藏、道经等和以小说家为主的杂著。③司命：掌管人的生命的神。④禄籍：登记禄位的簿册，此处指仕途。⑤寒毡：杜甫《戏赠郑广文》："才名四十年，坐客寒无毡。"此处指穷困潦倒。

［译文］

有个和尚游方到交河，住在苏吏部家。他擅长幻术，变化无穷，说是和吕道士同一个师父。他和泥捏成猪形，念了咒语，猪便蠕动起来；再念咒，猪忽然出声了；又念咒，猪便跳了起来。于是把猪交给厨子杀了给客人吃。肉味不大好吃。吃完，客人都呕吐了，吐出来的全是泥。有一位读书人因天下雨，留下来与和尚住在一起。他偷偷地问和尚说：“《太平广记》里记载，术士念咒，把一片瓦交给某人，用这片瓦划墙，墙马上就开了，可以偷偷地进入闺房中。大师能不能有这样的本领？”和尚说：“这不难。”于是拾起一片瓦，念了好一会儿咒语，说：“你拿着这片瓦可以去了；只是不要说话，说话就不灵了。”读书人用瓦片一试，墙壁真的开了。他来到一个地方，看见所喜欢的人正在卸妆就寝。他记着和尚告诫的话不敢出声，径直关了门上床，和那女人亲热起来。那女人也很热烈；累了便酣睡过去。读书人忽然睁开了眼睛，发现自己躺在妻子的床上。两人正在质问对方是何事，和尚上门数落读书人说：“吕道士因一念之差，已被天雷击死了，你还要连累我么？我略施小术和你开个玩笑，幸好不会有害于你的大德。以后不要再有这个念头了。”之后和尚又长叹道：“你这次生出的念头，司命已经记了下来。虽然你不会受到很重的惩罚，恐怕你的仕途将不通达。”这个读书人果然一生坎坷。晚年才当了个训导，穷困潦倒而死。

［原文］

又去余家三四十里，有凌虐其仆夫妇死而纳其女者。女故慧黠（xiá）[1]，经营其饮食服用，事事当意。又凡可博其欢者，冶荡狎媟（xiè）[2]，无所不至。皆窃议其忘仇。蛊惑既深，惟其言是听。女始则导之奢华，破其产十之七八。又谗间其骨肉，使门以内如寇仇。继乃时说《水浒传》宋江、柴进等事，称为英雄，怂恿之交通[3]盗贼。卒以杀人抵法。抵法之日，女不哭其夫，而阴携卮（zhī）[4]酒，酬其父母墓曰：“父母恒梦中魇[5]我，意恨恨似欲击我。今知之否耶？”人始知其蓄志报复。曰：“此女所为，非惟人不测，鬼亦不测也，机深哉！”然而不以阴险论，《春秋》原心，本不共戴天者也。

［注释］

①慧黠：聪慧而狡猾。②狎媟：放荡胡闹。媟，通“亵”。③交通：勾结，串通。④卮：盛酒的容器。⑤魇：梦中惊吓。

［译文］

又，离家三四十里远，有一人虐待他的仆人夫妇致死而将其女儿纳为妾。仆人女儿特别聪慧，管理这人的饮食穿用等日常生活，事事都让他满意。而且只要是可以博取这人欢心的，如妖冶放荡、狎玩诱引等等手段无所不用。人们都在背后议论说她忘了家仇。她的丈夫被她迷惑得不可自拔，便对她言听计从。仆人女儿开始时引导丈夫奢华，使他家产消耗去十分之七八。她又离间丈夫的家人，使得一家人之间怨恨像仇敌。接着又讲述《水浒传》里宋江、柴进等人的事，称他们为英雄，怂恿丈夫与强盗往来。其丈夫终于犯法被杀。行刑那天，仆人女不去哭丈夫，却偷偷地带着酒来到父母的墓前，说："父母常在梦中惊吓我，好像狠狠地要打我，今天知道我的用意了吧？"人们这才知道她暗中蓄意报复，说："这个女人的行为，不仅人意想不到，连鬼神也意想不到。真是机谋深远呵！"但是人们不把她的行为看作是"阴谋"。《春秋》的主旨在于推究人的动机，何况这是不共戴天的家仇。

［原文］

陈枫崖光禄①言：康熙中，枫泾一太学生，尝读书别业②。见草间有片石，已断裂剥蚀，仅存数十字，偶有一二成句，似是夭逝女子之碣③也。生故好事，意其墓必在左右，每陈④茗果于石上，而祝以狎词。越一载余，见丽女独步菜畦间，手执野花，顾生一笑。生趋近其侧，目挑眉语，方相引入篱后灌莽间。女凝立直视，若有所思，忽自批其颊曰："一百余年，心如古井，一旦乃为荡子所动乎？"顿足数四，奄然而灭。方知即墓中鬼也。蔡修撰季实曰："古称盖棺论定。观于此事，知盖棺犹难论定矣。是本贞魂，乃以一念之差，几失故步。"晦庵⑤先生诗曰："世上无如人欲险，几人到此误平生。"谅哉！

［注释］

①光禄：官名。战国时置中大夫。秦有中大夫，为郎中令属官。汉武帝时始改郎中令为光禄勋，改中大夫为光禄大夫，秩比二千石，掌顾问应对。隶于光禄勋。魏晋以后无定员，皆为加官及褒赠之官。唐、宋以后用作散官文阶之号。②别业：别墅。③碣：石碑，墓碣，是刻石中的一类形制。《后汉书·窦宪传》注："方者谓之碑，圆者谓之碣。"④陈：放置。⑤晦庵：南宋理学家朱熹之号。

［译文］

光禄大夫陈枫崖说：康熙年间，枫泾有一位太学生，在别墅中读书，见草丛中有一块石片，已经断裂驳蚀，上面只剩下几十个字。偶然有一两句完整的句子，看来像是夭折女子的碑。这位太学生也爱管闲事，估计墓穴肯定就在附近，便常常在碑上陈设茶点，祈祝些狎昵的话。一年多之后，看见有位漂亮的女子独自在菜畦中走来。她手里拿着野花，见了太学生笑了一下。太学生便到了她身旁，眉来眼去，两人正要一起到篱笆后的灌木丛中，女子站住了，眼神直愣愣地若有所思。忽然她自己打自己的嘴巴，说：“一百多年了，心如枯井，难道一旦竟被放荡的小子勾引就动心了么？”她悔恨得连连顿足，倏然不见了。太学生这才知道她原来就是墓穴里的鬼。修撰蔡季实说：“古人说盖棺论定。从这件事可知，盖上棺材盖也难以下结论。墓中是位贞节的鬼魂，还几乎因一念之差而迷失了本性。”朱熹先生的诗道：“世上没有比人欲更危险的了，许多人都因此误了一生。”确实是这样。

滦阳消夏录二

［原文］

董文恪（kè）公为少司空时，云昔在富阳村居，有村叟坐邻家，闻读书声，曰："贵人也。"请相见。谛观再四，又问八字干支。沉思良久，曰："君命相皆一品。当某年得知县，某年署大县，某年实授，某年迁通判，某年迁知府，某年由知府迁布政，某年迁巡抚，某年迁总督。善自爱，他日知吾言不谬（miù）也。"后不再见此叟，其言亦不验。然细较生平，则所谓知县，乃由拔贡得户部七品官也。所谓调署大县，乃庶吉士也。所谓实授，乃编修也。所谓通判，乃中允也。所谓知府，乃侍读学士也。所谓布政使，乃内阁学士也。所谓巡抚，乃工部侍郎也。品秩皆符，其年亦皆符，特内外异途耳。是其言验而不验，不验而验，惟未知总督如何。后公以其年拜礼部尚书，品秩仍符。按推算干支，或奇验，或全不验，或半验半不验。余尝以闻见最确者，反覆深思，八字贵贱贫富，特大概如是。其间乘除盈缩，略有异同。无锡邹小山先生夫人，与安州陈密山先生夫人，八字干支并同。小山先生官礼部侍郎，密山先生官贵州布政使，均二品也。论爵，布政不及侍郎之尊。论禄，则侍郎不及布政之厚。互相补矣。二夫人并寿考。陈夫人早寡，然晚岁康强安乐。邹夫人白首齐眉，然晚岁丧子，家计亦薄，又相补矣。此或疑地有南北，时有初正也。余第六侄与奴子刘云鹏，生时只隔一墙，两窗相对，两儿并落蓐（rù）[①]啼。非惟时同刻同，乃至分秒亦同。侄至十六岁而夭，而奴子今尚在。岂非此命所赋之禄，只有此数。侄生长富贵，消耗先尽；奴子生长贫贱，消耗无多，禄尚未尽耶？盈虚消息，理似如斯，俟知命者更详之。

［注释］

①蓐：同"褥"，褥子，此处指床笫。

［译文］

董文恪任少司空时，说以前住在富阳县乡下，有个村叟坐在邻居家，听见读书声，说这是位贵人，请见见面。他再三仔细地端详董文恪，又问了生辰八字，沉思了好半天，说："看你的命相，都是一品官。在某某年可以任知县，某某年管辖大县，某某年正式任命为大县县令，某某年升通判，某某年升知府，某某年由知府升任布政使，某某年升巡抚，某某年升总督，请好自为之，以后你会知道我的话没错。"后来再没看见过这个老人，他的话也没应验。但是仔细比较生平所任官职，则所谓知县，就是由拔贡得任户部的七品官。所谓管辖大县，就是被任为庶吉士。所谓正式任命，就是指任编修。所谓通判，是指任中允。所谓知府，是指任侍读学士。所谓布政使，是指任内阁学士。所谓巡抚，是指任工部侍郎。这些官职品级都相符，任职时间也相符，不同的是村叟说的是地方官，而我所任的是京官。说起来他的话应验又不应验，不应验又应验。唯不知他说的总督，相应将任什么。后来董文恪在这一年里升任礼部尚书，和总督的品级也相符了。按干支推算，或有奇验，或完全不应验，或一半应验、一半不应验。我曾就听见的最确切的事例，反复深思所谓八字的贵贱贫富，大概情况也如此。这中间，人事消长盛衰，也略有异同。无锡邹小山先生的夫人和安州陈密山先生的夫人，八字干支都一样。邹小山任官礼部侍郎，陈密山任官贵州布政使。两人都是二品官。论职位，布政使不如侍郎尊贵；论俸禄，则侍郎不如布政使丰厚。两者在有所补。两位夫人都长寿，陈夫人早寡，但晚年健康安乐；邹夫人与丈夫白头偕老，但晚年丧子，家庭经济状况也不大好。两者又互有所补。这或者可能是因两人地处南北，生辰时间不同所致。我第六个侄儿和奴仆的儿子刘云鹏，出生时只隔着一道墙，两扇窗户相对着，两人同时降生啼哭，不仅同一时刻，而且是同一分秒。我的侄子长到十六岁时夭折，奴仆的儿子现在还在。莫非赋予这条命的福禄，冥冥之中自有定数？我侄子生长在富贵之中，先把福禄消耗尽了；奴仆的儿子生长在贫贱之中，消耗不多，福禄还没有用尽？盈亏的情况，从道理上讲当然是这样，待遇见懂得命运的人来详细解释吧。

［原文］

曾伯祖光吉公，康熙初官镇番守备。云有李太学妻，恒虐其妾，怒辄褫(chǐ)下衣鞭之，殆无虚日。里有老媪，能入冥，所谓走无常[1]者是也。规其妻曰："娘子与是妾有夙冤，然应偿二百鞭耳。今妒心炽盛，鞭之殆过十余倍，又负彼债矣。且良妇受刑，虽官法不褫衣。娘子必使裸露以示辱，事太快意，则干鬼神之忌。娘子与我厚，窃见冥籍，不敢不相闻。"妻哂曰："死媪谩语，欲我禳解取钱耶！"会经略莫洛遘(gòu)王辅臣之变[2]，乱党蜂起。李殁于兵，妾为副将韩公所得。喜其明慧，

宠专房。韩公无正室，家政遂操于妾。妻为贼所掠，贼破被俘，分赏将士，恰归韩公。妾蓄以为婢，使跪于堂而语之曰："尔能受我指挥，每日晨起，先跪妆台前，自褫下衣，伏地受五鞭，然后供役，则贷尔命。否则尔为贼党妻，杀之无禁，当寸寸脔③尔，饲犬豕。"妻惮死失志，叩首愿遵教。然妾不欲其遽死，鞭不甚毒，俾知痛楚而已。年余，乃以他疾死。计其鞭数，适相当。此妇真顽钝无耻哉！亦鬼神所忌，阴夺其魄也。此事韩公不自讳，且举以明果报。故人知其详。韩公又言："此犹显易其位也。"明季尝游襄、邓间，与术士张鸳湖同舍。鸳湖稔知居停主人④妻虐妾太甚，积不平，私语曰："道家有借形法。凡修炼未成，气血已衰，不能还丹⑤者，则借一壮盛之躯，乘其睡，与之互易。吾尝受此法，姑试之。"次日，其家忽闻妻在妾房语，妾在妻房语。比出户，则作妻语者妾，作妾语者妻也。妾得妻身，但默坐。妻得妾身，殊不甘，纷纭争执，亲族不能判。鸣之官。官怒为妖妄，笞其夫，逐出。皆无可如何。然据形而论，妻实是妾，不在其位，威不能行，竟分宅各居而终。此事尤奇也。

［注释］

①走无常：迷信谓就是冥间利用活人的生魂来为冥间做事。生魂的阳气较旺，可以靠近将死的人，不怕死者身边诸多眷属所发出的阳气，因此冥府往往勾摄生人顶替办"冥差"，待生魂将死者魂魄领出家门后，再由鬼差将之押往冥府，事毕即将生魂放还。②王辅臣之变：康熙十二年（公元1673年），陕西提督王辅臣起兵响应吴三桂叛变。康熙十五年（公元1676年），王辅臣投降清朝。康熙仍授其太子太保的封号，授靖寇将军。王辅臣惊惧不安，后遣散妻妾，以酒自尽。③脔：碎割。④居停主人：寄居之处的主人。居停，寄居之处。此典出自《宋史·丁谓传》，"帝意欲谪（寇）准江淮间，谓退，除道州司马。同列不敢言，独王曾以帝语质之。谓顾曰：'居停主人勿复言。'盖指曾以第舍假准也。"⑤还丹：道士炼丹之术，以九转丹炼成还丹，道家认为人吞服还丹之后即可白日升天。

［译文］

曾伯祖光吉公，在康熙初年任镇番县守备，说是有位李太学的妻子，常常虐待妾，发怒则扒下妾的裤子鞭打，几乎没有一天不打。里中有位老太太能进入阴间，即所谓的走无常，她对李妻说："娘子和妾有夙冤，但应该打她二百鞭。如今你妒火旺盛，鞭打她几乎超过了十多倍，那么你就又欠她的了。况且良家妇女受刑，按着官家的法也不扒衣服，而娘子则一定要扒她的衣服侮辱她。你觉得这样非常痛快，但犯了鬼神的忌讳。娘子和我交情厚，我偷看了阴间的籍册，不敢不告诉你。”李妻嘲笑道：“死婆子胡说八道，想让我祷告好捞钱吗！”恰好这时经略使莫洛，激起王辅臣的叛变，乱党蜂起。李太学在兵乱中丧生，他的妾归了副将韩公。韩公喜欢李妾的聪慧，极为宠爱。韩公无正妻，家政便掌握在这个妾的手中。李妻被乱贼掠去，乱贼败亡，李妻被俘，分赏给将士，恰好分给了韩公。李妾把李妻当作奴婢，叫她跪在堂上说：“你假如能听我指挥，每天早上起来，先跪在梳妆台前，自己脱了裤子，趴在地上挨五鞭，然后听使唤，这样你就可以活下去。不然，你是贼党的妻子，就把你杀了，把你割成一寸寸长，喂猪狗。”李妻害怕死了，便叩头愿意遵命。但是妾并非希望她马上死，鞭打也不很重，只是让她知道痛苦而已。过了一年多，李妻得病死去。计算起鞭数来，也差不多相当于李妾换的鞭数了。李妻真是顽固无耻啊！她也遭到鬼神的记恨，在暗中削夺她的精力。这事韩公并不讳避，并且举它当例子来说明报应，所以人们知道得比较详细。韩公又说，这就像完全对换所处地位一样。明代时他曾到襄邓一带去游玩，和术士张鸳湖住在一个馆舍里。张鸳湖知道馆舍主人的妻子虐待妾过分，心中愤愤不平，私下里说：“道家有借形法。即还没有修炼成，气血已衰弱，不能还丹，便找一个壮健的人，乘他睡觉之际和他换身体。我曾学过这种法，姑且试试。”第二天，主人忽然听见妻子在妾房里说话，妾在妻子房里说话。等出了门，就发现发妻子声音的是妾，发妾声音的是妻。妾得到了妻子身体，只是默默坐在那儿；妻子得了妾的身体，很不甘心，纷纷扰扰地争执不休，亲族也决定不了如何处理这事。告到官府，官员生气说是妖妄，把她的丈夫打了一顿，赶出去了。大家都无可奈何。不过根据形体辨别，妻子实际上是妾。妾不是妻子，不能行使妻子的权力，只好分开来住了一辈子。这事尤其奇异。

［原文］

沈椒园先生为鳌峰书院山长[①]时，见示高邑赵忠毅公[②]旧砚，额有“东方未明之砚”六字。背有铭曰：“残月荧荧，太白睒（shǎn）睒，鸡三号，更五点，此时拜疏击大奄。事成，策汝功，不成，同汝贬。”盖劾魏忠贤时，用此砚草疏也。末有小字一行，题“门人王铎[③]书”。此行遗未镌，而黑痕深入石骨。干则不见，取水濯之，则五字炳然。相传初令铎书此铭，未及镌而难作。后在戍所，乃镌（juān）之，语工勿镌此一行。然阅一百余年，涤之不去，其事颇奇。或曰：忠毅嫉恶严，渔洋山人[④]笔记称铎人品日下，书品亦日下，然则忠毅先有所见矣。削其名，摈（bìn）之也；涤之不去，欲着其尝为忠毅所摈也。天地鬼神，恒于一事偶

露其巧，使人知警。是或然欤！

［注释］

①山长：历代对书院讲学者的称谓。古时山中学舍称为书院，其主持书院日常事务及教学者为山长。宋代将南唐在庐山白鹿洞所建国学，改成白鹿洞书院，作为藏书讲学之所。元代于各路、州、府都设书院，设山长。明清沿袭元制，乾隆时曾一度改称院长，清末仍叫山长。废除科举之后，书院改称学校，山长的称呼废止。②赵忠毅公：指明朝赵南星，熹宗时任吏部尚书，后为权奸魏忠贤所贬，死后谥“忠毅”。赵南星为明末东林党重要人物，世以赵南星、邹元标、顾宪成比拟为汉末的“三君”，时称“东林三君”。③王铎：字觉斯，一字觉之，号嵩樵、十樵。明天启进士，累官礼部尚书、东阁大学士。入清后，官至礼部尚书。卒谥文安。好古博学，诗文书画皆有成就，尤其书法独具特色，世称“神笔王铎”。其书法与董其昌齐名，明末有“南董北王”之称。④渔洋山人：王士祯，原名士禛，字子真、贻上，号阮亭，又号渔洋山人。官至刑部尚书，颇有政声，为清初杰出诗人。

［译文］

沈椒园先生任鳌峰书院山长时，拿出一方高邑人赵忠毅公的旧砚给我看。砚额上有“东方未明之砚”六个字；砚背有铭文，写道：“残月淡淡，太白星闪闪。鸡叫三遍，更敲五声，这时写奏疏弹劾大宦官。事情成功就记你一功，不成功则和你一起遭贬。”大概在弹劾魏忠贤时，用这块砚研磨书写奏疏。末尾有一行小字，题道：“门人王铎书”。这一行字没有刻上，但黑色痕迹深入砚中，砚台干时看不见，用水一浸，这五个字就清楚了。相传开始让王铎写这段铭文，还没来得及刻，赵忠毅便被贬了。后来赵忠毅在贬所刻了这段铭文，告诉刻工末一行不刻。然而过了一百多年，这一行字还没有被洗去，这事也极不平常。有人说赵忠毅疾恶如仇。渔洋山人笔记中说王铎人品日下，书品也日下。而赵忠毅已先自察觉了。去掉他的名字，即摈弃他的意思。但他的名字仍洗不去，是为了显示他曾为赵忠毅所摈弃。天地鬼神，常在一件事中偶然显露出其机巧，以使人有所警醒。这件事也许就是如此的吧。

［原文］

先叔母高宜人之父，讳荣祉，官山西陵川令。有一旧玉马，质理不甚白洁，而血浸斑斑。斫(zhuó)①紫檀为座承之，恒置几②上。其前足本为双跪欲起之形。一日，左足忽伸出于座外。高公大骇，阖署传视，曰：“此物程朱不能格也。”一馆宾曰：“凡物岁久则为妖。得人精气多，亦能为妖。此理易明，无足怪也。”众议碎之，犹豫未决。次日，仍

屈还故形。高公曰："是真有知矣。"投炽炉中，似微有呦呦声。后无他异。然高氏自此渐式微[3]。高宜人云，此马煅三日，裂为二段，尚及见其半身。又武清王庆坨曹氏厅柱，忽生牡丹二朵，一紫一碧，瓣中脉络如金丝，花叶葳蕤（wēi ruí）[4]，越七八日乃萎落。其根从柱而出，纹理相连。近柱二寸许，尚是枯木，以上乃渐青。先太夫人，曹氏甥也，小时亲见之，咸[5]曰瑞也。外祖雪峰先生曰："物之反常者为妖，何瑞之有！"后曹氏亦式微。

［注释］

①斫：砍，削。②几：几案。③式微：《诗经·式微》："式微，式微，胡不归。"式微，天快黑之意，后泛指事物由盛而衰。④葳蕤：形容草木茂盛、枝叶下垂的样子。⑤咸：都。

［译文］

先叔母高宜人的父亲，名叫荣祉，任山西陵川令。他有一个旧的玉马，玉质不怎么洁白，上面有斑点似血迹。砍削了紫檀木为座，垫着玉马，常放在几案上。玉马的两条前腿本来是跪着要起来的形状，有一天，它的前腿忽然伸出到紫檀木座外。高公大惊失色，在全衙门里传看，说："这种怪事连程颐、朱熹也解释不清。"一个幕僚说："只是要物时间长了就成了妖，人的精气得多了，也能成妖。这个道理很清楚，不值得奇怪。"大家说把玉马砸碎，高公犹豫不定。第二天，玉马伸出来的腿又收回去恢复了原状。高公说："这个玉马是真的有知觉呵。"于是投进火炉中，似乎还隐约有呦呦的叫声。后来没有发生其他异常事。但是高家从此便衰落下去。高宜人说，这匹宝马在火炉里烧了三天，断为两段，我还看到它的半身。又，武清县王庆坨镇曹家的厅柱上，忽然长出两朵牡丹，一朵紫的一朵绿的。花瓣中的脉络像金丝，花叶很茂盛，过了七八天才凋落。花根从柱子里穿出来，与木柱的纹理相连，靠近柱子二寸左右的部分还是枯木，二寸左右往上才慢慢泛青色。太夫人是曹家的外甥女，小时候亲眼见过这两朵花。大家都说是吉祥事。外祖父雪峰先生说："反常的东西就是妖，有什么吉祥！"曹家也渐渐衰落下去。

［原文］

外祖张雪峰先生，性高洁，书室中几砚精严，图史整肃，恒鐍（jué）[1]其户，必亲至乃开。院中花木翳（yì）如，莓苔绿缛（rù）。僮婢非奉使令，亦不敢轻踏一步。舅氏健亭公，年十一二时，乘外祖他出，私往院中树下纳凉。闻室内似有人行，疑外祖已先归，屏息从窗隙窥之。见竹椅上

坐一女子，靓妆如画。椅对面一大方镜，高可五尺，镜中之影，乃是一狐。惧弗敢动，窃窥所为。女子忽自见其影，急起，绕镜，四围呵之，镜昏如雾。良久归坐，镜上呵迹亦渐消。再视其影，则亦一好女子矣。恐为所见，蹑足而归。后私语先姚安公。姚安公尝为诸孙讲《大学·修身》②章，举是事曰："明镜空空，故物无遁影。然一为妖气所翳，尚失真形。况私情偏倚，先有所障者乎！"又曰："非惟私情为障，即公心亦为障。正人君子，为小人乘其机而反激之，其固执决裂，有转致颠倒是非者。昔包孝肃③公之吏，阳为弄权之状，而应杖之囚，反不予杖。是亦妖气之翳镜也。故正心诚意，必先格物致知④。"

［注释］

①镉：箱子上安锁的环状物，此处指锁上。②《大学·修身》：《大学》原为《礼记》第四十二篇。宋朝理学家程颢、程颐将其从《礼记》中抽出，编次章句。南宋理学家朱熹将《大学》《中庸》《论语》《孟子》合编［注释］，称为《四书》，从此《大学》成为儒家经典。"大学"是对"小学"而言，是说它不是讲"详训诂，明句读"的"小学"，而是讲治国安邦的"大学"。"大学"是大人之学。③包孝肃：指宋代包拯。包拯，字希仁，庐州合肥（今安徽合肥）人，北宋天圣朝进士。多次论劾权幸大臣。授龙图阁直学士、河北都转运使，历权知开封府、权御史中丞、三司使等职。后卒于位，谥号"孝肃"。包拯做官以断狱英明刚直而著称于世。后世则把他当作清官的化身，世称"包青天"。④格物致知：中国古代哲学术语。语出《礼记·大学》："欲诚其意者，先致其知，致知在格物。"郑玄注："格，来也；物犹事也。其知于善深，则来善物；其知于恶深，则来恶物；言事缘人所好来也，此致或为至。"即研究事物的原理，才能获得知识，是中国古代认识论的重要命题之一。

［译文］

外祖父张雪峰先生，品性高洁。书房里书桌砚台精巧，图书整齐。他常锁着门，他来才能开。院里花木茂盛，地上莓苔泛绿，僮婢们如果没听召唤，也不敢随便踏进一步。舅舅健亭公在十一二岁时，趁外祖父外出，偷偷地到院里树下纳凉，听见书房里好像有人走动。他疑心是外祖父已经回来了，就屏息从窗缝往里看，看见竹椅上坐着一位女子，打扮得像画中人一样。竹椅对面是一个大镜子，高达五尺，镜子里照出来的却是一只狐狸。健亭公害怕不敢动，偷偷地看狐狸干什么。这女子忽然看见镜中的影像，急忙起来绕着镜子呵气。镜面上朦胧地像起了一层雾。过了好一会儿，狐狸才坐到竹椅上，镜子上的呵气也慢慢消失。再看镜中，照的就是一个漂亮女子了。健亭公害怕被狐狸发现，蹑手蹑脚地回来了。后来他偷偷地告诉了姚安公。姚安公曾给几个孙子讲《大学》中修身那一章，举这件事为例说："明亮的镜面上空空的，所以影像无处躲藏。但是一旦被妖气遮盖，就失去物的本形，何况因私情而偏袒，事先就蒙上了自己的眼睛呢？"又说，不但私心可以蒙住眼睛，即便是公心也能蒙住眼睛。正人君子，因小人钻了空子而愁火万丈，一时糊涂，也往往颠倒是非。过去包公的小吏装作弄权的样子，而应挨棍子打的囚犯，反而没有挨打。这与妖气遮蔽了镜子是一个道理，所以要正心诚意，必须先接触事物获得知识。

［原文］

有游士以书画自给，在京师纳一妾，甚爱之。或遇宴会，必袖果饵以贻，妾亦甚相得。无何病革①，语妾曰："吾无家，汝无归；吾无亲属，汝无依。吾以笔墨为活，吾死，汝琵琶别抱，势也，亦理也。吾无遗债累汝，汝亦无父母兄弟掣肘。得行己志，可勿受锱铢聘金，但与约，岁时许汝祭我墓，则吾无恨矣。"妾泣受教。纳之者亦如约，又甚爱之。然妾恒郁郁忆旧恩，夜必梦故夫同枕席，睡中或妮妮呓语。夫觉之，密延术士镇以符箓。梦语止，而病渐作，驯至绵惙②。临殁，以额叩枕曰："故人情重，实不能忘，君所深知，妾亦不讳。昨夜又见梦曰：'久被驱遣，今得再来。汝病如是，何不同归？'已诺之矣。能邀格外之惠，还妾尸于彼墓，当生生世世，结草衔环③。不情之请，惟君图之。"语讫奄然。夫亦豪士，慨然曰："魂已往矣，留此遗蜕（tuì）何为？杨越公能合乐昌之镜④，吾不能合之泉下乎！"竟如所请。此雍正甲寅、乙卯间事。余是年十一二，闻人述之，而忘其姓名。余谓再嫁，负故夫也；嫁而有贰心，负后夫也。此妇进退无据焉。何子山先生亦曰："忆而死，何如殉而死乎？"何励庵先生则曰："《春秋》责备贤者，未可以士大夫之义律儿女子。哀其遇可也，悯其志可也。"

［注释］

①病革：病势危急。语出《礼记·檀弓上》："夫子之病革矣。"郑玄注："革，急也。"②绵惙：病危。③结草衔环："结草"的典故见于《左传·宣公十五年》，晋大夫魏武子临死时让他的儿子魏颗杀死他的爱妾为他殉葬，魏颗没有听从父亲的遗命，却把她嫁了出去。后魏颗与秦将杜回作战，正在难分难解之际，魏颗突然见一老人用草编的绳子套住杜回，使这位堂堂的秦国大力士站立不稳，

摔倒在地，当场被魏颗所俘，使得魏颗在这次战役中大败秦师。当天夜里，魏颗在梦中见到那位白天为他结绳绊倒杜回的老人，老人自称是魏武子爱妾的父亲，特来报答魏颗不杀爱女之大恩。“衔环”典故则见于《后汉书·杨震传》中的注引《续齐谐记》，汉代杨宝幼时救了一只受伤的黄雀。黄雀伤好后，就飞走了。当夜，有一黄衣童子向杨宝拜谢说：“我是西王母的使者，君仁爱救拯，实感成济。”并以白环四枚赠予杨宝，说：“它可保佑君的子孙位列三公，为政清廉，处世行事像这玉环一样洁白无瑕。”后世用结草衔环比喻至死不忘报答恩德。④乐昌之镜：南朝陈太子舍人徐德言与妻乐昌公主感情深厚。陈国将亡之际，恐国破后两人不能相见，因破一铜镜，各执其半，约于他年正月望日卖破镜于都市。后陈亡，公主没入越国公杨素家。德言依期至京，由半镜知道妻子的下落。杨素知之，即把公主还给德言。后因以“破镜重圆”喻夫妻离散或决裂后又再次团聚或和好。

［译文］

有位外乡人以卖书画为生，在京城讨了一个妾，十分宠爱她。有时参加宴会，一定要带点果品回来给她吃，两人关系特别好。不久外乡人病重，对妾说：“我没有家，你也无处可去；我没有亲戚，你也孤苦伶仃。我以笔墨为生，我死后，你将再嫁，这是大势所趋，也在情理之中。我没有留下债务拖累你，你也没有父母兄弟扯后腿，可以按自己的想法去做。嫁时一点儿聘金也别要，只与对方约定，每年到时候允许你祭我的墓，这样我就没遗憾了。”妾哭着答应了。后来娶这个妾的人也答应了这一条，并也很爱这个妾。但是妾神情郁郁怀念旧恩，夜里就梦见和前夫睡在一起，睡梦里喃喃地说着梦话。后夫察觉了，暗中请术士用符箓镇治。妾不说梦话了，却又害有了病，而且愈来愈严重起来。临终时，她趴在床上叩头道：“前夫对我情深义重，实在不能忘怀，你深知这事，我也不隐瞒。昨夜又梦见他说‘被赶走好久了，如今才得以能再来。你病成这样，为何不来找我？’我已答应了。如能得到你格外垂恩，把我的尸体葬在他的墓中，我当世世代代，结草衔环，报你的大恩。这不情之请，请你三思。”说完，已气息奄奄。后夫也是个爽快人，慨然道：“魂已去了，还留这空壳干什么？杨越公能使乐昌公主夫妇团聚，我不能让他们团聚在地下么？”他答应了妾的要求。这是雍正十二、十三年间的事。我当时有十一二岁，听人讲了这事，但忘了他们的姓名。我认为，再嫁则负于前夫；嫁后有二心，则负于后夫。这女人进退不得。何子山先生也说：“怀念而死，哪赶上殉而死？”何励庵先生则说：“《春秋》挑剔贤者。不能以士大夫的标准要求女子。只能感伤她的遭遇、同情她的愿望。”

［原文］

屠者许方，尝担酒二罂夜行，倦息大树下。月明如昼，远闻呜呜声，一鬼自丛墓中出，形状可怖。乃避入树后，持担以自卫。鬼至罂前，跃舞大喜，遽开饮，尽一罂，尚欲开其第二罂，缄甫半启，已颓

然倒矣。许恨甚，且视之似无他技，突举担击之，如中虚空。因连与痛击，渐纵弛委地，化浓烟一聚。恐其变幻，更捶百余。其烟平铺地面，渐散渐开，痕如淡墨，如轻谷；渐愈散愈薄，以至于无。盖已澌灭矣。余谓鬼，人之余气也。气以渐而消，故《左传》[①]称新鬼大，故鬼小。世有见鬼者，而不闻见羲、轩以上鬼，消已尽也。酒，散气者也。故医家行血发汗、开郁驱寒之药，皆治以酒。此鬼以仅存之气，而散以满罂之酒，盛阳鼓荡，蒸铄(shuò)微阴，其消尽也固宜。是澌灭于醉，非澌灭于捶也。闻是事时，有戒酒者曰："鬼善幻，以酒之故，至卧而受捶。鬼本人所畏，以酒之故，反为人所困。沉湎者念哉！"有耽酒者曰："鬼虽无形而有知，犹未免乎喜怒哀乐之心。今冥然醉卧，消归乌有，反其真矣。酒中之趣，莫深于是。佛氏以涅盘[②]为极乐，营营者恶乎知之！"庄子所谓"此亦一是非，彼亦一是非"欤？

［注释］

①《左传》：是我国现存最早的编年体史书。相传是春秋末年左丘明为解释孔子的《春秋》而作。西汉时称之为《左氏春秋》，东汉以后改称《春秋左氏传》，简称《左传》，与《公羊传》《穀梁传》合称"春秋三传"。羲、轩：羲，指伏羲，传说中的上古"三皇"之一；轩，指轩辕，即黄帝，因居于轩辕之丘而得名。
②涅盘：也作"涅槃"。佛教梵语的音译。佛家称脱离一切烦恼，进入自由的境界，是佛家修习所要达到的最高理想。后泛指僧人去世。

［译文］

屠夫许方挑着两坛子酒夜行，走累了便在大树下休息。这时月光亮得像白天一样。远处有呜呜的声音，有一个鬼从墓群中出来，相貌十分狰狞。许方就吓得躲在树后，手持扁担自卫。鬼来到坛子前，高兴得手舞足蹈，便打开盖子喝起酒来。喝完了一坛子，还要开另一个坛子。刚开到一半，鬼便颓然倒在地上。许方恨极了，看了看鬼，好像没别的什么能耐，便突然用扁担猛打，好像打在虚空中。他连连痛打，鬼渐渐懈怠委顿在地上，化作一团浓烟。许方怕鬼变幻，又打了一百多下。浓烟平铺在地面上，渐渐散并，淡如墨迹，又像轻纱，越散越薄，最后看不见了，大约是消失了。我认为鬼是人剩余的气，气是一点一点地消失的，所以《左传》中说新鬼大、旧鬼小。世人有看见鬼的，但没有听说谁见过远古太昊、黄帝以前的鬼，那是由于已经消失了的原因。酒是散气的，所以医家行血、发汗、开郁、驱寒的药，都配以酒。这个鬼仅存那么点气，却喝了满坛子的酒，阳气鼓荡，逼

迫阴气，那么他消失掉也是势所必然。他是被酒消灭的，而不是被扁担打得消失的。听到这件事，有位戒酒的说：“鬼善于变幻，因为喝酒，而致醉倒挨打。人本来害怕鬼，鬼喝了酒，却被人治住了。沉湎于酒的人该记住这事。”有位爱喝酒的人说：“鬼虽然没有形体，但也有感知，也没免去喜怒哀乐的情绪。如今他昏昏醉倒在地，消失不见，乃是返璞归真了。酒中的旨趣，没有比这更深远的了。佛家以涅槃为极乐，那些为生计而忙乎的人是体会不到的。”《庄子》中所谓各有各的是非标准，就是指这种情况吧。

［原文］

董文恪(kè)公未第时，馆于空宅，云常见怪异。公不信，夜篝灯以待。三更后，阴风飒然，庭户自启，有似人非人数辈，杂遝(tà)拥入。见公大骇曰：“此屋有鬼！”皆狼狈①奔出。公持梃(tǐng)②逐之。又相呼曰：“鬼追至，可急走。”争逾墙去。公恒言及，自笑曰：“不识何以呼我为鬼？”故城贾汉恒，时从公受经，因举“《太平广记》载野叉欲啖哥舒翰③妾尸，翰方眠侧，野叉相语曰：‘贵人在此，奈何？’翰自念：‘呼我为贵人，击之当无害。’遂起击之，野叉逃散。鬼贵音近，或鬼呼先生为贵人，先生听未审也。”公笑曰：“其然。”

［注释］

①狼狈：散乱，杂乱。②梃：棍棒。③哥舒翰：是唐代著名的将领，因战功卓越被封为西平郡王，后投降安禄山，被杀。他出身旺族，世居安西，是西突厥哥舒部落人。按突厥人的习惯，他以部落的名称为姓氏。

［译文］

董文恪没有中举时，住在一座空宅子里。有人说那里常见怪异之事。董文恪不信，夜里把灯烛放在笼子里等着。三更之后，阴风飒飒地吹来，庭门自动打开了。有几个似人非人的东西，相拥着进了门，见了董文恪，大惊道：“这屋里有鬼！”都狼狈地奔出去了。董文恪手持棍子追出去，那些东西又相互提醒道：“鬼追来了，快跑！”争先恐后地跳过墙去。董文恪常说起这件事，笑着说：“不知为什么把我当成鬼？”故城人贾汉恒当时正跟着他学习经书，于是举例道：“《太平广记》里载，野叉要吃哥舒翰的妾的尸体，哥舒翰正睡在尸体旁。野叉相互商量说：‘贵人在这儿，怎么办？’哥舒翰自忖：“既称呼我为贵人，去打他们应该不会有何害处。”于是起来便去打野叉，野叉逃散。鬼和贵发音相近，或者鬼叫您为贵人，您没有听清楚。”董文恪笑道：“也许如此。”

［原文］

沧州张铉(xuàn)耳先生，梦中作一绝句曰："江上秋潮拍岸生，孤舟夜泊近三更。朱楼十二垂杨遍，何处吹箫伴月明？"自跋云："梦如非想，如何成诗？梦如是想，平生未到江南，何以落想至此？莫明其故，姑录存之。桐城姚别峰，初不相识。新自江南来，晤于李锐巅家。所刻近作，乃有此诗。问其年月，则在余梦后岁余。开箧(qiè)出旧稿示之，共相骇异。世间真有不可解事。宋儒事事言理，此理从何处推求耶？"又海阳李漱六，名承芳，余丁卯同年[1]也。余厅事挂渊明采菊图，是蓝田叔[2]画。董曲江曰："一何神似李漱六！"余审视信然。后漱六公车入都，乞此画去，云平生所作小照，都不及此。此事亦不可解。

［注释］

①同年：明清之际同榜录取的人互称同年。《训俭示康》："同年曰：'君赐不可违也。'"②蓝田叔：明代杰出画家蓝瑛，字田叔，号蝶叟，晚号石头陀、山公、万篆阿主者、西湖研民。又号东郭老农，所居榜额曰"城曲茅堂"。钱塘（今浙江杭州）人，浙派后期代表画家之一。工书善画，自成一家。与陈洪绶、丁云鹏、吴彬三人共称"明末四大怪杰"。

［译文］

沧州人张铉耳先生在梦中作了一首绝句："秋天江中潮水拍着岸，夜里孤舟泊着已近三更。十二座红楼遍地垂杨，何处吹箫伴着明月。"他自己写了一个跋，说："梦到的假如不是曾想过的，怎么能成诗？梦如果是曾想过的，那么从未到过江南，为何会有这样的印象？不知这是什么原因。暂且记录下来存着。桐城人姚别峰，我以前并不认识。他刚从江南来，我们相聚在李锐巅家。他说新刻印的近作，其中就有这首诗。问写作的年月，则在我做梦之后的一年多。我打开箱子拿出旧诗稿给他看，大家都感到惊异，世上真有不可理解的事。宋代儒生事事都讲究理，不知这个理从何处来推求。又有海阳人李漱六，名叫承芳，是我在丁卯年的同年。我的衙门里挂着一幅陶渊明采菊图，是蓝田叔画的。董曲江说："画中人怎么这么像李漱六？"我审视了一下，的确是像。后来李漱六进京参加会试，把这幅画要了去。他说他这一辈子所画的小照，都比不上这一张画。这事也不可理解。

［原文］

青县农家少妇，性轻佻[1]，随其夫操作，形影不离。恒相对嬉笑，不避忌人，或夏夜并宿瓜圃中。皆薄[2]其冶荡。然对他人，则面如寒铁。

或私挑之，必峻拒。后遇劫盗，身受七刃，犹诟詈（gòu lì）[3]，卒不污而死。又皆惊其贞烈。老儒刘君琢曰："此所谓质美而未学也。惟笃于夫妇，故矢死不二。惟不知礼法，故情欲之感，介于仪容；燕昵之私，形于动静。"辛彤甫先生曰："程子[4]有言，凡避嫌者，皆中不足。此妇中无他肠，故坦然径行不自疑。此其所以能守死也。彼好立崖岸者，吾见之矣。"先姚安公曰："刘君正论，辛君有激之言也。"后其夫夜守豆田，独宿团焦[5]中。忽见妇来，燕婉如平日，曰："冥官以我贞烈，判来生中乙榜，官县令。我念君，不欲往，乞辞官禄为游魂，长得随君。冥官哀我，许之矣。"夫为感泣，誓不他偶。自是昼隐夜来，几二十载。儿童或亦窥见之。此康熙末年事，姚安公能举其姓名居址，今忘矣。

［注释］

①轻佻：轻浮。②薄：轻视，看不起。③诟詈：大骂。④程子：指宋代理学家程颢、程颐，其思想对后世影响深远。⑤团焦：指圆形的草屋。

［译文］

青县一农家少妇，性情不大庄重，随着丈夫去劳作总是与丈夫形影不离，经常两人在一起嬉笑，也不避人，有时夏夜一起睡在瓜园里。人们都鄙薄她的妖冶放荡。但是她对别的人，则脸色冰冷似铁，有人偷偷地挑逗她，她就严厉拒绝。后来她遇到强盗，身受七处刀伤，仍然大骂不止，终于免受侮辱而死去。于是人们又对她的贞烈感到吃惊，老儒刘君琢说："这就是所谓本质美好而没有教养。正由于忠于夫妇之情，她才誓死无二心；正因不知礼法，所以她的情感欲望才表现在脸上，夫妇间的亲昵也体现在行动上。"辛彤甫先生说："程颢、程颐说，只要是避嫌疑的人，都是内心有欠缺的地方。这位女人心中没有别的想法，所以坦然地随心所欲而无所顾忌。这就是她能坚持死节的原因。那些喜欢标榜、道貌岸然的人，我见得多了。"先父姚安公说："刘君的看法较为持正，辛君的看法有些偏激。"后来，农家少妇的丈夫在夜里看守豆地，独自宿在草屋里，忽然看见妻子来了。两人还和以前一样亲昵。她说："阴间的官员因为我贞烈，判我来生中举人，当县令。我想念你，不想去，请求辞去官禄当一个没有管束的游魂，这样就可以长期随着你。那官员同情我，答应了。"丈夫被感动得哭了，发誓不再娶。从此少妇白天离去晚上来，来往了将近二十年。有的孩子曾偷偷地看到过她。这是康熙末年的事，姚安公说起过她的姓名住址，如今已忘掉了。

[原文]

献县老儒韩生，性刚正，动必遵礼，一乡推祭酒①。一日，得寒疾。恍惚间，一鬼立前曰："城隍神唤。"韩念数尽当死，拒亦无益，乃随去。至一官署，神检籍曰："以姓同误矣。"杖其鬼二十，使送还。韩意不平，上请曰："人命至重，神奈何遣愦愦(kuì kuì)②之鬼，致有误拘。倘不检出，不竟枉死耶？聪明正直之谓何！"神笑曰："谓汝倔强，今果然。夫天行不能无岁差，况鬼神乎！误而即觉，是谓聪明；觉而不回护，是谓正直。汝何足以知之。念汝言行无玷，姑贷③汝，后勿如是躁妄也。"霍然④而苏。韩章美云。

[注释]

①祭酒：官名。古礼，祭祀宴飨时，由最年长者举酒以祭于地，故祭酒为尊称。战国时齐国稷下学官尊长亦称祭酒。汉博士之长，本称仆射，东汉改为博士祭酒，秩六百石，此外又有郡掾祭酒、京兆祭酒、东阁祭酒等。西晋以国子祭酒为国子学之长。历代沿置。北齐国子寺，隋、唐国子监，都以祭酒为长。历代均置。唐国子监祭酒秩从三品。明、清祭酒从四品。清光绪三十一年（公元1905年）废国子监，设学郡，置尚书，国子监祭酒乃废。②愦愦：昏乱、糊涂的样子。③姑：姑且。贷：宽恕，原谅。④霍然：突然。

[译文]

献县的老儒生韩某，性情刚正，做什么事都遵守礼法，乡里推举他当祭酒。有一天，他得了寒病，恍惚之间，看见一个鬼站在面前说："城隍神召唤你。"韩某想，气运尽了就必须死，抗拒也无益，便随着去了。到了一处官署，城隍神查验了名册，说："因为姓相同，弄错了。"鬼被打了二十棍，叫把韩某送回去。韩某心中不平，上前问道："人命关天，神为什么派这么个糊涂鬼，以致抓错了人？倘若没查验出来，我不是冤死了么？还说什么聪明正直！"神笑道："听说你倔强，今天一看果然不错。老天运行还有误差，何况是鬼神呢？有错马上就能察觉，这就叫聪明；察觉了而不袒护，就叫正直，你怎么能知道这些道理？念你言行没有过失，暂且饶恕你，以后不要再这样急躁乱来了。"韩某一下子苏醒了过来。这是韩章美说的。

[原文]

刘少宗伯青垣言：有中表涉元稹会真(zhěn)①之嫌者，女有孕，为母所觉。饰言夜恒有巨人来，压体甚重，而色黝黑。母曰："是必土偶为妖也。"授以彩丝，于来时阴系其足。女窃付所欢，系关帝祠周将军足上。母

物色得之，挞其足几断。后复密会，忽见周将军击其腰，男女并僵卧不能起。皆曰污蔑神明之报也。夫专其利而移祸于人，其术巧矣。巧者，造物之所忌。机械万端，反而自及，天道也。神恶其崄巇[2]，非恶其污蔑也。

［注释］

①元稹会真：唐元稹《会真记》中所载的张生与崔莺莺的爱情故事，是《西厢记》最早题材的来源。②崄巇：险峻的样子。

［译文］

礼部侍郎刘青垣说，有一对表兄妹偷情，女的怀了孕，被母亲发觉了。女儿便撒谎说夜里时常有个巨人来，压在身上很重，巨人皮肤黝黑。母亲说，这肯定是泥像作妖，便交给女儿彩线，叫她在巨人来时，偷偷地系在巨人的腿上。女儿私下里把彩线交给她的所爱，系在关帝庙周仓的腿上。母亲顺着彩线找到了周仓，几乎把他的腿打断了。后来这对男女又幽会，忽然周仓来猛击两人的腰，两人都僵卧在那里起不来了。人们都说这是污蔑神灵的报应。好处独享却嫁祸于人，手段也太狠毒了。狡诈是上天所忌讳的；机变万端，反而惹火烧身，这就是天道。神灵厌恶他们的奸险，并不是厌恶他们的污蔑。

［原文］

景城有刘武周[1]墓，《献县志》亦载。按武周山后马邑人，墓不应在是，疑为隋刘炫墓。炫，景城人，《一统志》载其墓在献县东八十里。景城距城八十七里，约略当是也。旧有狐居之，时或戏嬲[2]醉人。里有陈双，酒徒也，闻之愤曰："妖兽敢尔！"诣墓所，且数且詈。时耘者满野，皆见其父怒坐墓侧，双跳踉[3]叫号。竟前呵曰："尔何醉至此，乃詈尔父！"双凝视，果父也，大怖叩首。父径趋归。双随而哀乞，追及于村外。方伏地陈说，忽妇媪环绕，哗笑曰："陈双何故跪拜其妻？"双仰视，又果妻也，愕而痴立。妻亦径趋归。双惘惘[4]至家，则父与妻实未尝出。方知皆狐幻化戏之也，惭不出户者数日。闻者无不绝倒。余谓双不詈狐，何至遭狐之戏，双有自取之道焉。狐不嬲人，何至遭双之詈，狐亦有自取之道焉。颠倒纠缠，皆缘一念之妄起。故佛言一切众生，慎勿造因。

［注释］

①刘武周：隋末河间景城（今河北交河东北）人，趁隋末天下大乱之机，依附突厥，起兵反隋，自称皇帝，年号天兴。唐武德二年（公元619年）十一月，秦王李世民率军征讨刘武周。在不到两年的时间里，刘武周大势已去，投奔突厥，不久即被突厥人所杀。②嬲：烦扰，戏弄。③跳踉：跳跃。④惘惘：精神恍惚的样子。

［译文］

景城有刘武周的墓，《献县志》中也载了这件事。按，刘武周是山后马邑人，墓不应在这儿，怀疑是隋代刘炫的墓。刘炫是景城人，《一统志》中载，他的墓在献县东八十里的地方。景城离县城八十七里，大约就是他的墓。过去墓里住着狐狸，时常戏耍喝醉的人。乡里有个叫陈双的人，是个酒徒，听说之后，愤愤地道："妖兽竟敢这样无礼！"他到了墓地，边数落着边骂。当时满地里都是干活的人，都看见陈双的父亲愤怒地坐在墓边。陈双跳着脚大骂，大伙奔过来责备他说："你怎么醉成这样，还骂你父亲！"陈双仔细一看，真的是父亲。他吓得赶紧叩头，父亲没理他，便往回走。陈双随着哀恳，到了村外才向父亲道歉。他正趴在地上陈说原委，忽然有一伙妇女喧笑道："陈双为何跪拜你的妻子？"陈双抬头一看，果然是妻子。他吃惊地呆立着，妻子也径直回去了。陈双惘惘然地回了家，得知父亲和妻子根本没出去过，这才明白是狐狸作妖耍弄他。他好几天足不出户。听到这事的人无不笑得前仰后合。我认为，陈双不骂狐狸，何至于遭狐狸的耍弄？他这是自招被耍弄。狐狸假如不戏耍人，怎么会遭陈双的骂？狐狸也是自招挨骂。颠倒纠缠，说不清楚，都因为一念之差。所以佛说一切生灵，千万不要制造结怨的因由。

［原文］

老仆魏哲闻其父言：顺治初，有某生者，距余家八九十里，忘其姓名，与妻先后卒。越三四年，其妾亦卒。适其家佣工人，夜行避雨，宿东岳祠廊下。若梦非梦，见某生荷校[1]立庭前，妻妾随焉。有神衣冠类城隍，磬(qìng)折[2]对岳神语曰："某生污二人，有罪；活二命，亦有功，合相抵。"岳神咈[3]然曰："二人畏死忍耻，尚可贷。某生活二人，正为欲污二人。但宜科罪，何云功罪相抵也？"挥之出。某生及妻妾亦随出。悸不敢语。天曙归告家人，皆莫能解。有旧仆泣曰："异哉，竟以此事被录乎！此事惟吾父子知之。缘受恩深重，誓不敢言。今已隔两朝，始敢追述。两主母皆实非妇人也。前明天启中，魏忠贤[4]杀裕妃，其位下宫女内监，皆密捕送东厂，死甚惨。有二内监，

一曰福来，一曰双桂，亡命逃匿。缘与主人曾相识，主人方商于京师，夜投焉。主人引入密室，吾穴隙私窥。主人语二人曰：'君等声音状貌，在男女之间，与常人稍异，一出必见获。若改女装，则物色不及。然两无夫之妇，寄宿人家，形迹可疑，亦必败。二君身已净，本无异妇人，肯屈意为我妻妾，则万无一失矣。'二人进退无计，沉思良久，并曲从。遂为办女饰，钳其耳，渐可受珥。并市软骨药，阴为缠足。越数月，居然两好妇矣。乃车载还家，诡言在京所娶。二人久在宫禁，并白皙温雅，无一毫男子状。又其事迥出意想外，竟无觉者。但讶其不事女红，为恃宠骄惰耳。二人感主人再生恩，故事定后亦甘心偕老。然实巧言诱胁，非哀其穷，宜司命之见谴也。信乎人可欺，鬼神不可欺哉！"

［注释］

①校：古代刑具枷锁的统称。②磬折：像磬一样弯着腰，形容十分恭敬。③咈：不同意的样子。④魏忠贤：原名李进忠，北直隶肃宁（今属河北）人，中国明朝末期宦官。本为市井无赖，为赌债所逼入宫做了太监，与皇帝乳母客氏沆瀣一气，升为司礼秉笔太监。崇祯帝即位后，遭到弹劾，被流放凤阳，在途中畏罪自杀。

［译文］

老仆魏哲听他父亲说，顺治初年有位某生，距离我家八九十里，忘了叫什么名，和妻子先后死了。过了三四年，他的妾也死了。当时他家的雇工夜行避雨，宿在东岳祠的廊庑下。在似梦非梦中，看见某生戴着枷锁站在庭前，妻妾随在身后。有个神，看穿着像是城隍，恭敬地对岳神说："某生污辱了这两个人，有罪；救了两人的性命，也有功，应该相抵。"岳神不大高兴地说："这两人怕死而忍垢含耻，还可原谅；某生救这两个人，正是为了奸污这两人，只能定罪，怎么能说功罪可以相抵呢？"于是把城隍神打发了出去。某生和妻妾也随后出去了。雇工害怕不敢吱声，天亮之后回去告诉了家人，大家都不明白是怎么回事。某生过去的仆人哭道："真是怪事，他竟因这件事被逮了起来。这事只有我们父子知道。因为受恩深重，发誓不说。如今已改朝换代，说出来也不怕了。两位主母实际上都不是女人。在明代天启年间，魏忠贤杀死裕妃。裕妃的宫女内监，都被秘密逮捕送到东厂，死得都很惨。有两个内监，一个叫福来，一个叫双桂，逃了出去。因为他们与我主人是旧相识，而主人正在京城经商。夜里便投奔来了。主人把两人带进密室。我从门缝往里偷看，听主人对他们说：'你们的声音相貌，不男不女，和别人不大一样，一出去肯定会被抓住。假如改换女装，就认不出来了。但是两个没有丈夫的女人寄住在别人家里，形迹可疑，也会被人看破。两位已净了身，和女人也没什么两样了，肯委屈当我的妻妾，就万无一失了。'两人进退不得，想了很长时间，只好曲从。主人便为他们采买女人饰物，扎了耳朵眼，渐渐可以挂耳环了。并买来软骨药，叫他们缠脚。过了几个月，居然变成两个美女了。于是主人便用车载两人回家，撒谎说在京城娶的。这两人久在宫禁之中，都皮肤白皙、举止温雅，没有一丝男子气。而且事情大出意料之外，所以也没人怀疑。感到奇怪的是两人都不做女红，但解释作情宠娇情，也就无可怀疑的了。两人感怀主人的活命之恩，所以在魏忠贤死后，仍甘心与主人在一起生活。主人实际上是巧言诱胁他们就范的，并非同情他们无处投奔。所以岳神惩罚他也是应该的。可见，人可以欺骗，鬼神是不可欺骗的。"

[原文]

乾隆己卯，余典山西乡试①，有二卷皆中式矣。一定四十八名，填草榜时，同考官万泉吕令淄，误收其卷于衣箱，竟觅不可得。一定五十三名，填草榜时，阴风灭烛者三四，易他卷乃已。揭榜后，拆视弥封②，失卷者范学敷，灭烛者李腾蛟也。颇疑二生有阴谴。然庚辰乡试，二生皆中式，范仍四十八名。李于辛丑成进士。乃知科名有命，先一年亦不可得，彼营营者③何为耶？即求而得之，亦必其命所应有，虽不求亦得也。

[注释]

①乡试：科举时代正式科考的第一关，按规定每三年各省举子集中于京城及各省省城的贡院进行考试。考官是由翰林及进士出身的官员临时担任。乡试每次连考三场，每场三天。考中的称为"举人"，头名举人称"解元"，中了举人便获得了做官的资格。②弥封：科举考试时，为防止考官在评选时作弊，试卷上写姓名的地方由弥封官折叠，糊名弥封，封印卷首。阅卷后，张榜公布取中者姓名时，始拆封。③营营：追求奔逐的样子。

[译文]

乾隆二十四年（公元 1759 年），我主持山西乡试，有两张卷都考中了。一张定在第四十八名，填写草榜时，同考官万泉人吕令淄误把这张卷子收入衣箱中，无论如何都找不到。另一张定在第五十三名，在填写草榜时，阴风几次吹灭蜡烛，换了别的卷子才不吹了。揭榜后拆看弥封，才知丢失卷子的考生是范学敷，被吹灭蜡烛的那张卷子的考生是李腾蛟。于是就怀疑这两人遭到地府的惩罚。但是在乾隆二十五年乡试，两人都考中了，范学敷仍然是第四十八名。李腾蛟于乾隆四十六年考中进士。由此可知科举功名也有定数，先一年也不行。那些忙乎的人还折腾什么呢？即便是经努力而得到的，也肯定是命里注定应该有的，即便是不去追求也能得到。

［原文］

先姚安公言：雍正庚戌会试[①]，与雄县汤孝廉同号舍[②]。汤夜半忽见披发女鬼，搴(qiān)帘手裂其卷，如蛱蝶乱飞，汤素刚正，亦不恐怖，坐而问之曰："前生吾不知，今生则实无害人事。汝胡为来者？"鬼愕眙(yí)[③]却立曰："君非四十七号耶？"曰："吾四十九号。"盖前有二空舍，鬼除之未数也。谛视良久，作礼谢罪而去。斯须间，四十七号喧呼某甲中恶矣。此鬼殊愦愦[④]，汤君可谓无妄之灾。幸其心无愧作，故仓卒[⑤]间敢与诘辩，仅裂一卷耳，否亦殆哉！

［注释］

①会试：中国古代科举制度的中央考试。明清时乡试中举者，次年集中在京城考试，录取者称为"贡生"，第一名称为"会元"。会试后贡士再由皇帝亲自决定取舍、等第，经殿试合格后称"进士"。②号舍：中国古代科举考场中考生的席舍，又称"号房"。乡试开考前，每名考生获分配贡院内一间独立的房间。考生在考试完结前不得离开号舍。③眙：吃惊地看着。④愦愦：糊涂的样子。⑤仓卒：急急忙忙。

［译文］

先父姚安公说，雍正八年（公元 1730 年）会试，他和雄县的汤孝廉同一号舍。汤孝廉在半夜忽然看见一个被发女鬼，掀开帘子用手撕了他的考卷，碎纸片像蝴蝶般乱飞。汤孝廉历来刚正不阿，也不恐惧，坐起来问道："前辈子我不知道，但这一辈子我没有做害人的事，你来干什么？"鬼愕然退后说："你不是四十七号么？"汤回答说："我是四十九号。"因为有两个空号舍，鬼没有办法进去。鬼看了他好久，赔礼道歉而去。不一会儿，四十七号房那边吵吵嚷嚷说某某中了邪。这个鬼真是糊里糊涂，汤君可谓无故遭灾。多亏他心中无愧，所以在仓促之中敢于和鬼争辩，仅仅被撕了一张卷子，不然也糟了！

［原文］

于氏，肃宁旧族也。魏忠贤窃柄时，视王侯将相如土苴(jū)。顾以生长肃宁，耳濡目染，望于氏如王谢[①]。为侄求婚，非得于氏女不可。适于氏少子赴乡试，乃置酒强邀至家，面与议。于生念许之则祸在后

日，不许则祸在目前，猝不能决。托言父在难自专。忠贤曰："此易耳。君速作札，我能即致太翁也。"是夕，于翁梦其亡父，督课如平日，命以二题：一为"孔子曰诺"，一为"归洁其身而已矣"。方构思，忽叩门惊醒。得子书，恍然顿悟。因覆书许姻，而附言病颇棘，促子速归。肃宁去京四百余里，比信返，天甫微明，演剧犹未散。于生匆匆束装，途中官吏迎候者已供帐相属。抵家后，父子俱称疾不出。是岁为天启甲子。越三载而忠贤败，竟免于难。事定后，于翁坐小车，遍游郊外，曰："吾三载杜门，仅博得此日看花饮酒，岌乎危哉！"于生濒行时，忠贤授以小像曰："先使新妇识我面。"于氏于余家为表戚，余儿时尚见此轴，貌修伟而秀削，面白色隐赤，两颧微露，颊微狭，目光如醉，卧蚕[2]以上，赭石薄晕如微肿。衣绯红。座旁几上，露列金印九。

［注释］

①王谢：六朝时王家与谢家是左右政局的两姓豪门大族，常并称，后代称高门世族。《南史·侯景传》："请娶于王谢，帝曰：'王谢门高非偶，可于朱张以下访之。'"②卧蚕：如卧蚕形的眉毛。

［译文］

于氏是肃宁的大族。魏忠贤专权时，把王侯将相们都看作是粪土，但他生长在肃宁，耳闻目染，便把于氏看得像晋代的王谢大族一样，为侄子求婚，非娶于氏的女儿不可。刚好于家的小儿子去参加乡试，他便置办了酒席，强把于生请到家里面议。于生心里盘算，要答应了，大祸就在以后，如不答应，大祸就在眼前。仓促间决定不下来，便说父亲在，不敢自作主张。魏忠贤说："这容易，你赶快写封信，我能马上送到太翁那里。"这天晚上，于翁梦见死去的父亲，还像以前那样给他上课，出了两个题，一是"孔子说行"，一是"回去独善其身就行了"。他正在构思，忽然被叩门声惊醒。得到儿子的信，他才恍然大悟。于是复信许婚，而附言说病很重，叫儿子速回。肃宁离京城四百多里地，等回信送到，天色刚亮，演的戏还没有散场。于生匆匆地准备行装出发，途中迎候的官吏，已为他准备好路上所需一应物品，并恭听他的指示。到家之后，于氏父子都宣称有病，不露面了。这一年是天启四年。过了三年，魏忠贤垮台，于氏竟免于受牵连。大局稳定下来后，于翁坐着小车，遍游郊外，说："我三年闭门不出，只换来今天这样看花喝酒。真是危险呵。"于生临走时，魏忠贤交给他一幅小像，说："先叫新娘认认我。"于氏和我家是表亲，我在小时曾见过这幅小像。魏忠贤身材高大而瘦削，脸色白中透红，两边颧骨微微凸起，脸颊稍窄，眼光好像喝醉了酒，卧蚕眉以上部分，有赭石般淡淡的晕，好像有点肿，衣服是绯红色的，座旁的几案上，摆列着九颗金印。

[原文]

族祖雷阳公言：昔有遇冥吏者，问：“命皆前定，然乎？”曰：“然。然特穷通寿夭之数，若唐小说所称预知食料，乃术士射覆[1]法耳。如人人琐记此等事，虽大地为架，不能庋(guì)此簿籍矣。”问：“定数可移乎？”曰：“可。大善则移，大恶则移。”问：“孰定之？孰移之？”曰：“其人自定自移，鬼神无权也。”问：“果报何有验有不验？”曰：“人世善恶论一生，祸福亦论一生。冥司则善恶兼前生，祸福兼后生，故若或爽也。”问：“果报何以不同？”曰：“此皆各因其本命。以人事譬之，同一迁官，尚书迁一级则宰相，典史迁一级，不过主簿耳。同一镌秩(juān zhì)，有加级者抵，无加级，则竟镌矣。故事同而报或异也。”问：“何不使人先知？”曰：“势不可也。先知之，则人事息，诸葛武侯为多事，唐六臣[2]为知命矣。”问：“何以又使人偶知？”曰：“不偶示之，则恃无鬼神而人心肆，暧昧难知之处，将无不为矣。”先姚安公尝述之曰：“此或雷阳所论，托诸冥吏也。然揆(kuí)[3]之以理，谅亦不过如斯。”

[注释]

①射覆：是古代雅士日常生活中的一种有趣的玩乐方式。“射”是猜度之意，“覆”是覆盖之意。由一人随意地选择一物，并将其覆盖起来。射者通过易经八卦的象、数、理推断出某种具体事物来。《汉书·东方朔传》：“上尝使诸数家射覆。”颜师古注曰：“于覆器之下而置诸物，令闇射之，故云射覆。”②唐六臣：指唐哀帝李柷逊位后梁时，负责到后梁办理逊位事宜的中书令张文蔚、礼部尚书苏循、侍中杨涉、翰林学士张策、御史大夫薛贻矩、尚书左丞赵光逢等六位大臣。③揆：揣测，估量。

[译文]

族祖雷阳公说，过去有一个人碰到了冥间小吏，问命运都是：“以前注定的，是吗？”小鬼说：“是。不过以前注定的是指特别坎坷、通达和特别短命、长寿等大事，至于唐代小说中所说预知人吃什么，乃是术士猜谜的玩意儿。假如把每人的这种琐事也都记录下来，那么即使以大地为书架，也放不下那么多籍册。”这人问：“定数能变么？”小鬼说：“能变，大善能变，大恶能变。”这人问：“谁来定谁来变？”小鬼说："是本人自己定自己变，鬼神没有这个权。"这人问："报应怎么有的灵验有的不灵验？"小鬼说："人间以一生论善或恶，祸福也以一生来论定。在地府论善或恶，则兼顾前生，论祸或福，则兼顾后生，所以有时就不能一事一报应。"这人问，报应为什么不一样？小鬼说："这因每人的本命不同而不同。比如说人事，同样升官，尚书升一级就当了宰相，典史升一级不过是个主簿。同样降级，如果和加级的相比，那么不加级，就等于降级了。所以虽然事情相同而报应有时也不同。"这人问："定数为何不叫人先知道？"小鬼说："情况不允许这样。如果让人都事先知道自己的命运，人间就没有什么事了，那么诸葛亮就成了多事的人，唐代六个大臣就成了知天命的人了。"这人问："为什么又叫人偶尔知道一些？"小鬼说："不偶尔予以指示，那么有人就会觉得没有鬼神而肆无忌惮，在背人为所欲为了。"先父姚安公曾评述说："这可能是雷阳公的看法，而假托小鬼说出来。然而以理来衡量，也是这么回事。"

滦阳消夏录三

［原文］

昌吉叛乱①之时，捕获逆党，皆戮于迪化城西树林中。时戊子八月也。后林中有黑气数团，往来倏忽，夜行者遇之辄（zhé）迷。余谓此凶悖之魄，聚为妖厉，犹蛇虺（huǐ）②虽死，余毒尚染于草木，不足怪也。凡阴邪之气，遇阳刚之气则消。遣数军士于夜伏铳（chòng）③击之，应手散灭。

［注释］

①昌吉叛乱：发生于清乾隆三十二年（公元 1767 年）的叛乱。昌吉，为新疆县名。②虺：古书上所载的一种毒蛇，后泛指蛇类。③铳：一种旧式火器。

［译文］

昌吉地区发生叛乱之时，抓获的叛乱分子都杀死在迪化城西的树林中。那是乾隆三十三年（公元 1768 年）八月的事。后来林子里有好几团黑气，往来迅速，走夜路的人碰到它就迷了路。我认为这是凶悖的魂魄集聚在一起，形成妖厉之气的，就像毒蛇虽然死了，余毒还沾在草木上一样，没什么可奇怪的。只要是阴邪之气，遇到阳刚之气就消散了。在月夜，派了几个军士埋伏下，用火铳射击黑气，黑气便消散了。

［原文］

東城李某，以贩枣往来于邻县，私诱居停主人少妇归。比至家，其妻先已偕人逃。自诧曰："幸携此妇来，不然，鳏（guān）①矣。"人计其妻迁贿之期，正当此妇乘垣后日。适相报，尚不悟耶！既而此妇不乐居农家，复随一少年遁，始茫然自失。后其夫踪迹至東城，欲讼李。李以妇已他去，无佐证，坚不承。纠纷间，闻里有扶乩（jī）者，众曰："盍质于仙？"仙判一诗曰："鸳鸯梦好两欢娱，记否罗敷②自有夫。今日相逢须一笑，分明依样画葫芦。"其夫默然径返。两邑接壤，有知其事者曰："此妇初亦其夫诱来者也。"

［注释］

①鳏：老而无妻。②罗敷：古乐府《陌上桑》："秦氏有好女，自名为罗敷。"

诗中描述，罗敷在陌上采桑，被使君看中，要强娶为妻，遭到严词拒绝。罗敷非实有其名，后多用为美丽而坚贞妇女的代称。

［译文］

束城李某因贩枣经常到邻县去，一次偷偷地把房东的少妇给拐回来了。等他到了家，他的妻子已先一步跟人跑了。李某自我安慰道："幸亏把这女人带了来，不然成了光棍了。"人们计算他妻子跟人私奔的时候，正是这个少妇眼巴巴等着李某带她走的第二天。这恰恰是对李某的报应，但他还不知悔改。不久，这位少妇不愿意住在农家，又跟着一个年轻人跑了，李某这才茫然不知所措。后来少妇的丈夫跟踪到了束城，要告李某。李某却因少妇已到了别的地方，没留下任何证据，坚决不承认。正在吵闹中，听说村中有个术士能请神仙，大家说："去问问神仙吧。"神仙判下一首诗道："一场鸳鸯梦两情欢，记不记得罗敷有丈夫？今日相逢该自嘲地笑笑，分明是彼此依样画葫芦。"房东默然地回去了。两县接壤处有知道内情的人说："那个少妇也是房东当初诱拐来的。"

［原文］

制府唐公执玉，尝勘一杀人案，狱具矣。一夜秉烛独坐，忽微闻泣声，似渐近窗户。命小婢出视。嗷然而仆。公自启帘，则一鬼浴血跪阶下。厉声叱之，稽颡(sǎng)①曰："杀我者某，县官乃误坐②某，仇不雪，目不瞑也。"公曰："知之矣。"鬼乃去。翌日，自提讯。众供死者衣履，与所见合。信益坚，竟如鬼言改坐某。问官申辩百端，终以为南山可移，此案不动。其幕友疑有他故，微叩公，始具言始末，亦无如之何。一夕，幕友请见，曰："鬼从何来？"曰："自至阶下。""鬼从何去？"曰："欻(xū)然③越墙去。"幕友曰："凡鬼有形而无质，去当奄然而隐，不当越墙。"因即越墙处寻视，虽甃瓦不裂，而新雨之后，数重屋上皆隐隐有泥迹，直至外垣而下。指以示公曰："此必因贿捷盗所为也。"公沉思恍然，仍从原谳(yàn)④。讳其事，亦不复深求。

［注释］

①颡：额。②坐：入罪，定罪。③欻然：忽然。欻，形容急促的声响。④谳：审判，定罪。

［译文］

制府唐执玉审查一件杀人案，已经定案。这天夜里他独自点灯坐在屋里，忽然隐约听到哭泣声，好像慢慢临近窗户。唐制府叫小婢出去看看。小婢出去，惊叫了一声倒在地上。唐制府掀开帘子，看见一个浑身是血的鬼跪在台阶下。唐制府厉声喝问，鬼叩头道："杀我的人是甲，县官却错判是乙，这个仇报不了，死也不能瞑目。"唐制府说："知道了。"鬼离去了。第二天，唐制府亲自提审。证人们提供死者的衣服鞋子等物，与昨夜所见的相符。唐制府愈加相信了，竟按鬼所说的改判甲为凶手。原审案官百般申辩，坚持认为南山可以移动，但这个案子不能改。唐制府的助手怀疑有别的原因婉转地问唐制府。唐制府说了见鬼之事，助手也拿不出什么主意来。一天晚上，助手来见唐制府，问："鬼从哪儿来的？"唐制府说："他自己来到台阶下面。"助手问："鬼往哪儿去了？"唐制府说："他倏然越墙而去。"助手说："只要是鬼，都只有形影而没有肉躯，离去时应该是突然消失，而不应该越墙。"随即便到鬼越墙处查看，虽然屋瓦没有碎裂的，但因刚下过雨，几处屋顶上都隐约有泥脚印，一直到外墙，泥脚印下去了。助手指着泥脚印说："这一定是收买了有功夫的盗贼干的。"唐制府沉思了一会儿恍然大悟，仍改回原判。他把这事压下了，没有再追究。

［原文］

昌吉筑城时，掘土至五尺余，得红纻丝绣花鞋一。制作精致，尚未全朽。余《乌鲁木齐杂诗》曰："筑城掘土土深深，邪许①相呼万杵（chǔ）音。怪事一声齐注目，半钩新月藓花侵。"咏此事也。入土至五尺余，至近亦须数十年，何以不坏？额鲁特女子不缠足，何以得作弓弯样，仅三寸许？此必有其故，今不得知矣。

［注释］

①邪许：拟声词，劳动时众人一齐发出的呼喊声。

［译文］

昌吉县筑城时，挖地到五尺多深的地方，挖出一只红纻丝绣花鞋。鞋制作精美，还没有完全腐烂。我的《乌鲁木齐杂诗》写道："筑城挖土到深处，相互呼应声中杂着杵土声。有人喊了声怪事，大家都去看，一只半钩新月般的绣花鞋上沾着藓花。"说的就是此事。在土中达五尺之深处，最近也得有几十年的时间了，它为什么还不烂掉？额鲁特的女子不缠脚，这只鞋怎么做成弯弓样，仅有三寸左右长？这里必有原因，如今是不知道了。

［原文］

郭六，淮镇农家妇，不知其夫氏郭父氏郭也，相传呼为郭六云尔。雍正甲辰、乙巳间，岁大饥，其夫度不得活，出而乞食于四方，濒行，

对之稽颡曰："父母皆老病，吾以累汝矣。"妇故有姿，里少年瞰(kàn)其乏食，以金钱挑之，皆不应，惟以女工养翁姑。既而必不能赡，则集邻里叩首曰："我夫以父母托我，今力竭矣，不别作计，当俱死。邻里能助我，则乞助我；不能助我，则我且卖花，毋笑我。"邻里赼趄(zī jū)①嗫嚅，徐散去。乃恸哭白翁姑，公然与诸荡子游。阴蓄夜合之资，又置一女子，然防闲甚严，不使外人觌(dí)②其面。或曰，是将邀重价，亦不辩也。越三载余，其夫归。寒温甫毕，即与见翁姑，曰："父母并在，今还汝。"又引所置女见其夫曰："我身已污，不能忍耻再对汝。已为汝别娶一妇，今亦付汝。"夫骇愕未答，则曰："且为汝办餐。"已往厨下自刭(jǐng)矣。县令来验，目炯炯不瞑。县令判葬于祖茔(yíng)，而不祔③夫墓，曰："不祔墓，宜绝于夫也；葬于祖茔，明其未绝于翁姑也。"目仍不瞑。其翁姑哀号曰："是本贞妇，以我二人故至此也。子不能养父母，反绝代养父母者耶？况身为男子不能养，避而委一少妇，途人知其心矣，是谁之过而绝之耶？此我家事，官不必与闻也。"语讫而目瞑。时邑人议论颇不一。先祖宠予公曰："节孝并重也，节孝又不能两全也，此一事非圣贤不能断，吾不敢置一词也。"

［注释］

①赼趄：行走困难的样子。②觌：相见。③祔：合葬。

［译文］

郭六，是淮镇的农家妇女，不知是她丈夫姓郭，还是她父亲姓郭，反正大家都叫她郭六。雍正二、三年间，闹大饥荒，她丈夫觉得活不下去了，出外到各地去谋生，临走的时候，给妻子跪下叩头说："父母年老又有病，我就托付给你了。"郭六相貌漂亮，同乡的年轻人看她挨饿，便以金钱引诱她，她毫不理睬，只以缝纫来养活公婆。不久，靠缝纫也难维持生计了，她便请来乡亲们，叩头说："我丈夫把父母托付给我，我现在无能为力了，假如不作别的打算，都得饿死。邻居们如果能帮我，那么请帮帮我；如果不能帮我，我只好卖身，请不要讥笑我。"乡亲们都犹犹豫豫地欲言又止，慢慢地都散去了。郭六痛哭着告诉了公婆，然后公然与那些浪荡子在一起鬼混。她积攒卖身钱，偷偷地找来一女子，并对她防范极严，不叫外人和她见面。有的说郭六想用这个女子来挣大钱，她也不解释。过了三年多，她的丈夫回来了。刚刚寒暄完，郭六便和丈夫去见公婆，说："父母都在，今天就交给你了。"又带她所养的那位女子见丈夫，说：“我的身子已被玷污，不能再忍垢含耻地和你在一起生活了。我已为你另娶了一个女子，今天也交给你。”丈夫惊得还没来得及说什么，郭六又说：“我要到厨房去预备饭。”便在厨房里自杀了。县令来验尸，郭六的眼睛圆睁着不闭。县令宣判把郭六葬在祖坟里，而以后不能与她丈夫合葬，理由是：“不合葬，以表示和她丈夫断了关系；葬在祖坟，表承她和公婆关系密切。”郭六的眼睛仍然不闭。公公婆婆哀号道：“她本来是个贞妇，因我们两人她才去卖身。儿子不能养父母，反而叫隔亲的人来养。况且身为男人不能养父母，却委托给少妇，路人也都会理解她的一番苦心，断绝了关系是谁的过错？这是我的家事，官府不用管！”说完，郭六的眼睛闭上了。当时邻里的人议论纷纷，看法很不一样。我的先祖宠予公说：“节和孝同样重要，但节和孝又不能两全，这事的是是非非，只有圣贤才能判断，我不敢发表什么意见。”

［原文］

相传某公奉使归，驻节馆舍。时庭菊盛开，徘徊花下，见小童隐映疏竹间，年可十四五，端丽温雅如靓妆女子。问知为居停主人子。呼与语，甚慧黠。取一扇赠之。流目送盼，意似相就。某公亦爱其秀颖，与流连软语。适左右皆不在，童即跪引其裾(jū)曰：“公如不弃，即不敢欺公。父陷冤狱，得公一语可活。公肯援手，当不惜此身。”方探袖出讼牒，忽暴风冲击，窗扉六扇皆洞开，几为驺(zōu)从①所窥。心知有异，急挥之去，曰：“俟夕徐议。”即草草命驾行。后廉知为土豪杀人。狱急不得解，赂胥吏引某公馆其家。阴市娈(luán)童②，伪为其子。又赂左右，得至前为秦弱兰之计③。不虞冤魄之示变也。裘文达公尝曰：“此公偶尔多事，几为所中。士大夫一言一动，不可不慎。使尔时面如包孝肃，亦何隙可乘。”

［注释］

①驺从：古代官吏出行时的侍从。②娈童：原指美少年，南北朝时开始专指与成年人发生性行为的男童或少年。娈，是容貌美好的意思。③秦弱兰之计：据清吴任臣《十国春秋》载，五代十国时后周翰林学士出使江南，把女妓秦弱兰误认为驿馆的女儿，便作了一首词勾引她。

［译文］

相传某公奉命出使回来，住在馆舍。当时院里菊花盛开，某公在花下散步，看见一个小童隐映在稀疏的竹林里，年纪有十四五岁，端丽温雅，像个上妆的女子。

一问才知是馆舍主人的儿子。某公把小童叫来说话，小童特别聪慧。某公拿出一把扇子赠给他。他目光流盼，似像有情意。某公也喜欢他的秀丽聪慧，便留下来说些悄悄话。恰好某公的仆从都不在，小童便跪下拉着某公的衣襟说：“您要是不厌弃我，我也不敢瞒您。我父亲被冤下狱，有您一句话就可以活命。如果您肯帮助，我就是您的人了。”小童刚要从袖子里拿状子，忽然来了一阵暴风，六扇窗户都被吹开了，几乎被仆从们见到这一幕。某公心中觉得有点异常，便急急地打发小童走，说：“等晚上再说。”随即仓促地命令驾车出发。后来查知这是一件土豪杀人案。土豪在急迫之中，贿赂乡官带着某公住在土豪家。又偷偷地买来一个娈童，装作是自己的儿子。然后又贿赂某公的仆从离开，才得以行施秦弱兰之计。没想到冤魂出来干预。裘文达先生曾说：“某公偶尔多事，几乎中了计。士大夫的一言一行，不能不慎重。如果某公当时面严如包公，怎么会让对方有机可乘？”

［原文］

乌鲁木齐深山中，牧马者恒见小人高尺许，男女老幼，一一皆备。遇红柳吐花时，辄折柳盘为小圈，着顶上，作队跃舞，音呦呦如度曲。或至行帐窃食，为人所掩，则跪而泣。挚之，则不食而死。纵之，初不敢遽行，行数尺辄回顾。或追叱之，仍跪泣。去人稍远，度不能追，始蓦涧越山去。然其巢穴栖止处，终不可得。此物非木魅，亦非山兽，盖僬侥(jiāo yáo)[1]之属，不知其名。以形似小儿，而喜戴红柳，因呼曰红柳娃。丘县丞天锦，因巡视牧厂，曾得其一，腊以归。细视其须眉毛发，与人无二。知《山海经》所谓竫(jìng)人[2]，凿然有之。有极小必有极大，《列子》所谓龙伯[3]之国，亦必凿然有之。

［注释］

①僬侥：古代神话传说中的矮人国。②竫人：古代神话传说中的一种矮人。③龙伯：古代神话传说中的巨人国的人。

［译文］

在乌鲁木齐深山中，牧马人常看到有一种小人高一尺左右，男女老幼都有。到红柳吐花时，便折了柳枝盘成小圈戴在头上，然后结队跳舞，呦呦地发声像是在唱歌。有时小人到帐篷里偷食物，被人发现了，则跪下哭泣。被捉住，就绝食而死。放掉他时，开始不敢快走，走几步就回头看看。假如追上去呵斥他，他便又跪下哭泣。等离人稍远，估计追不上了，他才跨涧越山而去。然而这小人的巢穴，最终还是不知在哪儿。小人不是木魅，亦非山兽，大概是僬侥国的小人之类，不知叫什么名。因为他样子像小孩，而喜欢戴红柳枝，所以称之为红柳娃。县丞丘天锦视察牧场，曾捉到一个，把他制成腊干带了回来。仔细观察他的胡须眼眉头发，和人一样。由此知道《山海经》中所谓竫人，确实是有。有极小的就必然有极大的，《列子》中所谓龙伯之国，也是确有其事。

［原文］

塞外有雪莲，生崇山积雪中，状如今之洋菊，名以莲耳。其生必双，雄者差大，雌者小。然不并生，亦不同根，相去必一两丈。见其一，再觅其一，无不得者。盖如菟丝茯苓[1]，一气所化，气相属也。凡望见此花，默往探之则获。如指以相告，则缩入雪中，杳无痕迹，即斸(zhú)[2]雪求之，亦不获。草木有知，理不可解。土人曰："山神惜之。"其或然欤？此花生极寒之地，而性极热。盖二气有偏胜，无偏绝，积阴外凝，则纯阳内结。坎卦以一阳陷二阴之中，剥复二卦，以一阳居五阴之上下，是其象也。然浸酒为补剂，多血热妄行。或用合媚药，其祸尤烈。盖天地之阴阳均调，万物乃生。人身之阴阳均调，百脉乃合。故《素问》[3]曰："亢则害，承乃制。"自丹溪[4]立阳常有余阴常不足之说，医家失其本旨，往往以苦寒伐生气。张介宾[5]辈矫枉过直，遂偏于补阳，而参蓍(shī)桂附，流弊亦至于杀人。是未知易道扶阳。而乾之上九，亦戒以"亢龙有悔[6]"也。嗜欲日盛，羸(léi)弱者多，温补之剂易见小效，坚信者遂众。故余谓偏伐阳者，韩非刑名之学；偏补阳者，商鞅富强之术。初用皆有功，积重不返，其损伤根本，则一也。雪莲之功不补患，亦此理矣。

［注释］

①菟丝茯苓：菟丝与茯苓，都是植物名。《淮南子·说山》："千山之松，下有茯苓，上有菟丝。"②斸：掘，铲。③《素问》:《黄帝内经·素问》的简称，为现存最早的中医理论著作，相传为黄帝创作，大约成书于春秋战国时期。所论内容十分丰富，以人与自然统一观、阴阳学说、五行说、脏腑经络学为主线，论述摄生、脏腑、经络、病因、病机、治则、药物以及养生防病等各方面的关系，突出阐发了古代的哲学思想，强调了人体内外统一的整体观念，为中医基本理论的渊源。④丹溪：元代名医朱震亨的别号。因他出生的赤岸镇有一条溪流名叫"丹溪"，学者多尊称朱震亨为"丹溪翁"或"丹溪先生"。他先习儒学，

后改医道，成为融诸家之长为一体的一代名医，被后世称为“滋阴派”的创始人。⑤张介宾：明代名医，主张“阳非有余，真阴不足”，认为“人体虚多实少”，强调命门在人体中之重要性，治疗则主张补真阴元阳，创立左归、右归之法，常重用熟地，有“张熟地”之称，是温补学派的主要代表人物，对后世影响深远。⑥亢龙有悔：指居高位的人要戒骄，否则会有败亡的灾难。后也形容倨傲者不免招祸。出自《周易·乾》：“上九，亢龙有悔。”亢，至高的。悔，灾祸。

［译文］

塞外有雪莲，生长在崇山峻岭的积雪中，形状像现在的洋菊，不过以莲为名而已。它生长一定成双成对，雄的稍大，雌的小些。但是它们并非生长在一起，也不同根，两株相离一般有一两丈远。发现了一株，再寻找另一株，就必定能找到。大概它像菟丝、茯苓，是由同一种物质生成的，因此彼此吸引。发现了雪莲，悄然过去才能获得。假如大呼小叫，雪莲便会缩入雪中，连一点痕迹也不留下，就算挖开雪也找不到。草木有灵，从道理上是讲不通的。当地人说：“山神珍惜雪莲。”或许是这样的吧。雪莲生长在极寒地区，而它的性能却极热。因为阴阳二气中可能有一气偏强些，但没有一气偏绝的，阴气在外面凝聚了，则阳气就在里面集结。坎卦的卦相是一个阳陷在两个阴之中，剥、复两个卦是一个阳在五个阴的上面和下面，这就是它的象。但是用雪莲泡酒当补药，服用后往往血热紊乱。用来制作媚药，它的害处尤为严重。天地间阴阳谐调，万物才能生长。人身的阴阳谐调，所有的脉络才平和。所以《素问》中说：“阳气过甚则有害，阴阳结合才易顺。”自从朱震亨创立了阳常有余、阴常不足的学说，医家不顾它的本意，往往用苦寒药破坏阳气。张介宾等矫枉过正，便偏于补阳。而人参、蓍草、肉桂、附子等药，用不好也可能使人死。这是不知道《易》中扶阳的道理所造成的。而乾卦的最上一爻，也提醒“亢龙有悔”。纵欲之风越来越兴盛，所以身体衰弱的人多起来，温补容易产生小效果，因此相信的人多。所以我说偏于伐阳的，近似韩非的刑名学；偏于补阳的，近于商鞅的富国术。刚开始用时都有成效，但积重难返，损伤根本，这两者是相同的。雪莲的功能不能补亏虚，也是这个道理。

［原文］

何励庵先生言：相传明季有书生，独行丛莽间，闻书声琅琅[1]。怪旷野那得有是？寻之，则一老翁坐墟墓间，旁有狐十余，各捧书蹲坐。老翁见而起迎，诸狐皆捧书人立。书生念既解读书，必不为祸，因与揖让席地坐。问：“读书何为？”老翁曰：“吾辈皆修仙者也。凡狐之求仙有二途：其一采精气，拜星斗，渐至通灵变化，然后积修正果，是为由妖而求仙。然或入邪僻，则干天律，其途捷而危。其一先

炼形为人，既得为人，然后讲习内丹[②]，是为由人而求仙。虽吐纳导引[③]，非旦夕之功，而久久坚持，自然圆满。其途纡(yū)而安。顾形不自变，随心而变，故先读圣贤之书，明三纲五常之理，心化则形亦化矣。”书生借视其书，皆《五经》[④]《论语》《孝经》《孟子》之类，但有经文而无注。问：“经不解释，何由讲贯？”老翁曰：“吾辈读书，但求明理。圣贤言语，本不艰深，口相授受，疏通训诂，即可知其义旨，何以注为？”书生怪其持论乖僻，惘(wǎng)惘莫对。姑问其寿。曰：“我都不记。但记我受经之日，世尚未有印板[⑤]书。”又问：“阅历数朝，世事有无同异？”曰：“大都不甚相远。惟唐以前，但有儒者。北宋后，每闻某甲是圣贤，为小异耳。”书生莫测，一揖而别。后于途间遇此翁，欲与语，掉头径去。案此殆先生之寓言，先生尝曰：“以讲经求科第，支离敷衍，其词愈美而经愈荒。以讲经立门户，纷纭辩驳，其说愈详而经亦愈荒。”语意若合符节。又尝曰：“凡巧妙之术，中间必有不稳处。如步步踏实，即小有蹉失，终不至折肱(gōng)伤足。”与所云修仙二途，亦同一意也。

［注释］

①琅琅：象声词，金石相击的声音，多形容响亮的读书声。②内丹：道家指用自身的精气所炼成的丹，是与矿物所炼的外丹相对而言。出南朝僧慧思《南岳思大禅师立誓愿文》：“借外丹力修内丹，欲安众生先自安。”③吐纳导引：道家及医学家通过呼吸及锻炼身体等活动所进行的养生、修炼之法。④《五经》：是儒家五部经典著作的合称，即《诗》《书》《礼》《易》《春秋》。《诗》即《诗经》，是我国第一部诗歌总集；《书》即《书经》，又称《尚书》，意为上古之书，相传是孔子编写的，保存了商周特别是西周初期的一些重要史料；《礼》即《礼记》，相传多为孔子弟子及再传弟子所著，主要记载了先秦的礼制、礼意，解释仪礼，记录孔子和弟子等的问答及修身做人的准则；《易》即《易经》，又称《周易》，由卦、爻两种符号和卦辞、爻辞两种文字构成，是古代为占卜用的；《春秋》是编年体鲁史，相传为孔子据鲁国史官所编《春秋》加以整理修订而成。⑤印板：指木板印刷。

［译文］

何励庵先生说，传说明代有个书生，独自在草木丛中走，听见琅琅的读书声。他奇怪在旷野中为何会有读书声？便寻声找去，见一老翁坐在坟墓之间，身旁有十

多只狐狸，各自捧着书蹲坐着。老翁见了书生，起来相迎，狐狸们也都捧着书，像人似的站了起来。书生觉得他们既然懂得念书，一定不能害人，便相互见礼坐下来。书生问："读书有什么用？"老翁说："我们都是修仙的。狐狸求仙有两个途径，一是采天地精气，拜星斗，渐渐达到通灵变化的地步，然后再修炼正果。这是由妖而求仙。但它有可能进入邪僻之中，违犯天条，因此这个途径快捷但危险。一是先修炼成人形，变成了人之后，再学习内丹，这是由人而求仙。采用吐纳、导引的方法修炼，不是在短时间里便能成功的；坚持长期修炼，自然会成功。这个途径较慢但安全。形体不能自己变化，只能随着心的变化而变化。所以先读圣贤的书，明白三纲五常的道理，心变化了形体也就变化了。"书生借看他们的书，都是《五经》《论语》《孝经》《孟子》之类，但只有文而无注释。书生问："经文不解释，怎么能读懂？"老翁说："我们读书，只求明白道理。圣贤的语言，本来并不艰深，口头传授，简单地做些讲解，即可知道它的意义和宗旨，何必要什么注释？"书生觉得他的看法乖僻，惘惘然不知说什么好，便找话问他多大年岁。老翁说："我也记不住了，只记得我学习经书那时，世上还没有印板书。"书生又问："你经历了几个朝代，世上的事有什么同异之处？"老翁说："大体上都一样。只是在唐代以前，只有儒者。北宋以后，常听说某某是圣贤，就这一点小差别。"书生莫明其妙，作揖告别了。后来书生在路上又遇见这个老翁，要上前说话，老翁掉头便走了。案，这可能是先生的寓言。先生曾说："以讲经来求取功名，把经书弄得支离破碎，引申出许多内容，它的文辞越美而经书便越杂乱。以讲经而各自独创一说，分立门派，纷纭驳杂，其学说越详尽而经书便越杂乱。"这个看法说中了要害。他又说："凡是巧妙的办法，中间必定有不稳当的地方。如果每一步都稳稳妥妥，即便有小坎坷，也不会跌得断腿伤脚。"这与老翁谈的修仙的两个途径，是一个意思。

［原文］

奴子魏藻，性佻(tiāo)荡，好窥伺妇女。一日，村外遇少女，似相识而不知其姓名居址。挑与语，女不答而目成，径西去。藻方注视，女回顾若招。即随以往，渐逼近。女面赪，小语曰："来往人众，恐见疑。君可相隔小半里，俟到家，吾待君墙外车屋中，枣树下系一牛，旁有碌碡(liù zhóu)[1]者是也。"既而渐行渐远，薄暮，将抵李家洼，去家三十里矣。宿雨初晴，泥将没胫，足趾亦肿痛。遥见女已入车屋，方窃喜，趋而赴。女方背立，忽转面，乃作罗刹[2]形，锯牙钩爪，面如靛，目睒睒如灯。骇而返走，罗刹急追之。狂奔二十余里，至相国庄，已届亥初，识其妇翁门，急叩不已。门甫启，突然冲入，触一少女仆地，亦随之仆。诸妇怒噪，各持捣衣杵乱捶其股。气结不能言，惟呼"我我"。俄一

媪持灯出，方知是婿，共相惊笑。次日，以牛车载归，卧床几两月。当藻来去时，人但见其自往自还，未见有罗刹，亦未见有少女。岂非以邪召邪，狐鬼乘而侮之哉？先兄晴湖曰：“藻自是不敢复冶游，路遇妇女，必俯首。是虽谓之神明示惩，可也。”

［注释］

①碌碡：一种农具。用石头做成圆柱形，用来轧脱谷粒或轧平院子。②罗刹：恶鬼的通称。《慧琳意义》卷二十五中记载：“罗刹，此云恶鬼也。食人血肉，或飞空，或地行，捷疾可畏。”同书卷七又说：“罗刹娑，梵语也，古云罗刹，讹也（中略）乃暴恶鬼名也。男即极丑，女即甚姝美，并皆食啖于人。”

［译文］

奴仆魏藻，性情轻佻，好偷看妇女。有一天，他在村外遇见一个少女，似曾相识而不知她的姓名住处，便挑逗她讲话。少女没吱声，而以目传情，然后往西走了。魏藻注视着她，少女又回头好像招呼他。魏藻便跟着她走。慢慢走近了，少女脸红红地小声说：“来往的人多恐怕叫人看见，你离开我半里地走。等到了家，我在墙外的车棚里等你。枣树下拴着一条牛，旁边有一台碌碡的那家就是。”之后，魏藻越走越远，到傍晚将到李家洼，离家已有三十里了。下了一夜的雨，天气初晴，路上稀泥没过脚脖子，脚趾也肿痛起来。魏藻远远地望见少女已进入车棚。他暗自高兴，急忙跑过去。少女背对着他站着，忽然转过头来，却是一副罗刹鬼的模样，牙像锯齿手像钩子，脸色漆黑，眼睛闪亮如灯。魏藻吓得回身就跑。罗刹鬼在后面紧追。魏藻狂奔了二十多里地，到了相国庄，已快到晚上九点了。他还认识岳父家，急急地敲门不止。门刚打开，他就一头闯进去，撞倒了一个少女，他也随之倒在地上。几个妇人怒叫着，各自拿着捣衣棒，乱打他的腿。魏藻呼喘着说不出话，只是“我、我”地叫着。不一会儿，一个老太太拿了灯出来，才看清是女婿。大家又惊奇又好笑。第二天，岳父家把魏藻用牛车送了回去。他卧床养伤达两月之久。当魏藻在遇鬼那天来来去去时，人们只看见他一人去了又回来，并没有看见罗刹鬼，也没有见到有什么少女。是否他以邪召邪，狐鬼趁机耍弄他呢？先兄晴湖说：“魏藻从此再也不敢去寻花问柳，路上遇见妇女也必定低着头走过去。把上面那件事看作是神灵的惩罚，也没有不合适的。”

［原文］

益都李词畹言：秋谷先生[①]南游日，借寓一家园亭中。一夕就枕后，欲制一诗。方沉思间，闻窗外人语曰：“公尚未睡耶？清词丽句，已心醉十余年。今幸下榻此室，窃听绪论，虽已经月，终以不得质疑

问难为恨。虑或仓卒别往，不罄所怀，便为平生之歉。故不辞唐突，愿隔窗听挥麈(zhǔ)[2]之谈。先生能不拒绝乎？”秋谷问：“君为谁？”曰：“别馆幽深，重门夜闭，自断非人迹所到。先生神思夷旷，谅不恐怖，亦不必深求。”问：“何不入室相晤？”曰：“先生襟怀萧散，仆亦倦于仪文，但得神交，何必定在形骸之内耶？”秋谷因日与酬对，于六义[3]颇深。如是数夕，偶乘醉戏问曰：“听君议论，非神非仙，亦非鬼非狐，毋乃山中木客[4]解吟诗乎？”语讫寂然。穴隙窥之，缺月微明，有影蓬蓬然，掠水亭檐角而去。园中老树参云，疑其木魅矣。词畹又云：秋谷与魅语时，有客窃听。魅谓渔洋山人诗如名山胜水，奇树幽花，而无寸土艺五谷；如雕栏曲榭，池馆宜人，而无寝室庇风雨；如彝鼎罍(léi)洗[5]，斑斓满几，而无釜甑(zèng)供炊爨(cuàn)；如纂组锦绣，巧出仙机，而无裘葛御寒暑；如舞衣歌扇，十二金钗[6]，而无主妇司中馈[7]；如梁园金谷[8]，雅客满堂，而无良友进规谏。秋谷极为击节。又谓明季诗庸音杂奏，故渔洋救之以清新；近人诗浮响日增，故先生救之以刻露。势本相因，理无偏胜。窃意二家宗派，当调停相济，合则双美，离则两伤。秋谷颇不平之云。

[注释]

①秋谷先生：清代学者赵执信，字伸符，号秋谷，晚号饴山老人。他在童年时就表现出了过人的天分，“以奇语惊其长老”。名士朱彝尊、陈维崧、毛奇龄非常欣赏赵执信的才华，与他结为忘年之交。著有《饴山诗集》《饴山文集》《礼俗权衡》等。②挥麈：麈，旧称四不像，古时常用其尾做成拂尘，魏晋时士人清谈时多手执之。宋王明清著有《挥麈录》。③六义：语出《诗·大序》：“故诗有六义焉：一曰风，二曰赋，三曰比，四曰兴，五曰雅，六曰颂。”一般认为风、雅、颂是诗的分类；赋、比、兴是诗的表现手法。④山中木客：山中木魈。⑤彝鼎罍洗：彝鼎，古代祭祀用具；罍洗，古代洗涤用具。⑥十二金钗：古代妇女头上所戴的金钗十二行。⑦司中馈：掌管家中事务。⑧梁园金谷：梁园，汉时梁孝王的宫苑；金谷，即金谷园，晋代石崇的别墅。

[译文]

益都人李词畹说，秋谷先生到南方浏览时，借住在一家园亭里。一天晚上躺下后，他在酝酿一首诗。正在沉思，听见窗外有人说：“先生还没睡吗？你的清词丽句，我已心醉十多年，现在幸好下榻在这里。我偷听你的高论，虽然已有一个月，但还是因不能直接和您质疑探讨而深为遗憾。又担心你或者突然到别的地方去，不能满足我的愿望，那么就将终生后悔。所以不顾唐突，想隔着墙听听你的风雅之谈，先生不会拒绝吧？”秋谷问：“你是谁？”对方回答说：“别墅幽深，道道大门夜里都关闭着，当然人是到不了这儿。先生神情旷达，大概不会害怕，也没必要深究。”问为何不进屋来谈谈？对方回答说，先生的性情萧散，我也厌烦虚文缛节，只要能够神交，何必非得彼此接触呢？秋谷于是天天和对方讨论，发现对方对《诗》的六义造诣极深。这么过了几个晚上，秋谷偶然借着酒醉开玩笑问对方：“听你的谈论，你不是神亦非仙，也不是鬼不是狐狸，难道是山中的木魅懂得吟诗么？”说完，对方寂然无声。秋谷从窗缝往外偷看，只见在残月的微光中，有一个蓬蓬的影子，掠过亭檐角走了。园中有老树参天，怀疑就是木魅。李词畹又说，秋谷和木魅谈论时，有人偷听。木魅说渔洋山人的诗，好像名山胜水，奇树幽花，而没有一点土地种植五谷杂粮；好像雕梁画栋的亭台楼阁，但没有寝室躲避风雨；好像彝鼎罍洗之类，琳琅满目地摆了满桌，但没有锅釜等可以做饭；好像彩带锦绣，巧夺天工，但没有裘皮葛衣可以抵御冷热；好像有许多美女在唱歌跳舞，而没有主妇主内；好像梁园金谷园，雅客满座，却没有良友推心置腹地加以规劝。秋谷极为赞赏。木魅又说，明代的诗平庸驳杂，所以渔洋山人以清新的风格加以引导。近代人的诗，内容越来越空洞，所以先生以直露加以引导。从发展来看，双方本就相互借鉴，没有谁胜谁负的道理。我认为两派应当调和相互帮助，联合则双方都好，分离则双方都有损失。据说秋谷听了这段议论，心中极为不平静。

[原文]

何励庵先生言：十三四时，随父罢官还京师。人多舟狭，遂布席于巨箱上寝。夜分，觉有一掌扪①之，其冷如冰，餍(yàn)良久乃醒。后夜夜皆然，谓是神虚，服药亦无效。至登陆乃已。后知箱乃其仆物。仆母卒于官署，厝(cuò)②郊外，临行阴焚其柩(jiù)，而以衣包骨匿箱中。当由人眠其上，魂不得安，故作是变怪也。然则旅魂随骨返，信有之矣。

[注释]

①扪：按，摸。②厝：安置，放置。

[译文]

何励庵先生说，十三四岁时，他随着父亲罢官回京城。由于人多船小，他便把席子铺在大箱子上睡觉。夜里感到有一只手掌压着他，手掌像冰一样凉，这么魇了好久才醒来。此后夜夜这样。说是神虚，但吃药也无用，等上了岸就好了。后来才知道这个大箱子是仆人的。仆人的母亲死在衙门里，停放在郊外。将要走时，仆人偷偷地把棺材连同尸体都烧了，而用衣服包了遗骨，藏在箱子里。也许因为人睡在大箱子上，灵魂不得安宁，所以有这种变异？那么，在外乡的游魂能随着遗骨回来的说法，相信就是真有这事了。

［原文］

励庵先生又云：有友聂姓，往西山深处上墓返。天寒日短，翳(yì)然已暮，畏有虎患，竭蹶(jué)力行，望见破庙在山腹，急奔入。时已曛黑，闻墙隅人语曰："此非人境，檀越①可速去。"心知是僧，问："师何在此暗坐？"曰："佛家无诳语。身实缢鬼，在此待替。"聂毛骨悚栗，既而曰："与死于虎，无宁死于鬼。吾与师共宿矣。"鬼曰："不去亦可。但幽明异路，君不胜阴气之侵，我不胜阳气之烁，均刺促不安耳。各占一隅，毋相近可也。"聂遥问待替之故。鬼曰："上帝好生，不欲人自戕其命。如忠臣尽节，烈妇完贞，是虽横夭，与正命无异，不必待替。其情迫势穷，更无求生之路者，闵其事非得已，亦付转轮，仍核计生平，依善恶受报，亦不必待替。倘有一线可生，或小忿不忍，或借以累人，逞其戾气，率尔投缳，则大拂天地生物之心，故必使待替以示罚。所以幽囚沉滞，动至百年也。"问："不有诱人相替者乎？"鬼曰："吾不忍也。凡人就缢，为节义死者，魂自顶上升，其死速。为忿嫉死者，魂自心下降，其死迟。未绝之顷，百脉倒涌，肌肤皆寸寸欲裂，痛如脔(luán)割；胸膈肠胃中如烈焰燔烧，不可忍受。如是十许刻，形神乃离。思是楚毒，见缢者方阻之速返，肯相诱乎？"聂曰："师存是念，自必生天。"鬼曰："是不敢望，惟一意念佛，冀忏悔耳。"俄天欲曙，问之不言，谛视亦无所见。后聂每上墓，必携饮食纸钱祭之，辄(zhé)有旋风绕左右。一岁，旋风不至，意其一念之善，已解脱鬼趣矣。

［注释］

①檀越：佛教称施主，即施与僧众衣食，或出资举行法会等的信众。

［译文］

何励庵先生又说，有位姓聂的朋友到西山深处去上坟回来，天寒昼短，天色已向晚。他怕有老虎出来，便拼命地走。望见山半腰有一座破庙，便急急地奔了过去，这时已是黄昏了。他听见墙角有人说："这儿不是人呆的地方，施主请赶紧走。"聂某知道他是和尚，便问师父为什么一个人在这么黑的地方？对方说："佛家不说谎话，我其实是吊死鬼，在这儿等替身。"聂某吓得毛骨悚然，过了一会儿说："与其死于虎口，不如死于鬼手中。我今天和师父就一起住在这儿。"鬼说："你不走也行，但人与鬼路数不同。你受不住阴气的侵袭，我受不了阳气的烘烤，这样你我都会局促不安。但每人各占一个角落，不要靠近，就可以了。"聂某远远地问他吊死鬼为什么找替身。鬼说："上天有好生之德，不愿让人自杀。如果忠臣尽忠，节妇尽节，虽然也是横死，但与寿终而死相同，就不必找替身了。有的人因为情势所迫，再没有求生之路而上吊自杀。对这种情况，则同情他出于不得已，也准许转生，核查他的生平，依据善恶予以报应，这样的也不必有替身。如果还有一线生机，却因一口气咽不下，或借此嫁祸于人，逞一时的暴戾之气，轻率地上吊自杀，则极大地违背了天地创造万物的本意，所以一定要叫他等待替身，以示惩罚。因此有的鬼滞留在阴间，动不动就是一百年。"聂某问有无诱骗人来替代的呢？鬼说："我不忍心这样干。凡是人上吊，为贞节忠义而死的，魂魄从头顶上升而去，死得很快。因愤怒嫉恨而死的，魂魄从心中往下降，死得很慢。没死的时候，血脉倒涌，肌肤都好像要断裂成一寸一寸的，疼得如被割碎了。在胸腹肠胃里，好像是有烈火在烧烤，不可忍受。这么折磨有十刻钟的时间，魂魄才离开躯体。一想到要受这种痛苦，所以见了上吊的便阻止他赶紧打消这个念头，如何愿意诱骗人上吊呢？"聂某说："师父存有这种想法，自然一定能升天。"鬼说："这我不敢妄想，只是一心念佛，希望忏悔。"很快天亮了。聂某再问，鬼不回答。仔细去看，什么也没有了。后来聂某上坟，一定也带来饮食纸钱等物祭祀这个鬼。祭祀时，便有旋风绕在他的身旁。有一年，旋风没有来，估计因这个鬼有一念之善，已脱离鬼界了。

［原文］

王半仙尝访其狐友，狐迎笑曰："君昨夜梦至范住家，欢娱乃尔。"范住者，邑之名妓也。王回忆实有是梦，问何以知。曰："人秉阳气以生，阳气上升，恒发越于顶。睡则神聚于心，灵光与阳气相映，如镜取影。梦生于心，其影皆现于阳气中，往来生灭，倏忽变形一二寸小人，如画图，如戏剧，如虫之蠕动。即不可告人之事，亦百态毕露，鬼神皆得而见之，狐之通灵者亦得见之，但不闻其语耳。昨偶过君家，是以见君之梦。"又曰："心之善恶，亦现于阳气中。生一善念，则气中一线如烈焰；生一恶心，则气中一线如浓烟。浓烟幂首，尚有一线之光，是畜生道[①]中人。并一线之光而无之，是泥犁狱中人矣。"王问："恶人浓烟幂首，其梦影何由复见？"曰："人心本善，恶念蔽之。睡

时一念不生，则此心还其本体，阳气仍自光明。即其初醒时，念尚未起，光明亦尚在。念渐起，则渐昏。念全起，则全昏矣。君不读书，试向秀才问之。孟子所谓夜气，即此是也。”王悚然曰：“鬼神鉴察，乃及于梦寐之中。”

［注释］

①畜生道：佛教因果报应的说法。以善恶诸业为因，能招致善恶不同的果报，是为业果。所以未解脱的一切众生，都会在天道、人道、阿修罗道、畜生、恶鬼道、地狱道中循环往复。

［译文］

王半仙去拜访他的狐狸朋友，狐狸迎着他笑道：“你昨夜做梦到了范住家，很快活吧？”范住是本邑的名妓。王半仙想了想说确实做了这个梦，问狐狸怎么知道。狐狸说：“人秉承着阳气而生，阳气上升，所以常常升起在头顶上。睡觉时，精神聚集在心中，灵光与阳气相映，像照镜子一样。梦生在心中，它的影像就反映在阳气中，来来往往生生灭灭，倏忽之间变成一两寸高的小人，像图画、像演戏、像虫子一样蠕动，即便是不可告人的事情，也完全表露出来，鬼神都能见到。狐狸中通灵的，也能看得见，但听不到说话的声音。昨天我偶然路过你家，因此得以看见你的梦。”狐狸又说：“心的善恶，也反映在阳气中。生出一个善的念头，则阳气中有一缕像火焰一样的光；生出一个恶的念头，则阳气中便好像冒出一缕浓烟。浓烟罩在头上，还有一线的光亮，是畜生道里的人。连一线光亮也没有的，就是地狱中的人。”王半仙问坏人的浓烟罩在头上，他的梦影为何能看见？狐狸说：“人心本来是善的，却被恶的念头遮蔽了。睡觉时什么念头也没有，他的心就还原为本来善良的状态，阳气便也自然放光。在他刚醒时，还没有生出什么念头，因此光亮还在。念头渐渐生出来，便渐渐昏暗下去。待各种念头都生进来，便完全昏黑了。你不读书，可以去问问秀才。《孟子》中所谓的夜气，指的就是阳气。”王半仙吃惊地说：“鬼神鉴察人类，竟深入到睡梦之中。”

［原文］

沧州插花庙尼，姓董氏。遇大士[1]诞辰，治供具将毕，忽觉微倦，倚几暂憩（qì）。恍惚梦大士语之曰：“尔不献供，我亦不忍饥；尔即献供，我亦不加饱。寺门外有流民四五辈，乞食不得，困饿将殆。尔辍供具以饭之，功德胜供我十倍也。”霍然惊醒，启门出视，果不谬。自是每年供具献毕，皆以施丐者，曰此菩萨意也。

［注释］

①大士：指观音菩萨，全称尊号为“大慈大悲救苦救难观世音菩萨”，意思是“观照世间众生痛苦中称念观音名号的悲苦之声”，蕴含着大慈大悲济世的功德和思想。据《妙法莲华经》记载，“若有无量百千万亿众生受诸苦恼，闻是观世音菩萨，一心称名，观世音菩萨即时观其音声，皆得解脱”。

［译文］

沧州的插花庙尼姑，姓董，在为观音菩萨的诞辰置办供品将要完毕时，忽然觉得有点疲乏，便倚着几案休息。恍惚之中梦见观音菩萨对她说：“你不供献，我也不挨饿；你供献，我也不会更饱。庙门外有四五个逃难的乞讨不到食物，又累又饿快要死了。你停止置办供品而预备饭给他们吃，你的功德就胜过供献我十倍。”董尼姑一下惊醒过来，开门出去看，果然有几个逃难的。从此她每年供献完毕，把供品都施舍给乞丐，说这是菩萨的意思。

［原文］

先太夫人言：沧州有轿夫田某，母患臌(gǔ)将殆。闻景和镇一医有奇药，相距百余里。昧爽①狂奔去，薄暮已狂奔归，气息仅属。然是夕卫河暴涨，舟不敢渡。乃仰天大号，泪随声下。众虽哀之，而无如何。忽一舟子解缆呼曰：“苟有神理，此人不溺。来来，吾渡尔。”奋然鼓楫，横冲白浪而行。一弹指顷，已抵东岸，观者皆合掌诵佛号。先姚安公曰：“此舟子信道之笃，过于儒者。”

［注释］

①昧爽：拂晓。

［译文］

先太夫人说，沧州有位轿夫田某，母亲得了鼓胀病快不行了。他听说景和镇一个医生有奇药，但距离那儿有一百多里。天刚亮他就狂奔而去，天傍晚了才狂奔回来，累得气喘吁吁。但是这天晚上卫河水猛涨，船不敢渡。田某仰天大哭，声泪俱下。大家虽然都可怜他，但也没有办法。忽然一个船夫解开缆绳招呼道：“如果还有天道，这人就不会淹死。来来，我渡你过去。”他奋然摇橹，横冲滔天的波浪前进，一弹指间船已到达东岸。观看的人都合掌念诵：“阿弥陀佛。”先父姚安公说：“这个船夫信道的虔诚，超过了儒生。”

滦阳消夏录四

［原文］

卧虎山人降乩于田白岩家，众焚香拜祷。一狂生独倚几斜坐，曰：“江湖游士，练熟手法为戏耳。岂有神仙日日听人呼唤？”乩即书下坛诗曰：“鹈鴂(tí jué)[1]惊秋不住啼，章台回首柳萋萋。花开有约肠空断，云散无踪梦亦迷。小立偷弹金屈戌[2]，半酣笑劝玉东西[3]。琵琶还似当年否？为问浔(xún)阳估客妻[4]。”狂生大骇，不觉屈膝。盖其数日前密寄旧妓之作，未经存稿者也。仙又判曰：“此笺幸未达，达则又作步非烟[5]矣。此妇既已从良，即是窥人闺阁。香山居士偶作寓言，君乃见诸实事耶？大凡风流佳话，多是地狱根苗。昨见冥官录籍，故吾得记之。业海洪波，回头是岸。山人饶舌，实具苦心，先生勿讶多言也。”狂生鹄立案旁，殆无人色。后岁余，即下世。余所见扶乩者，惟此仙不谈休咎，而好规人过。殆灵鬼之耿介者耶！先姚安公素恶淫祀，惟遇此仙必长揖曰：“如此方严，即鬼亦当敬。”

［注释］

①鹈鴂：指杜鹃。②金屈戌：金属做的门窗上的搭扣。③玉东西：玉酒杯。④此二句用唐诗人白居易《琵琶行》诗典。估客，指商人。⑤步非烟：见皇甫枚《三水小牍·非烟传》，是唐代小说中的人物。因爱上邻居书生赵象，被其夫所杀。

［译文］

卧虎山人来到田白岩家占卜，大家都焚香拜谒祈祷，只有一个狂生倚着几案斜坐着说：“走江湖的练熟了手法，不过来演演戏而已，哪有真仙天天听人召唤的。”卧虎山人即在坛上写了一首诗道：“杜鹃惊秋不停地啼叫，在章台回首只见柳树萋萋。花开有一定时间而我等人空断肠。彩云散去无踪影，梦中也不知如何是好。当年站在门外偷着弹金屈戌，酒到半酣笑着再劝酒。是否还是当年的琵琶女？这得去问问浔阳估客的妻子。”狂生大惊失色，不觉也屈膝下拜。因为上面那首诗是他几天前偷偷地寄给过去的妓女的，而且没有留下底稿。卧虎山人又下判词道：“这首诗幸亏没有寄到，寄到的话将又出一个步非烟了。这个女人既然已经从良，你这种做法就是勾引有夫之妇。白居易偶然写了一首诗以寄托情思，你却要实际地去干。风流佳话，大多是进地狱的根源。昨天偶然看见阴官记录籍册，所以我得以抄录下来。

孽海洪波，回头是岸。山人多嘴多舌，实是出于一番苦心，先生不要怪我多说了几句。”狂生呆立在几案旁，几乎面无人色。一年之后他就死了。我所见的扶乩的，唯有这位仙不谈吉凶祸福，而好劝诫人的过错：差不多算是灵鬼中耿直的吧。先父姚安公一直讨厌乱祭祀，唯有遇到这种神仙，则必定作揖道：“这样方正严明，就算是鬼也应当受尊敬。”

［原文］

姚安公未第时，遇扶乩者，问有无功名。判曰：“前程万里。”又问登第当在何年。判曰：“登第却须候一万年。”意谓或当由别途进身。及癸巳万寿恩科①登第，方悟万年之说。后官云南姚安府知府，乞养归，遂未再出。并前程万里之说亦验。大抵幻术多手法捷巧。惟扶乩一事，则确有所凭附，然皆灵鬼之能文者耳。所称某神某仙，大属假托；即自称某代某人者，叩以本集中诗文，亦多云年远忘记，不能答也。其扶乩之人，遇能书者则书工，遇能诗者即诗工，遇全不能诗能书者，则虽成篇而迟钝。余稍能诗而不能书，从兄坦居能书而不能诗。余扶乩，则诗敏捷，而书潦草。坦居扶乩，则书清整而诗浅率。余与坦居实皆未容心，盖亦借人之精神始能运动，所谓鬼不自灵，待人而灵也。蓍龟②本枯草朽甲，而能知吉凶，亦待人而灵耳。

［注释］

①恩科：恩科始于宋，明、清两朝承袭此制。宋朝科举制度每三年举行乡、会试，叫作正科。遇皇帝亲试时，可别立名册呈奏，特许附试，故称“恩科”。清代在寻常例试外，逢朝廷庆典，特别开科考试，亦称“恩科”。②蓍龟：蓍草与龟甲，是古代占卜时所用之物。

［译文］

姚安公没登第时，遇见扶乩的人，就问自己有没有功名？仙下了判词道：“前程万里。”又问能在哪一年登第？判词道：“要登第却还要等一万年。”于是以为可能由别的途径入仕。到康熙五十二年万寿恩科登第之后，他才醒悟到“一万年”的意思。后来姚安公任云南姚安府知府时，请求回家养老，从此再没出去做官，连“前程万里”的说法也应验了。一般来说，幻术大多手法快捷，只有扶乩，则确实有所依凭，但都是灵鬼中擅长诗文的。自称某某神某某仙，自然属于假托，即便自称某某代某某人的，拿他本人的诗文集来提问，他也往往说年代久远而忘记了，回答不上来。扶乩的人，书法好的则写出的字很漂亮；能写诗的则诗写得很好；诗、书都不擅长的，则虽然写作成篇，但很迟钝。我能写写诗但字写得不好，堂兄坦居字写得好而诗写得不好。我扶乩，则诗写得敏捷而字迹潦草；坦居扶乩，则字写得工整而诗写得浅显草率。我和坦居，实际上都没有上心，不过扶乩借助于人的思想，才能动起来。所谓鬼自己不能灵验，依仗人才能灵验。蓍草、龟甲本来是枯草朽甲，却能够知道吉凶，也是依靠着人才能灵验的。

［原文］

宋蒙泉言：孙峨山先生，尝卧病高邮舟中。忽似散步到岸上，意殊爽适。俄有人导之行，恍惚忘所以，亦不问。随去至一家，门径甚华洁。渐入内室，见少妇方坐蓐(rù)①，欲退避，其人背后拊一掌，已昏然无知。久而渐醒，则形已缩小，绷置锦褓中。知为转生，已无可奈何。欲有言，则觉寒气自窗门入，辄噤不能出。环视室中，几榻器玩及对联书画，皆了了。至三日，婢抱之浴，失手坠地，复昏然无知，醒则仍卧舟中。家人云，气绝已三日，以四肢柔软，心膈尚温，不敢殓耳。先生急取片纸，疏所见闻，遣使由某路送至某门中，告以勿过挞(tà)婢。乃徐为家人备言。是日疾即愈，径往是家，见婢媪皆如旧识。主人老无子，相对惋叹，称异而已。近梦通政鉴溪亦有是事，亦记其道路门户。访之，果是日生儿即死。顷在直庐，图阁学时泉言其状甚悉，大抵与峨山先生所言相类。惟峨山先生记往不记返。鉴溪则往返俱分明，且途中遇其先亡夫人，到家入室时见夫人与女共坐，为小异耳。案轮回之说，儒者所辟，而实则往往有之。前因后果，理自不诬。惟二公暂入轮回，旋归本体，无故现此泡影，则不可以理推。六合之外，圣人存而不论，阙所疑可矣。

［注释］

①坐蓐：坐月子。

［译文］

宋蒙泉说，孙峨山先生走到高邮县，卧病船中，忽然好像散步似的到了岸上，觉得很舒适。过了一会儿有一人带他走，恍惚中忘了从何处来，他也不问。跟着那人到了一家，门户路径极为豪华整洁。渐渐走进内室，看见一个少妇正在坐月子。他要退避，带他来的人在他背上打了一掌，他便昏过去了。过后他慢慢醒来，身体已经缩小，被捆在襁褓中。他知道已经转生了，也无可奈何。他想说话，便觉得一股寒气从顶门灌入，于是就说不出来了。环视屋里，几案床榻器具古玩以及对联书画等，他都熟悉。到了第三天，婢女抱着他去洗澡，失手掉在地上，他又昏过去了。醒后却仍然躺在船里。家人说，他已断气三天，因四肢柔软、心口还有温气，没敢下葬。他赶紧拿过纸笔来，写下所见，打发人由什么什么路，送到某某门里，并转告那家主人不要打婢女。然后他把详情仔细地讲述给家人听，当天他的病也好了。他径直来到梦中那一家，看见婢女、老太太都似曾相识。主人年老没有儿子，听了事情的原委，只是相对惋惜叹气，感到奇怪而已。近来通政使梦鉴溪也遇到这种事，也记得道路门户。事后去回访，果然是生了儿子随即就死了。以前在直庐时，阁学图时泉讲得很详细，大抵和孙峨山讲得差不多。只是孙峨山只记得去时情况，不记得回来时的情况，梦鉴溪则往返都清楚。他在途中还遇见他死去的夫人到了家，进屋时看见夫人和女儿坐在一起。这是不同之处。轮回的说法，为儒家所排斥，实际上往往有这种事。前因后果，按道理讲是不错，只是上述两人已进入轮回，随即又复归本体，无缘无故地演示这么一出，实在叫人琢磨不透。对天地四方之外的疑问，圣人存疑而不问，这问题放过一边就行了。

［原文］

雍正壬子六月，夜大雷雨，献县城西有村民为雷击。县令明公晟往验，饬棺殓矣。越半月余，忽拘一人讯之曰："尔买火药何为？"曰："以取鸟。"诘曰："以铳（chòng）击雀，少不过数钱，多至两许，足一日用矣。尔买二三十斤何也？"曰："备多日之用。"又诘曰："尔买药未满一月，计所用不过一二斤，其余今贮何处？"其人词穷。刑鞫（jū）之，果得因奸谋杀状，与妇并伏法。或问："何以知为此人？"曰："火药非数十斤不能伪为雷。合药必以硫黄。今方盛夏，非年节放爆竹时，买硫黄者可数。吾阴使人至市，察买硫黄者谁多。皆曰某匠。又阴察某匠卖药于何人。皆曰某人。是以知之。"又问："何以知雷为伪作？"曰："雷击人，自上而下，不裂地。其或毁屋，亦自上而下。今苫草屋梁皆飞起，土炕之面亦揭去，知火从下起矣。又此地去城五六里，雷电相同。是夜雷电虽迅烈，然皆盘绕云中，无下击之状。是以知之。尔时其妇先归宁①，难以研问，故必先得是人，而后妇可鞫。"此令可谓明察矣。

［注释］

①归宁：又称做客、返外家或三朝回门，是指新婚夫妻在结婚的第三日，

携礼前往女方家里探访，女方家人准备午宴，称为归宁宴或请女婿。归宁结束后，男方须送礼给媒人表示谢意。

［译文］

雍正十年（公元1732年）六月，一天夜里下大雷雨，献县城西有一位村民被雷击死。县令明晟去查看了现场，命令把尸体装入棺材埋掉。过了半个多月，县令忽然拘来一个人问："你买火药干什么？"这人说："打鸟。"县令驳他说："用枪打鸟，少不过几钱，多也不过一两左右，就够一天用的了。你买二三十斤干什么？"这人说："准备用许多天。"县令又反驳道："你买药不到一月，计算所用的药不过一二斤，其余的都放在什么地方？"这人答不出来了。经过审讯，他坦白了因奸情而谋杀的罪状，终于和奸妇一起伏法。有人问："怎么知道凶手是这个人？"县令说："火药没有几十斤便不能伪装为雷。合药必定用硫黄。现在正在盛夏，不是年节放爆竹之时，没有几个人买硫黄。我暗中派人到市上去，查谁买硫黄最多，都说是某某匠人。又暗中查某某匠人把药卖给了什么人，都说是某某人，因此知道就是他。"又问："怎么知道打雷是假的？"县令说："雷击人，从上而下，地不裂。雷有时毁屋，也是自上而下。本案中苫草、屋梁都飞了起来，土炕的炕面也揭了起来，可知火是从下面起来的。又，这儿离城五六里，雷电都一样。那天夜里雷电虽然很厉害，但都盘绕在云层之中，没有下击的样子，所以知道是伪造的。那时，死者的妻子已先回了娘家，无法审问。所以一定要先捉到这个人，然后才能审讯那女人。"这个县令可以称得上是明察。

［原文］

再从兄旭升言：村南旧有狐女，多媚少年，所谓二姑娘者是也。族人某，意拟生致之，未言也。一日，于废圃(pǔ)见美女，疑其即是。戏歌艳曲，欣然流盼，折草花掷其前。方欲俯拾，忽却立数步外，曰："君有恶念。"逾破垣竟去。后有二生读书东岳庙僧房，一居南室，与之昵。一居北室，无睹也。南室生尝怪其晏(yàn)至，戏之曰："左挹浮丘袖，右拍洪崖肩①耶？"狐女曰："君不以异类见薄，故为悦己者容。北室生心如木石，吾安敢近？"南室生曰："何不登墙一窥？未必即三年不许②。如使改节，亦免作程伊川③面向人。"狐女曰："磁石惟可引针，如气类不同，即引之不动。无多事，徒取辱也。"时同侍姚安公侧，姚安公曰："向亦闻此，其事在顺治末年。居北室者，似是族祖雷阳公。雷阳一老副榜④，八比⑤以外无寸长，只心地朴诚，即狐不敢近。知为妖魅所惑者，皆邪念先萌耳。"

［注释］

①左挹浮丘袖，右拍洪崖肩：此二句取自晋郭璞《游仙诗》。浮丘、洪崖，均指传说中的仙人名。②此二句用宋玉《登徒子好色赋》典。东邻之女登墙偷看意中人三年，但男子没有动心。③程伊川：宋理学家程颐，世称伊川先生。④副榜：科举考试取士分正榜和副榜。副榜是一种附加榜示，又称“备榜”，即在录取正卷外，另取若干名之意。乡试副榜起于明嘉靖时，清朝承袭了这种制度，每正榜五名取中一名，名为副贡，不能与举人同赴会试，但可应下届乡试。会试副榜始于明永乐时，不能参加殿试，但可应下届会试。⑤八比：指八股文。

［译文］

远房堂兄旭升说，村南过去有个狐女，媚过许多少年，所谓二姑娘就是这个狐女。族人某想活捉她，但没说出口。有一天，这人在废园子里看见一个美女，怀疑这就是狐女，便不正经地唱艳曲，狐女马上送过眼波来。这人折了花草扔到她面前，她正要俯身去拾，忽又退后几步，说：“你有恶念。”跨过破墙竟去了。后来有两位书生在东岳庙僧房里读书。一个住在南屋，和狐女关系很好，一个住在北屋，熟视无睹。一次南屋人怪狐女来晚了，开玩笑说：“你左手牵浮丘的袖子、右手拍洪崖的肩去了么？”狐女说：“你不因为我是异类而轻视我，所以我为喜欢我的人打扮。北屋的那人心如木头石块，我岂敢靠近？”南屋人说：“为什么不过去勾引勾引他？他未必老也不动心。假如使他动了心，他就没脸见程伊川了。”狐女说：“磁石只可以吸针。如果气质品类不同，便吸不动。不要多事、自找羞辱。”当时我们一起在姚安公身边。姚安公说：“从前也听过这种事，是发生在顺治末年的事。住在北屋的人，好像是族祖雷阳公。雷阳公是一位老贡生，除了八股文以外，没有所长。他的心地朴实诚挚，狐狸也不敢靠近他。”由此可知，只要是被妖魅媚住的，都是他自身先萌发了邪念。

［原文］

先太夫人外家曹氏，有媪(ǎo)能视鬼。外祖母归宁时，与论冥事。媪曰：“昨于某家见一鬼，可谓痴绝。然情状可怜，亦使人心脾凄动。鬼名某，住某村，家亦小康，死时年二十七八。初死百日后，妇邀我相伴。见其恒坐院中丁香树下。或闻妇哭声，或闻儿啼声，或闻兄嫂与妇诟谇声，虽阳气逼烁，不能近，然必侧耳窗外窃听，凄惨之色可掬。后见媒妁(shuò)至妇房，愕然惊起，张手左右顾。后闻议不成，稍有喜色。既而媒妁再至，来往兄嫂与妇处，则奔走随之，皇皇如有失。送聘之日，坐树下，目直视妇房，泪涔涔如雨。自是妇每出入，辄随其后，眷恋之意更笃。嫁前一夕，妇整束奁(lián)具。复徘徊檐外，或倚柱泣，或俯首

如有思；稍闻房内嗽声，辄从隙私窥，营营者彻夜。吾太息曰：‘痴鬼何必如是！’若弗闻也。娶者入，秉火前行。避立墙隅，仍翘首望妇。吾偕妇出，回顾，见其远远随至娶者家，为门尉所阻，稽颡(sǎng)哀乞，乃得入；入则匿墙隅，望妇行礼，凝立如醉状。妇入房，稍稍近窗，其状一如整束奁具时。至灭烛就寝，尚不去，为中霤(liù)神①所驱，乃狼狈出。时吾以妇嘱归视儿，亦随之返。见其直入妇室，凡妇所坐处眠处，一一视到。俄闻儿索母啼，趋出，环绕儿四周，以两手相握，作无可奈何状。俄嫂出，挞儿一掌。便顿足拊心，遥作切齿状。吾视之不忍，乃径归，不知其后何如也。后吾私为妇述，妇啮齿自悔。里有少寡议嫁者，闻是事，以死自誓曰：‘吾不忍使亡者作是状。’”嗟乎！君子义不负人，不以生死有异也。小人无往不负人，亦不以生死有异也。常人之情，则人在而情在，人亡而情亡耳。苟一念死者之情状，未尝不戚然感也。儒者见谄渎之求福，妖妄之滋惑，遂断断②持无鬼之论，失先王神道设教之深心，徒使愚夫愚妇，悍然一无所顾忌。尚不如此里妪之言，为动人生死之感也。

［注释］

①霤神：宅神。霤，原指屋檐的流水，借指屋宇、房屋。②断断：争辩的样子。

［译文］

先太夫人的娘家姓曹，有个老妈子能看见鬼。外祖母回娘家时，和她说起阴府的事，老妈子说：“昨天在某某家见到一个鬼，可真是痴到极点。但是那情状可怜，也叫人心酸神伤。鬼名叫某某，住在某村，家道也算小康，死时有二十七八岁。刚死百天后，他妻子请我去做伴。我看见他常坐在院里丁香树下，有时听见妻子的哭声，有时听见儿子的哭声，有时听见兄嫂和妻子的吵骂声。虽然他怕阳气烘逼而不能靠近，但也坚持在窗外侧耳细听，满脸的凄惨表情。后来看见媒人进了妻子屋中，他愕然惊起，张着两手东张西望。后来听说没有谈成，脸上略有喜色。过后媒人又来了，来往于兄嫂和妻子之间。他则奔走随在后面，惶惶然若有所失。送聘礼那天，他坐在树下，眼睛直盯着妻子的房，泪涟涟如下雨。此后每当妻子出入，他就随在后面，眷恋的表情更强烈。出嫁前一晚，妻子在收拾妆具，他又在檐外徘徊，或倚着柱子哭泣，或低头若有所思。听到屋里有一点咳嗽声，他就从窗缝往里看，就这么折腾了一夜。我长叹道：痴鬼为什么要这样！他好像没有听见。男方的人进来，拿着烛火往前走。他躲在墙角站着，仍翘首望着妻子。我陪同妻子出来，回过头去，看见他远远地随着来到男方家，被门神挡住了。他叩头哀恳，才被允许进屋。进了屋就躲在墙角，望着妻子举行婚礼，呆立着如痴如醉。妻子进了洞房，他慢慢靠近窗，那情状和妻子在屋里收拾妆具时相同。一直到吹灯就寝，他还不离开，结果被中霤神驱赶，才狼狈地出来了。当时我受他妻子委托，回去看看孩子，他也随着我回来了。只见他直接进入妻子的屋，凡妻子坐过、睡过的地方，他都一一看看。随即听到孩子找妈妈哭啼起来。他跑出去，环绕在孩子的周围，两只手握在一起，做出无可奈何的样子。不一会儿，他嫂子出来，打了孩子一巴掌。他便顿足捂着心，在远处做出切齿的样子来。我不忍看下去，便回去了，不知后来怎样了。后来我偷偷地告诉他的妻子，她咬着牙，后悔了。村里年轻的寡妇商量再嫁人的，听了这件事，以死发誓道：我不忍心让死去的人做出这种样子。”呜呼，君子以义约束自己而不负人，不因为活着或死去而有所不同；小人经常负于人，也不因为活着或死去而有所不同。普通人的情分，是人在情分也在，人死情分也死了。但是一想起死者的情状，仍时时感到戚戚然。儒士看见人们疑惑而轻慢地求福，制造出妖妄的事来愚弄人，便振振有词地坚持无鬼论，忽视了先王根据神道设置教化措施的深意。这样只会使愚夫愚妇们悍然无所顾忌地我行我素。还比不上这位老妈子说的能够触动人们对生者死者的感情。

［原文］

有山西商，居京师信成客寓，衣服仆马皆华丽，云且援例报捐[1]。一日，有贫叟来访，仆辈不为通。自候于门，乃得见。神意索漠，一茶后，别无寒温，叟徐露求助意。咈然曰：“此时捐项且不足，岂复有余力及君？”叟不平，因对众具道西商昔穷困，待叟举火者十余年。复助百金使商贩，渐为富人。今罢官流落，闻其来，喜若更生。亦无奢望，或得曩(nǎng)所助之数，稍偿负累，归骨乡井足矣。语讫絮泣，西商亦似不闻。忽同舍一江西人，自称姓杨，揖西商而问曰：“此叟所言信否？”西商面赪曰：“是固有之，但力不能报为恨耳。”杨曰：“君且为官，不忧无借处。倘有人肯借君百金，一年内乃偿，不取分毫利，君肯举以报彼否？”西商强应曰：“甚愿。”杨曰：“君但书券，百金在我。”西商迫于公论，不得已书券。杨收券，开敝箧(qiè)，出百金付西商。西商怏怏持付叟。杨更治具，留叟及西商饮。叟欢甚，西商草草终觞(shāng)而已。叟谢去，杨数日亦移寓去，从此遂不相闻。后西商检箧中少百金，锁封识皆如故，无可致诘。又失一狐皮半臂，而箧中得质票一纸，题钱

二千，约符杨置酒所用之数。乃知杨本术士，姑以戏之，同舍皆窃称快。西商惭沮，亦移去，莫知所往。

［注释］

①报捐：盛行于明清两朝的一种制度，向朝廷缴纳一定的财物，换取官职。

［译文］

有位山西商住在京城信成客店，穿的衣服及车马等都很华贵，说是将要按惯例报捐。有一天，有位贫穷的老人来访，仆从不给通报。老人等在门口，才见到山西商。山西商表情冷漠，送上一杯茶之后，连句寒暄话也没有。老人慢慢地露出求助的意思。山西商不满地说："现在我连捐官的钱还不够，哪有余力帮助你？"老人心中不平，便对大家说："山西商过去穷困时，依赖我生活了十多年。我资助一百两银子叫他经商，他才渐渐富起来。现在我罢官，漂泊无定，听说山西商来了，高兴得如再生一样。当然没有更高的要求，如果能得到以前资助他的那些钱，还还欠债，能回到家乡去就满足了。"说完便抽抽咽咽地哭起来。山西商好像没有听见似的不理不睬。同屋有一个江西人，自称姓杨，向山西商拱手问道："这老人说的确实不？"山西商脸红红地说："是有这事，但遗憾的是我力不从心难以报答。"杨某说："你将要当官了，不愁借不到钱。如果有人肯借你一百两银子，一年内偿还，不要丝毫利息，你愿意借来报答他么？"山西商勉强说："愿意。"杨某说："你只管写借据，这一百两银子我借。"山西商迫于公众舆论，不得已写了借据。杨某收起借据，打开破箱子，取出一百两银子付给山西商。山西商很不满地交给了老人。杨某又置办了酒席，留老人和山西商喝酒。老人极为高兴，山西商则勉强喝了几杯。酒宴散后，老人谢了杨某走了。杨某过了几天也搬到别处，从此彼此就没有音信了。后来山西商发现箱子里少了一百两银子，而箱锁封条却原样未动，也无从查询。又丢了一件狐皮背心，而箱子里有一张收据，写着钱二千，大约与杨某置办酒席的钱相当。这才知杨某是个术士，和山西商开了个玩笑。同屋的人都拍手称快，山西商感到又惭愧又晦气，也搬走了，不知到何处了。

［原文］

蒋编修菱溪，赤厓先生子也。喜吟咏，尝作七夕诗曰："一霎人间萧鼓收，羊灯无焰三更碧。"又作中元[1]诗曰："两岸红沙多旋舞，惊风不定到三更。"赤厓先生见之，愀然曰："何忽作鬼语？"果不久下世。故刘文定公作其遗稿序曰："就河鼓以陈词，三更焰碧；会盂兰[2]而说法，两岸沙红。诗谶(chèn)先成，以君才过终军[3]之岁；诔(lěi)词安属，顾我适当骑省之年[4]。"

［注释］

①中元：时节名，旧以农历七月十五日为中元节。传说，去世的祖先在七月初被阎王释放半月，因此有七月初接祖，七月半送祖的习俗。无论贫富都要备下酒菜、纸钱祭奠亡人，以示对死去先人的怀念。②盂兰：即盂兰盆。古代习俗农历七月十五日僧尼结盂兰盆会，诵经施食，俗称“放焰口”。民间普遍流传目连解救母厄的故事：“有目连僧者，法力宏大。其母堕落饿鬼道中，食物入口，即化为烈焰，饥苦太甚。目连无法解救母厄，于是求教于佛，为说盂兰盆经，教于七月十五日作盂兰盆以救其母。”③终军：西汉人，曾自请入南越，游说南越王入朝。④骑省之年：晋潘岳《秋兴赋》序：“晋十有四年，余春秋三十有二，始见二毛。以太尉掾兼虎贲中郎将，寓直于散骑之省。”

［译文］

编修蒋菱溪，是赤厓先生的儿子，喜欢吟诗。他作了一首七夕诗，写道：“刹那间人间的箫鼓声都停了，羊灯无光到了三更碧蓝。”他又写了一首中元诗：“两岸的红沙旋舞着，惊风不停一直到三更。”赤厓先生见了，黯然地说：“为什么忽然说起鬼话来？”果然他很快就死了。所以刘文定公在他的遗稿序中说：“对着牵牛星而陈词，三更灯火碧蓝。赶上盂兰盆会说法，两岸沙红。诗中已出现征兆。你才过终军的年龄，怎么就给你写起谶词来了？而我却也三十多岁。”

［原文］

戊子夏，京师传言，有飞虫夜伤人。然实无受虫伤者，亦未见虫，徒以图相示而已。其状似蚕蛾而大，有钳距，好事者或指为射工①。按短蜮(yù)含沙射影，不云飞而螫人，其说尤谬。余至西域，乃知所画，即辟展之巴蜡虫。此虫秉炎炽之气而生，见人飞逐。以水噀(xùn)之，则软而伏。或噀不及，为所中，急嚼茜草根敷疮则瘥(chài)，否则毒气贯心死。乌鲁木齐多茜草，山南辟展诸屯，每以官牒移取，为刈(yì)获者备此虫云。

［注释］

①射工：传说中的一种毒虫，可口中喷气射人影。

［译文］

戊子年夏天，京城里传说，有飞虫在夜里伤人。但是并没有被虫伤着的人，也没有看见虫，人们只是相互传看图而已。图上的虫像蚕蛾，但比蚕蛾大，有爪。好事的人说它叫射工虫。按，短蜮含沙射人影，并不飞起螫人，因此说是射工虫就大错了。我到了西域，才知道图上的虫即辟展的巴蜡虫。这种虫借着炎热的气息而生，见了人便飞着追逐。用水喷它，便软软地趴下了。假如没来得及喷水而被它咬了，可赶快嚼茜草根敷在伤口上，就会没有事，不然毒气攻心会死人。乌鲁木齐有许多茜草，山南辟展各屯垦区常来公文要这种草，为割草人防备巴蜡虫之用。

［原文］

乌鲁木齐虎峰书院，旧有遣犯妇缢窗棂上。山长前巴县令陈执礼，一夜，明烛观书，闻窗内承尘上窸窣有声。仰视，见女子两纤足，自纸罅(xià)徐徐垂下，渐露膝，渐露股。陈先知是事，厉声曰："尔自以奸败，愤恚(huì)死，将祸我耶？我非尔仇。将魅我耶？我一生不入花柳丛，尔亦不能惑。尔敢下，我且以夏(jiǎ)楚[①]扑尔。"乃徐徐敛足上，微闻叹息声。俄从纸罅露面下窥，甚姣好。陈仰面唾曰："死尚无耻耶？"遂退入。陈灭烛就寝，袖刃以待其来，竟不下。次日，仙游陈题桥访之，话及是事，承尘上有声如裂帛，后不再见。然其仆寝于外室，夜恒呓语，久而渐病瘵(zhài)。垂死时，陈以其相从二万里外，哭甚悲。仆挥手曰："有好妇，尝私就我。今招我为婿，此去殊乐，勿悲也。"陈顿足曰："吾自恃胆力，不移居，祸及汝矣。甚哉，客气之害事也！"后同年六安杨君逢源，代掌书院，避居他室，曰："孟子有言，不立乎岩墙[②]之下。"

［注释］

①夏楚：古代像棍棒之类的刑具。②岩墙：高危的墙。

［译文］

乌鲁木齐虎峰书院，过去有位流放犯人之妻吊死在窗棂上。院长、前巴县令陈执礼，一天夜里点灯看书，听见窗内棚顶窸窣有声。抬头一看，发现有女子的两个小脚，从纸缝里徐徐垂下来，慢慢露出膝盖，慢慢露出大腿。陈执礼知道内情，厉声道："你因为奸情败露，羞愤而死，你将害我么？我又不是你仇人；你将魅惑我么？可我一生不干风流事，你也不能迷惑我。你敢下来，我就用夏楚打你。"于是棚上的女人又慢慢地把腿收了上去，之后听见有轻轻的叹息声。很快，她又从纸缝中露出脸来往下看，长相极标致。陈执礼仰脸唾道："你死了还不知羞耻么？"于是女鬼退回去了。陈执礼吹灭灯火就寝，手握利刃等着女鬼来，但她没有下来。第二天，仙游的陈题桥来访。说及这件事时，听见棚上有声像是撕布帛，此后女鬼再也没有出现。但陈执礼的仆人住在外屋，夜里常说梦话，时间一长竟得了痨病。临死时，陈执礼因他相随到了两万里之外的地方，哭得很悲伤。仆从挥手说："有个漂亮女人，曾偷偷地来追求我，现在招我为丈夫。我去了很快活，不要悲伤。”陈执礼顿足说：“我自恃有胆力，没有迁居到别处，却祸及你了。我只不过虚张声势，竟坏了事！”后来同年杨逢源来代任院长，不再住在这间屋子里。他说：“孟子说过，不站在危墙之下。”

［原文］

德郎中亨，夏日散步乌鲁木齐城外，因至秀野亭纳凉。坐稍久，忽闻大声语曰：“君可归，吾将宴客。”狼狈奔回，告余曰：“吾其将死乎？乃白昼见鬼。”余曰：“无故见鬼，自非佳事。若到鬼窟见鬼，犹到人家见人尔，何足怪焉？”盖亭在城西深林，万木参天，仰不见日。旅榇之浮厝(cuò)[1]者，罪人之伏法者，皆在是地，往往能为变怪云。

［注释］

[1]浮厝：俗称丘子，即用砖石将棺木围砌于地上，暂不入土归葬。当远离故土或身在异国，一时难回故里或难回国奔丧者，可作浮厝暂寄。当新择茔地时，妻先亡者，将妻棺浮厝于新择茔地地面，待夫故时同时下葬。

［译文］

郎中德亨，夏天到乌鲁木齐城外散步，在秀野亭纳凉。坐的时间长了点，忽然听见有人大声说：“你回去吧，我要宴请客人。”德亨狼狈地奔了回来，对我说：“我是不是要死了，怎么大白天见了鬼？”我说：“无缘无故地见鬼，当然不是好事。但是如果到鬼窟里见了鬼，就像到人家去见了人，有什么可奇怪的？”秀野亭在城西深林里，那里万树高耸云天，仰头不见太阳。客死此地棺材没埋的、罪犯伏法的，都集中在这儿，因此往往有作妖的。

［原文］

武邑某公，与戚友赏花佛寺经阁前。地最豁厂，而阁上时有变怪，入夜，即不敢坐阁下。某公以道学自任，夷然弗信也。酒酣耳热，盛谈《西铭》[1]万物一体之理，满座拱听，不觉入夜。忽阁上厉声叱曰：“时方饥疫，百姓颇有死亡。汝为乡宦，即不思早倡义举，施粥舍药；即应趁此良夜，闭户安眠，尚不失为自了汉。乃虚谈高论，在此讲民胞物与[2]。不知讲至天明，还可作饭餐，可作药服否？且击汝一砖，听汝再讲邪不胜正。”忽一城砖飞下，声若霹雳，杯盘几案俱碎。某公仓皇走出，曰：“不信

程朱之学，此妖之所以为妖欤？”徐步太息而去。

［注释］

①《西铭》：宋张载谈天道伦理的著作。他从人类万物都是天地所生的观点出发，提出“民吾同胞，物吾与也”的抽象命题。要求爱一切人如同爱同胞手足一样，并进一步扩大到“视天下无一物非我”。②民胞物与：出自宋朝张载《西铭》：“民吾同胞，物吾与也。”即指民为同胞，物为同类。泛指爱人和一切物类。

［译文］

武邑某公，和亲友在佛寺经阁前赏花。这儿最宽敞，但阁上常有怪异，入夜就不敢坐在经阁下。某公以道学家自任，坦然不信这码事。酒酣耳热之际，大谈《西铭》中万物一体的道理。满座的人都围绕着他听，不觉入夜。忽然听见阁上厉声叱道：“现在正闹饥荒病灾，百姓死了许多，你作为乡官，就算不想法早早地倡导义举，施粥舍药，也该趁着这良宵，闭门安睡，也算个自顾自的人。你却在这儿空谈高论，讲什么，‘民胞物与’，不知讲到天亮，可以当饭吃、当药服么？我且打你一砖头，看你还讲什么邪不压正！”忽然飞下一块城墙的砖头，砸得声响如打雷，杯盘几案都被击碎了。某公仓皇地跑了出去，说：“不信程朱的学说，这就是妖怪之所以成为妖怪的缘故吧！”他踱着步子叹息而去。

［原文］

乾隆丙子，有闽士赴公车[1]。岁暮抵京，仓卒不得栖止，乃于先农坛北破寺中僦（jiù）一老屋。越十余日，夜半，窗外有人语曰：“某先生且醒，吾有一言。吾居此室久，初以公读书人，数千里辛苦求名，是以奉让。后见先生日外出，以新到京师，当寻亲访友，亦不相怪。近见先生多醉归，稍稍疑之。顷闻与僧言，乃日在酒楼观剧，是一浪子耳。吾避居佛座后，起居出入，皆不相适，实不能隐忍让浪子。先生明日不迁，吾瓦石已备矣。”僧在对屋，亦闻此语，乃劝士他徙。自是不敢租是室，有来问者，辄举此事以告云。

［注释］

①公车：举人进京考试。在汉代时，便有了以公家车马送应试举人赴京的传统。清朝顺治八年（公元 1651 年），“举人公车，由布政使给予盘费。”即应试举人的路费由政府的布政使供给，路费的多少，因路程远近而不同。

［译文］

乾隆二十一年（公元1756年），福建一个举人赴京城参加会试，年末抵京。仓促间没找到住处，便在先农坛北的破庙里租了一间老屋。十多天后，半夜里，有人在窗外说道："先生且醒醒，我有几句话。我住在这儿很长时间了。当初因你是读书人，从几千里外辛苦奔来求功名，所以让给你住。后来发现你天天外出，以为你刚到京城，应该去寻亲访友，也没怪你。近来发现你常常喝醉了回来，便有些怀疑。不久前听你和和尚说话，才知道你天天在酒楼看戏，原来是一个浪子。我避居在佛座后面，起居出入，都很不便，实在不能忍着把房子让给浪子住。先生明天不迁走的话，我已经准备好了瓦块石头。"和尚在对面屋，也听到了这些话，便劝这个人搬到别处。从此和尚不再敢把这间屋子租给别人。有人来问，便举出这件事来告诉对方。

［原文］

申苍岭先生，名丹，谦居先生弟也。谦居先生性和易，先生性豪爽，而立身端介则如一。里有妇为姑虐而缢者，先生以两家皆士族，劝妇父兄勿涉讼。是夜，闻有哭声远远至，渐入门，渐至窗外，且哭且诉，词甚凄楚，深怨先生之息讼。先生叱之曰："姑虐妇死，律无抵法。即讼亦不能快汝意。且讼必检验，检验必裸露，不更辱两家门户乎？"鬼仍絮泣不已。先生曰："君臣无狱，父子无狱。人怜汝枉死，责汝姑之暴戾则可。汝以妇而欲讼姑，此一念已干名犯义①矣。任汝诉诸明神，亦决不直汝也。"鬼竟寂然去。谦居先生曰："苍岭斯言，告天下之为妇者可，告天下之为姑者则不可。"先姚安公曰："苍岭之言，子与子言孝。谦居之言，父与父言慈。"

［注释］

①干名犯义：是元朝时所定的一种罪名，除了反叛、谋逆、故意杀人罪之外，儿子不许作证父亲所犯的罪行，奴隶不许告发自己的主人，妻妾、弟弟、侄子不许告发自己的丈夫、哥哥、叔叔伯伯，如果违背法令，出现告发行为，就是违背伦理道德、大伤风化的"干名犯义"。明清两朝承袭了这种制度。

［译文］

申苍岭先生名叫丹，是谦居先生的弟弟。谦居先生性情温和，苍岭先生性情豪爽，但立身端正耿介，则是一样。里中有个媳妇受婆婆虐待上吊了。苍岭认为两家都是官宦人家，便劝说媳妇的父兄不要去告官。这天夜里，他听见有哭声，从远处而来，渐渐进了门，渐渐到了窗外，并且一边哭一边诉说，词语特别凄楚，深怨苍岭劝说不告官。先生叱责说："婆婆虐待媳妇致死，法律中没有抵命的那一条，即便讼诉也不能叫你高兴。况且诉讼必定要检验，检验必然使你身体裸露，这不更辱没两家的门户么？"鬼仍然啼哭不停。苍岭说："君臣之间没有讼案，父子之间没有讼案。人们怜悯你死得冤枉，责备你婆婆暴戾，这是可以的。你作为媳妇而要告婆婆，这个念头就是干名犯义了。不论你告到什么神那里，也都不会告赢的。"鬼竟然无声地走了。谦居先生说："苍岭这话，说给天下当媳妇的听可以，说给天下当婆婆的听则不可以。"先父姚安公说："苍岭的话，意思是儿子和儿子在一起时应谈怎样尽孝；谦居的话，意思是父亲和父亲在一起时应谈怎样慈爱。"

［原文］

安氏表兄，忘其名字，与一狐为友，恒于场圃间对谈。安见之，他人弗见也。狐自称生于北宋初，安叩以宋代史事，曰："皆不知也。凡学仙者，必游方之外，使万缘断绝，一意精修。如于世有所闻见，于心必有所是非。有所是非，必有所爱憎。有所爱憎，则喜怒哀乐之情，必迭起循生，以消铄(shuò)其精气，神耗而形亦敝矣。乌能至今犹在乎？追道成以后，来往人间，视一切机械变诈，皆如戏剧；视一切得失胜败，以至于治乱兴亡，皆如泡影。当时既不留意，又焉能一一而记之？即与君相遇，是亦前缘。然数百年来，相遇如君者，不知凡几，大都萍水偶逢，烟云倏散，夙昔笑言，亦多不记忆。则身所未接者，从可知矣。"时八里庄三官庙，有雷击蝎虎一事。安问以物久通灵，多婴①雷斧，岂长生亦造物所忌乎？曰："是有二端，夫内丹导引，外丹②服饵，皆艰难辛苦以证道，犹力田以致富，理所宜然。若媚惑梦魇，盗采精气，损人之寿，延己之年，事与劫盗无异，天律不容也。又或恣为妖幻，贻祸生灵，天律亦不容也。若其葆(bǎo)养元神，自全生命，与人无患，于世无争，则老寿之物，正如老寿之人耳，何至犯造物之忌乎？"舅氏实斋先生闻之，曰："此狐所言，皆老氏之粗浅者也。然用以自养，亦足矣。"

［注释］

①婴：触，缠绕。②外丹：道家用炉鼎烧炼金石，配制成药饵，所炼的金丹。

［译文］

安家的表兄，忘了叫什么名字，他和一个狐狸是朋友，常在场园里交谈；表兄能看见狐狸，别人看不见。狐狸自称生于北宋初年，表兄问他宋代的史实，狐狸说：“我都不知道。凡是学道的人必然游于世外，断绝所有的念头，一意精修。假如对世上事有所闻见，则心中必有是非感；有了是非感，必然有爱憎感；有了爱憎感，则心中必然会生出喜怒哀乐的情感，起起伏伏，以致消损精气。神志被耗费了，形体也就凋敝了，如何能到今天还活着呢？到学道成功之后，来往人间，看一切阴谋机诈都似戏剧一样；看一切得失胜败，乃至治乱兴亡，都如泡影一样。当时我就没有留心，又怎能一一都记下来？就是与你相遇，也是前生的缘分。但几百年来，我所交往像你一样的人，不知有多少。大多是萍水相逢，过后便都像过眼烟云一样立即散去了。以往的言谈话语，也大多记不住。那么我从来没有接触过的，由此也就可知了。”当时在八里庄的三官庙，发生了雷击蝎虎之事。表兄问它物时间长了便通灵，却有许多遭到雷劈，莫非长生就犯了天地的忌讳么？狐狸说：“这有两个方面。修炼内丹加以导引，提炼外丹服食，都是经过艰难辛苦以学道。就像努力种田致富一样，是合乎天理的。如果通过媚惑梦魇、偷偷地采摄人的精气，损人的寿，延长自己的寿，这与劫盗无区别，是天律所不能容忍的。或者放肆地兴风作妖，加害生灵，也是天律所不容的。假如它保养元神、自己完善自身，对人无害，与世无争，那么长寿之物，正如长寿之人一样，为什么会犯天地的忌讳呢？”舅舅实斋先生听了这话，说：“这狐狸说的，都是老子主张中粗浅的道理。但是用来修炼自身，也足够了。”

［原文］

有两塾师邻村居，皆以道学自任。一日，相邀会讲，生徒侍坐者十余人。方辩论性天，剖析理欲①，严词正色，如对圣贤。忽微风飒然，吹片纸落阶下，旋舞不止。生徒拾视之，则二人谋夺一寡妇田，往来密商之札也。此或神恶其伪，故巧发其奸欤。然操此术者众矣，固未尝一一败也。闻此札既露，其计不行，寡妇之田竟得保。当由茕嫠（qióng lí）苦节，感动幽冥，故示是灵异，以阴为呵护云尔。

［注释］

①性天：自然的天性。理欲：天理与人欲。语出《礼记·乐记》：“人化物也者，灭天理而穷人欲者也。”宋代理学家把“天理”解释为封建的伦理纲常，“人欲”解释为人的生活欲望，并认为二者不容并立。

［译文］

有两个私塾先生邻村居住，都以道学家自居。有一天，两人约好在一起讲学，有十多个门生坐在一旁听讲。两人讲论自然天性，剖析天理人欲的学说，表情严肃，词理堂皇，好像面对着圣贤。忽有一阵微风吹来，将一片纸吹落到台阶下，在地上旋转不停。门生拾来一看，原来是两位私塾先生为夺取一位寡妇的地而往来密商的信件。这可能是鬼神恨他们的虚伪，所以巧妙地揭发其阴谋吧。然而干这种事的人实在很多，当然没有都一一败露。信被公开，阴谋便行不通了，寡妇的地才得以保存下来。有人说是由于寡妇清苦地守节，感动了鬼神，所以鬼神通过这种办法，暗中庇护她。

［原文］

东光马大还，尝夏夜裸卧资胜寺藏经阁。觉有人曳其臂曰："起起，勿亵(xiè)佛经。"醒见一老人在旁，问："汝为谁？"曰："我守藏神也。"大还天性疏旷，亦不恐怖。时月明如昼，因呼坐对谈，曰："君何故守此藏？"曰："天所命也。"问："儒书汗牛充栋，不闻有神为之守，天其偏重佛经耶？"曰："佛以神道设教，众生或信或不信，故守之以神。儒以人道设教，凡人皆当敬守之，亦凡人皆知敬守之，故不烦神力。非偏重佛经也。"问："然则天视三教如一乎？"曰："儒以修己为体，以治人为用；道以静为体，以柔为用；佛以定为体，以慈为用；其宗旨各别，不能一也。至教人为善，则无异；于物有济，亦无异。其归宿则略同，天固不能不并存也。然儒为生民立命，而操其本于身。释道皆自为之学，而以余力及于物。故以明人道者为主，明神道者则辅之，亦不能专以释道治天下。此其不一而一，一而不一者也。盖儒如五谷，一日不食则饿，数日则必死。释道如药饵，死生得失之关，喜怒哀乐之感，用以解释冤愆(qiān)、消除怫(fú)[1]郁，较儒家为最捷；其祸福因果之说，用以怵动下愚，亦较儒家为易入。特中病则止，不可专服常服，致偏胜为患耳。儒者或空谈心性，与瞿(qú)昙[2]、老聃混而为一；或排击二氏，如御寇仇，皆一隅之见也。"问："黄冠缁(zī)徒[3]，恣为妖妄，不力攻之，不贻患于世道乎？"曰："此论其本原耳。若其末流，岂特释道贻患，儒之贻患岂少哉？即公醉而裸眠，恐亦未必周公、孔子之礼法也。"大还愧谢。因纵谈至晓，乃别去，竟不知为何神。或曰，狐也。

［注释］

①怫：忿怒的样子。②瞿昙：梵语的音译，佛的代称。③黄冠：用以指代

道人。缁徒：僧侣。

［译文］

东光人马大还，曾在一个夏夜光着身子在资胜寺的藏经阁里睡觉。忽然有人拉他的胳膊，说：“起来起来，不要亵渎了佛经。”马大还睁开眼，看见一个老人在身旁，就问：“你是谁？”老人说：“我是守藏经阁的神。”马大还天性粗犷，也不害怕。当时月光明亮就像白天，于是便请老人坐下相谈。他问：“你为何来守藏经阁？”老人说：“这是上天的命令。”马大还问，儒家的书多得汗牛充栋，没听说有神去守着，上天为何偏重佛经呢？老人说：“佛教根据神道来设置教化措施，百姓有信有不信的，所以派神来守着。儒家根据人道来设置教化措施，人人都该尊重并守护它，而且人人都知道尊重并守护它，所以不必借助神力。这不是偏重佛经。”马大还问，那么上天对三教都一视同仁么？老人说：“儒家以修己为本体，表现形式为治理百姓；道家以清静为主体，表现形式为阴柔；佛家以安于现状为本体，表现形式为慈悲。三教的宗旨各不相同，不能一概而论。至于它们的教人向善，则没有区别。对世上万物有所帮助，也没有区别。三教的归宿也大致相同。上天自然不能不使三教并存。儒家为百姓立命，而将本体体现在自身中。佛、道两教都讲究修炼自身，而以有余的力量顾及万物。所以以体现人道的儒教为主，以体现神道的佛、道两教为辅。也不能只以佛、道两教治理天下。这就是三教中不同一中的同一，同一中的不同一。儒教像是五谷，一天不吃就饿，几天不吃必定会死。佛、道像是良药，在死生得失、喜怒哀乐之际，用来解释冤愆、消除忧郁，较之儒教来很快捷。它的祸福因果学说，用来打动无知的百姓，也比儒教更为容易。只是要适可而止，不能长时间使用，不然就会因过分而成患。儒家有时空谈心性，把自己的主张与佛、道两家混为一谈；或者排斥佛、道，好似对付仇敌，这都是片面之见。”马大还问，道士、和尚肆意以妖妄迷惑百姓，不全力攻击他们，那不是留祸患于世上么？老人说：“这里是从本原来论述三教的。要从细枝末节上来说，岂但佛、道留下祸患，儒教留下的祸患还少么？就像你喝醉了光着身子睡，恐怕也未必是周公、孔子制定的礼法。”马大还惭愧地道了谢，于是两人畅谈到天亮才分手。最终仍不知老人是什么神。有人说是狐狸。

［原文］

百工技艺，各祠一神为祖。倡[1]族祀（sì）管仲[2]，以女闾[3]三百也。伶人祀唐玄宗，以梨园子弟[4]也。此皆最典。胥吏祀萧何[5]、曹参[6]，木工祀鲁班，此犹有义。至靴工祀孙膑，铁工祀老君[7]之类，则荒诞不可诘矣。长随[8]所祀曰钟三郎，闭门夜奠，讳之甚深，竟不知为何神。曲阜颜介子曰：“必中山狼[9]之转音也。”先姚安公曰：“是不必然，亦不必不然。郢（yǐng）书燕说，固未为无益。”

［注释］

①倡：通“娼”。②管仲：春秋时齐国的丞相，注重经济，反对空谈主义，主张改革以富国强兵，辅佐齐桓公成为春秋时的霸主。③女闾：指娼妓所居之地。据《管子》载，管仲在宫中设市，使三百女子居之，以便行商。④梨园子弟：据史载：“玄宗既知音律，又酷爱法曲，选坐部伎子弟三百人，教于梨园。声有误者，帝必觉而正之，号皇帝梨园弟子。”后指戏剧艺人。⑤萧何：西汉初期政治家，汉初三杰之一。辅佐刘邦起义，因功劳显赫被封为“酂侯”，位次第一，食邑八千户。谥号“文终侯”。病危之时，推荐曹参继任相国。⑥曹参：西汉初期政治家，是继萧何后的汉代第二位相国，沿用萧何所制定的法律，史称“萧规曹随”。⑦老君：指传说中道家的创始人太上老君。⑧长随：官宦之家的仆役。⑨中山狼：代指凶狠而又忘恩负义的人。出自明马中锡《中山狼传》。

［译文］

各行各业的艺人，都各自供奉一位神作为祖师。妓女祭祀管仲，因他设三百处女闾。乐人祭祀唐玄宗，因为他首创了梨园子弟。上述祭祀历史都比较长了。小吏祭祀萧何、曹参，木工祭祀鲁班，这还有些根据。至于靴工祭祀孙膑、铁工祭祀老子之类，则有点荒诞无据了。长随祭祀的叫钟三郎，祭祀时在夜里关着门，讳莫如深，竟不知祭祀的是什么神。曲阜的颜介子说：“钟三郎肯定是中山狼的谐音。”先父姚安公说：“这种看法不一定对，也不一定不对。牵强附会，也不是完全无好处。”

［原文］

沈观察夫妇并故，幼子寄食亲戚家，贫窭无人状。其妾嫁于史太常家，闻而心恻，时阴使婢媪，与以衣物。后太常知之，曰：“此尚在人情天理中。”亦勿禁也。钱塘季沧州因言：有嫠妇病卧，不能自炊，哀呼邻媪代炊，亦不能时至。忽一少女排闼入，曰：“吾新来邻家女也。闻姊困苦乏食，意恒不忍。今告于父母，愿为姊具食，且侍疾。”自是日来其家，凡三四月，嫠妇病愈，将诣门谢其父母。女泫然曰：“不敢欺，我实狐也，与郎君在日最相昵。今感念旧情，又悯姊之苦节，是以托名而来耳。”置白金数锭（dìng）于床，呜咽而去。二事颇相类。然则琵琶别抱①，掉首无情，非惟不及此妾，乃并不及此狐。

［注释］

①琵琶别抱：指改嫁。典出唐诗人白居易《琵琶行》。

［译文］

沈观察夫妇死后，幼子寄养在亲戚家，穷困得没个人样。沈观察的妾嫁到史太常家，听说了这事后，生出恻隐之心，常叫婢女、老妈子送些衣物去。后来太常知道了，说："这是人性天理中的事，不要禁止她这么做。"钱塘人季沧州说有个寡妇卧病，不能做饭，哀求邻居老太太给做点饭，但老太太也不能常来。忽然有位少女推门进来，说："我是新来的邻居的女儿，听说姐姐困苦吃不上饭，心里常常不忍。今天我征得父母的同意，愿意为姐姐做饭，并且侍奉你。"从此少女天天来。过了三四个月，寡妇的病慢慢好转，打算登门感谢少女的父母。少女流泪说："我不敢骗你，其实我是狐狸。你丈夫在的时候，我和他很相爱。现在我感念旧情，又怜悯姐姐清苦守节，所以冒名而来。"然后在床上放了几块银子，呜咽着走了。这两件事很相似。改嫁之后便转脸无情的女人，不但不如这个妾，而且连这个狐狸也不如。

滦阳消夏录五

[原文]

里妇新寡，狂且赂邻媪挑之，夜入其闼，阖(hé)扉将寝。忽灯光绿暗，缩小如豆，俄爆然一声，红焰四射，圆如二尺许，大如镜，中现人面，乃其故夫也。男女并噭然仆榻下，家人惊视，其事遂败。或疑嫠(lí)妇堕节者众，何以此鬼独有灵？余鬼有强弱，人有盛衰。此本强鬼，又值二人之衰，故能为厉耳。其他茹恨黄泉，冤缠数世者，不知凡几，非竟神随形灭也。或又疑妖物所凭，作此变怪。是或有之。然妖不自兴，因人而兴。亦幽魂怨毒之气，阴相感召，邪魅乃乘而假借之。不然，陶婴①之室，何未闻黎丘之鬼②哉？

[注释]

①陶婴：汉刘向《列女传》中的节妇，年轻时就守寡，抚养孤儿，誓不改嫁。②黎丘之鬼：据《吕氏春秋·疑似》载，黎丘有鬼，喜欢扮成子弟以惑人。

[译文]

村里一个女人刚死了丈夫，一个轻佻的家伙贿赂邻居老太太牵线，夜里来到寡妇家。关了门要睡觉时，忽然灯光暗绿，缩小如豆。接着一声爆响，红光四射，形成一个方圆二尺左右、有镜子大小的光环。里面映出一张人脸，竟是寡妇的亡夫。这两个男女一声嚎叫，一并昏倒在床下。家人吃惊地起来查看，于是奸情败露了。有人说寡妇失节的不少，为何只有这个鬼有灵？我认为鬼有强弱，人有盛衰。寡妇的亡夫是刚死的强鬼，又赶上这两个人心神不定，所以鬼就能作怪。其他饮恨于地下，几世也翻不了身的鬼，不知有多少。不能认为他们的灵魂会随着形体一起消失了。有人又怀疑是妖物假托亡夫作怪。这种事也不是没有。不过妖物不会自己无端作怪，它是因人而作怪。也许是在幽魂怨毒之气的感召之下，妖物乘机假托作怪。不然的话，陶婴的家里怎么不会有黎丘的鬼来闹妖呢？

[原文]

田白岩言：康熙中，江南有征漕(cáo)①之案，官吏伏法者数人。数年后，有一人降乩于其友人家，自言方在冥司讼(sòng)某公。友人骇曰："某公循吏，且其总督两江，在此案前十余年，何以无故讼之？"乩又书曰："此案非一日之故矣。方其初萌，褫(chǐ)②一官，窜流一二吏，即可消

患于未萌。某公博忠厚之名，养痈不治，久而溃裂。吾辈遂遘(gòu)其难。吾辈病民蛊国，不能仇现在之执法者也。追原祸本，不某公之讼而谁讼欤？”书讫，乩遂不动。迄不知九幽之下，定谳(yàn)如何。《金人铭》③曰：“涓涓不壅(yōng)，将为江河；毫末不札，将寻斧柯。”古圣人所见远矣。此鬼所言，要不为无理也。

［注释］

①征漕：征收粮食。漕，水运粮食。②褫：剥夺，罢免。③《金人铭》：亦称《周金人铭》。汉·刘向《说苑·敬慎》：“孔子之周，观于太庙，右阶之前，有金人焉。三缄其口，而铭其背曰：‘古之慎言人也，戒之哉，戒之哉！无多言，多言多败。’”

［译文］

田白岩说，康熙年间，江南发生了征漕案，官吏有好几人伏法。其中一人的鬼魂在几年之后降乩到他的朋友家，说正在地府里告某公。朋友惊道：“某公是好官，况且他总督两江漕运时，是在这个案子发生前的十多年，为何无缘无故地告他？”鬼魂又在坛上写道：“这案子是冰冻三尺，非一日之寒。在刚刚有了苗头时，革除一个官员、流放一两个小吏，就可以把隐患消除了。某公为了博取忠厚的名声，眼看着脓肿而不治，终于溃烂，我们触法被杀。我们害民害国，不能恨现在的执法者。追根溯源，不去告他还去告谁？”写到这里，乩也不动了。现在不知在九泉之下，是如何结的案。《金人铭》说：“涓涓之流不塞住，终于成为江河；细小的树苗不拔去，将来就得找斧子来砍。”古时圣人真是看得远呵。这个鬼魂说的，不能说没有道理。

［原文］

张福，杜林镇人也，以负贩为业。一日，与里豪争路，豪挥仆推堕石桥下。时河冰方结，觚棱如锋刃，颅骨破裂，仅奄奄存一息。里胥故嗛(xián)豪，遽闻于官。官利其财，狱颇急。福阴遣母谓豪曰：“君偿我命，与我何益？能为我养老母幼子，则乘我未绝，我到官言失足堕桥下。”豪诺之。福粗知字义，尚能忍痛自书状。生供凿凿，官吏无如何也。福死之后，豪竟负约。其母屡控于官，终以生供有据，不能直。豪后乘醉夜行，亦马蹶(jué)堕桥死。皆曰：“是负福之报矣。”先姚安公曰：“甚哉，治狱之难也！而命案尤难：有顶凶者，甘为人代死；有贿和者，甘鬻(yù)其所亲，斯已猝不易诘矣。至于被杀之人，手书供状，云非是人之所

杀。此虽皋陶①听之，不能入其罪也。倘非负约不偿，致遭鬼殛(jí)，则竟以财免矣。讼情万变，何所不有，司刑者可据理率断哉！”

[注释]

①皋陶：是舜帝执政时期的士师，相当于国家司法长官，与尧、舜、禹并称为“上古四圣”。

[译文]

张福，是杜林镇人，以贩运为生。有一天，他和土豪争路，被土豪指使仆从推到石桥下。当时河刚冻了冰，冰凌像锋刃一样尖锐。他摔下去，颅骨破裂，奄奄一息。乡官本来就恨土豪，便立即报了官。官府看土豪有钱，案子追得很急。张福暗中叫母亲对土豪说：“你给我偿命，对我有何好处？你如果能替我养老母幼子，那么我趁还没断气，到官府说是我自己失足掉到桥下的。”土豪答应了。张福认得几个字，还能忍痛自己写状子。他的口供确确实实，官府也无可奈何。张福死后，土豪竟毁约。张母多次告到官府，最后仍因张福有口供，不能翻案。土豪后来酒醉夜行，马绊倒了，他掉到桥下摔死了。人们都说：“这是毁约的报应。”先父姚安公说：“审案是真难啊！而审人命案尤其难：有顶替凶手的，甘心代人去死；有贿赂讲和的，甘心出卖亲友。这已够叫人措手不及，难以审出个所以然来。至于被杀的人，亲手写口供，说不是被杀，就是叫皋陶来审，也不能定罪。如果不是毁约以致遭到鬼的惩罚，就会因有钱而免了这场官司。案情千变万化，无所不有，掌管刑法的人能依据事理而轻率地断案么！”

[原文]

谓鬼无轮回，则自古至今，鬼日日增，将大地不能容。谓鬼有轮回，则此死彼生，旋即易形而去，又当世间无一鬼，贩夫田妇，往往转生，似无不轮回者。荒阡(qiān)废冢，往往见鬼，又似有不轮回者。表兄安天石，尝卧疾，魂至冥府，以此问司籍之吏。吏曰：“有轮回，有不轮回。轮回者三途：有福受报，有罪受报，有恩有怨者受报。不轮回者亦三途：圣贤仙佛不入轮回，无间地狱①不得轮回，无罪无福之人，听其游行于墟墓，余气未尽则存，余气渐消则灭。如露珠水泡，倏有倏无；如闲花野草，自荣自落。如是者无可轮回。或有无依魂魄，附人感孕，谓之偷生。高行缁(zī)黄，转世借形，谓之夺舍。是皆偶然变现，不在轮回常理之中。至于神灵下降，辅佐明时；魔怪群生，纵横杀劫。是又气数所成，不以轮回论矣。”天石固不信轮回者，

病痊以后，尝举以告人曰：“据其所言，乃凿然成理。”

［注释］

①无间地狱：梵文音译，即“阿鼻地狱”，是八大地狱之一，也是八大地狱中最苦一个，泛指十八层地狱的最底层。

［译文］

说鬼不能轮回转生，那么从古到今，鬼天天增加，大地就要容纳不下了。说鬼能轮回转生，那么这个死了那个生了，转瞬变换形貌而去，世上就不该有鬼了。连做买卖的和种地的农妇，也往往转生，就像无不轮回转生的；而在荒野老坟里，时常见到鬼，又好像有不轮回转生的。表兄安天石曾卧病在床，魂灵到了地府，就这事问管藉册的官吏。官吏说：“有轮回的，有不轮回的。轮回的有三类；有福的要受报应，有罪的要受报应，有恩有怨的也要受报应。不轮回的也有三类：圣贤和仙佛，不在轮回之数；堕入无间地狱中的，不能轮回；无罪无福的人，则任它在墓坟间闲逛，余气未尽就存在着，余气渐消了就灭掉，好像露珠水泡，一会儿有一会儿无，好像闲花野草，自荣自枯，这样的鬼没什么可轮回的。有的无所凭依的鬼魂，附在人身上孕育，称为偷生。德行高尚的和尚、道士，借别人的形体转世，称为夺舍。这些都是偶然的变移，不在正常的轮回范围之中。至于神灵下凡，辅佐圣明的朝代，妖魔鬼怪转世，纵横杀掠，就是由气数决定的，不能以轮回来看待。”天石本来不信轮回，病愈之后，时常举出这件事对别人说：“据这个鬼官说的看，真的有道理。”

［原文］

星士虞春潭，为人推算，多奇中。偶薄游襄汉，与一士人同舟，论颇款洽(qià)。久而怪其不眠不食，疑为仙鬼，夜中密诘之。士人曰：“我非仙非鬼，文昌司禄①之神也，有事诣南岳。与君有缘，故得数日周施耳。”虞因问之曰：“吾于命理，自谓颇深。尝推某当大贵，而竟无验。君司禄籍，当知其由。”士人曰：“是命本贵，以热中，削减十之七矣”。虞曰：“仕宦热中，是亦常情，何冥谪(zhé)若是之重？”士人曰：“仕宦热中，其强悍者必怙权，怙权者必狠而愎；其孱弱者必固位，固位者必险而深。且怙权固位，是必躁竞。躁竞相轧，是必排挤。至于排挤，则不问人之贤否，而问党之异同；不计事之可否，而计己之胜负。流弊不可胜言矣。是其恶在贪酷上，寿且削减，何止于禄乎！”虞(yú)阴记其语。越两岁余，某果卒。

［注释］

①文昌司禄：道教中的神仙名，掌管人间功名、利禄之事。

［译文］

算命先生虞春潭给人算命，一般很灵。一次他到襄阳、汉阳一带游历，和一位读书人同舟，两人谈得很投合。时间一长，便发现这个读书人不睡不吃，于是就怀疑他是仙鬼。夜里悄悄地问他，读书人说："我不是仙也不是鬼，而是文曲司禄，有事到南岳去。因和你有缘，因此能在一起盘桓几天。"虞春潭问道："我对于算命，自认为造诣极深，但推算某某应当大贵，却不灵。你主省禄籍，应该知道原因。"读书人说："这人的命本来应当大贵，只因他太热衷做官，所以被减了十分之七。"虞春潭说："热衷于做官，也是人之常情，为何地府处罚他这么重呢？"读书人说："热衷当官，那些强悍的必定要借助权力作威作福；作威作福的人必定狠毒而且跋扈。软弱的人必定要保护自己的官位，这样的人肯定要阴险而深藏不露。况且，恃权作恶、拼命保官位，是必定要争宠斗胜的，进而相互倾轧、排挤。到了这个地步，则不管人贤不贤，而只管与我是不是一伙的；不管事情该不该办，而只管对我有没有好处，它的流弊就说也说不完了。这种罪恶比贪婪残酷更严重。所以那人还得减寿，何止于减禄呢？"虞春潭暗暗记住了读书人说的话，两年后，某某果然死了。

［原文］

褚寺农家有妇姑同寝者，夜雨墙圮，泥土簌簌下。妇闻声急起，以背负墙，而疾呼姑醒。姑匍匐堕(duò)炕下，妇竟压焉，其尸正当姑卧处。是真孝妇，以微贱无人闻于官，久而并佚其姓氏矣。相传妇死之后，姑哭之恸。一日，邻人告其姑曰："夜梦汝妇冠帔(pèi)①来曰：'传语我姑，无哭我。我以代死之故，今已为神矣。'"乡之父老皆曰："吾夜所梦亦如是。"或曰："妇果为神，何不示梦于其姑？此乡邻欲缓其恸(tòng)，造是言也。"余谓忠孝节义，殁必为神。天道昭昭，历有证验。此事可以信其有。即曰一人造言，众人附和，"天视自我民视，天听自我民听"。人心以为神，天亦必以为神矣，何必又疑其妄焉。

［注释］

①冠帔：古代命妇所穿戴的披在肩背上的服饰。

［译文］

褚寺的农家有一位媳妇和婆婆在一起睡觉，夜里下雨墙要塌，泥土簌簌往下掉。媳妇听见声音急忙起来，用背顶着墙而拼命喊婆婆醒来。婆婆爬着掉到炕下，媳妇被墙压死，尸体正好在婆婆躺卧的地方。这是位真正的孝妇，因为身份低贱而没人给报到官府，时间久了，连她的姓名也忘了。相传媳妇死后，婆婆哭得很伤心。有一天，邻居告诉婆婆说："夜里梦见你媳妇戴冠披帔而来，说：'转告我婆婆，不要哭我，我因为代人而死，现在已成了神了。'" 乡中父老也都说："我夜里也做了这样的梦。" 有人说："这媳妇如果真的成了神，为何不托梦给婆婆？这是乡里人为了安慰她编造出来的。" 我认为，忠孝节义的人，死后必定成神。天理昭昭，很多事都证实了这一点。因此只能相信有这种事。即便是一人编造出来的，大家附和，也未尝不可。《书·泰誓》中说：天所见就是民所见，天所听就是民所听。人们认为这个媳妇是神，那么上天也必定认为她是神。这样又为何怀疑这个传说是虚妄的呢？

［原文］

肃宁老儒王德安，康熙丙戌进士也，先姚安公从受业焉。尝夏日过友人家，爱其园亭轩爽，欲下榻于是，友人以夜有鬼物辞。王因举所见一事曰："江南岑生，尝借宿沧州张蝶庄家。壁张钟馗（kuí）①像，其高如人。前复陈一自鸣钟。岑沉醉就寝，皆未及见。夜半酒醒，月明如昼，闻机轮格格，已诧甚；忽见画像，以为奇鬼，取案上端砚仰击之。大声砰然，震动户牖（yǒu）。僮仆排闼（tà）入视，则墨渖（shěn）②淋漓，头面俱黑；画前钟及玉瓶磁鼎，已碎裂矣。闻者无不绝倒。然则动云见鬼，皆人自胆怯耳，鬼究在何处耶？" 语甫脱口，墙隅忽应声曰："鬼即在此，夜当拜谒，幸勿以砚见击。" 王默然竟出。后尝举以告门人曰："鬼无白昼对语理，此必狐也。吾德恐不足胜妖，是以避之。" 盖终持无鬼之论也。

［注释］

①钟馗：中国民间传说中驱鬼逐邪之神。旧时习俗于端午节挂其像，以驱鬼辟邪。②墨渖：墨汁。

［译文］

肃宁的老儒王德安，是康熙四十五年（公元 1706 年）的进士，先父姚安公曾拜他为师。一年夏天，他到朋友家，喜爱园中亭子的宽敞凉爽，要住在这儿。朋友说这儿闹鬼，不让他住在亭子里。于是王德安说了亲眼见到的一件事。"江南的岑某，曾在沧州的张蝶庄家借宿。屋里墙上挂着钟馗像和人一样高。像前摆着一架自鸣钟。岑某因大醉，没有看见这些。半夜酒醒后，外面月光明亮如白天。他听见自鸣钟的齿轮声格格响，已感到惊异，忽又看见画像，以为是奇鬼，便拿过桌上的端砚，仰面打击。砰然一声，震动了门窗。僮仆们闯进门来查看，只见岑某身上墨汁淋漓，头脸都是黑的；画像前面的自鸣钟和玉瓶磁鼎，都已碎裂了。听到这事的人都笑破了肚皮。人们动不动就说有鬼，都是自己吓唬自己。鬼究竟在何处？”他刚说完，墙角忽然有搭腔的说：“鬼就在这儿，夜里就来拜访你，可别用砚台砸我。”王德安悄无声息地走了。后来他把这事告诉门生，说：“鬼不可能在大白天和人对答，这肯定是狐狸。我的德行恐怕制不住妖狐，所以避开它。”就是说，他还是坚持无鬼论。

［原文］

明器，古之葬礼也，后世复造纸车纸马。孟云卿[①]《古挽歌》曰：“冥冥何所须？尽我生人意。”盖姑以缓恸(tòng)云耳。然长儿汝佶(jí)病革时，其奴为焚一纸马，汝佶绝而复苏，曰：“吾魂出门，茫茫然不知所向，遇老仆王连升牵一马来，送我归。恨其足跛(bǒ)，颇颠簸不适。”焚马之奴泫然曰：“是奴罪也。举火时实误折其足。”又六从舅母常氏弥留时，喃喃自语曰：“适往看新宅颇佳，但东壁损坏，可奈何？”侍疾者往视其棺，果左侧朽穿一小孔，匠与督工者尚均未觉也。

［注释］

①孟云卿：唐代诗人，字升之。他一生坎坷，其诗以朴实无华的语言反映社会现实，为杜甫所推重。

［译文］

明器，是古代葬礼的内容之一。后来又产生了纸车纸马。孟云卿写的《古挽歌》中说道：“在冥冥之中还需要什么？以尽我活人的心意。”这些做法不过是为了安慰生者的悲伤而已。然而我的长子汝佶病危时，他的仆人给他烧了一匹纸马。汝佶断了气又苏醒过来说：“我的魂出了门，茫茫然不知往何处去。遇见老仆王连升牵了一匹马来，送我走。遗憾的是马跛足，颠得很不舒服。”烧纸马的老仆哭道：“这是我的过错，点火时不小心折了一条马腿。”还有我的六堂舅母常氏在弥留之际，喃喃自语道：“刚才去看新房真不错，只是东墙损坏了，可如何是好？”守在一旁的人去看她的棺材，果然左侧朽坏，穿了一个小洞；木匠和监工的都不曾发现这个洞。

［原文］

李又聃先生言：昔有寒士下第者，焚其遗卷，牒(dié)诉于文昌祠。夜

梦神语曰："尔读书半生，尚不知穷达有命耶？"尝侍先姚安公，偶述是事。先姚安公咈然曰："又聃应举之士，传此语则可。汝辈手掌文衡者，传此语则不可。聚奎(kuí)堂柱有熊孝感相国题联曰：'赫赫科条，袖里常存惟白简[1]；明明案牍，帘前何处有朱衣[2]？'汝未之见乎？"

［注释］

①白简：用竹、木片所制，古代御史弹奏时所用。后也称弹劾的章奏为"白简"。②朱衣：古代官吏的服饰。《后汉书·蔡邕传》："臣自在宰府，及备朱衣。"李贤注："朱衣，祭官也。"

［译文］

李又聃先生说，从前有位贫寒的读书人应考落榜，便烧了试卷的底稿，告到文昌祠。夜里他梦见神说："你读了半辈子书，还不知道穷困或通达都是命中注定的么？"一次我陪先父姚安公坐，偶然说起这事。姚安公不满意地说："又聃是应考的读书人，传传这句话还没什么，你等做主考官的，传这句话就不行。聚奎堂的柱子上，有孝感人、相国熊赐履题的一副对联，说：'律条赫赫然，袖里常常揣着白简；试卷评判严明，帘前哪有朱衣人。'你没看见么？"

［原文］

天津孟生文熺，有隽才，张石粼先生最爱之。一日，扫墓归，遇孟于路旁酒肆，见其壁上新写一诗，曰："东风翦翦(jiǎn)漾春衣，信步寻芳信步归。红映桃花人一笑，绿遮杨柳燕双飞。徘徊曲径怜香草，惆怅乔林挂落晖。记取今朝延伫处，酒楼西畔是柴扉。"诘其所以，讳不言。固诘之，始云适于道侧见丽女，其容绝代，故坐此冀其再出。张问其处，孟手指之。张大骇曰："是某家坟院，荒废久矣，安得有是？"同往寻之，果马鬣(liè)[1]蓬科，杳无人迹。

［注释］

①马鬣：指兽颈部的长毛。此处指坟墓上的封土像马鬣一样。

［译文］

天津人孟文熺很有才，张石粼先生最喜欢他。有一天，张石邻扫墓回来，在路旁的酒店里遇见了孟文熺，看见他在墙上新题了一首诗："东风阵阵荡动春天的衣裳，信步去野外寻芳又信步回来。红花映着桃花般的娇容一笑而去，只见杨柳翠绿之中有燕子双飞。徘徊在曲径上爱怜香草，惆怅地望着夕阳已挂在树枝上。记着今天徘徊的地方，就是酒楼西边有柴门的那一家。”张石邻问他写这首诗的原因，他不说。经再三追问，他才说，刚才在道旁见了一个美女，有倾城倾国之貌，因此坐在这儿等她再出来。张石邻问美女去了何处，孟文熺指给张看。张石邻大惊道：“那是某某家的坟地，荒废已很长时间了。哪有什么美女？”两人一起去看，果然坟丘起伏，荒草没径，连个人影也没有。

［原文］

余在乌鲁木齐时，一日，报军校王某差运伊犁军械，其妻独处。今日过午，门不启，呼之不应，当有他故。因檄迪化同知木金泰往勘。破扉而入，则男女二人共枕卧，裸体相抱，皆剖裂其腹死。男子不知何自来，亦无识者。研问邻里，茫无端绪，拟以疑狱结矣。是夕女尸忽呻吟，守者惊视，已复生。越日能言，自供与是人幼相爱，既嫁犹私会。后随夫驻防西域，是人念之不释，复寻访而来；甫至门，即引入室。故邻里皆未觉。虑暂会终离，遂相约同死，受刃时痛极昏迷，倏如梦觉，则魂已离体。急觅是人，不知何往，惟独立沙碛中，白草黄云，四无边际。正彷徨间，为一鬼缚去。至一官府，甚见诘(jié)辱，云是虽无耻，命尚未终，叱杖一百，驱之返。杖乃铁铸，不胜楚毒，复晕绝。乃渐苏，则回生矣。视其股，果杖痕重叠。驻防大臣巴公曰：“是已受冥罚，奸罪可勿重科矣。”余乌鲁木齐杂诗有曰：“鸳鸯毕竟不双飞，天上人间旧愿违。白草萧萧埋旅榇(chèn)，一生肠断华山畿(jī)[1]。”即咏此事也。

［注释］

①华山畿：古乐府吴声歌曲名。相传南朝宋少帝时，有一士子从华山畿往云阳，途中爱上客舍中的一位女子，后因相思而死。及葬日，柩车在客舍前不动，女子歌曰：“华山畿，君既为侬死，独活为谁施？欢若见怜时，棺木为侬开。”棺应声而开，女纵身入棺，乃合葬。事见《古今乐录》。

［译文］

我在乌鲁木齐时，有一天，下属来报，军校王某，被派往伊犁运军械，其妻一人在家。今天已过中午，门还不开，叫也不应，恐怕出了事。于是我叫乌鲁木齐同知木金泰去查查。破门进去，发现两个男女同床而卧，裸体相抱，都剖腹而死。这男子不知是从哪儿来的，也没有认识他的。去向邻居打听，也毫无头绪。于是打算作为一件疑案了结。这天晚上，女尸忽然呻吟，看守吃惊地一看，女人已活了过来。

第二天，她能说话了，自己供称：我小时便和他相爱，结婚之后还幽会。后来我随着丈夫驻防西域，他还不能忘怀，又来寻找我。他刚到，我就把他藏在屋里，所以邻居们都没有发觉。想到暂时相聚最终还要分别，便相约一起死。自杀时痛极昏迷过去，忽然间像是做了个梦，魂灵离开躯体而去。我急忙寻找他，却不知他上哪儿去了。我只好独自站在沙漠中，只见白草黄云，四周没有边际。正在彷徨间，我被一个鬼绑了去，来到一个官府，被好一顿审问羞辱。说是我虽然无耻，命还没有结束，喝令打我一百板子，把我赶了回来。那板子是铁铸的，打得疼痛难忍，我又昏死过去。待渐渐苏醒过来，已起死回生了。查验她的大腿，果然有重叠的伤痕。驻防大臣巴公说："她已受到地府的惩罚，通奸罪就不必深究了。"我的《乌鲁木齐杂诗》中写道："鸳鸯终究不能双飞，天上人间都不能如愿。白草萧萧埋了外乡客，一生相思如华山畿。"咏唱的就是这件事。

［原文］

朱青雷言：尝与高西园散步水次，时春冰初泮，净绿瀛（yíng）溶。高曰："忆晚唐有'鱼鳞可怜紫，鸭毛自然碧'句，无一字言春水，而晴波滑笏之状，如在目前。惜不记其姓名矣。"朱沉思未对，闻老柳后有人语曰："此初唐刘希夷诗，非晚唐也。"趋视无一人。朱悚然曰："白日见鬼矣。"高微笑曰："如此鬼，见亦大佳，但恐不肯相见耳。"对树三揖而行。归检刘诗，果有此二语，余偶以告戴东原，东原因言：有两生烛下对谈，争《春秋》周正夏正，往复甚苦。窗外忽太息言曰："左氏周人，不容不知周正朔。二先生何必词费也？"出视窗外，惟一小僮方酣睡。观此二事，儒者日谈考证，讲"曰若稽古"[①]，动至十四万言。安知冥冥之中，无在旁揶揄（yú）者乎？

［注释］

①曰若稽古：《尚书·尧典》等篇均以"曰若稽古"为开端。据说汉代的经学家曾用三万字来解释这四个字。此处为考证古事的意思。

［译文］

朱青雷说，他曾与高西园在水边散步，当时春冰刚化，春水碧绿清澈。高西园说："记得晚唐时有'鱼鳞呈可爱的紫色，鸭毛是自然的碧青'的句子。没有一字直接写春水，那清波溶溶如玉的情态，便历历如在眼前，可惜不知作者是谁了。"朱青雷沉思也记不起来。只听柳树后有人说："这是初唐刘希夷的诗，不是晚唐。"寻声到树后，却无人。朱青雷吃惊地说："大白天见了鬼了。"高西园微笑说："这样的鬼，

见见也不错，只怕他不愿意相见。”然后向树作了三个揖离去了。回来翻检刘希夷的诗，果然有这两句。我偶然向戴东原说起此事，于是他又讲有两个书生灯下讨论《春秋》中所采用的历法是周代的还是夏代的，两人争得面红耳赤。窗外忽然有人叹息道：“左丘明是周代的人，不会不知周代的历法。两位先生没必要费这么多话。”到窗外去查看，只见一个小童正在酣睡。由这两件事来看，儒学家们天天谈考证，讲解“曰若稽古”，动不动就十四万言。说不上在冥冥之中，会有人在加以揶揄呢。

［原文］

聂松岩言：即墨于生，骑一驴赴京师。中路憩息高岗上，系驴于树，而倚石假寐。忽见驴昂首四顾，浩然叹曰：“不至此地数十年，青山如故，村落已非旧径矣。”于故好奇，闻之跃然起曰：“此宋处宗长鸣鸡[1]也，日日乘之共谈，不患长途寂寞矣。”揖而与言，驴啮(niè)草不应。反复开导，约与为忘形交，驴亦若勿闻。怒而痛鞭之，驴跳掷狂吼，终不能言，竟棰折一足。鬻(yù)于屠肆，徒步以归。此事绝可笑，殆睡梦中误听耶？抑此驴夙生冤谴(qiǎn)，有物凭之，以激于之怒杀耶？

［注释］

①长鸣鸡：据南朝宋刘义庆《幽明录》记载，晋刺史宋处宗得到了一只可开口说话的长鸣鸡，还能谈玄。

［译文］

聂松岩说，即墨的于某骑着驴赴京城。路上在一处高岗上休息，把驴拴在树上，他靠倚着岩石打盹儿。驴忽然昂头四处观望，浩然长叹道：“已有几十年没到这儿了，青山依旧，村落已不是旧模样了。”于某本来好奇，听了这话，一下跳起来道：“这是宋处宗的长鸣鸡呵。天天骑着一块说话，就不愁长途旅行寂寞了。”于是作揖和驴说话，驴吃草不答。他反复开导，说要和驴结成忘形的朋友。驴仍然像没有听见一样。于某发怒狠狠地打，驴狂吼蹦跳，还是不能说话，最后竟打断了一条腿。于某把驴卖给了屠户，徒步回去了。这件事实在可笑，可能是于某在睡梦中听错了。也许是这头驴前生结了怨，应当受到报应，于是有怪物附在它身上说话，以激怒于某杀了它。

［原文］

三叔父仪南公，有健仆毕四，善戈猎，能挽十力弓。恒捕鹑于野。凡捕鹑者必以夜，先以槀(gǎo)秸插地，如禾陇之状，而布网于上；以牛角

作曲管；肖鹑声吹之。鹑既集，先微惊之，使渐次避入藁(gǎo)秸中；然后大声惊之，使群飞突起，则悉触网矣。吹管时，其声凄咽，往往误引鬼物至，故必筑团焦自卫，而携兵仗以备之。一夜，月明之下，见老叟来作礼曰："我狐也，儿孙与北村狐构衅，举族械战。彼阵擒我一女，每战必反接驱出以辱我；我亦阵擒彼一妾，如所施报焉。由此仇益结，约今夜决战于此。闻君义侠，乞助一臂力，则没齿感恩。持铁尺者彼，持刀者我也。"毕故好事，忻然随之往，翳丛薄间。两阵既交，两狐血战不解，至相抱手搏。毕审视既的，控弦一发，射北村狐踣。不虞弓劲矢铦，贯腹而过，并老叟洞腋殪(yì)焉。两阵各惶遽，夺尸弃俘囚而遁。毕解二狐之缚，且告之曰："传语尔族，两家胜败相当，可以解冤矣。"先是北村每夜闻战声，自此遂寂。此与李冰事相类[①]；然冰战江神为捍灾御患，此狐逞其私愤，两斗不已，卒至两伤。是亦不可以已乎。

［注释］

①此句是指战国时期秦国的蜀郡郡守李冰为民除害，变成牛与危害人间的蛟龙作战，不胜，后选数百名勇猛之士齐心协力把蛟龙射死。

［译文］

三叔仪南公有个很能干的仆人，叫毕四。他善于打猎，能拉动十石拉力的弓，常在野外捕鹌鹑。捕鹌鹑必须在夜里。先把稻麦的杆插在地上，像是禾垄的样子，而上面张上网。用牛角做成曲管，学着鹌鹑的叫声吹。鹌鹑飞来之后，先稍微地吓吓它们，使它们陆续躲进稻麦秆丛里，然后再大声惊吓，让它们惊飞，就触到网上了。吹牛角时，声音凄咽，往往误把妖鬼引了来，所以必须建一座茅棚自卫，并带着武器防身。一天夜里，月光明亮，一个老人来行了礼说："我是狐狸，儿孙们和北村的狐狸结下冤仇，全族都参加械斗。混战中，对方捉去我的一个女儿，每次械斗时就把她反绑了拉出来羞辱我。我方也捉了他们的一个妾，也照他们的样子予以报复。因此双方的仇越结越深，约定今晚在这儿决一死战。听说你是位很讲侠义的人，请求你帮我一臂之力，那么我这一辈子也不会忘了你的。对方用的武器是铁尺，我用的武器是刀。"毕四本来就好事，很痛快地跟着老人前去，躲藏在树丛中。待两方交兵之后，两个狐狸血战在一起，以致相抱着搏斗起来，毕四瞄准了目标，一箭射去。把北村的狐狸射倒了。没想到弓力太强，箭头太锋利，竟穿透北村狐狸的腹部，没入老人的腋下，两狐都死了。双方各自惊慌失措地抢尸，扔了俘虏逃走了。毕四给狐妾和狐女解了绑绳，告诉她们："传话给你们的家族，两家胜败几乎相同，从此可以解除冤仇了。”在这以前，北村的人每到夜里就听见杀声连天，从这以后就安静下来了。这事和李冰的事差不多。不过李冰斗江神，是为了防御灾祸为民除害，这些狐狸却只为了泄私愤而斗个不停，终于全败俱伤。这不也可以结束了吗？

［原文］

佃户曹二妇悍甚，动辄诃詈(lì)风雨，诟谇鬼神，乡邻里间，一语不合，即揎袖露臂，携二捣衣杵，奋呼跳掷如虓(xiāo)虎。一日，乘阴雨出窃麦。忽风雷大作，巨雹如鹅卵，已中伤仆地。忽风卷一五斗栲栳(kǎo lǎo)①堕其前，顶之得不死。岂天亦畏其横欤？或曰：“是虽暴戾，而善事其姑。每与人斗，姑叱(chì)之，辄弭伏；姑批其颊(jiá)，亦跪而受。然则遇难不死，有由矣。”孔子曰：“夫孝者，天之经也，地之义也。”岂不然乎！

［注释］

①栲栳：用柳条或竹子所编制的器具，形状像斗，可用来打水或放东西。

［译文］

佣户曹二的媳妇很凶泼，动不动就指天骂地，责辱鬼神。她和邻里乡亲一句话说不合意，便撸胳膊挽袖子，拿着两根捣衣棒，呼叫跳跃像咆哮怒吼的老虎。有一天，她乘着阴雨天出去偷麦子，忽然风雷大作，雹子大得像鹅蛋，把她砸倒在地上。这时大风忽然卷来一个装五斗粮的笆斗，掉在她面前，她把笆斗顶在头上才没被砸死。难道上天也怕她蛮横？有人说：“她虽然凶暴，但对婆婆很孝顺。每当她和别人争斗时，婆婆一呵斥她便老实了。婆婆打她的嘴巴，她也跪着挨。可见遇难不死是有原因的。”孔子说：“孝道，是天经地义的事。”难道不是么？

［原文］

癸亥夏，高川之北堕一龙，里人多目睹之。姚安公命驾往视，则已乘风雨去，其蜿蜒攫(jué)拿之迹，蹂躏禾稼二亩许，尚分明可见。龙，神物也，何以致堕？或曰：“是行雨有误，天所谪也。”按世称龙能致雨，而宋儒谓雨为天地之气，不由于龙。余谓礼称“天降时雨，山川出云”，故《公羊传》谓触石而出，肤寸而合①，不崇朝而雨天下者，惟泰山之云。是宋儒之说所本也。《易·文言·传》称云从龙，故董仲舒祈雨法召以土龙，此世俗之说所本也。大抵有天雨，有龙雨：油油而云，潇潇而雨者，天雨也；疾风震雷，不久而过者，龙雨也。观触犯龙潭者，

立致风雨，天地之气能如是之速合乎？洗鲊(zhǎ)答[2]诵梵咒者，亦立致风雨，天地之气能如是之刻期乎？故必两义兼陈，其理始备。必规规然胶执一说，毋乃不通其变欤！

[注释]

①肤寸而合：形容云气密布。肤寸，古代长度单位，后用来比喻微小。寸，指一指宽。肤，指四指宽。②鲊答：指小石子。古时蒙族人祈雨时，用一盆净水，浸数枚小石子，在默念咒语的同时淘渌小石子。

[译文]

乾隆八年（公元1743年）夏天，高川的北边掉下一条龙，当地很多人都看到了。姚安公叫人驾了车去看，龙已乘着风雨离去了。龙掉下来后，挣持折腾，毁坏了两亩左右的禾苗，痕迹明显可见。龙是神物，为何掉了下来？有人说："龙下雨有了差错，遭到上天的处罚。"人们说龙能兴云下雨，而宋儒则说雨是天地的气，并不由龙掌管。我认为，《礼记》中说天按时令下雨，乌云生出于山川。所以《公羊传》中认为云触到山石而生，阴云密布，不用一个早晨便能把雨洒向大地的，只有泰山之云。这是宋儒上述观点的根据。《易·文言传》中说"云从龙"，所以董仲舒的求雨法便需召唤土龙。这是世俗观点的依据。一般来说，有天雨，有龙雨。云彩油然而生，雨潇潇而下的，是天雨；风猛雷响，很快便雨过天晴的，叫龙雨。有人触犯了龙潭，风雨立刻便来了。天地的气能这么快就相合么？把石头放在水里念梵咒，也能立即招来风雨。天地之气，能这么准时么？所以必须将两种说法结合起来解释才更全面。非得死板板地拘泥于一种说法，是否有些不大通变了呢？

[原文]

余在乌鲁木齐，畜数犬。辛卯赐环[1]东归，一黑犬曰四儿，恋恋随行，挥之不去，竟同至京师。途中守行箧甚严，非余至前，虽僮仆不能取一物。稍近，辄人立怒啮。一日，过辟展七达坂（达坂译言山巅，庬七重，曲折陡峻，称为天险），车四辆，半在岭北，半在岭南，日已曛(xūn)黑，不能全度。犬乃独卧岭巅，左右望而护视之，见人影辄驰视。余为赋诗二首曰："归路无烦汝寄书，风餐露宿且随予；夜深奴子酣眠后，为守东行数辆车。""空山日日忍饥行，冰雪崎岖百廿程。我已无官何所恋，可怜汝亦太痴生。"纪其实也。至京岁余，一夕，中毒死。或曰："奴辈病其司夜严，故以计杀之，而托词于盗。"想当然矣。余收葬其骨，欲为起冢，题曰"义犬四儿墓"；而琢石象出塞四奴之形，

跪其墓前，各镌姓名于胸臆，曰赵长明，曰于禄，曰刘成功，曰齐来旺。或曰："以此四奴置犬旁，恐犬不屑。"余乃止。仅题额诸奴所居室，曰"师犬堂"而已。初，翟孝廉赠余此犬时，先一夕梦故仆宋遇叩首曰："念主人从军万里，今来服役。"次日得是犬，了然知为遇转生也。然遇在时阴险狡黠，为诸仆魁(kuí)，何以作犬反忠荩？岂自知以恶业堕落，悔而从善欤？亦可谓善补过矣。

[注释]

①赐环：古代官吏获罪待放于境三年，若朝廷赐环，即可回复，若赐玦则永不复回。

[译文]

我在乌鲁木齐时养了几只狗。乾隆三十六年（公元1771年）我奉旨赦还，有只黑狗叫四儿，恋恋地跟着我，赶也赶不走，竟一起到了京城。黑狗在途中守护箱子行李极严，我要不在跟前，连僮仆也拿不出一件东西。慢慢走近，它就直立起来怒吠。一天，过辟展七达坂山（达坂译出来就是山岭，有七重曲折陡峻被称为天险），总共四辆车，一半在岭北，一半在岭南。这时天已黑下去，另两辆车过不了岭了。这黑狗便独自卧在山顶上，左右看护，见了人影便跑过去看。我为此写了两首诗道："回家不用你传信，风餐露宿随你去。夜深奴仆酣睡后，你守着东行的几辆车。""在空山中你天天挨着饿走，崎岖的冰霜路有一百二十程。我已无官还恋我什么？可怜你也太痴情。"这是纪实之作。到京城后一年多，一天晚上，它中毒死了。有人说，奴仆们恨它在夜里护院太严厉，所以想法弄死了它，却推到盗贼身上。这是理所当然的，没有证据。我把它安葬了，准备起个坟头，树碑写上："义犬四儿墓"，再用石头雕出四个随我出塞的奴才像，跪在狗的墓旁。并在石像胸部分别刻上他们的名字：赵长明、于禄、刘成功、齐来旺。有人说："把这四个奴才放在狗的身旁，恐怕狗也不屑于和他们在一起。"我才打消了这个念头，只在这几个奴才的住处题写了"师犬堂"的匾额。当初在翟举人送我这只狗的前一天，我梦见已死的仆人宋遇来叩头说："顾念主人从军于万里之外，今天我来服役。"第二天我便得到了这只狗。我知道这是宋遇转生的。但是宋遇活着时，阴险狡猾，是仆人的头儿，为何转生为狗反而忠心耿耿了？难道自知因罪孽深重而堕落为狗，从而后悔向善么？这也可以说是善于补过呵。

[原文]

乌鲁木齐把总蔡良栋言：此地初定时，尝巡瞭(liào)至南山深处（乌鲁木齐在天山北，故呼曰南山）。日色薄暮，似见隔涧有人影，疑为玛

哈沁（额鲁特语谓劫盗曰玛哈心，营伍中袭其故名），伏丛莽中密侦之。见一人戎装坐磐石上，数卒侍立，貌皆狰狞，其语稍远不可辨。惟见指挥一卒，自石洞中呼六女子出，并姣丽白皙。所衣皆缯彩，各反缚其手，觳觫(hú sù)①俯首跪。以次引至坐者前，褫(chǐ)下裳伏地，鞭之流血，号呼凄惨，声彻林谷。鞭讫，径去，六女战栗跪送，望不见影，乃呼咽归洞。其地一射可及，而涧深崖陡，无路可通。乃使弓力强者，攒射对崖一树，有两矢著树上，用以为识。明日，迂回数十里寻至其处，则洞口尘封。秉炬(jù)而入，曲折约深四丈许，绝无行迹。不知昨所遇者何神，其所鞭者又何物。生平所见奇事，此为第一。考《太平广记》，载老僧见天人追捕飞天野叉事，野叉正是一好女，蔡所见似亦其类欤！

［注释］

①觳觫：害怕得发抖的样子。

［译文］

乌鲁木齐把总蔡良栋说，该地区刚刚安定时，他曾巡逻瞭望到南山深处（乌鲁木齐在天山北，所以叫它南山）。当时夕阳西下，看见山涧对面好像有人影，以为是劫盗（额鲁特语称劫盗为玛哈沁，营伍中袭用其名），就躲在灌木丛中观察。只见有一个人身穿军装坐在磐石上，几个士卒侍立一旁，都面目狰狞。因稍远听不清说话声，只见坐者指挥一个士卒从石洞里叫出六个女子。这些女子皮肤白皙、容貌娇丽，都穿着绸缎衣，被反绑着两手，颤抖地低头跪着。她们一个一个地被带到坐者面前，被剥下裤子摁在地上，鞭打至流血；凄惨呼叫，响彻林谷。打完后，那人就走了。这六个女人战栗着跪送到望不见影了，才呜咽着回到洞里。涧对岸离这边只有一箭之地，但涧深崖陡，无路可走。把总便叫弓力强的士兵集中射对岸的一棵树。有两支箭射在树上，用为标记。第二天迂回几十里找到那儿，洞口却尘封着。拿着火把曲曲折折往里走了约有四丈多，丝毫没有发现人的踪迹。不知昨天遇见的是何神，鞭打的是何物。我一生所见，这是第一件奇事。据《太平广记》载，一个老僧看见天人追捕飞天野叉，夜叉正是一个美女。蔡把总所见的也许是野叉一类？

［原文］

六畜充庖，常理也；然杀之过当，则为恶业。非所应杀之人而杀之，亦能报冤。乌鲁木齐把总茹大业言：吉木萨游击遣奴入山寻雪莲，迷不得归。一夜，梦奴浴血来曰："在某山遇玛哈沁为脔(luán)食，残骸犹在桥南第几松树下，乞往迹之。"游击遣军校寻至树下，果血污狼藉，

然视之皆羊骨。盖圉(yǔ)卒①共盗一官羊，杀于是也。犹疑奴或死他所。越两日，奴得遇猎者引归。始知羊假奴之魂，以发圉卒之罪耳。

[注释]

①圉卒：养马的马厩，也可指养马的士兵。

[译文]

以六畜供食用，是常理，但如果屠宰失当，就成了罪孽；不该屠宰的人来屠宰，它也会报冤的。乌鲁木齐把总茹大业说，吉木萨的游击派仆人进山寻找雪莲，仆人迷路回不来了。一天夜里，游击梦见仆人浑身是血地来说在某座山遇见劫盗，把我一条条地割来吃了，残骸还在桥南第几棵松树下，请去查找一下。游击派军士去，找到树下，果然一片血污狼藉，但一看都是羊骨头。原来是管牲畜的士兵们偷了一只官家的羊，在这儿杀了。游击仍怀疑仆人可能死在别处。过了两天，仆人遇见打猎的，被领回来了。这才知道是羊假借仆人的魂，来揭发放牧士兵的罪过罢了。

[原文]

《左传》言："深山大泽，实生龙蛇。"小奴玉保，乌鲁木齐流人[①]子也。初隶特纳格尔军屯。尝人谷追亡羊，见大蛇巨如柱，盘于高岗之顶，向日晒鳞：周身五色烂然，如堆锦绣；顶一角，长尺许。有群雉飞过，张口吸之，相距四五丈，皆翩然而落，如矢投壶。心知羊为所吞矣，乘其未见，循涧逃归，恐怖几失魂魄。军吏邬图麟因言此蛇至毒，而其角能解毒，即所谓吸毒石[②]也。见此蛇者，携雄黄数斤，于上风烧之，即委顿不能动。取其角，锯为块，痈疽初起时，以一块著疮顶，即如磁吸铁，相粘不可脱。待毒气吸出，乃自落。置人乳中，浸出其毒，仍可再用。毒轻者乳变绿，稍重者变青黯，极重者变黑紫。乳变黑紫者，吸四五次乃可尽，余一二次愈矣。余记从兄懋(mào)园家有吸毒石，治痈疽颇验；其质非木非石，至是乃知为蛇角矣。

[注释]

①流人：流亡在外的人。此处指因罪被朝廷流放的人。②吸毒石：据《广东通志·舆地略十二》载，"吸毒石，乃西洋岛中毒蛇脑中石也。大如扁豆，能吸一切肿毒，即发背亦可治。"

[译文]

《左传》中说:“深山大泽之中,生长龙蛇。”小奴玉保,是被流放到乌鲁木齐流的人的儿子,起初隶属于特纳格尔军屯。他曾到山谷中追丢失的羊,看见有一条像房柱那么粗的蛇,盘在高岗顶上,向着太阳晒鳞。蛇全身五色灿烂,好像堆着锦绣。蛇的头顶长着一个角,有一尺左右长。有一群野鸡飞过,大蛇张嘴一吸,相距四五丈远,野鸡都轻飘飘地落下来,像往壶中投箭一样进入蛇口中。小奴心里知道羊是被蛇吞了,便乘蛇没看见,沿着山涧逃了回来,吓得几乎丢了魂。军吏邬图麟说这种蛇最毒,而它的角能解毒,就是所谓的吸毒石。见了这种蛇,可带着几斤雄黄,在上风头烧,蛇便萎靡不能动了。取来它的角,锯成一块块的,在毒疮刚发起来时,拿来一块放在疮顶上,便和磁石吸铁一样粘住不掉了。等把毒气吸出来,它自己就掉下来了。把它放在人奶中,浸出里面的毒,还可以再用。毒轻的,奶变为绿色,稍重的变为青黯色,极重的变成黑紫。奶变为黑紫色的,吸四五次才能把毒吸尽。其他的吸一两次就好了。我记得堂兄懋园家里有吸毒石,治疗毒疮很有效。它的质地不是木头,也不是石头。听邬图麟这么一说,我才明白是蛇角。

[原文]

正乙真人,能作催生符,人家多有之。此非祷雨驱妖,何与真人事?殊不可解。或曰:“道书载有二鬼,一曰语忘,一曰敬遗,能使人难产。知其名而书之纸,则去。符或制此二鬼欤?”夫四海内外,登产蓐(rù)者,殆恒河沙数,其天下只此语忘、敬遗二鬼耶?抑一处各有二鬼,一家各有二鬼,其名皆曰语忘、敬遗也?如天下止此二鬼,将周游奔走而为厉,鬼何其劳?如一处各有二鬼,一家各有二鬼,则生育之时少,不生育之时多,扰扰千百亿万,鬼无所事事,静待人生育而为厉,鬼又何其冗闲无用乎?或曰:“难产之故多端,语忘、敬遗其一也。不能必其为语忘、敬遗,亦不能必其非语忘、敬遗,故召将试勘焉。”是亦一解矣。第以万一或然之事,而日日召将试勘,将至而有鬼,将驱之矣;将至而非鬼,将且空返,不渎神矣乎?即神不嫌渎(dú),而一符一将,是炼无数之将,使待幽王之烽火[①];上帝且以真人一符,增置一神。如诸符共一将,则此将虽千手千目,亦疲于奔命;上帝且以真人诸符,特设以无量化身之神,供捕风捉影之役矣。能乎不能?然赵鹿泉前辈有一符,传自明代,曰高行真人精炼刚气之所画也。试之,其验如响。鹿泉非妄语者,是则吾无以测之矣。

［注释］

①幽王之烽火：幽王是中国西周末代君主。姬姓，在位时，沉湎酒色，不理国事，宠妃褒姒不爱笑，即遍举烽火，戏弄诸侯，褒姒才展颜一笑。

［译文］

正乙真人能制作催生符，许多人家都有这种符。这不是求雨驱妖，关真人什么事？实在不可思议。有人说："道书中记载有两个鬼，一个叫语忘，一个叫敬遗，能让人难产。知道了它们的名而写在纸上，它们就离去了。那么催生符可能就是制这两个鬼的？"按说，普天之下，登上产床的妇女，几乎跟恒河的沙粒一样多，那么天下就只有这语忘、敬遗两个鬼么？还是每一处各有两个鬼、每家都有两个鬼，名字都叫语忘、敬遗呢？如果天下只有这两个鬼，那么它们四处奔走作祟，多么辛苦？假如每一个地方各有两个鬼，每一家各有两个鬼，那么生育之时少，不生育之时多，拥拥挤挤的千百亿个鬼，无所事事，只等着人生育时好作祟，不是闲着没事么？有人说："难产有许多原因，语忘、敬遗作祟是原因之一。"不能说就是语忘、敬遗捣的鬼，也不能说绝对不是语忘、敬遗捣的鬼，所以招来神将查证一下。这也是一种解释。对这种"万一"的事，天天召神将来查验，如果神将来了并且有鬼，神将就驱鬼了；假如神将来了并没有鬼，神将则白跑一趟，这不是渎神了么？即便神不怪罪，那么一道符召一个神将，就得配备无数的神将，等待着招唤。上帝也要为真人的每一道符增设一个神。假如这些符只有一个神将，那么这个神将纵然有千只手千只眼，也要疲于奔命。上帝为了真人的这些符，也得特意派无量化身的神，去应付这些捕风捉影的差使了。能不能如此做呢？然而赵鹿泉前辈有一张符，是明代传下来的。他说是高行真人精炼刚气之后画下来的。试了一下，真是立竿见影。赵鹿泉不是随便乱说的人，这样一来，我就没法去推测了。

［原文］

奴子王廷佐，夜自沧州乘马归。至常家砖河，马忽辟易[①]。黑暗中，见大树阻去路，素所未有也。勒马旁过，此树四面旋转，当其前，盘绕数刻，马渐疲，人亦渐迷。俄所识木工国姓、韩姓从东来，见廷佐痴立，怪之。廷佐指以告。时二人已醉，齐呼曰："佛殿少一梁，正觅大树。今幸而得此，不可失也。"各持斧锯奔赴之。树倏化旋风去。《阴符经》[②]曰："禽之制在气。"木妖畏匠人，正如狐怪畏猎户，积威所劫，其气焰足以慑伏之，不必其力之相胜也。

［注释］

①辟易：怕得不敢上前。②《阴符经》：全称《黄帝阴符经》或《轩辕黄

帝阴符经》，也称《黄帝天机经》，相传为黄帝所作，言虚无之道、修炼之术。

［译文］

奴仆王廷佐在夜里骑马从沧州回来，走到常家砖河，马忽然惊恐不前。黑暗中看见一棵大树阻在面前，这条路上以前并没有大树。王廷佐勒马从旁边过，这棵树却四面转着，在他面前绕来绕去。这么转了几刻钟，马渐渐疲惫了，人也渐渐迷了路。过了片刻，他所认识的姓国、姓韩的两个木工从东面走来。他们看见王廷佐傻站着，很觉奇怪。王廷佐指点着大树说了原委。这两人已经喝醉，便齐声叫道："佛殿少一根大梁，正在找大树。今天幸亏找到这一棵，不能失去了。"两人手持斧锯奔过来，树突然化为一阵旋风跑了。《阴符经》说："制服敌人在于气势。"木妖怕木匠，就像狐怪怕猎户，在积威的压迫之下，以气势足以慑服对方，而不必以力制服对方。

［原文］

宁津苏子庚言：丁卯夏，张氏姑妇同刈（yì）麦。甫收拾成聚，有大旋风从西来，吹之四散。妇怒，以镰掷之，洒血数滴渍地上。方共检寻所失，妇倚树忽似昏醉，魂为人缚至一神祠。神怒叱曰："悍妇乃敢伤我吏！速受杖。"妇性素刚，抗声曰："贫家种麦数亩，资以活命。烈日中妇姑辛苦，刈甫毕，乃为怪风吹散。谓是邪祟，故以镰掷之。不虞伤大王使者。且使者来往，自有官路，何以横经民田，败人麦？以此受杖，实所不甘。"神俯首曰："其词直，可遣去。"妇苏而旋风复至，仍卷其麦为一处。说是事时，吴桥王仁趾曰："此不知为何神？不曲庇其私昵，谓之正直可矣；先听肤受之诉[①]，使妇几受刑，谓之聪明则未也。"景州戈荔田曰："妇诉其冤，神即能鉴，是亦聪明矣。倘诉者哀哀，听者愦愦（kuì kuì），君更谓之何？"子庚曰："仁趾责人无已时。荔田言是。"

［注释］

①肤受之诉：亲身所受到的诬告。语出《论语·颜渊》。

［译文］

宁津人苏子庚说，乾隆十二年（公元1747年），张家婆媳一起收割麦子，刚把麦子搬到一起，便有一阵急旋风从西面吹来，把麦子卷得四散。媳妇十分生气，把镰刀扔了过去，却见地上洒了几滴血。两人正在往回拣被吹散的麦子，媳妇靠着树忽然好像昏了过去，魂被绑到一个神祠中。神怒喝道："泼妇还敢伤害我的手下，赶紧给我打！"媳妇性情刚直，大声说："穷人家种了几亩麦子，以此活命。在烈日之下，婆媳俩辛辛苦苦地刚收割完，就被一阵怪风吹散。我以为是邪魅，就把镰刀投了过去，没想到伤了大王的使者。但是使者来往，自有官道，为什么横穿百姓的地、弄乱人家的麦子？因为这挨杖打，我实在不甘。"神低头道："她说得有理，让她走吧。"媳妇醒后旋风又来了，把麦子都卷到了一起。说这事时，吴桥人王仁趾说："这不知是何神？不枉法包庇自己的人，可以说是正直。他先听了手下人的诬告，差点儿使媳妇受刑。若说这个神聪明，我看未必。"景州人戈荔田说："媳妇诉说了冤情，神就能明察，这也是聪明。倘若诉冤的很悲伤，听的人稀里糊涂，你还能说什么？"子庚说："王仁趾要求人过严，荔田说得对。"

［原文］

四川藩司张公宝南，先祖母从弟也。其太夫人喜鳖臛。一日，庖人得巨鳖，甫断其首，有小人长四五寸，自颈突出，绕鳖而走。庖人大骇仆地。众救之苏，小人已不知所往。及剖鳖，乃仍在鳖腹中，已死矣。先祖母曾取视之，先母时尚幼，亦在旁目睹：装饰如《职贡图》[①]中回回状，帽黄色，褶蓝色，带红色，靴黑色，皆纹理分明如绘；面目手足，亦皆如刻画。馆师岑生识之，曰："此名鳖宝，生得之，剖臂纳肉中，则啖人血以生。人臂有此宝，则地中金银珠玉之类，隔土皆可见。血尽而死，子孙又剖臂纳之，可以世世富。"庖人闻之大懊悔，每一念及，辄自批其颊。外祖母曹太夫人曰："据岑师所云，是以命博财也。人肯以命博财，则其计多矣，何必剖臂养鳖！"庖人终不悟，竟自恨而卒。

［注释］

①《职贡图》：所谓《职贡图》，是指封建时代外国及中国境内的少数民族上层，向中国皇帝进贡的纪实图画。此处的《职贡图》是指清朝乾隆时期傅恒等奉旨撰《皇清职贡图》八卷，描绘了外国及藩属国的男女像。

［译文］

四川布政使张宝南先生是先祖母的堂弟。他的母亲太夫人爱吃鳖羹。有一天，厨子买了一只大鳖，刚砍掉鳖的头，便有一个长四五寸的小人从鳖的脖腔里蹦出来，绕着鳖跑。厨子吓得昏倒在地。被大家救醒后，小人也不知跑到何处去了。及剖开鳖腹，发现小人在里面，已经死了。先祖母曾拿过小人看，先母当时还小，也在一旁看。小人的装饰像《职贡图》里的回族人的样子：帽子是黄色的，夹袍为蓝色，红色的腰带，穿着黑色的靴子，衣着纹理分明，像画的一样；脸面手脚都像雕刻的一样。馆师岑某认识，说：“这小人叫鳖宝，假如能活捉它，割开人的胳膊放在肉里，它就能靠着喝人血为生。人的胳膊里有这种宝物，那么地里的金银珠宝之类，隔着土就能看见了。人被它喝光了血就死了，子孙又可以割开胳膊把它放进去，这样就可以世世代代富裕下去了。”厨子听了极为懊悔，每一想到这事，就打自己的嘴巴。外祖母曹太夫人说：“据岑馆师所说，这是以命换财。人既愿意用命去拼，那发财的道儿就多了，为什么要割开胳膊养鳖？”厨子始终转不过弯来，竟然恼恨得病而死。

［原文］

史少司马抑堂，相国文靖公次子也。家居时，忽无故眩瞀(mào)，觉魂出门外，有人掖之登肩舆(yú)，行数里矣。复有肩舆自后追至，疾呼：“且住。”视之，则文靖公也。抑堂下舆叩谒(yè)，文靖公语之曰：“尔尚有子孙未出世，此时讵可前往？”挥舁(yú)者[①]送归。霍然而醒，时年七十四。次年举一子，越两年又举一子，果如文靖公之言。此抑堂七十八岁时至京师，亲为余言。

［注释］

①舁者：指轿夫。

［译文］

兵部侍郎史抑堂，是相国文靖公的次子。一天，他在家忽然莫明其妙地昏沉过去，觉得灵魂出了门，有人把他扶上轿。走出已有几里地了，又有一顶轿子从后面追了上来，疾声呼喊。他让轿夫停下来，发现追来的是文靖公。史抑堂下轿拜谒。文靖公说：“你还有后代没有出世，这时怎么可以走？”说着便指示轿夫把他抬回去。史抑堂猛然明白过来了。他当时七十四岁。第二年，他有了一个儿子。过了两年，又得了一个儿子。果然和文靖公说的一样。这是史抑堂七十八岁时来京城亲自对我说的。

如是我闻一

[原文]

曩(nǎng)撰《滦阳消夏录》，属草未定，遽为书肆所窃刊，非所愿也。然博雅君子，或不以为纰缪(pī miù)，且有以新事续告者。因补缀旧闻，又成四卷。欧阳公曰：“物尝聚于所好。”岂不信哉！缘是知一有偏嗜，必有浸淫而不自已者，天下事往往如斯。亦可以深长思也。

辛亥七月二十一日题。

[译文]

从前撰写《滦阳消夏录》，尚未定稿，就被书坊偷印了，这并不是我的愿望。那些博学、端雅之士不认为这部书稿有错漏，而且还有劝我续写的。所以根据旧闻补写又成四卷。欧阳修说过“物往往都聚集在爱好的人那儿”。不是颇有道理吗？由此可知一旦有所偏好，必将不停地浸淫而不能自已。天下之事大多如此，这是应深加思考的。

乾隆五十六年七月二十一日题。

[原文]

太原折生遇兰言：其乡有扶乩者，降坛大书一诗曰：“一代英雄付逝波，壮怀空握鲁阳戈。庙堂有策军书急，天地无情战骨多。故垒春滋新草木，游魂夜览旧山河。陈涛十郡良家子，杜老酸吟意若何？[①]”署名曰：“柿园败将”。皆悚然知为白谷孙公也。柿园之役[②]，败于中旨之促战，罪不在公。诗乃以房琯车战自比，引为己过。正人君子之用心，视王化贞[③]辈偾(fèn)辕误国，犹百计卸责于人者，真三光之于九泉矣。大同杜生宜滋，亦录有此诗，“空握”作“辜负”，“春滋”作“春添”，“意若何”作“竟若何”，凡四字不同。盖传写偶异，大旨则无殊也。

[注释]

①此两句指唐肃宗至德元年中书令房琯与安禄山叛军在陈涛斜（也作“陈淘斜”）交战，全军覆没。杜甫作《悲陈淘》一诗，咏陈涛斜兵败事。②柿园之役：明孙传庭主张镇压李自成农民起义，崇祯十五年在河南郏县被起义军所败，称柿园之败。③王化贞：明天启年间任广宁（今辽宁北镇）巡抚，骄傲轻敌，不

听熊廷弼的调度，被后金（清）军所败。

［译文］

太原书生折遇兰说，他的家乡有人扶乩，见乩仙降坛，大书诗一首。诗云：“一代英雄逝去了，胸怀壮志空握着鲁阳戈。庙堂有战策军书急，天地无情战骨多。故垒春滋新草木，游魂夜览旧山河。陈涛十郡良家子，杜老酸吟意若何？”诗署名为“柿园败将”。大家都毛骨悚然，知道这是孙传庭的魂灵显世。柿园一战，败于皇上促战，孙公无过错。这首诗以唐朝房琯陈陶斜之战自比，把责任揽在自己身上。这种正人君子的用心，较之王化贞之辈战败误国殃民，还要千方百计推卸责任于他人，真可谓天上地下了。大同书生杜宜滋也录有此诗。只是“空握”写作“辜负”；“春滋”写作“春添”；“意若何”写作“竟若何”。计有四个字不同。大概是传抄中偶然笔误，但大意是一致的。

［原文］

京师某观，故有狐。道士建醮[1]，醵(jù)[2]多金。蒇(chǎn)[3]事后，与其徒在神座灯前，会计出入。尚厥数金，师谓徒乾没，徒谓师误算，盘珠格格，至三鼓未休。忽梁上语曰：“新秋凉爽，我倦欲眠，汝何必在此相聒？此数金，非汝欲买媚药，置怀中，过后巷刘二姐家，二姐索金指环，汝乘醉探付彼耶？何竟忘也？”徒转面掩口。道士乃默然敛簿出。剃工魏福，时寓观内，亲闻之。言其声咿咿呦呦，如小儿女云。

［注释］

①建醮：道士作法时为消灾祈福所设的道场。②醵：募集财物。③蒇：完成。

［译文］

京城某道观，一直有狐仙。道士设道场，募集了很多钱。法事完毕后，道士与徒弟在神座灯前，结算进出账目，发现缺了一些钱。师父说是徒弟侵吞了；徒弟说是师父算错了，算盘珠打得格格作响，直至三更还没停止。忽然梁上有人说：“初秋凉爽，我困倦要睡，你们为什么要在此喧扰？缺的钱，不是你要买媚药，放在怀中，到后巷刘二姐家，刘二姐向你索要戒指，你在醉中伸手塞给了她么？为何竟忘掉了？”徒弟听后转过脸掩口而笑。老道士却无话可说，收起账簿离开了。剃工魏福当时住在观内，亲耳听到狐仙这番话，说那声音咿咿呦呦，像是小孩。

［原文］

旱魃[1]为虐，见《云汉》之诗，是事出经典矣。《山海经》实以女

魃，似因诗语而附会。然据其所言，特一妖神耳。近世所云旱魃(bá)，则皆僵尸。掘而焚之，亦往往致雨。夫雨为天地之䜣合，一僵尸之气焰，竟能弥塞乾坤，使隔绝不通乎？雨亦有龙所作者，一僵尸之技俩，竟能驱逐神物，使畏避不前乎，是何说以解之？又狐避雷劫，自宋以来，见于杂说者不一。夫狐无罪欤，雷霆克期而击之，是淫刑也，天道不如是也。狐有罪欤，何时不可以诛，而必限以某日某刻，使先知早避？即一时暂免，又何时不可以诛，乃过此一时，竟不复追理？是佚罚也，天道亦不如是也。是又何说以解之？偶阅近人《夜谈丛录》，见所载焚旱魃(bá)一事、狐避劫二事，因记所疑，俟格物穷理者详之。

［注释］

①旱魃：迷信传说中的造成旱灾的妖怪。《诗·大雅·云汉》：“旱魃为虐，如惔如焚。”孔颖达疏：“《神异经》曰：‘南方有人，长二三尺，袒身，而目在顶上，走行如风，名曰魃，所见之国大旱，赤地千里，一名旱母。’”

［译文］

旱魃作祟，见于《诗·大雅》，可谓事出于经典了。《山海经》里有女魃的记载，大概是根据《诗经》的描绘加以附会的。然而根据这些记载，旱魃仅仅是一个妖神罢了。近代所说的旱魃，都是僵尸。从地下挖出来焚烧后，往往能导致下雨。雨乃是天地之气相合而产生的。一具僵尸的气焰，竟能弥漫充塞天地之间，令天地隔绝不通吗？雨也有龙兴而成的，一具僵尸的伎俩，竟能驱逐神物，使之畏惧而回避不前么？这有何依据呢？又有狐狸避雷劫的传说，自宋代以来，散见于小说杂记中不少。假如那些狐狸无罪，雷霆按期击杀它们，那将是乱施刑罚，天道不会这样；如果狐狸有罪，何时不可以诛杀？非限定某日某刻，使它们预先知道而提前躲避起来。如果一时免难，也还可以随时击杀。却过了规定时间，就不再追究，这是惩罚失当，天道也不该如此。这又该如何解释呢？偶然阅读近人所著《夜谈丛录》，看到一则记载焚烧旱魃的故事、两则狐狸避雷的故事。于是把疑问记下来，等待能够格物究理的人解释清楚。

［原文］

虎坊桥西一宅，南皮张公子畏故居也，今刘云房副宪居之。中有一井，子午二时汲则甘，余时则否，其理莫明。或曰：“阴起午中，阳生子半，与地气应也。”然元气昆仑，充满大地，何他井不与地气应，

此井独应乎？西士最讲格物学，《职方外纪》①载其地有水，一日十二潮，与晷漏不差秒忽。有欲穷其理者，构庐水侧，昼夜测之，迄不能喻，至恚而自沉。此井抑亦是类耳！

［注释］

①《职方外纪》：明代来华的意大利人艾儒略所撰，介绍了各地文化、宗教、风土、习俗等。

［译文］

北京虎坊桥西有一住宅，是南皮张子畏先生的故居，现在由左副都御使刘云房住着。宅中有一口井，在子时、午时两个时辰打水，水是甜的，其他时间水则不甜。不知什么原因。有人说：“这是由于阴气于正午生起，阳气于夜里十二点时生起，阴阳二气与地气感应的缘故。”然而元气浑沦，充满天地之间。为何其他井不与地气感应，只有这口井与地气相感应呢？西洋人最讲究格物学。《职方外纪》中记载：某地的水一天之内十二次涨潮，其时间与十二时辰分秒不差。有个人想要探究其中的道理，在水边筑房，日夜观测，始终未能明白。他怨愤之极，投水而死。这口井或许也属于这一类。

［原文］

张读①《宣室志》曰：俗传人死数日，当有禽自柩中出，曰煞。太和中，有郑生者，网得一巨鸟，色苍，高五尺余，忽无所见。访里中民讯之，有对者曰：“里中有人死，且数日。卜者言，今日煞当去。其家伺而视之，有巨鸟色苍，自柩中出。君所获果是乎？”此即今所谓煞神也。徐铉②《稽神录》曰：彭虎子少壮，有膂（lǚ）力。尝谓无鬼神。母死，俗巫诫之曰：“某日殃煞当还，重有所杀，宜出避之。”合家细弱，悉出逃隐。虎子独留不去。夜中有人推门入，虎子皇遽（jù）无计，先有一瓮，便入其中，以板盖头。觉母在板上，有人问：“板下无人耶？”母曰：“无。”此即今所谓回煞也。俗云殇子未生齿者，死无煞；有齿者即有煞。巫觋（xí）③能预克其期。家奴孙文举、宋文皆通是术。余尝索视其书，特以年月日时干支推算，别无奇奥。其某日逢某凶煞，当用某符禳（ráng）解，则诡词取财而已。或有室庐逼仄，无地避煞者，又有压制之法，使伏而不出，谓之斩殃，尤有荒诞。然家奴宋遇妇死，遇召巫斩殃。迄今

所居室中，夜恒作响，小儿女亦多见其形。似又不尽诬矣。天地之大，何所不有？幽明之理，莫得而穷。不必曲为之词，亦不必力攻其说。

[注释]

①张读：唐朝人，著《宣室志》，多记仙神鬼怪的故事。②徐铉：字鼎臣，五代南唐人，后入宋，为五代时期著名的文学家、书法家。③觋：男巫。

[译文]

张读著的《宣室志》中说：民间传说人死几天后会有鸟从灵柩中出来，叫“煞”。太和年间，有一姓郑的人用网捕到一只大鸟，羽毛苍灰，高五尺余，鸟忽然不见了。他询问村里的人，有人告诉他：村里有个人死了数日，巫师说今天煞要离去，这家人悄悄查看，见有一只大鸟毛色苍灰，从灵柩中飞出来。您所捕到的是不是就是这只？这便是现在所说的煞神。徐铉著《稽神录》中记载：彭虎子少壮有力，说不信鬼神。他的母亲去世了，民间巫师告诫他说，某一天殃煞该返回了，将会有很大的伤害，应当离家躲避。于是全家男女老幼都离开家躲藏起来，彭虎子独留不去。夜里有人推门进来，彭虎子恐惧失措，见有一瓮便跳进去，用板盖住口。他觉得母亲坐在板上。有人问：“板下有没有人？”母亲答：“无人。”这就是现在所说的回煞。据民间传说，未成年的孩子没长牙齿，死了不会有煞；长了牙死后便有煞。巫师能预先算出回煞的日期。我的奴仆孙文举、宋文都通晓这种巫术。我曾经将他们的书要来看，只不过是以年月日干支来推算，没有什么其他奥妙之处。书里的“某日逢某凶煞，当用某符禳解”，不过是危言耸听，骗取钱财罢了。也有的人家居室狭窄，没有躲避煞的地方，巫师便又有“压制之法”，使煞不出来，这叫作“斩殃”，这就更加荒唐了。然而，我的家奴宋遇媳妇死后，请巫师斩殃，他住的地方，至今夜里经常发出响声，许多小孩儿也见到煞的形状。这似乎又不完全是瞎说。天地之大，何所未有？幽明之理，难于探究。没必要合这种说法，也不必着力批驳这种说法。

[原文]

人死者，魂隶冥籍矣。然地球圆九万里，径三万里，国土不可以数计，其人当百倍中土，鬼亦当百倍中土。何游冥司者，所见皆中土之鬼，无一徼外之鬼耶？其在在各有阎罗王耶？顾郎中德懋（mào），摄阴官者也。尝以问之，弗能答。人不死者，名列仙籍矣。然赤松、广成①，闻于上古；何后代所遇之仙，皆出近世？刘向以下之所记，悉无闻耶？岂终归于尽，如朱子之论魏伯阳耶？娄（lóu）真人近垣，领道教者也。尝以问之，亦弗能答。

［注释］

①赤松、广成：神话传说中的神仙名。

［译文］

人死后，魂灵归属于阴曹籍簿。然而，地球周长九万里，直径三万里，国家不可数计。那里的人口是中国的百倍，鬼也是中国的百倍。为什么到过阴曹的人见到的都是中国的鬼，而无一个外国的鬼？莫非各国有各国的阎罗王？郎中顾德懋，兼任阴曹的官吏，我曾就这个问题问他，他也回答不了。不死的人，名字列入仙籍，如赤松子、广成子等，他们都名传于上古时代。为什么后代人所遇到的仙人，都出于近代呢？难道刘向以来所记载的，都无声无息了？抑或仙人都没有了，像朱熹说的世上难再出现魏伯阳这样的人一样？真人娄近垣是道教的领袖，我曾以此请教过他，他也不能回答。

［原文］

里人阎勋，疑其妻与表弟通，遂携铳击杀其表弟。复归而杀妻，剚(zì)[1]刃于胸，格格然如中铁石，迄不能伤。或曰："是鬼神愍其枉死，阴相之也。"然枉死者多，鬼神何不尽阴相欤？当由别有善行，故默邀护佑耳。

［注释］

①剚：刺。

［译文］

乡里有个叫阎勋的人，怀疑自己的妻子与表弟通奸，便用火枪杀死表弟，然后回家杀妻。刀刺向妻子胸部，却像砍铁石般格格作响，始终没能刺死妻子。有人说："这是鬼神哀怜她冤枉，暗中帮助她。"然而枉死的人十分多，鬼神为什么不都暗中相助呢？一定是她别有善行，所以鬼神默默地保佑她。

［原文］

同年金门高，吴县人。尝夜泊淮扬之间，见岸上二叟相遇，就坐水次草亭上。一叟曰："君近何事？"一叟曰："主人避暑园林，吾日日入其水阁，观活秘戏图；百媚横生，亦殊可玩。其第五姬尤妖艳。见其与主人剪发为誓，约他年燕子楼中作关盼盼[1]；又约似玉箫再世，重侍韦皋(gāo)。主人为之感泣。然偶闻其与母窃议，则谓主人已老，宜早

储金帛，为琵琶别抱计也。君谓此辈可信乎？”相与太息久之。一叟又曰：“闻其嫡甚贤，信乎？”一叟掉头曰：“天下之善妒人也，何贤之云！夫妒而嚣争，是为渊驱鱼者也。此妇于妾媵(ying)之来，弱者抚之以恩，纵其出入冶游，不复防制，使流于淫佚。其夫自愧而去之。强者待之以礼，阳尊之与己匹，而阴导之与夫抗，使养成骄悍，其夫不堪而去之。有二术所不能饵者，则密相煽构，务使参商两败者，又多有之。幸不即败，而一门之内，诟谇时闻，使其夫入妾之室则怨语愁颜，入妻之室乃柔声怡色。其去就不问而知矣。此天下之善妒人也，何贤之云！”门高窃听所言，服其中理，而不解其日入水阁语。方凝思间，有官舫鸣钲来，收帆欲泊。二叟转瞬已不见。乃悟其非人也。

［注释］

①关盼盼：唐朝有名的美女，出身于书香门第，精通诗文，能歌善舞，因家道中落嫁与徐州守帅张建封为妾，甚受宠爱。张建封为其建燕子楼。

［译文］

吴县人金门高与我是同年进士。他曾经泊船于淮扬之间，见有两位长者在岸上相遇，在岸边草亭上就座。一位长者说：“您近来做些什么？”另一位说：“我的主人在园林避暑，我每天进入水阁，看活的秘戏图。真是百媚横生，非常有意思。那位五姨太尤其妖艳。她与主人剪发为誓，相约来生在燕子楼中当关盼盼；又约定像玉箫那样转世后再侍奉韦皋。主人感动得哭了。然而偶然间听到她与母亲私下议论说，主人已老，应当早些储备金银财物，做好改嫁的打算。您认为这类人可以信吗？”两位老者叹息很长时间。一位说道：“听说您主人的妻子非常贤惠，是真的吗？”另一位老者掉过头说：“那是天下最善于妒忌的妇人，还说贤惠呢。因妒忌而争吵不休，就是为渊驱鱼。她对新来的妾媵，弱者施之恩惠，放纵她们冶游放荡，不加限制，使她们淫佚荒靡。那么她丈夫就会感到羞愧而把她们打发走。对于强者则待之以礼，表面上和自己平起平坐，暗中让她们与主人对抗，使她们养成了骄横的脾气；主人受不了就会赶去她们。这两种手段不能得逞，就暗地里挑拨她们，使之两败俱伤，这类事也多有发生。即便有幸没有两败俱伤，而一门之内也吵骂声不断。使得主人进入妾室，只见怨语愁颜，进入妻室则柔声怡色，那么主人常去哪儿就不言自知了。这妇人是天下最善于妒忌的，有什么贤惠的。”门高听到这儿，佩服他们言之有理，但不知那老者为何每日到水阁去。正凝思间，有条官船鸣锣驶来，要收帆停泊。两位老头转眼不见了，他这才明白他们不是人类。

[原文]

先叔仪南公，有质库[①]在西域。客作陈忠，主买菜蔬。侪辈皆谓其近多余润，宜飨(xiǎng)众，忠讳无有。次日，箧(qiè)钥不启，而所蓄钱数千，惟存九百。楼上故有狐，恒隔窗与人语，疑所为。试往叩之，果朗然应曰：“九百钱是汝雇值，分所应得，吾不敢取。其余皆日日所干没，原非汝物。今日端阳，已为汝买粽若干，买酒若干，买肉若干，买鸡鱼及瓜菜果实各若干，并泛酒雄黄，亦为买得，皆在楼下空屋中。汝宜早烹炮，迟则天暑，恐腐败。”启户视之，累累具在。可无消纳，竟与众共餐。此狐可谓恶作剧，然亦颇快人意也。

[注释]

①质库：当铺。

[译文]

先叔父仪南公在西域开有一个当铺。佣人陈忠负责购买菜蔬。同伴们说他近来有不少外快，应该请客。陈忠不承认。第二天，发现钱箱不曾开启，而数千积蓄仅剩九百。楼上一直有狐仙，经常隔窗和人说话，陈忠怀疑是狐仙所为，就试着去敲门询问。狐仙果然高声回答说：“那九百钱是你的工线，是应得的，我不敢拿。其余的钱都是你每天采购私吞的，原本就不是你的。今日端午节，我已为你买了粽子若干，买酒、肉、鸡、鱼及瓜果蔬菜若干，还买了雄黄酒，都放在楼下空房间内。你应早些做出来，晚了就会因天热腐坏了。”打开空房门一看，食物全放在屋里，一个人吃不了，最后还是和大家共吃了。这个狐仙真是恶作剧，不过倒是大快人心。

[原文]

亥有二首六身，是拆字之权舆矣。汉代图谶(chèn)[①]，多离合点画。至宋谢石辈，始以是术专门，然亦往往有奇验。乾隆甲戌，余殿试后，尚未传胪[②]，在董文恪公家，偶遇一浙士，能拆字。余书一“墨”字。浙士曰：“龙头竟不属君矣。里字拆之为二甲，下作四点，其二甲第四乎？然必入翰林。四点庶字脚，土吉字头，是庶吉士矣。”后果然，又戊子秋，余以漏言获谴，狱颇急，日以一军官伴守。一董姓军官云能拆字。余书“董”字使拆。董曰：“公远戍矣。是千里万里也。”余又书“名”字。董曰：“下为口字，上为外字偏旁，是口外矣。日在

西为夕，其西域乎？”问：“将来得归否？”曰：“字形类君，亦类召，必赐环也。”问：“在何年？”曰：“口为四字之外围，而中缺两笔，其不足四年乎？今年戊子，至四年为辛卯，夕字卯之偏旁，亦相合也。”果从军乌鲁木齐，以辛卯六月还京。盖精神所动，鬼神通之；气机所萌，形象兆之。与揲蓍灼龟③，事同一理，似神异而非神异也。

[注释]

①图谶：古代方士或儒生编造的关于帝王受命征验一类的书，多为隐语、预言。始于秦，而盛于东汉。②传胪：古代科举制度中，殿试后宣读皇帝诏命的典礼。古时，上传语告下称为胪，传胪即唱名之意。③揲蓍灼龟：揲蓍，用蓍草占卦。灼龟，烧龟壳占卦。

[译文]

“亥”字以“二”为字首，以“六”为字身，这是拆字法的初始。汉代的图谶，大多是点点画画，到了宋代谢石等人才专门用此卜筮之术，但往往有奇异的灵验。乾隆十九年（公元1754年），我参加殿试后，还没有张榜，在董文恪先生家里，偶遇一位浙江人能测字。我写一“墨”字。那人说：“状元不会属于您了。‘里’字拆开是‘二甲’，下边是四点，您是二甲第四名吧？不过您一定会进入翰林院。四点是‘庶’字脚，‘士’字是‘吉’字头，您要做庶吉士了。”后来，果真是这样。乾隆三十三年（公元1768年）秋季，我因泄漏消息而获罪，案情很严重，每天都有一军官看守我。其中一个姓董的军官说能拆字算卦。我写一个“董”字让他拆。他说：“您将被发配远方了。这‘董’字是千万里的意思呵。”我又写一“名”字。他说：“下边是‘口’字，上边是‘外’字偏旁，这次发配是在口外。‘夕’字又是太阳偏西的意思，难道是西域？”我问将来能回来否。他说：“‘名’字与‘君’字相像，也像‘召’字，必然让您回来的。”我问在何时，他说：“‘口’字是‘四’字的外围，而中间缺少两笔。大概不到四年就会回还吧。今年是乾隆三十三年，四年后为三十六年，‘夕’字是‘卯’字的偏旁，也相合。”果然，我从军乌鲁木齐，在辛卯年六月还京。大概精神有所动，鬼神便相通；气机萌发，形象便有了预兆了。这与分蓍草、烧龟甲以定凶吉一样道理，看起来神秘而并不神秘。

[原文]

南皮令居公鋐，在州县幕二十年，练习案牍，聘币无虚岁。拥资既厚，乃援例得官，以为驾轻车就熟路也。比莅任，乃愦愦如木鸡；两造争辩，辄面赪语涩，不能出一字；见上官，进退应对，无不颠倒。越岁余，遂以才力不及劾。解组①之日，梦蓬首垢面人长揖曰：“君已罢官，吾从此别矣。”霍然惊醒，觉心境顿开。贫无归计，复理旧

业，则精明果决，又判断如流矣。所见者其夙冤耶？抑即昌黎所送之穷鬼[2]耶？

［注释］

①解组：解下印绶，即指辞去官职。②昌黎所送之穷鬼：昌黎，指唐代著名的文学家、哲学家韩愈。韩愈，字退之，自称“郡望昌黎”，世称“韩昌黎”。因官至吏部侍郎，又称“韩吏部”。谥号“文”，又称韩文公，著有《送穷鬼文》。

［译文］

南皮县令居铉，在州县做幕僚二十年，为人起草文书、包揽诉讼，年年都有许多进项，积下很多钱财，于是按旧例捐了个官。他自认为是驾轻就熟，等到一上任，却昏昏然像个木鸡。当诉讼双方争辩热烈时，他却面红语迟，说不出一句话。见到上司更是进退无章，应对失序。一年多之后，就以“才力不及”的理由被人弹劾。卸任之日，他梦见一个蓬头垢面的人向他作揖道：“您已罢官，我从此与您再见了。”他霍然惊醒，觉得心境顿开。因贫穷得回不了老家，便又操起旧业，于是又精明果决，判断如流了。梦中所见的人莫非是前生的冤家吗？或者是韩昌黎三揖而送的穷鬼？

［原文］

史太常松涛言：初官户部主事时，居安南营，与一嫠妇邻。一夕盗入嫠妇家，穴壁已穿矣。忽大呼曰：“有鬼！”狼狈越墙去。迄不知其何所见也。岂神或哀其茕独，阴相之欤！又戈东长前辈一日饭罢，坐阶下看菊。忽闻大呼曰：“有贼！”其声喑呜，如牛鸣盎中。举家骇异。俄连呼不已，谛听乃在庑下炉坑内。急邀逻者来，启视，则儽（léi）然一饿夫，昂首长跪。自言前两夕乘暗阑入，伏匿此坑，冀夜深出窃。不虞二更微雨，夫人命移腌齑（jī）[1]两瓮置坑板上，遂不能出。尚冀雨霁移下，乃两日不移。饥不可忍，自思出而被执，罪不过杖；不出则终为饿鬼。故反作声自呼耳。其事极奇，而实为情理所必至，录之亦足资一粲（càn）也。

［注释］

①齑：细碎的咸菜。

［译文］

太常寺卿史松涛说，刚任户部主事时，住在安南营与一寡妇为邻。一天晚上，一盗贼溜进寡妇家，墙壁已被凿穿，忽然大喊："有鬼！"狼狈地跳墙逃了。至今不知盗贼所见的是什么。难道神也怜悯寡妇孤苦，而在暗中帮助她吗？又，前辈戈东长有一天吃完饭，坐在台阶下赏菊。忽听得大喊有贼！那呼喊声低沉，像牛在盎中鸣叫，全家异常惊骇。过了一会儿，又连续呼喊不停，仔细一听，这呼声出自廊下的炉坑里。急忙叫巡逻的人来察看，原来是一个半死不活的饿汉子，抬着头跪在地上。他说前两天晚上趁天黑进来，藏在这个坑里，想到深夜出来行窃。没料到二更天下起小雨，夫人让人移过两缸腌菜，放在坑板上，于是就不能出去了。还企望雨停后把菜缸移开，过了两天仍没移走。饿得受不了，心想出来被抓住，不过挨几板子；不出来可就成了饿死鬼了。所以只好贼喊捉贼了。这件事非常离奇，但又在情理之中。记录下来，也足以供人们一笑。

［原文］

钱遵王《读书敏求记》载：赵清常[1]殁，子孙鬻其遗书，武康山中，白昼鬼哭，聚必有散，何所见之不达耶？明寿宁侯故第在兴济，斥卖略尽，惟厅事仅存。后鬻其木于先祖。拆卸之日，匠者亦闻柱中有泣声。千古痴魂，殆同一辙。余尝与董曲江言："大地山河，佛氏尚以为泡影，区区者复何足云。我百年后，倘图书器玩，散落人间，使赏鉴家指点摩挲曰：'此纪晓岚故物。'是亦佳话，何所恨哉！"曲江曰："君作是言，名心尚在。余则谓消闲遣日，不能不借此自娱。至我已弗存，其他何有？任其饱虫鼠，委泥沙耳。故我书无印记，砚无铭识，正如好花朗月，胜水名山，偶与我逢，便为我有。迨云烟过眼，不复问为谁家物矣。何必镌(juān)号题名，为后人作计哉！"所见尤洒脱也。

［注释］

①赵清常：明代著名的藏书家，名琦美，官至刑部侍郎，号清常道人。

［译文］

钱遵王所著《读书敏求记》中记载：赵清常死后，他的子孙把他的藏书全卖掉了，武康山中白天听得见鬼哭。有聚就有散，为何就不那么达观呢？明代寿宁侯张密的故宅在青县兴济，其遗产被变卖得差不多了，唯有一个大厅存留下来。后来又将大厅的木料卖给我的先祖。在拆大厅那天，工匠们也听到柱子里有哭泣声。千古痴魂，差不多同出一辙。我曾经对董曲江说："大地山河，佛门还视之为泡影，你我区区之人又何足论？我百年之后，假如有图书、器皿、字画、珍玩散落人间，令赏鉴家们指点玩味说：这是纪晓岚的遗物，也是文坛佳话。我还有何遗恨的呢？"

曲江回答说："您说这样的话，名利之想仍在。我却认为，这些玩物只供消遣度日，供以自娱而已。到了我死以后，我还会拥有什么？一任这些东西喂虫鼠、埋入泥土罢了。因此我写字不加印章，石砚不刻标志，恰如花好月圆、胜水名山偶然间与我相遇，便归我有，等到时过境迁不再管它属于谁人了。何必刻字题名，做让后人知名的打算？"曲江的想法尤其洒脱。

［原文］

职官奸仆妇，罪止夺俸，以家庭昵近，幽暧难明，律意深微，防诬蔑反噬之渐也。然横干强迫，阴谴实严。戴遂堂先生言：康熙末，有世家子挟污仆妇。仆气结成噎(yē)膈。时妇已孕，仆临殁，以手摩腹曰："男耶？女耶？能为我复仇耶？"后生一女，稍长，极慧艳。世家子又纳为妾，生一子。文园[1]消渴，俄夭天年。女帷簿不修，竟公庭涉讼，大损家声。十许年中，妇缟袂(gǎomèi)扶棺，女青衫对簿，先生皆目见之，如相距数日耳。岂非怨毒所钟，生此尤物以报哉！

［注释］

①文园：原指汉文帝墓园，司马相如曾为文园令，后即以文园代指司马相如。后借指文人，唐杜牧《为人题赠诗》："文园终病渴，休咏白头吟。"

［译文］

官员奸污仆人之妻，处罚不过取消俸禄而已。这是因为主仆经常生活在一起，难免亲昵，关系暧昧难以判明是非。法律从细微深远处着想，就是防止产生诬陷或反咬一口的风气。但是假如强逼奸污，阴曹的处罚是很重的。戴遂堂先生说，康熙末年，有一世家子要挟奸污了仆人之妻。仆人怨气郁结，得了噎膈症。当时妻子已怀孕，仆人临死前用手摸着妻子的腹部说："是男还是女？能为我复仇吗？"后来妻子生一女儿，长大后又聪明又美丽，世家子又把她纳为妾，生一儿子。但世家子得了消渴病，很快就死了。这个妾却淫乱不已，终于搞到打官司的地步，大损世家名声。十几年中，世家子的夫人身披素服，扶棺送葬，他的妾身着青衫，对簿公堂，戴先生都亲眼看到了，好像发生在几天之中的事。这岂不是那位被奸污的女子怨愤积聚，而生出这么一个女儿来报仇的吗？

［原文］

于道光言：有士人夜过岳庙，朱扉严闭，而有人自庙中出，知是神灵，膜拜呼上圣。其人引手掖之曰："我非贵神，右台司镜之吏，

赍文簿到此也。”问：“司镜何义？其业镜也耶？”曰：“近之，而又一事也。业镜所照，行事之善恶耳。至方寸微暧，情伪万端，起灭无恒，包藏不测，幽深邃(suì)密，无迹可窥，往往外貌麟鸾，中韬鬼蜮，隐慝(tè)未形，业镜不能照也。南北宋后，此术滋工，涂饰弥缝，或终身不败。故诸天合议，移业镜于左台，照真小人；增心镜于右台，照伪君子。圆光对映，灵府洞然：有拗捩者，有偏倚者，有黑如漆者，有曲如钩者，有拉杂如粪壤者，有混浊如泥滓者，有城府险阻千重万掩者，有脉络屈盘左穿右贯者，有如荆棘者，有如刀剑者，有如蜂虿(chài)者，有如狼虎者，有现冠盖影者，有现金银气者。甚有隐隐跃跃，现秘戏图者；而回顾其形，则皆岸然道貌也。其圆莹如明珠，清澈如水晶者，千百之一二耳。如是者，吾立镜侧，籍而记之，三月一达于岳帝，定罪福焉。大抵名愈高则责愈严，术愈巧则罚愈重。春秋二百四十年，瘅(dàn)①恶不一，惟震夷伯之庙，天特示谴于展氏，隐慝故也。子其识之。”士人拜受教，归而乞道光书额，名其室曰“观心。”

［注释］

①瘅：憎恨。

［译文］

于道光说，有位读书人夜里经过岳庙，朱门紧闭，却有人从庙中出来。他知道这是神灵，顶礼膜拜，口呼上圣。那人伸出手扶起他说：“我不是高贵神灵，是右台司镜的小吏，送文簿来到这里。”读书人问“司镜”是何竟，是业镜吗？司镜吏说：“差不多，但又是另一种。业镜所照的是人们做事的善恶，至于心中的细微感触，感情的真伪万端，生生灭灭没有定规，深藏不露，幽深秘密无迹可寻，往往外表像麒麟、凤凰一般，内心却像鬼蜮，这些都隐藏心底，业镜是不能照出来的。南北宋之后，这种伪装之术渐渐精熟。掩饰弥缝，有人竟然一生没失败过。所以上天诸神合议，将业镜移到左台，照真小人；增设心镜于右台，照伪君子。两镜圆光左右对映，人们的内心就洞然明晰：有拗捩不顺从的，有偏颇不正的，有黑如漆的，有弯曲如钩的；有的肮脏如大粪，有的浑浊如泥，有的内心险恶，千遮万掩，有的多方结纳百般钻营，有的像荆棘像刀剑，有的像蜂蝎虎狼；有的呈现出冠盖的影像，有的呈现出金银宝器的气像，甚至有的隐隐显现出秘戏图上的影像。但是回顾他们的外形，则都是道貌岸然的正人君子。其中圆润精莹如明珠，清澈激越如水晶的千百中只有一二人而已。这些情况，

我站在心镜旁边，都记录下来。三个月去一次岳帝处，让他判定罪福。大约名位越高的惩罚越严；手段越巧妙的惩罚越重。《春秋》记载鲁国二百四十年的历史，其中可憎恶的人物不少，上天却雷轰伯夷的庙，特别体现对展禽的惩罚，是由于他隐匿了什么。你要记住。”读书人敬爱教诲，回家后请道光写了一匾，把自己的居室名之为“观心”。

［原文］

王菊庄言：有书生夜泊鄱阳湖，步月纳凉。至一酒肆，遇数人，各道姓名，云皆乡里。因沽酒小饮，笑言既洽，相与说鬼。搜异抽新，多出意表。一人曰：“是固皆奇，然莫奇于吾所见矣。曩(nǎng)在京师，避嚣寓丰台花匠家，邂逅一士共谈。吾言此地花事殊胜，惟墟墓间多鬼可憎。士曰：‘鬼亦有雅俗，未可概弃。吾曩游西山，遇一人论诗，殊多精诣，自诵所作，有曰：深山迟见日，古寺早生秋。又曰：钟声散墟落，灯火见人家。又曰：猿声临水断，人语入烟深。又曰：林梢明远水，楼角挂斜阳。又曰：苔痕侵病榻，雨气入昏灯。又曰：鸺鹠(xiū liú)①岁久能人语，魍魉山深每昼行。又曰：空江照影芙蓉泪，废苑寻春蛱蝶魂。皆楚楚有致。方拟问其居停，忽有铃驮琅琅，欻然灭迹。此鬼宁复可憎耶？’吾爱其脱洒，欲留共饮。其人振衣起曰：‘得免君憎，已为大幸，宁敢再入郇(xún)厨②？’一笑而隐。方知说鬼者即鬼也。”书生因戏曰：“此诚奇绝，古所未闻。然阳羡鹅笼，幻中出幻③，乃辗转相生，安知说此鬼者，不又即鬼耶？”数人一时色变，微风飒起，灯光黯然，并化为薄雾轻烟，蒙蒙四散。

［注释］

①鸺鹠：指猫头鹰。②郇厨：即郇公厨。唐韦陟袭封郇国公，厨食奢靡，时人称“郇公厨”。后用来称赞食物的精美。③阳羡鹅笼，幻中出幻：据梁吴均《续齐谐记》载，阳羡许彦负鹅笼而行，遇书生求寄鹅笼之中。书生擅幻术，口中可吐出人和食物。后用“阳羡鹅笼”指幻中生幻，变化无穷。

［译文］

王菊庄说，有位书生夜里泊船鄱阳湖，在月下散步纳凉。来到一家酒店，遇数人各道姓名，一介绍彼此都是同乡，于是买酒小饮，谈笑融洽，彼此便讲鬼的故事；

各自搜罗奇异，多在意料之外。一个人说："这些怪异之事固然都新奇，然而没有比我所见的奇异。从前，我在京师为避喧闹，住在丰台一花匠家，邂逅一位读书人，彼此闲谈。我说：'这里养花很好，只是墟墓间有鬼，令人憎恶。'读书人说：'鬼也有雅俗之分，不可全部否定。我从前游西山，遇一人论诗，见解精辟。他吟诵自己的诗，有"深山迟见日，古寺早生秋"；"钟声散墟落，灯火见人家"；"猿声临水断，人语入烟深"；"林梢明远水，楼角挂斜阳"；"苔痕侵病榻，雨气入昏灯"；"鸲鹆岁久能人语，魍魉山深每昼行"；"空江照影芙蓉泪，废苑寻春蛱蝶魂"等诗句，都楚楚有情致。正想寻问所居之处，忽有铃驮琅琅作响，此人忽地就没了踪迹。这鬼还可憎恶吗？'我喜欢这位读书人的洒脱，想留他共饮，那人振衣而起说：'能不令您憎恶，已是大幸，怎敢再烦您下厨？'说着一笑消失了。我这才知道那说鬼的人也是鬼。"书生听了后开玩笑说："这些奇异之事古所未闻，然而，正如阳羡的鹅笼，幻中生幻，辗转相生，怎知道说鬼的人不是鬼呢？"大家一时间变了脸色。这时微风飒然，灯光昏暗，那些人化作薄雾轻烟，蒙蒙四散而去。

［原文］

庚午四月，先太夫人病革时，语子孙曰："旧闻地下眷属，临终时一一相见。今日果然。幸我平生尚无愧色。汝等在世，家庭骨肉，当处处留将来相见地也。"姚安公曰："聪明绝特之士，事事皆能知，而独不知人有死；经纶开济之才，事事皆能计，而独不能为死时计。使知人有死，一争作为，必有索然自返者；使能为死时计，一切作为，必有悚然自止者。惜求诸六合①之外，失诸眉睫之前也。"

［注释］

①六合：天、地、东、西、南、北为六合，即天地四方，泛指天下或宇宙。

［译文］

乾隆十五年（公元1750年）四月，先母张太夫人病危时对子孙们说："以前听说人临死时能与已故的亲人一一相见，如今果然这样。所幸的是我平生还没有愧对于人。你们活着的时候，骨肉之间要处处留下死后相见的余地。"先父姚安公说："聪明绝顶的人事事都能知道，但只是不知人死后的事；治国济世的人事事都能谋划，唯独不能谋划自身的后事。假使能知道死后之事，有些所为就会索然无味；能谋划自身的后事，则有些所为就会悚然畏惧而中止。可惜欲求取六合之外的，就要失去眼前的。"

[原文]

一南士以文章游公卿间。偶得一汉玉璜，质理莹白，而血斑彻骨，尝用以镇纸。一日，借寓某公家，方灯下构一文，闻窗隙有声，忽一手探入。疑为盗，取铁如意欲击。见其纤削如春葱，瑟缩而止。穴纸窃窥，乃一青面罗刹鬼。怖而仆地。比苏，则此璜已失矣。疑为狐魅幻形，不复追诘。后于市上偶见，询所从来。辗转经数主，竟不能得其端绪。久乃知为某公家奴伪作鬼装所取。董曲江戏曰："渠知君是惜花御史，故敢露此柔荑①。使遇我辈粗材，断不敢自取断腕。"余谓此奴伪作鬼装，一以使不敢搅执，一以使不复追求。又灯下一掌破窗，恐遭捶击，故伪作女手，使知非盗；且引之窥见恶状，使知非人，其运意亦殊周密。盖此辈为主人执役，即其钝如椎；至作奸犯科，则奇计环生，如鬼如蜮。大抵皆然，不独此一人一事也。

[注释]

①柔荑：荑，指初生的茅草（芽）。旧时形容女子的手柔嫩洁白，后借指女子的手。《诗经·卫风·硕人》："手如柔荑，肤如凝脂，领如蝤蛴，齿如瓠犀，螓首蛾眉，巧笑倩兮，美目盼兮。"

[译文]

一位南方读书人，因文章做得好而与公卿交往。他偶得一汉代玉璜，纹理晶莹而血斑深入玉里，他用来当镇纸。一天，他住在某公家，正在灯下构思一篇文章，听到窗隙间有声音。忽然一只手探入，他以为是盗贼，取铁如意要打。看见那手纤细如春葱，便瑟缩止住了。把窗纸捅一小孔偷看，却见一青面罗刹鬼，他被吓得倒在地上。等到苏醒过来，这块玉璜已没了。他怀疑这是狐媚幻形所为，不再追究。后来在集市上看见那块玉璜，询问来源，那玉璜辗转经很多人手，最终也没查到来源。过了很长时间才知是某公的家奴装扮成鬼盗取了玉璜。董曲江开玩笑说："他知道您是惜花御史，所以才露出柔荑般的手；假使遇到我等粗人，他断不敢冒断腕之险。"我认为，这家奴伪装成鬼，一是让人不敢抓他，二是让人不再追究他。在灯下一掌破窗，恐怕遭捶打，所以伪装成女人之手，让人知道他不是强盗。并且引你看见他的恶状，让你知道他不是人。其用心很周密。这类人为主人服役，迟钝如棒槌，作奸犯科时，则奇计环生，如鬼蜮般狡猾。这种人大都是这样的，而不仅仅这一人一事。

［原文］

朱天门家扶乩，好事者多往看。一狂士自负书画，意气傲睨，旁若无人，至对客脱袜搔足垢，向乩(jī)哂(shěn)曰："且请示下坛诗。"乩即题曰："回头岁月去骎(qīn)骎[1]，几度沧桑又到今。曾见会稽王内史，亲携宾客到山阴。"众曰："然则仙及见右军耶？"乩书曰："岂但右军，并见虎头[2]。"狂生闻之，起立曰："二老风流，既曾亲睹；此时群贤毕至，古今人相去几何？"又书曰："二公虽绝艺入神，然意存冲挹(yì)[3]，雅人深致，使见者意消；与骂座灌夫[4]，自别是一流人物。离之双美，何必合之两伤？"众知有所指，相顾目笑。回视狂生，已着袜欲遁矣。此不识是何灵鬼，作此虐谑。惠安陈舍人云亭，尝题此生《寒山老木图》，曰："憔悴人间老画师，平生有恨似徐熙[5]。无端自写荒寒景，皴(cūn)出秋山鬓已丝。""使酒淋漓礼数疏，谁知侠气属狂奴。他年倘续宣和谱，画史如今有灌夫。"乩所云骂座灌夫，当即指此，又不识此鬼何以知此诗也。

［注释］

①骎：马跑得很快的样子。②虎头：东晋顾恺之，小字虎头。③冲挹：谦虚自抑。挹，同"抑"。④骂座灌夫：据《史记》载，西汉燕相灌夫为人正直豪爽，好耍酒疯，曾在酒宴上讽刺丞相。对皇亲国戚及有势力的人，他不但不对他们表示恭敬，反而要想办法去冒犯他们；对地位在自己之下的许多士人，他反而就更加恭敬。⑤徐熙：五代南唐著名画家，一生坎坷，郁郁不得志。宋代沈括在《梦溪笔谈》中谓其画，"以墨笔为之，殊草草，略施丹粉而已，神气迥出，别有生动之意"。

［译文］

朱天门家扶乩，很多好事者前往观看。一狂士以书画自负，意态狂傲，旁若无人，以致当着众人脱袜搔脚上的泥垢，并对乩坛嘲笑说："请将坛诗显示给我看看。"乩坛者即题写道："回头岁月去骎骎，几度沧桑又到今。曾见会稽王内史，亲携宾客到山阴。"大家议论说："这么说您见到王右军了？"乩坛写道："岂止见到右军，还见到顾恺之了。"狂士听后站起来说："这两位先生风流当世，您既然曾亲见，那么此时众多贤人都已到场，您看古今贤人相差多少？"乩坛又写道："两位先生虽然技艺绝伦，都非常谦虚，有雅人风度，见到他们的人都意气收敛；与骂座的灌夫比，当然是完全不同的一类人物了。彼此离开对双方都好，为什么要在一起两伤呢？"

旁人都知道这番话有所指，相看而笑。回头看那狂士，已穿好袜子要溜了。这不知是何灵鬼，这么戏谑他。惠安陈云亭舍人曾在这位狂士的《寒山老木图》题诗，诗曰：“憔悴人间老画师，平生有恨似徐熙。无端自写荒寒景，皴出秋山鬓已丝。”“使酒淋漓礼数疏，谁知侠气属狂奴。他年倘续宣和谱，画史现在有灌夫。”乩坛所说“骂座灌夫”就是指这首诗了。又不知灵鬼如何知道这首诗。

［原文］

舅氏张公梦征言：儿时闻沧州有太学生，居河干。一夜，有吏持名刺叩门，言新太守过此，闻为此地巨室，邀至舟中相见。适主人以会葬宿姻家，相距十余里。阍(hūn)者[①]持刺奔告，亟命驾返，则舟已行。乃饬(chì)车马，具贽(zhì)币，沿岸急追。昼夜驰二百余里，已至山东德州界。逢人询问，非惟无此官，并无此舟。乃狼狈而归，惘(wǎng)惘如梦者数日。或疑其家多资，劫盗欲诱而执之，以他出幸免。又疑其视贫亲友如仇，而不惜多金结权贵，近村故有狐魅，特恶而戏之。皆无左证。然乡党喧传，咸曰：“某太学遇鬼。”先外祖雪峰公曰：“是非狐非鬼亦非盗，即贫亲友所为也。”斯言近之矣。

［注释］

①阍者：守门的人。

［译文］

舅舅张梦征说，儿时听说沧州有一太学生，住在河边。一天晚上，有一吏持名帖叩门，说新太守路过此地，听得这家是本地豪族，邀主人到舟中相见。恰逢主人因参加葬礼住在姻亲家，距此十余里地。看门人手持名帖奔往通报。太学生急忙命人驾车返回，但舟已走了。于是又叫人准备车马礼物，沿河岸急追，一昼夜奔跑了二百多里，已到山东德州地界。逢人就问询，不但无人知道这个新太守，而且连船也没看见，于是狼狈而归。他好几天迷迷惘惘如做梦一般。有人怀疑太学生家有钱财，盗贼想诱他出来劫持他，因为他出门在外而幸免。又有人怀疑他视贫穷亲友如仇人，而不惜重金结交权贵；村中原来就有狐仙，因为厌恶而戏弄他。这些都没有证据。然而乡亲们都传言：“太学生遇到鬼了。”外祖父雪峰先生说：“这不是狐不是鬼也不是强盗，而是贫穷亲友们干的。”这话较符合实际。

［原文］

俗传鹊蛇斗处为吉壤，就斗处点穴，当大富贵，谓之龙凤地。余

十一二岁时，淮镇孔氏田中，尝有是事，舅氏安公实斋亲见之。孔用以为坟，亦无他验。余谓鹊以虫蚁为食，或见小蛇啄取；蛇蜿蜒拒争，有似乎斗。此亦物态之常。必当日曾有地师为人卜葬，指鹊蛇斗处是穴，如陶侃[①]葬母，仙人指牛眠处是穴耳。后人见其有验，遂传闻失实，谓鹊蛇斗处必吉。然则因陶侃事，谓凡牛眠处必吉乎？

［注释］

①陶侃：字士行（或作士衡），江西鄱阳人，东晋大司马，官至荆江二州刺史，都督八州诸军事，为陶渊明的曾祖父。他励精图治，颇有建树，为一代颇具传奇色彩的名将。

［译文］

传说鹊蛇相斗处是吉祥之地，在这地方埋葬亡亲，能大富大贵。这样的地方称作“龙凤地”。我十一二岁时，淮镇孔氏，地里曾有过这种事，舅舅安实斋先生亲眼见过。孔家以此处为墓地，也没有什么灵验。我认为，鹊鸟以虫蚁为食，有时看见小蛇就啄食，蛇蜿蜒争斗，好像是拼斗，这也是动物中的常事。肯定是当时有风水先生为他人占卜葬地，指蛇鹊争斗处为墓穴。就像以前陶侃葬母，仙人指给他牛睡觉处为墓穴一样。后人见有灵验，于是就以讹传讹，也以为鹊蛇争斗处是吉祥地。然而能因陶侃在牛卧处葬母，而认为凡是牛睡过的地方都是吉祥之地吗？

［原文］

庆云盐山间，有夜过墟墓者，为群狐所遮，裸体反接，倒悬树杪。天晓人始见之，掇(duō)梯解下。视背上大书三字，曰“绳还绳”，莫喻其意。久乃悟二十年前，曾捕一狐倒悬之，今修怨也。胡厚庵先生仿西涯[①]新乐府，中有《绳还绳》一篇曰：“斜柯三丈不可登，谁蹑其杪如猱(náo)升？谛(dì)而视之儿倒绷，背题字曰绳还绳。问何以故心懵(měng)腾，恍然忽省蹶(jué)然兴，束缚阿紫当年曾。旧事过眼如风灯，谁期狭路遭其朋。吁(xū)嗟乎！人妖异路炭与冰，尔胡肆暴先侵陵？使衔怨毒伺隙乘。吁嗟乎！无为祸首兹可惩。”即此事也。

［注释］

①西涯：明代著名诗人、书法家、政治家李东阳，字宾之，号西涯，祖籍湖广茶陵（今属湖南），历任弘治朝礼部尚书兼文渊阁大学士。

［译文］

庆云盐山中，有个夜间路过墓地的人，被一群狐狸拦劫。这人被脱光衣服倒吊在树梢上，天亮人才见到他。登着梯子把他解下来，见他背上写着三个大字："绳还绳"。他不明白这是什么意思。过了好长时间才醒悟，在二十年前，他捕获一只狐狸，也曾倒吊它，今天是狐仙报前仇来了。胡厚庵先生仿照诗人李东阳的新乐府诗作过一首《绳还绳》，诗曰："斜柯三丈不可登，谁蹑其杪如猱升。谛而视之儿倒绷，背题三字绳还绳。问何以故心懵腾，恍然忽省蹶然兴，束缚阿紫当年曾。旧事过眼如风灯，谁期狭路遭其朋。吁嗟乎，人妖异路炭与冰，尔胡肆暴先侵陵？使衔怨毒伺隙乘。吁嗟乎，无为祸首兹可惩。"说的就是此事。

［原文］

刘香畹(wǎn)言：沧州近海处，有牧童年十四五，虽农家子，颇白皙。一日，陂畔午睡醒，觉背上似负一物。然视之无形，扪之无质，问之亦无声。怖而返，以告父母，无如之何。数日后，渐似拥抱，渐似抚摩，既而渐似梦魇，遂为所污。自是媟狎无时。而无形无质无声，则仍如故。时或得钱物果饵，亦不甚多。邻塾师语其父曰："此恐是狐，宜藏猎犬，俟闻媚声时排闼嗾(tà sǒu)攫之。"父如所教。狐嗷然破窗出，在屋上跳掷，骂童负心。塾师呼与语曰："君幻化通灵，定知世事。夫男女相悦，感以情也。然朝盟同穴，夕过别船者，尚不知其几。至若娈童，本非女质，抱衾荐枕，不过以色为市耳。当其傅粉熏香，含娇流盼，缠头万锦，买笑千金，非不似碧玉多情，回身就抱。迨富者资尽，贵者权移，或掉臂(bì)长辞，或倒戈反噬，翻云覆雨，自古皆然。萧韶之于庾信[①]，慕容冲之于苻坚[②]，载在史册，其尤著者也。其所施者如彼，其所报者尚如此。然则与此辈论交，如抟沙作饭矣。况君所赠，曾不及五陵豪贵之万一，而欲此童心坚金石，不亦颠乎？"语讫寂然。良久，忽闻顿足曰："先生休矣。吾今乃始知吾痴。"浩叹数声而去。

［注释］

①萧韶之于庾信：萧韶年轻时受到庾信的宠爱，任郢州刺史后，对庾信却很冷漠。庾信，五代时著名文学家。字子山，南阳新野(今河南新野)人。初仕梁，

为昭明太子伴读，曾任尚书度支郎中、东宫领直等官。后奉命由江陵出使西魏，值西魏灭梁，被留。历仕西魏、北周，官至骠骑大将军、开府仪同三司，世称“庾开府”。②慕容冲之于苻坚：慕容冲年少时得苻坚的宠爱，淝水之战苻坚战败后，慕容冲却乘机起兵称帝。苻坚，前秦宣昭帝，曾统一中国北方，但因刚愎自用，在淝水之战中被东晋所败。

［译文］

刘香畹说，沧州近海的地方有一牧童，十四五岁。虽然是农家孩子，却长得非常白净。一天在河边午睡醒来，感觉背上好像压着一个东西，然而看去却无形，摸也摸不到，问又不回答。他害怕回家，把这事告诉了父母，父母也不知是怎么回事。数日之后牧童渐渐感到怪物在拥抱他，抚摸他，渐渐地好像梦魇，终于被怪物玷污了。从此后，怪物不时地戏狎牧童，但仍然无形无影无声。怪物有时给牧童钱物，但不多。邻居一私塾先生告诉牧童的父亲说：“这恐怕是狐仙，应当在家藏只猎犬，等听到狐仙声音时，破门而入抓住狐仙。”父亲按他所教的去做，狐仙则吼着破窗而出，在屋上跳着骂牧童负心。私塾先生对狐仙说：“你能幻化通灵，一定懂得世事。男女间相互爱慕，是以情互相感动。然而早上发誓生同寝，死同穴，晚上却到了别人那里，这种人不知有多少。至于娈童，本不是女性，与人同床共枕，不过是出卖色相。当他傅粉施香，含娇流盼，缠头万锦，千金买笑之时，莫不像碧玉那样多情，投靠他人怀抱；当有钱人财尽，显贵者权力丧失，便会转身就走，有的反戈一击，翻手为云，覆手为雨，自古都如此。萧韶对待庾信、慕容冲对待苻坚的事已载入史册，这都是很明显的。庾信、苻坚所施恩惠那么大，尚且得到这样的回报。而你们的交情如抟沙做饭那么容易，况且你所赠予的，还不及五陵豪贵的万分之一，却想让这牧童的心坚如金石，你不是太糊涂了么？”说完，对方一声没有。很久，忽听狐仙顿足说：“先生不要再讲了，我现在才知道我太痴心了。”狐仙长叹几声就离去不见了。

［原文］

姜白岩言：有士人行桐柏山中，遇卤簿[1]前导，衣冠形状，似是鬼神，暂避林内。舆中贵官已见之，呼出与语，意殊亲洽，因拜问封秩。曰：“吾即此山之神。”又拜问：“神生何代？冀传诸人世，以广见闻。”曰：“子所问者人鬼，吾则地祇也。夫元黄剖判，融结万形。形成聚气，气聚藏精，精凝孕质，质立含灵。故神祇与天地并生，惟圣人通造化之原，故燔(fán)柴、瘗(yì)玉，载在《六经》。自稗官琐记，创造鄙词，曰刘、曰张，谓天帝有废兴；曰吕、曰冯，谓河伯有夫妇。儒者病焉。紫阳[2]崛起，乃以理诂天，并皇矣之下临，亦斥为乌有。而鬼神之德，

遂归诸二气之屈伸矣。夫木石之精，尚生夔罔(kuí wǎng)；雨土之精，尚生羵(fén)羊③。岂有乾坤斡运，元气鸿洞，反不能聚而上升，成至尊之主宰哉。观子衣冠，当为文士。试传吾语，使儒者知圣人飨报之由。”士人再拜而退。然每以告人，辄疑以为妄。余谓此言推鬼神之本始，植义甚精。然自白岩寓言，托诸神语耳。赫赫灵祇，岂屑与讲学家争是非哉？

［注释］

①卤簿：古代帝王出行时的仪仗队。蔡邕书中曾记载：“天子出，车驾次第，谓之卤簿。”汉代以后，后妃、太子、王公大臣皆有卤簿，各有定制，不再为天子所专用。②紫阳：紫阳之学，即朱子（朱熹）之学。宋代著名理学家朱熹在福建崇安时，其听事堂名为“紫阳书堂”，所以朱子之学又称“紫阳之学”。③羵羊：神话传说中的土中之羊，雌雄不分。

［译文］

姜白岩说有位士人走在桐柏山中，遇有仪仗队做前导的车队，从衣冠形状上看，有点像鬼神。他躲进林中，车中贵官已看见他，叫他出来说话，态度很亲切。于是他拜问对方官阶。贵官答：“我就是此山之神。”他又拜问其生于何年，希望告诉世人以增长见识。贵官说：“你所打听的是人与鬼间的事。我是地神。开天辟地以后，万物形成，以气相聚，精藏其中；精气充足了就生成体质，体质具备了便有了魂灵。所以神灵与天地是共存亡的，只有圣人才通晓天地造化的原理。因此才将燔柴祭天、瘗玉祭山这些条款载于《六经》之中。自小说杂记一类的野史出现后，编造了不少陈词鄙调：说某神姓刘姓张，说天帝有兴废之变化；说河伯姓吕姓冯，竟然有夫有妇。儒士对此很不满。宋代朱子理学兴起，以‘理’来阐释天，把《诗经·皇矣》中‘皇矣上帝，临下有赫’的说法给否定了。而把鬼神的存在归之于阴阳二气的相互作用。木石之精气还能生出夔罔等妖怪，雨土之精气还能生出羵羊等动物，哪有乾坤运转、元气浑沦，反不能聚万物之体而上升，成为至尊的主宰呢？看你的穿着，当为文士。请传我的话，使儒家学者懂得圣人尊崇上天的缘由。”士人拜了又拜才退下。他每将此经历告知别人，就被人斥为痴妄之语。我认为此话推论鬼神之始末，寓意精深，不过是姜白岩的寓言，假托鬼神之言罢了。赫赫神灵，哪有时间与讲学家争论这些是非呢？

［原文］

钱塘陈乾纬(wěi)言：昔与数友泛舟至西湖深处，秋雨初晴，登寺楼远眺。一友偶吟“举世尽从忙里老，谁人肯向死前休”句，相与慨叹。寺僧微哂曰：“据所闻见，盖死尚不休也。数年前，秋月澄明，坐此

楼上。闻桥畔有诟争声，良久愈厉。此地无人居，心知为鬼。谛听其语，急遽搀夺，不甚可辨，似是争墓田地界。俄闻一人呼曰：‘二君勿喧，听老僧一言可乎。夫人在世途，胶胶扰扰，缘不知此生如梦耳。今二君梦已醒矣，经营百计，以求富贵，富贵今安在乎？机械万端，以酬恩怨，恩怨今又安在乎？青山未改，白骨已枯，孑(jié)然惟剩一魂。彼幻化黄粱，尚能省悟；何身亲阅历，反不知万事皆空？且真仙真佛以外，自古无不死之人；大圣大贤以外，自古亦无不消之鬼。并此孑然一魂，久亦不免于澌灭。顾乃于电光石火之内，更兴蛮触①之兵戈，不梦中梦乎？’语讫，闻呜呜饮泣声，又闻浩叹声曰：‘哀乐未忘，宜乎其未齐得丧。如斯挂碍，老僧亦不能解脱矣。’遂不闻再语，疑其难未已也。”乾纬曰：“此自师粲(càn)花②之舌耳。然默验人情，实亦为理之所有。”

［注释］

①蛮触：据《庄子·则阳》载，古时有在蜗牛左角上建立国家的，叫触氏；在蜗牛右角建国的，叫蛮氏。蛮触两国经常为争夺地盘而战，遗尸百万。后比喻因小事争吵的双方。②粲花：称赞言论的精深高妙。

［译文］

钱塘人陈乾纬说，过去他曾与数友泛舟西湖，秋雨初晴，登上寺楼远望。一位诗友灵感突发念了一联诗：举世尽从忙里老，谁人肯向死前休。大家听后相互慨叹。寺僧以微带嘲弄的口气说：“据我所见所闻，大概死了还不罢休的也有。几年前，秋月澄明，我坐在这座寺楼上，听到桥边有吵骂声。吵了好久，越吵越厉害。这里没有人家，我知道是鬼。仔细听去，因吵得凶，听不大清，好像是在争夺墓田地界。随之听到一人大喊：‘二位不要喧闹，听老僧一言行不行？人在世上，无不忙忙碌碌，是因为不知人生如梦。今天二位梦已醒了。千方百计地追求荣华富贵，富贵今在哪里？机谋万端地以求报答恩怨，恩怨今又在哪里？青山没改，白骨已枯，孑然只剩下魂灵。那个做黄粱梦的人尚能醒悟，为什么你们过来人反倒不懂得万事皆空的道理？况且除真正的佛、仙之外，自古没有不死之人；除大圣大贤之外，自古没有不灭之鬼。即便这孑然一魂灵，不久也免不了消亡。你们却在这短暂的时间里，像蛮、触两国那样大动干戈，不是梦中之梦吗？’说完，听到有呜咽哭泣声。又听到长叹一声说：‘不能忘了人间的哀乐，怪不得你们没有抛掉一切。还有这么多牵挂，我也不能使你们解脱了。’于是不再说话。估计两个争墓地者还在没完没了。”陈乾纬说，这不过是寺僧巧嘴生花之论，不过体察世俗人情，也确实有这种事。

［原文］

竹吟与朱青雷游长椿寺，于鬻(yù)书画处，见一卷擘窠(bò kē)书[①]曰：“梅子流酸溅齿牙，芭蕉分绿上窗纱。日长睡起无情思，闲看儿童捉柳花。”款题“山谷道人[②]”。方拟议真伪，一丐者在旁睨视，微笑曰：“黄鲁直乃书杨诚斋[③]诗，大是异闻。”掉臂竟去。青雷讶曰：“能作此语，安得乞食？”竹吟太息曰：“能作此语，又安得不乞食！”余谓此竹吟愤激之谈，所谓名士习气也。聪明颖隽之士，或恃才兀傲，久而悖谬(miù)乖张，使人不敢向迩者，其势可以乞食。或有文无行，久而秽迹恶声，使人不屑齿录者，其势亦可以乞食。是岂可赋感士不遇[④]哉！

［注释］

①擘窠书：指大字。擘窠，原指写字、篆刻时，为求字体大小匀整，以横直界线分格。擘，划分；窠，框格。②山谷道人：北宋著名诗人、词人、书法家黄庭坚，字鲁直，自号山谷道人，晚号涪翁，又称豫章黄先生，洪州分宁（今江西修水）人。为盛极一时的江西诗派开山三宗之一。③杨诚斋：南宋著名诗人杨万里。杨万里与陆游、范成大、尤袤齐名，并称“南宋四大家”。他的诗风格纯朴，自成一体，号为“诚斋体”。④是岂可赋感士不遇：东晋著名诗人陶渊明著有《感士不遇赋》。陶渊明，东晋浔阳柴桑人，字元亮，名潜，世称靖节先生，自称五柳先生。我国著名的田园诗人，后世称他为“百世田园之主，千古隐逸之宗”。

［译文］

陈竹吟和朱青雷同游长椿寺，在卖书画处看见一卷正楷大字写的条幅：“梅子流酸溅齿牙，芭蕉分绿上窗纱。日长睡起无情思，闲看儿童捉柳花。”落款为“山谷道人”。两人正在议论它的真伪，一乞丐在旁斜眼微笑说：“黄庭坚竟写杨诚斋的诗，真是奇闻啊！”说完甩手便走。朱青雷惊讶地说：“能说出此话，怎么会要饭呢？”陈竹吟叹息说：“能说出此话，又怎么能不当乞丐呢？”我认为这是陈竹吟愤激之语，所谓名士习气。聪明颖隽之士，或恃才傲物，这么下去就会变得悖谬常理，乖僻得使别人不敢接近，发展下去便会去乞讨；或有文才而没有品德，时间长了形迹污秽，身败名裂，使人不屑挂齿，这种人发展下去也要成为乞丐。此类人怎么配作《感士不遇赋》呢？

［原文］

一宦家子，资巨万。诸无赖伪相亲昵，诱以冶游，饮博歌舞。不数载，炊烟竟绝，顑颔(kǎn hàn)①以终。病革时，语其妻曰：“吾为人蛊惑以至此，必讼诸地下。”越半载，见梦于妻曰：“讼不胜也。冥官谓妖童倡女，本捐弃廉耻，借声色以养生；其媚人取财，如虎豹之食人，鲸鲵(ní)之吞舟也。然人不入山，虎豹乌能食？舟不航海，鲸鲵乌能吞？汝自就彼，彼何尤焉？惟淫朋狎客，如设阱以待兽，不入不止；悬饵以钓鱼，不得不休。是宜阳有明刑，阴有业报耳。”又闻有书生昵一狐女，病瘵(zhài)死。家人清明上冢，见少妇奠酒焚楮(chǔ)钱，伏哭甚哀。其妻识是狐女，遥骂曰：“死魅害人，雷行且诛，汝尚假慈悲耶？”狐女敛衽徐对曰：“凡我辈女求男者，是为采补；杀人过多，天律不容也。男求女者，是为情感；耽玩过度，以致伤生。正如夫妇相悦，成疾夭折，事由自取，鬼神不追理其衽席也。姊何责耶？”此二事足相发明也。

［注释］

①顑颔：形容因饥饿而脸色枯槁的样子。

［译文］

一官宦之子，家资非常殷厚。一些无赖假装与他亲近，引诱他到青楼冶游，喝酒赌博，迷恋歌舞。没过几年，竟穷得断了炊烟，最后因贫穷而饿死。临终前他对妻子说，我被人蛊惑而到如此地步，一定到地府去控告。过了半年，他托梦给妻子说：“我败诉了。冥官说妖童娼女，原本就是不要廉耻的人，靠声色来求生，以媚惑他人获取钱财，好像虎豹吃人、鲸鲵吞舟一般。然而，人不进入山中，虎豹焉能吃你？船不航行在海中，鲸鲵怎么能吞掉它？你自己走到那个地步，他们有什么过错？只是那些狐朋狗友，如设陷阱来等待野兽，不等到野兽上套是不会停止的；又如悬饵钓鱼，鱼不上钩是不罢休的。因此阳间有明确的刑律，阴间有报应，这些人是逃不过去的。”又听说有个书生亲昵一个狐女，病重而死。家人在清明时上坟，看见一个少妇在坟上浇酒祭奠，焚烧纸钱，趴在坟上痛哭。妻子认出这是狐女，远远地骂道：“死鬼害人，雷霆将要劈你，你还假慈悲！”狐女整整衣服缓缓地答道：“凡是我们狐女追求男子，都是为了采补阳气；如果杀人过多，天理不容。狐男追求女子，是为了情感；耽于色而过度，以致丢掉生命。这正如夫妻相互爱悦而得病夭折，都是自己造成的。鬼神是不会追究他们的无节制的。你又何必责备我？”这两件事足以相互阐发。

[原文]

日南坊守栅兵王十，姚安公旧仆夫也。言乾隆辛酉，夏夜坐高庙纳凉，暗中见二人坐阁下，疑为盗，静伺所往。时绍兴会馆西商放债者演剧赛神，金鼓声未息。一人曰："此辈殊快乐；但巧算剥削，恐造业亦深。"一人曰："其间亦有差等。昔闻判司论此事，凡选人①或需次多年，旅食匮乏；或赴官远地，资斧②艰难，此不得已而举债。其中苦况，不可殚(dān)陈。如或乘其急迫，抑勒多端，使进退触藩，茹酸书券。此其罪与劫盗等。阳律不过笞伏，阴律则当堕泥犁。至于冶荡性成，骄奢习惯，预期到官之日，可取诸百姓以偿补。遂指以称贷，肆意繁华。已经负债如山，尚复挥金似土。致渐形竭蹶(jué)，日见追呼，铨授③有官，逋(bū)逃无路，不得不吞声饮恨，为几上之肉，任若辈之宰割。积数既多，取偿难必。故先求重息，以冀得失之相当。在彼为势所必然，在此为事由自取。阳官科断，虽有明条，鬼神固不甚责之也。"王闻是语，疑不类生人。俄歌吹已停，二人并起，不待启钥，已过栅门。旋闻道路喧传，酒阑客散，有一人中暑暴卒，乃知二人为追摄之鬼也。

[注释]

①选人：候补的官员。②资斧：盘缠、旅费。③铨授：选授官吏。

[译文]

京师日南坊守栅兵王十，是过去先父姚安公的仆人。他说，乾隆六年（公元 1741 年）夏，他夜间坐在高庙前纳凉，黑暗之中看见两个人坐在佛阁下，以为是盗贼，就悄悄地盯住他们，看往哪儿去。当时绍兴会馆的高利贷商人正出资演赛神戏，锣鼓声不停。一人说："这些人真是快乐，但巧算剥削，恐怕作恶也深。"另一人说："其中也有差别。过去听判案官议论此事，凡是候选官员有的等候多年，以至吃住缺钱；有的到远处赴任，路费短缺。这些人都是不得已而借贷，其中的苦衷，一言难尽。假如有人趁其危难，大肆勒索，使他们进退两难，含痛签押，这种罪恶与劫盗是相同的。按阳间法律不过是鞭打杖责，按阴间法律则应当判入地狱。至于冶荡成性，习惯于骄奢的人，估计不久官职即可到手，可以从百姓那里巧取钱财以偿债，于是就大胆告贷，肆意挥霍。已经负债如山，仍然挥金如土。到了渐渐资财匮乏，每天被逼还债，因已被授选官职，逃也不能逃，不得不吞声饮恨，为人案板上的肉，任那些人宰割。所欠既多，必定难以偿还，所以先重重地搜刮百姓，以期望补充失去的。这在高利贷者是势所必然，在借贷者却是咎由自取。阳间官员断案虽有明确的律条，鬼神却不怎么责备他们。”王十听了这番话，觉得这两人不像是活人。一会儿歌舞已停，二人起身，不等开锁，已越过栅栏而去。不久听到路上传来喧闹声，说酒尽客散，有个人中暑突然死了。这才知道这二人为追摄魂灵的鬼。

如是我闻二

［原文］

董曲江言：陵县一嫠(lí)妇[1]，夏夜为盗撬窗入，乘其睡污之。醒而惊呼，则逸矣。愤恚(huì)病卒，竟不得贼之主名。越四载余，忽村民李十雷震死。一媪(ǎo)合掌诵佛曰："某妇之冤雪矣。当其呼救之时，吾亲见李十逾墙出，畏其悍而不敢言也。"

［注释］

①嫠妇：寡妇。《左传·昭公十九年》："初，莒有妇人，莒子杀其夫，已为嫠妇。"

［译文］

董曲江说，邻县住着一位寡妇。在一个夏天的晚上，有个贼人撬开她家窗户，跳进屋里，趁她熟睡将她奸污了。她惊醒呼救，贼人逃掉了。寡妇怨愤交加而死，最终也不知道贼人的名姓。过了四年，村里有个叫李十的人被雷电击死了。一个老妇人合掌念佛道："这回寡妇的冤仇可算报了。当她呼救的时候，我亲眼看见李十跃墙逃出。我怕他凶悍，所以才没敢说。"

［原文］

西城将军教场一宅，周兰坡学士尝居之。夜或闻楼上吟哦声，知为狐，弗讶也。及兰坡移家，狐亦他徙。后田白岩僦居，数月狐乃复归。白岩祭以酒脯，并陈祝词于几曰："闻此蜗庐，曾停鹤驭[1]。复闻飘然远引，似桑下浮图[2]。鄙人匏系一官，萍飘十载，拮据称贷，卜此一廛(chán)。数夕来咳笑微闻，似仙舆复返。岂鄙人德薄，故尔见侵？抑夙有因缘，来兹聚处欤？既承惠顾，敢拒嘉宾！惟冀各守门庭，使幽明异路，庶均归宁谧，异苔不害于同岑。敬布腹心，伏惟鉴烛。"次日楼前飘堕一帖云："仆虽异类，颇悦诗书，雅不欲与俗客伍。此宅数十年来皆词人栖息，惬(qiè)所素好，故挈族安居。自兰坡先生恝(jiá)[3]然舍我，后来居者，目不胜驵侩(zǎngkuài)之容，耳不胜歌吹之音，鼻不胜酒肉之气。迫于无奈，窜迹山林。今闻先生山蘁(jiāng)之季子，文章必有渊源，故望

影来归，非期相扰。自今以往，或检书獭祭[④]，偶动芸签[⑤]；借笔鸦涂，暂磨鸲(qú)眼。此外如一毫陵犯，任先生诉诸明神。愿廓清襟，勿相疑贰。”末题“康默顿首顿首”。从此声息不闻矣。白岩尝以此帖示客，斜行淡墨，似匆匆所书。或曰：“白岩托迹微官，滑稽玩世，故作此以寄诙(huī)嘲。寓言十九，是或然欤！”然此与李庆子遇狐叟事大旨相类，不应俗人雅魅，叠见一时，又同出于山左。或李因田事而附会，或田因李事而推演，均未可知。传闻异词，姑存其砭世之意而已。

［注释］

①蜗庐：蜗牛所住的房子，比喻房间极为狭小。鹤驭：仙人多骑鹤。此处，以狐为仙，是对狐仙的敬称。②桑下浮图：《后汉书·裴楷传》：“佛图不三宿桑下，不欲人生恩爱。”即指佛不在一个地方常住。佛图，原指佛教建筑，后渐转为专指高塔而言，此处指佛。③恝：指淡然，无动于衷。《孟子·万章》：“夫公明高以孝子之心，为不若是恝。”④獭祭：獭捕鱼后，把鱼排列在水边，像祭祀一样。此处指翻阅图书。⑤芸签：指图书。

［译文］

西城将军教场中有处宅院，曾是周兰坡学士寄居的地方。夜里他时而听见楼上有吟诵诗赋之声，知道是狐仙，却不惊愕。等他搬走后，那狐仙也迁往他处了。后来，田白岩租下此宅安顿下来。数月之后，狐也回来了。于是，田白岩设摆香案，用酒肉祭祀，并陈述祷告说：“我听说这个简陋的住处，曾是仙家居住的地方。后来又听说仙家飘然而去，就同佛祖一样不在一个地方长住。我原本就是个小官吏，漂泊十载，拮据得靠借贷，才租下这座陋宅。这几天夜里，略微听到些咳笑之声似乎是仙家又回来了。难道是我德行微薄，侵扰了您？或者是咱们早有前缘，如今您特来相聚呢？既然承蒙惠顾，我又怎敢阻挡嘉宾呢？我只希望咱们彼此各守门庭，让阴间阳界能够相安无事，就像生在同一崖畔的不同苔藓，互不侵害。我已袒露胸怀，诚心诚意，请予明察。”第二天，从楼上落下一张纸帖，上面写道：“我虽为异类，却十分喜读诗书，不愿与俗客为伍。此宅数十年来都是文人雅士寄居之所，恰巧投我所好，便全族安住在这里。自从兰坡先生弃我而去之后，又住进一些客人。但我实在看不惯他们那市侩的面貌，听不惯歌舞吹箫的吵闹声，受不住酒肉的污浊之气。迫于无奈，才隐迹山林之中。今天听说先生是山薑先生的儿子，想来文章必有渊源，所以我才望影而归，并不是要打扰你。从今日起，间或要翻翻书稿，偶动书签；或者借笔乱涂，磨砚书写。除此以外，如有一丝一毫的冒犯，任凭先生诉诸神明。我的心愿已表白清楚，恳请千万不要怀疑。”篇末题“康默顿首顿首”。从此，便不再听到有什么声响了。田白岩曾出示此帖给宾客们观看，字迹歪斜，墨痕疏淡，似乎是匆忙中写成的。有人说："或许是田白岩身为小官，便玩世不恭，写出这等文章来冷嘲热讽。深含寓意之作，十有八九都是这样。"然而，这件事与李庆子偶遇狐仙之事大体类似，不愿与俗人为伍的文雅鬼魅，都出于一时，又都出在山东。是李因田之事而穿凿附会？还是田依李之事推演而成？就不得而知了。传闻总会有不同的说法，姑且保存其针砭时世之意，也就罢了。

［原文］

献县王生相御，生一子，有抱之者，辄空中掷与数十钱。知县杨某自往视，乃掷下白金五星[①]。此子旋夭亡，亦无他异。或曰："王生倩作戏木者搬运之，将托以箕敛[②]。"或曰："狐所为也。"是皆不可知。然居官者遇此等事，即确有鬼凭，亦当禁治，使勿荧民听，正不必论其真妄也。

［注释］

①星：指衡器上记数之点。②箕敛：聚敛钱财。

［译文］

献县的王相御生了个儿子，每当有人抱他时，便从空中掉下几十钱。知县杨某也亲自去看，却掉下五星白金。这孩子不久就死掉了，也没有其他奇异之处，有人说："那是王生请来耍魔术的玩弄的搬运术，想用这种方法敛财。"有人说："那是狐狸在作怪。"说不上是怎么回事。但是，当官者碰到这类事情，就算发现确有鬼怪依凭，也应严令禁止，不使之蛊惑百姓，而不必去讨论它的真伪。

［原文］

嘉峪关外有戈壁，径一百二十里，皆积沙无寸土。惟居中一巨阜（fù），名"天生墩"，戍卒守之。冬积冰，夏储水，以供驿使之往来。初，威信公岳公钟琪西征时，疑此墩本一土山，为飞沙所没，仅露其顶。既有山，必有水。发卒凿之，穿至数十丈，忽持锸（chā）者皆堕下。在穴上者俯听之，闻风声如雷吼，乃辍役。穴今已圮。余出塞时，仿佛尚见其遗迹。案佛氏有地水风火之说。余闻陕西有迁葬者，启穴时，棺已半焦。茹千总大业亲见之。盖地火所灼。又献县刘氏，母卒合葬，启穴不得其父棺。迹之，乃在七八步外，倒植土中，先姚安公亲见之。彭芸楣参知亦云，其乡有迁葬者，棺中之骨攒聚于一角，如积薪然。

盖地风所吹也。是知大气斡(wò)运于地中，阴气化水，阳气则化风化火。水土同为阴类，一气相生，故无处不有。阳气则包于阴中，其微者，烁动之性为阴所解；其稍壮者，聚而成硫黄、丹砂、礜(yù)石[①]之属；其最盛者，郁而为风为火。故恒聚于一所，不处处皆见耳。

［注释］

①礜石：一种有毒的石头，其苍白二色者可入药。

［译文］

嘉峪关外有戈壁滩，径长一百二十里，都是积沙。只在中央有座大土山，名为“天生墩”，戍边的将士便驻守在此。冬天冰雪沉积，等到夏天融化，便把水储存下，以供往来驿使之用。当初，威信公岳钟琪西征时，推断这座山冈本应是座大山，由于飞沙掩盖，如今只露出顶部。既然有山，就一定有水。所以命令士卒开凿水井。打到数十丈深，忽然拿铁锹的兵士纷纷掉了下去。在洞口上的人俯身倾听，竟传来雷鸣般的风声，于是停止开凿。现在洞穴已毁，等我出关的时候，仿佛还能看出它的遗迹。据考，佛氏有地水风火之说。我听说陕西有人迁葬，打开墓穴时，棺木已烤焦了一半。千总茹大业亲见了这事，那是地火烧灼所致。又听说献县的刘氏，母亲死后为父母合葬，启开墓穴却找不到父亲的棺木。依迹去找，却在七八步外，发现棺木倒植土中。先父姚安公亲眼看见这事。官居参知的彭芸楣讲，他家乡有个迁葬的人，发现棺木中的骸骨都聚在一角，如同堆起的柴垛。那也是地风吹的。由此可以推断，大气斡旋于地中，阴气化为水，阳气则化为风化为火。水土同为阴类，本是一气相生，因而无处不有。阳气包含在阴气中，阳气较弱者，烁动之性为阴所解；稍壮者，则聚合而成硫黄、丹砂、礜石这类物体；最强盛的阳气，则郁集化为风火。所以地风地火总是集聚在同一个地方，不是到处都能看见的。

［原文］

伊犁城中无井，皆出汲于河。一佐领曰：“戈壁皆积沙无水，故草木不生，今城中多老树，苟其下无水，树安得活？”乃拔木就根下凿井，果皆得泉，特汲须修绠(gěng)耳。知古称雍州土厚水深，灼然不谬。徐舍人蒸远曾预斯役，尝为余言。此佐领可云格物。蒸远能举其名，惜忘之矣。后乌鲁木齐筑城时，鉴伊犁之无水，乃卜地通津以就流水。余作是地杂诗，有曰：“半城高阜半城低，城内清泉尽向西。金井银床无用处，随心引取到花畦。”纪其实也。然或雪消水涨，则南门为之不开。又北山支麓(lù)，逼近谯楼，登冈顶关帝祠戏楼，则城中纤微皆

见。故余诗又曰："山围芳草翠烟平，迢递新城接旧城。行到丛祠歌舞处，绿氍毹(qú shū)①上看棋枰。"巴公彦弼镇守时，参将海起云请于山麓坚筑小堡，为犄角之势。巴公曰："汝但能野战，殊不知兵。北山虽俯瞰城中，然敌或结栅，可筑炮台仰击。火性炎上，势便而利，地势逼近，取准亦不难，彼决不能屯聚也。如筑小堡于上，兵多则地狭不能容，兵少则力弱不能守，为敌所据，反资以保障矣。"诸将莫不叹服。因记伊犁凿井事，并附录之。

［注释］

①氍毹：用毛织成的地毯。

［译文］

伊犁城中没有水井，用水都需要到城外河中去打。一位佐领说："戈壁积沙无水，所以草木不生。但现在城中却有许多老树，如果下面没有水，树木怎能生长呢？"所以众人把树拔起，在树根处凿井，果然挖到了泉水，只是汲水的绳索要长些。可见过去说雍州土厚水深，是确凿无疑的。舍人徐蒸远曾参与这个工程，他对我说："那佐领可以说是明白事物原理的。"蒸远举出他的名字，可惜我忘记了。后来，在乌鲁木齐修筑城池时，鉴于伊犁无水，便选择地势开通河道，以就水源。我为此作过一首杂诗，写道："半城高阜半城低，城内清泉尽向西。金井银床无用处，随心引取到花畦。"以记载当时的实况。但是倘若冰雪融水，河水便涨起来，城南门就打不开了。北山有一支脉，距谯楼很近，登上山顶的关帝祠戏楼，城中景象便尽收眼底。为此我又作一诗，曰："山围芳草翠烟平，迢递新城接旧城。行到丛祠歌舞处，绿毡氍上看棋枰。"巴彦弼公镇守这儿时，参将海起云请求在山麓修一城堡，以便与城池呈犄角之势。巴公说道："你只擅长于野战，并不知兵法。在此山上虽能俯瞰城中，但假如敌人结栏筑寨，我们就可以筑起炮台仰头痛击。火是向上烧的，因而地势于我有利；因距离近，并不难瞄准，敌军即便人多，也不能屯聚在那里。假如在上面修筑城堡，兵多则地方狭窄容纳不下；兵少则力量薄弱守不住。被敌人占据，反为他们提供了据点。"众将没有不佩服的。因记载伊犁凿井的事，一并把这件事附录于此。

［原文］

天道乘除①，不能尽测，善恶之报，有时应，有时不应，有时即应，有时缓应，亦有时示以巧应。余在乌鲁木齐时，吉木萨报遣犯刘允成，为逋负过多，迫而自缢。余饬(chì)吏销除其名籍，见原案注语云："为

重利盘剥，逼死人命事。”

［注释］

①乘除：乘与除互相抵消，此处为发展之意。

［译文］

天道运行，人们不能完全测知。善恶报应，有时应验，有时不应验；有时立刻应验，有时久后应验，也有时用巧妙的方式予以应验。我在乌鲁木齐时，吉木萨有个遣犯刘允成，因为负债过多被逼上吊而死。我命人消除他的名籍时，看到原来案卷上的注语写道：“因重利盘剥逼死人命。”

［原文］

冯巨源官赤城教谕时，言赤城山中一老翁，相传元代人也。巨源往见之，呼为仙人。曰：“我非仙，但吐纳导引，得不死耳。”叩其术。曰：“不离乎丹经，而非丹经所能尽，其分刌(cǔn)节度，妙极微芒。苟无口诀真传，但依法运用，如检谱对弈，弈必败；如拘方治病，病必殆。缓急先后，稍一失调，或结为痈疽(yōng jū)，或滞为拘挛；甚或精气瞀(mào)乱，神不归舍，竟至于颠痫。是非徒无益已也。”问：“容成、彭祖[①]之术，可延年乎？”曰：“此邪道也，不得法者，祸不旋踵；真得法者，亦仅使人壮盛。壮盛之极，必有决裂横溃之患。譬如悖理聚财，非不骤富，而断无终享之理。公毋为所惑也。”又问：“服食延年，其法如何？”曰：“药所以攻伐疾病，调补气血，而非所以养生。方士所饵，不过草木金石。草木不能不朽腐，金石不能不消化。彼且不能自存，而谓借其余气，反长存乎？”又问：“得仙者，果不死欤？”曰：“神仙可不死，而亦时时可死。夫生必有死，物理之常。炼气存神，皆逆而制之者也。逆制之力不懈，则气聚而神亦聚；逆制之力或疏，则气消而神亦消。消则死矣。如多财之家，勤俭则常富，不勤不俭则渐贫；再加以奢荡，则贫立至。彼神仙者，固亦兢兢然恐不自保，非内丹一成，即万劫不坏也。”巨源请执弟子礼。曰：“公于此道无缘，何必徒荒其本业？不如其已。”巨源怅然而返。景州戈鲁斋为余述之，称其言皆笃实，不类方士之炫惑云。

［注释］

①容成、彭祖：两人都是传说中的仙人，精于养生，擅长采阴补阳之术。

［译文］

冯巨源任赤城教谕时，说赤城山中有一老翁，相传是元代人。他去拜见，称他为仙人。老翁说："我不是神仙，只是懂些吐纳导引之术，才得以不死。"巨源询问他的道术，老翁说："不外乎《丹经》，但并不完全依靠《丹经》，其中分寸极为微妙，如果没有口诀真传，只依法运用，就像靠棋谱对弈，是必败无疑的；如同拘泥于药方治病，病人必会危险。其中缓急先后，稍一失调，或者郁结成毒疮，或者凝滞为痉挛，甚至会精气紊乱，神不守舍，直至疯癫。这就不仅仅是无益的问题了。"巨源又问："容成、彭祖之术，可以延年益寿吗？"老翁道："那是邪道，不得其法的人修炼，祸患立时及身。得其法的，也仅能使人更强壮些。强壮到极点，必定会有意想不到的大祸患。就如逆天悖理地聚敛钱财，尽管能迅速致富，但最终绝无安享长久的。您不要被此事所迷惑。"巨源又问："服食丹药的办法怎么样呢？"老翁说："丹药是用来治疗疾病调补气血的，并非是用来养生的。方士们用以服食的，不过是些草木金石。草木不能不腐朽，金石不能不销熔。它们尚且不能长存，又怎能借助它们的余气而长存呢？"巨源又问："成仙的人果真能不死吗？"老翁说："神仙可以不死，但也会有死的。生必有死，这是万物的客观规律。修炼精气而得以保存住神，是逆向控制死亡的办法。控制不松懈，那么精气就凝聚，神也就凝聚；控制一旦松懈，那么精气就会消散，神也就消散了。神气消散，人也就死了。就像有钱人家，勤俭便会长久富裕，不勤俭便会逐渐贫困。若再加上奢侈放荡，就会立时贫穷起来。那些神仙们也是战战兢兢地唯恐不能自保，并非内丹一经炼成，便万劫不坏了。"巨源请求做他的弟子。老翁说："您同此道没缘分，又何必因为涉足此间而荒废了本业呢？还是不学为好。"巨源怅然而返。景州的戈鲁斋为我讲了这事，称那老翁话都很实在，不像方士们的迷惑之词。

［原文］

先姚安公言：有扶乩治病者，仙自称芦中人[①]。问："岂伍相国耶？"曰："彼自隐语，吾真以此为号也。"其方时效时不效，曰："吾能治病，不能治命。"一日，降牛丈希英家，有乞虚损方者。仙判曰："君病非药所能治，但遏除嗜欲，远胜于草根树皮。"又有乞种子方者。仙判曰："种子有方，并能神效。然有方与无方同，神效亦与不效同。夫精血化生，中含欲火，倘毒发为痘，十中必损其一二。况助以热药，抟结成胎，其蕴毒必加数倍。故每逢生痘，百不一全。人徒于

夭折之时，惜其不寿；而不知未生之日，已先伏必死之机。生如不生，亦何贵乎种耶？此理甚明，而昔贤未悟。山人志存济物，不忍以此术欺人也。”其说中理，皆医家所不肯言，或真有灵鬼凭之欤！又闻刘季箴先生尝与论医。乩仙曰：“公补虚好用参。夫虚证种种不同，而参之性则专有所主，不通治各证。以藏府而论，参惟至上焦中焦，而下焦不至焉。以荣卫而论，参惟至气分，而血分不至焉。肾肝虚与阴虚，而补以参，庸有济乎？岂但无济，亢阳不更煎铄乎？且古方有生参熟参之分，今采参者得即蒸之，何处得有生参乎？古者参出于上党，秉中央土气，故其性温厚，先入中宫。今上党参竭，惟用辽参，秉东方春气，故其性发生，先升上部。即以药论，亦各有运用之权。愿公审之。”季箴极不以为然。余不知医，并附录之，待精此事者论定焉。

［注释］

①芦中人：春秋时的名将伍子胥。伍子胥在逃难时，曾藏身于芦苇中，捕鱼的人给他饭吃，称他为“芦中人”。

［译文］

先父姚安公说：有个用扶乩之术治病的人，仙自称“芦中人”。旁人问：“难道你就是伍子胥吗？”仙答：“那是他的暗语，而我是真以此为号。”仙的药方有时见效，有时不见效。他说：“我能治病却不能救人的命。”一天，这位仙降坛到牛希英家，有人向仙求乞治疗虚亏的药方。他判道：“你的病症不是医药所能治的，只要消除欲念，远比服用草根树皮好。”又有人求乞治天花的药方。仙判道：“治天花自然有药方，并能见神效。然而有药方与无药方是相同的，有神效与无效也是一样的。胎儿本是精血化生的，其中含有欲火。倘若毒发生痘十人中必夭折一二人。何况还要用热药相助，使之抟结成胎，其中所含毒物必会增加数倍。所以每逢生天花，百人中无一能活。人们只在孩子夭折时，痛惜其不能长命，却不知在他未生之时，已先伏下必死之条件了。生下来还不如不出生，又何必对种痘这么重视呢？这道理很明白，可惜过去的贤士们不知道。我立志普救万物，不忍心用此术蒙骗人。”他的看法都是众医家所不肯明说的，或许真有灵鬼，依凭在乩坛上？我又听说刘季箴先生曾与之论医。乩仙说：“您好用人参补虚亏。虚亏之症有种种不同，而人参则专有所治，并不能通治各症。以脏腑来说，人参的力量只能到上焦、中焦，而不能到下焦。以荣卫而论，人参药力只能到达气分，而血分是到不了的。患肾虚和阴亏之症，用人参来补，怎会有好处呢？非但没有帮助，亢阳不更受煎烁吗？况且，古时药方中有生参与熟参之分。如今采人参的人采到便立刻蒸熟，哪里还能有生参？古时人参产于上党，秉有中央的土气，所以药性温厚，先入中宫。现在上党的土气已衰，只好用辽参。辽参秉有东方春气，因此药性发生，先到上部。即便以药而论，也是各有所用的。但愿您能慎重使用。”季箴很不以为然。我不懂医道，一并附录下来，以待精通此道人论定。

［原文］

歙(shè)人蒋紫垣，流寓献县程家庄，以医为业。有解砒毒方，用之即痊。然必邀取重资，不满所欲，则坐视其死。一日暴卒，见梦于居停主人曰：“吾以耽利之故，误人九命矣。死者诉于冥司，冥司判我九世服砒死。今将赴转轮，赂鬼卒得来见君，特以此方奉授。君能持以活一人，则我少受一世业报也。”言讫，泣涕而去曰：“吾悔晚矣！”其方以防风一两研①为末，水调服之而已，无他秘药也。又闻诸沈丈丰功曰：“冷水调石青，解砒毒如神。”沈丈平生不妄语，其方当亦验。

［注释］

①研：原指用卵形或弧形的石块碾压或摩擦皮革、布帛等，使其密实而光亮。此处指磨。

［译文］

歙县人蒋紫垣，流落到献县程家庄，以医为业。他有解砒霜中毒的药方，极灵验。但他要价很高，达不到要求，便坐视患者死。一天他忽然暴死，托梦他的房主，说：“我因为贪图重利，误了九条人命。死者告到阴曹，阴曹判我九世服砒霜而死。现我赶去投胎，贿赂了鬼吏才得以来见您，并把药方奉献给您。您能用来救活一人，便能让我少受一世报应。”言毕痛哭而去，说：“我后悔晚了。”那药方是用一两防风磨成碎末，再用水调和服下，此外也没有其他神奇之处。又听沈老丈丰功说：“用冷水调石青解砒毒可神了。”沈老丈平生不胡说，那药方应该有灵验。

［原文］

老儒刘挺生言：东城有猎者，夜半睡醒，闻窗纸淅淅作响，俄又闻窗下窸窣声，披衣叱问。忽答曰：“我鬼也。有事求君，君勿怖。”问其何事。曰：“狐与鬼自古不并居，狐所窟穴之墓，皆无鬼之墓也。我墓在村北三里许，狐乘我他往，聚族据之，反驱我不得入。欲与斗，

则我本文士，必不胜。欲讼诸土神，即幸而得申，彼终亦报复，又必不胜。惟得君等行猎时，或绕道半里，数过其地，则彼必恐怖而他徙矣。然倘有所遇，勿遽殪(jù yì)获[1]，恐事机或泄，彼又修怨于我也。”猎者如其言。后梦其来谢。夫鹊巢鸠据，事理本直。然力不足以胜之，则避而不争；力足以胜之，又长虑深思而不尽其力。不求幸胜，不求过胜，此其所以终胜欤！孱弱者遇强暴，如此鬼可矣。

［注释］

①殪获：捕杀。

［译文］

老儒刘挺生说，东城有个猎户，半夜睡醒，忽听见窗纸淅淅作响，不一会儿，又听到窗下有窸窸窣窣的声音，便披衣起来喝问。外面答道：“我是鬼，有事向您求助，请千万不要害怕。”他问有什么事。鬼说：“狐与鬼自古不住在一屋，狐狸住的墓穴都是没有鬼的。我的坟在村北三里多地外，狐狸趁我不在，就聚族而居，反而把我驱赶出来。本想与之争斗，可我是个儒生，一定打不赢的。又想诉诸土神，即便幸而得以申冤，它们终究还要报复，最终等于没打赢。只希望您在打猎时，或者能绕道半里，从那里经过几次，它们就一定惊恐，搬到别处去。但是，倘若您遇到它们，请不要立时捕杀。恐怕泄露了消息，它们又要怨恨我。”猎户按他的话办了。后来又梦见他来道谢。“鹊巢鸠据”，是非曲直本来很明显。然而，气力若不足以致胜，就退避不与之争斗；气力若足以制胜，又深思熟虑而不竭尽全力。不求侥幸制胜，不求胜之过分，这就是那鬼最终得胜的原因吧？弱者遇到强暴时，像这鬼一样做就可以了。

［原文］

舅氏张公健亭言：沧州牧王某，有爱女婴疾沉困。家人夜入书斋，忽见其对月独立花阴下，悚然而返。疑为狐魅托形，嗾(sǒu)犬扑之，倏然灭迹。俄室中病者语曰：“顷梦至书斋看月，意殊爽适。不虞有猛虎突至，几不得免。至今犹悸汗。”知所见乃其生魂也。医者闻之，曰：“是形神已离，虽卢扁[1]莫措矣。”不久果卒。

［注释］

①卢扁：扁鹊，是春秋战国时代的名医。家在卢国（今山东长清一带），世称“卢医”。精于内、外、妇、儿、五官等科，应用砭刺、针灸、按摩、汤液、

热熨等法治疗疾病，被尊为中医医祖。

［译文］

舅父张健亭言说，沧州长官王某有个心爱的女儿，得了重病，昏沉不起。一个家人在夜间走进书房的时候，忽然看到她面对月亮站在花荫下，吓得赶紧回来了。家人怀疑是狐鬼假冒小姐的形貌，就放出狗去扑咬她，小姐突然消失了。一会儿，卧房中的小姐说："刚才梦见到书斋赏月，感到很爽快。不想有只狗来了，险些被它咬死，到现在我还出冷汗呢。"仆人这才知道，刚才见到的是小姐的魂。医生听到此事，说："这说明形神已经离开了，即便是卢国的扁鹊，也不能有办法救她了。"不久小姐果然死了。

［原文］

奇节异烈，湮没无传者，可胜道哉。姚安公闻诸云台公曰："明季避乱时，见夫妇同逃者，其夫似有腰缠。一贼露刃追之急。妇忽回身屹立，待贼至，突抱其腰。贼以刃击之，血流如注，坚不释手。比气绝而仆，则其夫脱去久矣。惜不得其名姓。"又闻诸镇番公曰："明季，河北五省皆大饥，至屠人鬻肉，官弗能禁。有客在德州景州间，入逆旅午餐，见少妇裸体伏俎上，绷其手足，方汲水洗涤。恐怖战悚之状，不可忍视。客心悯恻，倍价赎之；释其缚，助之着衣，手触其乳。少妇艴[①]然曰：'荷君再生，终身贱役无所悔。然为婢媪则可，为妾媵则必不可。吾惟不肯事二夫，故鬻诸此也。君何遽相轻薄耶？'解衣掷地，仍裸体伏俎上，瞑目受屠。屠者恨之，生割其股肉一脔。哀号而已，终无悔意。惜亦不得其姓名。"

［注释］

①艴：生气的样子。

［译文］

异常节烈而湮没了姓名的，哪可胜数。先父姚安公听云台公讲：明末躲避战乱时，有一对夫妇一起出逃，丈夫似乎带了不少钱财。一个恶贼拔刀追赶甚急。那妇人忽然回身站立不动，等恶贼到了，突然抱住他的腰。恶贼用刀劈砍，妇人血流如注，却决不肯放手。等到她气绝倒地，丈夫早已不见影了。可惜无从得知她的姓名。又听镇番公讲：明末河北五省都闹大饥荒，以致把人杀了卖肉，官吏也不能禁止。有位往来于德州景州之间的商客，到一家客店吃饭，看到一少妇裸体趴在肉案上，被捆住手脚，有人正打水冲洗着她。她那恐惧战栗的情状，令人惨不忍睹。客人动了怜悯之心，用双倍的价钱赎了她。商人解开绳索，帮她穿衣服时，手碰到她的乳房。少妇生气地说："我靠您得以重生，终身做贱役也毫不悔恨。但做奴婢可以，做妾就不行。我只是因为不肯事二夫，才被卖到这儿来。您又为何对我轻薄呢？"她解开衣服，扔在地上，仍裸身伏在案上，闭眼等人宰割。屠夫恨她，生生割下她腿上的一块肉。她只是哀号，始终没有后悔。可惜没人知道她的姓名。

［原文］

余布衣萧客言：有士人宿会稽山中，夜闻隔涧有讲诵声。侧耳谛听，似皆古训诂。次日越涧寻访，杳无踪迹。徘徊数日，冀有所逢。忽闻木杪人语曰："君嗜古乃尔，请此相见。"回顾之顷，石室洞开，室中列坐数十人，皆掩卷振衣，出相揖让。士人视其案上，皆诸经注疏。居首坐者拱手曰："昔尼山[①]奥旨，传在经师；虽旧本犹存，斯文未丧；而新说叠出，嗜古者稀。先圣恐久而渐绝，乃搜罗鬼录，征召幽灵。凡历代通儒，精魂尚在者，集于此地，考证遗文；以次转轮，生于人世。冀递修古学，延杏坛[②]一线之传。子其记所见闻，告诸同志，知孔孟所式凭，在此不在彼也。"士人欲有所叩，倏似梦醒，乃倚坐老松之下。萧客闻之，裹粮而往。攀萝扪葛，一月有余，无所睹而返。此与朱子颖所述经香阁事，大旨相类。或曰："萧客喜谈古义，尝撰《古经解钩沉》，故士人投其所好以戏之。"是未可知。或曰："萧客造作此言，以自托降生之一。"亦未可知也。

［注释］

①尼山：指孔子。孔子，字仲尼，儒家学派的创始人，被誉为"千古圣人"。孔子的思想以"仁"为核心，"仁"即"爱人"，提倡"忠恕"之道，影响深远。②杏坛：孔子开坛授徒之处，此处指儒家学说。

［译文］

平民余萧客说，有个读书人宿在会稽山中，夜间隔着山涧听到有讲习诵读的声音。侧耳细听，似乎是训诂经文。第二天，他越过山涧去求访，却杳无踪迹。他徘徊了好几天，希望能碰到什么。忽然听到树梢上有人说："您这么爱好古学，请在这儿相见。"他回过头来，只见石室的门开了，里面坐着几十个人，都掩上书卷整衣而起，出来施礼，请他进去。读书人看见桌案上都是经文注疏。坐在首座的人拱手道："昔日孔子精深的文义都记载在经书上传了下来。虽然旧注本还在，礼乐教化、典章制度没有遗失，但新的观点层出不穷，爱好古学的人也就越来越少了。先圣人怕长此以往古学逐渐绝迹，便搜罗鬼录，征召幽灵们，凡是历代精通儒术、灵魂尚在的，都聚集于此，考证遗文。然后依次投生，使古学重现于人世。希望借此逐步研修古学，延续孔子的教义。你应当记下今日所见所闻，告知你的同道，让他们知道研究孔孟所依凭的，是古学而不在今学。"读书人还想询问，却忽然醒来，他仍旧倚在老松树下。萧客听说了这事，便带着干粮赶到那里。他攀藤缘木，寻找了一个多月，却什么也没看到，只好回来。这件事与朱子颖所讲的经香阁的事大意相同。有人说："萧客是好谈古义的，曾撰有《古经解钩沉》。所以那人投其所好，编了这故事戏弄他。"这也未可知。有人说："萧客编造出这些话，是想以此证明自己是贤儒降生的。"这也未可知。

［原文］

里胥(xū)宋某，所谓东乡太岁者也。爱邻童秀丽，百计诱与狎。为童父所觉，迫童自缢。其事隐密，竟无人知。一夕，梦被拘至冥府，云为童所诉。宋辩曰："本出相怜，无相害意。死由尔父，实出不虞。"童言："尔不相诱，我何缘受淫？我不受淫，何缘得死？推原祸本，非尔其谁？"宋又辩曰："诱虽由我，从则由尔。回眸一笑，纵体相就者谁乎？本来强干，理难归过。"冥官怒叱曰："稚子无知，陷尔机阱。饵鱼充馔，乃反罪鱼耶？"拍案一呼，栗然惊寤。后官以贿败，宋名丽案中，祸且不测。自知业报，因以梦备告所亲。逮及狱成，乃仅拟城旦①。窃谓梦境无凭也。比三载释归，则邻叟(sǒu)恨子之被污，乘其妇独居，饵以重币，已见金夫不有躬②矣。宋畏人多言，竟惭而自缢。然则前之幸免，岂非留以有待，示所作所受，如影随形哉！

［注释］

①城旦：秦汉时期的一种刑罚。②见金夫不有躬：语出《易·蒙卦》，指女子被邻居的重金所诱惑而失去贞洁。

［译文］

乡官宋某，号称"东乡太岁"。他垂涎于邻家童子的秀丽，便千方百计引诱成奸。这事被孩子的父亲察觉，便逼迫孩子自尽了。这件事很隐秘，竟然无人知晓。一天晚上，宋某梦见被拉到冥府，据说是那孩子告他了。宋某分辩道："我本出于怜爱，没有加害的意思。你的死是你父亲所致，实在出乎我的预料。"孩子说："你不引诱我，我又怎会被淫呢？我不被淫，又怎会招致死亡呢？推究祸首，不是你又是谁？”宋某又辩解：“引诱是由我而起，可顺从的是你呀。回眸一笑，纵身相投的是谁呢？本来就不是我强迫的，按理是难以归咎于我的。”阴官怒叱道：“幼子无知，才陷入你的圈套。就像钓鱼充作佳馔，怎能反而怪罪鱼呢？”于是拍案大呼，宋某惊醒过来。后来此地长官因受贿而被罢职，宋某也被牵连进去，祸患不可料。他自知报应就要到了，便把梦遍告亲朋好友。等到判完，却仅被判为城旦之刑。他以为梦不足为凭，等到他服了三年刑被释放归乡，那邻家老翁因为怨恨他污辱了儿子，已趁他妻子一个在家时，用重金作诱饵，让她做出了对夫不忠的事。宋某怕人闲言碎语，竟惭愧地自缢而死。可见前次的灾祸幸免了，则可能是留待以后报应，以示所作所为必有报应，真是如影随形啊。

[原文]

旧仆邹明言：昔在丹阳县署，夜半如厕。过一空屋，闻中有男女媟狎(xiá)声，以为内衙僮婢，幽会于斯。惧为累，潜踪而返。后月夜复闻之，从窗隙窃窥，则内衙无此人；又时方冱(hù)冻①，乃裸无寸缕。疑为妖魅，于窗外轻嗽。倏然灭迹。偶与同伴语及，一火夫曰：“此前官幕友某所居。幕友有雕牙秘戏像一盒，腹有机轮，自能运动。恒置枕函中，时出以戏玩。一日失去，疑为同事者所藏。后终无迹。岂此物为祟耶？”遍索室中，迄不可得。以不为人害，亦不复追求。殆常在茵席之间，得人精气，久而幻化欤！

[注释]

①冱冻：天寒地冻。

[译文]

旧仆邹明说，从前在丹阳县衙署里，半夜去厕所。经过一所空屋子时，听到里边有男女欢愉之声，以为是内衙的僮婢在那里幽会。他怕受牵累，就偷偷回来了。后来在一个月夜又听到了这种声音。他从窗缝向里偷看，里面却并不是内衙里的人；况且当时天寒地冻，两人身上却是一丝不挂。他怀疑是鬼魅，就在窗外轻咳了几声。里面的人立刻不见了。他偶然与同伴谈到这事，一个伙夫说：“这个屋子是前任官长的幕友所住的地方。那幕友有一盒象牙雕成的秘戏偶像，其中有机栝，能自己活动。他常把它放在枕边，时而拿出来玩弄。一天丢失了，疑心是同僚拿去藏了起来，再没找着。难道是这东西在作祟吗？”于是寻遍了屋子，始终没能找到。大家认为它并不伤害人，就不再追究了。大概那东西常在枕席之间，得了人的精气，久而久之就化成精了。

［原文］

有故家子，日者推其命大贵，相者亦云大贵，然垂老官仅至六品。一日扶乩，问仕路崎岖之故。仙判曰：“日者不谬，相者亦不谬。以太夫人偏爱之故，削减官禄至此耳。”拜问：“偏爱诚不免，然何至削减官禄？”仙又判曰：“礼云继母如母，则视前妻之子当如子；庶子为嫡母服三年，则视庶子亦当如子。而人情险恶，自设町畦[1]，所生与非所生，厘[2]然如水火不相入。私心一起，机械万端。小而饮食起居，大而货财田宅，无一不所生居于厚，非所生者居于薄，斯已干造物之忌矣。甚或离间谗构，密运阴谋，诟谇嚣陵，罔循礼法，使罹毒者吞声，旁观者切齿，犹哓(xiāo)哓称所生者之受抑。鬼神怒视，祖考怨恫，不祸谴其子，何以见天道之公哉？且人之受享，只有此数，此赢彼缩，理之自然。既于家庭之内，强有所增；自于仕宦之途，阴有所减。子获利于兄弟多矣，物不两大，亦何憾于坎坷乎？”其人悚然而退。后亲串中一妇闻之，曰：“悖哉此仙！前妻之子，恃其年长，无不吞噬其弟者；庶出之子，恃其母宠，无不凌轹(lì)其兄者。非有母为之撑拄，不尽为鱼肉乎？”姚安公曰：“是虽妒口，然不可谓无此事也。世情万变，治家者平心处之可矣。”

［注释］

①町畦：指田间的界限。此处指界限。②厘：制定，规定。

［译文］

有个富家子弟，有人推算他是大贵之命，相面的也说他将会大贵，但到他年老时，官职仅到六品。一天，他扶乩，问仕途坎坷之故。乩仙判道：“算命的没错，相面的也没有错。因为你母亲偏爱你，才把你的官禄削减到现在的地步。”他拜问：“偏爱在所难免，但又何至于削减官禄呢？”乩仙判道：“《周礼》上说继母应如生母，就把前妻之子看作己出；庶子为嫡母守孝三年，也应把庶子作为亲生儿子。但人情险恶，自设阻碍，亲生与非亲生，就像水火不能相容。私心一起，就会生出万般巧计。小到饮食起居，大到家产田宅，无一不是亲生子所得丰厚，非亲生子所得微薄，这已触犯了上天的禁忌。甚而还离间谗构，暗设阴谋，责骂吵闹，不遵循礼仪法度，使受荼毒者忍气吞声，旁观者切齿痛恨，却还喋喋不休地争辩说亲生子受了委屈。鬼神怒视，祖先怨恨，不把灾祸降到她儿子身上，又能用什么显示天道的公正呢？况且人所能享受的，只有这个数目。这边增多，那边就减少，道理是很明白的。你既然在家中所享之福很多，自然在仕途上就有了削减。你从你弟弟那儿获得很多利，万事不可两全其美，又何必为仕途坎坷而抱憾呢？”那人听了，便悚然地退了回来。后来，亲戚中有个妇人听了这事，就讲：“这乩仙可错了！前妻的孩子依仗年长，没有不侵吞弟弟利益的；妾生的儿子依仗母亲的宠爱，没有不欺凌兄长的。没有母亲为他撑腰，不就成为鱼肉任人宰割了吗？”姚安公说：“这虽然是嫉妒的话，但不能说没有这样的事。世情万变，治家之人只要公平处事就可以了。”

［原文］

族祖黄图公言：顺治康熙间，天下初定，人心未一。某甲阴为吴三桂谍，以某乙骁健有心计，引与同谋。既而枭獍①伏诛，鲸鲵②就筑，亦既洗心悔祸，无复逆萌。而来往秘札，多在乙处。书中故无乙名，乙胁以讦发，罪且族灭。不得已以女归乙，赘于家。乙得志益骄，无复人理，迫淫其妇女殆遍，乃至女之母不免；女之幼弟才十三四，亦不免。皆饮泣受污，惴惴然恐失其意。甲抑郁不自聊，恒避于外。一日，散步田间，遇老父对语，怪附近村落无此人。老父曰：“不相欺，我天狐也。君固有罪，然乙逼君亦太甚，吾窃不平。今盗君秘札奉还。彼无所挟，不驱自去矣。”因出十余纸付甲。甲验之良是，即毁裂吞之，归而以实告乙。乙防甲女窃取，密以铁瓶瘗③他处。潜往检视，果已无存。乃踉跄引女去。女日与诟谇，旋亦仳离。后其事渐露，两家皆不齿于乡党，各携家远遁。夫明季之乱极矣，圣朝荡涤洪炉，拯民水火。甲食毛践土已三十余年，当吴三桂拒命之时，彼已手戮桂王，断不得称楚之三户。则甲阴通三桂，亦不能称殷之顽民。即阖门骈戮，亦不为冤。乙从而污其闺帏，较诸荼毒善良，其罪似应末减，然乙初本同谋，罪原相埒④；又操戈挟制，肆厥凶淫，罪实当加甲一等。虽后来食报，无可证明，天道昭昭，谅必无幸免之理也。

［注释］

①枭獍：指不孝之人。枭，恶鸟；獍，恶兽。②鲸鲵：原指鲸鱼，此处指凶恶的人。传说中雄为鲸，雌为鲵。③瘗：埋藏。④埒：等同，相当。

［译文］

族祖黄图公说，顺治、康熙年间，天下初定，人心还没归一。某甲暗中为吴三桂刺探军情，因为某乙骁健有谋略，便招他作为同谋。不久乱党都被诛杀，甲乙也洗心悔过，不再萌发叛逆之念。然而甲的信件很多都在乙处。书信中没有乙的姓名，乙便威胁说要告发的话甲要灭族。甲不得已把女儿嫁给了他，招他为上门女婿。乙得志后更加骄狂，不顾人伦礼义，几乎逼淫了他家全部女子，连他岳母也没能幸免。他妻子的幼弟才十三四岁，也没能躲过去。全家都忍泪受辱，惴惴不安地生怕得罪了他。甲抑郁不能自慰，时常躲避在外。一天，他散步于田间，遇到一位老人，便谈了起来。甲心里疑惑，附近村中并无此人。老人说：“不骗你，我是天狐。你虽然有错，但乙逼人太甚了，我也不平。如今偷得秘信奉还给你。他无所胁迫，就不驱自去了。”于是拿出十几张纸交给甲。甲查看了一下，果然都是，便立刻将信撕毁吞下肚去。回来后，他把实情告诉了乙。乙提防甲女偷窃，将信札密封在铁瓶中藏在他处。他偷偷地去检看，果然已不在了。于是带着甲女仓皇地走了。甲女天天和他争吵，不久就离开了他。后来，事情逐渐败露，两家都不齿于乡人，就各自携家眷远远地走了。明末异常混乱，朝廷荡涤灾祸，救民于水火之中。甲在圣朝已生活了三十多年，当吴三桂拒听朝命之时，他已杀了桂王；断不能称之为志在灭秦的“楚之三户”。那么甲暗通吴三桂，也断不能称为不食周粟的“殷之顽民”。即使诛杀甲的满门大小，也不为冤。乙跟从他，又污辱他家妇女，与荼毒善良之罪相比，他的罪过也不见得会减轻。然而，当初乙本是同谋，罪行原与甲相等；又持人把柄挟制，大肆凶淫，实在应当罪加一等。虽然后来他能得到什么报应无可证明，但天理昭昭，谅他必不能有被幸免之理。

［原文］

姚安公读书舅氏陈公德音家。一日早起，闻人语喧阗(tián)，曰客作张珉，昨夜村外守瓜田，今早已失魂不语矣。灌救百端，至夕乃苏。曰：“二更以后，遥见林外有火光，渐移渐近。比至瓜田，乃一巨人，高十余丈，手执烛笼，大如一间屋，立团焦前，俯视良久。吾骇极晕绝，不知其何时去也。”或曰：“罔两①。”或曰：“当是主夜神。”案《博物志》②载主夜神咒曰：“婆珊婆演底”，诵之可以辟恶梦，止恐怖。不应反现异状，使人恐怖。疑罔两为近之。

［注释］

①罔两：神话传说中山川中的精怪。也作“魍魉”。《孔子家语·辨物》：“木石之怪夔魍魉。”②《博物志》：西晋张华编撰的志怪小说集。分类记载异境奇

物、古代琐闻杂事及神仙方术等。

［译文］

姚安公曾在舅父陈德音家读书。一天早起，听人声喧哗，说："有个叫张珉的长工，昨夜在村外看守瓜田，今早已昏迷不醒了。"经千方百计地救治，到晚间才苏醒。他说："在二更以后，我远远看见树林外有火光，越移越近。等到了瓜园，才发现是一个巨人，有十多丈高；手提灯笼，就像一间屋那么大。它站在窝棚前，俯看了好久。我惊恐万分，昏了过去，也不知它是什么时候离开的。"有人说是魍魉。有人说是主夜之神。据考，《博物志》记载有主夜神的咒语是"婆珊婆演底"，吟诵它就可以避噩梦，不再恐怖。所以主夜之神不应当反而现出怪相来吓唬人。估计是魍魉。

［原文］

崔庄旧宅厅事西有南北屋各三楹，花竹翳如，颇为幽僻。先祖在时，奴子张云会夜往取茶具，见垂鬟（huán）女子，潜匿树下，背立向墙隅。意为宅中小婢于此幽期，遽捉其臂，欲有所挟。女子突转其面，白如傅粉，而无耳目口鼻。绝叫仆地。众持烛至，则无睹矣。或曰："旧有此怪。"或曰："张云会一时目眩。"或曰："实一黠婢，猝为人阻，弗能遁，以素巾幕面，伪为鬼状以自脱也。"均未知其审。然自此群疑不释，宿是院者恒凛凛，夜中亦往往有声。盖人避弗居，斯狐鬼入之耳。又宅东一楼，明隆庆初所建。右侧一小屋，亦云有魅。虽不为害，然婢媪或见之。姚安公一日检视废书，于簏①下捉得二獾②。佥（qiān）曰："是魅矣。"姚安公曰："獾弭首为童子缚，必不能为魅。然室无人迹，至使野兽为巢穴，则有魅也亦宜。斯皆空穴来风之义也。"后西厅析属从兄坦居，今归从侄汝侗。楼析属先兄晴湖，今归侄汝份。子姓日繁，家无隙地，魅皆不驱自去矣。

［注释］

①簏：竹箱。②獾：亦称"狗獾"，一种哺乳动物，毛为灰色，善掘土。其毛可制笔，毛皮可制裘，其脂肪熬炼的獾油可治疗烫伤等。

［译文］

崔庄旧宅的厅堂以西，有南北屋各三间，花竹荫翳，颇为幽静。先祖在时，奴仆张云会半夜去取茶，看见一个挽着垂髻的女子隐藏在树下，背朝外面对墙站立着。

他以为是宅中的婢女在这里幽会，就捉住她的胳膊，想要要挟她。那女子突然回头，只见面如傅粉，却没有眼耳鼻口。张云会惊叫一声，仆倒在地。众人拿着蜡烛到了，却什么也没看到。有人说以前就有这妖怪。有人说张云会一时眼花了。有人说那是一个狡猾的婢女。她出其不意被人捉住，不能逃脱，就用白纱巾遮住脸，假扮成鬼逃了。不知哪一种说法对。但从此大家的疑心便不能消除，住在这里的人也都战战兢兢的；夜里也时常有声响。大概人们远避而没有住在这里，狐鬼便乘虚而入。宅东又有一楼，是明隆庆初年所建。右侧有一间小屋，也传闻有鬼。虽然不害人，但仆婢们也偶然能碰见。姚安公有一天检索废书，在竹箱下捉了两只獾。众人都说这一定是那鬼魅了。姚安公说：“獾老老实实地叫孩子捉，绝不可能作怪。由于屋里没有人迹，野兽才把它当作巢穴，那么有鬼魅也是自然的。这就是‘空穴来风’的含意。”后来西厅分给堂兄垣居，如今归了堂侄汝侗。楼分给了先兄晴湖，如今归了侄子汝份。子侄们日益增多，家中再没有空闲的地方，鬼魅也就不驱自去了。

如是我闻三

［原文］

顾非熊再生事，见段成式①《酉阳杂俎(zǔ)》，又见孙光宪②《北梦琐言》；其父顾况集中，亦载是诗，当非诬造。近沈云椒(jiāo)少宰撰其母陆太夫人志，称太夫人于归，甫匝岁，赠公即卒，遗腹生子恒，周三岁亦殇。太夫人哭之恸，曰："吾之为未亡人也，以有汝在；今已矣，吾不忍吾家之宗祀，自此而绝也。"于其敛，以朱志其臂，祝曰："天不绝吾家，若再生以此为验。"时雍正己酉十二月也。是月族人有比邻而居者，生一子，臂朱灼然。太夫人遂抚之以为后，即少宰也。余官礼部尚书时，与少宰同事。少宰为余口述尤详。盖释氏书中，诞妄者原有；其徒张皇罪福，诱人施舍，诈伪者尤多。惟轮回之说，则凿然有证。司命者每因一人一事，偶示端倪，彰神道之教。少宰此事，即借转生之验，以昭苦节之感者也。儒者盛言无鬼，又乌乎知之？

［注释］

①段成式：字柯古，临淄人，是唐代著名文学家。官至太常少卿、江州刺史。博闻强记，能诗善文，在文坛上与李商隐、温庭筠齐名。因三人均排行十六，故时人号其诗为"三十六体"。一生著述甚多。②孙光宪：五代末、北宋初人。字孟文，陵州人。其词以情景交融、婉约缠绵见长。

［译文］

顾非熊再生的事，已载于段成式的《酉阳杂俎》，又见于孙光宪的《北梦琐言》。他的父亲顾况的集子中，也有记载这件事的诗，该不是虚构的。近来沈云椒侍郎，撰写他的母亲陆太夫人的墓志，里面说太夫人刚嫁过来一年，丈夫就去世了。生下的遗腹子，只刚满三岁也死了。太夫人哭着说："我坚持一个人活下来，是因为有你。现在你已经死了。我不忍心我们家的宗庙从此断绝啊。"所以在死者的手臂上点了一块红迹，祈祷说："上天不断绝我家的后代，你若再生就用这个作认记。"当时是雍正七年（公元1729年）十二月。这个月，同族和他家为邻的，生了一个儿子，手臂有明显的红迹。太夫人就抚养他，作为后嗣。这就是沈侍郎。我在礼部做尚书时，和沈侍郎是同事。他详细地和我说了这件事。佛书中有荒诞的事，这些人对祸福夸大其词，诱使人们施舍，而诈骗作假的就更多了。唯独轮回转世的说法，则有确凿的证据。掌管人们生命的神常借一人一事，偶尔展示一下事情的头绪，来彰扬人间道德教化。侍郎这件事，就是神灵通过转生的灵验，来显示这是为辛苦守节的孀妇感动所致。儒士极力说没有鬼，又怎能知道这些？

［原文］

先师赵横山先生，少年读书于西湖，以寺楼幽静，设榻其上。夜闻室中窸窣声，似有人行，叱问："是鬼是狐，何故扰我？"徐闻嗫嚅而对曰："我亦鬼亦狐。"又问："鬼则鬼，狐则狐耳。何亦鬼亦狐也？"良久，复对曰："我本数百岁狐，内丹已成，不幸为同类所扼杀，盗我丹去。幽魂沉滞，今为狐之鬼也。"问："何不诉诸地下？"曰："凡丹由吐纳导引而成者，如血气附形，融合为一，不自外来，人弗能盗也。其由采补而成者，如劫夺之财，本非己物，故人可杀而吸取之。吾媚人取精，所伤害多矣。杀人者死。死当其罪，虽诉神，神不理也。故宁郁郁居此耳。"问："汝据此楼，作何究竟？"曰："本匿影韬声，修太阴炼形之法。以公阳光薰烁，阴魄不宁，故出而乞哀，求幽明各适。"言讫，惟闻搏颡（sǎng）①声，问之不复再答。先生次日即移出。尝举以告门人曰："取非所有者，终不能有，且适以自戕（qiāng）也。可畏哉！"

［注释］

①搏颡：叩头。

［译文］

先师赵横山先生，少年时在西湖读书。因为那里寺楼幽静，便在楼上设置了床铺。夜里听到屋里有窸窸窣窣声，好像有人在走，于是喝问道："是鬼是狐，为什么打扰我。"慢慢听到吞吞吐吐地回答："我是鬼也是狐。"赵又问："鬼就是鬼，狐就是狐，怎么说是鬼又是狐呢？"过了许久，又听到回答说："我本来是已有数百岁的狐狸，内丹已炼成，不幸被同类勒死，盗了我的内丹。我的魂灵沉滞下来，如今成了狐狸的鬼。"赵问为什么不告到阴曹。对方回答："凡是内丹靠吐纳导引炼成的，就好像血肉附在形体上，融合成为一体，不是从外界获取的，外人也无法盗走。那些由采补而炼成的，就像抢劫来的财物，本来就不是自己的东西，所以别人也可以杀死他吸取去。我媚惑人取得精气，被我害的人多了。杀人者死，其罪该死，即使上诉到神灵，神也不会理睬。所以我宁愿在这里郁郁地住下去。"赵又问，"你占据这座楼，又要干什么？"回答说："本来想隐迹匿声，在这儿修行太阴炼形法。因为相公阳气光芒照射，使我这阴魄不得安宁，于是出来乞求您，祈求我们彼此不要相互打扰。”说完，听到有叩头声，再问也没有回答声了。赵先生第二天便搬了出去。他曾举这件事告诫学生，夺来本不是自己的东西，终究不能占有它，反而会自受其害。真是可怕啊。

［原文］

沧州刘太史果实，襟怀夷旷，有晋人风。与饴山老人、莲洋山人①皆友善，而意趣各殊。晚岁家居，以授徒自给。然必孤贫之士，乃容执贽。脩(xiū)脯②皆无几，箪瓢屡空，晏如也。尝买米斗余，贮罂(yīng)中，食月余不尽，意甚怪之。忽闻檐际语曰：“仆是天狐，慕公雅操，日日私益之耳。勿讶也。”刘诘曰：“君意诚善。然君必不能耕，此粟何来？吾不能饮盗泉也，后勿复尔。”狐叹息而去。

［注释］

①饴山老人、莲洋山人：饴山老人，是清代赵执信的号。莲洋山人，是清代吴雯的号。②脩脯：学费。

［译文］

沧州人刘果实太史，襟怀宽广，有晋人风度。和饴山老人、莲洋山人都很友好，但他们的情趣各有不同。晚年安居家中，以教学为生。然而必须是孤寒贫困的人，他才收做学生。学费收入不多，所以他时常粮米不继。一次他买了几斗米，放在瓦罐中，吃了一个月仍未吃完，心里便十分奇怪。忽然屋檐上有人说：“我是天狐，仰慕您的风雅情操，每天给您偷偷加了一点。不用惊讶。”刘诘问道：“你的心意很善。可是你肯定不会耕作，这些米从何处来呢？我不能饮盗泉的水，以后不要再这样了。”天狐叹息着离去了。

［原文］

雍正丙午、丁未间，有流民乞食过崔庄，夫妇并病疫。将死，持券哀呼于市，愿以幼女卖为婢，而以卖价买二棺。先祖母张太夫人为葬其夫妇，而收养其女，名之曰连贵。其券署父张立、母黄氏，而不著籍贯，问之已不能语矣。连贵自云：家在山东，门临驿路，时有大官车马往来，距此约行一月余。而不能举其县名。又云：去年曾受对门胡家聘。胡家亦乞食外出，不知所往。越十余年，杳无亲戚来寻访，乃以配圉(yǔ)人刘登。登自云：山东新泰人，本胡姓，父母俱殁，

有刘氏收养之，因从其姓。小时闻父母为聘一女，但不知其姓氏。登既胡姓，新泰又驿路所经，流民乞食，计程亦可以月余，与连贵言皆符。颇疑其乐昌之镜，离而复合①，但无显证耳。先叔栗甫公曰：“此事稍为点缀，竟可以入传奇。惜此女蠢若鹿豕(shǐ)，惟知饱食酣眠，不称点缀，可恨也。”边随园徵君曰：“‘秦人不死，信符生之受诬；蜀老犹存，知诸葛之多枉。’史传不免于缘饰，况传奇乎？《西楼记》称穆素晖艳若神仙，吴林塘言其祖幼时及见之，短小而丰肌，一寻常女子耳。然则传奇中所谓佳人，半出虚说。此婢虽粗，倘好事者按谱填词，登场度曲，他日红氍毹(qú shū)②上，何尝不莺娇花媚耶？先生所论，犹未免于尽信书也。”

［注释］

①乐昌之镜，离而复合：指南朝陈乐昌公主与其丈夫徐德言破镜重圆的故事。②红氍毹：指唱戏的舞台。氍毹，指用毛麻所织成的地毯。

［译文］

雍正四、五年间，流民讨饭经过崔庄，一对夫妇同时得了重病。临死，两人拿着契约在集市上哀求，愿意将幼女卖为婢女，用这笔钱买两口棺材。先祖母张太夫人葬了他们夫妇，收养了那个女孩子，给她起名叫连贵。契约上署父名张立、母名黄氏，而没有写籍贯。问他们的时候，他们已经说不出话来了。连贵说，她家在山东，家门临着官路，时常有大官的车马往来，距此地约走一个多月。但是她说不出那个县名。又说，去年曾受对门胡家的聘礼；胡家讨饭外出，不知道去了哪里。过了十多年，也没有什么亲戚来寻，就把她许配给马倌刘登。刘登说，他是山东新泰人，本来姓胡。父母双亡，有个姓刘的人收养了他，所以随他的姓。小时候记得父母为自己聘过一个女子，但不知她姓什么。刘登既然原本姓胡，新泰又在官道必经之处，流民讨饭至此，路程大约要有一个月左右，和连贵的话都符合。很叫人怀疑他们是破镜重圆，可惜没有明确的证据。先叔栗甫公说：“这件事稍加润色，就可以成为传奇故事了。可惜这个女孩又蠢又笨，只知道饱食熟睡，当不起润色，可惜啊。”边随园说：“‘秦人没有死，信符生之受诬；蜀老犹存，知诸葛之多枉。’史传都不免于修饰，何况传奇呢？《西楼记》称穆素晖美若天仙。吴林塘说他祖父幼年时见到过她，身材矮小较胖，不过是一个寻常的女子。所以传奇中所说的佳人，大半出于夸大。这个婢女虽然粗笨，如果好事者按谱填词，然后登场演唱，在舞台上，又怎么不会是莺娇花媚呢？先生所说，未免过分相信书了。”

[原文]

聂松岩言：胶州一寺，经楼之后有蔬圃。僧一夕开牖（yǒu）纳凉，月明如昼，见一人徙倚老树下。疑窃蔬者，呼问为谁。磬折而对曰："师勿讶，我鬼也。"问："鬼何不归尔墓？"曰："鬼有徒党，各从其类。我本书生，不幸葬丛冢间，不能与马医夏畦[①]伍。此辈亦厌我非其族。落落难合，故宁避嚣于此耳。"言讫（qì），冉冉没。后往往遥见之，然呼之不应矣。

[注释]

①夏畦：指夏天里在田地里劳动的农民，也指一般的体力劳动者。

[译文]

聂松岩说，胶州有一座寺院，经楼的后面有个菜园。有位僧人在一个晚上开窗乘凉，月明如昼，见一个人在一棵老树下面徘徊。僧人怀疑是偷菜的，便问是谁。那人鞠躬说："师父不要惊讶，我是个鬼。"僧人问他干吗不进墓里面。回答说，"鬼也有团伙，各自投奔同类。我本是个书生，不幸被葬在这片坟地中。我不愿意和兽医、农夫在一起；他们也讨厌我不是他们一类。既难相处，所以我宁可在这儿避避。"说完，渐渐地消失了。后来僧人时常远远地望见他，然而叫他就不再回答了。

[原文]

福州学使署，本前明税珰署[①]也。奄人[②]暴横，多潜杀不辜，故至今犹往往见变怪。余督闽学时，奴辈每夜惊。甲申夏，先姚安公至署，闻某室有鬼，辄移榻其中，竟夕晏然。昀尝乘间微谏，请勿以千金之躯与鬼角。因诲昀曰："儒者谓无鬼，迂论也，亦强词也。然鬼必畏人，阴不胜阳也；其或侵人，必阳不足以胜阴也。夫阳之盛也，岂恃血气之壮与性情之悍哉？人之一心，慈祥者为阳，惨毒者为阴；坦白者为阳，深险者为阴；公直者为阳，私曲者为阴。故易象以阳为君子，阴为小人。苟立心正大，则其气纯乎阳刚，虽有邪魅，如幽室之中鼓洪炉而炽烈焰，冱冻自消。汝读书亦颇多，曾见史传中有端人硕士为鬼所击者耶？"昀再拜受教。至今每忆庭训[③]，辄悚然如侍左右也。

[注释]

①税珰署：宦官掌管税收的官署。珰，宦官的代称。②奄人：指宦官。③庭

训：语出《论语·季氏》，指接受父辈的教导。

［译文］

福州学使公署，本是明代掌管税收的宦官的官署。宦官横征暴敛，偷偷地杀了许多无辜，所以这儿至今还常常发生变异。我在福建督学时，家奴们每夜都受到惊吓。乾隆二十九年（公元1764年）夏天，先父姚安公到了这里，听说某个屋子闹鬼，便下榻其中，这一夜竟没有事。我曾得便劝他，希望他不要以宝贵的身体去和鬼怪计较。他教诲我说：“儒家认为没有鬼神，这是迂腐的观点，也是强词夺理。不过鬼必然怕人，因为阴不能胜阳。有的鬼侵害人，必然是因为阳气不足以胜阴气。但是所谓阳气昌盛，仅是血气壮和性情悍吗？人的心地，慈祥的为阳，惨毒的为阴；坦白者为阳，阴险者为阴；公正者为阳，私曲者为阴。于是易象上以阳为君子，阴为小人。假如光明正大，那么他的气也就纯然阳刚，即使有邪魅，也会像在小屋中烧铁炉，烈焰腾腾，冰冻自然消除。你读书也算很多，见过史传中记载有品行端正的人被鬼侵害的吗？”我再次拜受他的教诲。至今每想起当时的训导，还肃然好像他在我身旁。

［原文］

献县李金梁、李金桂兄弟，皆剧盗也。一夕，金梁梦其父语曰：“夫盗有败有不败，汝知之耶？贪官墨吏，刑求威胁之财；神奸巨蠹（dù），豪夺巧取之财；父子兄弟，隐匿偏得之财；朋友亲戚，强求诈诱之财；黠奴干役，侵渔乾没之财；巨商富室，重息剥削之财；以及一切刻薄计较、损人利己之财，是取之无害。罪恶重者，虽至杀人亦无害。其人本天道之所恶也。若夫人本善良，财由义取，是天道之所福也；如干犯之，是为悖天。悖天者终必败。汝兄弟前劫一节妇，使母子冤号，鬼神怒视。如不悛（quān）改，祸不远矣。”后岁余，果并伏法。金梁就狱时，自知不免，为刑房吏史真儒述之。真儒余里人也，尝举以告姚安公，谓盗亦有道。又述剧盗李志鸿之言曰：吾鸣骹（xiāo）[1]跃马三十年，所劫夺多矣，见人劫夺亦多矣；盖败者十之二三，不败者十之七八。若一污人妇女，屈指计之，从无一人不败者。故恒以是戒其徒。盖天道祸淫，理固不爽云。

［注释］

①鸣骹：响箭。

[译文]

献县李金梁、李金桂兄弟都是大盗。一天晚上，金梁梦见父亲说："做强盗有的被捕有的没被捕。贪官污吏，通过刑讯威迫得来的钱；大奸大猾的人，豪夺巧取得来的钱；父子兄弟间隐瞒得来的钱；朋友亲戚间强求诈骗得来的钱；奴仆役吏，侵吞渔利的钱；巨商富户，重利息剥削来的钱，以及一切刻薄计较、损人利己的钱，取了也无害。罪恶深的，就算杀了他也没什么大事。因这种人本来就是上天所痛恨的。如果这人本来善良，钱也是正道得来的，这是上天所保佑的。如果侵犯他，就是违背天理。违背天理就必然失败。你们兄弟以前劫过一个节妇，使得母子冤哭，鬼神震怒。如果不悔改，祸患就不远了。之后一年多，二兄弟果然被抓处死。金梁被捕时，自知不免，对刑房吏史真儒说了这事。真儒是我们乡里人，曾把这事告诉给姚安公，说强盗也有做强盗的规矩。他又叙述了大盗李志鸿的话说："我当响马三十来年，抢劫的东西多了，看别人抢劫的事也多了。大约失败的有十之二三，没失败的有十之七八。假如一旦污辱妇女，屈指算来，就没有一个不失败了。"所以他常用这些实例来训诫他的手下。大概上天惩罚淫乱，按理说这是不错的。

[原文]

泰州任子田，名大椿，记诵博洽，尤长于三《礼》[①]注疏，六书[②]训诂。乾隆己丑登二甲一名进士，浮沉郎署。晚年始得授御史，未上而卒。自开国以来，二甲一名进士，不入词馆者仅三人，子田实居其一。自言十五六时，偶为从父侍姬以宫词书扇。从父疑之，致侍姬自经死。其魂讼于地下，子田奄奄卧疾，魂亦为追去考问。阅四五年，冥官庭鞫(jū)七八度，始辨明出于无心；然卒坐以过失杀人，减削官禄。故仕途偃蹇(yǎn jiǎn)如斯。贾钝夫舍人曰："治是狱者即顾郎中德懋(mào)。二人先不相知。一日相见，彼此如旧识。时同在座亲见其追话冥司事，子田对之，犹栗栗然也。"

[注释]

①三《礼》：指《周礼》《仪礼》《礼记》。②六书：汉代学者分析小篆而归纳出来的六种汉字构造体例，即象形、指事、会意、形声、转注、假借。

[译文]

泰州人任子田，名大椿，博闻强记，尤其擅长三《礼》的注疏和六书训诂。乾隆三十四年（公元 1769 年）考上二甲一名进士，沉浮于郎署，晚年才被任御史，没上任就死了。自建立清朝以来，二甲一名进士没进词馆中的仅有三人，子田是其中之一。他说在十五六岁时，偶然为叔父的侍姬在扇子上写宫词。叔父疑心，竟导致侍姬自缢而死。她的冤魂在阴间诉讼，子田也卧病奄奄一息，灵魂被拘去拷问。经过四五年，冥官问讯了七八回，这才弄清子田出于无心。但终因过失害人，被削减了官禄，所以仕途才这么不顺。贾钝夫舍人说，审这件案子的就是顾德懋郎中。两人原先不认识，一天见面，彼此好像是老相识。当时我们同在座，亲眼看到他们追忆阴曹的事，子田对答时，还有些发抖。

［原文］

陈少廷尉耕岩，官翰林时，为魅所扰。避而迁居，魅辄随往。多掷小帖道其阴事，皆外人不及知者。益悚惧，恒虔（qián）祀之。一日掷帖，责其待侄之薄，且曰："不厚资助，祸且至。"众缘是窃疑其侄，密约伺察。夜闻击损器物声，突出掩执，果其侄也。耕岩天性长厚，尤笃于骨肉，但曰："尔需钱可告我，何必乃尔？"笑遣之归寝，由是遂安。后吴编修朴园突遭回禄[①]，莫知火之自来。凡再徙居而再焚，余意亦当如耕岩事。朴园曰："固亦疑之。"然第三次迁泉州会馆时，适与客坐厅事中，忽烈焰赫然，自承尘下射。是非人所能上，亦非人所能入也，殆真魅所为矣。

［注释］

①回禄：神话传说中的火神名。《左传·昭公十八年》："禳火于玄冥回禄。"杜预注："玄冥，水神；回禄，火神。"

［译文］

大理寺少卿陈耕岩，做翰林官时，被鬼魅骚扰。为避它把家搬了，鬼魅又跟了来。经常扔一些小帖子揭露陈的个人隐私；都是外人不知道的。陈更加害怕，常常虔诚地祭祀。有一天小帖子上责备他对待侄子不好，而且说不多出钱资助他，就要降祸了。众人因此开始怀疑他的侄子，暗中约好进行侦察。夜里听到屋中有打毁器物的声音，人们突然进去，抓到的果然是他的侄子。陈耕岩为人宽厚，骨肉之情更重，便对侄子说："你缺钱就找我要，为什么要这样做呢？"笑着打发他去睡觉。从此便安宁了。后来吴朴园编修家突然着火，不知道火是从哪儿来的。迁居后又着了火。我认为可能和耕岩家的事相似。朴园说，我也这样怀疑过。不过第三次迁到泉州会馆，我和客人正坐在客厅里，忽然烈火从顶棚烧起来。那儿不是人能上去的地方，也不是人能进去的，大约真是鬼魅干的。

［原文］

程也园舍人居曹竹虚旧宅中。一夕，弗戒于火，书画古器，多遭焚毁。中褚河南①临《兰亭》一卷，乃五百金所质，方虑来赎时轇(jiāo)轕(gé)②，忽于灰烬中拣得，匣及袱并爇(ruò)，而书卷无一字之损。表弟张桂岩馆也园家，亲见之。白香山③所谓“在在处处有神物护持”者耶？抑成毁各有定数，此卷不在此火劫中耶？然事则奇矣，亦将来赏鉴家一佳话也。

［注释］

①褚河南：指唐代书法家褚遂良。褚遂良，字登善。祖籍河南阳翟（今河南禹州），官至通直散骑常侍。唐太宗时封河南郡公，世称“褚河南”。博涉经史，工于隶楷。②轇轕：交错、纠葛。③白香山：指唐代著名诗人白居易。白居易，字乐天，号香山居士，官至太子少傅，谥号“文”，世称白傅、白文公。倡导新乐府运动，主张文章合为时而著，诗歌合为事而作，对后世颇有影响。

［译文］

程也园舍人住在曹竹虚的老宅中。一天晚上着了火，书画古玩多被烧毁。里面褚遂良临摹的《兰亭序》一卷，是五百两银子的抵押品。他正在担心抵押者来赎时要费周折。忽然在灰烬中发现它还在，匣子和包皮都烧了，但字卷没有一字被损坏。表弟张桂岩在也园家教书，亲眼见到这事。难道如白香山所说各处均有神灵保护吗？抑或成败自有天数，这一书卷不在这场火劫中？事情真是奇怪，将来恐怕会成为鉴赏家们的一段佳话吧。

［原文］

胥魁①有善博者，取人财犹探物于囊，犹不持兵而劫夺也。其徒党密相羽翼，意喻色授，机械百出，犹臂指之相使，犹呼吸之相通也。骙(ái)竖②多财者，则犹鱼吞饵，犹雉遇媒耳。如是近十年，橐(tuó)金巨万，俾其子贾于长芦，规什一之利。子亦狡黠，然冶荡好渔色。有堕其术而破家者，衔之次骨。乃乞与偕往，而阴导之为北里游。舞衫歌扇，耽(dān)玩忘归，耗其资十之九。胥(xū)魁微有所闻，自往检校，已不可收拾矣。论者谓是虽人谋，亦有天道：仇者之动此念，殆神启其心欤？不然，何前愚而后智也！

［注释］

①胥魁：官府差役的头目。②騃竖：见识短浅的人。

［译文］

有个官府差役的头目擅长赌博，赢别人的钱就好像探囊取物，如同不持兵器的抢劫。他和下属同党勾结，在赌场上暗示授意，狡诈万端，配合得就像指挥自己的手臂手指，就像呼吸相通。那些头脑有点笨的有钱人，就像鱼吞饵料，野鸡遇上机关。这样干了近十年，他积累了巨万资金，所以让儿子去长芦做买卖，当商人。他的儿子也很狡猾，只是淫荡贪色。有个曾堕入他们的圈套而破家的人，对他们有刻骨的仇恨，于是请求和他一同前去，而暗地里带他去妓院，满眼舞衫歌扇，令他沉溺其中不想归家；他的资财竟耗费了十分之九。他的父亲稍稍听到了一些传闻，亲自去查看，事情已经不可收拾了。人们评论说，这事虽然是人谋，但也有天意。报仇的人动这个念头，大概是神的启发吧。不是这样，怎么他以前那么傻而后来那么精呢？

［原文］

同年蒋心余编修言：其乡有故家废宅，往往见艳女靓妆，登墙外视。武生王某，粗豪有胆，径携被独宿其中，冀有所遇。至夜半寂然，乃拊枕自语曰："人言此宅有狐女，今何往耶？"窗外小声应曰："六娘子知君今日来，避往溪头看月矣。"问："汝为谁？"曰："六娘子之婢。"又问："何故独避我？"曰："不知何故，但云畏见此腹负将军[①]。"亦不解为何语也。王后每举以问人，曰："腹负将军是武职几品？"莫不粲（càn）然。后问其乡人，曰："实有其人，亦实有其事；然仅旁皇竟夜，一无所见耳。其语则心余所点缀也。"心余性好诙谐，理或然欤！

［注释］

①腹负将军：只会吃饭而无所作为的人。

［译文］

同年蒋心余编修说，他的故乡有家废旧的老宅，常常能见到打扮得漂漂亮亮的女子登上墙头往外看。武生王某，豪爽有胆量，径直拿着被褥睡在里面，希望能有艳遇。到了半夜仍然很寂静，他就拍着枕头说："人家说这座宅子里有狐女，现在上哪儿去了呢？"窗外有小声答道："六娘子知道你今天来，避到溪边去看月亮了。"王某问你是谁，回答说是六娘子的婢女。又问为什么单避他。回答说不知什么原因，只是说怕见这个腹负将军。王某也不知这是什么意思。后来他常问人家说，腹负将军是几品武官？听的人没有不笑的。后来打听王某的乡里人，说确实有这个人，也有过这事，不过王某彷徨一夜，什么也没有见到。那些话是蒋心余编的。蒋生性喜好诙谐，也许是这么回事。

［原文］

磷为鬼火，《博物志》谓战血所成，非也，安得处处有战血哉！盖鬼者，人之余气也，鬼属阴，而余气则属阳。阳为阴郁，则聚而成光，如雨气至阴而萤火化，海气至阴而阴火然也。多见于秋冬，而隐于春夏；秋冬气凝，春夏气散故也。其或见于春夏者，非幽房废宅，必深岩幽谷，皆阴气常聚故也。多在平原旷野，薮(sǒu)泽沮洳(rù)，阳寄于阴，地阴类，水亦阴类，从其本类故也。先兄晴湖，尝同沈丰功年丈夜行，见磷火在高树巅，青荧如炬，为从来所未闻。李长吉①诗曰："多年老鸮成木魅，笑声碧火巢中起。"疑亦曾睹斯异，故有斯咏。先兄所见，或木魅所为欤！

［注释］

①李长吉：唐代诗人李贺，字长吉，号诗鬼。祖籍陇西，生于福昌（今河南宜阳）昌谷，后世称李昌谷。一生愁苦，体弱多病，才华横溢，后人称其为"诗鬼"。

［译文］

磷为鬼火，《博物志》中说是战场上的血化成的。这种说法没有道理，怎么可能处处都有战场上的血呢。鬼是人的余气，鬼属阴而人的余气属阳，阳气被阴气所抑，便会聚而成光。如同雨气至阴，而化出萤火，海气至阴，就燃起阴火。鬼火多在秋冬出现，春夏隐匿。这是由于秋冬气凝结，春夏气涣散。有人春夏时也见到了鬼火，那不是在幽闭的房子、废弃的宅院，就是在深山幽谷，这都是阴气经常聚在一起的地方。鬼火还多见于平原旷野中的荒沼泽潭。这是因为阳气寄居于阴气中，地属阴类，水也属阴类，物聚于同类的缘故。先兄晴湖曾和沈丰功先生夜行，而磷火高高的在树顶上，青荧荧的如火炬。这是以前从来没听说过的。李长吉在诗中说："多年老鸮成木魅，笑声碧火巢中起。"可能他也见过这种怪异现象，所以有这种诗句。先兄见到的，或许是木魅变的。

［原文］

贾人持巨砚求售，色正碧而红斑点点如血沁，试之，乃滑不受

墨。背镌(juān)长歌一首，曰：“祖龙①奋怒鞭顽石，石上血痕胭脂赤。沧桑变幻几度经，水舂沙蚀存盈尺。飞花点点粘落红，芳草茸茸挼(ruó)嫩碧。海人漉得出银涛，鲛客②咨嗟龙女惜。云何强遣义砚材，如以嫱施③司洴(píng)澼④。凝脂原不任研磨，镇肉翻成遭弃掷。音难见赏古所悲，用弗量才谁之责。案头米老⑤玉蟾蜍，为汝伤心应泪滴。”后题：“康熙己未重九，餐花道人降乩，偶以顽砚请题，立挥长句。因镌诸砚背以记异。”款署“奕焘”二字，不著其姓，不知为谁，餐花道人亦无考。其词感慨抑郁，不类仙语，疑亦落拓之才鬼也。索价十金，酬以四金不肯售。后再问之，云四川一县令买去矣。

［注释］

①祖龙：指秦始皇。②鲛客：神话传说中居住在海底的人。③嫱施：嫱，王嫱，即中国四大美女之一的王昭君；施，指中国四大美女之首西施。④洴澼：指洗(衣物)。⑤米老：宋代著名书画家米芾。其书法笔致浑厚，与苏轼、黄庭坚、蔡襄并称宋代四大书法家。其绘画擅长枯木竹石，尤工水墨山水，人称米氏云山。

［译文］

有位商人卖一方巨砚，颜色碧绿而有斑斑红点，仿佛是血。试沾水研墨，滑滑的不着墨。砚台背面刻着一首长诗，内容写道：“祖龙奋怒鞭顽石，石上血痕胭脂赤。沧桑变幻几度经，水舂沙蚀存盈尺。飞花点点粘落红，芳草茸茸挼嫩碧。海人漉得出银涛，鲛客咨嗟龙女惜。云何强遣充砚材，如以嫱施司洴澼。凝脂原不任研磨，镇肉翻成遭弃掷。音难见赏古所悲，用弗量才谁之责。案头米老玉蟾蜍，为汝伤心应泪滴。”诗后题道：“康熙十八年，餐花道人降乩，请给这方砚题字，所以立即写下了这首长诗，便镌刻在砚背以记异。”落款署“奕焘”二字，没有姓氏，不知道是谁。餐花道人也无从考查。这首诗的词句感慨抑郁，不像是仙人语，怀疑是落魄的才鬼。商人要价十两银子，还价四两银子不肯卖。后来再问，说被四川一个县令买走了。

［原文］

吴江吴林塘言：其亲表有与狐女遇者，虽无疾病，而惘(wǎng)惘恒若神不足。父母忧之，闻有游僧能劾治，试往祈请。僧曰：“此魅与郎君夙缘，无相害意。郎君自耽玩过度耳。然恐魅不害郎君，郎君不免自害。当善遣之。”乃夜诣其家，趺坐诵梵咒。家人遥见烛光下似

绣衫女子，冉冉再拜。僧举拂子曰："留未尽缘作来世欢，不亦可乎！"欻然而隐，自是遂绝。林塘知其异人，因问以神仙感遇之事。僧曰："古来传记所载，有寓言者，有托名者，有借抒恩怨者，有喜谈诙诡，以诧异闻者，有点缀风流以为佳话，有本无所取而寄情绮语，如诗人之拟艳词者：大都伪者十八九，真者十一二。此一二真者，又大都皆才鬼灵狐，花妖木魅，而无一神仙。其称神仙必诡（guǐ）词。夫神正直而聪明，仙冲虚而清静，岂有名列丹台，身依紫府，复有荡姬佚女，参杂其间，动入桑中之会[①]哉？"林塘叹其精识，为古所未闻。说是事时，林塘未举其名字。后以问林塘子钟侨，钟侨曰："见此僧时，才五六岁，当时未闻呼名字，今无可问矣。惟记其语音，似杭州人也。"

［注释］

①桑中之会：指男女私奔幽会。典出《诗经·鄘风·桑中》："期我乎桑中，要我乎上宫。"

［译文］

吴江人吴林塘说，他的表亲中有个和狐女相好的人，虽然没得什么疾病，但常常迷茫得好像精神不足。他的父母担忧，听说有位游方和尚可以治鬼怪，便去请他。僧人说："这个狐女和你们的儿子前生有缘，并不想害他。你们的儿子自己沉溺其中玩乐过度了。不过恐怕狐女不害他，他不免自受伤害。应当妥善处理。"当天晚上僧人到了他们家，盘坐念梵咒。家里人远远看到烛光下有个穿绣衫的女子，冉冉地下拜。僧人举起拂尘说："留下未尽的缘分，来世再结欢情，不也可以吗！"狐女一下便消失了，从此再也没有出现。林塘知道僧人是位异人，便向他求教神仙的事。僧人说："自古传记中的记载，有的是寓言，有的冒名，有借此抒发恩怨，有喜欢诙谐诡异而耸人听闻的，有点缀风流作为佳话的，有本没什么目的而寄情于绮丽的语言，就像诗人写艳词。一般说，假的占十分之八九，真的占十分之一二。这一二成真的，又大多是才鬼灵狐、花妖木魅，而没有一个神仙。那些称神仙的必然是撒谎。神正直聪明，仙淡泊清静，岂能列名于丹台、紫府中，又有放荡的女子掺杂其中，轻易地和人幽会呢？"林塘叹服他见解精要，自古未闻。说到这件事时，林塘没有说出僧人的名字。后来问林塘的儿子钟侨，钟侨说："我见那位僧人时才五六岁，当时没听到别人叫他的名字，现在也无法问了。只记得他的语音好像是杭州人。"

[原文]

李芍亭家扶乩，其仙自称邱长春[1]。悬笔而书，疾于风雨，字如颠、素之狂草。客或拜求丹方，乩判曰：“神仙有丹诀，无丹方，丹方是烧炼金石之术也。《参同契》[2]炉鼎铅汞，皆是寓名，非言烧炼。方士转相附会，遂贻害无穷。夫金石燥烈，益以火力，亢阳鼓荡，血脉偾张[3]，故筋力似倍加强壮；而消铄真气，伏祸亦深。观艺花者，培以硫黄，则冒寒吐蕊；然盛开之后，其树必枯。盖郁热蒸于下，则精华涌于上，涌尽则立槁(gǎo)耳。何必纵数年之欲，掷千金之躯乎？”其人悚(sǒng)然而起。后芍亭以告田白岩，白岩曰：“乩仙大抵皆托名。此仙能作此语，或真是邱长春欤！”

[注释]

①邱长春：指元代道士邱处机，擅养生，曾被成吉思汗所召见。②《参同契》：又名《周易参同契》，东汉魏伯阳撰。③偾张：兴奋。

[译文]

李芍亭家扶乩请仙，仙人自称是邱长春。悬笔而书，快如风雨，字迹好像张旭、怀素的狂草。有位客人拜求丹方，判词说：“神仙有丹诀，没有丹方；丹方是烧炼金石的方法。《参同契》上提到的炉鼎铅汞，都是象征的名字，并不是指烧炼。方士们加以附会，所以便贻害无穷了。要知道金石燥烈，用火烧炼，使人阳气鼓荡，血脉扩张，所以筋骨力量好像加倍地强壮；可是它消蚀真气，留下的祸害更深。比如园艺栽花，培上硫黄，花就会冒寒盛开；不过开过以后，枝干必然干枯。因为用积热在根下烘蒸，那么精华便会涌上枝叶，精华消尽，花就会立即死去。何必为了放纵几年的欲念，而抛弃千金之躯呢？”那人醒悟而起。后来芍亭把这事告诉了田白岩，白岩说：“乩仙大多是冒名。这位乩仙能说出这些话，或许真是邱长春吧！”

[原文]

吴云岩家扶乩，其仙亦云邱长春。一客问曰：“《西游记》[1]果仙师所作，以演金丹奥旨乎？”批曰：“然。”又问：“仙师书作于元初，其中祭赛国之锦衣卫，朱紫国之司礼监，灭法国之东城兵马司，唐太宗之大学士、翰林院中书科，皆同明制，何也？”乩忽不动。再问之，不复答，知已词穷而遁矣。然则《西游记》为明人依托无疑也。

［注释］

①《西游记》：此处指元李志常所作的记载长春真人西行经过的《长春真人西游记》，而不是吴承恩所作的《西游记》。

［译文］

吴云岩家扶乩请仙，那位仙人也自称是邱长春。一位客人问：“《西游记》真的是仙师所作，用来演示金丹的奥秘吗？”乩判道：对。客人又问：“仙师的书写于元初，其中祭赛国的锦衣卫、朱紫国的司礼监、灭法国的东城兵马司、唐太宗的太学士、翰林院的中书科，这些都和明朝制度一样，是什么原因呢？”乩忽然不动了。再问也不回答。人们知道他已经没词而逃跑了。可见《西游记》无疑是明人冒名写的。

［原文］

北河总督署，有楼五楹，为蝙蝠所据多年矣。大小不知凡几万，一白者巨如车轮，乃其魁也，能为变怪。历任总督，皆扃(jiōng)钥弗居。福建李公清时，延正一真人劾治，果皆徙去。不久，李公卒，蝙蝠复归。自是无敢问之者。余谓汤文正公驱五通神[①]，除民害也。蝙蝠自处一楼，与人无患，李公此举，诚为可已而不已。至于猝捐馆舍，则适值其时，不得谓蝙蝠为祟。修短有数，岂妖魅能操其权乎！

［注释］

①五通神：又称“五郎神”，是神话传说中横行乡野、淫人妻女的妖鬼，因行事奸恶，又称“五猖神”。人们祀之是为免患得福，福来生财。遂当作财神祭之。明清两代在江浙一带多祠祭祀。

［译文］

北河总督官署有楼房五间，被蝙蝠占据多年。大小蝙蝠不知道有多少，当中有一只白的，像车轮那么大，是它们的首领，能变幻怪异。历任总督都锁着楼不住。福建李清做总督时，请正一真人来作法整治，蝙蝠果然全跑了。不久李公死了，蝙蝠又回来了。自此再没人敢动它们。我觉得，汤文正公驱赶五通神，是为民除害。蝙蝠住在楼里，对人没有伤害，李公的做法实在是不必要的。至于他的猝死，则是碰巧罢了，不能说是蝙蝠作怪，生命长短是有天数的，妖魅岂能够操持这种权力呢？

［原文］

安邑宋半塘，尝官鄞(yín)县。言鄞有一生，颇工文，而偃蹇不第。病

中梦至大官署，察其形状，知为冥司。遇一吏，乃其故人，因叩以此病得死否。曰：“君寿未尽而禄尽，恐不久来此。”生言：“平生以馆谷糊口，无过分之暴殄，禄何以先尽？”吏太息曰：“正为受人馆谷而疏于训课，冥司谓无功窃食，即属虚縻(mí)。销除其应得之禄，补所探支，故寿未尽而禄尽也。盖‘在三’[①]之义，名分本尊。利人脩(xiū)脯，误人子弟，谴责亦最重。有官禄者减官禄，无官禄者则减食禄，一锱(zī)一铢，计较不爽。世徒见才士通儒，或贫或夭，动言天道之难明。乌知自误生平，罪多坐此哉！”生怅然而寤，病果不起。临殁(mò)，举以戒所亲，故人得知其事云。

［注释］

①在三：《世说新语·言语》注引：“在三之义，人之所重。”三，指父、师、君。

［译文］

安邑人宋半塘，曾在鄞县做官，说鄞县有一位书生，很擅长写文章，但却困顿没有考上功名。一次得病，梦中到了一座大官署。看它的形状，知道这就是阴曹地府。他遇到一位小吏，是他的老朋友，于是探问他得这病是死是活。老朋友说他的寿运未尽但禄运已尽，大约不久就要来阴间。书生说他这一生只靠教书生活，没有过分暴殄的事，禄运怎么会先结束呢？官吏叹息说：“正因为你接受了人家的报酬，却不好好上课。阴间里认为没有功劳白吃饭，就是浪费。所以消除他应得的禄运补他所浪费的，就算寿命未尽，禄运就先完了。本来先生是‘三’恩之一，够尊贵的了，你只收人家的学费，却误人子弟，受处罚也就最重。有官禄的减去官禄，没有官禄的就减去食禄。一点儿都不差。世上的人只看到才子大儒有的贫寒、有的早逝，动不动就说天道不明。他们又怎么知道这些人自己耽误了一生，大多是犯了这条。”书生惆怅醒来，病情果然不见起色。临终前，他用这事来告诫亲人，所以人们才知道了这件事。

［原文］

道士庞斗枢，雄县人，尝客献县高鸿胪家。先姚安公幼时，见其手撮棋子布几上，中间横斜萦带，不甚可辨；外为八门，则井然可数。投一小鼠，从生门入，则曲折寻隙而出；从死门入，则盘旋终日不得出。以此信鱼腹阵图[①]，定非虚语。然斗枢谓此特戏剧耳。至国之兴亡，系乎天命；兵之胜败，在乎人谋。一切术数，皆无所用。

从古及今，有以壬遁星禽成事者耶？即如符咒厌劾，世多是术，亦颇有验时。然数千年来，战争割据之世，是时岂竟无传？亦未闻某帝某王某将某相死于敌国之魇(yǎn)魅也，其他可类推矣。姚安公曰：“此语非术士所能言，此理亦非术士所能知。”

［注释］

①鱼腹阵图：指八阵图。相传三国时诸葛亮御敌时以乱石堆成石阵，按遁甲分成生、伤、休、杜、景、死、惊、开八门，变化万端，可抵挡十万精兵。

［译文］

道士庞斗枢，是雄县人，曾在献县高鸿胪家做客。先父姚安公年幼时，见到他手拿棋子排列在几上，中间横斜索绕，看不大明白。外围是八个门，却清楚可数。把一只小老鼠从生门放进去，它就能曲折寻找道路出来；从死门放进去，那么它就整天在里面绕圈儿出不来。由此可见鱼腹阵图肯定不是虚构的。庞斗枢却说这只是变戏法而已。至于国家兴亡，则由天命定；战争的胜败，在于将领的智谋。一切术数的方法都没有用。从古至今，有以六壬、遁甲或是占星术成名的，即便用符咒驱鬼神，世上这类方术多了，也有灵验的时候。不过几千年来，在战争、割据的时代，这些方术不可能没有，也没有听说过某位皇帝、某位王爷、某将某相死于敌国的魇魅之术。其他的也就可以类推了。姚安公说：“这些话不是一个术士能说出来的，这些道理也不是术士所能明白的。”

［原文］

奴子刘琪，畜一牛一犬。牛见犬辄(zhé)触，犬见牛辄噬，每斗至血流不止。然牛惟触此犬，见他犬则否；犬亦惟噬此牛，见他牛则否。后系置两处，牛或闻犬者，犬或闻牛声，皆昂首瞋视。后先姚安公官户部，余随至京师，不知二物究竟如何也。或曰：“禽兽不能言者，皆能记前生。此牛此犬殆佛经所谓夙冤，今尚相识欤？”余谓夙冤之说，凿然无疑。谓能记前生，则似乎未必。亲串中有姑嫂相恶者，嫂与诸小姑皆睦，惟此小姑则如仇；小姑与诸嫂皆睦，惟此嫂则如仇。是岂能记前生乎？盖怨毒之念，根于性识，一朝相遇，如相反之药，虽枯根朽草，本自无知，其气味自能激斗耳。因果牵缠，无施不报。三生①一瞬，可快意于睚眦(yá zì)哉！

［注释］

①三生：佛教称前生、今生、来生为三生。

［译文］

家奴刘琪养了一牛一犬。牛见犬就用角抵，犬见牛就用牙咬，每每斗得血流不止。然牛只是顶这只犬，见到其他犬则不是这样；犬也是只咬这头牛，见到其他牛也不是这样。后来把它们拴到两个地方，牛和犬听到对方的声音，都扬起头瞪大眼睛。后来先父姚安公在户部做官，我随他到了京城，不知道这两只动物究竟怎么样了。有人说禽兽不能说话，却能记着前生。上述牛和犬大概是佛经中所说的前世冤家今朝相遇吧。我觉得夙冤的说法，确实无疑。但是说能记得前生的事，大约就不一定了。亲戚中，有姑嫂二人相处不好。嫂子和其他小姑子都和睦，唯独和这个小姑子如同仇人一般。小姑子与其他嫂子都和睦，唯独和这个嫂子如同仇人，这也是能记得前生的冤仇么？相互怨恨的念头根源在于性情喜好。一旦相遇，就像相反的药，即使是枯根朽草，本身没有知觉，彼此的气味就能激发相斗。因果相互纠缠，没有什么作为不会受到报应的。三生的时间也不过转瞬即过，为什么为了一点小事打得不可开交呢。

［原文］

鬼魅在人腹中语，余所闻见，凡三事：一为云南李编修衣山，因扶乩与狐女唱和。狐女姊妹数辈，并入居其腹中，时时与语。正一真人劾治弗能遣，竟颠痫终身。余在翰林目睹之。一为宛平张丈鹤友，官南汝光道时，与史姓幕友宿驿舍。有客投刺谒史，对语彻夜。比晓，客及其仆皆不见，忽闻语出史腹中。后拜斗祛(qū)去。俄仍归腹中，至史死乃已。疑其夙冤也。闻金听涛少宰言之。一为平湖一尼，有鬼在腹中，谈休咎多验，檀施①鳞集。鬼自云夙生负此尼钱，以此为偿。如《北梦琐言》所记田布事。人侧耳尼腋下，亦闻其语，疑为樟柳神也。闻沈云椒少宰言之。

［注释］

①檀施：布施。

［译文］

鬼怪在人的肚子里说话，我目见耳闻的共有三例：一件事是云南李衣山编修，因为扶乩时和狐女唱和诗歌，狐女姊妹几人都进到了他的肚子里，时常和他说话。

请正一真人作法，也没能弄走她们。李衣山因此竟终生患癫痫。我在翰林院曾见过他。再一件事是宛平张鹤友老前辈，在南汝光道做官时，和一位姓史的幕僚住在驿站。有位客人送上名片来拜见史，两人交谈了一晚上。等到天亮，客人和仆人都不见了。忽然听到说话声从史某的肚子中传出来。后来史某拜北斗，驱出了腹中人。可没过多久他们又回到史某的腹中，一直到史去世。估计是前生的恩怨所致。这是听吏部侍郎金听涛讲的。另一件是平湖的一个尼姑，有个鬼在她的肚子中，谈祸福吉凶多有应验，施主们也就越来越多。鬼说前生欠这个尼姑的钱，所以用这个方式补偿。就像《北梦琐言》中记载的田布的事一样。人侧耳贴在尼姑的腋下，能听到鬼的说话声。估计是樟柳神。这是听吏部侍郎沈云椒讲的。

如是我闻四

［原文］

乌鲁木齐提督巴公彦弼言：昔从征乌什时，梦至一处山麓，有六七行幄，而不见兵卫；有数十人出入往来，亦多似文吏。试往窥视，遇故护军统领某公，握手相劳苦，问“公久逝，今何事到此？”曰：“吾以平生拙直，得授冥官。今随军籍记战殁者也。”见其几上诸册，有黄色、红色、紫色、黑色数种。问：“此以旗分耶？”微哂曰：“安有紫旗、黑旗，此别甲乙之次第耳。”问：“次第安在？”曰：“赤心为国，奋不顾身者，登黄册。恪遵军令，宁死不挠者，登红册。随众驱驰，转战而殒者，登紫册。仓皇奔溃，无路求生，蹂践裂尸，追歼断脰①者，登黑册。”问：“同时授命，血溅尸横，岂能一一区分，毫无舛误？”曰：“此惟冥官能辨矣。大抵人亡魂在，精气如生。应登黄册者，其精气如烈火炽腾，蓬蓬勃勃。应登红册者，其精气如烽烟直上，风不能摇。应登紫册者，其精气如云漏电光，往来闪烁。此三等中，最上者为明神，最下者亦归善道。至应登黑册者，其精气瑟缩摧颓，如死灰无焰。在朝廷褒崇忠义，自一例哀荣；阴曹则以常鬼视之，不复齿数矣。”巴公侧耳敬听，悚然心折。方欲自问将来，忽炮声惊觉。后常以告麾(huī)下曰：“吾临阵每忆斯语，使觉捐身锋镝(dí)，轻若鸿毛。”

［注释］

①断脰：砍头。脰，原指脖子、颈，代指头颅。

［译文］

乌鲁木齐提督巴彦弼讲：过去他参加征讨乌什时，梦见来到一处山麓，有六七座行军帐，却不见有卫兵。有几十人出入帐篷、来来往往，看上去有点像文官。巴公试着上前去察看，迎面遇见了已故的护军统领某公，握手互相问候。巴公问：“您过世已久，今天因什么事到这里呢？”护军统领说：“我因平生耿直，到阴间被授予官职。现在随军籍查，登记战死者。”巴公见几案上的册子有黄色、红色、紫色、黑色几种，便问道：“是按照八旗旗籍分类的吗？”统领微笑反问道：“八旗中有紫旗黑旗吗？这是按甲、乙、丙、丁次序排列的。”巴公又问：“这次序是怎么排的呢？”

统领说："赤心为国，奋不顾身的人，载入黄册。恪守军令，宁死不屈的人，载入红册。跟随部队驰骋转战而牺牲的人，载入紫册。仓皇奔逃，求生不得，被兵马踏死、被追敌斩首的人，载入黑册。"巴公问："兵士们同时接受命令，血溅尸横，如何能一一区分而毫不出错呢？"统领回答："这只有阴间的官吏能分辨了。通常来说，人死后亡魂犹在，他的精气和生前是一样的。应载入黄册的人，精气如烈火燃烧腾跃，蓬蓬勃勃。应载入红册的人，精气如烽烟直上，风不能摇动它。应载入紫册的人，精气如云漏电光，闪烁不止。这三等中，最上等的是神灵，最下等的也能归于善道之中。至于应载入黑册的人，精气瑟缩不振，暗若死灰。在朝廷，这些阵亡者也一样被视为忠义，受到表彰，到阴间，他们便被当作一般的鬼看待，不再会被称道了。"巴公侧耳恭听，悚然心服。刚想问问自己的将来命运，忽被炮声惊醒。后来他常常用此梦告诫部下，说："我在战场上每想起已故护军统领的话，便觉得捐躯于阵前，完全算不得什么。"

［原文］

沧州瞽(gǔ)者蔡某，每过南山楼下，即有一叟邀之弹唱，且对饮。渐相狎，亦时到蔡家共酌。自云姓蒲，江西人，因贩磁到此。久而觉其为狐，然契分甚深，狐不讳，蔡亦不畏也。会有以闺阃(kǔn)①蜚语涉讼者，众议不一。偶与狐言及，曰："君既通灵，必知其审。"狐艴(fú)然曰："我辈修道人，岂干预人家琐事？夫房帏秘地，男女幽期，暧昧难明，嫌疑易起。一犬吠影，每至于百犬吠声。即使果真，何关外人之事？乃快一时之口，为人子孙数世之羞，斯已伤天地之和，召鬼神之忌矣。况蛇杯弓影，恍惚无凭，而点缀铺张，宛如目睹。使人忍之不可，辩之不能，往往致抑郁难言，含冤毕命。其怨毒之气，尤历劫难消。苟有幽灵，岂无业报？恐刀山剑树之上，不能不为是人设一座也。汝素朴诚，闻此事自当掩耳；乃考求真伪，意欲何为？岂以失明不足，尚欲犁舌乎？"投杯径去，从此遂绝。蔡愧悔，自批其颊。恒述以戒人，不自隐匿也。

［注释］

①闺阃：古代妇女的居室。

［译文］

沧州盲艺人蔡某，每次路过南山楼下，就有一位老翁邀请他弹唱，并一同饮酒。逐渐地二人关系亲密起来，老翁也时常到蔡家相聚共酌。老者自称姓蒲，江西人，因贩卖瓷器到此地。相处时间长了，蔡某觉察出他是狐仙。因为他们交情深了，狐仙就承认不讳了。蔡某也不觉得可怕。碰巧有一桩因闺阁之事传播流言蜚语引起的诉讼案，人们议论纷纭。蔡某偶然对狐仙讲到这事，说：“先生既然通灵，一定知道这事的详情吧。”狐仙不满地说：“我们是修道之人，怎能干预人家的琐事？况且闺房秘地，男女幽会之事暧昧难明，容易引起嫌疑。就如一犬吠影，百犬吠声，很易捕风捉影。即使是真事，与外人有什么关系？只图自己一时嘴上痛快，给人家造成子孙几代的羞辱，这是伤天地和气、招鬼神记恨的事啊。况且杯弓蛇影、恍惚无凭，人们添油加醋，好像都亲眼看见似的。这会使当事人忍不能忍，辩不能辩，往往导致抑郁难言，含冤而亡。亡者的怨愤之气长期难消，如果地下有灵，怎能不图报复呢？恐怕在阴间的刀山剑树之上，不会不为这种人留下一个地方。你一向朴实诚恳，听到这种事，应该掩耳避开才是。反去考求它的真假，你想做什么呢？难道你认为失明了还不够，还想被割掉舌头吗？”狐仙说罢投杯径直离去，从此再不与蔡某往来了。蔡某十分悔愧，自打耳光。总是讲述狐仙这番话以告诫他人，毫不隐讳。

［原文］

里有古氏，业屠牛，所杀不可缕数。后古叟目双瞽。古妪临殁时，肌肤溃烈，痛苦万状，自言冥司仿屠牛之法宰割我。呼号月余乃终。侍姬之母沈媪，亲睹其事。杀业至重，牛有功于稼穑，杀之业尤重。《冥祥记》①载晋庾绍之事，已有“宜勤精进，不可杀生；若不能都断，可勿宰牛”之语，此牛戒之最古者。《宣室志》载夜叉与人杂居则疫生，惟避不食牛人。《酉阳杂俎(zǔ)》②亦载之。今不食牛人，遇疫实不传染，小说固非尽无据也。

［注释］

①《冥祥记》：南朝王琰所撰，主旨在戒恶劝善，内容多关于佛事。②《酉阳杂俎》：唐段成式所撰的笔记小说集，内容繁杂，包括志怪、传奇、杂录、琐闻、名物、考证等等。

［译文］

家乡有个姓古的人家以杀牛为职业，他所杀的牛不计其数。后来古氏年迈，双目失明了。他的老伴临终时，全身溃裂，极为痛苦，说：“阴间正用杀牛的法子宰割我。”她呼号了一个多月才咽气。我的侍姬的母亲沈老太太亲眼看见了这事。杀生罪恶极重，牛有功于耕作，杀牛罪恶尤其重。《冥祥记》记载了晋代庾绍之的事，就有“宜勤精进，不可杀生；若不能都断，可勿宰牛”的话。这是关于“勿杀牛”的最古老的告诫。《宣室志》记载夜叉与人杂居就会传染疫病，但却会避开不吃牛肉的人。《酉阳杂俎》也记载了这样的事。现在不吃牛肉的人若遇上瘟疫，真的不会被传染。可见小说不是全无根据的。

［原文］

刘香畹言：曩（nǎng）客山西时，闻有老儒经古冢，同行者言中有狐。老儒詈（lì）之，亦无他异。老儒故善治生，冬不裘，夏不𫄨（chī）①，食不肴，饮不舛（chuǎn），妻子不宿饱。铢积锱（zī）累，得四十金，镕为四锭，秘缄之。而对人自诉无担石。自詈狐后，所储金或忽置屋颠树杪，使梯而取。或忽在淤泥浅水，使濡而求。甚或忽投溷圊（hùn qīng）②，使探而濯。或移易其地，大索乃得。或失去数日，从空自堕。或与客对坐，忽纳于帽檐。或对人拱揖，忽铿然脱袖。千变万化，不可思议。一日，忽四铤跃掷空中，如蛱（jiá）蝶飞翔，弹丸击触，渐高渐远，势将飞去。不得已，焚香拜祝，始自投于怀。自是不复相嬲（niǎo），而讲学之气焰已索然尽矣。说是事时，一友曰：“吾闻以德胜妖，不闻以詈胜妖也。其及也固宜。”一友曰：“使周、张、程、朱③詈，妖必不兴。惜其古貌不古心也。”一友曰：“周、张、程、朱必不轻詈。惟其不足于中，故悻悻于外耳。”香畹首肯曰：“斯言洞见症结矣。”

［注释］

①𫄨：细麻布。②溷圊：厕所。③周、张、程、朱：指宋代学者周敦颐、张载、程颐、朱熹。

［译文］

刘香畹讲：过去他客居山西时，听说过有一位老儒者路过古墓。同行者说里面有狐仙。老儒者听后便骂狐仙，倒也没有什么怪异。这位老儒很节俭，冬天不穿皮，夏天不穿麻，清茶淡饭，妻子也不饱暖。一毫一厘地日积月累，攒下了四十两银子，熔为四锭，秘密地封藏起来。他对别人却常诉说穷得快断炊了。自从他骂了狐仙后，所储藏的四锭银子发生了奇变，有时忽然跳上房顶、树梢，他只好爬梯去取；有时忽然在污泥水坑中，他只好下去捞；甚至有时忽然在粪坑里，他只好下手去摸，有时银锭挪了地方，让他大找一番才找到；有时银锭丢失几天后突然从空中落下来；有时他正与客人对坐，银锭忽然在他帽檐上；有时他正在对人作揖，银锭忽然从袖中当啷掉出。千变万化，不可思议。有一天，四锭银子忽然飞向空中，像蝴蝶一样飞翔，像打出的弹丸一样，越来越高越远，很有飞去不返之势。老儒不得已焚香拜求神灵，银锭才又飞回到他怀中。从此后不再有这类烦扰之事，但他讲学的傲然气势也荡然没有了。刘香畹讲这件事时，一位朋友说：“我听说以德胜妖，没听说以咒骂胜妖的。老儒遭此烦扰也该着。”另一位朋友说：“假使是周颐、张载、程颐、朱熹这样的儒学大师咒骂狐妖，狐妖必不敢作怪。而这位老儒空有古儒者的外貌而无古儒者的学识教养。”又一位朋友说：“像周、张、程、朱那样的学者必不会轻易咒骂。只有内心空虚者才满腹怨恨呢！”刘香畹点头赞成说：“这话说得一针见血了。”

［原文］

卢霁（jì）渔编修患寒疾，误延读《景岳全书》[①]者投人参，立卒。太夫人悔焉，哭极恸（tòng）。然每一发声，辄闻板壁格格响；夜或绕床呼阿母，灼（zhuó）然辨为霁渔声，盖不欲高年之过哀也。悲哉！死而犹不忘亲乎。

［注释］

①《景岳全书》：明代杰出医学家张景岳所著的医书，内容丰富，囊括理论、本草、成方、临床各科疾病。

［译文］

翰林院编修卢霁渔得了伤寒病，误请了一个读过《景岳全书》的医者来治，他在药中放了人参，卢霁渔马上就死了。太夫人很悔痛，哭得极其悲哀。她每哭一声，就听见墙板格格作响。夜间听见有人绕着床呼喊母亲。太夫人清楚地辨别出是霁渔的声音。这是卢霁渔不想让年迈的母亲过分悲哀啊！死后仍不忘老母亲么？

［原文］

高淳令梁公钦官户部额外主事时，与姚安公同在四川司。是时六部规制严，凡有故不能入署者，必遣人告掌印，掌印移牒司务，司务每日汇呈堂，谓之出付；不能无故不至也。一日，梁公不入署，而又不出付，众疑焉。姚安公与福建李公根侯，寓皆相近，放衙后同往视之。则梁公昨夕睡后，忽闻砰訇（hōng）[①]撞触声，如怒马腾踏。呼问无应者，悸而起视，乃二仆一御者裸体相搏，捶击甚苦，然皆缄口无一言。时四邻已睡，寓中别无一人。无可如何，坐视其斗。至钟鸣乃并仆，迨晓而苏，伤痕鳞叠，面目皆败。问之都不自知，惟忆是晚同坐后门纳凉，遥见破屋址上有数犬跳踉，戏以砖掷之，嗥（háo）而逃。就寝

后遂有是变。意犬本是狐，月下视之未审欤！梁公泰和人，与正一真人为乡里，将往陈诉。姚安公曰：“狐自游戏，何预于人？无故击之，曲不在彼。袒曲而攻直，于理不顺。”李公亦曰：“凡仆隶与人争，宜先克己；理直尚不可纵使有恃(shì)而妄行，况理曲乎？”梁公乃止。

［注释］

①砰訇：形容很大的声响。

［译文］

高淳县令梁钦官在做户部额外主事时，与姚安公同在四川司。当时，六部的制度很严，凡因故不能入衙署的人，必须先派人禀告掌印官，掌印官把情况转致司务，司务每天汇总呈报正堂，这叫作出付。不能没有原因不到。一天，梁公没有入署办公，又没有出付，大家不知他怎么了。姚安公与福建的李根侯的寓所距他家很近，放衙后便同去探视。原来，梁公昨夜睡后，忽听见有砰砰的撞击声，如同怒马腾踏一般，呼问也没有人回答。他吃惊地起来探视，原来是两个仆人和一个马夫在裸体相搏，打得难解难分，但都闭口不说一句话。当时四邻已经睡熟，房中别无一人。梁公没有办法，只好坐观其斗。晨钟鸣响时，三人才一同仆倒在地。等到破晓方才苏醒。三人伤痕累累，鼻青眼肿。问他们，却都不知自己干了什么。只记得那天晚上坐在后门纳凉时，望见破屋的废址上有几只狗在跑来跑去，就用砖石投掷它们玩，狗嗥叫着逃走了。就寝后，便有了上述变故。也许那些狗是狐狸，在月下看不清楚？梁公是泰和人，与正一真人为同乡，便打算去他那里陈诉，姚安公说：“狐们在游戏，碍人什么了呢？无故打它们，理屈的不是狐狸。袒护理屈的，攻击有理的，于理不通。”李公也说：“凡是仆隶与他人争斗，应先克己；有理尚且不可纵容他依仗有所恃而妄为，何况没有理呢？”梁公这才打消了念头。

［原文］

汪御史香泉言：布商韩某，昵一狐女，日渐尪羸(wāng léi)①。其侣求符箓(lù)劾禁，暂去仍来。一夕，与韩共寝，忽披衣起坐曰：“君有异念耶？何忽觉刚气砭(biān)人，刺促不宁也？”韩曰：“吾无他念。惟邻人吴某，迫于债负，鬻(yù)其子为歌童。吾不忍其衣冠之后沦下贱，捐四十金欲赎之，故辗转未眠耳。”狐女蹶(jué)然推枕曰：“君作是念，即是善人。害善人者有大罚，吾自此逝矣。”以吻相接，嘘气良久，乃挥手而去。韩自是壮健如初。

［注释］

①尪羸：消瘦。

［译文］

御史汪香泉说，布商韩某与一狐女亲昵，日渐羸弱起来。他的伙伴求得符箓加以劾禁，那狐女暂离后又回来了。一天夜晚，她与韩某共寝时，忽而披衣坐起，说："你有异念吗？为什么我觉得刚气逼人，刺得我不能安宁呢？"韩某说："我并没有他念。只是邻人吴某迫于负债，将儿子卖为歌童了。我不忍读书人的后代沦为下贱人，便想筹措四十两银子将他赎回来，因此才辗转未眠。"狐女急忙推开枕头说："你有这样的念头，就是善人，害善人会受大处罚，我从此就离开你。"于是，她与韩某嘴对嘴，嘘了好一会儿气，才挥手别去。韩某从此又像原先那样健壮了。

［原文］

戴遂堂先生曰：尝见一巨公，四月八日在佛寺礼忏放生。偶散步花下，遇一游僧，合掌曰："公至此何事？"曰："作好事也。"又问："何为今日作好事？"曰："佛诞日也。"又问："佛诞日乃作好事，余三百五十九日皆不当作好事乎？公今日放生，是眼见功德；不知岁岁庖厨之所杀，足当此数否乎？"巨公猝不能对。知客僧代叱曰："贵人护法，三宝[1]增光。穷和尚何敢妄语！"游僧且行且笑曰："紫衣和尚不语，故穷和尚不得不语也。"掉臂径出，不知所往。一老僧窃叹曰："此阇(shé)黎[2]大不晓事；然在我法中，自是突闻狮子吼[3]矣。"昔五台僧明玉尝曰："心心念佛，则恶意不生，非日念数声，即为功德也。日日持斋，则杀业永除，非月持数日即为功德也。燔炙肥甘，晨昏餍(yàn)饫，而月限某日某日不食肉，谓之善人。然则苞苴(bāo jū)[4]公行，簠簋(fǔ guǐ)不饰，而月限某日某日不受钱，谓之廉吏乎？"与此游僧之言，若相印合。李杏浦总宪则曰："此为彼教言之耳。士大夫终身茹素，势必不行。得数日持月斋，则此数日可减杀；得数人持月斋，则此数人可减杀。不愈于全不持乎？"是亦见智见仁，各明一义。第不知明玉倘在，尚有所辩难否耳。

［注释］

①三宝：佛教以佛、法、僧为三宝。②阇黎：梵语音译，指僧徒之师。③狮

子吼：佛教用以比喻佛祖讲经，影响深远。④苞苴：行贿。

［译文］

戴遂堂先生说，曾见一高官四月八日在佛寺敬佛放生。他偶然散步花下，遇见一位游僧，合掌道："您到这儿有什么事？"高官说："做好事。"游僧又说，为何今日做好事？高官说今日是佛祖的诞生日。又问："佛祖诞生日才做好事，那余下的三百五十九日就不该做好事吗？您今日放生，是眼前的功德，却不知年年屠夫所杀，足以与此数相当吗？"高官一时不能应对。知客僧代为斥责道："贵人护法，三宝增光。穷和尚怎么敢妄言！"游僧一边走一边笑着说："紫衣和尚不说话，所以穷和尚不得不说。"而后转身直出，不知何往。一老僧叹道："这和尚太不懂事，但在我佛门中，他的见解则如同狮子吼一般。"当初五台山僧人明玉说："一心念佛，则恶意不生，并非每日念几声即为功德。天天守斋，则永除杀孽，并非每月守斋几天即为功德。烹肥炙甘，早晚食荤，而每月限在某日某日不吃肉，就称为善人。那么整日贿赂公行，行为不廉，却每月限在某日某日不受贿赂，就可称为清廉了吗？"这与游僧的观点似很相似。总宪李杏浦说："这只是他们佛教的说法罢了。士大夫终身食素，肯定不行。能够几天守月斋，则这几天就可以减杀生；能够几人守月斋，则这几个人就可以减杀生。这不比全不守斋更好吗？"这也是见仁见智，各持一理而已。只是不知明玉如果还在，还会怎么论辩。

［原文］

五军塞王生言：有田父夜守枣林，见林外似有人影。疑为盗，密伺之。俄一人自东来，问："汝立此有何事？"其人曰："吾就木时，某在旁窃有幸词，衔之二十余年矣。今渠亦被摄，吾在此待其缧绁（léi xiè）①过也。"怨毒之于人甚矣哉！

［注释］

①缧绁：用来捆绑犯人的绳索。此处指被冥府所拘。

［译文］

五军塞的王生说：有个农夫夜里守枣林，看见林外似乎有人影，疑心是贼盗，便暗中窥伺。不一会儿，见一人从东而来，问他："你站在这里有什么事？"那人说："我死的时候，某人在旁幸灾乐祸，我已含恨二十多年。如今他也被摄来，我在这儿等着看他被捆绑着经过呢。"怨毒之情对人来说，真是十分厉害了。

［原文］

甲与乙有隙，甲妇弗知也。甲死，妇议嫁，乙厚币娶焉。三朝

后，共往谒兄嫂，归而迂道至甲墓，对诸耕者馌(yè)者拍妇肩呼曰：“某甲，识汝妇否耶？”妇恚(huì)，欲触树。众方牵挽，忽旋飚(biāo)飒然，尘沙眯目，则夫妇已并似失魂矣。扶回后，倏(shū)迷倏醒，竟终身不瘥[1]。外祖家老仆张才，其至戚也，亲目睹之。夫以直报怨，圣人弗禁，然已甚则圣人所不为。《素问》曰：“亢则害。”《家语》[2]曰：“满则覆。”乙亢极满极矣，其及也固宜。

［注释］

①瘥：病。②《家语》：即相传为三国时魏王肃所著的《孔子家语》。

［译文］

甲与乙有怨仇，甲的妻子不知道。甲死后，妻子要再嫁，乙用重金把她娶过来。三天之后，夫妻一起去见兄嫂，回来时绕道到甲墓前。乙对着耕地的、送饭的，拍着妻子的肩说：“甲，你还认识你的妻子么？”妻子怨愤，想撞树而死。大家正在拉她，忽然旋风突起，尘沙迷眼，乙夫妇俩都昏了过去。扶回来后，他们有时迷糊有时清醒，竟然终身不好。外祖父家的老仆张才，是他的至亲，亲眼看到此事。有理而去报冤，圣人不会禁止，但过分，就是圣人所不能容忍的。《素问》中说：“过分就有害。”《家语》说：“过满就倒了。”乙过分到极点，过满到极点，落到这个地步，也是自然的。

［原文］

后汉敦煌太守裴岑《破呼衍王碑》，在巴里坤海子上关帝祠中，屯军耕垦，得之土中也。其事不见《后汉书》，然文句古奥，字画浑朴，断非后人所依托。以僻在西域，无人摹拓，石刻锋棱犹完整。乾隆庚寅，游击[1]刘存仁摹刻一木本，洒火药于上，烧为斑驳，绝似古碑。二本并传于世，赏鉴家率以旧石本为新，新木本为旧。与之辩，傲然弗信也。以同时之物，有目睹之人，而真伪颠倒尚如此，况于千百年外哉！《易》之象数，《诗》之小序，《春秋》之三传，或亲见圣人，或去古未远，经师授受，端绪分明。宋儒曰：“汉以前人皆不知，吾以理知之也。”其类此夫。

［注释］

①游击：清代绿营兵设游击，在参将之下。

［译文］

后汉敦煌太守裴岑的《破呼衍王碑》，在巴里坤海子上的关帝祠中，屯军在耕地时，在土里挖到了这块碑。《后汉书》中没有载这件事。但碑上的文句古奥，笔画浑朴，绝不是后人假冒的。因为西域偏远，没有摹拓，石刻的笔锋仍然完好无损。乾隆三十五年（公元 1770 年）游击刘存仁，摹刻了一个木版本，在上面洒上火药，烧出斑斑点点的痕迹，与古碑极相似。这两块碑都流传于世上，鉴赏家通常把旧石碑认定为新本，把新木碑认定为旧本。和他们争辩，却傲慢地一点儿也不信。本是同时代的东西，又有目睹的人，但真假尚且颠倒到这个地步，更何况千百年以前的东西呢？《易经》的象数之学、《诗经》的小序、《春秋》的三传，作者有的亲眼见过圣人，有的离古时还不远，由经师传授下来，条理很分明。宋儒说："汉以前的人都不懂，我凭借着理弄懂了。"就类似这种事。

［原文］

康熙十四年，西洋贡狮，馆阁前辈多有赋咏。相传不久即逸去，其行如风，巳刻绝锁，午刻即出嘉峪关。此齐东语①也。圣祖南巡，由卫河回銮，尚以船载此狮，先外祖母曹太夫人，曾于度帆楼窗罅（xià）窥之，其身如黄犬，尾如虎而稍长，面圆如人，不似他兽之狭削。系船头将军柱上，缚一豕饲之。豕在岸犹号叫，近船即噤不出声。及置狮前，狮俯首一嗅，已怖而死。临解缆时，忽一震吼声，如无数铜钲②陡然合击。外祖家厩马十余，隔垣闻之，皆战栗伏枥下；船去移时，尚不敢动。信其为百兽王矣。狮初至，时吏部侍郎阿公礼稗，画为当代顾、陆③，曾橐（tuó）笔对写一图，笔意精妙。旧藏博晰斋前辈家，阿公手赠其祖者也。后售于余，尝乞一赏鉴家题签。阿公原未署名，以元代曾有献狮事，遂题曰"元人狮子真形图"。晰斋曰："少宰丹青，原不在元人下。此赏鉴未为谬也。"

［注释］

①齐东语：即齐东野人语。齐国东部边远地方老百姓的话语，也就是说不可信的话。语出《孟子·万章》："此非君子之言，齐东野人之语也。"②钲：锣。③顾、陆：指晋代画家顾恺之、陆探微。顾恺之，东晋画家，字长康，工诗赋，擅书法，尤精绘画，有"才绝、画绝、痴绝"之称。陆探微，南朝宋明帝时宫廷画家，中国最早的画圣。

［译文］

康熙十四年（公元 1675 年），西洋人进贡了一只狮子，馆阁的前辈们大多写了词赋咏唱。相传狮子不久便逃跑了，跑得像风一样快。十点左右挣开了锁链，中午时便出了嘉峪关。当然这是道听途说。康熙南巡，从卫河回京，还用船运载过这只狮子。先外祖母曹太夫人，曾从度帆楼的窗缝偷看，见那狮子身子像黄狗，尾巴像老虎但稍长，脸圆圆的像人，不像其他野兽那样又尖又长。将它系在船头的将军柱上，绑一头猪喂它。猪在岸上还在号叫，一靠近船便不敢出声了。等到放到狮子前面，狮子低头一嗅，猪已经给吓死了。解缆开船时，狮子忽地一声巨吼，如同无数铜铃猛地敲响。外祖家马厩里的十几匹马，隔墙听到狮吼声，都战抖着趴在槽下；已经开走一个多时辰了，马还不敢动。叫人相信它确是百兽之王。狮子刚到时，被称作当代顾恺之、陆探微的吏部侍郎阿礼稗，曾提笔写生，笔法精妙。这幅画过去藏在前辈博晰斋家，是阿礼稗亲手赠给他祖父的。后来他把这幅画卖给我，我请了一位赏鉴家给题字。阿公原先没有署名，由于元代也曾有过进贡狮子的事，所以他题道："元人狮子真形图"。博晰斋说，阿侍郎的画技，原来就不在元人之下。这个看法是不错的。

［原文］

乾隆庚辰，戈芥舟前辈扶乩，其仙自称唐人张紫鸾，将访刘长卿[1]于瀛洲岛，偕游天姥（mǔ）。或叩以事，书一诗曰："身从异域来，时见瀛洲岛。日落晚风凉，一雁入云杳。"隐示以鸿冥物外，不预人世之是非也。芥舟与论诗，即欣然酬答以所游名胜破石崖、天姥峰、庐山联句三篇而去。芥舟时修《献县志》，因附录志末。其《破石崖》一篇，前为五言律诗八韵，对偶声韵俱谐；第九韵以下，忽作鲍参军[2]《行路难》、李太白《蜀道难》体，唐三百年诗人无此体裁，殊不入格。其以东、冬、庚、青四韵通押，仿昌黎[3]"此日足可惜"诗；以穿鼻声七韵为一部例，又似稍读古书者。盖略涉文翰之鬼，伪托唐人也。

［注释］

①刘长卿：唐代诗人。②鲍参军：南朝宋诗人鲍照。③昌黎：指唐代著名文学家韩愈。

［译文］

乾隆二十五年（公元1760年）间，戈芥舟前辈扶乩，降坛的仙人自称是唐代的张紫鸾，正要去瀛洲岛找刘长卿，一同去游天姥山。有人问他一些事，他写了一首诗道："身从异域来，时见瀛洲岛。日落晚风凉，一雁入云杳。"诗里暗示他是世外的神仙，不愿介入人世间的是非。芥舟和他论诗，他便欣然应答。以他游览的名胜破石崖、天姥峰、庐山为题，写了三首诗离去。芥舟当时正在编写《献县志》，于是将这件事附录在志后。其中《破石崖》一首，前边为八韵五言律诗，对偶声韵全都和谐；第九韵以下，忽然变成鲍参军《行路难》、李太白《蜀道难》的诗体。唐代三百年间的诗人都没有这种诗体，实在不入格调。诗里用东、冬、庚、青四韵通押，模仿韩愈的"此日足可惜"一诗，用鼻音七韵作为一个部例，又像是略懂古书的人。大概这是个略微涉猎过翰墨的鬼，而假冒唐代人。

[原文]

河城西村民，掘地得一镜。广丈余，已触碎其半。见者人持一片去，置室中，每夕吐光。凡数家皆然。是亦王度神镜[①]，应月盈亏之类。但残破之余，尚能如是，更异耳。或疑镜何以如此之大，余谓此必河间王宫殿中物。陆机与弟[②]云书曰："仁寿殿中有大方镜，广丈余，过之辄写人影。"是晋代犹沿此制也。

[注释]

①王度神镜：据隋唐时期王度所著的传奇小说《古镜记》中所载的一面能除妖显灵的神镜。②陆机与弟：指陆机和他的弟弟陆云，两人均是晋代文学家。

[译文]

河城西村的百姓，挖地时挖到一个镜子。镜子有一丈多宽，已经触碎了一半。见到的人都拿了一片回家，放到屋子中，每天晚上都放出光亮。好几家都是这样。这也许像王度的神镜，能够与月亮的盈亏相应。但是它破损后的碎片还能放光，就更奇异了。有人不明白镜子为何会这么大，我认为一定是河间王宫殿中的物品。陆机给他弟弟陆云的信中写道："仁寿殿中有大方镜，有一丈多宽。人经过就能映出人影。"就是说，晋代还延续这种制度。

[原文]

乾隆己卯、庚辰间，献县掘得唐张君平墓志。大中七年明经刘伸撰，字画尚可观，文殊鄙俚(lǐ)。余拓示李廉衣前辈，曰："公谓古人事事胜今人，此非唐文耶？天下率以名相耀耳。如核其实，善笔札者必称晋，其时亦必有极拙之字。善吟咏者必称唐，其时亦必有极恶之诗。非晋之厮役皆羲、献[①]，唐之屠沽皆李、杜也[②]。西子、东家[③]实为一姓，盗跖(zhí)、柳下[④]乃是同胞，岂能美则俱美，贤则俱贤耶？赏鉴家得一宋砚，虽滑不受墨，亦宝若球图；得一汉印，虽谬不成文，亦珍逾珠璧。问

何所取，曰取其古耳。”东坡诗曰：“嗜好与俗殊酸咸。”斯之谓欤！

［注释］

①羲、献：指晋代书法家王羲之与王献之父子。②李、杜：指唐代诗人李白和杜甫。③西子、东家：指西施和东施。西施代指美女，东施代指丑女。④盗跖、柳下：盗跖，代指坏人。柳下，即柳下惠，代指贤良之人。

［译文］

乾隆二十四、五年间，在献县发掘到唐代张君平的墓志，是大中七年明经刘伸撰写的。墓志的书法还可以，文章却很粗俗。我把拓片给李廉衣前辈看，说：“前辈说古人事事胜过今人，这不是唐代的文章吗？世上往往只注重名声，考查一下实际情况，说起擅长书法的必称晋代，但那时也一定有极其拙劣的字；说起擅长诗歌的必称唐朝，但那时也一定有极差的诗。并非晋代的佣人役吏都是王羲之、王献之，唐代的屠夫酒家都是李白、杜甫。西施、东施，实际上是一个姓；盗跖、柳下惠是一奶同胞。怎么能说美就完全美、贤就完全贤呢？鉴赏家得到一方宋砚，即便溜滑研不了墨，也宝贝得像天球河图一样；得到一方汉印，即使错得不成文句，也视如珍宝。问他们好在哪儿？回答说好就好在古老上。”苏东坡有句诗说：“嗜好与俗殊酸咸。”说的就是这个意思吧。

［原文］

道家有太阴炼形法，葬数百年，期满则复生。此但有是说，未睹斯事。古以水银敛者，尸不朽，则凿然有之。董曲江曰：“凡罪应戮(lù)尸者，虽葬多年，尸不朽。吕留良①焚骨时，开其棺，貌如生，刃之尚有微血。盖鬼神留使伏诛也。某人时官浙江，奉檄莅(lì)其事，亲目击之。然此类皆不为祟。其为祟者曰僵尸。僵尸有二：其一新死未敛者，忽跃起搏人；其一久葬不腐者，变形如魑魅(chī mèi)，夜或出游，逢人即攫。或曰：‘旱魃(bá)即此。’莫能详也。夫人死则形神离矣，谓神不附形，安能有知觉运动？谓神仍附形，是复生矣，何又不为人而为妖？且新死尸厥者，并其父母子女或抱持不释，十指抉入肌骨。使无知，何以能踊跃？使有知，何以一息才绝，即不识其所亲？是则殆有邪物凭之，戾气感之，而非游魂之为变欤！袁子才②前辈《新齐谐》载南昌士人行尸夜见其友事，始而祈请，继而感激，继而凄恋，继而忽变形搏噬(shì)。谓人之魂善而魄恶，人之魂灵而魄愚，其始来也，一灵不泯，魄附魂以行；其

既去也，心事既毕，魂一散而魄滞。魂在则为人也，魂去则非其人也。世之移尸走影，皆魄为之。惟有道之人，为能制魄。”语亦凿凿有精理。然管窥之见，终疑其别有故也。

［注释］

①吕留良：明末清初时杰出的学者、诗人、出版家。明亡后不愿入仕。死后因受文字狱牵涉，全家被朝廷所杀。②袁子才：清代学者袁枚。字子才，号简斋，晚年自号“仓山居士”，钱塘（今浙江杭州）人。为乾隆、嘉庆时期的著名诗人，与赵翼、蒋士铨合称为“乾隆三大家”。

［译文］

道家有太阴炼形法，埋葬几百年后，到了期限人便复生了。不过只有这种说法，并没看见这种事。古时用水银收敛死者，尸体不腐烂，则是确有其事。董曲江说，凡是罪大恶极应当戮尸的人，即使埋葬多年，尸体也不腐朽。吕留良的尸骨要被焚烧时，打开他的棺材，颜面犹如活人，用刀一砍，还有血迹。大概是鬼神保留着他的尸体，使他受刑。某人当时在浙江做官，奉令主持这件事，曾目睹此事。不过这一类尸体都不会作祟。那些作祟的叫作僵尸。僵尸有两种：一种是刚死还未收敛的，忽然跳起来伤人；一种是安葬了很长时间还没腐朽的，变成魑魅的样子，有时夜里出来，遇到人就抓。有人说这就是旱魃。没有人能说明白。一般人死后神与形就分离了，既然神不附在形上，尸体怎么还有知觉能运动？说神仍附在形上，这就是死而复生了。那怎么又不成为人而变成妖？而且刚死去的发生尸变，不分父母子女都会抱住不放，十个指头都插入肌肉里了。假如说他没有知觉，又怎么能跳跃起来？假如说他有知觉，为什么呼吸刚停就不认亲人了？这大概是另有邪物依凭着他，戾气迷惑了他，而不是游魂的变异造成的？袁子才前辈的《新齐谐》中记载南昌的士子死后行尸，夜里见到他朋友的事。他开始时请求，继而表示感激，继而恋恋不舍，继而忽然变形去扑打朋友。因此说人的魂善良而魄凶恶，人的魂灵巧而魄愚蠢。当人在世上，魂没有泯灭，魄便附在魂上行动；当人去世时，心事已了，魂散去而留下了魄。魂在时就是人，魂去就不是人了。世上的行尸走影，都是魄干的。只有有道之人，才能制住魄。其中所说，道理确实深奥。不过据我看来，始终认为其中另有原因。

［原文］

任子田言：其乡有人夜行，月下见墓道松柏间，有两人并坐。一男子年约十六七，韶秀可爱；一妇人白发垂项，佝偻携杖，似七八十以上人。倚肩笑语，意若甚相悦。窃讶何物淫妪(yù)，乃与少年儿狎(xiá)昵？

行稍近，冉冉而灭。次日，询是谁家冢，始知某早年夭折，其妇孀守五十余年，殁而合窆(biǎn)①于是也。《诗》曰：“谷则异室，死则同穴②。”情之至也。《礼》曰：“殷人之祔③也，离④之；周人之祔也，合之。善夫！”圣人通幽明之礼，故能以人情知鬼神之情也。不近人情，又乌知《礼》意哉！

［注释］

①合窆：合葬。②谷则异室，死则同穴：指生前分室而居，死后同穴而葬。③祔：合葬。④离：两棺之间隔一物。

［译文］

任子田说，他们乡里有人走夜路，月光下看到墓地松柏之间，有两个人并肩坐着，一个男子年纪在十六七岁，清秀可爱；另一个妇人白发垂到颈部，驼着背拿着拐杖，年纪好像在七八十岁以上。他们相挨着谈笑，看样子两人很亲热。那人奇怪哪儿的淫荡的老太婆，和少年这么热乎。他走近了些，两人便冉冉地消失了。第二天，他打听是谁家的墓地，这才知道那位少年夭折，他的媳妇守寡五十多年，死后合葬在这里。《诗经》中说：“谷则异室，死则同穴。”这是最亲的亲情。《礼》中说：“殷人之祔也，离之；周人之祔也，合之。善夫。”圣人理解阴间阳间的礼仪，所以能通过人情了解鬼的情感。不近人情，又怎么知道《礼》的内容呢？

［原文］

族侄肇(zhào)先言：有书生读书僧寺，遇放焰口。见其威仪整肃，指挥号令，若可驱役鬼神。喟然曰：“冥司之敬彼教，乃过于儒。”灯影朦胧间，一叟在旁语曰：“经纶宇宙，惟赖圣贤，彼仙佛特以神道补所不及耳。故冥司之重圣贤，在仙佛上，然所重者真圣贤。若伪圣伪贤，则阴干天怒，罪亦在伪仙伪佛上。古风淳朴，此类差稀。四五百年以来，累囚日众，已别增一狱矣。盖释道之徒，不过巧陈罪福，诱人施舍。自妖党聚徒谋为不轨外，其伪称我仙我佛者，千万中无一。儒则自命圣贤者，比比皆是。民听可惑，神理难诬。是以生拥皋(gāo)比①，殁沉阿鼻，以其贻害人心，为圣贤所恶故也。”书生骇愕，问：“此地府事，公何由知？”一弹指间，已无所睹矣。

［注释］

①皋比：用虎皮铺的座椅。此处指学堂里师父的座席。

［译文］

族侄肇先说，有个书生在一佛寺内读书，正巧遇上寺里放焰口。他见整个仪式威严整肃，僧人们指挥号令，真好像在驱使鬼神，不禁喟然感叹道：“阴间重视佛教，要胜过儒教。”灯影朦胧中，一个老年人在旁边说：“治理天下，只能依赖圣贤，那些仙佛不过以神道补充圣贤所没有顾及的地方罢了。于是阴间重视圣贤，超过重仙佛。但是看重的是真圣贤。如果是伪圣贤，就会触犯天怒，罪过也比伪仙伪佛重。古代风气淳朴，这一类事还少些。四五百年以来，累积的犯人日益增多，已经又增加了一个监狱。那些僧人道士，不过是花言巧语地宣扬诱骗人施舍。除了妖党聚众谋反之外，伪称我是仙佛的人，千万人中也没有一个。儒生中自称为圣贤的人，比比皆是。老百姓可能受骗，神理则可难以糊弄。所以这些人活着时在讲坛上当先生，死后则堕入阿鼻狱中。这是因为他们贻害于人心，被圣贤所痛恶的缘故。”书生惊愕地问：“这是地府中的事，你如何知道？”刹那间，老人已看不见了。

［原文］

甲乙有夙怨，乙日夜谋倾甲。甲知之，乃阴使其党某，以他途入乙家，凡为乙谋，皆算无遗策；凡乙有所为，皆以甲财密助其费，费省而功倍。越一两岁，大见信，素所倚任者皆退听。乃乘间说乙曰：“甲昔阴调我妇，讳弗敢言，然衔之实次骨。以力弗敌，弗敢撄(yīng)。闻君亦有仇于甲，故效犬马于门下。所以尽心于君者，固以报知遇，亦为是谋也。今有隙可抵，盍(hé)图之。”乙大喜过望，出多金使谋甲。某乃以乙金为甲行赂，无所不曲到。阱即成，伪造甲恶迹及证佐姓名以报乙，使具牒。比庭鞫(jū)，则事皆子虚乌有，证佐亦莫不倒戈，遂一败涂地，坐诬论成。愤恚(huì)甚，以昵某久，平生阴事皆在其手，不敢再举，竟气结死。死时誓诉于地下，然越数十年卒无报。论者谓难端发自乙，甲势不两立，乃铤而走险，不过自救之兵，其罪不在甲。某本为甲反间，各忠其所事，于乙不为负心，亦不能甚加以罪，故鬼神弗理也。此事在康熙末年。《越绝书》①载子贡谓越王曰：“夫有谋人之心，而使人知之者，危也。”岂不信哉！

［注释］

①《越绝书》：相传为东汉人袁康所著，记春秋吴越国事。

［译文］

甲乙二人之间有夙怨，乙日夜都想害甲。甲知道了，便暗中派他的亲信某人，从其他途径进入乙家，凡是他为乙谋划的事，都算计得没有疏漏；凡是乙要干什么，他都利用甲的钱暗中加以资助。这样，乙的经费没用多少而功效倍增。过了一两年，他极得乙的信任，乙平素所倚重的人都排到他后边了。于是某人便趁机对乙说："甲过去曾暗中调戏我的媳妇，我不敢说，但刻骨地恨他。因为力量不敌，所以不敢和他斗。听说你和甲也有仇，所以我便到你门下效犬马之劳。我尽心尽力为你办事，一方面是报答你的知遇之恩，同时也是为了报复。现在有机会，咱们一起对付他吧。"乙大喜过望，拿出许多钱财来算计甲。某人却用这些钱为甲疏通关系，各个关节都打通了。布置好了圈套，某人便伪造甲的恶劣行径和证人姓名告诉了乙，让乙写状子上告。等到在法庭上审问时，所有的事情都是没影的事，证人们也都不认账，乙于是一败涂地，因犯诬陷罪被判戍边发配。乙又气又恨，但由于和某人关系长期以来很亲密，平生的隐私都被他掌握着，所以不敢上告，竟然气闷郁结而死。死时发誓要告到地下，可是过了几十年，还是没有报应。议论这事的人说是乙首先发难，甲与乙势不两立，这才铤而走险。这不过是为了自救，罪过不在甲。某人本来就是为甲使反间计，忠于他的职责，他对乙也不算负心，不能把罪名加给他。所以鬼神也不管这事。这事发生在康熙末年。《越绝书》中记载子贡对越王说："有害人的心思，而叫别人知道，这就危险了。"这话实在叫人心服口服。

［原文］

里人范鸿禧，与一狐友昵。狐善饮，范亦善饮，约为兄弟，恒相对醉眠。忽久不至，一日遇于秫(shú)田中，问："何忽见弃？"狐掉头曰："亲兄弟尚相残，何有于义兄弟耶？"不顾而去。盖范方与弟讼也。杨铁崖①《白头吟》曰："买妾千黄金，许身不许心；使君自有妇，夜夜白头吟。"与此狐所见正同。

［注释］

①杨铁崖：元代学者杨维桢，字廉夫，号铁崖，在诗、文、戏曲方面均有建树，为元代诗坛领袖，因"诗名擅一时，号铁崖体"。

［译文］

乡里有个范鸿禧，和一只狐仙很友善。狐仙爱喝酒，范也爱喝酒，两人相约为兄弟，经常喝醉倒在一起。后来狐仙忽然许久不来了。一天范鸿禧在高粱地里遇见了狐狸，问为何忽然不理睬人了。狐仙掉头说：“亲兄弟尚且相残害，何况对结义兄弟呢？”说完便连头也不回地走了。因为范正和他弟弟打官司呢。杨铁崖的《白头吟》中说：“买妾千黄金，许身不许心；使君自有妇，夜夜白头吟。”这与狐仙的见解恰好相同。

槐西杂志一

［原文］

余再掌乌台①，每有法司会谳（yàn）事，故寓直西苑之日多。借得袁氏婿数楹（yíng），榜曰“槐西老屋”。公余退食，辄憩息其间。距城数十里，自僚属白事外，宾客殊稀。昼长多暇，晏坐而已。旧有《滦阳消夏录》《如是我闻》二书，为书肆所刊刻。缘是友朋聚集，多以异闻相告。因置一册于是地，遇轮直则忆而杂书之，非轮直之日则已，其不能尽忆则亦已。岁月骎寻，不觉又得四卷。孙树馨录为一帙，题曰《槐西杂志》，其体例则犹之前二书耳。自今以往，或竟懒而辍（chuò）笔欤？则以为《挥尘》②之三录可也；或老不能闲，又有所缀欤？则以为《夷坚》③之丙志亦可也。壬子六月，观弈道人识。

［注释］

①乌台：指御史台。此处指都察院。②《挥尘》：指《挥尘录》，为南宋王明清所撰。③《夷坚》：指南宋洪迈所撰的《夷坚志》，多记神怪故事。

［译文］

我再次担任了御史台这个官职，因为经常遇到一些案件需要聚在一起研究审理，所以，我住在西苑的时候要多一些。后来，又借了袁家女婿家里的几间屋子，匾额上写着“槐西老屋”四个大字。工作结束后，我就到老屋里吃饭、休息。这里离京城有几十里地，除了所属官员到这里回禀公事以外，其他宾客就几乎没有了。夏日，白天很长，有很多富裕时间，我经常闲坐消磨时光。我过去写的《滦阳消夏录》和《如是我闻》两卷书，已被书店刊印成册。由于亲朋好友经常聚到一起，彼此之间谈论一些异闻轶事，聊以消遣，所以，就在这里放了一个记事册子。每当轮到值班的时候，就回忆大家谈论过的事情，并潦草地把它们记录下来。若不值班，就暂时搁笔。有些事情回忆不起来，也就算了。岁月飞快地流逝，不知不觉中又写了四卷。孙树馨抄录了其中的一册，书名叫作《槐西杂志》，这册书的体例与前两册大体相同。从现在追溯到过去，有时候是由于懒惰而停笔，我觉得《挥尘》之三记载的内容还算说得过去；偶尔又觉得虽然年迈但不能闲适，于是又提笔写了一些，我以为《夷坚》篇里的第三章也是可以的。乾隆五十七年（公元 1792 年）六月，观弈道人记。

［原文］

《隋书》载兰陵公主死殉后夫，登于《列女传》之首，颇乖史法。沧州医者张作霖言：其乡有少妇，夫死未周岁辄嫁。越两岁，后夫又死，乃誓不再适，竟守志终身。尝问一邻妇病，邻妇忽瞋目作其前夫语曰："尔甘为某守，不为我守何也？"少妇毅然对曰："尔不以结发视我，三年曾无一肝鬲语，我安得为尔守！彼不以再醮轻我，两载之中，恩深义重，我安得不为彼守！尔不自反，乃敢咎人耶？"鬼竟语塞而退。此与兰陵公主事相类。盖亦豫让[①]"众人遇我，众人报之；国士遇我，国士报之"之意也。然五伦[②]之中，惟朋友以义合：不计较报施，厚道也；即计较报施，犹直道也。兄弟天属，已不可言报施；况君臣父子夫妇，义属三纲哉。渔洋山人作《豫让桥》诗曰："国士桥边水，千年恨不穷；如闻柱厉叔[③]，死报莒（jǔ）敖公。"自谓可以敦薄俗，斯言允矣。然柱厉叔以不见知而放逐，乃挺身死难，以愧人君不知其臣者，是犹怨怼之意；特与君较是非，非为君捍社稷也。其事可风，其言则未协乎义，或记载者之失乎？

［注释］

①豫让：春秋战国时期的刺客。②五伦：指封建礼教称君臣、父子、兄弟、夫妇、朋友之间的五种关系。儒家认为，父子之间有骨肉之亲，君臣之间有礼义之道，夫妻之间挚爱而又内外有别，老少之间有尊卑之序，朋友之间有诚信之德，这是处理人与人之间关系的道理和行为准则。《孟子·滕文公上》："使契为司徒，教以人伦：父子有亲，君臣有义，夫妇有别，长幼有序，朋友有信。"③柱厉叔：春秋时莒国大臣，因不被国君莒敖公所信任而远离朝廷。后莒敖公有难，柱厉叔又特来相救，以身殉主。

［译文］

《隋书》里记载兰陵公主用死来表达对后夫的情义，在《列女传》中把她列在第一篇。这种记载野史的方法是与传统史学相违背的。沧州有位名叫张作霖的医生。他说在他的家乡有一少妇，丈夫死未满一年，就嫁人了。过了两年，她的后夫也去了，她就赌咒发誓，决不再改嫁，竟然守了一辈子。有一天，这位少妇去看望邻居家中一位有病的妇女。那位妇女忽然瞪起眼珠子，以少妇前夫的声调喝斥说："你怎么甘心为后夫守节为什么不为我守节？"少妇干脆利落地回答："你不把我当作结发夫妻，在一起生活了三年，你却从来没有跟我说过一句体贴温存的话语，我凭什么为你守节？后夫不嫌我是二婚，结婚两年中，夫妻恩爱，情深义重，我怎么能不为他守节呢！你不扪心自问，反倒来责怪我！”鬼魂被问得瞠目结舌，偷偷地溜走了。这个故事跟兰陵公主用死来缅怀后夫的故事差不多。少妇和豫让曾说过的“你以一般人一样对待我，我也像一般人一样地对待你；你把我当作国宾，我就用国宾的身份来回报你”，是一个意思。但是，在五常之中，只有朋友是以义相交的，朋友之间不讲报答，这就是厚道。就是讲求报答，也说得过去。兄弟之间的关系是天然的，不能谈报答；君与臣、父与子、夫与妇，根据义理已归在三纲之内，就更谈不上报答了。渔洋山人在诗《豫让桥》中说：“国士桥边的水，千年恨不穷；好像听到柱厉叔，以死报答莒敖公。”他认为这诗可以敦睦世风，这看法倒是不错。然而，柱厉叔因为不被国君了解而被放逐。所以他挺身死难，以使不了解臣下的君主惭愧。他的这个行动，含着不满和怨恨，只为与君王计较是非，而不是为了捍卫江山社稷。他的事迹值得赞扬，他的话不合乎义，或许是记叙者的失误吧？

［原文］

江宁王金英，字菊庄，余壬午分校所取士也。喜为诗，才力稍弱，然秀削不俗，颇近宋末四灵[①]。尝画艺菊小照，余戏仿其体格题之，有“以菊为名字，随花入画图”句，菊庄大喜，则所尚可知矣。撰有诗话数卷，尚未成书，霜凋夏绿，其稿不知流落何所。犹记其中一条云：江宁一废宅，壁上微有字迹。拂尘谛视，乃绝句五首。其一曰：“新绿渐长残红稀，美人清泪沾罗衣。蝴蝶不管春归否，只趁菜花黄处飞。”其二曰：“六朝燕子年年来，朱雀桥圮花不开。未须惆怅问王谢，刘郎一去何曾回[②]。”其三曰：“荒池废馆芳草多，踏青年少时行歌。谯(qiáo)楼鼓动人去后，回风袅袅吹女萝。”其四曰：“土花漠漠满颓垣，中有桃叶桃根魂。夜深踏遍阶下月，可怜罗袜终无痕。”其五曰：“清明处处啼黄鹂，春风不上枯柳枝。惟应夹戺[③]双石兽，记汝曾挂黄金丝。”字极怪伟，不著姓名，不知为人语鬼语。余谓此福王[④]破灭以后前明故老之词也。

［注释］

①宋末四灵：南宋诗人徐照号灵晖，徐玑号灵渊，翁卷号灵舒，赵师秀号灵秀，四人都是浙江永嘉人，称“永嘉四灵”。②此四句化用唐诗人刘禹锡《乌衣巷》和《再游玄都观》诗意。③戺：堂前阶石的两侧斜石。④福王：指南明

皇帝朱由崧。朱由崧为明神宗朱翊钧之孙，福恭王朱常洵之子。朱常洵被杀后，世袭福王爵位。明思宗朱由检自缢身亡后，朱由崧在南京称帝，年号“弘光”，国号依旧为“明”，史称“南明”。后在与清军作战中被叛将出卖，被押送至北京斩首。

［译文］

江宁人王金英，字菊庄，是我在乾隆二十七年（公元1762年）任同考官时录取的举人。他很喜欢作诗，但才力稍弱，不过他的诗风俊秀挺拔，不同流俗，近似永嘉四灵。他曾经画艺菊来比照自己。我就模仿他的诗风在画上题了字，其中有“以菊为名字，随花入画图”的句子。王金英看了非常高兴，由此可知，他所崇尚的是什么了。王金英撰写了若干卷诗话，还没有成书，可惜霜凋夏绿，书稿也不知失落到何处了。只记得遗稿中有一条说：江宁有一所废旧宅院，墙上隐隐约约有字迹。拂拭掉上面的灰尘仔细看，原来是绝句五首。其一说：“新绿渐浓残红稀了，美人的泪水沾罗衣。蝴蝶不管春归否，只往菜花黄处飞。”其二说：“六朝燕子年年来，朱雀桥塌了花不开。不必惆怅地问王谢，刘郎一去何曾回。”其三说：“荒池废馆芳草多，踏青的年轻人时而唱歌。谯楼打鼓后人们都回去了，回风裊裊吹着女萝。”其四：“土花漠漠围着颓垣，其中有桃叶桃根魂。夜深踏遍阶下的月亮地，可怜罗袜始终无痕迹。”其五：“清明处处啼黄鹂，春风不染枯柳枝。只是夹溪的双石兽，应记着你曾挂黄金丝。”这五首诗的字迹很壮伟，没写上作者姓名，更不知是人言还是鬼语。依我的观点，这可能是明朝福王弘光帝的政权灭亡之后，遗老们写的。

［原文］

赵太守书三言：有夜遇狐女者，近前挑之，忽不见。俄飞瓦击落其帽。次日睡起，见窗纸细书一诗，曰：“深院满枝花，只应蝴蝶采；喓喓[①]草下虫，尔有蓬蒿（pénghāo）在。”语殊轻薄，然风致楚楚，宜其不爱纨（wán）袴儿。

［注释］

①喓喓：虫子叫的声音。《诗·召南·草虫》：“喓喓草虫，趯趯阜螽。”唐白居易《秋虫》诗：“切切暗窗下，喓喓深草里。”

［译文］

知府赵书三说，有一个人晚上遇见了一个狐女，便上前去调戏，狐女一下子不见了。不一会儿，飞来了一块瓦，击落了那人的帽子。第二天早上起床以后，他发现窗户纸上写了一首诗：“深院满枝花，只应蝴蝶采；喓喓草下虫，尔有蓬蒿在。”诗的语句极为轻蔑，但却风流别致，怪不得对方讨厌纨绔子弟。

［原文］

田白岩言：尝与诸友扶乩，其仙自称真山民，宋末隐君子也。倡

和方洽，外报某客某客来，乩忽不动。他日复降，众叩昨遽(jù)去之故。乩判曰：“此二君者，其一世故太深，酬酢(zuò)①太熟，相见必有谀词数百句。云水散人，拙于应对，不如避之为佳。其一心思太密，礼数太明，其与人语恒字字推敲，责备无已。闲云野鹤，岂能耐此苛求，故逋(bū)逃尤恐不速耳。”后先姚安公闻之，曰：“此仙究狷介之士，器量未宏。”

［注释］

①酬酢：指宾主互相敬酒，泛指交际应酬。酬，向客人敬酒。酢，向主人敬酒。《易·系辞》：“是故可与酬酢。”

［译文］

田白岩说，他曾经和几位朋友一起扶乩。下坛的乩仙自称真山民；真山民是宋朝末年的隐士。乩仙与众人唱和正浓的时候，有人来报告说两位客人来了，乩笔就忽然不动了。有一天，这位仙又降坛来，大家便请问上次突然离去的原因。乩仙下判语说：“那两位先生，一位过于世故，太熟练应酬了。见了面肯定有几百句阿谀奉承的话。我是看山观水的闲散人，不善于应酬，不如避开为妙。另一位心思过于缜密，太注意礼数。和人说话，字字推敲，咬文嚼字。我这个人像闲云野鹤，如何能受得了他的苛求，因此我躲还怕来不及呢。”后来，先父姚安公听到了这个故事，说：“这位仙人，可算得是个不同流俗的人，只是气量太小。”

［原文］

从孙树森言：晋人有以资产托其弟而行商于外者，客中纳妇，生一子。越十余年，妇病卒，乃携子归。弟恐其索还资产也，诬其子抱养异姓，不得承父业。纠纷不决，竟鸣于官。官故愦愦，不牒其商所问真赝，而依古法滴血试；幸血相合，乃笞逐其弟。弟殊不信滴血事，自有一子，刺血验之，果不合。遂执以上诉，谓县令所断不足据。乡人恶其贪娼①无人理，佥曰：“其妇夙与某私昵，子非其子，血宜不合。”众口分明，具有征验，卒证实奸状。拘妇所欢鞫(jū)之，亦俯首引伏。弟愧不自容，竟出妇逐子，窜身逃去，资产反尽归其兄。闻者快之。按陈业滴血②，见《汝南先贤传》，则自汉已有此说。然余闻诸老吏曰：“骨肉滴血必相合，论其常也。或冬月以器置冰雪上，冻使极冷；或夏月以盐醋拭器，使有酸咸之味：则所滴之血，入器即凝，虽至亲

亦不合。故滴血不足成信谳。”然此令不刺血，则商之弟不上诉，商之弟不上诉，则其妇之野合生子亦无从而败。此殆若或使之，未可全咎此令之泥古矣。

［注释］

① 媢：妒忌。《史记·五宗世家》：“及宪王病甚，诸幸姬常侍病，故王后亦以妒媢不常侍病，辄归舍。”②陈业滴血：古时用血辨别亲属关系的方法，最早出现于三国时代。认为至亲之血，一起滴入水中可以相凝结，即“血相溶者即为亲”。

［译文］

堂孙纪树森说，山西有个人把家产都托付给弟弟，自己出外经商去了。他旅居在外，娶了妻子，生了一个儿子。过了十多年，妻子有病去世了。商人带着儿子返回老家。他的弟弟害怕他讨还资产，就诬告说哥哥带回来的孩子是抱养的，不能继承父业。兄弟俩因为这事闹得不可开交，只得告到官府。县令是个昏庸的官，他没有仔细审问商人有关问题的真假，而是依据传统的滴血法来验亲。幸好父子的血相合，县令便把商人的弟弟揍了一顿板子，赶走了。商人的弟弟不相信滴血的事，他也有一个儿子，便刺血相验，果然他与儿子的血不相合。于是，他就以此作为证据，说县令的判断是不足为凭的。乡里人都厌恶他贪婪、没有人味儿，便向官府作证说：“他媳妇以前跟某人相好，那儿子根本不是他的，因此血也不合。”人们说得明明白白，而且也验证，终于证实有奸情，拘来他妻子的相好一审，对方也低头认罪。商人的弟弟羞愧无法自容，竟然休了妻子赶走了儿子，自己也弃家外逃，连他的那份家产也一同归了他的哥哥。听说此事的人无不称快。陈业滴血辨认兄长骸骨的故事，见于《汝南先贤传》。可见从汉朝以来就有用滴血法辨认血缘关系的说法。然而我听一位老吏说：“亲骨肉的血必能相合，这是在就一般情况而言。如果在冬天把验血的容器放在冰雪上，冻得使它极凉；或者在夏天用盐醋擦拭容器，使容器有酸咸的味道，那么所滴的血一接触容器，就会马上凝结，即使是骨肉至亲的血也不会相合。所以用滴血验亲法断，并不能断得完全正确。”但是这位县官假如不使用滴血法，那么商人的弟弟就不会上诉，而他妻子私通生孩子的事就不会水落石出。也许有什么神秘的原因所驱使，不可完全责备这位县官拘泥于古法。

［原文］

先兄晴湖言：有王震升者，暮年丧爱子，痛不欲生。一夜偶过其墓，徘徊凄恋，不能去。忽见其子独坐陇头，急趋就之，鬼亦不避。然欲握其手，辄引退。与之语，神意索漠，似不欲闻。怪问其故，鬼哂曰：“父

子宿缘也，缘尽，则尔为尔我为我矣，何必更相问讯哉！”掉头竟去。震升自此痛念顿消。客或曰：“使西河[1]能知此义，当不丧明。”先兄曰：“此孝子至情，作此变幻，以绝其父之悲思，如郗(xī)超[2]密札之意耳，非正理也。使人存此见，父子兄弟夫妇，均视如萍水之相逢，不日趋于薄哉！”

［注释］

①西河：指孔子的弟子子夏。子夏曾在西河讲学，后因子夭折，痛哭失明。②郗超：东晋人，官至中书侍郎。在临死之时，给其父留下自己参与谋反的书信，来激怒父亲，使父亲不再思念他。

［译文］

先兄长晴湖说，有一个叫王震升的人，晚年失去了爱子，痛不欲生。一天夜里，他偶尔路过儿子的坟墓，便徘徊留恋，不忍心离去。忽然间，他看见儿子的鬼魂独自坐在田陇尽头，他便急忙跑过去。鬼也不躲他。然而他想握儿子的手，鬼便后退。他和儿子说话，儿子却很冷漠，仿佛不爱听。他感到奇怪，便问怎么了。鬼嘲笑道：“父子之情，不过是宿缘，如今缘分已尽，你就是你，我就是我，为什么再来关照呢？”说完掉头就走。王震升从此便不再痛念儿子了。有个客人说：“如果西河明白这个道理，也不会失明了。”先兄晴湖说：“这是孝子的至情，做这样的变幻，就是要断绝父亲对他的思念之情。这与晋人郗超密信的用意一样，并不是正理。假如每人都心中存有这个念头，那么父子、兄弟、夫妻之间的情谊都被看作萍水相逢，人情不是会更加淡薄了吗？”

［原文］

某公纳一妾，姿采秀丽，言笑亦婉媚，善得人意。然独坐则凝然若有思，习见亦不讶也。一日，称有疾，键户昼卧。某公穴窗纸窥之，则涂脂傅粉，钗钏衫裙，一一整饬，然后陈设酒果，若有所祀者。排闼(tà)入问，姬蹙然敛衽(rèn)跪曰：“妾故某翰林之宠婢也。翰林将殁，度夫人必不相容，虑或鬻(yù)入青楼，乃先遣出。临别，切切私嘱曰：‘汝嫁我不恨，嫁而得所我更慰。惟逢我忌日，妆必于密室靓汝私祭我；我魂若来，以香烟绕汝为验也。’”某公曰：“徐铉[1]不负李后主，宋主弗罪也。吾何妨听汝。”姬再拜炷香，泪落入俎。烟果袅袅然三绕其颊，渐蜿蜒绕至足。温庭筠[2]《达摩支曲》曰：“捣麝(shè)成尘香不灭，拗莲作

寸丝难绝。”此之谓欤！虽琵琶别抱，已负旧恩，然身去而心留，不犹愈于同床各梦哉。

［注释］

①徐铉：五代宋初时的文学家、书法家。任南唐吏部尚书，后随李煜归宋，官至散骑常侍，世称“徐骑省”。②温庭筠：晚唐人。本名岐，字飞卿，太原祁（今山西祁县）人。其诗与李商隐齐名，并称“温李”。

［译文］

某公讨了一个小老婆，姿色艳丽，言笑也十分妩媚，很善解人意。然而，每当她独处的时候，就凝神若有所思。某公看惯了也就不觉得奇怪了。有一天，她称说有病，大白天插上门睡觉。某公捅破窗纸偷看，见她涂脂抹粉，头钗手镯衣衫裙子，都一一齐整，然后摆好佳肴美酒，好像要祭祀。某公推门进去发问，小老婆伤感地跪下说：“我本是已死去某翰林宠爱的婢女。翰林临终之前，料到夫人肯定不会容我，怕我将来会被卖到妓院，就先把我打发出来。临别时，他恳切地叮嘱我：‘你嫁人我不恨，假如嫁个好人，我更感到欣慰。只是每逢我的忌日，你一定要在密室里化好妆祭奠我。我的鬼魂假若来了，将会有青烟环绕着你。’”某公说：“徐铉在亡国之际仍忠于李后主，宋太祖一点儿不怪罪。我也不会阻止你。”她烧香再拜，泪水落在祭品上。青烟果然袅袅地多次绕过她的脸颊，慢慢地蜿蜒绕到了脚。温庭筠在《达摩支曲》中写道：“捣麝成尘香不灭，拗莲作寸丝难绝。”表达的就是这种情感吧。她虽然另嫁他人，有负于翰林的旧恩，但是她人去心留，不比同床异梦的夫妻强得多吗？

［原文］

程念伦，名思孝，乾隆癸酉甲戌间，来游京师，弈称国手。如皋冒祥珠曰：“是与我皆第二手，时无第一手，遽自称耳。”一日，门人吴惠叔等扶乩，问：“仙善弈否？”判曰：“能。”问：“肯与凡人对局否？”判曰：“可。”时念伦寓余家，因使共弈。初下数子，念伦茫然不解，以为仙机莫测也，深恐败名，凝思冥索，至背汗手颤，始敢应一子，竟犹惴惴（zhuì）。稍久，似觉无他异，乃放手攻击。乩仙竟全局覆没，满室哗然。乩忽大书曰：“吾本幽魂，暂来游戏，托名张三丰①耳。因初解弈，故尔率答。不虞此君之见困，吾今逝矣。”惠叔慨然曰：“长安道上，鬼亦诳人。”余戏曰：“一败即吐实，犹是长安道上钝鬼也。”

［注释］

①张三丰：明代道士。本名通，又字全一，名君实（一作“君宝”），通儒学、善书画，其所创的武学有王屋山邋遢派、三丰自然派等。

［译文］

程念伦，名叫思孝。他在乾隆十八、十九年间到京城游历，他的棋艺被称为“国手”。如皋人冒祥珠说：“我和程念伦都是二流棋手，现在还没有发现一流棋手。他只不过是自吹而已。”有一天，我的门人吴惠叔等人扶乩，有人就问：“仙人会下棋吗？”乩仙下判语说：“会。”又问：“您肯和普通人下一盘吗？”乩仙说：“可以。”当时，程念伦正住在我家，就叫他和仙人对局。开始几枚棋子，程念伦茫然不解，以为仙机莫测；他唯恐败坏了自己的名声，每走一步都要冥思苦想，以至于汗流浃背，两手发抖，才敢出一子，心里还惴惴的。过了一会儿，就觉得乩仙的棋艺，没有什么高明的地方，于是放手进攻，乩仙竟然一败涂地。在座的人都喧哗起来。乩仙忽下判语说：“我本是个幽灵，暂时来玩一玩，托名张三丰。由于粗懂棋弈便轻率地和你对棋。没想到这位国手竟被吓住了。现在，我该走了！”吴惠叔慨然长叹说：“想不到京城的鬼也会出来诳人！”我开玩笑说：“刚一败阵就吐露了真情，也还算得上是京城的实在鬼。”

［原文］

朱青雷言：高西园尝梦一客来谒，名刺为司马相如。惊怪而寤(wù)，莫悟何祥。越数日，无意得司马相如一玉印，古泽斑驳，篆法精妙，真昆吾①刀刻也。恒佩之不去身，非至亲昵者不能一见。官盐场时，德州卢丈雅雨为两淮运使，闻有是印，燕见时偶索观之。西园离席半跪，正色启曰：“凤翰一生结客，所有皆可与朋友共。其不可共者惟二物：此印及山妻也。”卢丈笑遣之曰：“谁夺尔物者，何痴乃尔耶！”西园画品绝高，晚得末疾，右臂偏枯，乃以左臂挥毫。虽生硬倔强，乃弥有别趣。诗格亦脱洒。虽托迹微官，蹉跎以殁，在近时士大夫间，犹能追前辈风流也。

［注释］

①昆吾：用贵重的昆吾石冶炼成铁所制作的刀剑。此处指宝刀。元关汉卿《单刀会》：“他轻举龙泉杀车胄，怒拔昆吾坏文丑。”

［译文］

朱青雷说，高西园曾梦见一位客人来拜访他，名片上写的是“司马相如”。他惊奇地醒来，不知道预示什么。几天以后，高西园无意之中得到司马相如的一枚玉印。玉印古色古香，锈迹斑驳，篆刻极为精妙，真是昆吾刀刻的。高西园佩戴着不离身，除非是至亲好友，谁也不让看。他在盐场任职时，德州人卢雅雨任两淮盐运使，听说他有这方玉印，便在宴席间偶然向他索要观看。高西园离席半跪着严肃地说：“我一生结交了很多朋友，我的身外之物无一不可以与朋友共享，只有两样东西不可割爱：一是这枚玉印，再就是我的妻子。”卢雅雨笑着说：“谁想夺你的东西？为何痴心到这个样子。”高西园的画艺极高，晚年患了偏瘫，右臂残废，就用左臂作画。画出的画看起来生硬不流畅，却别有一番风趣。他的诗风格也洒脱，虽然他官职低微，坎坷一生，但在近时的士大夫中，也称得上是具有前辈的才气之人了。

［原文］

房师孙端人先生，文章淹雅，而性嗜酒。醉后所作，与醒时无异。馆阁诸公，以为斗酒百篇[1]之亚也。督学云南时，月夜独饮竹丛下，恍惚见一人注视壶盏，状若朵颐（yí）[2]。心知鬼物，亦不恐怖，但以手按盏曰：“今日酒无多，不能相让。”其人瑟缩而隐。醒而悔之，曰：“能来猎酒，定非俗鬼。肯向我猎酒，视我亦不薄。奈何辜其相访意。”市佳酿三巨碗，夜以小儿陈竹间。次日视之，酒如故。叹曰：“此公非但风雅，兼亦狷介。稍与相戏，便涓滴不尝。”幕客或曰：“鬼神但歆其气，岂真能饮！”先生慨然曰：“然则饮酒宜及未为鬼时，勿将来徒歆其气。”先生侄渔珊，在福建学幕，为余述之。觉魏晋诸贤，去人不远也。

［注释］

①斗酒百篇：唐诗人杜甫《饮中八仙歌》“李白斗酒诗百篇，长安市上酒家眠。”②朵颐：鼓动两颊，咀嚼食物的样子。

［译文］

房师孙端人先生，文章写得含蓄典雅，而喜欢饮酒。酒后的文章与清醒时写的文章没有两样。翰林院的学者们都称赞孙端人先生是第二位斗酒诗百篇的醉仙。他在督学云南时，月夜独自一人在竹丛下小饮。恍惚间发现有人在注视着他的酒杯酒壶，表现出很馋的样子。先生心里明白是鬼，也不恐惧，只是用手按着杯子说道：“今天酒不多，就不让你了。”那人缩着身子不见了。孙先生醒过酒劲，非常后悔，说：

“能来要酒喝，绝不是俗鬼；能来向我要酒喝，一定很看得起我，我为什么要辜负他的拜访之意呢？”他买来三大碗好酒，夜间设案摆在竹林间。第二天一看，那酒一点儿没动。孙先生叹道：“这位先生非但风雅，而且孤傲。跟他开个玩笑，竟连一口也不喝了。”幕客中有一个人说：“鬼神不过是吞吸酒的气味，哪能真喝。”孙端人先生感慨地说：“可见喝酒还是要赶在做鬼之前，别等当了鬼，只能吸点儿酒气。”孙端人的侄子孙渔珊在福建学署做幕僚时，给我讲过这事。我觉得魏晋时诸位贤达的遗风，离现在没多久。

［原文］

吴林塘言：曩游秦陇，闻有猎者在少华山麓，见二人儽[1]然卧树下。呼之犹能强起，问：“何困踬(zhì)于此？”其一曰：“吾等皆为狐魅者也。初，我夜行失道，投宿一山家。有少女绝妍丽，伺隙调我。我意不自持，即相媟(xiá)狎。为其父母所窥，甚见詈辱。我拜跪，始免捶挞(tà)。既而闻其父母絮絮语，若有所议者。次日，竟纳我为婿，惟约山上有主人，女须更番执役，五日一上直，五日乃返。我亦安之。半载后，病瘵(zhài)，夜嗽不能寝，散步林下。闻有笑语声，偶往寻视，见屋数楹，有人拥我妇坐石看月。不胜恚忿，力疾欲与角。其人亦怒曰：‘鼠辈乃敢瞰我妇？’亦奋起相搏。幸其亦病惫，相牵并仆。妇安坐石上，嬉笑曰：‘尔辈勿斗，吾明告尔：吾实往来于两家，皆托云上直，使尔辈休息五日，蓄精以供采补耳。今吾事已露，尔辈精亦竭，无所用尔辈。吾去矣。’奄忽不见。两人迷不能出，故饿踣(bó)于此，幸遇君等得拯也。”其一人语亦同。猎者食以干糒(bèi)，稍能举步，使引视其处。二人共诧曰：“向者墙垣故土，梁柱故木，门故可开合，窗故可启闭，皆确有形质，非幻影也。今何皆土窟耶？院中地平如砥(dǐ)，净如拭。今何土窟以外，崎岖不容足耶？窟广不数尺，狐自容可矣，何以容我二人？岂我二人之形亦为所幻化耶？”一人见对面崖上有破磁，曰：“此我持以登楼失手所碎，今峭壁无路，当时何以上下耶？”四顾徘徊，皆惘惘如梦。二人恨狐女甚，请猎者入山捕之。猎者曰：“邂逅相遇，便成佳偶，世无此便宜事。事太便宜，必有不便宜者存。鱼吞钩，贪饵故也；猩猩刺血[2]，嗜酒故也。尔二人宜自恨，亦何恨于狐？”二人乃悯默而止。

［注释］

①儽：憔悴的样子。《老子》：“儽儽兮若无所归。”②猩猩刺血：相传猩猩的血可以当作染料，所以人把猩猩抓来放血。

［译文］

吴林塘说，从前他漫游陕西、甘肃一带，听说有一位猎人在少华山麓见到了两个人，病弱不堪地躺在树下，喊他们，还能勉强起来。猎人问：“为何因病在此？”其中一个说：“我俩都遭到狐仙的媚惑。当初，我走夜道迷了路，便投宿到一个山民家。有一少女长得十分漂亮，趁机勾引我，我把持不住，就和她厮混起来，被她的父母看见了，挨了一通臭骂，我跪在地上求饶，才免了痛打。接着，便听见她父母絮絮叨叨地说话，似乎在商议着什么事。第二天，他们竟招我做女婿。少女说山上有主人，必须轮番去干活，隔五天便去值班，五天后才回来。我也答应了。半年以后，我病倒了。夜里咳嗽得无法入睡，便在林中散步。忽然听到有笑语声，无意中寻声望去，发现有几间房子，有一个人搂着我的妻坐在石头上赏月。我怒火中烧，用力和他厮打。那个人也怒气冲冲地喊：‘胆大鼠辈，竟敢打我妻子的主意。’也奋勇与我搏斗。幸亏他也病得够呛，拉扯着都倒在地上。那女人却安然坐在石头上，嬉笑说：‘你们不用争斗了。我明告你们，我实际上来往于两家，都撒谎说去值班，为的是叫你们休息五天，养精蓄锐，好供我采补。今天我的事已经败露，你们俩的精气已没有了，你们已毫无用处，我该走了！’那女人转眼不见了。我俩迷路走不出去，饿倒在这里，幸亏遇上了您，我俩才能得救。”另一个人说的也相同。猎人拿出干粮给他们吃了，他们才能勉强走路。猎人请他们带着去看一看原来的住处。到了原地，两人都很惊诧：“原先的墙是土的，梁柱是木头的，门能自由开关，窗户也能自由开关，都是实在的东西，不是幻影。现在为何忽然就变成土窟窿了呢？院子里原来地面平整，洁净得像擦拭过。现在为何除了土窟窿之外，狭窄得没有落脚之地？这些土窟窿只有几尺宽，狐仙可以藏身，怎能容得下我们？难道我俩的外形也被幻化了？”另一个人看到对面山崖有破碎的磁片，说道：“那是我端着上楼时，不慎摔坏的。如今悬崖峭壁，无路可走，当时怎么上去的？”两人四面环顾，茫茫然地如南柯一梦。两人非常痛恨狐女，请求猎人进山捕杀狐仙。猎人说：“你们俩与狐狸女邂逅，又结成了夫妻。世上本没有这么便宜的事，事情太便宜，便蕴含着不便宜。鱼吞钩，是因为贪吃钓饵；猩猩被捉拿放血，是因为贪吃酒食。你俩应该恨自己，恨狐仙有什么用？”两个人可怜地不再要求了。

［原文］

先师桂林吕公阆斋言：其乡有官邑令者，莅任之日，梦其房师某公，容色憔悴，若重有忧者。邑令蹙然迎拜曰：“旅榇未归，是诸弟子之过也。然念之未敢忘。今幸托荫得一官，将拮据营窀穸（zhūn xī）①矣。”

盖某公卒于戍所，尚浮厝僧院也。某公曰："甚善。然归我之骨，不如归我之魂。子知我骨在滇南，不知我魂羁于此也。我初为此邑令，有试垦污莱[2]者，吾误报升科。诉者纷纷，吾心知其词直，而恐干吏议，百计回护，使不得申，遂至今为民累。土神诉与东岳，岳神谓事由疏舛，虽无自利之心，然恐以检举妨迁擢(zhuó)，则其罪与自利等。牒摄吾魂，羁留于此，待此浮粮减免，然后得归。困苦饥寒，所不忍道。回思一时爵禄，所得几何？而业海茫茫，竟杳无崖岸，诚不胜泣血椎心。今幸子来官此，倘念平生知遇，为吁请蠲(juān)[3]除，则我得重入转轮，脱离鬼趣。虽生前遗蜕，委诸蝼蚁，亦非所憾矣。"邑令检视旧牍，果有此事。后为宛转请豁，又恍惚梦其来别云。

［注释］

①窀穸：墓穴。②污莱：指积水的洼地和长满杂草的高地。此处指荒地。③蠲：清除，废除。

［译文］

我的老师、桂林人吕闇斋先生说，他的家乡有位任县令的人，上任那天，夜里梦见他的房师某先生。某先生面容憔悴，好像有很深的忧虑。县令急忙迎上前去拜见说："您的遗体寄居在外，是我们几个弟子的过错。但我心里总惦念着这件事，并没有忘记。如今托您的福得了一官半职，正想方设法在筹备安葬。"原来这位先生死在贬所，遗体还寄存在庙中。这位先生说："这非常好。但是，与其归葬我的骸骨，不如使我的灵魂有所归。你只知道我的遗体在滇南，却不知道我的灵魂仍被拘留在此地。当年，我曾在此地任县令，有人开垦了一些荒地，我误报为升科，百姓纷纷写状子上告。我明知他们有理，却又怕舆论对我不利，就千方百计地阻挠，使他们告不赢，所以到现在还使百姓受损失。土地爷报告了东岳神，东岳神认为这是由于工作失误造成的，虽然并非出于自私，但怕被检举影响升迁，所犯过错和自私一样。于是把我的灵魂拘留在此，等租税免除了，才能回去。所受饥寒困苦，我也不忍心再说了。回想起来，一时的爵禄，究竟又得到多少好处？如今业海茫茫，遥无边际，实在令人痛苦万分。今天幸好你来这儿任官，倘若你念着我的知遇之情，呼吁免除不合理的租税，那么我就可以重新进入转轮，脱离鬼界。我的遗体就是去喂蚂蚁，我也毫无怨言。"县令翻阅旧时卷宗，真有这件事。他通过各种渠道请求废除之后，说是又恍惚梦见老师来告别。

［原文］

侍姬之母沈媪言：盐山有刘某者，患癃(lóng)闭[1]，百药不验。一夕，

梦神语曰：“铜头煅灰，酒服之，即通。”问：“铜头为何物？”曰：“汝辈所谓蝼蛄(lóu gū)也。”试之果愈。余谓此湿热蕴结，以湿热攻湿热，借其窜利下行之性耳。若州都之官，气不能化，则求之于本原，非此物所能导也。

[注释]

①癃闭：指小便不通或淋沥点滴而出。

[译文]

我侍妾的母亲沈老太婆说，盐山县有个刘某，患了小便不通的病，吃了许多药，全没有用。一天夜里，刘某梦见神说：“把铜头煅成灰，用酒冲服，小便就通了。”刘某人问：“铜头是什么？”神说：“就是人们常说的蝼蛄。”刘某一试，病果然好了。我认为这种病是湿热蕴结造成的，用湿热攻湿热，起到窜利下行的性能。假如这病发生在膀胱，湿气化结不出来，就得寻求病原，这种药就不能疏导了。

[原文]

李庆子言：山东民家，有狐居其屋数世矣。不见其形，亦不闻其语；或夜有火烛盗贼，则击扉撼窗，使主人知觉而已。屋或漏损，则有银钱铿然坠几上。即为修葺，计所给恒浮所费十之二。若相酬者，岁时必有小馈遗置窗外。或以食物答之，置其窗下，转瞬即不见矣。从不出嬲(niǎo)人，儿童或反嬲之，戏以瓦砾掷窗内，仍自窗还掷出。或欲观其掷出，投之不已，亦掷出不已，终不怒也。一日，忽檐际语曰：“君虽农家，而子孝弟友，妇姑娣姒(sì)皆婉顺，恒为善神所护，故久住君家避雷劫。今大劫已过，敬谢主人，吾去矣。”自此遂绝。从来狐居人家，无如是之谨饬(chì)者，其有得于老氏“和光”①之旨欤！卒以谨饬自全，不遭殛治之祸，其所见加人一等矣。

[注释]

①和光：指把光荣和尘土同等看待。语出《老子》，“和其光，同其尘。”

[译文]

李夫子说，山东一家百姓，有狐仙居住在他家已经几代了。狐仙不见身形，也听不见声音；有时夜间如果有火警盗警，狐仙就敲门摇窗，让主人知道。屋子漏损，就有银钱当啷一声落到几案上。用以修缮房屋，所费总是能富裕十分之二，好像是对主人的酬谢。到了过年时，狐仙必定赠送些小礼品，放在窗外。主人有时以礼物答谢，放在狐仙所住屋子的窗外，便转眼不见了。狐仙从来不扰人，有时候小孩子去惹狐仙，往里抛掷砖头瓦块，狐仙也只是再从窗户扔出来。有时小孩子要看里面怎么往外扔，便不停地往里投，狐仙不过不停地往外扔，始终不生气。有一天，忽然听到房檐上有人说："您虽说是农家，但是儿女孝敬，兄弟友爱，婆媳、妯娌和睦，常被神保护着，所以我长期居住在您家里，以避雷劫。现在大劫已过，敬谢主人，告辞了。"此后，再也没有狐仙了。狐仙居住在人家，从来也没有这么小心自我约束的，大概他们体会了老子关于"和光同尘"的要旨了吧。他们终于因小心自我约束保全了自己，避开了劾治之祸，他们的见识可以说高人一等了。

［原文］

海淀人捕得一巨鸟，状类苍鹅，而长喙(huì)利吻，目睛突出，眈眈可畏。非鹜非鹳，非鸨非鸬鹚，莫能名之，无敢买者。金海住先生时寓直澄怀园，独买而烹之，味不甚佳。甫食一二脔，觉胸膈间冷如冰雪，坚如铁石；沃以烧春[①]，亦无暖气。委顿数日，乃愈。或曰："张读《宣室志》载，俗传人死数日后，当有禽自柩中出，曰'杀'。有郑生者，尝在隰(xí)川，与郡官猎于野，网得巨鸟，色苍，高五尺余；解而视之，忽然不见。里中人言有人死且数日，卜者言此日'杀'当去。其家伺而视之，果有巨鸟苍色自柩中出。"又"《原化记》载，韦滂(pāng)借宿人家，射落'杀'鬼，烹而食之，味极甘美。先生所食，或即'杀'鬼所化，故阴凝之气如是欤！"倪余疆时方同直，闻之笑曰："是又一终南进士[②]矣。"

［注释］

①烧春：指烧酒。②终南进士：指中国民间传说中驱鬼逐邪之神钟馗。传说他是唐初终南山人，相貌奇丑，才华横溢，为人刚直。他赴长安应试时，取为贡士之首，可在殿试时，奸相卢杞以貌取人，使其落选。钟馗大怒，头撞殿柱而死，震惊朝野。德宗下诏封其为"驱魔大神"，遍行天下"斩妖驱邪"，并用状元官职殡葬。

［译文］

海淀的人捕捉到一只很大的鸟，外形像只灰鹅，嘴巴又长又尖，两眼突出，直瞪瞪地吓人。这只大鸟不是鹜，不是鹳，不是鸨，不是鸬鹚，没人能说出它的名字，也没人敢买它。当时金海住先生正在澄怀园值班，竟买来杀吃了，味道不怎么样。吃下云一两块，就觉得胸膈之间冷如冰雪，坚硬如铁石。喝了两杯烧酒，仍然没有暖和气。困顿了好几天，才慢慢好了。有人说：张读的《宣室志》中记载，民间传说人死几天之后，就有鸟从灵柩中飞出来，管它叫“杀”。有个姓郑的，在隰川和郡官一起去打猎，网住了一只五尺多高的大灰鸟。把大鸟从网里取出来观察，却忽然不见了。村子里有人说某人死了好几天，卜者说这一天“杀”要离去。家属偷看，真有一只灰色大鸟从棺材里飞出。还有《原化记》载，韦滂在别人家借宿时，用箭射落了“杀”鬼，烹做了之后吃了，味道极美。先生所烹食的那只大鸟，大概也是“杀”鬼所幻化的，所以它的阴凝之气才这么冰冷吧？倪余疆先生正与金海住先生一起轮值，听了后，笑着说：“咱们这里又出现了一个钟馗。”

［原文］

文安王岳芳言：有杨生者，貌姣丽，自虑或遇强暴，乃精习技击，十六七时，已可敌数十人。会诣通州应试，暂住京城。偶独游陶然亭，遇二回人强邀入酒肆。心知其意，姑与饮啖，且故索珍味食。二回人喜甚，因诱至空寺，左右挟坐，遽(jù)拥于怀。生一手按一人，并踣于地，以足踏背，各解带反接，抽刀拟颈曰：“敢动者死！”褫(chǐ)其下衣，并淫之，且数之曰：“尔辈年近三十，岂足供狎昵！然尔辈污人多矣，吾为孱(chán)弱[1]童子复仇也。”徐释其缚，掉臂径出。后与岳芳同行，遇其一于途，顾之一笑。其人掩面鼠窜去。乃为岳芳具道之。岳芳曰：“戕命者使还命，攘财者使还财，律也，此当相偿者也。惟淫人者有治罪之律，无还使受淫之律，此不当偿者也。子之所为，谓之快心则可，谓之合理则未也。”

［注释］

①孱弱：瘦弱，衰弱。

［译文］

文安人王岳芳说，有位杨生，相貌漂亮，他担心会因此受侮辱，便精练格斗，十六七岁时，已能抵挡几十个人了。他到通州去赶考，就到京城暂时住下。偶然到陶然亭散步，遇到两个回民，强拉他到酒店里喝酒。杨某知道他们不怀好意，姑且与他们吃喝，并故意点贵菜。两个回民非常高兴，把他骗到一座空庙里，一左一右挟他坐着，随即拥到怀里。杨生一手按着一个人，两人都趴在地上。杨生用脚踏住他们的脊背，解下他们的裤带，反绑了两手，抽出刀比在他们的脖子上说：“谁敢动就要他的命！”他扒下两人的裤子，都给奸污了。并教训他们说：“你们近三十岁了，真不值得玩弄。不过你们欺辱的人太多了，我要为被你们污辱的弱童子们报仇！”说完，从容地给他俩松了绑，甩甩袖子扬长而去。后来，杨生与王岳芳同行，碰上了那两个回民中的一个。杨生向他微微一笑，吓得那人抱头鼠窜。杨生便把来龙去脉告诉了王岳芳。王岳芳说：“杀人者偿命，欠债者还钱，这就是刑律，这是应该偿还的。唯有污辱他人的人，自有法律来治罪，没有使污辱人的人受污辱的法律，这是不该偿还的。你这么做，说是大快人心还可以，说它合理，就说不过去了。”

［原文］

从侄虞惇言：闻诸任丘刘宗万曰：“有旗人赴任丘催租，适村民夜演剧，观至二鼓乃散。归途酒渴，见树旁茶肆，因系马而入。主人出，言火已熄，但冷茶耳。入室良久，捧茶半杯出，色殷红而稠粘，气似微腥。饮尽，更求益。曰：‘瓶已罄矣，当更觅残剩。须坐此稍待，勿相窥也。’既而久待不出，潜窥门隙，则见悬一裸女子，破其腹，以木撑之，而持杯刮取其血。惶骇退出，乘马急奔。闻后有追索茶钱声，沿途不绝。比至居停，已昏瞀(mào)坠仆。居停闻马声出视，扶掖入。次日乃苏，述其颠末。共往迹之，至系马之处，惟平芜老树，荒冢累累，从棘上悬一蛇，中裂其腹，横支以草茎而已。此与裴硎(xíng)①《传奇》载卢涵遇盟器婢子杀蛇为酒事相类。然婢子留宾，意在求偶。此鬼鬻(yù)茶胡为耶？鬼所需者冥镪(qiǎng)，又向人索钱何为耶？”

［注释］

①裴硎：唐末传奇小说家。一生以文学名世，唐代小说之所以称为传奇，便是从其名著《传奇》一书而来。

［译文］

堂侄虞惇说，听任丘人刘宗万讲：“有位旗人到任丘县来收租，赶上村民夜里演戏。他看到二更天戏才散。返回途中，因酒后口渴，见大树边有个茶馆，所以拴了马进了茶馆。茶馆主人说火已熄灭，只有凉茶了。店主人进去半天，才端出半杯茶。那茶殷红而黏稠，有点腥味儿。旗人一饮而尽，还想喝。主人说：‘茶壶已经控干了，我再去找找。您坐在这里稍等片刻，别往里边偷看。’等了好久，也不见主人出来，旗人偷偷从门缝往里看，只见悬挂着一个裸体女人，肚子已经开膛，用一支木棍撑着。主人正拿着杯子刮女人肚子里的血。旗人吓得仓皇逃出店门，上马拼命奔跑。只听后面有人追赶索要茶钱声，一路不停。等他跑回住处，已昏迷从马上掉了下来。主人听到马声出来，把他搀扶进屋里。第二天他才缓过劲儿来，讲述了原因。大家一起去察看。只见昨天拴马的地方，只有一棵半死不活的老树，到处都是坟丘。在一处荆棘丛中，悬挂着一条蛇，腹部被剖开，有一根草棍横向撑着。这和唐朝裴铏所著《传奇》中殉葬女俑杀蛇取血为酒的故事相似。然而那个女俑留客人是为了寻求配偶。这个鬼以蛇血为茶，为的是什么呢？鬼需要的是纸钱，向人讨茶钱干什么用呢？”

［原文］

田香谷言：景河镇西南有小村，居民三四十家。有邹某者，夜半闻犬声，披衣出视。微月之下，见屋上有一巨人坐。骇极惊呼，邻里并出。稍稍审谛，乃所畜牛昂首而蹲，不知其何以上也。顷刻喧传，男妇皆来看异事。忽一家火发，焰猛风狂，合村几尽为焦土。乃知此为牛祸，兆回禄[①]也。姚安公曰：“时方纳稼，豆秸谷草，堆秫(shú)篱茅屋间，衺延相接。农家作苦，家家夜半皆酣眠。突尔遭焚，则此村无噍类矣。天心仁爱，以此牛惊使梦醒也，何反以为妖哉！”

［注释］

①回禄：传说中的火神名。《左传·昭公十八年》：“禳火于玄冥回禄。”杜预注：“玄冥，水神；回禄，火神。”后用作火灾的代称。

［译文］

田香谷说，景河镇西南有个小村子，居住三四十户人家。有个姓邹的人，半夜听见狗叫，急忙披衣出来察看。在月色微光之下，看见屋顶上坐着一个巨人。他吓得失声呼喊，街坊四邻都跑出来，仔细一看，原来是邹家养的牛仰头蹲在房上，不知牛怎么上了房。顷刻之间传扬开来，男男女女都来看怪事。忽然有一家着了火，风大火猛，全村几乎全部化为灰烬。人们才知道这是牛上房之祸，是火灾的前兆。先父姚安公说：“当时正是秋收季节，豆秸谷草堆放在茅草屋附近，家家绵延相连，农家劳动辛苦，家家半夜都睡得正香。突然暴发火灾，那么全村就不会剩下活的了。上天爱护生灵，所以用牛惊醒村民。为何反而责备牛是妖怪呢？”

［原文］

同郡某孝廉未第时，落拓不羁，多来往青楼中。然倚门者视之，漠然也。惟一妓名椒(jiāo)树者独赏之，曰：“此君岂长贫贱者哉！”时邀之狎饮，且以夜合资供其读书。比应试，又为捐金治装，且为其家谋薪米。孝廉感之，握臂与盟曰：“吾倘得志，必纳汝。”椒树谢曰：“所

以重君者，怪姊妹惟识富家儿；欲人知脂粉绮罗中，尚有巨眼人耳。至白头之约，则非所敢闻。妾性冶荡，必不能作良家妇；如已执箕帚，仍纵怀风月，君何以堪！如幽闭闺阁，如坐囹圄（líng yǔ），妾又何以堪！与其始相欢合，终致仳离，何如各留不尽之情，作长相思哉！”后孝廉为县令，屡招之不赴。中年以后，车马日稀，终未尝一至其署，亦可云奇女子矣。使韩淮阴[①]能知此意，乌有“鸟尽弓藏”之憾哉！

［注释］

①韩淮阴：指汉代名将韩信。韩信为汉初大将，楚汉战争中，刘邦用其策定关中。以十面埋伏，使项羽自杀于垓下。因功勋卓著被封为楚王，之后被贬为淮阴侯，为吕后所杀。

［译文］

我同郡的一位举人没有考取功名之前，穷困潦倒，放荡不羁，常来往于妓院。然而烟花女子都不愿意搭理他。只有一个叫椒树的妓女赏识他，说：“这位郎君怎会长久地贫穷下去呢？”时常请他来宴饮亲热，并拿出接客钱资助他读书。等到应考时，椒树又出钱为他准备行装，并为他家准备了柴米油盐，这人感激她，拉着椒树的手说：“倘若我得到一官半职，必然娶你。”椒树辞谢说：“我所以器重您，只是怪姐妹们只认识富家儿，我想让人们明白，在脂粉堆里，也有慧眼识贤的人。至于白头偕老的约定，我是不敢想的。我性情放荡，一定当不成良家妇女。假如我成了您的夫人，依然纵情声色，您怎么受得了？假如我幽禁在楼阁中，对我就像进了监狱，我如何受得了？与其开始欢合，最终离异，还不如互留相思之情，作为长久的思念。”后来，这位举人果然官居县令，他多次请椒树来，她都没有答应。中年以后的椒树门前车马日渐稀少。她也没有到县衙去。这也可称得上是一位奇女子了。假如当年淮阴侯韩信能够明白这种心意，也就不会有“飞鸟尽，良弓藏”的慨叹了。

［原文］

李樵风言：杭州涌金门外，有渔舟泊神祠下，闻祠中人语嘈杂。既而神诃曰：“汝曹野鬼，何辱文士？罪当笞（chī）。”又闻辩诉曰：“人静月明，诸幽魂暂游水次，稍释羁愁。此二措大[①]独讲学谈诗，刺刺不止。众皆不解，实所厌闻。窃相耳语，微示不满，稍稍引去则有之，非敢有所触犯也。”神默然，少顷，曰：“论文雅事，亦当择地择人。先生休矣。”俄而磷火如萤，自祠中出。遥闻吃吃笑不已，四散而去。

［注释］

①措大：指穷困失意的读书人。

［译文］

李樵风说，杭州涌金门外，有一条渔船停泊在岸边的祠堂下，听到祠堂里人声嘈杂。接着便听到神呵斥道："你们这群野鬼，为何侮辱文士？论罪应该吃板子！"又听到有人辩解说："月明人静，我们这些幽魂怨鬼暂且到河边散步，也好驱散心中的忧愁。可这两个穷酸在这里讲学谈诗，絮絮叨叨个没完。众人又听不明白，实在不愿意听，因此窃窃私语，稍微表示了点儿不满，有的听着听着就走了，并不敢触犯他们。"神默不作声，呆了一会儿说："谈论诗词是雅事，也该选择地方和听众，先生算了吧。"不一会儿，看见磷火像萤火虫，从祠堂里出来，远远地听到有吃吃的笑声，四散而去。

［原文］

刘熥[tēng]，沧州人。其母以康熙壬申生，至乾隆壬子，年一百一岁，尚强健善饭。屡逢恩诏，里胥欲为报官支粟帛[bó]，辄固辞弗愿。去岁，欲为请旌建坊，亦固辞弗愿。或询其弗愿之故。慨然曰："贫家嫠[lí]妇，赋命蹇[jiǎn]①薄，正以颠连困苦，为神道所怜，得此寿耳。一邀过分之福，则死期至矣。"此媪所见殊高。计其生平，必无胶胶扰扰分外之营求。宜其恬然冲静，颐养天和，得以保此长龄矣。

［注释］

①蹇：困苦，不顺利。

［译文］

刘熥是沧州人。他母亲生于康熙三十一年（公元1692年），到了乾隆五十七年（公元1792年），已经是一百零一岁了，依然身板硬朗，饭量不小。皇上屡次颁布恩诏，乡官想报官府领取粮食布匹，她都坚决辞谢了。去年又要为她请求旌表，建立牌坊，她死活也不同意。有人问她不愿意的缘故，老人慨然说："我是一个穷人家的寡妇，天生命薄。正因为我这辈子颠沛困苦才为神明怜悯，得以长寿。一求非分之福，那么死期就会来啦。"这老太太的见识非常高明。估计她这一生，绝没有忙忙碌碌地进行分外的争求。她顺和着天，当然就能恬淡静和地颐养天年，才得以能长寿啊。

槐西杂志二

[原文]

安中宽言：有人独行林莽间，遇二人，似是文士，吟哦而行。一人怀中落一书册，此人拾得。字甚拙涩，波磔（zhé）①皆不甚具，仅可辩识。其中或符箓、或药方、或人家春联，纷糅（róu）无绪，亦间有经书古文诗句。展阅未竟，二人遽追来夺去，倏忽不见。疑其狐魅也。一纸条飞落草间，俟其去远，觅得之。上有字曰："《诗经》于字皆音乌，《易经》无字左边无点。"余谓此借言粗材之好讲文艺者也，然能刻意于是，不愈于饮博游冶乎！使读书人能奖励之，其中必有所成就。乃薄而挥之，斥而笑之，是未思圣人之待互乡、阙党②二童子也。讲学家崖岸过峻，使人甘于自暴弃，皆自沽己名，视世道人心如膜外耳。

[注释]

①波磔：书法以左撇为波，右捺为磔。②互乡、阙党：古地名，具体地址不详。

[译文]

安中宽说，有个人独自在密林草丛中行走，碰上两个人，好像是书生，边走边吟诵着诗文。从一个人的怀中掉出一本书，被赶路的人捡起来。书中的文字极其拙笨，撇捺都不太齐全，仅仅能让人辨认出来。其中有的是符箓，有的是药方，有的是家用的春联，纷乱混杂，毫无头绪，还夹杂着经书、古文、诗句等、没等赶路的人翻看完，那两个人就急忙追上来把书夺去，转眼就不见了。赶路的人怀疑他们大概是狐狸精。一张纸条飘落到草丛里，等那两个人走远后，他才把纸条捡起来。上面写道："《诗经》中的'于'字都读作'乌'，《易经》中的'无'字左边没有点。"我认为这是借此讽刺那些才疏学浅而又喜欢谈论学问的人。然而能在这方面专心一意，难道不胜过只知饮酒赌博、拈花惹草的人吗！如果这些人都能受到称赞和勉励，那么其中一定会出现学有所成的人。可是有人鄙视他们、抛弃他们，斥责他们、嘲笑他们，没有想想圣人是怎么样对待互乡、阙党两个小童子的。那些道学家过于高傲，目中无人，使人甘心自暴自弃，而他们却都只顾沽名钓誉，把社会风气和人们的愿望看作是与己无关的事。

[原文]

某公眷一娈童，性柔婉，无市井态，亦无恃宠骄纵意。忽泣涕数

日，目尽肿。怪诘其故。慨然曰：“吾日日荐枕席，殊不自觉。昨寓中某与某童狎，吾穴隙窃窥，丑难言状，与横陈之女迥殊。因自思吾一男子而受污如是，悔不可追，故愧愤欲死耳。”某公譬解百方，终怏怏不释，后竟逃去。或曰：“已改易姓名，读书游泮①矣。”梅禹金②有《青泥莲花记》，若此童者，亦近于青泥莲花欤！又奴子张凯，初为沧州隶，后夜闻罪人暗泣声，心动辞去，鬻身于先姚安公。年四十余，无子。一日，其妇临蓐，凯愀然曰：“其女乎！”已而果然。问：“何以知之？”曰：“我为隶时，有某控其妇与邻人张九私。众知其枉，而事涉暧昧，无以代白也。会官遣我拘张九。我禀曰：‘张九初五日以逋赋拘，初八日笞十五去矣。今不知所往，乞宽其限。’官检征比册，良是，怒某曰：‘初七日张九方押禁，何由至汝妇室乎？’杖而遣之。其实别一张九，吾借以支吾得免也。去岁，闻此妇死。昨夜梦其向我拜，知其转生为我女也。”后此女嫁为贾人妇，凯夫妇老且病，竟赖其孝养以终。杨椒山③有《罗刹成佛记》。若此奴者，亦近于罗刹成佛欤！

［注释］

①游泮：明清时科举制度，经州县考试录取的生员就读于学宫，称游泮。泮，即泮宫。古代学宫前有泮水，故称学宫为泮宫。原为西周诸侯所设的大学之名。宋后仍沿用此称。清蒲松龄《聊斋志异·叶生》：“又厚遗其子，为延师教读，言于学使，逾年游泮。”②梅禹金：指明朝梅鼎祚，字禹金，号胜乐道人，安徽宣城人。自幼好学，诗文名扬江南。与戏剧家汤显祖为莫逆之交，擅长诗词，有“诗文清雅”之誉。所作《玉合记》为昆山派的扛鼎之作，在中国戏曲史上具有一定影响。③杨椒山：指明代著名谏臣杨继盛。杨继盛父母早亡，在嘉靖年间中进士，官至兵部员外郎。

［译文］

某公眷恋着一个娈童，他性情温柔和婉，既无市侩的习气举止，也没有恃着受宠而骄纵的意思。忽然他连着哭了好几天，眼睛都哭肿了。某公奇怪地问他怎么了。他感慨地说：“我天天给您侍寝，却一点儿也没察觉什么。昨天，寓所里的某人和某童鬼混，我从缝隙中偷看，那种丑态简直难以形容，和躺着的女子玉体相比，实在是太不一样了。所以我想到，我这堂堂的男子却受到如此的污辱，真是后悔都来不及呀，所以我羞愧愤恨，想一死了之。”某公想方设法劝解他，但他始终郁郁不乐。后来他终于逃走了。有人说：“那位娈童已经改名换姓，用心读书、求取功名去了。”

梅禹金写有《青泥莲花记》，像这位娈童，也和出淤泥而不染的莲花差不多了。又，奴仆张凯，起初是沧州的差役，后来在半夜听到罪犯偷偷地哭泣声，内心受到震动而辞去，卖身到先父姚安公家。张凯四十多岁时，还没有儿子。一天，他的媳妇临产了，张凯神情忧伤地说："恐怕是个闺女吧。"孩子生出来果然是个女儿。妻子问："你怎么知道的？"张凯说："我当差役时，有个人指控他的妻子和邻居张九通奸。众人都知道张九冤枉，可事情关系到弄不清的男女奸情，因而没人替他说好话。恰好上司派我拘捕张九。我就禀告说：'张九在初五因拖欠田税被拘捕，初八那天挨了十五大板后被放了。现已不知他上何处去了，请您再宽限几天吧。'上司查看了证据，翻阅了簿册，确实如此，所以就怒斥告状人说：'初七那天张九正被关押着，他怎么能到你媳妇的卧室里去呢？'把他打了一通后赶出了衙门。其实这是另一个张九，我不过是借他搪塞一番。去年，我听说那个女人死了。昨天夜里，梦见她向我下拜，知道她将转世托生，成为我的女儿了。"后来，这个女儿嫁给商人做妻子，张凯夫妇年老又多病，最终全都仰仗她孝敬奉养以终天年。杨椒山撰有《罗刹成佛记》一书。像这位奴仆的经历，也和恶鬼成佛的过程一样吧！

［原文］

乌鲁木齐多狭斜小楼深巷，方响[1]时闻。自谯(qiáo)鼓初鸣，至寺钟欲动，灯火恒荧荧也。冶荡者惟所欲为，官弗禁，亦弗能禁。有宁夏布商何某，年少美风姿，资累千金，亦不甚吝，而不喜为北里游。惟畜牝豕(shǐ)十余，饲极肥，濯(zhuó)极洁，日闭门而沓淫之。豕亦相摩相倚，如昵其雄。仆隶恒窃窥之，何弗觉也。忽其友乘醉戏诘，乃愧而投井死。迪化厅同知木金泰曰："非我亲鞫(jū)是狱，虽司马温公[2]以告我，我弗信也。"余作是地杂诗，有曰："石破天惊事有无，后来好色胜登徒[3]。何郎甘为风情死，才信刘郎爱媚猪[4]。"即咏是事。人之性癖，有至于如此者！乃知以理断天下事，不尽其变；即以情断天下事，亦不尽其变也。

［注释］

①方响：指古代的一种打击乐器。此处指乐曲。②司马温公：指宋代名臣司马光。司马光是北宋时期著名政治家、史学家、文学家。字君实，号迂叟，世称"涑水先生"。官至翰林学士、御史中丞。因反对王安石变法，贬为西京御史台。主持编写了《资治通鉴》。去世后追赠太师，温国公，谥文正。因此后世称其为温公。③好色胜登徒：语出战国时辞赋家宋玉《登徒子好色赋》。④媚猪：五代南汉王刘𬶍得一波斯女，甚宠爱，赐号"媚猪"。

［译文］

乌鲁木齐有很多青楼妓馆，小楼深巷，鼓乐之声不绝于耳。从谯楼的鼓声刚响，到清晨寺院要打钟时，那里总是灯火闪耀。冶荡的人在那里为所欲为，官府不禁止，也不能禁止得了。有个宁夏的布商何某，年轻貌美，风姿绰约，积累了千金资财。他也不太吝啬，却不喜欢去逛青楼妓馆。只是养了十几头母猪，饲养得格外肥壮，洗刷得极为爽洁，每天他都关起门来，轮番狎弄它们。母猪们也和他依偎在一起，就像和公猪相亲相爱一样。他的仆人一直在偷看，何某却没有察觉。他的朋友借着醉酒的机会，开玩笑问起这事，何某羞惭难当，跳井而死。迪化厅同知木金泰说："如果不是我亲自审理这桩案子，即使是司马光把这事告诉我，我也不会相信。"我创作的乌鲁木齐杂诗中，有一首写道："石破天惊事有没有，后来好色胜登徒。何郎甘为风情死，才信刘郎爱媚猪。"那首诗吟咏的就是这件事。人的性爱怪僻，竟有到达这个地步的。由此可知用理来判断天下的事，不能应付天下事的变化，如果用情来判断天下的事，同样也不能应付天下事的变化。

［原文］

"去去复去去，凄恻门前路。行行重行行，辗转犹含情。含情一回首，见我窗前柳；柳北是高楼，珠帘半上钩。昨为楼上女，帘下调鹦鹉；今为墙外人，红泪沾罗巾。墙外与楼上，相去无十丈；云何咫尺间，如隔千重山？悲哉两决绝，从此终天别。别鹤空徘徊，谁念鸣声哀！徘徊日欲晚，决意投身返。手裂湘裙裾(jū)，泣寄稿砧书。可怜帛一尺，字字血痕赤。一字一酸吟，旧爱牵人心。君如收覆水[①]，妾罪甘鞭捶。不然死君前，终胜生弃捐。死亦无别语，愿葬君家土。倘化断肠花，犹得生君家。"右见《永乐大典》，题曰《李芳树刺血诗》，不著朝代，亦不详芳树始末。不知为所自作，如窦玄妻诗[②]；为时人代作，如焦仲卿妻诗也。世无传本，余校勘《四库》偶见之。爱其缠绵悱恻，无一毫怨怒之意，殆可泣鬼神。令馆吏录出一纸，久而失去。今于役滦(luán)阳，检点旧帙，忽于小箧内得之。沉湮数百年，终见于世，岂非贞魂怨魄，精贯三光[③]，有不可磨灭者乎！陆耳山副宪曰："此诗次韩蕲(qí)王[④]孙女诗前；彼在宋末，则芳树必宋人。"以例推之，想当然也。

［注释］

①覆水：泼在地上的水难以收回。比喻夫妻离异后难以复合。覆，翻、倾倒。

相传汉代朱买臣之妻因家贫与其离异，后朱买臣做了高官，妻子又想复合。朱买臣命人泼了一盆水，问妻子泼了的水是否可以收回。②窦玄妻诗：窦玄，是汉代人，形貌绝异，皇帝要把公主嫁给他，他的妻子伤痛欲绝，写了一首《古怨歌》。③三光：古时称日、月、星为天之三光。④韩蕲王：指南宋朝名将韩世忠。字良臣，陕西省绥德县砭上村人，有勇有谋，刚直不阿。死后追封为蕲王。

［译文］

“去去复去去，凄恻门前路。行行重行行，辗转犹含情。含情一回首，见我窗前柳；柳北是高楼，珠帘半上钩。昨为楼上女，帘下调鹦鹉；今为墙外人，红泪沾罗巾。墙外与楼上，相去无十丈；云何咫尺间，如隔千重山？悲哉两决绝，从此终天别。别鹤空徘徊，谁念鸣声哀！徘徊日欲晚，决意投身返。手裂湘裙裾，泣寄稿砧书。可怜帛一尺，字字血痕赤。一字一酸吟，旧爱牵人心。君如收覆水，妾罪甘鞭捶。不然死君前，终胜生弃捐。死亦无别语，愿葬君家土。倘化断肠花，犹得生君家。”以上诗歌见于《永乐大典》，题目叫作《李芳树刺血诗》，诗歌没有注明创作年代，也不清楚芳树的底细。不知该诗是自述，就像窦玄妻子写的诗一样呢？还是由同时代的人为她写的，就像焦仲卿妻诗歌一样。世上无流传的本子，是我在校刊《四库全书》时偶然发现的，我喜欢诗中缠绵悱恻的情调，没有一丝怨恨的情绪，恐怕连鬼神听后都会为之落泪的。我让馆吏把这首诗抄录出一份，但时间一长就找不到了。现在我来到滦阳供职，在清点旧书时，忽然在一个小箱子里找到了这首诗。它被埋没了几百年，终于又重见天日，这难道不是那位女子贞节、哀怨的魂魄，直贯日、月、星三光，才使诗歌具有了不可磨灭的价值吗？陆耳山副都御史说：“这首诗编排在南宋韩世忠孙女的诗歌前面，她生活在宋代末年，那么芳树必定是宋朝人。”根据惯例推想，这种说法想来应当是正确的。

［原文］

明永乐二年，迁江南大姓实畿(jī)辅①。始祖椒坡公，自上元徙献县之景城。后子孙繁衍，析居崔庄，在景城东三里。今士人以仕宦科第，多在崔庄，故皆称崔庄纪，举其盛也。而余族则自称景城纪，不忘本也。椒坡公故宅，在景城、崔庄间，兵燹(xiǎn)久圮，其址属族叔楘(mù)庵家。楘庵从余受经，以乾隆丙子举乡试，拟筑室移居于是。先姚安公为预题一联曰：“当年始祖初迁地，此日云孙再造家。”后室不果筑，而姚安公以甲申八月弃诸孤。卜地惟是处吉，因割他田易诸楘庵而葬焉。前联如公自谶也。事皆前定，岂不信哉！

［注释］

①畿辅：指京都地区。畿，京畿。辅，三辅。

［译文］

明朝永乐二年（公元1404年），朝廷把江南的世家大族迁徙到京城附近。纪氏的始祖椒坡公，从上元县迁徙到献县的景城。后来子孙繁衍，就分出一部分居住在崔庄；那里位于景城东边三里的地方。现在当地人因做官的、中第的大多出在崔庄，所以把那里的纪氏家族称作“崔庄纪”，以称许那一支的兴盛。而纪氏其余的家族则自称为“景城纪”，以表示不忘记宗族的本原。椒坡公原来的宅邸建在景城、崔庄之间，由于历经兵火战乱，房屋早已被毁坏了，遗址属于本族叔叔楘庵家所有。楘庵曾跟随我学习经书，在乾隆二十一年（公元1756年）参加乡试中举后，打算在先祖旧居的遗址上重建住宅。先父姚安公为他预先题了一副对联：“当年始祖初迁地，此日云孙再造家。”后来新宅未能建起，而姚安公却在乾隆二十九年（公元1764年）八月抛下子女死了。经占卜只有先祖旧宅的遗址风水好，因此另划出别处的一块地与楘庵调换了一下，把姚安公葬在那里。姚安公以前写下的对联却好像是他为自己写的谶语一样。事事都是早已注定的，难道这话不对吗！

［原文］

相去数千里，以燕赵之人，谈滇黔(diānqián)之俗，而谓居是土者，不如吾所知之确。然耶否耶？晚出数十年，以髫龀(tiáochèn)之子，论耆旧之事，而曰见其人者，不如吾所知之确。然耶否耶？左丘明身为鲁史，亲见圣人；其于《春秋》，确有源委。至唐中叶，陆淳辈始持异论。宋孙复以后，哄然佐斗，诸说争鸣，皆曰左氏不可信，吾说可信。何以异于是耶！盖汉儒之学务实，宋儒则近名，不出新义，则不能耸听；不排旧说，则不能出新义。诸经训诂，皆可以口辩相争；惟《春秋》事迹厘然，难于变乱。于是谓左氏为楚人、为七国初人、为秦人，而身为鲁史、亲见圣人之说摇。既非身为鲁史、亲见圣人，则传中事迹，皆不足据，而后可惟所欲言矣。沿及宋季，赵鹏飞作《春秋经筌》，至不知成风为僖公生母，尚可与论名分、定褒贬乎？元程端学推波助澜，尤为悍戾。偶在五云多处检校端学《春秋解》，周编修书昌因言：有士人得此书，珍为鸿宝。一日，与友人游泰山，偶谈经义，极称其论叔姬(xī)归酅一事，推阐至精，夜梦一古妆女子，仪卫尊严，厉色诘之曰：“武王元女，实主东岳。上帝以我艰难完节，接迹共姜，俾隶太姬为贵神，今二千余年矣。昨尔述竖儒之说，谓我归酅为淫于纪季，虚辞

诬诋，实所痛心！我隐公七年归纪，庄公二十年归酅，相距三十四年，已在五旬以外矣。以斑白之嫠妇，何由知季必悦我？越国相从，《春秋》之法，非诸侯夫人不书，亦如非卿不书也。我待年之媵(yìng)，例不登诸简策，徒以矢心不二，故仲尼有是特笔。程端学何所依凭而造此暧昧之谤耶？尔再妄传，当脔尔舌，命从神以骨朵[①]击之。”狂叫而醒，遂毁其书。余戏谓书昌曰：“君耽宋学，乃作此言！”书昌曰：“我取其所长，而不敢讳所短也。”是真持平之论矣。

［注释］

①骨朵：古代棍棒之类的兵器，前端粗壮，如棒槌形。

［译文］

相距几千里远，身为燕赵人，去谈论云南、贵州的风俗，却认为居住在那里的人，不如我所了解得真实可信。这种说法是对？还是不对呢？比别人晚出生几十年，作为一个扎着发髻、缺牙露齿的小孩子，去谈论年高德劭的前辈的事，却说那些见过他们的人，还不如我所了解得真实可信。这种说法是对还是不对呢？左丘明身为鲁国史官，亲眼见过圣人；他对于《春秋》一书，的确了解它的源流始末。到了唐朝中叶，陆淳等一些人开始持有不同的见解。自从宋代人孙复之后，一些人一哄而起，争相助阵，各种观点争论不休。都说左丘明的说法不值得相信，而我的说法才可信。为什么有了不同的观点呢？因为汉代儒者治学致力于实际，宋代儒者则看重名声，如果推演不出新义，就不能耸人听闻；假如不推翻旧说，也就推不出新义。其实，对各种经典的注疏，都能加以争辩讨论，只有《春秋》记事井然有序，很难改动或搞乱。于是宋儒们就提出左丘明是楚国人、是战国初年的人、是秦朝人等等一系列说法，而左丘明是鲁国史官、亲眼见过圣人的说法也就被动摇了。既然左丘明不是鲁国史官，又没亲眼见过圣人，那么《左传》的记事就都不足以作为依据了，至此，宋儒们就可以想怎么说就怎么说了。这种风气沿袭到宋代末年，赵鹏飞写作《春秋经筌》时，竟然不知道成风就是鲁僖公的生身母亲。这样怎么还能和他们一起讨论名分、决定褒贬呢？元代人程端学更是推波助澜，尤为蛮横。我偶然在五云多校订程端学的《春秋解》时，编修周书昌就说：有个读书人得到这部书，当作宝贝一样珍视它。一天，他和朋友到泰山游览，偶尔谈起经义，便极力称赞程端学评论叔姬回归酅地一事，认为他推求阐述得极为精辟。到了夜里，他梦见一位身着古代装束的女子，仪仗及卫士庄重而有威严。女子正颜厉色地质问他说：“武王的长女，是主宰泰山的神。天帝认为我在艰难中守节，事迹接近共姜，因此让我归属于太姬成为尊贵的神，至今已有两千多年了。昨天你称赞那个竖儒的看法，认为我前往酅地是和纪侯的弟弟纪季淫乱，胡说八道诋毁我，实在让我感到痛心！我在鲁隐公七年嫁给纪侯，又在庄公二十年回到酅地，其间相距三十四年，我已经是五十多岁的人了。就凭我这鬓发斑白的一个寡妇，怎么知道纪季会喜欢我呢？按照《春秋》的记事原则，一个女人远嫁他国的话，假如不是诸侯夫人就不记入史册，正像不是公卿不记入史册一样。当时我只是个待嫁的陪嫁女人，按照《春秋》义例不该把这件事记载在史书中，只是因为我忠贞不贰，因此孔子才破例记了下来。程端学究竟根据什么捏造出这种不明不白的诽谤呢？你要是再敢胡言乱语，就该切碎你的舌头。”她命令随从的神用骨朵揍士人。士人狂叫着吓醒了，连忙毁掉了《春秋解》一书。我开玩笑地对书昌说：“你爱好并沉溺在宋学当中，才编造出这些话！”书昌说：“我是吸取它的长处，而不敢避讳它的短处啊。”这才真是公正的观点呢。

［原文］

杨令公祠在古北口内，祀宋将杨业。顾亭林[①]《昌平山水记》，据《宋史》谓业战死长城北口，当在云中，非古北口也。考王曾[②]《行程录》，已云古北口内有业祠。盖辽人重业之忠勇，为之立庙。辽人亲与业战，曾奉使时，距业仅数十年，岂均不知业殁于何地？《宋史》则元季托克托所修，距业远矣，似未可据后驳前也。

［注释］

①顾亭林：指明末清初思想家、史学家、语言学家顾炎武。原名绛，字忠清。明亡后改名炎武，字宁人，学者尊为亭林先生。江苏昆山人。是清代古韵学的开山祖，反对宋明唯心主义的玄学，而强调客观的调查研究，开一代之新风，对后世影响深远。②王曾：宋代学者。青州益都（今山东青州）人，字孝先。出身孤苦，善为文辞，解试、省试、殿试皆第一。官至翰林学士，拜右仆射兼门下侍郎，平章事，集贤殿大学士，封沂国公。

［译文］

杨令公祠建在古北口内，是祭祀宋朝名将杨业的。顾亭林在《昌平山水记》中，根据《宋史》认为杨业战死在长城北口。这个地方应当在云中县，而不是古北口。核查王曾的《行程录》，此书已有古北口内建有杨业祠的记载。因为辽人敬重杨业的忠诚英勇，才为他建立了祠庙。辽人亲自与杨业打过仗，而王曾奉命出使辽邦时，距离杨业之死只有几十年，难道他们都不知道杨业死在哪里吗？《宋史》是元代末年人托克托所编纂的，那时距杨业的时代就更远了，似乎不能根据后人的说法推翻前人的成说。

［原文］

余校勘秘籍，凡四至避暑山庄：丁未以冬、戊申以秋、己酉以夏、壬子以春，四时之胜胥览焉。每泛舟至文津阁，山容水意，皆出天然，树色泉声，都非尘境；阴晴朝暮，千态万状，虽一鸟一花，亦皆入画。其尤异者，细草沿坡带谷，皆茸茸如绿罽(jì)①，高不数寸，齐如裁剪，无一茎参差长短者。苑丁谓之规矩草。出宫墙才数步，即鬖髿(sān suō)②滋蔓矣。岂非天生嘉卉，以待宸游哉！

［注释］

①罽：一种毛织品。②鬖髿：形容参差不齐的样子。

［译文］

我因校订皇家图书，总共四次到避暑山庄：乾隆五十二年（公元 1787 年）的冬天，五十三年（公元 1788 年）的秋天，五十四年（公元 1789 年）的夏天，五十七年（公元 1792 年）的春天，一年四季的美景我全都饱览了一番。每当乘船到文津阁时，只觉得山水的姿容意趣，完全出自天然，草木的色彩，流泉的声响，毫无世俗的境界；阴晴早晚，景致总是千变万化，即使是一只小鸟，一朵鲜花，也都可以画。其中最为奇特的景致，要算长满坡地山谷的小草了，随处可见纤柔细密的嫩草就像一席碧绿的毡毯。小草高不过几寸，整齐得像精心裁剪过一样，没有一株长短不齐的。园丁把它叫作规矩草。可是走出宫墙才几步远，像乱发一样的荒草就到处生长蔓延了。这岂不是天生芳草，专门恭迎帝王来巡游吗！

［原文］

李又聃先生言：有张子克者，授徒村落，岑寂寡俦(chóu)。偶散步场圃间，遇一士，甚温雅。各道姓名，颇相款洽。自云家住近村，里巷无可共语者，得君如空谷之足音也。因共至塾，见童子方读《孝经》。问张曰："此书有今文古文，以何为是？"张曰："司马贞①言之详矣。近读《吕氏春秋》，见《审微》篇中引诸侯一章，乃是今文。七国时人所见如是，何处更有古文乎？"其人喜曰："君真读书人也。"自是屡至塾。张欲报谒，辄谢以贫无栖止，夫妇赁住一破屋，无地延客。张亦遂止。一夕，忽问："君畏鬼乎？"张曰："人未离形之鬼，鬼已离形之人耳，虽未见之，然觉无可畏。"其人恧(nù)然曰："君既不畏，我不欺君，身即

是鬼。以生为士族，不能逐焰口争钱米。叨为气类，求君一饭可乎？”张契分既深，亦无疑惧，即为具食，且邀使数来。考论图籍，殊有端委。偶论太极无极之旨，其人怫然曰：“于传有之‘天道远，人事迩’。《六经》所论皆人事，即《易》阐阴阳，亦以天道明人事也。舍人事而言天道，已为虚杳；又推及先天之先，空言聚讼，安用此为？谓君留心古义，故就君求食。君所见乃如此乎？”拂衣竟起，倏已影灭。再于相遇处候之，不复睹矣。

［注释］

①司马贞：字子正，唐河内（今河南沁阳）人。官至朝散大夫，宏文馆学士，是唐代著名的史学家，世号“小司马”。

［译文］

李又聃先生说，有个叫张子克的人，在一个偏僻的村庄里教书，清冷寂寞，没有朋友。一天，他偶然在场园一带散步，遇到一位读书人，外表很是温文尔雅。两人各自通报了姓名后，在一起相处得很融洽。读书人说自己住在邻近的村子里，小街小巷的竟没有一个能谈得来的人，如今碰到张子克，就好像在寂静的山谷里听到了人的脚步声一样，感到十分亲切。接着，两人一起来到私塾，看到孩子们正在读《孝经》。读书人就问张子克：“这部书有今文的和古文的两种，您认为哪部书是真的呢？”张子克说：“对此，司马贞论述得很详尽了。最近我读《吕氏春秋》时，看到《审微》篇中引用《孝经》中‘诸侯’一章中的词句，那就是今文。战国时的人所看到的《孝经》是今文，哪里还会有古文的《孝经》呢？”那个读书人非常高兴地说：“您可真是个读书人。”从那以后，他多次到私塾来。张子克打算到那人家里回访，读书人总是说家中贫困，没有栖身之地，夫妇俩现租赁着一间破房，实在没地方接待客人。张子克也就不再提回访的事了。一天夜里，那个读书人突然问张子克：“您害怕鬼吗？”张子克说：“人不过是魂魄没有离开躯体的鬼，而鬼则是灵魂出窍的人而已，我虽然没见过鬼，但是觉得鬼并没什么可怕的。”读书人一脸羞惭的样子说道：“您既然不怕鬼，那我就不再瞒您了。我就是个鬼。因为我生在世家大族，不愿追着放焰口时争饭抢钱。现在我和你有缘，请您给我吃顿饭行不行？”张子克与鬼的情分已经很深了，也就不再怀疑、惧怕他，立即为他备下饭菜，而且邀请他常来。他们在一起考订、探讨图书典籍，条分缕析，谈得很有头绪。偶尔谈论到“太极无极”的旨义时，读书人不高兴地说：“《左传》早就说过‘天道远，人事近’。《六经》所谈论的都是关于人的问题，即使《易经》在阐释阴阳变化时，也是用天道在证明人事。放弃人事去论说天道，已经是虚幻渺茫了；这里又推而谈及开天辟地以前的事，泛泛而谈，争论不休，这又有什么用处呢。我本以为您是注重古代学术的人所以才向您要求饮食。难道您的见识也是这样吗？”他把衣服一甩站了起来，转眼工夫就无影无踪了。后来，张子克再到与他相遇的地方去等候，却再也没有见到他。

［原文］

余督学闽中时，院吏言：雍正中，学使有一姬堕楼死，不闻有他故，以为偶失足也。久而有泄其事者，曰姬本山东人，年十四五，嫁一窭(jù)人子①。数月矣，夫妇甚相得，形影不离。会岁饥，不能自活，其姑卖诸贩鬻(yù)妇女者。与其夫相抱，泣彻夜，啮臂为志而别。夫念之不置，沿途乞食，兼程追及贩鬻者，潜随至京师。时于车中一觌面，幼年怯懦，惧遭诃詈(lì)，不敢近，相视挥涕而已。既入官媒家，时时候于门侧，偶得一睹，彼此约勿死，冀天上人间，终一相见也。后闻为学使所纳，因投身为其幕友仆，共至闽中。然内外隔绝，无由通问，其妇不知也。一日病死，妇闻婢媪道其姓名、籍贯、形状、年齿，始知之。时方坐笔捧楼上，凝立良久，忽对众备言始末，长号数声，奋身投下死。学使讳言之，故其事不传。然实无可讳也。大抵女子殉夫，其故有二：一则搘(zhī)柱②纲常，宁死不辱。此本乎礼教者也。一则忍耻偷生，苟延一息，冀乐昌破镜，再得重圆；至望绝势穷，然后一死以明志。此生于情感者也。此女不死于贩鬻之手，不死于媒氏之家，至玉玷花残，得故夫凶问而后死，诚为太晚。然其死志则久定矣，特私爱缠绵，不能自割。彼其意中，固不以当死不死为负夫之恩，直以可待不待为辜夫之望。哀其遇，悲其志，惜其用情之误，则可矣。必执《春秋》大义，责不读书之儿女，岂与人为善之道哉！

［注释］

①窭人子：穷人家的子弟。语出《诗·邶风·北门》：“终窭且贫，莫知我艰。”②搘柱：支撑。

［译文］

我在福建担任督学时，院吏说，在雍正年间，学使有一个姬妾从楼上摔下来死了，没听说有什么别的原因，大家以为她因偶尔失足才遭此不幸的。时间久了，就有人泄露了其间的真实原因，说那个女子本是山东人，在十四五岁时，嫁给一个贫苦人家的孩子。他们结婚共处了好几个月，夫妻俩非常合得来，整天形影不离。后来碰上荒年，那家人连自己都养不活，婆婆就把她卖给了人贩子。她和丈夫拥抱在一起，整整哭了一夜，彼此咬破胳膊以示永不相忘，之后离别了。丈夫想念她，就沿途乞讨，日夜兼程地追上了人贩子，暗地里跟随他到了京城。他不时在车中看到自己的妻子，只因年纪轻、胆子小，生怕遭到呵斥责骂，不敢靠近，只能互相注视着流泪。后来，他妻子被送到官媒家。他常常等候在门旁，偶尔见了一面，彼此相约不要寻死，盼望着天上人间，最终能再见一面。后来他听说妻子被学使娶作小老婆，便投奔到学使的幕僚家作了仆人，一同来到了福建。然而官府内外戒备森严，两人没办法互通消息，因此，他妻子不知道丈夫就在自己身边。一天，他病死了。妻子听使女、老妈子们说起死者的姓名、籍贯、形状、年龄，才知道那人就是自己的丈夫。当时，她正坐在笔捧楼上，她呆呆地站了很长时间，突然当众详细述说了自己悲惨的经历，然后长长地呼号了几声，纵身跳楼身亡。学使不让说这件事，因此事情的真相也就没有传出去。然而实际上用不着隐讳。一般来说，女子殉夫的原因有两种：一是恪守三纲五常，宁可去死也不受辱，这种举动源自于礼教。另一个原因则是忍辱偷生，勉强地活下来，希望能像乐昌公主那样，与丈夫破镜重圆；等到希望破灭，然后才用一死来表明自己的志向。这样的行事完全出自情感。这个女子没有在人贩子手中时去死，也没有在媒人家里时去死，直到美玉被玷污、鲜花被摧残，得知前夫凶信后才死去，这实在太晚了。然而她决心一死的心意是早就下定了的，只是因为男女相爱、情意缠绵，不能割舍。在她的心目中，没有把该死却没去死当作辜负了丈夫的恩情，只是把能够等待重聚却没去等待看作是辜负了丈夫的希望。如果人们为她的境遇而伤心，为她的志向而悲戚，为她用情的错误而惋惜的话，那是可以的；如果一定要用《春秋》的大义去责备这样的没有读过书的女子，这怎能是与人为善的做法呢！

[原文]

田白岩说一事曰：某继室少艾[①]，为狐所媚，劾治无验。后有高行道士，檄神将缚至坛，责令供状。佥闻狐语曰：“我豫产也，偶挞[②]妇，妇潜窜至此，与某昵。我衔之次骨，是以报。”某忆幼时果有此，然十余年矣。道士曰：“结恨既深，自宜即报，何迟迟至今？得无刺知此事，假借藉口耶？”曰：“彼前妇贞女也，惧干天罚，不敢近，此妇轻佻，乃得诱狎。因果相偿，鬼神弗罪，师又何责焉？”道士沉思良久，曰：“某昵尔妇几日？”曰：“一年余。”“尔昵此妇几日？”曰：“三年余。”道士怒曰：“报之过当，曲又在尔，不去，且檄尔付雷部！”狐乃服罪去。清远先生曰：“此可见邪正之念，妖魅皆得知。报施之理，鬼神弗能夺也。”

［注释］

①文：美丽，漂亮。②挞：用棍棒打人。

［译文］

田白岩讲了一件事，他说：某人娶了个二房年轻漂亮，但她被狐狸精迷惑住了，镇治也没有用。后来有一位操行高尚的道士，命令神将把妖狐捆到法坛前，责令他从实招供。在场的人听狐狸说："我出生在河南，有一次偶尔把媳妇打了一顿，她就偷偷地逃到这里，与某人相好了。我恨之入骨，所以来报复。"某人想起来自己年轻时的确有这么一回事，但事情已经过去十多年了。道人说："既然怨恨结得那么深，理应当时就报复，你为何迟迟不报复？该不是你从哪儿打听到有这么一回事，以此为借口吧？"狐狸说："某人的前妻是位有贞操的女子，我惧怕受到上天的惩罚，因此不敢接近她。而这个女人轻薄放荡，这才引诱她上了钩。因果报应，就连鬼神都不加惩罚，尊师为什么指责我呢？"道士沉思了很长时间，问道："某人和你的媳妇相好了多长时间？"回答说："有一年多时间。""那么你和这个女人又相好了多长时间？"回答说："有三年多时间。"道士十分生气道："你的报复过了头，理屈的又在你，你要是再不走的话，我将把你押送到雷神那里去！"狐狸认罪后离开了。清远先生说："由此可见关于邪恶与正直的观念，连妖精们都知道。因果报应，就算是鬼神也不能阻拦。"

［原文］

刑曹案牍，多被殴后以伤风死者，在保辜[1]限内，于律不能不拟抵。吕太常含晖，尝刊秘方：以荆芥、黄蜡、鱼鳔（biào）三味各五钱，艾叶三片，入无灰酒一碗，重汤煮一炷香，热饮之，汗出立愈；惟百日以内，不得食鸡肉。后其子慕堂，登庚午贤书，人以为刊方之报也。

［注释］

①保辜：中国古代刑法中规定的一种保护受害人的制度。凡是伤人案件，打人者要在一定期限内对受害人的伤情变化负责，如果受害人在限期内因伤情恶化而死亡，打人者应按杀人罪论处。所定期限称为辜限。

［译文］

在刑都的案卷中，记载着许多被殴打后因破伤风而死去的例子。如果在保辜的期限内死的，造成伤害人的人就不能不偿命了。太常吕含晖，曾经刊刻过一剂秘方：用荆芥、黄蜡、鱼鳔三味药各五钱，加艾叶三片，放进一碗无灰酒，再加开水煎约一炷香的工夫，趁热喝下，出汗后伤立刻就痊愈了。只是在服药后一百天之内不可以吃鸡肉。后来，他儿子吕慕堂在乾隆十五年（公元1750年）参加乡试中了举，人们认为这是刊刻秘方的报答。

［原文］

杂说称娈童始黄帝，殆出依托。比顽童始见《商书》，然出梅赜（zé）①伪古文，亦不足据。《逸周书》②称“美男破老”，殆指是乎？《周礼》有不男之讼，注谓天阉不能御女者。然自古及今，未有以不能御女成讼者；经文简质，疑其亦指此事也。凡女子淫佚，发乎情欲之自然。娈童则本无是心，皆幼而受绐，或势劫利饵耳。相传某巨室喜狎狡童，而患其或愧拒，乃多买端丽小儿未过十岁者；与诸童媟戏时，使执烛侍侧。种种淫状，久而见惯，视若当然。过三数年，稍长可御，皆顺流之舟矣。有所供养僧规之曰：“此事世所恒有，不能禁檀越不为，然因其自愿。譬诸挟妓，其过尚轻；若处心积虑，凿赤子之天真，则恐干神怒。”某不能从，后卒罹（lí）祸。夫术取者造物所忌，况此事而以术取哉！

［注释］

①梅赜：指晋元帝时预章内史，曾献出古文二十五篇，经考证，皆为伪作。
②《逸周书》：先秦史籍。本名《周书》，隋唐以后称为《汲冢周书》。记周文王、周武王、周公、成王、康王、穆王、厉王及景王时事。为晋太康时汲郡人得于魏安釐王墓中。

［译文］

杂书上说“娈童”最早出现在黄帝时代，这大约是出自后人的伪托。玩弄娈童的事始见于《商书》。《商书》载于东晋人梅赜的《伪古文尚书》，这就不足以作为根据了。《逸周书》有“美男迷惑君主，离间老臣”的记载，指的就是娈童吧？《周礼》说到生理有缺陷的男子打官司的事，注释上认为这种人是先天生理缺陷，不能与女子交媾。然而从古到今，并不存在因为不能与女子交媾而打官司的事。经文简洁质朴，我怀疑说的也是娈童一类的事。一般来说女子纵欲放荡，是出自她们性欲的本能。而娈童则没这种欲望，只因他们年幼而受骗，或被胁迫，或被利诱。相传某个富豪喜欢狎侮娈童，可又怕他们羞涩而拒绝，就买回许多不足十岁的端庄美丽的小男孩。当他和娈童亲昵时，就让小孩们手持蜡烛一边侍奉。对于种种淫秽的情状，时间长了，小孩子也就看惯了，以为是理所当然的事。等过了三几年，孩子们长大些时，就可以供他玩弄了，都像顺水的船一样，听从摆布。有位被这个富豪供养的和尚规劝他说："世上常有这种事，我也不能禁止施主不去做这等事，然而要出于他们的自愿。就如同玩弄妓女一样，罪过还算轻些。如果处心积虑，去摧残孩子纯洁的本性，恐怕天神会发怒的。"富豪不听从劝告，后来终于招致大祸。凡凭借权术谋取，都被造物之神所记恨，更何况这种事凭借权术达到目的呢？

［原文］

东光有王莽河，即胡苏河也，旱则涸，水则涨，每病涉焉。外舅马公周箓言：雍正末，有丐妇一手抱儿，一手扶病姑涉此水。至中流，姑蹶(jué)而仆。妇弃儿于水，努力负姑出。姑大诟曰："我七十老妪，死何害！张氏数世，待此儿延香火，尔胡弃儿以拯我？斩祖宗之祀者尔也！"妇泣不敢语，长跪而已。越两日，姑竟以哭孙不食死。妇呜咽不成声，痴坐数日，亦立槁。不知其何许人，但于其姑詈妇时，知为姓张耳。有著论者，谓儿与姑较，则姑重；姑与祖宗较，则祖宗重。使妇或有夫，或尚有兄弟，则弃儿是。既两世穷嫠，止一线之孤子，则姑所责者是，妇虽死有余悔焉。姚安公曰："讲学家责人无已时。夫急流汹涌，少纵即逝，此岂能深思长计时哉！势不两全，弃儿救姑，此天理之正，而人心之所安也。使姑死而儿存，终身宁不耿耿耶？不又有责以爱儿弃姑者耶？且儿方提抱，育不育未可知。使姑死而儿又不育，悔更何如耶？此妇所为，超出恒情已万万。不幸而其姑自殒，以死殉之，其亦可哀矣！犹沾沾焉而动其喙(huì)，以为精义之学，毋乃白骨衔冤，黄泉赍恨乎！孙复[1]作《春秋尊王发微》，二百四十年内，有贬无褒；胡致堂[2]作《读史管见》，三代以下无完人。辨则辨矣，非吾之所欲闻也。"

［注释］

①孙复：宋代学者。字明复，晋州平阳人。著有《睢阳子集》十卷，《文献通考》传于世。②胡致堂：宋代学者胡寅。字明仲，建宁崇安人，胡安国之侄。谥文忠。学者称"致堂先生"。

［译文］

东光县内有条王莽河，也就是胡苏河。每逢天旱，河水就干涸，逢到雨水大的年头，河水又暴涨，人们常常害怕过这条河。岳父马周箓先生说：雍正末年，有个讨饭的媳妇一手抱着孩子，一手扶着患病的婆婆渡这条河。走到河中央的时候，婆婆失足跌倒。媳妇把孩子扔到水里，用了很大劲，才把婆婆背到岸上。婆婆大骂道："我是个七十岁的老太太了，死了又有什么关系！我们张家几代人，就等这孩子延续香火呢，你怎么扔掉孩子来救我呢？灭绝祖宗后代的人就是你！"媳妇哭着不敢说话，只是直身跪在地上而已。过了两天，婆婆竟因为哭孙子而不吃不喝死了。媳妇泣不成声，痴痴地坐了几天，也成为一具枯尸了。不知她是什么地方的人，只是在婆婆骂她时，知道这家姓张。有写书评论此事的认为，儿子与婆婆相比而言，则婆婆分量重；要是婆婆和祖宗相比较，则是祖宗更重要。如果这媳妇的丈夫还活着，或者她丈夫还有兄弟，那么舍弃儿子是对的。既然婆媳俩都成了寡妇，又只有一脉单传的孤儿，那么婆婆责骂得就有理。媳妇就算死了，也还是心存怨悔的。姚安公说："那些讲学家指责起人来是没完没了的。河水湍急汹涌，稍纵即逝，这哪里是容人深思熟虑、作长远打算的时候呢？在不能两全其美的情况下，舍弃儿子救助婆婆，这符合天理正道，也是人之常情所能接受的。如果婆婆被淹死而儿子活下来，媳妇这一辈子难道就不耿耿于怀了吗？不是也照样会有人责备她疼爱儿子、抛弃婆婆吗？况且那孩子还是抱在怀里的婴儿，能不能长大成人还不知道。如果婆婆死了而孩子又没成人，那悔恨又该是什么样子呢？这个媳妇的所作所为，早已远远地超出了世间的常情。不幸的是她的婆婆绝食而死，她也殉身，这就更令人悲哀了。即使是这样，还是有人自以为是地掀动两片嘴唇，大谈什么精粹微妙的道义，岂不要让死者含冤、抱恨黄泉吗！孙复所写的《春秋尊王发微》一书，论及二百四十年间的事，只有贬低而没有褒奖；胡致堂写作《读史管见》也认为，夏、商、周三代以后没有一个完美的人。他们的论辩倒是有很有据，但却不是我想听的。"

[原文]

郭石洲言：朱明经静园，与一狐友。一日，饮静园家，大醉，睡花下。醒而静园问之曰："吾闻贵族醉后多变形，故以衾覆君而自守之。君竟不变，何也？"曰："此视道力之浅深矣。道力浅者能化形幻形耳，故醉则变，睡则变，仓皇惊怖则变；道力深者能脱形，犹仙家之尸解，已归人道，人其本形矣，何变之有！"静园欲从之学道。曰："公不能也。凡修道人易而物难，人气纯，物气驳也；成道物易而人难，物心一，而人心杂也。炼形者先炼气，炼气者先炼心，所谓志气之帅也。心定则气聚而形固，心摇则气涣而形萎。广成子[1]之告黄帝，乃道家之秘要，非庄叟寓言也。深岩幽谷，不见不闻，惟凝神导引，与天地阴阳往来消息，阅百年如一日，人能之乎？"朱乃止。因忆丁卯同年某御史，尝问所昵伶人曰："尔辈多矣，尔独擅场，何也？"曰："吾曹以其身为女，必并化其心为女，而后柔情媚态，见者意消。如男心一线

犹存，则必有一线不似女，乌能争蛾眉曼睩[2]之宠哉。若夫登场演剧，为贞女则正其心，虽笑谑亦不失其贞；为淫女则荡其心，虽庄坐亦不掩其淫；为贵女则尊重其心，虽微服而贵气存；为贱女则敛抑其心，虽盛妆而贱态在；为贤女则柔婉其心，虽怒甚无遽(jù)色；为悍女则拗戾其心，虽理诎无巽词[3]。其他喜怒哀乐，恩怨爱憎，一一设身处地，不以为戏而以为真，人视之竟如真矣。他人行女事而不能存女心，作种种女状而不能有种种女心，此我所以独擅场也。”李玉典曰：“此语猥亵(wěi xiè)不足道，而其理至精；此事虽小，而可以喻大。天下未有心不在是事而是事能诣极者，亦未有心心在是事而是事不诣极者。心心在一艺，其艺必工；心心在一职，其职必举。小而僚之丸[4]、扁之轮[5]，大而皋、夔(kuí)、稷、契[6]之营四海，其理一而已矣。此与炼气炼心之说，可互相发明也。”

［注释］

①广成子：古代传说中的道教“十二金仙”之一。相传为黄帝时人，居崆峒山的石室中，擅养生，年一千二百岁而未老。②蛾眉曼睩：蛾眉，比喻美女的眉毛像蚕蛾眉一样又细又弯。曼睩，形容女子的眉目清秀有神。出自战国楚屈原《楚辞·招魂》：“蛾眉曼睩，目腾光些。”③巽词：谦恭的言辞。④僚之丸：僚，宜僚，春秋时宋国善于用丸的勇士。⑤扁之轮：扁，轮扁，传说中造轮的名匠。⑥皋、夔、稷、契：上古虞舜时的大臣。

［译文］

郭石洲说，朱明经，字静园，他和一只狐仙交了朋友。一天，狐友在静园家里喝酒，大醉不起，睡在花丛之下。等他醒后，静园问他：“我听说狐狸喝醉后大多要现出原形，所以就用条被子盖在您身上亲自守候着。您居然没现原形，这是什么缘故？”狐友说：“这要看道力是深还是浅了。道力浅的，能变化原形，隐没原形，因此喝醉了就变，睡觉时也变，惊慌失措的时候也变。道力深的能脱离原形，就像修道的人死后留下形骸，而魂魄成仙一样。他们已经归入人道，人就是狐仙的本形，那还有什么可变的呢！”静园打算跟随狐友学道，狐友却说：“您不能学。凡是修道，对人来说容易，对物来说则难，因为人的气纯而物的气杂。凡是修炼成道，对于物来说容易，对于人来说则难。因为物心专一而人心杂乱。修炼形体的人先要炼气，炼气的人则要先陶冶心，这就是人们所说的心志是气的统帅。只有心静精气才能聚集，精气聚集形体才能强健，而人心动摇则精气涣散，精气涣散则形体枯槁。广成子忠告黄帝的话，就是道家修炼的深奥主旨和精微的道理，并不是庄子的寓言。身处幽深的山谷之中，视而不见，听而不闻，只能聚精会神地使精气运行，与天地、阴阳浑然一体，历经百年如同一天一样，人能做到吗？”朱明经不再提学道的事了。由此我记起乾隆十二年（公元 1747 年）与我同登举人榜的一位御史，他曾经问他所宠爱的伶人说：“像你这样唱坤角的伶人多得很，唯独你能技压全场，这是为什么呢？”他说：“我们这些人都是扮演女人的艺人，那么必须要把自己的心性也变成女人，然后在表演时才能表现出柔媚的神情姿态。使观众看后为之倾倒，为之销魂。如果表演时仍然保留着一丝男人的心性，那举止做派必然有一丝不像女人的地方，又怎么能争得与那些眉如细月、美目流盼的女人一样的宠爱呢？至于说到上场演戏，要是扮演贞节女子的话，即使在嬉笑戏谑时也不能失去所演贞妇的节操；如果扮演淫乱的女人，即使在庄重地坐着时，也掩饰不住所演女人淫秽的神态；假如扮演尊贵的女人，即使穿戴着百姓的服饰，也仍能保持高贵的气派；如果扮演贫贱的女人，即使穿着华丽而低贱的意态依然存在；假如扮演贤良的女子，即使发怒也显示不出严厉的神色；假如扮演凶狠蛮横的女人，即使理屈词穷也不肯让步。而喜怒哀乐、恩怨爱憎等七情六欲，在表演时都要一一设身处地地着想，不认为是在演戏而当作真事一样。只有这样，看戏时才会让人觉得像真的一样。可别的伶人扮演女子却不具备女子的天性，只会模仿女人的动作、表情而不了解各种女人的不同性格，这就是我能技压全场的原因。”李玉典说：“这些话听起来虽然粗俗不堪，不值得一提，但其中蕴含的道理却极为精辟。表演的事虽然很小，却可以用它来说明大事。天下没有心不在这件事上而能在这件事上登峰造极的，也没有一心一意地去干这件事却不能登峰造极的。如果一门心思地钻研一种技艺，这种技艺就一定精湛；如果一门心思地去从事一种职业，这种职业就一定能干得十分出色。小而言之，则有善耍小球的宜僚、善造车轮的轮扁。大而言之，则有治理天下的皋、夔、稷、契等人。无论大小，道理是相同的。这和炼气、炼心的主张，也是可以互相印证的。

［原文］

景城之北，有横冈坡陀，形家谓余家祖茔之来龙，其地属姜氏。明末，姜氏妒余族之盛，建真武祠于上，以厌胜之。崇祯壬午，兵燹(xiǎn)，余家不绝如线。后祠渐圮，余族乃渐振，祠圮尽而复盛焉。其地今鬻(yù)于从侄信夫，时乡中故老已稀，不知旧事，误建土神祠于上，又稍稍不靖。余知之，急属信夫迁去，始安。相地之说，或以为有，或以为无。余谓刘向校书，已列此术为一家，安得谓之全无；但地师[①]所学必不精，又或缘以为奸利，所言尤不足据，不宜溺信之耳。若其凿然有验者，固未可诬也。

［注释］

①地师：指风水家。

［译文］

景城北面，有一片起伏的山冈，风水先生说，那就是我家祖坟的龙脉。那块地皮原属于姜家，明朝末年，姜家因为嫉妒我们纪氏家族的兴盛，就在山冈上建起一座真武祠，想以此压制纪氏家族而胜过我们。崇祯十五年（公元1642年），景城遭受战乱，我们家族像线一样延绵不绝。后来真武祠渐渐塌毁，我们家族就逐渐振兴起来，等到那祠堂彻底毁坏时，我们家族又兴盛起来。那块地现在已经卖给了堂侄信夫。当时家乡的父老已经很少了，人们不太了解过去的情况，错把土地庙建在山冈上，结果又出事了。我知道后，赶忙嘱托信夫把土地庙迁走，这才重又安宁下来。关于看风水的学问，有的人说有，有人却说没有。我认为汉人刘向校订图书时，已经把它列为众多学派中的一家，怎么能说完全没有呢？但是风水先生所学并不那么精通，还有的人只想借此谋财，他们说的尤为不可信，不该一味地听信他们的胡说。至于那些确实有效验的预测，就不能横加诬蔑了。

［原文］

侍姬郭氏，其父大同人，流寓天津。生时，其母梦鬻(yù)端午彩符者，买得一枝，因以为名。年十三，归余。生数子，皆不育；惟一女，适德州卢荫文，晖吉观察子也。晖吉善星命，尝推其命，寿不能四十。果三十七而卒。余在西域时，姬已病瘵(zhài)，祈签关帝，问："尚能相见否？"得一签曰："喜鹊檐前报好音，知君千里有归心。绣帏重结鸳鸯带，叶落霜雕寒色侵。"谓余即当以秋冬归，意甚喜。时门人邱二田在寓，闻之，曰："见则必见，然末句非吉语也。"后余辛卯六月还，姬病良已。至九月，忽转剧，日渐沉绵，遂以不起。殁后，晒其遗箧，余感赋二诗，曰："风花还点旧罗衣，惆怅酴(tú)醾①片片飞。恰记香山居士语：'春随樊素②一时归。'百折湘裙飐(zhǎn)画栏，临风还忆步珊珊。明知神谶(chèn)曾先定，终惜'芙蓉不耐寒'。"即用签中意也。

［注释］

①酴醾：酒名，因有颜色相似此酒的花，故取其为花名。②樊素：唐诗人白居易的女伎。

［译文］

我的姨太太郭氏，她父亲是大同人，流落到了天津。郭氏出生的时候，她的母亲梦见端午节有个卖彩符的人，当即买下一枝，后来就用“彩符”给她取了名字。她十三岁那年嫁给了我，生了几个儿子。都没有养活，只有一个女儿，长大以后嫁给了德州人卢荫文，他是观察使卢晖吉的儿子。卢晖吉喜欢占卜天象、替人算命。他曾推算郭氏的命运，说她活不到四十岁。果然，她在三十七岁时就死了。我在西域的时候，她已经病得很严重了。她到关帝庙里求了一签，询问：“我还能不能和老爷再见上一面？”她得到一签。上写：“喜鹊檐前报好音，知君千里有归心。绣帏重结鸳鸯带，叶落霜雕寒色侵。”说我应该在秋冬之际回到京城，她看后心里非常高兴。当时，我的弟子邱二田正在我家住，他听后说道：“你们见面倒是一定能见面，可是诗的最后一句可不是吉利话呀。”后来我在乾隆三十六年（公元 1771 年）六月回到家中，她的病已经好得差不多了。到了九月，病情忽然恶化，而且一天比一天重，最后竟去世。郭氏死后，翻晒她生前用过的衣箱物品，我写下两首感怀诗，一首道：“风花还点旧罗衣，惆怅酴醾片片飞。恰记香山居士语：‘春随樊素一时归。’”另一首道：“百折湘裙飐画栏，临风还忆步珊珊。明知神谶曾先定，终惜‘芙蓉不耐寒’。”这两首诗就化用了郭氏所求签语的意思。

槐西杂志三

［原文］

奴子宋遇凡三娶：第一妻自合卺（jǐn）①即不同榻，后竟仳离。第二妻子必孪生，恶其提携之烦，乳哺之不足，乃求药使断产。误信一王媪言，舂砺石为末服之，石结聚肠胃死。后遇病革时，口喃喃如与人辩。稍苏，私语其第三妻曰："吾出初妻时，吾父母已受人聘，约日迎娶。妻尚未知，吾先一夕引与狎。妻以为意转，欣然相就。五更尚拥被共眠，鼓吹已至，妻恨恨去。然媒氏早以未尝同寝告后夫，吾母兄亦皆云尔。及至彼，非完璧，大遭疑诟，竟郁郁卒。继妻本不肯服石，吾痛捶使咽尽。殁后惧为厉，又贿巫斩殃。今并恍惚见之，吾必不起矣。"已而果然。又奴子王成，性乖僻。方与妻嬉笑，忽叱使伏受鞭；鞭已，仍与嬉笑。或方鞭时，忽引起与嬉笑；既而曰："可补鞭矣。"仍叱使伏受鞭。大抵一日夜中，喜怒反覆者数次。妻畏之如虎，喜时不敢不强欢，怒时不敢不顺受也。一日，泣诉先太夫人，呼成问故。成跪启曰："奴不自知，亦不自由。但忽觉其可爱，忽觉其可憎耳。"先太夫人曰："此无人理，殆佛氏所谓夙冤耶！"虑其妻或轻生，并遣之去。后闻成病死，其妻竟着红衫。夫夫为妻纲，天之经也。然尊究不及君，亲究不及父，故妻又训齐，有敌体之义焉。则其相与，宜各得情理之平。宋遇第二妻，误杀也，罪止太悍。其第一妻，既已被出而受聘，则恩义已绝，不当更以夫妇论，直诱污他人未婚妻耳。因而致死，其取偿也宜矣。王成酷暴，然未致妇于死也，一日居其室，则一日为所天。殁不制服，反而从吉，是悖理乱常也，其受虐固无足悯（mǐn）焉。

［注释］

①合卺：古代婚礼仪式。新婚夫妇在新房内共饮合欢酒。本用瓠（葫芦）一剖为二，以之盛酒，夫妇共饮，表示从此成为一体，名为"合卺"。后改用杯盏，乃称"交杯酒"。亦以"合卺"借指成婚。

［译文］

奴仆宋遇，娶了三个妻。第一个妻子，自从结婚起就没有同床，后来竟然离了。第二个妻子，生了一对双胞胎。他讨厌带孩子麻烦、奶水不足，于是找药使妻子绝育。他误信一个王老婆子的话，把磨刀石捣成粉末，让她服下去。结果石粉集结在肠胃里死去。后来宋遇得了重病，嘴里嗷嗷地像和人争辩。稍有苏醒，便悄悄对第三个妻子说："我休弃第一个妻子时，我父母已接受了别人的聘礼，约定好了迎娶的日子，妻子还不知道。一个晚上我和她亲热，妻子以为我回心转意了，便欣然相就。五更天时，还和我睡在一个被窝里，鼓乐声已响到门前，妻子恨恨而去。然而媒人已告诉她的后夫，她未曾与男人同居过；我母亲和哥哥也都这么说。到了人家，证明她不是处女，遭到怀疑和谩骂，终于忧郁而死。第二个妻子本来不肯服磨石粉，我痛打她逼她吞咽下去。死后害怕她报复，又花钱买通巫婆斩殃。现在我恍恍惚惚又见到她们，我一定要死了。"不久他果然死了。还有个奴仆叫王成，性情怪僻。他正与妻子调情嬉笑，忽然又责令她趴下受鞭打。打完，仍然与她嬉笑；有时正在鞭打时，忽然搂起她嬉笑，随后又说要补几鞭子，仍然责令她趴下挨打。大概一天一夜中，他喜怒无常能反复很多次。妻子怕他像老虎。他高兴时不敢不强装欢笑；发怒时不敢不顺从忍受。一天，她哭着告诉了先太夫人。先太夫人叫王成来问是怎么回事，王成跪下说："奴才自己不知道，不由自主。只是一会儿觉得她可爱，一会儿又觉得她可恨。"先太夫人说："这从人情上说毫无道理，这大概就是佛门所说的上辈子结下的怨恨吧？"她怀疑他妻子轻生，就把他们打发走了。后来听说王成病死，他妻子竟穿上红衣裳。夫为妻纲是天经地义的。然而，丈夫尊贵毕竟不如皇帝，亲近毕竟不如父亲，所以"妻"字又解释作"齐"，有与丈夫平等之义。因此，夫妻相处，都应该在情理上说得过去。宋遇第二个妻子，是误杀，罪过是太暴戾了。他的第一个妻子既然已被休而受聘于人，则恩义已不存在，更不当视作夫妻；这同诱奸他人的未婚妻一样，终于使她郁郁而死。她来要求偿命，也是有道理的。王成残酷暴虐，然而并未致妻子于死地。他一天住在屋里，就应一天把他当作丈夫。丈夫死后她不穿孝服，反而穿上红衣裳，这是悖伦理而乱纲常。她受虐待，也就不值得同情了。

［原文］

吴惠叔言：太湖有渔户嫁女者，舟至波心，风浪陡作，舵师失措，已欹(qī)仄欲沉。众皆相抱哭，突新妇破帘出，一手把舵，一手牵篷索，折戗(qiāng)[1]飞行，直抵婿家，吉时犹未过也。洞庭人传以为奇。或有以越礼讥者，惠叔曰："此本渔户女，日日船头持篙(gāo)橹，不能责以必为宋伯姬也。"又闻吾郡有焦氏女，不记何县人，已受聘矣。有谋为媵者，中以蜚语，婿家欲离婚。父讼于官，而谋者陷阱已深，非惟证佐凿凿，

且有自承为所欢者。女见事急，竟倩邻媪(ǎo)导至婿家，升堂拜姑曰：“女非妇比，贞不贞有明证也。儿与其献丑于官媒，仍为所诬，不如献丑于母前。”遂阖(hé)户弛服，请姑验，讼立解。此较操舟之新妇更越礼矣，然危急存亡之时，有不得不如是者。讲学家动以一死责人，非通论也。

[注释]

①戗：逆，此处指逆风。

[译文]

吴惠叔说，太湖一家渔户嫁女儿，船到湖中间，风浪突然大作，舵工惊慌失措，船也倾斜快要沉没了，船上人都相抱着大哭。新娘突然拉破帘子出来，一只手把舵，一只手拉篷绳，船逆风航行如飞，一直到夫婿家，还没耽误结婚的时间。洞庭一带把这事作为奇迹加以传说。有人认为新娘越礼而加以讥讽，惠叔说：“她本来就是渔家的女儿，天天在船上拿篙摇橹，不能要求她一定要像宋伯姬一样。”又听说我们郡中有个焦姓人家的女儿，不记得是哪个县的人。她已经受过聘礼了，有人图谋她做小老婆，便用流言蜚语中伤她。女婿家里想解除婚约。她父亲到官府控告，可是中伤者布置得很周密，不但证据确凿，而且有人还承认是她的相好。姑娘看到事情紧急，竟请邻居老大娘引着到女婿家里，上堂拜见婆婆，说：“姑娘不比已婚妇女，贞洁不贞洁有明证。我与其在官媒面前出丑，仍免不了被诬陷，不如在婆婆面前出丑。”于是关门脱了衣服，请婆婆检验。官司立刻了结了。这比驾船的新娘更加不合礼法了。可是在生死存亡的时候，有时不得不这样做。道学家动不动用死来要求别人，这不是通情达理的看法。

[原文]

杨雨亭言：劳山深处，有人兀坐木石间，身已与木石同色矣。然呼吸不绝，目炯炯尚能视。此婴儿炼成，而闭不能出者也。不死不生，亦何贵于修道，反不如鬼之逍遥矣。大抵仙有仙骨，质本清虚；仙有仙缘，诀逢指授。不得真传而妄意冲举，因而致害者不一，此人亦其明鉴也。或曰：“以刃破其顶，当兵解[①]去。”此亦臆度之词，谈何容易乎！

[注释]

①兵解：道家称死为兵解。

[译文]

杨雨亭说，崂山深处，有个人孤独地端坐在树石之间，身体和树石一个颜色，然而他仍呼吸不断，眼睛炯炯有光，还能看见。这是个从孩提时期就进山修道的人，炼成之后，就幽闭其中出不来了。半死不活，这样修道又有什么好？还不如鬼逍遥自在。一般来说，仙人有仙骨，他的本质清澈而玄虚；仙人有仙人的缘分，必遇指点传授。没有得到真传，而妄想成仙，因此而受害的人何止一个？这人就是一个很好的借鉴。有的说：用刀砍破他的头顶，就会兵解而成仙。这也是猜度臆想之词，又谈何容易。

［原文］

古者大夫祭五祀[①]，今人家惟祭灶神。若门神、若井神、若厕神、若中霤神，或祭或不祭矣。但不识天下一灶神欤？一城一乡一灶神欤？抑一家一灶神欤？如天下一灶神，如火神之类，必在祀典，今无此祀典也。如一城一乡一灶神，如城隍社公之类，必有专祠，今未见处处有专祠也。然则一家一灶神耳，又不识天下人家，如恒河沙数，天下灶神，亦当如恒河沙数；此恒河沙数之灶神，何人为之？何人命之？神不太多耶？人家迁徙不常，兴废亦不常，灶神之闲旷者何所归？灶神之新增者何自来？日日铨除移改，神不又太烦耶？此诚不可以理解。然而遇灶神者，乃时有之。余小时，见外祖雪峰张公家一司爨(cuàn)妪，好以秽物扫入灶。夜梦乌衣人呵之，且批其颊。觉而颊肿成痈(yōng)，数日巨如杯，脓液内溃，从口吐出；稍一呼吸，辄入喉呕哕欲死。立誓虔祷，乃愈。是又何说欤？或曰：“人家立一祀，必有一鬼凭之。祀在则神在，祀废则神废，不必一一帝所命也。”是或然矣。

［注释］

①五祀：原指古代祭礼名，即禘、郊、宗、祖、报。见《国语·鲁语上》。此处指古代祭祀的五种神祇。

［译文］

古代的士大夫祭祀五神，如今的百姓家只祭灶神。像门神、井神、茅厕神、宅神，有的祭，有的不祭。但不知天下是一位灶神呢？还是一城一乡一个灶神，或是一家一个灶神？假如普天之下只有一位灶神，应像火神等神一样，必然在祭祀典籍上有所记载，但如今没有这样的祭祀典籍。假如说一城一乡有一位灶神，应像城隍、土地爷一样，有专门供奉的祠庙，但至今未见过有专门供奉灶神的祠庙。如果一家一户就有一位灶神，那么天下人家如恒河之沙，不计其数，天下的灶神也应当如恒河之沙，不计其数。而这像恒河之沙般多的灶神，是什么人充任的？又是什么人任命的呢？神不是太多了吗？天下人家迁徙无常，兴衰也无常，灶神无事可做的归向哪里？新增设的灶神又从何而来？天天这样任免改动，神不是太麻烦了吗？这事真是不可理解。然而，遇到灶神的人，却时常有。我小时到外祖父张雪峰先生家，有位专管烧水做饭的妾，总喜欢把脏东西扫进灶火里。夜里就梦见穿黑衣服的骂她，而且打她的嘴巴。醒来脸肿起了大脓疱，几天后长得大如茶杯，溃烂后脓液流到嘴里，然后吐出来。稍一吸气，就进入喉咙，把她恶心得呕吐要死。她发誓并虔诚地祈祷，才好起来。这又该如何解释呢？有人说：人们家里设一个神龛，必然会有一个鬼依附在里面。有神龛就有神，没有神龛就没有神，不必每一位神都是天神任命的。大概是这样。

［原文］

文安王丈紫府言：瀛州一宦家娶妇，甫却扇①，新婿失声狂奔出。众追问故。曰："新妇青面赤发。状如奇鬼。吾怖而走。"妇故中人姿②，莫解其故。强使复入，所见如前。父母迫之归房，竟伺隙自缢。既未成礼，女势当归。时贺者尚满堂，其父引之遍拜诸客，曰："小女诚陋，然何至惊人致死哉！"《幽怪录》③载卢生娶弘农令女事，亦同于此，但婿未死耳。此殆夙冤，不可以常理论也。自讲学家言之，则必曰："是有心疾，神虚目眩耳。"

［注释］

①却扇：打开头巾。②中人姿：中等的相貌。③《幽怪录》：唐牛僧孺所著。原名《玄怪录》，宋人改称为《幽怪录》，是唐代小说的一部代表作。

［译文］

文安人王紫府先生说，瀛州有一做官的人家娶儿媳妇，刚掀开新娘的盖头，新郎便大叫着狂跑出来。追问出了什么事，他说："新娘青面红发，像个奇形怪状的鬼，我害怕跑了出来。"人们只知新娘相貌中等，不知其他原因，又强行将他推入新房，所看见的像刚才一样。父母强迫他回房，他竟寻找机会上吊自尽了。既然婚礼未成，女方理应回家。当时贺喜的宾客还坐了满堂。她的父亲领着女儿拜见了诸位客人，说："小女诚然丑陋，但何至于到吓死人的地步？"《幽怪录》记载卢生娶弘农令的女儿事，同这件事差不多，但新郎没有被吓死。这可能是前世的冤仇，不能用常理来解释。让道学家说这件事，则必然说是新郎有心病，神经不正常，看花了眼。

［原文］

李主事再瀛，汉三制府之孙也。在礼部时为余属，气宇郎澈，余期以远到①。乃新婚未几，遽夭天年。闻其亲迎时，新妇拜神，怀中镜忽堕地，裂为二，已讶不祥，既而鬼声啾啾，彻夜不息。盖衰气之所感，先兆之矣。

［注释］

①远到：有前途。

［译文］

礼部主事李再瀛，是总督李汉三的孙子，在礼部时，他是我的属僚。他性情开朗，我对他的前途抱有很大期望。不想新婚没几天，便突然死了。听说他迎亲的时候，新娘拜神，怀中的镜子忽然掉在地上，摔成两半。人们已惊讶这是不祥之象征。随后就听见鬼声啾啾，彻夜不停。这是由于衰气所感应而事先出现的征兆。

［原文］

选人某，在虎坊桥租一宅。或曰："中有狐，然不为患，入居者祭之则安。"某性啬不从，亦无他异。既而纳一妾，初至日，独坐房中。闻窗外帘隙有数十人悄语，品评其妍媸(chī)①。忸怩不敢举首。既而灭烛就寝，满室吃吃作笑声，凡一动作，辄高唱其所为。如是数夕不止。诉于正乙真人。其法官汪某曰："凡魅害人，乃可劾治；若止嬉笑，于人无损。譬互相戏谑，未酿事端，即非王法之所禁。岂可以猥亵细事，渎及神明！"某不得已，设酒肴拜祝。是夕寂然。某喟然曰："今乃知应酬之礼不可废。"

［注释］

①妍媸：美丑。妍，指美丽。媸，指丑陋。

［译文］

某位候选官员，在虎坊桥租了一套住宅。有人说：这宅中有妖狐，然而不扰人。居住的人祭祀一下就安全了。这位候选官员生性吝啬，不愿意祭；也没有发生什么意外。没多长时间，他娶了一位小老婆。初到的那一天，她独自坐在房中，就听见窗外有许多人在议论她的美丑。她只是忸忸怩怩低着头，没敢抬头。灭烛之后，听见满屋吃吃的笑声；凡是有所动作，都有大声加以宣布。这样连续几天，候选官没有办法，告到正乙真人面前。真人手下法官汪某说：“狐仙鬼怪出来害人，才能予以镇治。如今它们不过嬉笑戏谑，就是王法也无法禁止呀！怎能用这些琐事去亵渎神灵呢？”候选官不得已，只好备了酒菜祭拜了一番，于是当夜便平静了。他喟然长叹说：“现在才知道，应酬的礼节是必不可少的啊！”

［原文］

胡太虚抚军能视鬼，云尝以葺屋巡视诸仆家，诸室皆有鬼出入，惟一室阒（qù）然。问之，曰：“某所居也。”然此仆蠢蠢无寸长，其妇亦常奴耳。后此仆死，其妇竟守节终身。盖烈妇或激于一时，节妇非素有定志必不能。饮冰茹①蘖（niè）②数十年，其胸中正气，蓄积久矣，宜鬼之不敢近也。又闻一视鬼者曰：“人家恒有鬼往来，凡闺房媟狎，必诸鬼聚观，指点嬉笑，但人不见不闻耳。鬼或望而引避者，非他年烈妇、节妇，即孝妇、贤妇也。”与胡公所言，若重规叠矩矣。

［注释］

①茹：吃。②蘖：树木砍去后从残存根茎上长出的新芽，泛指植物近根处长出的分枝。

［译文］

巡抚胡太虚能看见鬼。他说他曾因修整房屋事到仆人们的住处巡查，发现各屋都有鬼进出，只有一家清静地没有鬼。打听了一下，说是某仆所居住的屋子。然而这个仆人蠢乎乎的没有什么特长，他的妻子也是个很平常的女奴。后来这个仆人去世了，他的妻子竟终身守节。因为烈妇往往出于一时激愤，而节妇如果不是一向有坚定的志向，肯定不能含辛茹苦的几十年。她们胸中的正气，真是积蓄很久了。所以鬼是不敢接近她们的。又听一位能看见鬼的人说：人们的家里总是有鬼来来往往。凡是在闺房里亲昵交合，必定有众鬼围观，指点嬉笑，但是人看不见听不见。鬼也有望而害怕躲避的，不是以后的烈妇、节妇，就是孝妇、贤妇。这与胡太虚所说的，如出一辙了。

［原文］

朱定远言：一士人夜坐纳凉，忽闻屋上有噪声。骇而起视，则两女自檐际格斗，堕，厉声问曰：“先生是读书人，姊妹共一婿，有是礼耶？”士人噤不敢语。女又促问。战栗嗫嚅曰：“仆是人，仅知人礼。

鬼有鬼礼，狐有狐礼，非仆之所知也。”二女唾曰：“此人模棱不了事，当别问能了事人耳。”仍纠结而去。苏味道[①]模棱，诚自全之善计也。然以推诿偾事，获谴者亦在在有之。盖世故太深，自谋太巧，恒并其不必避者而亦避，遂于其必当为者而亦不为，往往坐失事机，留为祸本，决裂有不可收拾者。此士人见诮于狐，其小焉者耳。

［注释］

①苏味道：唐政治家、文学家。赵州栾城人。少以文辞与李峤齐名，号“苏李”。由于当时政治环境险恶，为明哲保身，处事模棱两可，世号“苏模棱”。宋代“三苏”为其后。

［译文］

朱定远说，有位士人夜晚坐在院子里乘凉，忽听见房顶上有吵闹声，他惊骇地站起身向屋顶上看，只见两个女子自房檐上格斗而堕落，厉声说：“先生是读书人，请问姊妹共有一位丈夫，有这个礼法吗？”士人吓得不敢回话。女人又催问。士人战栗着小声说：“我是人，只知道人礼；鬼有鬼礼，狐有狐礼，不是我所能知道的。”两个女人唾了他一口，说：“这人闪烁其辞，应当问一个明白人。”于是相互拉扯着走了。苏味道办事模棱两可。这倒是一种自我保全的妙计。然而因为推诿责任而遭到惩罚的人，也到处都有。因为太老于世故、算计得太巧妙的人，不应回避的事也回避了，应当作的也不作。所以往往坐失机会，留下祸根。到了祸殃暴发，已不可收拾了。这士人受到狐仙的讥笑，还是小事。

［原文］

济南朱青雷言：其乡民家一少年与邻女相悦，时相窥也。久而微露盗香迹，女父疑焉，夜伏墙上，左右顾视两家，阴伺其往来。乃见女室中有一少年，少年室中有一女，衣饰形貌皆无异。始知男女皆为狐媚也，此真黎丘之技[①]矣。青雷曰：“以我所见，好事者当为媒合，亦一佳话。然闻两家父母皆恚(huì)甚，各延巫驱狐。时方束装北上，不知究竟如何也。”

［注释］

①黎丘之技：黎丘之鬼擅长幻术，常常以此戏弄人。

［译文］

济南人朱青雷说，他的家乡有位少年，与邻居的女儿相爱，时常互相眉来眼去，时间长了，就暴露了一些蛛丝马迹。女方的父亲很疑惑，夜里爬到墙上，左右察看两家，看他们是否有往来。于是见女儿房中有一少年；少年的房中有一女；衣服装饰、形体相貌都一模一样，这才知道少年和女儿都被狐仙媚迷了。这真是黎丘之鬼的伎俩。朱青雷说："照我看，不如找个热心的人做媒撮合，这也是一段佳话。但是听说两家的父母都彼此仇恨，各自请了巫师驱狐。当时我已整装北上，就不知以后究竟怎么样了。"

［原文］

有视鬼者曰："人家继子，凡异姓者，虽女之子，妻之侄，祭时皆所生来享，所后者弗来也。凡同族者，虽五服[①]以外，祭时皆所后来享，所生者虽亦来，而配食于侧，弗敢先也。惟于某抱养张某子，祭时乃所后来享。久而知其数世前本于氏妇怀孕嫁张生，是于之祖也。此何义欤？"余曰："此义易明。铜山西崩，洛钟东应，不以远而阻也。琥珀拾芥不引针，磁石引针不拾芥，不以近而合也。一本者气相属，二本者气不属耳。观此使人睦族之心，油然而生，追远之心，亦油然而生。一身歧为四肢，四肢各歧为五指，是别为二十歧矣；然二十歧之痛痒，吾皆能觉，一身故也。莫昵近于妻妾，妻妾之痛痒，苟不自言，吾终不觉，则两身而已矣。"

［注释］

①五服：中国古代在居丧期间为死者穿丧服，按亲疏关系分为斩衰、齐衰、大功、小功、缌麻。斩衰是用刀剁成的不缝边的最粗的生麻布做成的丧服；齐衰是用熟麻布做成的缝了边的丧服；大功是用稍细的熟麻布做成的丧服；小功是用较强的熟麻布做成的丧服；缌麻是用细麻布做成的孝服。

［译文］

有位能看见鬼的人说，过继的儿子，凡异姓的，就算是姐妹的儿子、妻子的侄子，祭祀时，来享用的鬼，都是亲生父母；而继父母的鬼魂却不来。凡同族祭祀时，有的虽已出了五服，祭祀时，都是他们的继父母的鬼魂来享用，亲生父母的鬼魂虽然也来了，只能坐在一旁陪伴，不敢抢先。只有于某抱养张某的儿子，祭祀时，来享用的依然是于某。后来得知几代以前，于家的一名妇女怀孕后嫁给了张家。这孩子就是现在于家的祖辈。这是怎么一档子事呢？我说："这很容易明白。铜山在西方崩塌，洛钟在东方响应，不因相距远而受阻。琥珀摩擦后能吸草，但不能吸铁针；磁石能吸铁针，但不吸草，它们不因相近而相合。属于一类的，应相互感应；属于两类的，相互就没有感应。由此而使人油然产生了和睦家族之心，油然产生了追念远古祖先之心。人的一身有四肢，而每肢又有五指，则就有了二十支了。二十支的痛痒，我们都能感觉到，这是由于全身浑然一体。亲近莫过于妻妾了，妻妾的痛痒，她们自己不说，我终究不会知道，因为毕竟是两个身体啊。

［原文］

奴子王敬，王连升之子也。余旧有质库在崔庄，从官久，折阅都尽，群从鸠(jiū)资①复设之，召敬司夜焉。一夕，自经于楼上，虽其母其弟莫测何故也。客作胡兴文，居于楼侧，其妻病剧。敬魂忽附之语，数其母弟之失，曰："我自以博负死，奈何多索主人棺敛费，使我负心！此来明非我志也。"或问："尔怨索负者乎？"曰："不怨也。使彼负我，我能无索乎？"又问："然则怨诱博者乎？"曰："亦不怨也。手本我手，我不博，彼能握我手博乎？我安意候代而已。"初附语时，人以为病者瞀(mào)乱耳；既而序述生平、寒温故旧，语音宛然敬也。皆叹曰："此鬼不昧本心，必不终沦于鬼趣。"

［注释］

①鸠资：筹措资金。鸠，聚集，纠集。

［译文］

奴仆王敬，是王连升的儿子。当初，我在崔庄开有当铺。出外做官时间长了，差不多变卖光了。我的堂亲们又集资把当铺办起来，叫王敬夜里打更。一天夜里，王敬在楼上上吊自杀了，他的母亲和弟弟也不知死因。打工的胡兴文住在当铺隔壁，妻子病重。王敬的灵魂忽然附在她身上，数落他母亲、弟弟的过失，说"我因为赌博输了钱而死，为什么向主人索要那么多丧葬费，使我有愧于心？今天来声明这不是我的本意。"有人问："你不恨向你要债的人？"他说："不恨。如果你欠了我的钱，我能不要吗？"又问"难道你不恨引诱你赌博的人？"他说："也不恨。手是我的手，我不赌，别人能拉着我的手去赌吗？我现在只是安心地等待替身而已。"开始附体时，人们以为是病人说胡话，既而历述生平往事以及亲朋故旧，言谈语调就是王敬。人们都说："这鬼不昧良心，最终不会沦为鬼界的。"

［原文］

李玉典言：有旧家子，夜行深山中，迷不得路。望一岩洞，聊投憩息，则前辈某公在焉。惧不敢进，然某公招邀甚切。度无他害，姑

前拜谒。寒温劳苦如平生，略问家事，共相悲慨。因问："公佳城在某所，何独游至此？"某公喟然曰："我在世无过失，然读书第随人作计，为官第循分供职，亦无所树立。不意葬数年后，墓前忽见一巨碑，螭额（chī é）[1]篆文，是我官阶姓字；碑文所述，则我皆不知，其中略有影响者，又都过实。我一生朴拙，意已不安；加以游人过读，时有讥评；鬼物聚观，更多姗笑。我不耐其聒，因避居于此。惟岁时祭扫，到彼一视子孙耳。"士人曲相宽尉曰："仁人孝子，非此不足以荣亲。蔡中郎不免愧词，韩吏部亦尝谀墓。古多此例，公亦何必介怀。"某公正色曰："是非之公，人心具在；人即可诳（kuáng），自问已惭。况公论具存，诳亦何益？荣亲当在显扬，何必以虚词招谤乎？不谓后起者流，所见皆如是也。"拂衣竟起。士人惘惘而归。余谓此玉典寓言也。其妇翁田白岩曰："此事不必果有，此论则不可不存。"

［注释］

①螭额：碑额上刻有螭形的装饰。螭，传说中无角的龙。

［译文］

李玉典说，有一个世家子弟，夜里在深山中赶路，走迷了找不到路。望见一个山洞，不得已进去休息，却见前辈某先生在里面。他害怕不敢进去，某先生却坚持邀请他。他估计不会有什么害处，便上前拜见。某先生还跟平时一样寒暄，略微问了一下家里的事，相互悲伤感慨。世家子弟问："先生的墓地在某处，为什么一个人到了这里？"某先生叹着气说："我活着的时候没有过失，可是读书只是人云亦云，做官只是安分守职，也没有什么建树。想不到埋葬几年后，墓前忽然出现一块大石碑。蟠螭的碑额上篆刻的文字，写了我的官衔姓名；碑文述说的，我都不知道，其中略微有点根据的，又都夸大失实。我一生老实笨拙，心里已经不安；加上游人经过这里阅读，常常讥刺批评；鬼魂聚集来观看，更是多有耻笑。我忍受不住那些聒噪，所以躲避在这里。只是逢年过节祭祀扫墓，到那里看一看子孙罢了。"世家子弟委婉地宽慰他说："仁人孝子，不这样不足以使亲人荣耀。蔡中郎少不了有不实的文字，韩吏部也曾经吹捧过死人。古来多的是这类例子，先生又何必放在心里？"某先生严肃地说："是非的公平判断，都在人们的心里；别人就算可以欺骗，自问已经觉得惭愧。何况公论具在，欺骗又有什么益处呢？使亲人荣耀应当是自己建立功业，何必用不实的话招致诽谤呢？想不到后生们的见识竟是这样！"拂了拂衣服竟自走了。这个人闷闷不乐地回了家。我说这是玉典编造的寓言。他的丈人田白岩说："这件事不一定真有，这种议论却不可不留存下来。”

［原文］

董秋原言：东昌一书生，夜行郊外。忽见甲第甚宏壮，私念此某氏墓，安有是宅，殆狐魅所化欤？稔闻《聊斋志异》青凤、水仙诸事，冀有所遇，踯躅(zhí zhú)不行。俄有车马从西来，服饰甚华，一中年妇揭帏指生曰：“此郎即大佳，可延入。”生视车后一幼女，妙丽如神仙，大喜过望。既入门，即有二婢出邀。生既审为狐，不问氏族，随之入。亦不见主人出，但供张甚盛，饮馔丰美而已。生候合卺(jǐn)，心摇摇如悬旌。至夕，箫鼓喧阗(tián)，一老翁搴帘揖曰：“新婿入赘，已到门。先生文士，定习婚仪，敢屈为傧相，三党[①]有光。”生大失望，然原未议婚，无可复语；又饫其酒食，难以遽(jù)辞。草草为成礼，不别而归。家人以失生一昼夜，方四出觅访。生愤愤道所遇，闻者莫不拊掌曰：“非狐戏君，乃君自戏也。”余因言有李二混者，贫不自存，赴京师谋食。途遇一少妇骑驴，李趁与语，微相调谑。少妇不答亦不嗔。次日，又相遇，少妇掷一帕与之，鞭驴径去，回顾曰：“吾今日宿固安也。”李启其帕，乃银簪珥(ěr)数事。适资斧竭，持诣质库。正质库昨夜所失，大受拷掠，竟自诬为盗。是乃真为狐戏矣。秋原曰：“不调少妇，何缘致此？仍谓之自戏可也。”

［注释］

①三党：指父族、母族、妻族。

［译文］

董秋原说，东昌府有一个书生，夜里在郊外走，忽然看见有一处宅院宏大壮丽，心想这里是某家的坟墓，哪里会有这个宅院，莫不是狐狸变化出来的吧？他听惯了《聊斋志异》里青凤、水仙等的故事，希望也能有所遇，便徘徊着不走。不久有车马从西边来，服饰很华美。有一个中年妇女揭起车帏指着书生说：“这位郎君就很好，可以请他进来。”书生瞧见车后一个少女，美貌如仙，大喜过望。进门之后，就有两个丫头出来邀请。书生既然知道是狐狸，也不问姓氏家族情况，便随同她们进去。也不见主人出来，但陈设豪华，饮食菜肴丰美。书生等着和新娘喝交杯酒，心像挂着的小旗一样飘飘然。到了晚上，箫声鼓声很热闹，一个老人撩起门帘出来作了一个揖，说："新女婿入赘，已经到门。先生是读书人，一定熟悉婚礼仪式，请委屈做傧相，是我们三族的莫大荣幸。"书生大失所望。但是原先未曾议过婚事，没什么可说的；况又饱吃了别人的酒饭，不好马上就推辞，便胡乱地帮他们完成了婚礼。没告辞就回家了。家里的人因为书生失踪已经一个昼夜，正在四处寻找。书生懊恼地叙述了自己的经过，听见的人都拍着巴掌笑道："不是狐狸戏弄您，倒是您自己戏弄自己啊。"我接着说，有个李二混，穷得不能养活自己，到京城谋一口饭吃。路上遇见一个少妇骑着驴，李二混趁机和她搭讪，渐渐地和她调笑。少妇不回答也不生气。第二天，他又碰见了少妇。少妇扔下一块手帕给他，打着驴自己去了，又回过头说："我今天在固安过夜。"李二混打开手帕，是几件银簪子、银耳环。恰好他盘缠完了，就拿到当铺里去；却正是当铺昨天夜里丢失的东西。他被狠狠地拷打，只好承认自己是盗贼。这才是真正被狐狸戏弄了。秋原说："不调戏少妇，怎么会到这步田地？仍然可以说是他自己戏弄自己。"

［原文］

莆田李生裕翀(chōng)言：有陈至刚者，其妇死，遗二子一女。岁余，至刚又死。田数亩、屋数间，俱为兄嫂收去。声言以养其子女，而实虐遇之。俄而屋后夜夜闻鬼哭，邻人久不平，心知为至刚魂也，登屋呼曰："何不祟尔兄？哭何益！"魂却退数丈外，呜咽应曰："至亲者兄弟，情不忍祟；父之下，兄为尊矣，礼亦不敢祟。吾乞哀而已。"兄闻之感动，詈其嫂曰："尔使我不得为人也。"亦登屋呼曰："非我也，嫂也。"魂又呜咽曰："嫂者兄之妻，兄不可祟，嫂岂可祟也！"嫂愧不敢出。自是善视其子女，鬼亦不复哭矣。使遭兄弟之变者，尽如是鬼，尚有阋(xì)墙[1]之衅乎？

［注释］

①阋墙：指兄弟之间吵架。

［译文］

莆田人李裕翀说，有位叫陈至刚的人，他的妻子死得早，留下两个儿子一个女儿。过了一年多，陈至刚也死了。他的几亩田地，几间房产，全被兄嫂收去，声称是为了抚养他的儿子和女儿，实际上却虐待他们。过没多长时间，屋子后面每天都听到鬼哭声。邻居早就对他的兄嫂不满，心里明白是至刚的魂在哭，就登上屋顶喊："你为什么不作祟害害你的哥哥，哭有什么用？"鬼魂听后却退到几丈远之外，呜咽着回答说："最亲近的人就是兄弟，手足之情使我不忍心作祟。父亲以下，兄长为尊，碍于礼法，我也不敢作祟。我只能乞求罢了。”他的哥哥听到这些话后非常感动，责骂至刚的嫂子说：“你让我无法做人了。”他也登上屋顶说：“兄弟，不是我要干的，是你嫂子要这么干的。”鬼魂又呜咽着说：“嫂子是兄长的妻子。我对兄长不能作祟，对嫂子怎么可以伤害呢？”他的嫂子惭愧得不敢露面。至此，兄嫂对他的子女很好，鬼也不再哭泣了。如果世上那些兄弟之间发生矛盾的人，都像陈至刚的鬼魂那样，还会发生骨肉相争的事吗？

［原文］

先外祖母曹太恭人尝告先太夫人曰：“沧州一宦家妇，不见答[1]于夫，郁郁将成心疾，性情乖剌，琴瑟愈不调。会有高行尼至，诣问因果。尼曰：‘吾非冥吏，不能稽配偶之籍也；亦非佛菩萨，不能照见三生也。然因缘之理，则吾知之矣。夫因缘无无故而合者也，大抵以恩合者必相欢，以怨结者必相忤。又有非恩非怨，亦恩亦怨者，必负欠使相取相偿也，如是而已。尔之夫妇，其以怨结者乎？天所定也，非人也；虽然，天定胜人，人定亦胜天。故释迦立法，许人忏悔。但消尔胜心，戢(jí)[2]尔傲气，逆来顺受，以情感而不以理争；修尔内职，事翁姑以孝，处娣姒[3]以和，待妾媵(yìng)以恩，尽其在我，而不问其在人，庶几可以挽回乎！徒问往因，无益也。’妇用其言，果相睦如初。”先太夫人尝以告诸妇曰：“此尼所说，真闺阁中解冤神咒也。信心行持，无不有验；如或不验，尚是行持未至耳。”

［注释］

①答：答理、应允，此处作喜欢，宠爱之意。②戢：收敛。③娣姒：古代同夫诸妾互称年长的为姒，年幼的为娣。《尔雅·释亲》：“女子同出谓先生为姒，后生为娣。”又指妯娌。兄妻为姒，弟妻为娣。

［译文］

先外祖母曹太恭人曾对先太夫人说：“沧州有位官宦人家的妻子，不被丈夫宠爱，心中郁郁寡欢，要成为心病。性情乖戾，夫妇俩更合不来。恰好一位修行高深的尼姑到来，她前往询问事情为何这样。尼姑说：‘我不是阴间的官吏，不能查你们配偶的名册。我也不是菩萨，不能看到人的过去、现在、未来的事情。但是因缘的道理，我却知道。说到姻缘，没有无缘无故的结合的事。大概因有恩情而结合的夫妻，必定相互欢爱，因怨恨而结合的夫妻，必然相互对立，也有因非恩非怨、亦恩亦怨而

相结合的，这就必然双方互有负欠而彼此相互取偿。就这么几种类型。你们夫妇莫不是因怨恨而结合的？这是上天决定的，不是人为的。虽然这样，天定胜人，人定也能胜天。所以释迦牟尼创立佛法，准许人们忏悔。只要消除你的好胜心，收敛你的傲气，逆来顺受，用情感动而不用理争吵，修行好你内房的职分，孝顺地侍奉公公婆婆，和睦地处理妯娌关系，宽容地对待姬妾婢女。做到这些全在自己，而不用管别人怎样，这样或许可挽回你们夫妻感情吧。只是询问以往的原因，没有任何好处。’这位妻子按尼姑的话去做，真的像刚结婚时那样和睦相爱。”先太夫人曾用这件事告诫几位儿媳妇说：这个尼姑所说的道理，真是闺阁之中解除怨恨的神咒。坚定不移地实行，没有不灵验的。如果有不灵验的，还是没有坚持到底。

［原文］

蔡太守必昌云：判冥，论者疑之。然朱竹君之先德，蔡君先告以亡期；蔡君之母，亦自预知其亡期，皆日辰不爽。是又何说欤？朱石君抚军，言其他事甚悉。石君非妄语人也。顾郎中德懋（mào）亦云判冥。后自言以泄漏阴府事，谪为社公①，无可验也。余尝闻其论冥律，已载《滦阳消夏录》中。其论鬼之存亡，亦颇有理。大意谓人之余气为鬼，气久则渐消。其不消者有三：忠孝节义，正气不消；猛将劲卒，刚气不消；鸿材硕学，灵气不消。不遽消者亦三：冤魂恨魄，茹痛黄泉，其怨结则气亦聚也；大富大贵，取多用宏，其精壮则气亦盛也；儿女缠绵，埋忧赍（jī）恨，其情专则气亦凝也。至于凶残狠悍，戾气亦不遽（jù）消，然堕泥犁者十之九，又不在此数中矣。言之凿凿，或亦有所征耶？

［注释］

①社公：指土地神。又称“土地公公”“土地公”“土地爷”，属于民间信仰中的地方保护神。在中国传统文化中，祭祀土地神即祭祀大地。

［译文］

太守蔡必昌说他能判断阴间的事，人们对此表示怀疑。但朱竹君的先父，蔡先生事先告诉了他的死期。蔡先生的母亲，也预先知道自己的死期，说的日子时辰都不差，这又怎么解释呢？巡抚朱石君说起蔡必昌的其他事，都极详。石君不是爱胡说八道的那种人。郎中顾德懋，也说能判断阴间的事。后来他自称因泄露了阴曹地府的事情，被贬作土地神。这是没法验证的。我曾听他谈论阴间戒律，已经记载在《滦阳消夏录》中。他论述鬼的存在和消失，也很有一定道理。大概是说人的余气成为鬼，时间长了气就逐渐消散。那些不消散的有三种：忠孝节义之人，他们的正义之气不消散；猛将勇卒，他们的刚强之气不消散；大材博学之人，他们的聪明之气不消散。不会立即消散的也有三种：冤魂恨魄，在地下含恨忍痛，它的怨恨凝结，气也就聚集在一起；非常富贵的，获取得多，用去的也多，它的精魄强壮，气也就强盛；儿女情长，缠绵不断，怀忧含恨，感情专一，气也就凝结了。至于那些凶狠残暴的鬼，气也不立即消散，但十之八九堕入地狱，这又不在所讨论的范围之中。他说得实实在在，或许是有真凭实据吧。

［原文］

季廉夫言：泰兴有贾生者，食饩(xì)①于庠(xiáng)，而僻好符箓(lù)禁咒事。寻师访友，炼五雷法，竟成。后病笃，恍惚见鬼来摄，举手作诀，鬼不能近。既而家人闻屋上金铁声，奇鬼狰狞，汹涌而入。咸悚惶避出。遥闻若相格斗者，彻夜乃止。比晓视之，已伏于床下死，手掊地成一深坎，莫知何故也。夫死生数也，数已尽矣，犹以小术与天争，何其不知命乎？

［注释］

①食饩：指明清时期，通过考试取得廪生资格的生员享受官府给予的廪膳（即廪生的稻米）补贴。清蒲松龄《聊斋志异·饿鬼》："入场，适是其题，录之，得优等，食饩焉。"

［译文］

季廉夫说，泰兴县有位姓贾的书生，身为谋膳生员，却癖好画符念咒，到处寻师学习，最后炼成了五雷法。后来他病重，恍惚间看见鬼来拘他。他举手念诀，鬼不能靠近。过了一会儿，家里人听到屋顶上发出铁器声，奇形怪状的鬼狰狞可怖，汹涌地闯了进来，于是都惊惶地逃避出去了，远远听到屋里好像有打斗的动静，折腾了一夜才停了下来。等到天亮进去一看，贾书生已趴在床下死了，手抠得地面成了一个很深的沟，不知道是什么缘故。人的死生是有定数的。气数已经尽了，还用小法术与别人争斗，怎么这么不知天命呢？

［原文］

牛犊马驹，或生鳞角，蛟龙之所合，非真麟也。妇女露寝(qǐn)①，为所合者亦有之。惟外舅马氏家，一佃户年近六旬，独行遇雨，雷电晦冥，有龙探爪按其笠。以为当受天诛，悸而踣，觉龙碎裂其裤，以为褫(chǐ)衣而后施刑也。不意龙捩(liè)转其背，据地淫之。稍转侧缩避，辄怒吼，

磨牙其顶。惧为吞噬，伏不敢动。移一二刻，始霹雳一声去。呻吟塍上，腥涎满身。幸其子持蓑来迎，乃负以返。初尚讳匿，既而创甚，求医药，始道其实。耘苗之候，馌妇众矣，乃狎一男子；牧竖亦众矣，乃狎一衰翁。此亦不可以理解者。

［注释］

①露寝：在野外睡觉。

［译文］

牛犊马驹有的生长出鳞角，是蛟龙和母畜结合造成的，不是真的麒麟。妇女露天睡觉，也有被龙交合的。只是岳父马先生家里有一个佃户，年龄接近六十岁了。他独自走路遇到下雨，雷电交加，天色昏黑，有只龙爪按住他的斗笠。他以为自己有什么罪过要受到上天的诛杀，吓得跌倒在地。龙撕扯开他的裤子，他以为是剥去衣服后再施刑罚。没想到龙扭转过他的背，就地凌辱他。稍稍翻身闪避，龙就大声吼叫，在他的头上磨牙。他害怕被龙吞吃掉，就趴着不敢动。过了一两刻，龙才发出一声霹雳飞走了。老佃农在田埂上痛苦地呻吟，腥臭的龙涎水沾满全身。幸好他儿子抱着蓑衣来迎接他，才把他背回家。一开始他还隐瞒，后来因创伤严重去求医，才说出实情。锄草间苗的季节，送饭的妇女很多，却凌辱一个男子；放牧的童子也很多，却凌辱一个糟老头儿，这也是不能说得清楚的事。

［原文］

宋村厂仓中旧有狐。余家未析箸(zhù)[1]时，姚安公从王德庵先生读书是庄。仆隶夜入仓院，多被瓦击，而不见其形，惟先生得纳凉其中，不遭扰戏。然时见男女往来，且木榻藤枕，俱无纤尘，若时拂拭者。一日，暗中见一人循墙走，似是一翁，呼问之曰：“吾闻狐不近正人，吾其不正乎？”翁拱手对曰：“凡兴妖作祟之狐，则不敢近正人；若读书知礼之狐，则乐近正人。先生君子也，故虽少妇稚女，亦不相避，信先生无邪心也。先生何反自疑耶？”先生曰：“虽然，幽明异路，终不宜相接，请勿见形可乎？”翁磬(qìng)折曰：“诺。”自是不复睹矣。

［注释］

①析箸：指分家。箸，筷子。明朱元弼《犹及篇》：“沉益川腾蛟者，宪副秦川公伯子也。宪副晚而更置室，生子腾龙，析箸别居。”

［译文］

宋村厂的仓房中，过去有狐仙。我们家没有分家的时候，我父亲姚安公跟随王德庵先生在这里读书。仆人夜晚进入仓院，往往遭砖瓦击打，但又看不见狐狸的身形。只有王先生能够在院子里乘凉，不被干扰戏弄。他时常看见年轻男女来来往往，而且木床和藤枕，全都没有一丝灰尘，好像经常擦拭。有一天，先生在黑暗中看见一个人沿着墙边走，好像是一个老头。先生喊住他问道："我听说狐狸不接近正派人，难道是我不够正派吗？"老头拱手施礼回答："凡是兴妖作怪害人的狐狸，都不敢接近正派人；如果是读过诗书明白事理的狐狸，就乐于接近正派人。先生是正人君子，所以就算是少妇少女，也不避您，相信先生没有邪恶之心。先生何必反要怀疑自己呢？"先生说："虽说如此，阴间和人世不是同一个路子，毕竟不大合适。相互接近请不要显形可以吗？"老头弯腰恭敬地答应了。从此后就看不见了。

［原文］

沈瑞彰寓高庙读书，夏夜就文昌阁廊下睡。人静后，闻阁上语曰："吾曹亦无用钱处，尔积多金何也？"一人答曰："欲以此金铸铜佛，送西山潭柘寺供养，冀仰托福佑，早得解形。"一人作啐[1]声曰："咄咄大错！布施须己财。佛岂不问汝来处，受汝盗来金耶？"再听之，寂矣。善哉野狐，檀越云集之时，倘闻此语，应如霹雳声也。

［注释］

①啐：唾人以表示鄙斥。

［译文］

沈瑞彰寄宿在高庙读书。夏夜，在文昌阁的廊下睡觉。夜深人静，他听到阁楼上有人说："我们也没有用钱的地方，你积攒许多金钱干什么？"另一个回答："我想用这些钱去铸个铜佛，送到西山的潭柘寺供养起来，希望托福保佑，使我早些脱形为人。"前一个发出唾弃声说："真是大错特错。布施一定用自己的钱，佛难道不问你钱的来处，就接受你偷盗来的钱吗？"再听就没有声音了。善哉，野狐。当施主们集中的时候，听到这些话，应当像听到霹雳声一样。

［原文］

瑞彰又言：尝偕数友游西山，至林峦深处，风日暄妍，泉石清旷，杂树新绿，野花半开。眺赏间，闻木杪诵书声。仰视无人，因揖而遥呼曰："在此朗吟，定为仙侣。叨同儒业，可请下一谈乎？"诵声忽止，俄琅琅又在隔溪。有欲觅路追寻者，瑞彰曰："世外之人，趁此良辰，

尚耽研典籍。我辈身列黉宫[①]，乃在此携酒榼看游女，其鄙而不顾宜矣，何必多此跋涉乎！”众乃止。

［注释］

①黉宫：古代称学校。元洪希文《踏莎行·示观堂》词：“郡国兴贤，黉宫课试，书生事业从今始。”

［译文］

沈瑞彰又说，他曾与几个朋友上西山游玩。到了山林深处，风和日丽，泉水清澈，山石峻拔，各种树木长出新叶，野花半开。他们正在眺望观赏的时候，听到树梢上有念书的声音。抬头看去却没有人，于是作揖呼叫说：“在这里大声咏读，必定是仙家朋友。我们同是儒家弟子，能否请下来谈一谈？”念书的声音忽然停了，过一会儿又在小溪对面响起来。有人想寻路去找，瑞彰说：“世外的人，趁着这样的好时光，仍在攻读经典书籍。我们这些人身为学堂弟子，却在这里带着酒漫游，观赏游女。遭对方鄙视而不理，也是理所应当。为什么还要多此一举，跋涉着去找人家呢。”大家这才罢休。

［原文］

沧州有一游方尼，即前为某夫人解说因缘者也，不许妇女至其寺，而肯至人家。虽小家以粗粝为供，亦欣然往。不劝妇女布施，惟劝之存善心，作善事。外祖雪峰张公家，一范姓仆妇，施布一匹。尼合掌谢讫，置几上片刻，仍举付此妇曰：“檀越功德，佛已鉴照矣。既蒙见施，布既我布。今已九月，顷见尊姑犹单衫。谨以奉赠，为尊姑制一袷衣可乎？”仆妇踧踖[①]无一词，惟面赪汗下，姚安公曰：“此尼乃深得佛心。”惜闺阁多传其轶事，竟无人能举其名。

［注释］

①踧踖：恭敬而不安的样子。《论语·乡党》：“君在，踧踖如也。”

［译文］

沧州有一个游历四方的尼姑，就是前边说过给某位夫人解说姻缘的那位。她不允许妇女们到她的寺里去，却肯到人家里，就算小家小户用粗茶淡饭招待，她也高兴去。她不劝说妇女们布施财物，只劝她们存善心，做善事。外祖父张雪峰先生家里有一个姓范的仆妇，捐献一匹布料。尼姑双掌合十表示感谢后，把布料放在桌上。过一会儿又拿起来交给这个仆妇，说：“施主的功德，佛已经知道了。既然承蒙你捐献，这布料就是我的了。现在已经到了九月，刚才看见你婆婆还穿着单薄的衣裳，我把这些布送给你，给你婆婆做一件棉衣，你看如何？”仆妇局促不安地说不出一句话，只是满脸通红汗往下流。先父姚安公说：“这个尼姑才是深刻领会了佛家的精髓。”可惜女人们中间关于她的轶事流传不少，竟然无人能说出她的名字。

［原文］

先太夫人乳母廖媪言：四月二十八日，沧州社会①也，妇女进香者如云。有少年于日暮时，见城外一牛车向东去，载二女，皆妙丽，不类村妆。疑为大家内眷，又不应无一婢媪，且不应坐露车。正疑思间，一女遗红帕于地，其中似裹数百钱，女及御者皆不顾。少年素朴愿②，恐或追觅为累，亦未敢拾。归以告母，谯诃(hē)其痴。越半载，邻村少年为二狐所媚，病瘵死。有知其始末者，曰：“正以拾帕索帕，两相调谑遘(gòu)合也。”母闻之，憬然悟曰：“吾乃知痴是不痴，不痴是痴。”

［注释］

①社会：指古代社里、乡里所举办的表演集会。②朴愿：忠厚老实。

［译文］

先太夫人的乳母廖老妈子说，四月二十八日，是沧州的庙会，妇女进香的像云一样聚集而来。有一个青年在太阳落山时，看见城外一辆牛车向东走。车上载着两个妇女，都很年轻美貌，不像乡下姑娘。怀疑是大户人家的家眷，却又不应该无丫头和老妈子陪伴，也不应该坐没有车篷的车。正在疑心思索时，一个姑娘掉了一块红手帕在地上，其中好像包着几百个铜钱，姑娘和驭手都没有注意。青年平素老实忠厚，担心将来追索时有麻烦，也不敢去拾。回来告诉母亲，母亲申斥他是个傻子。过了半年，邻村一个青年被两个狐狸媚惑，患痨病死了。有知道这件事原委的说：“正是因为拾手帕、索手帕，两下里调情发生了关系。”母亲听了，恍然大悟地说：“我这才知道痴是不痴，不痴才是痴。”

［原文］

李应弦言：甲与乙邻居世好，幼同嬉戏，长同砚席，相契如兄弟。两家男女时往来，虽隔墙，犹一宅也。或为甲妇造谤，谓私其表弟。甲侦无迹，然疑不释，密以情告乙，祈代侦之。乙故谨密畏事，谢不能。甲私念未侦而谢不能，是知其事而不肯侦也，遂不再问，亦不明言；然由是不答其妇。妇无以自明，竟郁郁死。死而附魂于乙曰：“莫

亲于夫妇，夫妇之事，乃密祈汝侦，此其信汝何如也。使汝力白我冤，甲疑必释；或阳许侦而徐告以无据，甲疑亦必释。汝乃虑脱侦得实，不告则负甲，告则汝将任怨也。遂置身事外，恝①然自全，致我赍恨于泉壤，是杀人而不操兵也。今日诉汝于冥王，汝其往质。”竟颠痫数日死。甲亦曰：“所以需朋友，为其缓急相资也。此事可欺我，岂能欺人？人疏者或可欺，岂能欺汝？我以心腹托汝，无则当言无，直词责我勿以浮言间夫妇；有则宜密告我，使善为计，勿以秽声累子孙。乃视若路人，以推诿启疑窦，何贵有此朋友哉！”遂亦与绝，死竟不吊焉。乙岂真欲杀人哉，世故太深，则趋避太巧耳。然畏小怨，致大怨；畏一人之怨，致两人之怨。卒杀人而以身偿，其巧安在乎？故曰，非极聪明人，不能作极懵懂事。

［注释］

①恝：无动于忠，淡然。

［译文］

李应弦说，甲和乙是上辈人就友好的邻居，从小一起玩耍，长大一起上学，性情相投像兄弟。两家的男男女女时常来往，虽然隔着一道墙，像是一家人。有人给甲的妻子造谣，说她和表弟私通。甲调查没有证据，可是疑心没有消除，暗地里把此事告诉乙，求他帮忙查清真相。乙向来谨慎怕事，推辞办不了。甲心想没有侦察就推辞办不了，明明是知道这回事，所以不肯侦察，就不再追问，也不明说，但从此不再和妻子说话。他妻子没有办法表白自己，竟然忧郁而死。死后鬼魂附在乙的身上，说：“没有比夫妻更亲密的，夫妻之间的事，却秘密地求你侦察，可见信任你到了什么程度。如果你尽量洗刷我的冤枉，甲的疑心一定消除；就是表面上答应侦察，然后再告诉他没有证据，甲的疑心也一定会消除。你却顾虑如果侦察出实情，不说就辜负了甲，说了你就要受埋怨。于是置身事外，小心翼翼地保全自己，致使我怨恨死去，这是杀人不用刀子呀！今天在阎王那里控告了你，你去对质吧。”乙竟发了几天疯死去。甲也说：“为什么需要朋友？是为了有急难的时候互相帮助。这件事可以骗我，怎能骗别人？关系疏远的人或者可以骗，怎能够骗你？我把心腹之事托付给你，没有就该说没有，直言责备我不能因为流言蜚语损害夫妻感情；假如有就该暗中告诉我，使我好想办法，不因臭名声连累子孙。你却把我看成过路的人，用推诿加深我的疑团。我又何必重视这样的朋友呢？”于是也和乙绝交了。乙死了也不去吊唁。乙难道真想杀人吗？只是过于精通世故，趋利避害的心机过于巧妙罢了。可是害怕小的怨恨，招致大的怨恨；害怕一个人的怨恨，招致两个人的怨恨，结果害死了人，自己的命也搭上了。他的巧妙又在哪里呢？所以说，不是绝顶的聪明人，不会做出绝顶的糊涂事。

［原文］

田白岩曰："名妓月宾，尝来往渔洋山人家，如东坡之于琴操[①]也。"苏斗南因言少时见山东一妓，自云月宾之孙女，尚有渔洋所赠扇。索观之，上画一临水草亭，傍倚二柳，题"庚寅三月道冲写"。不知为谁。左侧有行书一诗曰："烟缕蒙蒙蘸水青，纤腰相对斗娉婷。樽前试问香山老，柳宿新添第几星？"不署名字，一小印已模糊。斗南以为高年耆宿，偶赋闲情，故讳不自著也。余谓诗格风流，是新城宗派。然渔洋以辛卯夏卒，庚寅是其前一岁，是时不当有老友，"香山老"定指何人？如云自指，又不当云"试问"；且词意轻巧，亦不类老笔。或是维摩丈室，偶留天女散花，他少年代为题扇，以此调之。妓家借托盛名，而不解文义，遂误认颜标耳。

［注释］

①琴操：宋苏轼在浙江杭州结识的妓女。

［译文］

田白岩说，有个叫月宾的名妓女，她经常来往于渔洋山人家，他们的关系就像苏东坡和琴操一样。苏斗南于是说起小时候，见过山东一个妓女，自称是月宾的孙女，还存有渔洋山人赠送的扇子。他要过来观看，扇子上画着临水的一间草亭，旁边长着两棵柳树。题款是"庚寅三月道冲写"，不知道这人是谁。左边用行书写有一首诗道："烟缕蒙蒙蘸水青，纤腰相对斗娉婷。樽前试问香山老，柳宿新添第几星？"诗没有署名，只有一方小印，已经模糊。苏斗南认为是年高的老儒，偶尔抒发些闲情，所以不愿说出自己的姓名。我认为，从诗的风格看，这是新城派的作品。但是，王渔洋已在乾隆三十六年（公元 1771 年）夏季去世，庚寅年（公元 1770 年）是他死的前一年。那个时候，他不该称别人为"老"。那么"香山老"指的是什么人？假如说是指自己，又不应该说"试问"；况且词意轻巧，也不像出自老年人的手笔。或者是他的弟子中有拈花惹草的？某个年轻人冒名题扇，用以调情。妓女只借重渔洋山人的大名，却不了解诗义，所以便误以为是渔洋山人了。

［原文］

招聚博塞，古谓之囊家，见李肇(zhào)[①]《国史补》，是自唐已然矣。

至藏蓄粉黛，以分夜合之资，则明以前无是事。家有家妓，官有官妓故也。教坊既废，此风乃炽，遂为豪猾之利源，而骙（ái）痴之陷阱。律虽明禁，终不能断其根株。然利旁倚刀，贪还自贼。余尝见操此业者，花娇柳亸（duǒ）[②]，近在家庭，遂不能使其子孙皆醉眠之阮籍。两儿皆染淫毒，延及一门，疠疾缠绵，因绝嗣续。若敖氏之鬼，竟至馁（něi）而。

［注释］

①李肇：唐代学者。累官尚书左司郎中，翰林学士。②亸：低垂的样子。

［译文］

聚众赌博，坐吃抽头，古代称为“囊家”，见于李肇的《国史补》；这在唐朝就已经出现了。至于蓄养女人，以收取她们接客的酬资，在明朝以前还没有这种事情。因为那时家有家妓，官有官妓。现在教坊废弃之后，养妓接客的风气就流行起来了，于是成为豪猾之徒获利的源泉，色痴的陷阱。法律虽然明令禁止，终归不能绝根。然而“利”旁边靠着“刀”，贪婪最终等于自杀。我见过一人以此业为生，美妓娇女，近在家中，他的子孙却不能像阮籍那样心正，两个儿子都沾染上了性病，传染得一家大小，恶病缠身，久治不愈，以至绝了后。这家人死后就像若敖氏的鬼一样，没有后代祭祀，只好挨饿了。

姑妄听之一

［原文］

余性耽孤寂，而不能自闲。卷轴笔砚，自束发至今，无数十日相离也。三十以前，讲考证之学，所坐之处，典籍环绕如獭祭。三十以后，以文章与天下相驰骤，抽黄对白，恒彻夜构思。五十以后，领修秘籍，复折而讲考证。今老矣，无复当年之意兴，惟时拈纸墨，追录旧闻，姑以消遣岁月而已。故已成《滦阳消夏录》等三书，复有此集。缅昔作者，如王仲任、应仲远，引经据古，博辨宏通；陶渊明、刘敬叔、刘义庆[1]，简澹数言，自然妙远。诚不敢妄拟前修，然大旨期不乖于风教。若怀挟恩怨，颠倒是非，如魏泰、陈善[2]之所为，则自信无是矣。适盛子松云欲为剞劂（jī jué）[3]，因率书数行弁于首。以多得诸传闻也，遂采庄子之语名曰《姑妄听之》。

乾隆癸丑七月二十五日，观弈道人自题。

［注释］

①王仲任、应仲远：汉代王充、应劭，王充著《论衡》，应劭著《风俗演义》。刘敬叔、刘义庆：两人都是南朝宋宗室，刘敬叔著《异苑》，刘义庆著《世说新语》。②魏泰、陈善：两人都是宋人，魏泰所著的《东轩笔录》多有妄论古人之语，陈善所著的《扪虱新话》对孟子、“三苏”、韩愈等多加贬低。③剞劂：原指雕刻书版。此处指刻印书籍。

［译文］

我喜好钻研而甘于寂寞，总也闲不住。书籍笔墨等，自从我到了学龄以来，就没曾离开过。在三十岁之前，我钻研考证学；学习的地方，经典书籍等环绕着我像獭祭。三十岁以后，我的文章便传扬于天下，常常面前摆着稿纸，彻夜构思。五十岁以后，负责编辑整理秘籍，又回过头来讲考证。现在老了，再也没有当年的兴致了，只是偶尔拿过纸笔，追写旧闻，用以消磨时光而已。所以在写成《滦阳消夏录》等三本书后，又有了这个集子。缅怀古时的作者，如王仲任、应仲远，他们的著作引经据典，博采兼收；陶渊明、刘敬叔、刘义庆等人的著作，风格简淡、自然而妙趣深远。我实在不敢狂妄地以先贤来自比，但本书的大旨则期望不与风俗教化有违。至于挟嫌报复、颠倒是非，如魏泰、陈善之所为，我自信是没有的。恰好盛子松要给我出版这本书，因此写几句话放在最前面。因本书的素材大多是来自于传闻，于是便取《庄子》中的一句话，定名为“姑妄听之”。

乾隆五十八年（公元 1793 年）七月二十五日，观弈道人自题。

［原文］

陈来章先生，余姻家也。尝得一古砚，上刻云中仪凤形。梁瑶峰相国为之铭曰：“其鸣将将，乘云翱翔。有妫[1]之祥，其鸣归昌。云行四方，以发德光。”时癸巳闰三月也。至庚子，为人盗去。丁未，先生仲子闻之，多方购得。癸丑六月，复乞铭于余。余又为之铭曰：“失而复得，如宝玉大弓。孰使之然？故物适逢。譬威凤之翀（chōng）[2]云，翩没影于遥空；及其归也，必仍止于梧桐。”故家子孙，于祖宗手泽，零落弃掷者多矣。余尝见媒媪携玉佩数事，云某公家求售。外裹残纸，乃北宋椠（qiàn）[3]《公羊传》四页，为怅惘久之。闻之于先人已失之器，越八载购得，又乞人铭以求其传，人之用心，盖相去远矣。

［注释］

①妫：春秋时陈国之姓。②翀：往高处飞。③椠：刻版。

［译文］

陈来章先生是我的亲家。他得到一方古砚，上面刻着“云中仪凤”的图案。相国梁瑶峰写了一篇铭文，说：“凤鸣锵锵，乘云飞翔，是妫氏的吉祥。凤鸣归昌，乘云飞向四方，以发扬道德之光。”这时是乾隆三十八年（公元 1773 年）闰三月。到了乾隆四十五年，这方古砚被人偷走了。乾隆五十二年（公元 1787 年），陈先生的次子听说了这件事，多方查询，重又买了回来。乾隆五十八年（公元 1793 年），又请我写铭文。我写道：“失而复得，如宝玉大弓。是谁使它有此经历？古物失去又相逢，如有威仪的凤冲入云天，翩翩飞逝遥空。待它归来，必定还栖止于梧桐树上。”很多大家子孙，对于祖宗的遗物，随意零落抛售，我曾看见一个媒婆拿着几件玉佩，说是某公家的，要卖掉。玉佩外面包着破纸，却是四页宋刻本的《公羊传》。为此我怅惘了很长时间。陈先生的次子听父亲说丢了祖传遗物，经过八年查询终于买了回来，又求别人写铭文以留传后世。人与人的用心，真是相差太远了。

［原文］

董家庄佃户丁锦，生一子曰二牛。又一女赘曹宁为婿，相助工作，甚相得也。二牛生一子曰三宝。女亦生一女，因住母家，

遂联名曰四宝。其生也同年同月，差数日耳。姑嫂互相抱携，互相乳哺，襁褓中已结婚姻。三宝四宝又甚相爱，稍长，即跬步不离。小家不知别嫌疑，于二儿嬉戏时，每指曰：“此汝夫，此汝妇也。”二儿虽不知为何语，然闻之则已稔（rěn）矣。七八岁外，稍稍解事，然俱随二牛之母同卧起，不相避忌。会康熙辛丑至雍正癸卯岁屡歉，锦夫妇并殁。曹宁先流转至京师，贫不自存，质四宝于陈郎中家。二牛继至，会郎中求馆僮（tóng），亦质三宝于其家，而诫勿言与四宝为夫妇。郎中家法严，每笞四宝，三宝必暗泣；笞三宝，四宝亦然。郎中疑之，转质四宝于郑氏，而逐三宝。三宝仍投旧媒媪，又引与一家为馆僮。久而微闻四宝所在，乃夤（yín）缘入郑氏家。数日后，得见四宝，相持痛哭，时已十三四矣。郑氏怪之，则诡以兄妹相逢对。郑氏以其名行第相连，遂不疑。然内外隔绝，仅出入时相与目成而已。后岁稔，二牛、曹宁并赴京赎子女，辗转寻访至郑氏。郑氏始知其本夫妇，意甚悯恻（mǐn cè），欲助之合卺，而仍留服役。其馆师严某，讲学家也，不知古今事异，昌言排斥曰：“中表[1]为婚礼所禁，亦律所禁，违之且有天诛。主人意虽善，然我辈读书人，当以风化为己任，见悖理乱伦而不沮，是成人之恶，非君子也。”以去就力争。郑氏故良懦，二牛、曹宁亦乡愚，闻违法罪重，皆慑而止。后四宝鬻（yù）为选人妾，不数月病卒。三宝发狂走出，莫知所终。或曰：“四宝虽被迫胁去，然毁容哭泣，实未与选人共房帏。惜不知其详耳。”果其如是，则是二人者，天上人间，会当相见，定非一瞑不视者矣。惟严某作此恶业，不知何心，亦不知其究竟。然神理昭昭，当无善报。或又曰：“是非泥古，亦非好名，殆觊觎（jì yú）四宝，欲以自侍耳。”若然，则地狱之设，正为斯人矣。

［注释］

①中表：指表兄弟姐妹。古代称父之姐妹所生的子女为外兄弟姐妹，称母之姐妹所生的子女为内兄弟姐妹。外为表，内为中，合而称之“中表”。

［译文］

董家庄有个佃户叫丁锦，生了一个儿子叫二牛，还有一个女儿，招了个倒插门的女婿，叫曹宁。他帮助这家人干活，关系处得很好。二牛生了个儿子叫三宝。女儿生了一个女孩，因住在娘家，便随着排下来叫四宝。这两个小孩在同年同月出生，只差几天。姑嫂一起看护、哺养这两个孩子，在襁褓中就已定下了婚姻。三宝四宝又非常友爱，慢慢长大之后，两人便形影不离。小户人家不知避嫌，看见两个孩子在一起玩耍时，即常指着说："这是你丈夫。""这是你老婆。"两个孩子虽然不知道是什么意思，但已经听顺了耳。到了七八岁，稍稍懂事了，但两个孩子仍然跟着二牛的母亲同睡同起，也不避忌。康熙六十年（公元 1721 年）到雍正元年（公元 1723 年）间，年年歉收。丁锦夫妇相继去世，曹宁流落到京城，穷得养活不了自己，便把四宝典卖到陈郎中家。二牛跟着来到京城，赶上陈郎中需要馆童，也把三宝典卖给了陈家。二牛告诉三宝不要说他和四宝已定为夫妻。陈郎中家法严厉，每当打四宝时，三宝就在私下里哭；打三宝时，四宝也是如此。陈郎中生疑，便把四宝转卖给郑家，赶走了三宝。三宝又去找介绍他来陈家的老妈子，老妈子又把他介绍到一家去当馆童。过了一段时间，他打听到四宝的所在，便通过各种关系，也来到了郑家。几天之后，他才见到了四宝，两人抱头痛哭。当时两人都十三四岁了。郑某觉得奇怪，两人便谎称是兄妹。郑某看他们的名字排行相连，也就不怀疑了。然而内外宅隔绝，两人只能在出入时彼此眉目传情而已。后来年成好了，二牛、曹宁一起到京城赎子女，辗转寻访到了郑家。郑某这才知道这两个孩子本来定为夫妻，便很怜悯他们，想帮助操办婚礼，所以留他们仍在郑家服役。郑家的馆师严某，是一个道学家。他不了解如今世情与古时不同，便提出异议说："中表结婚是违背礼法的，也是律令所禁止的。犯了这一条，上天也要施以惩罚。主人的想法很好，但我们这些读书人，应当以端正风俗教化为己任，见了违理乱伦的事而不阻止，是促成别人做坏事，这不是君子的行为。"他以辞职相要挟。郑某本来就善良懦弱，二牛、曹宁都是乡巴佬，听说违法罪重，都吓得打消了让两人结合的念头。后来四宝被卖给一个后补官员做妾。没过几个月，四宝便有病死了。三宝发疯跑出去，也不知去了何处。有人说，四宝虽然被胁迫而去，但她毁容之后不停地哭泣，实际上并没有与后补官同房。可惜不知详情是怎么回事。假如真是这样，这两个人在天上人间，会再次相见，肯定不会就此永别。只是严某做出这种罪孽，不知出于什么心，也不知他究竟要干什么。不过天理昭昭，他不会有好报的。还有人说，严某不是拘泥于古法，也不是沽名钓誉，而是对四宝存有非分之想，妄图夺为己有。如果是这样，那么地府设立的地狱，正是为这种人预备的。

［原文］

"遗秉""滞穗"[1]，寡妇之利，其事远见于周雅[2]。乡村麦熟时，妇孺数十为群，随刈者之后，收所残剩，谓之拾麦。农家习以为俗，

亦不复回顾，犹古风也。人情渐薄，趋利若鹜，所残剩者不足给，遂颇有盗窃攘夺，又浸淫而失其初意者矣。故四五月间，妇女露宿者遍野。有数人在静海之东，日暮后趁凉夜行，遥见一处有灯火，往就乞饮。至则门庭华焕，僮仆皆鲜衣；堂上张灯设乐，似乎燕宾。遥望三贵人据榻坐，方进酒行炙。众陈投止意，阍者为白主人，颔之。俄又呼回，似附耳有所嘱。阍者出，引一媪悄语曰："此去城市稍远，仓卒不能致妓女。主人欲于同来女伴中，择端正者三人侑酒荐寝，每人赠百金；其余亦各有犒赏。媪为通词，犒赏当加倍。"媪密告众。众利得资，怂恿幼妇应其请。遂引三人入，沐浴妆饰，更衣裙侍客；诸妇女皆置别室，亦大有酒食。至夜分，三贵人各拥一妇入别院，阖家皆灭烛就眠。诸妇女行路疲困，亦酣卧不知晓。比日高睡醒，则第宅人物，一无所睹，惟野草芃(péng)芃[3]，一望无际而已。寻觅三妇，皆裸露在草间，所更衣裙已不见，惟旧衣抛十余步外，幸尚存。视所与金，皆纸铤。疑为鬼。而饮食皆真物，又疑为狐。或地近海滨，蛟螭水怪所为欤？贪利失身，乃只博一饱。想其惘然相对，忆此一宵，亦大似邯郸枕上[4]矣。先兄晴湖则曰："舞衫歌扇，仪态万方，弹指繁华，总随逝水。鸳鸯社散之日，茫茫回首，旧事皆空，亦与三女子裸露草间，同一梦醒耳。岂但海市蜃楼，为顷刻幻景哉！"

［注释］

①遗秉、滞穗：出自《诗经·小雅》："彼有遗秉，此有滞穗，伊寡妇之利。"秉，一把禾稻。②周雅：周代的小雅。③芃芃：草茂盛的样子。《诗·鄘风·载驰》："我行其野，芃芃其麦。"毛传："麦芃芃然方盛长。"④邯郸枕上：据唐沈既济《枕中记》载，卢生途径邯郸，住在一家客店里，向同店的道士吕翁（吕洞宾）怨叹自己穷困的境况。吕翁取出一个枕头来，告诉他枕着睡觉就可以获得荣华富贵。这时，店主人正在煮饭。卢生在梦中享尽荣华，醒来时店家的饭还没有煮熟。这就是黄粱一梦的故事。

［译文］

遗落秸穗麦杆，以接济寡妇家的生活。这种事最远见之于周代的小雅中。乡村里麦子熟时，妇女儿童几十人成群，跟在收割人的后面，拾取遗留下来的麦穗，称之为"拾麦"。农家沿袭下来成为一种风俗，割麦时任她们在身后拾，并不干涉，就像古时那样。随后人性渐渐淡薄，唯利是图，故收割时遗留不多；拾来的不够吃，于是便发生了盗窃抢夺之事。渐渐地也就有悖于古时仁慈的心意了。所以到了四五月间，露宿的妇女遍地都是。有几位妇女在静海的东边，乘夜凉赶路，远远地望见一个地方有灯火，便去讨水喝。到后见门庭华丽，僮仆都穿着新衣服。堂上点灯奏乐，似乎正在宴客。只见有三位贵人正坐在榻上，在喝酒吃菜。这几位妇女说了来意，把门的报告主人。主人答应了，转过头又把把门的叫回去，附耳说了几句。把门的出来，小声对一个年龄大的妇女说："这儿离城市较远，仓促中不能叫来妓女。主人想在你的同伴中，选出三位长相端正的去陪酒陪床，每人赠给百两银子。别人也都有赏。你如果能转达这个意思，赏钱会加倍。"这位老妇女悄悄地对另几位说了。大家贪图钱财，便怂恿年轻妇女答应下来。于是有三位妇女便被领进去，洗澡打扮，换了衣服陪客。其他几个妇女则在另一间屋里，也有酒有菜。到了夜里，三个贵人各自搂着一个女人到了自己的住处，全院里都灭灯就寝了。几位妇女走路疲乏，也酣然大睡。等太阳高高地升起来，她们才睁开眼，则住宅人物等，什么都没有了，只有野草萋萋，一望无际。寻找那三位年轻女人，却都赤裸裸地躺在草丛里，新换的衣服也不见了，唯有旧衣服扔在十余步外的地方，幸好还在。再看所给的银子，却都是纸钱。她们怀疑遇上了鬼，但吃的都是真的，又怀疑是狐狸。也许这儿离海不远，是蛟龙水怪干的？贪利失身，只换来一饱。当她们怅然相对而回忆这一夜时，大概也像是做了一场黄粱美梦吧。先兄晴湖说："歌舞美女，风情万种，不过是瞬间的繁华，总会像流水一样逝去。待鸳鸯离散之时，茫茫回首，万事皆空。这和三位女子赤裸地在草丛中大梦醒来一样，岂止海市蜃楼才是顷刻间的幻景呢？"

［原文］

金重牛鱼，即沈阳鲟鳇(xún huáng)鱼，今尚重之。又重天鹅，今则不重矣。辽重毗离，亦曰毗令邦，即宣化黄鼠，明人尚重之，今亦不重矣。明重消熊栈鹿，栈鹿当是以栈饲养，今尚重之；消熊则不知为何物，虽极富贵家，问此名亦云未睹。盖物之轻重，各以其时之好尚，无定准也。记余幼时，人参、珊瑚、青金石[1]价皆不贵，今则日昂。绿松石、碧鸦犀价皆至贵，今则日减。云南翡翠玉，当时不以玉视之，不过如蓝田乾黄，强名以玉耳；今则以为珍玩，价远出真玉上矣。又灰鼠旧贵白，今贵黑。貂旧贵长毳(cuì)，故曰丰貂，今贵短毳。银鼠旧比灰鼠价略贵，远不及天马[2]，今则贵几如貂。珊瑚旧贵鲜红如榴花，今则贵淡红如樱桃，且有以白类车渠[3]为至贵者。盖相距五六十年，物价不同已如此，况隔越数百年乎！儒者读《周礼》蚳[4]酱，窃窃疑之，由未达古今异尚耳。

［注释］

①青金石：一种像玉的石头。清朝四品官员用此石作为顶饰。②天马：指沙狐。③车渠：一种蚌类。壳内色白，像玉一样，清朝时将其切磨后作为顶珠。④蚳：指蚁卵。

［译文］

金代人很爱吃牛鱼，就是沈阳的鲟鳇鱼。这种鱼如今人们仍然很爱吃。金代还爱吃天鹅，如今人们不大吃了。辽代人爱吃毗离，又叫毗令邦，即宣化黄鼠。明代人仍爱吃，现在人们也不大吃了。明代人还爱吃消熊、栈鹿。栈鹿可能是人工饲养的，今人仍然喜欢吃。消熊则不知是什么。即便是特别富贵的人家，问他消熊是什么，也回答说没见过。对于某种物的喜爱与否，各以当时的时尚为标准，没有一个固定的标准。记得我小时，人参、珊瑚、青金石，价钱都不贵，如今则越来越贵。当年绿松石、碧鸦犀特别贵，如今则越来越贱。云南的翡翠玉，当时并不把它当作玉，不过像是蓝田乾黄一样，硬把它称作玉而已。现在则把它当作珍玩，远比真玉还值钱。还有，灰鼠旧时以白色为贵，如今则以黑色为贵。貂皮旧时以长毛绒为贵，所以叫丰貂，现在则以短毛绒为贵。银鼠在旧时比灰鼠价略高，远比不上天马。现在贵得几乎赶上貂皮了。珊瑚旧时以鲜红如石榴花的为贵，现在则以淡红如樱桃的为贵，而且有人还将白得如车渠的视为至贵。相差也就有五六十年，物价已这样不同，何况隔了几百年。儒生读《周礼》，发现有吃蚁卵酱的记载，心中很是疑惑。这是由于不明白古今所崇尚的不同之故。

［原文］

八珍[1]惟熊掌、鹿尾为常见，驼峰出塞外，已罕觏（gòu）矣。猩唇则仅闻其名。乾隆乙未，闵抚军少仪馈余二枚，贮以锦函，似甚珍重。乃自额至颏全剥而腊之，口鼻眉目，一一宛然，如戏场面具，不仅两唇。庖人不能治，转赠他友。其庖人亦未知，又复别赠，不知转落谁氏，迄未晓其烹饪法也。

［注释］

①八珍：指八种珍贵的食物。《周礼·天官·冢宰》："食医，掌和王之六食、六饮、六膳、百馐、百酱、八珍之齐。"中国历代"八珍"的内容各不相同。

［译文］

八珍中唯有熊掌、鹿尾常见。驼峰出于塞外，已不容易见到了。猩唇则只听到有这个名。乾隆四十年（公元1775年），巡抚闵少仪赠我两个猩唇，装在锦盒里，好像极为珍贵。实际上是把猩猩从额到下颏完整地剥下来晾干的，口鼻眉眼都在，极像演戏用的面具，不仅仅是两个猩唇。厨子不会弄，便转赠给了朋友。朋友的厨子也不会做，又转赠别人。不知最后转到了谁的手中。至今我也不知道猩唇是如何做的。

［原文］

西域之果，蒲桃[①]莫盛于土鲁番，瓜莫盛于哈密。蒲桃京师贵绿者，取其色耳。实则绿色乃微熟，不能甚甘；渐熟则黄，再熟则红，熟十分则紫，甘亦十分矣。此福松岩额驸镇辟展时为余言。瓜则充贡品者，真出哈密。馈赠之瓜，皆金塔寺产。然贡品亦只熟至六分有奇，途间封闭包束，瓜气自相郁蒸，至京可熟至八分。如以熟八九分者贮运，则蒸而霉烂矣。余尝问哈密国王苏来满："京师园户，以瓜子种殖者，一年形味并存；二年味已改，惟形粗近；三年则形味俱变尽。岂地气不同欤？"苏来满曰："此地土暖泉甘而无雨，故瓜味浓厚。种于内地，固应少减，然亦养子不得法。如以今年瓜子，明年种之，虽此地味亦不美，得气薄也。其法当以灰培(péi)瓜子，贮于不湿不燥之空仓，三五年后乃可用。年愈久则愈佳，得气足也。若培至十四五年者，国王之圃乃有之，民间不能待，亦不能久而不坏也。"其语似为近理。然其灰培之法，必有节度，亦必有宜忌，恐中国以意为之，亦未必能如所说耳。

［注释］

①蒲桃：指葡萄。

［译文］

西域的水果，葡萄则以吐鲁番的最负盛名，瓜则以哈密的最负盛名。葡萄在京城以绿色为贵，认为它颜色好。实际上绿色刚有些熟，不怎么甜。再熟些就变成黄色，再熟就成了红色，熟透了是紫色，而且很甜。这是福松岩额驸镇守辟展时对我说的。充作贡品的瓜，是哈密出产的；互相馈赠的瓜，都是金塔寺出产的。但用贡品的瓜也只有六分熟。把瓜封闭包装了，它在运送途中，彼此以气相蒸，到了京城就有八成熟了。如果贮运的是八九成熟的瓜，就会在途中发热烂掉了。我曾问哈密国王苏来满："京城瓜农用哈密瓜籽栽种结出的瓜，第一年，形状味道还都没变；第二年味道就变了，只是形状还像；第三年，则形状味道都变了。是水土不同的缘故么？"苏来满说："哈密土暖泉甜而不下雨，所以瓜味淳厚。内地种植，味道自然要稍差，但也在于种植不得法。如果把当年的瓜籽放到第二年就种，这在哈密当地也不会种出好瓜来。因为它得到的培育之气较少。应当用灰埋上瓜籽，放在不干不湿的空仓里，过了三五年才能拿来种。放置的年头越久越好，因为它得到的培育之气充足。在灰里埋上十四五年的种子，只有在国王的园子里才有，老百姓等不了那么久，况且放那么久也不能不腐烂。”他的话好像很有道理。不过用灰埋的方法，肯定有个节度，也一定有些应怎样不应怎样的细节。假如内地只根据个人的理解来操作，也未必能达到他说的那个水平。

［原文］

舅氏安公介然言：曩（nǎng）随高阳刘伯丝先生官瑞州，闻城西土神祠有一泥鬼忽仆地，又一青面赤发鬼，衣装面貌与泥鬼相同，压于其下。视之，则里中少年某，伪为鬼状也，已断脊死矣。众相骇怪，莫明其故。久而有知其事者曰：“某邻妇少艾，挑之，为所詈。妇是日往母家，度必夜归过祠前。祠去人稍远，乃伪为鬼状伏像后，待其至而突掩之，将乘其惊怖昏仆，以图一逞。不虞神之见谴也。”盖其妇弟预是谋，初不敢告人，事定后，乃稍稍泄之云。介然公又言：有狂童荡妇，相遇于河间文庙前，调谑无所避忌。忽飞瓦破其脑，莫知所自来也。夫圣人道德侔（mǒu）乎天地，岂如二氏之教，必假灵异而始信，必待护法而始尊哉！然神鬼㧑呵①，则理所应有。必谓朱锦作会元，由于前世修文庙，视圣人太小矣。必谓数仞宫墙，竟无灵卫，是又儒者之迂也。

［注释］

①㧑呵：执法，阻止。

［译文］

舅舅安介然说，以前随高阳人刘伯丝先生到瑞州任官，听说城西一个土神祠的泥鬼忽然倒在地上。一个青脸黑发、衣着装束和泥鬼相同的鬼，被压在泥鬼身下。仔细一看，原来被压在下面的是里中的年轻人某某装扮的。他已被压断脊梁死了。大家吃惊地喊怪，不知是怎么回事。时间久了，有人知道这事，说年轻人的邻居少妇年轻貌美，他挑逗她，挨了一顿骂。少妇在这一天到娘家去，年轻人估计她夜里回来肯定要路过土神祠，而这座祠又离人家有点远。他便装成鬼，藏在泥鬼身后，打算等少妇来后突然现形，乘她被吓昏时，以逞自己的邪念。不料遭到神的惩罚。说是年轻人的妻弟也曾参与过这事，起初不敢说出来，等事情平静下去后，才泄露了出来。安介然又说，有一个野小子和一个荡妇相遇于河间的文庙前，两人彼此间调笑毫不避讳。忽然飞来一片瓦砸破了他们的头。不知这瓦是怎么飞来的。圣人把道德看得和天地一样重要，怎能像佛、道二教，必须借助灵异之事才能叫人信服，必须有神灵护法，才能显示出它的尊严来呢？当然，神鬼出来执法，从道理上讲是应该的。非得说朱锦考上会元，是因为前辈子修了文庙，这就把圣人看得太低了。非得说几仞高的宫墙竟然没有神灵来守护，则又是儒生的迂腐之见。

［原文］

吴僧慧贞言：有浙僧立志精进，誓愿坚苦，胁未尝至席。一夜，有艳女窥户。心知魔至，如不见闻。女蛊惑万状，终不能近禅榻。后夜夜必至，亦终不能使起一念。女技穷，遥语曰："师定力如斯，我固宜断绝妄想。虽然，师忉利天中人也，知近我则必败道，故畏我如虎狼。即努力得到非非想天[1]，亦不过柔肌着体，如抱冰雪；媚姿到眼，如见尘壒[2]，不能离乎色相也。如心到四禅天，则花自照镜，镜不知花；月自映水，水不知月，乃离色相矣。再到诸菩萨天，则花亦无花，镜亦无镜，月亦无月，水亦无水，乃无色无相，无离不离，为自在神通，不可思议。师如敢容我一近，而真空不染，则摩登伽一意皈依，不复再扰阿难矣。"僧自揣道力足以胜魔，坦然许之。偎倚抚摩，竟毁戒体。懊丧失志，侘傺（chà chì）[3]以终。夫"磨而不磷，涅而不缁"，惟圣人能之，大贤以下弗能也。此僧中于一激，遂开门揖盗。天下自恃可为，遂为人所不敢为，卒至溃败决裂者，皆此僧也哉！

［注释］

①非非想天：佛教中无色界第四天，指非一般想象可理解的世界。②壒：尘埃，尘土。③侘傺：失意不得志的样子。

［译文］

吴地的和尚慧贞说，有位浙江和尚立志励精图进，发誓艰苦修行，整日打坐，不曾躺下过。一天夜里，有个美女在窗子外偷看。他知道是妖，便视而不见。美女做出种种情态来勾引他，最终还是不能接近禅床。此后美女每夜都来，但仍不能使和尚动心。美女技穷，摇头说："师父定力到这个程度，我自然应该断绝妄想。不过，师父是忉利天中的人，知道接近我，多年的修炼就要毁于一旦，所以害怕我如虎狼。即便你努力进入非非想天的境界，也不过怀抱女人如抱着冰雪、看到了美貌如见到尘埃一样，不能离开色相。如果修炼到四禅天，则花在镜前而镜不知有花，月亮映

姑妄听之一

在水中而水不知有月亮，这就离开了色相，达到自在神通、神秘奥妙的境界。师父如果敢让我接近你，而能做到真空不染，那么我也将一心皈依佛门，不会再来打扰你了。”和尚自认为自己的道力足以胜过妖魔，便坦然答应了。妖女便依偎在和尚怀中抚摸挑逗，终于使和尚破了戒身。和尚懊丧得了不得，最后落魄而死。所谓屡经磨砺而不碎，屡经摸捏而不黑。这种历经考验而不改变的行为只有圣人才能做到，大贤以下的人都做不到了。这个和尚经不住一激，便开门揖盗。世上有些人，自以为有能力，便干别人所不敢干的事，终而至于一败涂地，都是这个和尚一类的人。

［原文］

季沧洲言：有狐居某氏书楼中数十年矣，为整理卷轴，驱除虫鼠，善藏弆(jǔ)者不及也。能与人语，而终不见其形。宾客宴集，或虚置一席，亦出相酬酢，词气恬雅，而谈言微中，往往倾其座人。一日，酒纠宣觞(shāng)政[①]，约各言所畏，无理者罚，非所独畏者亦罚。有云畏讲学者，有云畏名士者，有云畏富人者，有云畏贵官者，有云畏善谀者，有云畏过谦者，有云畏礼法周密者，有云畏缄默慎重、欲言不言者。最后问狐，则曰：“吾畏狐。”众哗笑曰：“人畏狐可也，君为同类，何所畏？请浮大白[②]。”狐哂(shěn)曰：“天下惟同类可畏也，夫瓯、越之人，与奚、霫不争地；江海之人，与车马不争路。类不同也。凡争产者，必同父之子；凡争宠者，必同夫之妻；凡争权者，必同官之士；凡争利者，必同市之贾。势近则相碍，相碍则相轧耳。且射雉者媒以雉，不媒以鸡鹜(wù)，捕鹿者由以鹿，不由以羊豕。凡反间内应，亦必以同类；非其同类，不能投其好而入，伺其隙而抵也。由是以思，狐安得不畏狐乎？”座有经历险阻者，多称其中理。独一客酌酒狐前曰：“君言诚确。然此天下所同畏，非君所独畏。仍宜浮大白。”乃一笑而散。余谓狐之罚觞，应减其半。盖相碍相轧，天下皆知之。至伏肘腋之间，而为心腹之大患，托水乳之契，而藏钩距[③]之深谋，则不知者或多矣。

［注释］

①觞政：指酒令。②请浮大白：饮酒。浮，饮、喝。大白，指酒。③钩距：盘问人的一种方法。辗转推问，究得实情。

［译文］

季沧洲说，有个狐狸住在某家的藏书楼里几十年了。狐狸替主人整理书籍卷轴、驱虫灭鼠，藏书家也不如它。它能和人说话，但一直看不见它的样子。客人宴会时，有时给它留出一个位置。它出来应酬，言谈恬淡娴雅，词语委婉却能抓住要害，往往使客人佩服。有一天，酒纠宣布酒令，要求各自说说自己害怕的事物，无道理的罚，不是为自己所独怕的也罚。于是有的说怕道学家，有的说怕名士，有的说怕富人，有的说怕贪官，有的说怕善于阿谀奉承的，有的说怕过于谦虚的，有的说怕礼法烦琐，有的说怕沉默小心欲言不言的。最后问狐狸，它说："我怕狐狸。"大家喧笑道："人怕狐狸还差不多，你是同类，怕什么？请喝一大杯。"狐狸嘲讽道："天下只有同类才最可怕。瓯，越人和奚、霫人不会争地盘；渡江航海的人，不和车马争路，是因为他们不同类。凡是争财产的，肯定是同父的儿子；凡是争宠的，肯定是同夫的妻子；凡是争权的，肯定是同一官的手下的；凡是争利的，肯定是同一市场的商人。他们所处地位相近，则相互妨碍；相互妨碍则相互倾轧。况且打野鸡的以野鸡为诱饵，而不用鸡鸭为诱饵；捕鹿的以鹿为诱饵，不用羊猪为诱饵。凡是施用反间计、打内应，也肯定要与对方是同类；不是同类，不能投其所好，也就不能伺机而达到目的了。这么来看，狐狸怎么会不怕狐狸呢？"座中有历经坎坷的，大多说它分析得在理。只有一个客人倒了一杯酒放在狐狸面前，说："你说得的确不错，不过同类是世上人都害怕的，而并不是只有你怕，还是得罚一杯。"于是大家一笑而散。我认为罚狐狸的酒应该减半。因为相互妨碍而相互倾轧，天下人都知道；至于潜伏在身前身后、成为心腹大患，假托如水乳交融般的关系，却包藏着钩距般的阴谋，可能知道的人就很少了。

［原文］

老儒周懋（mào）官，口操南音，不记为何许人。久困名场，流离困顿，尝往来于周西擎、何华峰家。华峰本亦姓周，或二君之族欤？乾隆初，余尚及见之，迂拘拙钝，古君子也。每应试，或以笔画小误被贴，或已售而以一二字被落。亦有过遭吹索，如题目写曰字偶稍狭，即以误作日字贴。写己字末笔偶锋尖上出，即以误作已字贴。尤抑郁不平。一日，焚牒文昌祠，诉平生未作过恶，横见沮抑。数日后，梦朱衣吏引至一殿，神据案语曰："尔功名坎坷，遽渎（jù dú）明神，徒挟怨尤，不知因果。尔前身本部院吏也，以尔狡黠舞文，故罚尔今生为书痴，毫不解事。以尔好指摘文牒，虽明知不误，而巧词锻炼，以挟制取财，故罚尔今生处处以字画见斥。"因指簿示之曰："尔以日字见贴者，此官前世乃福建驻防音德布之妻，老节妇也，因咨文写音为殷，译语谐声，本无

定字。尔反覆驳诘，来往再三，使穷困孤嫠(lí)所得建坊之金，不足供路费。尔以已字见贴者，此官前世以知县起服，本历俸三年零一月。尔需索不遂，改其文三字为五，一字为十，又以五年零十月移计，应得别案处分。比及辨白，坐原文错误，已沉滞年余。业报牵缠，今生相遇，尔何冤之可鸣欤？其他种种，皆有夙因，不能为尔备陈，亦不可为尔预泄。尔宜委顺，无更哓哓(xiāo)。倘其不信，则缁袍黄冠，行且有与尔为难者，可了然悟矣。”语讫，挥出。霍然而醒，殊不解缁袍黄冠之语。时方寓佛寺，因迁徙避之。至乙卯乡试，闱中已拟第十三。二场僧道拜父母判中，有“长揖君亲”字，盖用傅弈①表“不忠不孝，削发而揖君亲”语也。考官以为疵累，竟斥落，方知神语不诬。此其馆步丈陈谟家自详述于步丈者。后不知所终，殆坎壈(lǎn)以殁矣。

［注释］

①傅弈：唐大臣，官至太史令，多次上疏弹劾佛法，请求让僧尼还俗。

［译文］

老学究周懋官，说一口南方腔，不记得他是什么地方的人了。他在考场上长期没什么造就，生活困顿，曾来往于周西擎、何华峰家。何华峰本来也姓周，也许周懋官是这两位的本家？乾隆初年，我还见过他。他迂拙拘谨，真是个古时的君子。每次应试，他或者因笔画上的小毛病而被剔出，或已初步通过却又因一两个字而落选。也是考官吹毛求疵，比如题目有个“曰”字，偶然写得稍窄了些，便以误写为“日”而被剔出。写“己”字笔锋偶然再往上出点头，便以误写为“已”字而被剔出。周懋官心中忧郁不平。有一天，他到文昌祠焚烧了一份状子，诉说一生没有干过坏事，却横遭压抑遏制。过了几天，他梦见一个朱衣吏把他带到一座殿中。神坐在几案前说道：“你求取功名不顺利，却来埋怨神灵，你心怀怨望，不知道因果报应。你前生本是部院的一名官吏，因你狡诈善于舞文弄墨，所以这一生罚你当个书呆子，一点儿也不懂人情世故。因为你好挑剔别人的文章，明知没错，也要鸡蛋里挑骨头，通过这种方法来捞钱。所以罚你这一辈子老是因为字的笔画而落选。”神指着籍册给他看，说：“因为‘曰’字把你剔出榜外的考官，前一辈子是福建驻防官音德布的妻子。她是位老节妇。因为表彰她为节妇的呈文里，把‘音’写作‘殷’，这是译语而且谐声，本来没有确定的字，你却反复驳退。她多次地反反复复，使这位穷困的寡妇所得建牌坊的钱，还不够路费。因‘已’字把你剔出榜外的考官，前一辈子任县令时犯了律令，本来罚他三年零一个月的俸禄，你勒索不成，便将文中的‘三’

字改为‘五’，‘一’字改为‘十’。然后又以五年零十个月计，则应是‘另案处理’了。等到弄明白了，他则因原文错误，已被闲置了一年多。你种下了孽因，这辈子你们又相遇，自然得到报应，你有什么冤可告的呢？你的其他种种不顺，都有前生的孽因在，不能一一细讲，也不能事先泄露给你。你应当委曲顺从，不要再大呼小叫地告状。你要不信，那么和尚、道士也即将为难你。到时候就完全明白了。”说完，把周懋官赶了出来。他忽然醒了过来，一点也不明白和尚、道士要为难他是什么意思。当时他正寓居在佛寺中，因此便搬到别处躲避一下。雍正十三年（公元1735年），他参加乡试，已内定录取他为第十三名举人。在第二场考试中，他的试卷里有关于“僧道拜父母”的论述。其中有“长揖君亲”的句子，用的是傅奕奏章里“不忠不孝，削了头发而只给君亲作揖不拜”的句意。考官认为多余，竟把他刷掉了。他这才知道神的话没错。这是他在步丈陈谟家当馆师时对陈谟讲述的。后来他不知何处去了，大概是坎坷落拓而死了。

［原文］

虞倚帆待诏言：有选人张某，携一妻一婢至京师，僦居海丰寺街。岁余，妻病殁。又岁余，婢亦暴卒。方治榇[①]，忽似有呼吸，既而目睛转动，已复苏，呼选人执手泣曰：“一别年余，不意又相见。”选人骇愕。则曰：“君勿疑谵(zhān)语，我是君妇，借婢尸再生也。此婢虽侍君巾栉，恒郁郁不欲居我下。商于妖尼，以术魇我。我遂发病死，魂为术者收瓶中，镇以符咒，埋尼庵墙下。局促昏暗，苦状难言。会尼庵墙圮，掘地重筑，圬者颟土破瓶，我乃得出。茫茫昧昧，莫知所往，伽(qié)蓝神[②]指我诉城隍。而有魇法者皆有邪神为城社，辗转撑拄，狱不能成。达于东岳，乃捕逮术者，鞫治得状，拘婢付泥犁。我寿未尽，尸已久朽，故判借婢尸再生也。”阖家悲喜，仍以主母事之。而所指作魇(yǎn)之尼，则谓选人欲以婢为妻，故诈死片时，造作斯语。不顾陷人于重辟，汹汹欲讦讼。事无实证，惧干妖妄罪，遂讳不敢言。然倚帆尝私叩其僮仆，具道妇再生后，述旧事无纤毫差，其语音行步，亦与妇无纤毫异。又婢拙女红，而妇善刺绣，有旧所制履未竟，补成其半，宛然一手，则似非伪托矣。此雍正末年事也。

［注释］

①榇：棺材。②伽蓝神：佛教寺院护法神的通称。《法苑珠林》：“护法伽

蓝神斯有十八神，一名美音，二名梵音，三名天鼓，四名叹妙，五名叹美，六名摩妙，七名雷音，八名师子，九名妙叹，十名梵响，十一名摩妙，十二名佛听，十三名叹德，十四名广目，十五名妙眼，十六名彻听，十七名彻视，十八名遍视。”

［译文］

翰林院待诏虞倚帆说，候补官张某带着一妻一婢到京城，租住在海丰寺街。过了一年多，妻子病故。又过了一年多，婢女也暴毙了。他正在置办棺材，忽然听到呼吸声，继而婢女的眼睛也转动了。她苏醒过来，拉着候补官的手哭道：“分别了一年多，没想到又相见了。”候补官又惊又怕。婢女说：“你不要疑心我胡说八道，我是你的妻子，借婢女的尸体再生了。这婢女虽然是个贴身侍候你的丫鬟，但常心中郁郁不甘于在我之下，便与妖尼密商，用法术魇我，所以我发病死去。我的魂灵被妖尼收在瓶中，用符咒镇压，埋在尼姑庙的墙下。瓶里窄小黑暗，所受痛苦一言难尽。刚好尼姑庙墙倒了，要挖地重新筑墙。泥瓦工挖土时弄碎了瓶子，我才得以出来。眼前茫茫渺渺，我不知往何处去。伽蓝神叫我告到城隍那儿去。谁知会魇术的，都有邪神为后台，多方阻挠，使我的上告立不了案。后来我又告到东岳神那儿，才把尼姑逮了起来。经审讯得知实情，将婢女捉来下到地狱中。我的寿数没有完，尸体已腐坏了，所以神判决我借婢尸再生。”全家又悲又喜，仍把她当作主母。而那个作魇法的妖尼，却说候补官想娶婢女为妻，故意让她装死，编出这么一套话来。她想使候补官受到严惩，闹哄哄地要告官。因没有证据，又怕沾上“妖妄罪”这一条，妖尼不敢再说什么了。虞倚帆曾私下里向这位候补官的僮仆了解情况，他们说主母再生后，说起过去的事没有一丝差错。她的语调、举止，也与主母不差半毫。还有，婢女不会女红，而主母善于刺绣。有过去没有做完的鞋，她给补做完毕，看起来完全出于同一人之手。由此看来，好像不是假的。这是雍正末年的事。

［原文］

霍养仲言：雍正初，东光有农家，粗具中人产。一夕，有劫盗，不甚搜财物，惟就衾中曳其女，掖入后圃，仰缚曲项老树上，盖其意本不在劫也。女哭詈。客作高斗，睡圃中，闻之跃起，挺刃出与斗。盗尽披靡，女以免。女恚愤泣涕，不语不食。父母宽譬终不解，穷诘再三，始出一语曰：“我身裸露，可令高斗见乎？”父母喻意，竟以妻斗，此与楚钟建事适相类。然斗始愿不及此，徒以其父病，主为医药；及死为棺敛，葬以隙地，而招其母司炊煮，故感激出死力耳。罗大经[1]《鹤林玉露》载咏朱亥诗曰：“高论唐虞儒者事，负君卖友岂胜言。凭君莫笑金椎陋，却是屠沽(gū)解报恩。”至哉言乎！

［注释］

①罗大经：南宋学者。字景纶，号儒林，又号鹤林，南宋吉水人。历仕容州法曹、辰州判官、抚州推官。博览群书，对先秦、两汉、六朝、唐、宋文学评论有精辟的见解。著《易解》十卷。

［译文］

霍养仲说，雍正初年，东光县有位农家，论家产好歹算个中等户。有一天晚上，劫盗来到农家，不劫掠财物，只从被窝里把农家女儿拖出来，挟持到后园，把她仰面朝天地绑在弯曲的老树上。看来劫盗的本意不在劫财。农女又哭又骂，有个睡在园子里的长工叫高斗，听到声音跳起来，持刀出来和劫盗打了起来。劫盗都被打跑了，救了农家女。她又羞又恨地哭，不说话也不吃饭。父母宽慰她也不行。经过再三盘问，她才说了一句话："我的身体裸露，能让高斗看见么？"父母明白了她的意思，就把她嫁给了高斗。这和楚钟建的事差不多。不过高斗出来救人时并没有想到这一层。只因他的父亲有病时，主人曾帮助请医配药，父死后又帮助筹办丧事，提供空地下葬，又让他的母亲到厨房里做饭。因此他感激主人而出死力报答。罗大经写的《鹤林玉露》中载有咏朱亥的诗，道："高论尧舜是儒生的事，卖君卖友的事怎能数得过来。你可不要笑话使铁椎的朱亥低贱，那些屠户酒客却知道报恩。"说得真是好极了。

［原文］

魂与魄交而成梦，究不能明其所以然。先兄晴湖，尝咏高唐神女事曰："他人梦见我，我固不得知；我梦见他人，人又乌知之？孱王自幻想，神女宁幽期？如何巫山上，云雨今犹疑。"足为瑶姬雪谤。然实有见人之梦者。奴子李星，尝月夜村外纳凉，遥见邻家少妇掩映枣林间，以为守圃防盗，恐其翁姑及夫或同在，不敢呼与语。俄见其循塍西行半里许，入秫丛中。疑其有所期会，益不敢近，仅远望之。俄见穿秫丛出行数步，阻水而返，痴立良久，又循水北行百余步，阻泥泞又返，折而东北入豆田。诘屈行，颠踬（zhì）[1]者再。知其迷路，乃遥呼曰："儿嫂深夜往何处？迤北更无路，且陷淖中矣。"妇回顾应曰："我不能出，儿郎可领我还。"急赴之，已无睹矣。知为遇鬼，心惊骨栗，狂奔归家。乃见妇与其母坐门外墙下，言适纺倦睡去，梦至林野中，迷不能出，闻儿郎在后唤我，乃霍然醒。与星所见，一一相符。盖疲困之极，神不守舍，真阳飞越，遂至离魂。魄与形离，是即鬼类，与

神识起灭自生幻象者不同，故人或得而见之。独孤生之梦游，正此类耳。

［注释］

①颠踬：指跌倒。

［译文］

魂和魄相互交合便成为梦。但这说法还是没有讲出个所以然来。先兄晴湖曾作诗咏高唐神女的事，诗道：“别人梦见我，我自然不知道；我梦见别人，别人又怎会知道？那软弱的楚王不过是幻想，神女怎能和他幽会？说什么在巫山云上神女行云布雨，至今还是值得怀疑。”这足以为瑶姬平反昭雪了。不过倒真有人见过别人的梦。奴仆李星，月夜在村外纳凉，远远地望见邻居少妇在枣林里忽隐忽现。李星以为她在看守园子防小偷，恐怕她的公公、丈夫都在，故不敢和她打招呼。继而见她沿着垄台往西走了半里左右，进入高粱丛中。李星怀疑她有幽会，更不敢靠近了，只是远远地望着。不一会儿，又看见她穿过高粱地出来走了几步，遇到水又返了回来。她呆立了很长时间，又沿着河水往北走了一百多步，因道路泥泞又返了回来。之后折向东北进入豆地。她艰难地走着，跌倒了两次。李星知道她迷了路，便在远处呼喊道：“嫂子深夜往哪儿去，往北去更没有路，要陷进泥潭中了。”少妇回头说：“我出不来了，兄弟来领我回去。”李星急忙奔过去，少妇却不见了。他知道遇见了鬼，心惊肉跳，狂奔回家。却看见少妇和她母亲坐在门外墙下，说刚才纺线困倦睡去，梦见到了树林田野中，迷路出不来，听见某某兄弟在身后唤我，才一下醒了过来。这和李星所见到的一一相符。她可能是过于疲劳，神不守舍，真阳飞跃出去，以至离了魂。魄与形体相离，这就是鬼一类的了。这与神思中生生灭灭的幻象不同，所以人有时还能看见。独孤生所遇见的梦游，正属于此类。

姑妄听之二

［原文］

天下事，情理而已，然情理有时而互妨。里有姑虐其养媳者，惨酷无人理，遁归母家。母怜而匿别所，诡云未见，因涉讼。姑以朱老与比邻，当见其来往，引为证。朱私念言女已归，则驱人就死；言女未归，则助人离婚。疑不能决，乞签于神。举筒屡摇，签不出，奋力再摇，签乃全出，是神亦不能决也。辛彤甫先生闻之曰："神殊愦（kuì）愦①！十岁幼女，而日日加炮烙，恩义绝矣。听其逃死不为过。"

［注释］

①愦愦：昏庸，糊涂。

［译文］

天下的事情，不过一个"理"字。然而有时情与理又是互相矛盾的。我的乡里有个婆婆虐待童养媳，残酷无人道。童养媳逃回了娘家。母亲同情她把她藏了起来，谎称没看见女儿。于是两家打官司。朱老和童养媳家住邻居，应当看见童养媳来往，因此婆婆请他作证。朱老暗想，说童养媳回来了，就等于把人往死里推；说她没回来，就等于帮人离婚。因此不敢决定如何做，就到神庙去求签。他举着签筒怎么摇也不出签。奋力再摇，签全都被摇出来了。这就是说，神也判不了这事。辛彤甫先生听了，说："神真够糊涂，十岁的幼女，天天受酷刑，恩义已经断绝，任她逃命也不过分。"

［原文］

戈孝廉仲坊，丁酉乡试后，梦至一处，见屏上书绝句数首。醒而记其两句曰："知是蓬莱第一仙，因何清浅几多年？"壬子春，在河间见景州李生，偶话其事。李骇曰："此余族弟屏上近人题梅花作也。句殊不工，不知何以入君梦？前无因缘，后无征验，《周官》六梦①，竟何所属乎？"

［注释］

①六梦：古代把梦分为六种，据日月星辰占其吉凶，即正梦、噩梦、思梦、寤梦、喜梦、惧梦。

［译文］

举人戈仲坊在乾隆四十二年（公元1777年）参加乡试。后来他梦中到了一处，看见屏风上题写了几首绝句。醒来记得其中有两句道：“知道是蓬莱山的第一仙，因为什么疏落了这么些年。”乾隆五十七年（公元1792年）春天，他在河间遇见景州人李某，偶然说起这事。李某惊道：“这是近人给我族弟家的屏风上题写的咏梅诗，句子很不怎么样，不知为什么了你的梦？前生没有因缘，后来也没有应验，《周官》中讲了六种梦，不知这个梦属于哪一种？”

［原文］

李蟠木言：其乡有灌园叟，年六十余矣。与客作数人同屋寝，忽闻其哑哑作颤声，又呢呢作媚语，呼之不应。一夕，灯未尽，见其布衾蠕蠕掀簸（bǒ），如有人交接者，问之亦不言。既而白昼或忽趋僻处，或无故闭门。怪而觇之，辄有瓦石飞击。人方知其为魅所据。久之不能自讳，言初见一少年至园中，似曾相识，而不能记忆；邀之坐，问所自来，少年言：“有一事告君，祈君勿拒。君四世前与我为密友，后忽藉胥魁（xū kuí）势豪夺我田。我诉官，反遭笞。郁结以死，诉于冥官。主者以契交隙末，当以欢喜解冤。判君为我妇二十年。不意我以业重，遽堕狐身，尚有四年未了。比我炼形成道，君已再入轮回，转生今世。前因虽昧，旧债难消；夙命牵缠，遇于此地。业缘凑合，不能待君再堕女身，便乞相偿，完此因果。”我方骇怪，彼遽嘘我以气，惘惘然如醉如梦，已受其污。自是日必一两至，去后亦自悔恨，然来时又帖然意肯，竟自忘为老翁，不知其何以故也。一夜，初闻狎昵声，渐闻呻吟声，渐闻悄悄乞缓声，渐闻切切求免声；至鸡鸣后，乃嗷然失声。突梁上大笑曰：“此足抵笞三十矣。”自是遂不至。后葺治草屋，见梁上皆白粉所画圈，十圈为一行。数之，得一千四百四十，正合四年之日数。乃知为所记淫筹。计其来去，不满四年，殆以一度抵一日矣。或曰：“是狐欲媚此叟，故造斯言。”然狐之媚人，悦其色，摄其精耳。鸡皮鹤发，有何色之可悦？有何精之可摄？其非相媚也明甚。且以扶杖之年，讲分桃之好[①]，逆来顺受，亦太不情。其为身异性存，夙根未泯，自然相就，如磁引针，亦明甚。狐之所云，殆非虚语。然则怨

毒纠结，变端百出，至三生之后而未已，其亦慎勿造因哉！

［注释］

①分桃之好：典出《韩非子·说难》："异日，与君游于果园，食桃而甘，不尽，以其半啖君。君曰：'爱我哉！忘其口味以啖寡人。'"弥子瑕为卫灵公的幸臣。一天，弥子瑕与卫灵公在园中游玩，弥子瑕吃一个甜桃，将剩下的桃子分给卫灵公，卫灵公竟不顾君臣之礼很高兴地把桃吃了。此处指以男色事人。

［译文］

李蟠木说，他的乡里有个管菜园子的老头，六十多岁了。老头和几个帮工的在一个屋里住。帮工忽然听见他哑哑地发着抖叫，一会儿又呢喃地说些悄悄话。叫也叫不应。一天晚上，灯还没有熄，人们看见他的被窝里蠕蠕地乱动，好像是有人在里面相交，问他也不回答。此后在白天，他有时忽然跑到僻静处，或者无缘无故地关着门。帮工们感到奇怪，偷偷地观察，则有瓦块石头飞来打人。大家这才知道他被魅怪迷住了。时间一久，他自己也保不住秘密了，说开始时看见一个少年来到园子里，好像认识，但记不起来是谁了。请他进来坐，问他来干什么。少年说："有一件事要和你说，请不要拒绝。你在四世之前，和我是亲密的朋友。后来你忽然借助乡官土豪的势力，强抢我的地。我告了官，反而被打了一顿，因此忧郁而死。告到冥官处，他说两人开始交情深厚，也该有个善终，还是用欢喜的方式来解开这个冤仇，便判你当我的妻子二十年。不料因我罪孽深重，投生为狐狸。你我还有四年的缘分没了。等我炼形得道，你已死去进入轮回，投生为今世。前因虽然茫茫，旧债不能勾销，夙命把你我牵缠在一起，在这儿相见了。因缘凑合，我不能再等你投生为女人，请你现在就偿了旧债，了结这个因果。"我正惊异，他赶紧向我吹了一口气，在我惘惘然如醉如梦之际，已被他奸污了。从此他每天肯定要来一两次。那少年走后，我也悔恨，可那少年一来，我又服服帖帖地，竟忘了自己是个老头，不知是什么缘故。一天夜里，帮工们开始时听见狎昵声，渐渐地听见呻吟声，渐渐地听见悄悄地请求慢一点儿，渐渐地又听见恳切的求饶声。一直到鸡叫时，老头又失声叫唤起来。突然梁上有人大笑道："这是够抵偿我那三十大板了。"从此那少年不再来了。后来要修建草房，看见梁上都是用白粉画的圈，十圈为一行。一数，一共是一千四百四十，正合四年的天数。这才知道是那少年记的淫侮老头的次数。可那个少年来往的天数不到四年，大概他是把一次抵作一天了。有人说，这狐狸要媚这个老头，故意编出了这一套。但狐狸媚人，一是贪图美色，二是采补精气。这么个鸡皮鹤发的老头有什么美色？有什么精气可采补？很明显这不是贪图美色。况且在拄拐杖的年纪，还有什么男色？对别人的污辱逆来顺受，也不大近情理。也许他虽然是个老头，但仍是女性，夙缘没有泯灭，自然会投身那个少年，像是磁石吸铁钉，这是显而易见的。也许狐狸说的不是谎话。可见怨仇纠结，变化万端，一直到三世之后，还没了结。世人小心，不要造因。

[原文]

南皮郝子明言：有士人读书僧寺，偶便旋于空院，忽有飞瓦击其背。俄闻屋中语曰："汝辈能见人，人则不能见汝辈。不自引避，反嗔人耶？"方骇愕间，屋内又语曰："小婢无礼，当即笞之，先生勿介意。然空屋多我辈所居，先生凡遇此等处，宜面墙便旋，勿对门窗，则两无触忤(wǔ)矣。"此狐可谓能克己。余尝谓僮仆吏役与人争角而不胜，其长恒引以为辱，世态类然。夫天下至可耻者，莫过于悖理。不问理之曲直，而务求我所隶属，人不能犯以为荣，果足为荣也耶？昔有属官私其胥魁，百计袒护。余戏语之曰："吾侪身后，当各有碑志一篇，使盖棺论定，撰文者奋笔书曰：'公秉正不阿，于所属吏役，犯法者一无假借。'人必以为荣，谅君亦以为荣也。又或奋笔书曰：'公平生喜庇吏役，虽受赇觩(qiú)法①，亦一一曲为讳匿(nì)。'人必以为辱，谅君亦以为辱也。何此时乃以辱为荣，以荣为辱耶？"先师董文恪曰："凡事不可载入行状，即断断不可为。"斯言谅矣。

[注释]

①觩法：枉法。觩，骨端弯曲，引申为枉曲，弯曲。西汉辞赋家扬雄《太玄经》："小人积非，祸所觩也。"

[译文]

南皮人郝子明说，有位士子在庙里读书，偶然到空院里小便，忽然飞来一块瓦打在他后背上。随后听见屋里有人说："你们能看见人，人看不见你们。你们自己不躲避，反而嗔怪人么？"士子正在惊愕中，屋里又说道："小婢女无礼，马上就教训她，先生不要介意。然而空屋大多有我们住着，先生凡在这种地方，应朝着墙小便，不要对着门窗，不然大家两不便。"这个狐狸可以说是能约束自己。我曾说，僮仆吏役等和别人争斗，没占到便宜，他们的主人便常常引以为耻辱，人情世态就是这样。但是天下最可耻的，莫过于悖理。不问是非曲直，而以务求使我所隶属的人不受侵犯为荣，就真的光荣了么？从前我的一个属官偏向他手下的豪吏，想方设法地袒护。我和他开玩笑说："我们死后，各自都有一篇碑文。假使盖棺论定时，写碑文的奋笔写道：'公持正不阿，对于手下犯法的小吏衙役，绝无宽恕。'别人肯定以你为荣，我想你也会引以为荣。假如他奋笔写道：'公一生好庇护小吏衙役，即便贪赃枉法，也一一为他们隐讳。'那么人们肯定要引以为耻辱，估计你也得引以为耻辱。那么为何这时反而以耻辱为光荣、以光荣为耻辱呢？”先师董文恪说：“凡是不能载入个人史册中的事，就绝对不能去干。”这话实在让人信服。

［原文］

《宣室志》①载陇西李生左乳患痈(yōng)，一日痈溃，有雉自乳飞出，不知所之。《闻奇录》②载崔尧封外甥李言吉左目患瘤，剖之有黄雀鸣噪而去。其事皆不可以理解。札阁学郎阿亲见其亲串家小婢项上生疮，疮中出一白蝙蝠。知唐人记二事非虚，岂但“六合之外，存而不论”③哉？

［注释］

①《宣室志》：唐张读所著的笔记小说。张读，字圣用，亦作圣朋。深州陆泽人。官至中书舍人、礼部侍郎、尚书左丞。②《闻奇录》：唐于逖所著的笔记小说。于逖，字、里、生卒年均不详。③六合之外，存而不论：语出《庄子·齐物论》。六合，指上下和东西南北四方，即天地四方，泛指宇宙。

［译文］

《宣室志》中载，陇西有个李某，左胸生了痈肿。有一天，痈肿溃烂，从里面飞出一只野鸡，不知飞到哪儿去了。《闻奇录》中载，金州防御使崔尧封有个外甥叫李言吉，左眼上长了个瘤，剖开瘤，里面有一只黄雀，鸣叫着飞走了。这两件事都叫人费解。文华殿大学士札郎阿亲眼看见他亲戚家一个小婢女脖子上生了个疮，疮中飞出一只白蝙蝠。由此可知唐代人记载的上述两件事不是假的。哪只是六合之外的事存疑而不能讨论呢？

［原文］

曹慕堂宗丞有乩仙所画《醉钟馗(kuí)图》，余题以二绝句曰：“一梦荒唐事有无，吴生①粉本几临摹；纷纷画手多新样，又道先生是酒徒。”“午日家家蒲酒香，终南进士亦壶觞(shāng)；太平时节无妖厉，任尔闲游到醉乡。”画者题者，均弄笔狡狯而已。一日，午睡初醒，听窗外婢媪悄语说鬼：有王媪家在西山，言曾月夕守瓜田，遥见双灯自林外冉冉来，人语嘈杂，乃一大鬼醉欲倒，诸小鬼掖(yè)之踉跄行。安知非醉钟馗乎？天地之大，无所不有。随意画一人，往往遇一人与之肖；随意命一名，往往有一人与之同。无心暗合，是即化工之自然也。

［注释］

①吴生：指唐画家吴道子。玄宗赐其名道玄，被后世尊称为“画圣”，被民间画工尊为祖师，画师尊称“吴生”。河南阳翟（今河南禹州）人，道教中人尊称其为“吴道真君”“吴真人”。吴道子曾画钟馗像。

［译文］

宗丞曹慕堂有一幅乩仙画的《醉钟馗图》，我给题了两首绝句：“梦中的荒唐事或有或无，吴生的画稿几次临摹。各个画家画的都是新模样，又说先生是酒徒。”“午时家家蒲酒香，终南进士也来一壶。太平时期无妖无厉，任你闲游到酒乡。”无论是画者还是题诗者，都不过是游戏消遣而已。有一天午睡刚醒，听窗外婢女、老妈子在悄悄地谈论鬼。有位王老妈子家在西山，说一次月夜看守瓜田，远远望见有两盏灯从林子外冉冉而来，继而听见人声嘈杂。却是一个大鬼酒醉要倒，几个小鬼扶着他踉踉跄跄地走。怎么能说这不是醉钟馗呢？天地之大，无所不有。随便画一个人，往往会遇见一个和这画中人很像的人。随意起一个名，便往往有一个与这名字重名的人。无意的巧合，这就是造化的自然性的体现。

［原文］

相传魏环极①先生尝读书山寺，凡笔墨几榻之类，不待拂拭，自然无尘。初不为意，后稍稍怪之。一日晚归，门尚未启，闻室中窸窣有声；从隙窃觇，见一人方整饬（chì）书案。骤入掩之，其人瞥穿后窗去。急呼令近，其人遂拱立窗外，意甚恭谨。问：“汝何怪？”磬折对曰：“某狐之习儒者也。以公正人，不敢近，然私敬公，故日日窃执仆隶役。幸公勿讶。”先生隔窗与语，甚有理致。自是虽不敢入室，然遇先生不甚避，先生亦时时与言。一日，偶问：“汝视我能作圣贤乎？”曰：“公所讲者道学，与圣贤各一事也。圣贤依乎中庸，以实心励实行，以实学求实用。道学则务语精微，先理气，后彝伦，尊性命，薄事功，其用意已稍别。圣贤之于人，有是非心，无彼我心；有诱导心，无苛刻心。道学则各立门户，不能不争，既已相争，不能不巧诋以求胜。以是意见，生种种作用，遂不尽可令孔孟见矣。公刚大之气，正直之情，实可质鬼神而不愧，所以敬公者在此。公率其本性，为圣为贤亦在此。若公所讲，则固各自一事，非下愚之所知也。”公默然遣之。后以语门人曰：“是盖因明季党祸②，有激而言，非笃论也。然其抉（jué）摘情伪，固可警世

之讲学者。”

［注释］

①魏环极：清代学者魏象枢，字环极，又作环溪，号庸斋，又号寒松，蔚州（今河北蔚县）人。官至都察院左都御史、户部侍郎、刑部尚书等要职，谥号敏果。②明季党祸：指明末东林党被阉党迫害事。东林党是明朝后期出现的以中下级官员、中下地主及知识分子为主的反对王公贵戚、权臣宦官的政治集团。其代表人物为顾宪成、高攀龙等，他们“讲习之余，往往讽议朝政，裁量人物”，其言论被称为清议，企图以儒家正统思想挽救国家，形成了广泛的社会影响。天启帝时期宦官魏忠贤把持朝政，形成明代势力最大的阉党集团，借“红丸案”“梃击案”“移宫案”，毁东林书院，迫害东林党人士。东林党著名人士魏大中、顾大章、高攀龙等先后被迫害致死。魏忠贤死后，对东林党人的迫害才停止。但东林党与阉党两派的政治斗争，则一直延续到南明时期。

［译文］

传说魏环极先生曾在山寺中读书，凡是笔墨几榻之类，不用擦拭，便自然没有灰尘。开始时他没放在心上，后来才感到有些奇怪。一天晚上回来，门还没有开，却听见屋里窸窣有声。他从门缝往里看，发现一个人正在整理书桌，他突然冲进去，那人倏然穿窗而出。魏环极急忙叫他回来，那人便拱手站在窗外，表情极恭谨。魏问：“你是什么怪？”那人弯腰回答：“我是学习儒教的狐狸。由于你是正人君子，不敢靠近你，但是心中敬重你，所以天天偷着给你做仆人应该做的事，请不要吃惊。”魏隔着窗户和他说话，对方谈吐很有学问。有一天，魏偶然问：“你看我能当圣贤么？”狐狸说：“你讲习的是道学，和儒家圣贤是两回事。圣贤的依据是中庸，以实心实意来激励实际行为，以真实的学问来求得实际运用。道学则讲求精微，首先重视理、气，其次才讲人伦道德。重视性命，轻视事业和功绩。其宗旨，已和圣贤之道有些不同了。圣贤对于人，有是非心，没有彼此之心；有诱导心，没有苛刻心。道学则各立门派，因此就不能不相争。既然已经相争，不能不相互诋毁以压倒对方。由此种种，造成种种后果所以有许多东西就见不得孔孟了。先生的刚大之气、正直之性，可以面对鬼神而无愧，我敬重你的原因就在于此。先生言行正大出自本性，这也是当圣贤的条件。至于先生所讲习的学说，则是另外一回事，不是我这样愚昧的人所能理解的。”魏环极默默地打发狐狸走了。后来他和门生讲起这事，说：因为有明代的党祸，狐狸有所感触才说了这番话。这个评论并不确切，然而他剔出虚假的地方，自然是对道学家敲了警钟。

［原文］

交河及友声言：有农家子，颇轻佻（tiāo）。路逢邻村一妇，伫目睨（nì）视。方微笑挑之，适有馌（yè）者同行，遂各散去。阅日，又遇诸途，妇骑一乌

牸牛[1]，似相顾盼。农家子大喜，随之。时霖雨之后，野水纵横，牛行沮洳中甚速。沾体濡足，颠踬者屡，比至其门，气殆不属。及妇下牛，觉形忽不类；谛视之，乃一老翁。恍惚惊疑，有如梦寐。翁讶其痴立，问："到此何为？"无可置词，诡以迷路对，踉跄而归。次日，门前老柳削去木皮三尺余，大书其上曰："私窥贞妇，罚行泥泞十里。"乃知为魅所戏也。邻里怪问，不能自掩，为其父棰几殆。自是愧悔，竟以改行。此魅虽恶作剧，即谓之善知识可矣。友声又言：一人见狐睡树下，以片瓦掷之。不中，瓦碎有声，狐惊跃去。归甫入门，突见其妇缢树上，大骇呼救。其妇狂奔而出，树上缢者已不见。但闻檐际大笑曰："亦还汝一惊。"此亦足为佻达者戒也。

［注释］

①牸牛：雌牛。汉刘向《说苑·政理》："臣故畜牸牛，生子而大，卖之而买驹。"

［译文］

交河县的及友声说，有位农家子，极为轻佻。他在路上遇上一位邻村妇女，便盯着人家直勾勾地看。刚要笑嘻嘻地挑逗，正好有送饭的和妇女同路，于是各自散去。过了几天，这位农家子又在路上遇见了这位妇女。她骑着一头小母牛，好像在向他递眼色。农家子大喜过望，便跟着她走。当时刚下过小雨，地上水流弥漫，牛在泥泞中走得飞快。农家子头脸身上都沾上了泥浆，摔倒了好几次。等到了妇女家，他已喘作一团。那妇女下了牛，好像忽然不是她了。仔细一看，却是一个老头。他恍惚惊疑，好像在做梦。老头看他发呆，觉得奇怪，问他到这儿干什么。他无话可答，谎称迷了路，跟跟跄跄地回来了。第二天，他家门前的老柳树被削去三尺多长的皮，上有大字写道："偷看贞妇，罚在泥泞中走十里。"他这才知道被魅耍了。邻里们不知何事，便问他；他掩饰不住，被父亲几乎打死。从此，这个农家子悔过自新，改掉了不良品行。这个魅怪虽然恶作剧，但说它有见识也未尝不可。友声又说，有一个人看见狐狸睡在树下，便用瓦片去打，没有打中。瓦片碎裂有声，狐狸惊醒跑掉了。他刚进门，突然看见妻子在树上上吊。他大惊呼救，妻子狂跑出来，而树上吊着的人已不见了。只听得房檐那儿大笑道："叫你也吃一惊。"这是足以叫那些轻佻放恣的人引以为戒。

［原文］

里有少年，无故自掘其妻墓，几见棺矣。时耕者满野，见其且詈且掘，疑为颠痫，群起阻之。诘其故，坚不肯吐；然为众手所牵制，

不能复掘，荷锸（chā）恨恨去。皆莫测其所以然也。越日，一牧者忽至墓下，发狂自挝曰："汝播弄是非，间人骨肉多矣。今乃诬及黄泉耶？吾得请于神，不汝贷也。"因缕陈始末，自啮其舌死。盖少年恃其刚悍，顾盼自雄，视乡党如无物。牧者惎（jì）①焉，因为造谤曰："或谓某帷薄不修②，吾固未信也。昨偶夜行，过其妻墓，闻林中呜呜有声，惧不敢前，伏草间窃视。月明之下，见七八黑影，至墓前与其妻杂坐调谑，媟声艳语，一一分明。人言其殆不诬耶？"有闻之者，以告少年。少年为其所中，遽（jù）有是举。方窃幸得计，不虞鬼之有灵也。小人狙诈，自及也宜哉。然亦少年意气凭陵，乃招是忌，故曰："君子不欲多上人"。

［注释］

①惎：忌恨，憎恶。《左传·哀公二十七年》："知伯不悛，赵襄子由是惎知伯。"②帷薄不修：指男女不分，家庭生活淫乱。帷薄，帐幔和帘子，古代用以帐幔隔内外。修，整饬。西汉文学家贾谊《新书·阶级》："坐污秽淫乱、男女亡别来者，不曰污秽，曰：'帷薄不修。'"

［译文］

村里有个年轻人，无缘无故自掘妻子的墓，几乎要挖到棺材了。当时地里有许多耕种的人，见他一边骂一边挖，以为他发了羊角疯，就都上来劝阻，问是怎么了。他啥也不说，但被大家拉着不能再挖了，便扛了铁锹恨恨地走了。大家都猜不出到底是怎么了。第二天，一个放牧人忽然来到墓前，发疯地打着自己的嘴巴道："你搬弄是非，离间了许多骨肉，现在还要诬陷到黄泉之下的人么？我已得到神的允许，饶不了你。"于是他细述事情始末，自己咬断舌头死了。原来这个年轻人倚仗自己悍勇，自以为了不起，把乡亲们看得一钱不值。放牧的气不过，便大肆造谣说："有人说某某家门风不正，我还不信。昨天夜里偶然过某某妻的坟地，听见树林里呜呜有声，我害怕不敢向前，便藏在草丛里偷看。只见在月光之下，有七八个黑影来到墓前，和某某的妻子杂坐在一起调笑，淫声浪语，听得极真切。人们说的真是一点不错啊。"有人听到了，告诉了那个年轻人。这个年轻人信以为真，便有了挖墓那一幕。放牧的正暗中庆幸以为得计，不料鬼也有灵，小人奸诈自取祸，也是罪有应得。也是年轻人太盛气凌人，才招到别人的记恨。所以说君子不要老是把自己凌驾于别人之上。

［原文］

周密庵言：其族有孀妇①，抚一子，十五六矣。偶见老父携幼女，

饥寒困惫，踣不能行，言愿与人为养媳。女故端丽，孀妇以千钱聘之。手书婚帖，留一宿而去。女虽孱(chán)弱，而善操作，井臼皆能任；又工针黹(zhǐ)②，家藉以小康。事姑先意承志，无所不至，饮食起居，皆经营周至，一夜往往三四起。遇疾病，日侍榻旁，经旬月目不交睫。姑爱之乃过于子。姑病卒，出数十金与其夫使治棺衾。夫诘所自来，女低回良久曰："实告君，我狐之避雷劫者也。凡狐遇雷劫，惟德重禄重者庇之可免。然猝不易逢，逢之又皆为鬼神所呵护，猝不能近。此外惟早修善业，亦可以免。然善业不易修，修小善业亦不足度大劫。因化身为君妇，黾(mǐn)勉事姑。今藉姑之庇，得免天刑，故厚营葬礼以申报，君何疑焉！"子故孱弱，闻之惊怖，竟不敢同居。女乃泣涕别去。后遇祭扫之期，其姑墓上必先有焚楮(chǔ)酹酒迹，疑亦女所为也。是特巧于逭(huàn)③死，非真有爱于其姑。然有为为之，犹邀神福，信孝为德之至矣。

[注释]

①孀妇：指丈夫死后未再婚的女子。《列子·汤问》："邻人京城氏之孀妻有遗男，始龀，跳往助之。"②针黹：指缝纫、刺绣等。③逭：逃，避开。《尔雅·释言樊》："行相避逃谓之逭。"

[译文]

周密庵说，他的本家中有个寡妇，抚养一个儿子，已十五六岁了。她偶然看见一个老人带着幼女，饥寒疲乏得走不动了。老人说愿意让这个女孩给人做童养媳。幼女长得端庄俊俏，寡妇便用一千钱聘了下来。老人亲手写了婚约，住了一夜走了。幼女虽然瘦弱，但很能干，挑水碾磨都行，还善于做针线。寡妇家靠着她竟成了小康人家。她侍奉婆婆，事事都能想在前面，关怀得无微不至；饮食起居，都安排得井井有条，一晚上常常起来三四次照看婆婆。如果婆婆病了，则天天在床边侍候。十天半月地不去睡觉。婆婆喜欢她超过自己的儿子。婆婆病死，她拿出几十两银子，叫丈夫置办棺材寿衣。丈夫问她钱是哪儿来的。她沉吟了好久，说："实话告诉你，我是狐狸，是来躲避雷劫的。凡是狐狸遇到了雷劫，只有受到德高禄重的人庇护才能幸免，但在仓促之中一时找不到这样的人。即便遇到了这样的人，又都被鬼神保护着，靠不了前。此外，假如早些行善，也可以幸免。然而行善也不易；行小善，不足以度过大劫。因此我化身为你的妻子，勤恳地侍奉婆婆。现在借婆婆的庇护，免受了天刑，所以我要举行一个隆重的葬礼，作为报答，你怀疑什么呢？"丈夫本就懦弱，听了害怕，竟不敢再同居。狐女便哭着告别走了。以后到了祭扫的日子，寡妇的坟上必定先有烧纸、酹酒的痕迹，估计是狐女来过了。这狐狸真是善于逃死，她并非真心敬爱婆婆，但是出于自己的目的而敬爱婆婆，也能得到神灵优待。可见孝道是至高无上的美德啊。

［原文］

杨雨亭言：登莱间有木工，其子年十四五，甚姣丽。课之读书，亦颇慧。一日，自乡塾独归，遇道士对之诵咒，即惘惘不自主，随之俱行。至山坳一草庵，四无居人，道士引入室，复相对诵咒。心顿明了，然口噤不能声，四肢缓亸(duǒ)①不能举。又诵咒，衣皆自脱。道士掖伏榻上，抚摩偎倚，调以媟词，方露体近之，忽蹶起却坐曰："修道二百余年，乃为此狡童败乎？"沉思良久，复偃卧其侧，周身玩视，慨然曰："如此佳儿，千载难遇。纵败吾道，不过再炼气二百年，亦何足惜！"奋身相逼，势已万万无免理。间不容发之际，又掉头自语曰："二百年辛苦，亦大不易。"掣(chè)身下榻，立若木鸡；俄绕屋旋行如转磨。突抽壁上短剑，自刺其臂，血如涌泉。欹倚呻吟，约一食顷，掷剑呼此子曰："尔几败，吾亦几败，今幸俱免矣。"更对之诵咒。此子觉如解束缚，急起披衣。道士引出门外，指以归路。口吐火焰，自焚草庵，转瞬已失所在，不知其为妖为仙也。余谓妖魅纵淫，断无顾虑。此殆谷饮岩栖，多年胎息②，偶差一念，魔障遂生，幸道力原深，故忽迷忽悟，能勒马悬崖耳。老子称不见可欲，使心不乱；若已见已乱，则非大智慧不能猛省，非大神通不能痛割。此道士于欲海横流，势不能遏(è)，竟毅然一决，以楚毒断绝爱根，可谓地狱劫中证天堂果矣。其转念可师，其前事可勿论也。

［注释］

①亸：下垂。②胎息：道家一种练功方法。又称"脐呼吸""丹田呼吸"，即指像婴儿一样用脐呼吸。《抱朴子·内篇·释滞》："得胎息者，能不以口鼻嘘吸，如在胞胎之中。"就是说不用口和鼻子呼吸，如在孕胎之中，即是胎息。

［译文］

杨雨亭说，登州、莱州一带有个木匠，儿子十四五岁，长得很俊秀，教他读书，也聪明过人。一天，他从乡中学馆独自回来，遇见一个道士对着他念咒，他便昏昏沉沉，不由自主地跟着道士走。走到山拗中的一座草房前，道士把他领进了屋，然后又对着他念咒。他一下清醒过来，但不能说话，四肢松弛，抬不起来。道士又念咒，他的衣服便自动脱落了。道士把他弄到床上，抚摩亲热，说些调情的话。道士脱了衣服刚要玷污他，忽然又猛地退后道：“修道二百多年，却被这孩子败坏了么？”沉思了好久，道士又躺在孩子的身边，上下欣赏抚摩，慨然道：“这么俊秀的孩子，真是千载难逢。纵然败坏了我的道行，也不过再练二百年，这有何可吝惜的？”道士又扑了上来。在这万万难以挽回的千钧一发之际，道士又掉头自言自语道：“二百年的辛苦也实在不容易。”他抽身下床，站在那儿呆若木鸡。之后又绕屋转圈像推磨。突然他抽出挂在墙上的短剑刺自己的胳膊。血喷了出来。他倚墙呻吟了约一顿饭的工夫，扔了剑叫孩子说：“你差点完了，我也差点儿完了。今天幸好都免于难。”然后又对孩子念咒，孩子这才觉得好像解开了绑绳，急忙起来穿衣服。道士把他带到门外，指示回去的路，然后吐了一口火焰，把草房烧了。转瞬之间，道士不见了。不知他是妖还是仙。我认为妖魅纵淫，决没有什么顾虑。这道士可能在深山老林里，多年练习胎息。偶然一念之差，于是心魔顿生。幸亏他道力较深，所以在忽然迷惑忽然清醒之中，能够悬崖勒马。老子说，不见能勾起欲望的东西，就能使心不乱。如果已经见了而且心也乱了，不具备大智慧的人不能猛省，不具备大神通的人不能忍痛割爱。这个道士在欲海横流、其势不能阻遏的时候，竟能毅然割爱，痛苦地断绝欲念，可以说是身处地狱而修得了天堂正果。他的悔悟心是值得学习的，他一开始做的事就不必再去追究了。

［原文］

朱秋圃初入翰林时，租横街一小宅，最后有破屋数楹，用贮杂物。一日，偶入检视，见尘壁仿佛有字迹。拂拭谛观，乃细楷书二绝句，其一曰：“红蕊几枝斜，春深道韫[1]家。枝枝都看遍，原少并头花。”其二曰：“向夕对银缸，含情坐绮窗。未须怜寂寞，我与影成双。”墨迹黯淡，殆已多年。又有行书一段，剥落残缺。玩其句格，似是一词，惟末二句可辨，曰：“天孙[2]莫怅阻银河，汝尚有牵牛相忆。”不知是谁家娇女，寄感摽(biào)梅[3]。然不畏人知，濡毫题壁，亦太放诞风流矣。余曰：“《摽梅》三章，非女子自赋耶？”秋圃曰：“旧说如是，于心终有所格格。忆先儒有一说，云是女子父母所作，是或近之。”倪余疆闻之曰：“详词末二语，是殆思妇之作，遘(gòu)脱辐之变者也。二公其皆失之乎！”既而秋圃揭换壁纸，又得数诗，其一曰：“门掩花空落，梁空燕不来[4]。惟余双小婢，鞋印在青苔。”其二曰：“久已梳妆懒，香奁偶一开。自持明镜看，原让赵阳台[5]。”又一首曰：“咫尺楼

窗夜见灯，云山似阻几千层。居家翻作无家客，隔院真成退院僧。镜里容华空若许，梦中晤对亦何曾？侍儿劝织回文锦⑥，懒惰心情病未能。”则余疆之说信矣。后为程文恭公诵之。公俯思良久，曰：“吾知之，吾不言。”既而曰：“语语负气，不见答也亦宜。”

［注释］

①道韫：东晋谢安的侄女谢道韫，为古代有名的才女。陈郡阳夏（今河南太康）人。自幼聪慧能辩。一天下大雪，谢安召集儿女子侄咏雪。谢安问道：“白雪纷纷何所似？”侄子谢朗说：“撒盐空中差可拟。”谢道韫说：“未若柳絮因风起。”谢安非常高兴。“未若柳絮因风起”更成为咏雪的名句，为人传诵。②天孙：指天上的织女星。《史记·天官书》：“织女，天女孙也。”③摽梅：《诗经·召南》中的一篇《摽有梅》，内容是写女子求爱。④梁空燕不来：此处化用隋代诗人薛道衡“空梁落燕泥”句。薛道衡，字玄卿，河东汾阴（今山西万荣）人，是隋代艺术成就最高的诗人，与卢思道齐名。历仕北齐、北周。隋朝建立后，官至内史侍郎，加开府仪同三司。后为炀帝所杀。⑤赵阳台：指前秦秦州刺史窦滔的宠妾，能歌善舞。⑥回文锦：据《晋书·窦滔妻传》载，窦滔在襄阳任职时，与爱妾赵阳台感情弥笃，很长时间都不给妻子苏若兰写信，妻子就在锦上写了回文诗寄去，表达了思念之情。

［译文］

朱秋圃初入翰林院时，在横街租了一座小宅院。院子最里边有几间破屋，用来贮藏杂物。有一天，他偶然进去查看，发现布满尘土的墙上好像有字迹。他拂去尘土细看，是两首小楷绝句。其一道：“红蕊几枝斜斜的，谢道韫家春意深。每枝花都看遍，只是没有并头花。”其二道：“晚上独自面对银灯，含情坐在绮窗前。不必怜悯我寂寞，我和影子成双对。”墨迹黯淡，好像多年前写下的。还有一段行书，墙皮剥落，字迹残缺。根据其句式，好像是一首词，只有最后两句还能辨认出来：“织女不要怅惘被天河阻住，你还有牵牛郎思念着你。”不知是谁家的娇女感慨没有如意郎君。她也不怕叫人知道隐私，抒情题写于墙上，也太放肆风流了。我说：“《摽梅》三章不是女子自己写的么？”秋圃说：“过去是这种观点，但我心中总觉得不大对。先儒有一种观点，说是女子的父母写的。这可能接近事实。”倪余疆听了，说：“仔细体味末两句，则好像是思念丈夫的妻子所作，也即离异的妻子之作。你们两位的看法都有些不大妥当吧？”后来秋圃换墙纸，又发现了几首诗。其一道：“门掩着花无声地落，梁上空空燕子没有来。只留下了两个小婢女，鞋迹印在青苔上。”其二道：“好久懒得梳妆了，香奁偶然打开了一次。自己拿起镜子一照，真的不如赵阳台了。”又有一首道：“楼窗近得夜里能看见灯，却好像有几千层云山阻隔着。住在家里反而成了无家可归的人，隔院真成了退院僧。镜中的容貌给谁看？梦里也没有再相见。侍女劝我织文锦来写诗寄去，心懒身有病终于没有写。”由此看，倪余疆的看法是可信的。后来把这些念给程文恭先生听，他沉思了好久说：“我知道，但我不能说。”过了一会儿又说：“诗中句句怄气，得不到回音也是合乎情理的。”

［原文］

伊松林舍人言：有赵延洪者，性伉直，嫉恶至严，每面责人过，无所避忌。偶见邻妇与少年语，遽（jù）告其夫。夫侦之有迹，因伺其私会骈斩之，携首鸣官。官已依律勿论矣①。越半载，赵忽发狂自挝，作邻妇语，与索命，竟啮（niè）断其舌死。夫荡妇逾闲，诚为有罪。然惟其亲属得执之，惟其夫得杀之，非乱臣贼子，人人得而诛者也。且所失者一身之名节，所玷者一家之门户，亦非神奸巨蠹，弱肉强食，虐焰横煽，沉冤莫雪，使人人公愤者也。律以隐恶扬善之义，即转语他人，已伤盛德。倘伯仁②由我而死，尚不免罪有所归。况直告其夫，是诚何意，岂非激以必杀哉！游魂为厉，固不为无词。观事经半载，始得取偿，其必得请于神，乃奉行天罚矣。然则以讦为直，固非忠厚之道，抑亦非养福之道也。

［注释］

①清代法律规定，妻妾不守妇道与人私通，被丈夫当场抓住杀死，丈夫以无罪论处。②伯仁：东晋周颛的字。据《晋书·周颛传》载，晋元帝即位后，丞相王导的堂兄王敦，功高盖主为元帝所猜忌。王敦就从荆州起兵，元帝无能为力，要求和解。王敦杀了一批和他对立的大臣，回到湖北。王敦曾问王导了解周颛的为人，王导没有肯定的答复。后来，王敦就把周颛杀死了。事后王导才知道，周颛曾经在皇帝面前说过自己的好话，救过自己的命。因此他不禁大哭，十分悔恨地说道：“我虽不杀伯仁，伯仁由我而死！”

［译文］

中书舍人伊松林说，有个叫赵延洪的人，性情耿直，疾恶如仇，常常当面斥责人，无所避忌。他偶然看见邻居女人和一个年轻人说话，便马上告诉了女人的丈夫。丈夫暗中监视发现了奸情，就在两人幽会时，把两人都杀了，然后带着人头去官府自首。官府依法不予追究。过了半年，赵延洪忽然发疯打自己的嘴巴，以邻居那个女人的口吻向赵索命；他竟咬断舌头而死。淫荡的女人行为不检点，自然有罪。但只有她的亲属有权干预，只有她的丈夫才有权杀了她。她并不是乱臣贼子人人都有权去杀。况且她所失去的是她一人的名声和贞节，所玷污的是她一家的门户。她也不是那种大奸巨盗、弱肉强食、专横暴虐、使人蒙冤而不能雪、惹起人们公愤的人。根据去恶扬善的原则，把她的事张扬出去，已经有伤风化。假如她因此而死，还难免归罪于张扬的人，何况直接告诉她的丈夫？这究竟是什么意思？难道要刺激她丈夫非杀了她不可吗？游鬼来索命，当然并非无理。事情过了半年，才来索命，说明她肯定请示过神。这就是说她奉命执行天的惩罚。可见以揭人隐私为正直，自然不是忠厚的做法，也不是养福的做法。

［原文］

莆田林生霈言：闻泉州有人，忽灯下自顾其影，觉不类己形。谛审之，运动转侧，虽一一与形相应，而首巨如斗，发蓬鬙如羽葆（bǎo）①，手足皆钩曲如鸟爪，宛然一奇鬼也。大骇，呼妻子来视，所见亦同。自是每夕皆然，莫喻其故，惶怖不知所为。邻有塾师闻之，曰："妖不自兴，因人而兴。子其阴有恶念，致罗刹感而现形欤？"其人悚然具服，曰："实与某氏有积仇，拟手刃其一门，使无遗种，而跳身以从鸭母。今变怪如是，毋乃神果警我乎！且辍（chuò）是谋，观子言验否？"是夕鬼影即不见。此真一念转移，立分祸福矣。

［注释］

①羽葆：古代的仪仗，用羽毛所制，形状像盖一样。

［译文］

莆田人林生霈说，听说泉州有个人在灯下看自己的影子，觉得不像自己。他仔细审视，转侧活动，虽然影子与自己都一一相应，但影子的头却有斗那么大，头发蓬乱像羽葆，手脚都弯曲着像鸟爪，好像一个奇形的鬼。他吓得大声叫妻子来看。妻子来看也是如此。从此每天晚上影子都是这个形状，不明白是怎么回事，惶惶地不知该怎么办。邻居有个教书先生知道了这件事，说："妖物不会无缘无故地作妖，而是因人而作妖。你莫非有什么恶念，以致罗刹鬼感觉到了而现形？"这人惊恐地表示服气，说："不错，我和某某有旧仇，想杀了他满门，叫他断子绝孙，然后逃走去跟随鸭母。现在有这种变异，莫不是神在警告我？暂且绝了这个恶念，看你说的灵不灵。"这天晚上，鬼影就不见了。这真是意念一变，立即分出了祸福啊。

［原文］

丁御史芷溪言：曩（nǎng）在天津，遇上元①，有少年观灯夜归，遇少妇甚妍丽，徘徊歧路，若有所待，衣香鬓影，楚楚动人。初以为失侣之

游女，挑与语，不答。问姓氏里居，亦不答。乃疑为幽期密约迟所欢而未至者，计可以挟制留也，邀至家少憩。坚不肯。强迫之同归。柏酒粉团②，时犹未彻，遂使杂坐妻妹间，联袂共饮。初甚腼腆(miǎntiǎn)，既而渐相调谑，媚态横生，与其妻妹互劝酬。少年狂喜，稍露留宿之意。则微笑曰："缘蒙不弃，故暂借君家一卸妆。恐伙伴相待，不能久住。"起解衣饰卷束之，长揖径行，乃社会中拉花者也。少年愤恚，追至门外，欲与斗。邻里聚问，有亲见其强邀者，不能责以夜入人家；有亲见其唱歌者，不能责以改妆戏妇女，竟哄笑而散。此真侮人反自侮矣。

［注释］

①上元：即农历正月十五元宵节。正月是农历的元月，古人称夜为"宵"，故称正月十五为"元宵节"，又称"上元节"。相传，汉惠帝刘盈死后，吕后把持朝政，周勃、陈平等人在吕后死后，在正月十五日彻底除去吕氏家族的势力，立刘恒为汉文帝。此后每年正月十五日之夜，汉文帝都微服出宫，与民同乐，以作纪念，并把正月十五日定为元宵节。在这天夜里，人们出门赏月，燃灯放焰，猜灯谜，吃元宵。②柏酒粉团：柏酒，柏叶浸的酒，古代习俗，春节饮柏酒可以辟邪。粉团，一种用糯米制成的食物，外裹芝麻，置油中炸熟，类似今天的麻团。五代王仁裕《开元天宝遗事·射团》："宫中每到端午节，造粉团、角黍，贮于金盘中。以小角造弓子，纤妙可爱。架箭射盘中粉团，中者得食。"

［译文］

御史丁芷溪说，过去他在天津时，赶上上元节。有个年轻人看灯夜归，碰到一个极漂亮的少妇，在岔路口徘徊，好像等什么人。她衣袂飘香，发髻端正，楚楚动人。开始也以为她与女伴走散了，便和她搭话，她也不回答。所以又怀疑她与情人幽会，情人没来她在等，心想可以挟持她，便邀请她到家休息一会儿。她执意不肯。年轻人强迫她一起回家。家里人正在喝柏叶酒，玩粉团游戏，年轻人便叫少妇坐在自己的妻子、妹妹中间，肩挨肩地一起喝酒。开始，这少妇很腼腆，后来便渐渐地相互调笑，媚态横生，和年轻人的妻子、妹妹推杯换盏。年轻人心中大喜，渐渐露出了留少妇住宿的意思。少妇微笑说："蒙你不嫌弃，所以暂时借你家来卸妆。恐怕伙伴们等我，我不能再坐了。"说完便起身脱下戏装，解开发髻，做了一个揖扬长而去。这人原来是庙会上的拉花者。年轻人愤怒地追到门外要打架。邻里围聚来问是怎么回事。有人亲眼看见他强行邀请拉花者，所以不能责备拉花者夜里进入人家；有人亲眼看见拉花者在庙会上唱歌，所以不能责备拉花者化妆调戏妇女。大家知道了事情真相，哄笑着散了。这真是要欺侮人反而被人欺侮了。

［原文］

董曲江前辈言：有讲学者，性乖僻，好以苛礼绳生徒。生徒苦之，然其人颇负端方名，不能诋其非也。塾后有小圃(pǔ)。一夕，散步月下，见花间隐隐有人影。时积雨初晴，土垣微圮，疑为邻里窃蔬者。迫而诘之，则一丽人匿树后，跪答曰："身是狐女，畏公正人不敢近，故夜来折花。不虞为公所见，乞曲恕。"言词柔婉，顾盼间百媚俱生。讲学者惑之，挑与语。宛转相就，且云妾能隐形，往来无迹，即有人在侧亦不睹，不至为生徒知也。因相燕昵。比天欲晓，讲学者促之行。曰："外有人声，我自能从窗隙去，公无虑。"俄晓日满窗，执经者麇(qún)至，女仍垂帐偃卧。讲学者心摇摇，然尚冀人不见。忽外言某媪(ǎo)来迓女。女披衣径出，坐皋比[①]上，理鬓讫，敛衽谢曰："未携妆具，且归梳沐。暇日再来访，索昨夕缠头锦[②]耳。"乃里中新来角妓，诸生徒贿使为此也。讲学者大沮，生徒课毕归早餐，已自负衣装遁矣。外有余必中不足，岂不信乎！

［注释］

①皋比：古代武将的座席，此处泛指坐具。②缠头锦：原指用作缠头的罗锦。此处指买笑寻欢的费用，即陪睡的酬金。元刘致《金字经·常氏称心》曲："酒满斟，醉来花下吟，缠头锦，愿得常称心。"

［译文］

董曲江前辈说，有个道学家生性乖僻，好以苛刻的礼法来约束学生。学生们很讨厌他，但他一向有行为端庄方正的名声，所以不能说他什么坏话。学塾后面有个小菜园，一天晚上，道学家在月下散步，看见花丛中隐约有人影。当时阴雨初晴，土墙稍稍有些坏损。他怀疑是邻家偷菜的，便逼过去质问，却是一个美人藏在树后。美人跪着回答："我是狐女，因你是个正人君子，不敢靠近，所以夜里来折花。没想到被先生看见了，请饶恕我。"她言词柔婉，眼睛顾盼之间风情种种。道学家被迷住了，用话挑逗她，她便很婉转地投向道学家的怀中。她还说能隐形，来去无踪迹，就算旁边有人也看不见，不会叫学生们知道。于是两人缠绵亲热到快天亮时，道学家催她走。她说："外面有人声，我能从窗缝里出去，你不必担心。"不一会儿，朝阳满窗，学生们拿着经书都来了，狐女仍然放下帐子躺在床上。道学家心神不安，还期望别人看不见。忽然听外面说某某老妈子来接女儿来了。狐女披上衣服径直出来，坐在讲座上，理了一下头发，整了整衣襟，致歉说："我没带梳妆用具，暂回去梳洗，有时间再来探望。”她向道学家要昨夜陪睡的酬金。原来她是新来的艺妓，几个学生买通了她演出了这场戏。道学家极为沮丧。学生们听完课回去吃早餐，他已背着行李逃了。外表装得十分正经，心中必然有所不足，这话很有道理。

［原文］

曲江又言：济南有贵公子，妾与妻相继殁。一日，独坐荷亭，似睡非睡，恍惚若见其亡姬。素所怜爱，即亦不畏，问：“何以能返？”曰：“鬼有地界，土神禁不许阑入。今日明日，值娘子诵经期，连放焰口，得来领法食也。”问：“娘子已来否？”曰：“娘子狱事未竟，安得自来！”问：“施食无益于亡者，作焰口何益？”曰：“天心仁爱，佛法慈悲，赈人者佛天喜，赈鬼者佛天亦喜。是为亡者资冥福，非为其自来食也。”问：“泉下况味何似？”曰：“堕女身者妾夙业，充下陈者君夙缘。业缘俱满，静待转轮，亦无大苦乐。但乏一小婢供驱使，君能为焚一偶人乎？”懵腾而醒，姑信其有，为作偶人焚之。次夕见梦，则一小婢相随矣。夫束刍缚竹，剪纸裂缯，假合成质，何亦通灵？盖精气抟结，万物成形；形不虚立，秉气含精。虽久而腐朽，犹蛸蠕以化，芝菌以蒸。故人之精气未散者为鬼，布帛之精气，鬼之衣服，亦如生。其于物也，既有其质，精气斯凝，以质为范，象肖以成。火化其渣滓，不化其菁英，故体为灰烬，而神聚幽冥。如人殂谢，魄降而魂升。夏作明器[1]，殷周相承，圣人所以知鬼神之情也。若夫金缸、春条[2]，未𬮱(bì)佳城，殡宫阒(qù)寂，彳亍夜行，投畀炎火，微闻呻嘤。是则衰气所召，妖以人兴，仰或他物之所凭矣。

［注释］

①明器：指古代专门为送葬而制的器具，又称“冥器”。一般为日用器物的仿制品，人物、畜禽的偶像及车船、建筑物、兵器等的模型。早在新石器时代起，人们就使用明器随葬。②金缸、春条：笔记小说《灵怪集》《博异记》中的由明器所变化而成的两个女子。

［译文］

董曲江又说，济南有个贵公子，妻妾相继死去。有一天，他独自坐在荷亭中，似睡非睡，迷迷糊糊中似乎看见死去的侍姬。他一直很爱她，也不害怕，问她怎么能回到这儿来？侍姬说，鬼有规定的地界，土神严禁乱窜。今明两天，正值娘子诵经的日子，还要放焰口，我得以来领取法食。贵公子问娘子来了没有？侍姬说：“娘子的官司没结束了，怎能来得了？”贵公子问施食她也享受不着，那么放焰口又有什么用？侍姬说：“上天有仁爱心，佛法慈悲为怀。救济人，佛天喜欢，救济鬼，佛天也喜欢。放焰口是为死去的人添增冥福，并不是为了叫她来吃的。”贵公子问在地府中的状况如何？侍姬答：“我变为女子，是我的夙业所致；成为你的妾，是你的夙缘。如今夙业、夙缘的期限已满，我只等着投生去了。那儿也没什么大苦大乐，只是缺一个小婢供使唤，你能给我烧一个木偶人么？”贵公子忽然醒了过来，便权且相信梦中为真，做了一个木偶人烧了。第二天晚上，他又在梦中见到侍姬，就有一个小婢随着她了。扎个草把、捆个竹捆或剪纸撕布做成个什么，为何也会有灵气？大概精气聚结，万物都会成形。形不会是一个空壳，它含着精气。所以虽然时间长了烂掉，但精气仍在缓缓变化，像芝菌般生存。所以人的精气还没有散去时成为鬼；布帛有精气，鬼穿在身上也像人活着时一样。其他器物也是这样。既然有了本体，精气便凝聚于其上，并以本体为骨架，形成为本体的模样。火化只能化去物的渣滓，化不去它的精华。所以它的形体化为灰烬，而精神却集聚于幽冥之中，像人去世，魄降于地下，魂升上天空一样。夏代制作明器，殷代、周代一脉相承，圣人是了解鬼神的情况的。至于那金钉、春条，被关闭在坟墓之中，寂寞难耐，便在夜里彳亍而行。把她们投入烈火之中，还隐隐听到咿呀的叫声。这是人的衰竭之气招来的，因为妖是因人而起的。或许是由别的怪物依附在明器上而作怪？

［原文］

朱子颖运使言：昔官叙永同知时，由成都回署，偶遇茂林，停舆小憩。遥见万峰之顶，似有人家，而削立千仞，实非人迹所到。适携西洋远镜，试以窥之，见草屋三楹，向阳启户，有老翁倚松立，一幼女坐檐下，手有所持，似俯首缝补；屋柱似有对联，望不了了。俄云气滃(wěng)郁①，遂不复睹。后重过其地，林麓(lù)依然，再以远镜窥之，空山而已。其仙灵之宅，误为人见，遂更移居欤？

［注释］

①滃郁：指云烟弥漫。滃，云气腾涌的样子。

［译文］

转运使朱子颖说，过去任叙永同知时，从成都回叙永。偶然路过一片茂密的树林，便停车休息。远远望见山峰顶上好像有人家。但这些山峰立陡立崖，绝不是人所能上去的。恰好他带着西洋望远镜，便仔细观察。只见有草房三间，向阳开门。有个老翁倚着松树而立，一个幼女坐在房檐下，手里拿着什么，好像在低头缝织。屋柱上好像有对联，但看不清。没多长时间云气上涌，就看不见了。后来他又路过这个地方，峰林依旧，用望远镜观察，峰顶空空如也。也许那是仙人的住宅，因误被凡人瞧见而迁走了？

［原文］

青县王恩溥，先祖母张太夫人乳母孙也。一日，自兴济夜归，月明如昼，见大树下数人聚饮，杯盘狼藉。一少年邀之入座，一老翁嗔语少年曰：“素不相知，勿恶作剧。”又正色谓恩溥曰：“君宜速去，我辈非人，恐小儿等于君不利。”恩溥大怖，狼狈奔走，得至家，殆无气以动。后于亲串家作吊，突见是翁，惊仆欲绝，惟连呼：“鬼！鬼！”老翁笑掖之起，曰：“仆耽曲蘖[①]，日恒不足。前值月夜，荷邻里相邀，酒已无多。遇君适至，恐增一客则不满枯肠，故诡语遣君。君乃竟以为真耶！”宾客满堂，莫不绝倒。中一客目击此事，恒向人说之。偶夜过废祠，见数人轰饮，亦邀入座。觉酒味有异，心方疑讶，乃为群鬼挤入深淖(nào)，化磷火荧荧散。东方渐白，有耕者救之，乃出。缘此胆破，反疑恩溥所见为真鬼。后途遇此翁，竟不敢接谈。此表兄张自修所说。戴君恩诏则曰实有此事，而所传殊倒置。乃此客先遇鬼，而恩溥闻之。偶夜过某村，值一多年未晤之友，邀之共饮。疑其已死，绝裾奔逃。后相晤于姻家，大遭诟谇(suì)也。二说未审孰是。然由张所说，知不可偶经一事，遂谓事事皆然，致失于误信。由戴所说，知亦不可偶经一事，遂谓事事皆然，反败于多疑也。

［注释］

①曲蘖：指酒。蘖，酿酒用的曲。

［译文］

青县人王恩溥，是先祖母张太夫人乳母的孙子。有一天夜里从兴济县回来，月色明亮，见大树下有几个人在喝酒，杯盘狼藉。一个年轻人请他入座，一个老翁责备年轻人说：“从来都不认识，不要恶作剧。”然后又严肃地对王恩溥说：“你应该赶快走，我们不是人类，恐怕孩子们对你不利。”王恩溥大惊，仓皇奔逃，到了家时，已累得动弹不得了。后来他在亲戚家吊唁，突然见到这位老翁，吓得几乎昏过去，连声喊："鬼！鬼！"老翁笑着扶起了他，说："我特别爱喝酒，天天老喝不够。前些天的月夜，承蒙邻居相邀。酒剩不多时，赶上你来。因担心增加一人就喝不足了，所以撒谎骗你。你还当真了么？"满堂客人笑得前仰后合。其中一人曾亲眼见过这事，常常向人讲起。一天夜里，他偶然路过一座破祠堂，看见几个人在狂饮。这些人也请他入座。他喝了酒觉得有怪味，心中正惊疑不定，却被鬼们挤进了深坑里，鬼们化作点点磷火散去。东方泛白时，种田的人把他救了出来。他因此而吓破了胆，竟疑心王恩溥见到的是真鬼。后来他在路上遇见这位老翁，竟不敢和他说话。这是表哥张自修说的。戴恩诏说实有其事，但传说时给弄颠倒了。是这个人先遇见了鬼，而王恩溥听说了这事。他偶然在夜里经过某某村，碰上一年多没见面的朋友，请他喝酒。他怀疑朋友已死，便扯裂了衣襟逃走了。后来两人又相见于亲戚家，朋友把他大骂了一场。不知哪一种说法对。张自修讲的故事，是告诉人不要偶然经历了某事，便认为事事都如此，以致造成误信；戴恩诏讲的故事，是告诉人不能因偶然经历了某事，便认为事事都这样。这样，事情反而坏在多疑上了。

[原文]

景少司马介兹官翰林时，斋宿清秘堂，积雨初晴，微月未上，独坐廊下。闻瀛(yíng)洲亭中语曰："今日楼上看西山，知杜紫微[①]'雨余山态活'句，真神来之笔。"一人曰："此句佳在活字，又佳在态字烘出活字。若作山色山翠，则兴象俱减矣。"疑为博晰之等尚未睡，纳凉池上，呼之不应；推户视之，阒(qù)无人迹。次日，以告晰之。晰之笑曰："翰林院鬼，故应作是语。"

[注释]

①杜紫微：指唐代诗人杜牧。杜牧，字牧之，京兆万年（今陕西西安）人，号樊川居士。宰相杜佑之孙。官至中书舍人。尤以七言绝句著，是晚唐时杰出的诗人，人谓之"小杜"，以别于杜甫，与李商隐并称"小李杜"。杜牧晚年居住在长安南的樊川别墅，世称"杜樊川"。

[译文]

兵部侍郎景介兹任官翰林院时，单身住在清秘堂。一天积雨初晴，月亮还没上来，他独自坐在廊下，听见瀛洲亭中有人说："今天在楼上看西山，才知道杜紫微'雨余山态活'这一句，真是神来之笔。"又一个人说，"这一句好在'活'字上，又好在'态'字上。这个字烘托出了'活'字。如果写作'山色'或'山翠'，那么比兴、形象就差了。"他以为博晰之等人还没有睡，在池边纳凉，便叫他，却没有回声。推门一看，一个人也没有。第二天，他和博晰之说了此事。晰之笑道："翰林院的鬼，当然应该谈论这样的话题。”

［原文］

东光马节妇，余妻党也。年未二十而寡，无翁姑兄弟，亦无子女。艰难困苦，坐卧一破屋中，以浣濯缝纫自给，至鬻釜(yù fǔ)以易粟，而拾破瓦盆以代釜。年八十余，乃终。余尝序马氏家乘，然其夫之名字，与母之族氏，则忘之久矣。相传其十一二时，随母至外家。故有狐，夜掷瓦石击其窗。闻屋上厉声曰：“此有贵人，汝辈勿取死。”然竟以民妇终，殆孟子所谓“天爵”①欤？先师李又聃先生与同里，尝为作诗曰：“早岁吟黄鹄②，颠连四十春。怀贞心比铁，完节鬓如银。慷慨期千古，凋零剩一身。凡番经坎坷，此念未缁(zī)磷③。震撼惊风雨，扮呵赖鬼神。天原常佑善，人竟不怜贫。稍觉亲朋少，羞为乞索频。一家徒四壁，九食度三旬。绝粒肠空转，佣针手尽皴(cūn)。有薪皆扫叶，无甑(zèng)可生尘。黧面真如鹄，悬衣半似鹑④。遮门才破荐，藉草是华茵。衹自甘饥冻，翻嫌话苦辛。偷儿嗤饿鬼，女伴笑痴人。生死心无改，存亡理亦均。喧阗(tián)凭燕雀，坚劲自松筠。伊我钦贤淑，多年共里闉(yīn)⑤。不辞歌咏拙，取表性情真。公议存乡校，延评待史臣。他时邀紫诰，光映九河滨。”盖先生壬申公车主余家时所作，故仅云“颠连四十春”。诗格绝类香山。敬录于此，一以昭节妇之贤，一以存先师之遗墨也。后外舅周箓(lù)马公见此诗，遂割腴(yú)田三百亩为节妇立嗣⑥，且为请旌(jīng)。或亦讽谕之力欤！

［注释］

①天爵：天赋的尊贵。具有高尚的道德修养的人被人们所尊敬，胜于有爵位，故称天爵。孟子曰：“有天爵者，有人爵者。仁义忠信，乐善不倦，此天爵也；公卿大夫，此人爵也。”②黄鹄：指《黄鹄歌》。据《列女传》载，陶婴夫死后，守义作《黄鹄歌》：“黄鹄早寡矣，七年不双飞。”③缁磷：《论语·阳货》：“不曰坚乎？磨而不磷；不曰白乎？涅而不缁。”何晏集解：“孔曰磷，薄也；涅，可以染皁。言至坚者，磨之而不薄；至白者，染之于涅而不黑。喻君子虽在浊乱，浊乱不能污。”缁，黑。磷，不损坏，不薄。后以“缁磷”比喻操守坚贞。④黧：色黑而黄。鹑：一种秃尾的鸟。鹑衣，指衣衫破旧。⑤闉：城门。《说文》：“闉，城曲重门也。”徐锴《系传》：“若今门外壅城门也。”⑥立嗣：无子之人以别人（通

常是同宗族的辈分相当的人）当作儿子。

［译文］

东光县的马节妇，与我妻子同族，不到二十岁守寡。她没有公婆兄弟，也没有子女。艰难困苦地住在一间破屋里，以给人洗衣缝纫为生，以致卖了锅买米吃，捡来破瓦盆当锅。她活到八十多岁才死。我曾为马家序家谱，但她丈夫的名字以及娘家的家族情况，她早已忘记了。传说在她十一二岁时，随着母亲到姥姥家。姥姥家一直有狐狸，夜里扔瓦块石头打她的窗户。于是听见屋顶有人厉声道："这儿有贵人，你们别找死。"然而她这一辈子不过是个普通民妇。可能就是孟子所说的"天爵"？先师李又聃先生和马节妇是同乡，为她写诗道："早年就吟诵《黄鹄歌》，艰难困苦四十年。守贞节心坚似铁，一直到了两鬓白。事迹流传千古，凋零只剩一人。几次经历坎坷，守节的念头终不变。破屋震撼经风雨，有鬼神暗中守护。上天本来常常偏向善，人间竟然不同。她自感亲朋极少，羞于频频索讨。家中只有四壁，九食度过三旬。挨饿肠空转，佣工缝纫手尽裂。烧柴全是落叶，连积尘的锅也没有。脸黑黑的像鹄，衣裳破得像鹑尾。破席权遮着门，把草当作华美的垫子。忍饥受冻心也甘，反嫌他人说苦辛。小偷笑她是饿鬼，女伴笑她是呆子。生死心不改，存亡理相同。任凭燕雀们鼓噪，坚挺如松柏。我钦敬她的贤淑，多年同在一个乡。不怕我的歌咏拙劣，但出于一片真意。大家说把诗存放在乡校，待史臣加以评述。那时得到皇上的诰命，将光照九河之滨。"这首诗是先生在乾隆十七年（公元 1752 年）进京参加会试住在我家时写的，所以说"艰难困苦四十年"。诗风很像白居易。敬录在这儿，一是为了昭示节妇的贤淑，二是为了保存先师的遗作。后来岳父马周箓先生看见了这首诗，便捐赠良田三百亩为马节妇立嗣，并为她请朝廷旌表。这可能就是诗的讽喻的力量吧。

姑妄听之三

[原文]

族侄竹汀言：文安有佣工古北口外者，久无音问。其父母值岁荒，亦就食口外，且觅子，亦久无音问。后乃有人见之泰山下。言昔至密云东北，日已暮，风云并作。遥见山谷有灯光，漫往投止。至则土屋数楹(yíng)，围以秫(shú)篱，有老妪应门，问其里贯，人以告。又遣问姓名年岁，并问："曾有子出口否？子何名？年几何岁？"具以实对。忽有女子整衣出，延入上坐，拜而侍立；促老妪督婢治酒肴，意甚亲昵。莫测其由，起而固诘。则失声伏地曰："儿不敢欺翁姑。儿狐女也，尝与翁姑之子为夫妇。本出相悦，无相媚意。不虞其爱恋过度，竟以瘵亡。心恒愧悔，故誓不别适，依其墓以居。今无意与翁姑遇，幸勿他往，儿尚能养翁姑。"初甚骇怖，既而见其意真切，相持涕泣，留共居，狐女奉事无不至，转胜于有子。如是六七年，狐女忽遣老妪市一棺，且具锸畚(běn)。怪问其故，欣然曰："翁姑宜贺儿。儿奉事翁姑，自追念逝者，聊尽寸心耳。不期感动土神，闻于岳帝。岳帝悯之，许不待丹成，解形证果。今以遗蜕合窆(biǎn)，表同穴意也。"引至侧室，果一黑狐卧榻上，毛光如漆；举之轻如叶，扣之乃作金石声。信其真仙矣。葬事毕，又启曰："今隶碧霞元君①为女官，当往泰山。请共往。"故相偕至此，僦(jiù)屋与土人杂居。狐女惟不使人见形，其供养仍如初也。后不知其所终。此与前所记狐女略相近，然彼有所为而为，故仅得逭(huàn)诛；此无所为而为，故竟能成道。天上无不忠不孝之神仙，斯言谅哉。

[注释]

①碧霞元君：神仙名，相传为岳帝之女，神通广大，能保佑农耕、经商、旅行、婚姻，还能使妇女生子。

[译文]

族侄竹汀说，文安县有一个人到古北口外当雇工，好长时间没有消息。他的父母因年成不好，也到口外谋生，且去寻觅儿子，也一去久无音信。后来有人在泰山下见到了老两口。他们说当初到了密云县东北时，天色已晚。冷风吹来，阴云渐浓。遥见山谷中有灯光，便投奔过去。到了跟前，见有几间土房，围着高粱秸墙。有个老妈子出来，问了他们的籍贯乡里，进去通告。老妈子又出来问姓名年龄，并问有没有儿子到口外去，儿子叫什么，多大了。老两口都照实说了。忽然有位女子整衣迎了出来，请老两口坐上座，她拜见之后，侍立一旁，叫老妈子催促婢女准备酒菜，态度很亲热。老两口不知是怎么回事，站起来再三追问。女子失声痛哭，趴在地上说："我不敢骗公婆，我是狐女，曾和您的儿子结为夫妻。我本来出于一片爱心，并没有媚他的意思，不料他竟因爱恋过度，得痨病死了。我心里时常悔恨，所以发誓不再嫁，而在他的墓旁住着。现在无意间遇见了公婆，希望不要到别的地方了，我还能赡养公婆。"老两口开始时极为吃惊，随后见她情真意切，便相互拉着哭了一场，于是就留了下来。狐女侍奉公婆无微不至，反而胜过儿子。这么过了六七年，狐女忽然打发老妈子去买来一具棺材，且准备铁锹簸箕之类。老两口问她这是干什么，狐女高兴地说："公婆应该祝贺我。我侍奉公婆，不过是为追念死去的丈夫，以尽我的心意，没想到却感动了土神，报告了东岳帝。东岳帝同情我，准许我不等我修炼成功，即可脱形成正果。现在要把我的遗蜕和我丈夫葬在一起，以体现死则同穴的意思。"说罢把老两口带到侧屋。那儿果然有一只黑色狐狸躺在榻上，毛色如黑漆，抬起来轻得像树叶；一敲则发出金石声。这才相信她是真仙。安葬完后，她又对公婆说："现在我隶属碧霞元君为女官，应该到泰山去，请公婆和我一起走。"于是一起到了泰山，租了房子和当地人杂居在一块儿。狐女只是不叫人看见她的形体，还像以前那样赡养公婆。后来就不知他们怎样了。这个故事和前面所记叙的狐女大致相同。不过前一狐女是有目的地供养婆婆，所以仅仅免于天诛。这个狐女不是有所求而赡养公婆，所以能修炼成仙。天上没有不忠不孝的神仙，这话一点儿不假。

［原文］

顾郎中德懋(mào)，世所称判冥者也。尝自言平反一狱，颇自喜。其姓名不敢泄，其事则有姑出其妇者，以小姑之谗，非其罪也。姑性卞[1]，仓卒度无挽回理；而母家亲党无一人，遂披缁(zī)尼庵，待姑意转。其夫怜之，时往视妇，亦不能无情。庵旁有废园，每约以夜伏破屋，而自逾墙缺私就之。来往岁余，为其师所觉。师持戒严，以为污佛地，斥其夫勿来，来且逐妇。夫遂绝迹。妇竟郁郁死。冥官谓既入空门，宜遵佛法，乃耽淫犯戒，当从僧律科断，议付泥犁。顾驳之曰："尼犯淫戒，固有明刑。然必初念皈依，中违誓愿，科以僧律，百喙无词。此妇则无罪仳(pǐ)离，冀收覆水，恩非断绝，志且坚贞。徒以孤苦无归，托身荒刹。其为尼也，但可谓之毁容，未可谓之奉法；其在庵(ān)也，但可谓之借榻，

不可谓之安禅。若据其浮踪，执为恶业，则瑶光夺婿②，更以何罪相加？至其感念故夫，逾墙幽会，迹似‘赠以芍药’，事均‘采彼蘼芜(mí wú)’③。人本同衾，理殊失节。阳律于未婚私媾，仅拟杖刑，犹容纳赎。兹之违礼，恐视彼为轻。况已抑郁捐生，纵有微愆(qiān)，足以蔽罪。自应宽其薄罚，径付转轮。准理酌情，似乎两协。”事上，冥王竟从其议。此语真妄，无可证验。然据其所议，固持平之论矣。又顾临殁，自云以多泄阴事，谪为社公。姑存其说，亦足为轻谈温室者箴(zhēn)也。

[注释]

①卞：急躁。②瑶光夺婿：据《洛阳伽蓝记》载，北魏永安三年(公元530年)尔朱兆纵兵在洛阳大掠，时有胡骑数十人，淫秽京师。谚曰："洛阳男儿急作髻，瑶光寺尼夺作婿。"瑶光寺，为宣武皇帝所立的修道之所。③赠以芍药：意谓男女相爱互赠礼物。采彼蘼芜：汉乐府《上山采蘼芜》："上山采蘼芜，下山逢故夫。长跪问故夫，新人复何如？"意谓讥讽男子无情。

[译文]

郎中顾德懋，人们都称他为“判冥者”。他说曾平反过一案，心里很沾沾自喜。当事人的姓名不便点出，事件则是有位婆婆休了儿媳妇；因为小姑说了坏话，而不是儿媳有什么罪。婆婆性情顽固，儿媳知道仓促间不可挽回，而娘家亲族中一个人也没有，便出家到了尼姑庵，以等婆婆回心转意。丈夫可怜她，常常去看她，也并不是没有感情。尼姑庵旁边有个废菜园，她和丈夫常常约好，丈夫夜里藏在破屋里，她则从墙豁口跳进去私会。这么来往了一年多，被她师父知道了。师父守戒极严，认为这样做玷污了佛地，斥责她丈夫以后不要再来，再来的话就赶她走。所以丈夫不再来了。她心情忧郁，竟然病死。冥官认为，既然身入空门，就该遵守佛法，她却沉湎于淫欲而犯戒，应当依据僧律定罪，议定把她打入地狱中。顾德懋驳斥道：“尼姑犯了淫戒，当然有明确的处罚条例。但必须是一开始就皈依佛门，而中途违背了誓言的。这种情况如根据僧律加以量刑，就是长一百张嘴也讲不出理来。这个女人则是无罪被迫与丈夫离异。她期破镜重圆，恩情也没有断绝。她满怀坚贞之志，只因孤苦无可投奔，才托身于尼姑庵。她当尼姑，只可以说是改变了外形，而不能说是信奉佛法；她身在尼姑庵，只能说是借住，不能说是安心奉佛。如果只根据她的行为便定为罪恶，那么瑶光寺尼姑抢男人为婚，又该加何罪？她想念过去的丈夫，翻墙幽会，行为近似淫奔，但就像古诗中讲的那对离异的夫妻一样，两人本来是同床共寝的夫妻，这和失节是两回事。阳间的律法对于未婚私通的，仅处于杖刑，还容许结为夫妻。这两人违背礼法的程度，似较未婚私通还要轻点。况且该女已抑郁而死，即便有些过错，也足以相抵了。所以应该处以轻刑，直接打发她去投生。这种处理法，无论从理还是从情考虑，这样都很合适。”报上去后，阎王竟同意了顾的意见。这种说法是真是假，无可验证，但听他的那段议论，倒是很公正的。又，顾德懋临死时，自称因泄露阴间秘密太多，被贬为土地神。姑且把他的话留存在此，也好叫那些好泄露秘密的人引以为戒。

［原文］

李义山①诗“空闻子夜鬼悲歌”，用晋时鬼歌子夜事也。李昌谷②诗“秋坟鬼唱鲍家诗”，则以鲍参军③有《嵩(sōng)里行》，幻窅(yǎo)其词耳，然世固往往有是事。田香沁言：尝读书别业。一夕，风静月明，闻有度昆曲者，亮折清圆，凄心动魄。谛审之，乃《牡丹亭》叫画一出也。忘其所以，静听至终。忽省墙外皆断港荒陂，人迹罕至，此曲自何而来？开户视之，惟芦荻(lú dí)瑟瑟而已。

［注释］

①李义山：唐诗人李商隐。字义山，原籍怀州河内（今河南沁阳）。因处于牛李党争的夹缝之中，一生郁郁不得志。其诗构思精巧，风格瑰丽，其描写爱情的诗作缠绵悱恻。②李昌谷：指唐诗人李贺，出生于河南昌谷，世称“李昌谷”。③鲍参军：指南朝宋诗人鲍照。字明远，本籍东海(治所在今山东郯城)；一说上党（今属山西），曾任江州刺史、临海王参军。

［译文］

李商隐的诗中有“空闻半夜鬼悲歌”的句子，用的是晋时传说鬼在半夜唱歌的故事。李贺诗中有“秋坟鬼唱鲍家诗”句，则因鲍照写有《蒿里行》一诗，他加以想象发挥。然而世上往往有这种事。田香沁说，他曾在别墅中读书。一天晚上，风静月明，听见有人在唱昆曲。歌声洪亮曲折，清丽圆润，听来叫人伤心动魄。细细一听，原来是《牡丹亭》“叫画”那一出。他忘了身边一切，一直听到完。忽然记起墙外都是残岗荒陂，人迹罕至，这歌声是从何处来的？开门一看，唯见芦苇在秋风中发抖。

［原文］

梁豁堂言：有粤东大商，喜学仙，招纳方士数十人，转相神圣，皆曰冲举①可坐致。所费不赀，然亦时时有小验，故信之益笃。一日，有道士来访，虽敝衣破笠，而神意落落，如独鹤孤松。与之言：微妙元远，多出意表。试其法，则驱役鬼神，呼召风雨，如操券也；松

鲈、台菌，吴橙、闽荔，如取携也；星娥琴竽，玉女歌舞，犹仆隶也。握其符，十洲三岛，可以梦游。出黍(shǔ)颗之丹，点瓦石为黄金，百炼不耗。粤商大骇服。诸方士自顾不及，亦稽首称圣师，皆愿为弟子，求传道。道士曰："然则择日设坛，当一一授汝。"至期，道士登座，众拜讫。道士问："尔辈何求？"曰："求仙。"问："求仙何以求诸我？"曰："如是灵异，非真仙而何？"道士轩渠[2]良久，曰："此术也，非道也。夫道者冲漠自然，与元气为一，乌有如是种种哉！盖三教之放失久矣。儒之本旨，明体达用而已。文章记诵，非也；谈天说性，亦非也。佛之本旨，无生无灭而已。布施供养，非也；机锋语录，亦非也。道之本旨，清净冲虚而已。章咒符箓，非也；炉火服饵，亦非也。尔所见种种，是皆章咒符箓事，去炉火服饵，尚隔几尘，况长生乎？然无所征验，遽斥其非，尔必谓訾其所能，而毁其所不能，徒大言耳。今示以种种能为，而告以种种不可为，尔庶几知返乎！儒家释家，情伪日增，门径各别，可勿与辩也。吾疾夫道家之滋伪，故因汝好道，姑一正之。"因指诸方士曰："尔之不食，辟谷丸也。尔之前知，桃偶人也。尔之烧丹，房中药也。尔之点金，缩银法也。尔之入冥，茉莉根也。尔之召仙，摄灵鬼也。尔之返魂，役狐魅也。尔之般运，五鬼术也。尔之辟兵，铁布衫也。尔之飞跃，鹿卢跷也。名曰道流，皆妖人耳。不速解散，雷部且至矣。"振衣欲起。众牵衣叩额曰："下士沉迷，已知其罪；幸逢仙驾，是亦前缘。忍不一度脱乎？"道士却坐，顾粤商曰："尔曾闻笙歌锦绣之中，有一人挥手飞升者乎？"顾诸方士曰："尔曾闻炫术鬻(yù)财之辈，有一人脱屣(xǐ)羽化者乎？夫修道者须谢绝万缘，坚持一念，使此心寂寂如死，而后可不死；使此气绵绵不停，而后可长停。然亦非枯坐事也。仙有仙骨，亦有仙缘。骨非药物所能换，缘亦非情好所能结。必积功累德，而后列名于仙籍，仙骨以生；仙骨既成，真灵自尔感通，仙缘乃凑。此在尔辈之自度，仙家安有度人法乎？"因索纸大书十六字曰："内绝世缘，外积阴骘(zhì)[3]；无怪无奇，是真秘密。"投笔于案，声如霹雳，已失所在矣。

［注释］

①冲举：上天。指修炼成仙。②轩渠：高兴的样子。③骘：安定，定数。

［译文］

梁豁堂说，有位粤东巨商，爱学仙，招来几十个方士。方士们彼此吹捧，都说成仙指日可待。他们花掉的钱财无数，而且他们还时时有些小灵验，所以巨商就更相信他们了。有一天，一位道士来访。虽然他穿着破衣、戴着破斗笠，但神态洒脱，像是独鹤孤松。和他交谈，觉得他神思妙远，多出于想象之外。请他表演法术，他驱使鬼神、呼风唤雨，都易如反掌。松江的鲈鱼、台州的鲜蘑、吴越的蜜桔、福建的荔枝，他随意取来好像是身边带的；召织女弹琴吹竽，召玉女唱歌跳舞，就好像指挥他的奴仆。拿着他的符，可以梦游十洲三岛。他拿出米粒大小的一颗丹，点瓦块石头为黄金，虽经百炼也不损耗。巨商极为惊服，方士们也自觉不如，都叩头称呼圣师，愿意当他的弟子，请求传道。道士说："那么就选个日子设坛，我将一一传授给你们。"到了这一天，道士登坛坐下。方士们拜完，道士问："你们都有何要求？"大家说："想成仙。"道士说想成仙怎么来求我？大家说："您这么灵异，不是真仙还会是什么？"道士笑了好久道："这是法术，而不是道。所谓道，融合于大自然中，和元气浑为一体，哪有这种种法术？说起来，儒、道、佛三教已放任好长时间了。儒的本旨是明事理而通达有用，不是记诵文章，也不是谈天说物性。佛的本旨是无生无灭，不是布施供养，也不是散布神机微妙的箴言。道的本旨是清静无为，不是念咒用符，也不是炼丹服药。你们所见到的种种，都是念咒用符之类，离炼丹服药还隔着凡尘，何况长生不老？但是假如我没有什么法术，却贬斥法术，你们肯定会认为我褒奖我所能的，而诋毁我所不能的，只是说些大话吓人。今天我显示出种种所能，同时告诉你们这种种法术不能去学，或许你们能够迷途知返。儒、佛两家，虚伪的东西越来越多。由于门派不同，不必与他们辩论。我痛恨的是道家也在日益虚伪，所以借你们求道的机会，且正视听。"于是道士指着方士们说："你不吃饭，是因为吃了避谷丸；你事先知道有没有鬼，靠的是桃木偶人；你烧的丹，不过是春药；你的所谓点金法，不过是缩银法；你的所谓能进入地府，靠的是茉莉根；你的所谓能召仙，不过是摄灵魂；你的所谓能返魂，不过是役使狐魅；你的所谓搬运术，不过用的是五鬼术；你的所谓避兵器，靠的是铁布衫功；你的所谓飞跃，不过乘的是鹿卢跷。名义是道家，实际上都是妖人，不赶紧解散，雷神就要来惩罚你们了。"道士弹弹衣服要起来，方士们拉着他的衣服叩头道："我们沉迷其中，已知道我们的罪过了。幸好遇上了仙人，这也是前生有缘，能忍心不超度我们么？"道士又坐下来，回看巨商说："你听没听说过生活在富贵乡中的人，有谁挥挥手便成仙升天了？"道士又对方士们说："你们听没听说过靠着小术卖钱的人，有谁脱离尘世而登仙了？修道的人必须谢绝所有尘缘，坚持一念，使自己的心沉寂如死去一样，这样之后就可以不死了。假如这种气息绵延不停，然后才能青春永驻。但这也不是枯坐了事。仙人要有仙骨，也要有仙缘。这并不是吃点药就能得来的。缘也不是感情好就能结成，必须积累功德，然后才能列名于仙籍之中。这样就能生出仙骨。仙骨既长成，真灵便从此感通，所以仙缘也便形成了。这一切全要靠你们自己去度脱，仙家哪有什么度脱人的法术？”道士要来纸笔写了十六个大字道：“内绝世缘，外积阴骘，无怪无奇，是真秘密。”写完把笔扔到桌上，声如打雷，道士已没有了。

［原文］

蒙古以羊骨卜，烧而观其坼兆，犹蛮峒（dòng）①鸡卜也。霍丈易书，在葵苏图军台时，有老妇解此术。使卜归期。妇侧睨良久，曰：“马未鞍，人未冠，是不行也；然鞍与冠皆已具，行有兆矣。”越数月，又使卜。妇一视即拜曰：“马已鞍，人已冠矣，公不久其归乎！”既而果赐环。又大学士温公言：曩（nǎng）征乌什，俘回部十余人，禁地窖中。一日，指口诉饥。投以杏，众分食讫，一年老者握其核，喃喃密祝，掷于地上，观其纵横奇偶，忽失声哭。其党环视，亦皆哭。既而骈诛之牒至。疑其法如火珠林②钱卜也。是与蓍（shī）龟虽不同，然以骨取象者，龟之变；以物取数者，蓍之变。其藉人精神以有灵，理则一耳。

［注释］

①峒：旧时对我国贵州、广西境内的少数民族的泛称。如苗族的苗峒、侗族的十峒、壮族的黄峒等。②火珠林：相传为麻衣道人所著的占卜之书。

［译文］

蒙古人用羊骨头占卜，即烧羊骨头，根据它的裂纹来预测吉凶，就像峒族人用鸡骨头占卜一样。霍易书在葵苏图驿站时，有位老妇知道这种占卜术。霍易书请她卜卜回去的日期。老妇斜着眼把烧过的羊骨观察了好久，说：“马没备鞍，人没戴上帽子，还回不去。不过马鞍和帽子已都有了，有回去的先兆了。”过了几个月，又叫老妇占卜。老妇一看羊骨就叩头祝贺说：“马已配上鞍，人也戴上了帽子，你不久就要回去了吧？”没过多长时间他果然被召回朝廷。又，大学士温公说以前征讨乌什时，俘虏了十多个回部人，关在地窖里。有一天，他们指着嘴说肚子饿，便把杏子扔给了他们。他们分吃完毕，一个年老的握着杏核，喃喃地悄悄念咒，然后把杏核扔在地上，看它是纵是横、是奇是偶。老者忽然失声痛哭。其他人围来看，也都哭起来。随后命令把他们都处死的公文就到了。这种占卜法可能类似《火珠林》中所说的钱卜法。这和古代用蓍草、龟甲占卜虽然不同，但是观察骨头裂纹形状的，则是由龟卜法演变的，观察其他东西奇偶等数字变化的，则是由蓍卜法演变而来的。

这些占卜法，都是靠着人的主观意识加以解释，这一点是相同的。

［原文］

《宋书·符瑞志》曰：珊瑚钩，王者恭信则见。然不言其形状，盖自然之宝也。杜工部诗曰："飘飘青琐[①]郎，文采珊瑚钩。"似即指此。萧诠诗曰："珠帘半上珊瑚钩。"则以珊瑚为钩耳。余见故大学士杨公一带钩，长约四寸余，围约一寸六七分。其钩就倒垂椏杈，截去附枝，作一螭头。其系绦缳柱，亦就一横出之瘿瘤，作一芝草。其干天然弯曲，脉理分明，无一毫斧凿迹，色亦纯作樱桃红，殆为奇绝。其挂钩之环，则以交柯连理之枝，去其外歧，而存其周围相属者，亦似天成。然珊瑚连理者多，佩环似此者亦多，不为异也。云以千四百金得诸洋舶。此在壬午、癸未间，其时珊瑚易致，价尚未昂云。

［注释］

①青琐：指刻镂成格的窗户。后用以比喻篱笆。

［译文］

《宋书·符瑞志》中说："珊瑚钩，在君王恭信的朝代才出现。"但没有说它是什么形状，也许是自然生成的宝物。杜甫有两句诗道："飘飘青琐郎，文采珊瑚钩"，好像指的就是这种钩。萧诠的诗说："珠帘半上珊瑚钩"，就是指用珊瑚做的钩。我见过已故大学士杨应琚的一只带钩，长约四寸多，宽约一寸六七分。这只带钩就借着珊瑚倒垂之势，截去附属的小枝，做成了个螭头。系带的环柱，也是借一处横出的赘瘤，刻出了一支灵芝的形状。它的干部天然弯曲，脉理分明，没有一丝人工的痕迹，颜色是很纯正的樱桃红，真是绝无仅有。它的挂钩的环，则利用珊瑚的连理枝，去掉其他的枝杈，留下周围相连的部分做成的，也似天然生成的。然而珊瑚的连理枝很多，像这种佩环也多，所以并不稀罕。他说是用一千四百两银子，从洋船上买来的。这是乾隆二十七、八年间的事。据说当时珊瑚容易买到，所以价钱还不很贵。

［原文］

唐宋人最重通犀，所云种种人物，形至奇巧者。唐武后之简，作双龙对立状。宋孝宗之带，作南极老人扶杖像。见于诸书者不一，当非妄语。今惟有黑白二色，未闻有肖人物形者，此何以故欤？惟大理石往往似画，至今尚然。尝见梁少司马铁幢家一插屏，作一鹰立老树斜柯上，嘴距翼尾，一一酷似；侧身旁睨，似欲下搏，神气亦极生动。

朱运使子颖，尝以大理石镇纸赠亡儿汝佶，长约二寸，广约一寸，厚约五六分。一面悬崖对峙，中有二人乘一舟顺流下；一面作双松欹立，针鬣分明，下有水纹，一月在松梢，一月在水。宛然两水墨小幅。上有刻字，一题曰“轻舟出峡”，一题曰“松溪印月”，左侧题“十岳山人”。字皆八分书。盖明王寅[1]故物也。汝佶以献余，余于器玩不甚留意，后为人取去。烟云过眼矣，偶然忆及，因并记之。

［注释］

①王寅：明代人，字仲房，一字亮卿，自号十岳山人。中年入禅。

［译文］

唐宋的人最看重犀牛角的通天犀，据说上面有人物形状的图案，极为奇巧。唐代武则天的犀角简，上有双龙对峙的形状。宋孝宗的犀角带銙，上有南极老人拄拐杖的形状。许多书中都有这方面的记载，该不是胡说。现在犀牛角只有黑白两种颜色，没听说上面有人物形状的。这是什么原因呢？只有大理石的纹路往往像图画，如今还没有变。我曾在兵部侍郎梁铁幢家里看见过一副插屏，上面的纹路像一只老鹰站在一棵老树的斜枝上，嘴、爪、翅膀、尾巴，都一一很相似。老鹰侧身斜视，好像要向下搏击，神态也极为生动。转运使朱子颖把一块大理石镇纸赠给我的亡儿汝佶。镇纸长约二寸，宽约一寸，大约五六分厚。一面是悬崖对峙，中间有两人乘着一舟，顺流而下。一面有两棵松树歪斜着，针叶分明。松树下面有水纹，一个月亮在树梢，一个月亮在水中。宛然是两幅小水墨画。镇纸上刻有字，一面题为“轻舟出峡”，一面题为“松溪印月”。左侧题着“十岳山人”，都是隶书。这块镇纸是明代王寅的遗物。汝佶把它给了我。我对于玉器古玩等不放在心上，后来便被人拿走了。这都是过眼云烟的往事，偶然想起，便都记了下来。

［原文］

周化源言：有二士游黄山，留连松石，日暮忘归。夜色苍茫，草深苔滑，乃共坐于悬崖之下，仰视峭壁，猿鸟路穷，中间片石斜欹，如云出岫。缺月微升，见有二人坐其上，知非仙即鬼，屏息静听。右一人曰：“顷游岳麓，闻此翁又作何语？”左一人曰：“去时方聚众讲《西铭》[1]，归时又讲《大学衍义》[2]也。”右一人曰：“《西铭》论万物一体，理原知是。然岂徒心知此理，即道济天下乎？父母之于子，可云爱之深矣，子有疾病，何以不能疗？子有患难，何以不能救？无术焉而已。

此犹非一身也。人之一身，虑无不深自爱者，已之疾病，何以不能疗？已之患难，何以不能救？亦无术焉而已。今不讲体国经野之政，捍灾御变之方，而曰吾仁爱之心，同于天地之生物。果此心一举，万物即可以生乎？吾不知之矣。至《大学》条目，自格致以至治平，节节相因，而节节各有其功力。譬如土生苗，苗成禾，禾成谷，谷成米，米成饭，本节节相因。然土不耕则不生苗，苗不灌则不得禾，禾不刈则不得谷，谷不舂则不得米，米不炊则不得饭，亦节节各有其功力。西山作《大学衍义》，列目至齐家而止，谓治国平天下可举而措之。不知虞舜之时，果瞽（gǔ）瞍（sǒu）允若[3]而洪水即平，三苗即格乎？抑犹有治法在乎？又不知周文之世，果太姒徽音而江汉即化，崇侯[4]即服乎？抑别有政典存乎？今一切弃置，而归本于齐家，毋亦如土可生苗，即炊土为饭乎？吾又不知之矣。"左一人曰："琼山[5]所补，治平之道其备乎？"右一人曰："真氏过于泥其本，邱氏又过于逐其末，不究古今之时势，不揆南北之情形，琐琐屑屑，缕陈多法，且一一疏请施行，是乱天下也。即其海运一议，胪列历年漂失之数，谓所省转运之费，足以相抵，不知一舟人命，讵止数十；合数十舟即逾千百，又何为抵乎？亦妄谈而已矣。"左一人曰："是则然矣。诸儒所述封建井田，皆先王之大法，有太平之实验，究何如乎？"右一人曰："封建井田，断不可行，驳者众矣。然讲学家持是说者，意别有在，驳者未得其要领也。夫封建井田不可行，微驳者知之，讲学者本自知之。知之而必持是说，其意固欲借一必不行之事，以藏其身也。盖言理言气，言性言心，皆恍惚无可质，谁能考未分天地之前，作何形状；幽微暧昧之中，作何情态乎？至于实事，则有凭矣。试之而不效，则人人见其短长矣。故必持一不可行之说，使人必不能试，必不肯试，必不敢试，而后可号于众曰：'吾所传先王之法，吾之法可为万世致太平，而无如人不用，何也！'人莫得而究诘，则亦相率而欢曰：'先生王佐之才，惜哉不竟其用'云尔。以棘刺之端为母猴，而要以三月斋戒乃能观，是即此术。第彼犹有棘刺，犹有母猴，故人得以求其削。此更托之空言，并无

削之可求矣。天下之至巧，莫过于是。驳者乃以迂阔议之，乌识其用意哉！”相与太息者久之，划然长啸而去。二士窃记其语，颇为人述之。有讲学者闻之，曰：“学求闻道而已。所谓道者，曰天曰性曰心而已。忠孝节义，犹为末务，礼乐刑政，更末之末矣。为是说者，其必永嘉[6]之徒也夫！”

［注释］

①《西铭》：北宋时期思想家、关学的创始人张载所著。《西铭》原名《订顽》，后程颐将其改为《西铭》。②《大学衍义》：宋代真德秀著。真德秀，字景元、景希、希元，号西山，为南宋著名的理学家，被尊称为“小朱子”。③瞽瞍允诺：瞽瞍，舜父亲的别名；允若，顺从。④崇侯：中国历史上的第一个告密者，商纣王时，九侯的女儿因为不喜淫乐，被纣王杀掉，九侯也被剁成肉酱，西伯昌听后，偷偷地叹气，被崇侯虎知道后，偷偷禀告给纣王，于是纣王将西伯囚禁在羑里。⑤琼山：明代丘浚，字仲深，号琼台，广东琼山（今属海南）人。自幼聪慧过人，过目成诵，著有《大学衍义补》等。⑥永嘉：晋怀帝年号（公元 307 ～ 313 年）。晋怀帝，原名司马炽，字丰度，河内温县（今河南温县西）人。后为刘聪所杀。永嘉年间，崇尚清谈。

［译文］

周化源说，有两位士人游黄山，流连于古松奇石之中，夕阳西下，忘了及时返回。不一会儿，夜色苍茫，草深苔滑，两人回不去，便坐在悬崖下仰望峭壁。峭壁如刀削，猿鸟也难以逾越。峭壁中间处有一块石头斜出，宛如云朵伸出于山峰之后，残月慢慢升起，只见有两个人坐在那块石头上。两位士人知道这不是仙就是鬼，于是屏息静听他们说什么。石上右边的人说：“刚才游览岳麓山，听这老翁又说了些什么？”左边那人说：“去时正聚在一起讲《西铭》，回来时又讲《大学衍义》。”右边的人说：“《西铭》主张万物为一体，很有道理。然而能说心中明白了这个道理，就可用以拯救天下了么？父母对于子女，可以说是爱得很深。子女有病，为何不能治？子女有难，为何不能救？这是因为实在没有办法了。这还不是对待自身。人对于自身，没有不极为爱惜的。自己有了病，为什么不能治？自己有了难，为什么解救不了？只能说，他也是束手无策了。现在不讲体察国家、安抚百姓的策略，不讲抵御灾患、应付变化的方法，却讲什么我的仁爱之心与天下万物共存。果真一有这种仁爱之心，万物即可以生存么？我没听说过有这种事。至于《大学》一书里的条目，从格物、致知到治国平天下，一环扣一环，每一环都有它的作用。就像土里长苗，苗长成禾秸，禾秸长成谷，谷磨成米，米做成饭，这本来就是一环扣一环的。然而土地不耕种就长不出苗来，苗不灌溉就长不成禾秸，禾秸不收获就得不到谷，谷不舂就得不到米，米不做就成不了饭，也是每个环节都有各自的作用。真德秀作《大学衍义》，列目到‘齐家’为止。认为治国平天下，也可以用这些措施。不知在虞舜时代，是不是舜的父亲最终为舜的大孝所感化而信服顺从了，洪水就平息下去了，三苗就来臣服了？还是另有别的办法在？不知在周文王时代，是否他的贤内太姒说了几句有德行的话，江汉地区就归化了、叛离的崇侯就屈服了？还是另有别的措施在？现在弃置了一切，却都归结于齐家上，难道不等于说土地里能长出苗来，就可以拿土来做了当饭吃？这我就弄不明白了。”左边的人说：“丘浚补充的治国平天下的策略，完不完备？”右边的人说：“真某过于拘泥于本旨，丘某过分强调枝节性的东西。他们不考察古今的时势，不研究南北的情形，琐琐碎碎地讲述了许多种方法，而且一一加以奏请实行，这是扰乱天下的做法。比如关于‘海运’的议论，认为历年舟船漂失的数量，有省下的转运费足以相抵。殊不知一条船上的人命，哪止几十条？几十条船加起来，就达千百条性命，这又怎么相抵呢？这不过是些胡说八道而已。”左边的人说：“是这么回事。几位儒士所讲的封建井田制，都是先王所奉行的大法，太平盛世曾加以实践，究竟怎么样？”右边的人说：“封建井田制，是决不能实行的。不仅驳斥的人知道它不可行，就是道学家们也知道。明知不可行而非坚持这一观点，是别有用心的。只不过是要借一件肯定行不通的事，来掩饰他们自己的故弄玄虚。他们谈理、谈气、谈性、谈心，都是恍恍惚惚摸不着的东西。谁能考察到天地没分之前是怎么个形状？在那幽晦暧昧之中，是怎么个情态？至于实事，就有凭据了。试了一下而不奏效，那么人人都能看出好坏来。所以一定要坚持一种不能实行的学说，使人肯定不能试验、不肯试验或不敢试验。而后可以向大家宣扬道：我所主张的先王之法，可使万代太平无事。但是人们不能用，我又有什么办法？人们不能查究这先王之法到底怎样，于是便相率嚷嚷道：先生有王佐之才，可惜不能充分发挥才干。在棘刺的尖上刻一只母猴，却要求经过三个月的斋戒后才能看，用的就是这种手法。这个寓言中还有棘刺、母猴等实物，人们因此而要求看看刻猴人的刀。而道学家们的主张更是一套空话，连寓言中那种雕刻的刀也没法寻找。天下的至巧莫过于这种手段了。驳斥道学家的人还认为他们迂腐没有用，却怎能识别他们的这种用意呢？”两人彼此叹息了好长时间，忽然长啸着离去了。这两个士人偷偷地记下了他们的话，不时地讲给别人听。有个道学家听了，说：“学习是为了学道。所谓道，就是天、性、心而已。忠孝节义，还是它的细枝末节，礼乐刑政，更是末节的末节了。说这种话的，肯定是永嘉学派的吧。”

滦阳续录一

［原文］

景薄桑榆[①]，精神日减，无复著书之志，惟时作杂记，聊以消闲。《滦阳消夏录》等四种，皆弄笔遣日者也。年来并此懒为，或时有异闻，偶题片纸；或忽忆旧事，拟补前编。又率不甚收拾，如云烟之过眼，故久未成书。今岁五月，扈从[②]滦阳，退直[③]之余，昼长多暇，乃连缀成书，命曰《滦阳续录》。缮写既完，因题数语，以志缘起。若夫立言之意，则前四书之序详矣，兹不复衍焉。

嘉庆戊午七夕后三日，观弈道人书于礼部直庐，时年七十有五。

［注释］

①景薄桑榆：意谓年近暮年。景，通“影”，日影；薄，接近；桑榆，指日落之处。②扈从：随伺皇帝出行的人。扈，随从，护卫。③退直：意谓公务之余。

［译文］

年近晚景，精神越来越差，不再有写书的念头，只是有时做些杂记，聊以消遣。《滦阳消夏录》等四种，都是写来消遣的。近年来，连这种杂记也不想写，有时听了异闻奇事，便顺便记在一片纸上；有时忽然想起旧事，打算补充到前面的几卷之中。这些记下来的，都没怎么整理，好像过眼的云烟，因此好长时间也没有成书。今年五月，随从皇上到滦阳。公务之余，天长空闲时间多，便编辑成书，起名为《滦阳续录》。抄写完毕，随后题写几句，以记载本书的缘起，至于写这些杂记的本意，在前四编的序言中讲得很详细，在此就不再多说了。

嘉庆三年（公元 1798 年）七夕后三天，观奕道人写于礼部值庐，当时年纪七十五岁。

［原文］

嘉庆戊午五月，余扈从滦阳。将行之前，赵鹿泉前辈云：有瞽（gǔ）者郝生，主彭芸楣参知家，以揣骨[①]游士大夫间，语多奇验。惟揣胡祭酒长龄，知其四品，不知其状元耳。在江湖术士中，其艺差精。郝自称河间人，余询乡里无知者，殆久游于外欤？郝又称其师乃一僧，操术弥高，与人接一两言，即知其官禄；久住深山，立意不出。其事太神，

则余不敢信矣。案相人之法，见于《左传》，其书汉志亦著录；惟太素脉、揣骨二家，前古未闻。太素脉至北宋始出，其授受渊源，皆支离附会，依托显然。余于《四库全书总目》已详论之。揣骨亦莫明所自起。考《太平广记》一百三十六引《三国·典略》称：北齐神武与刘贵、贾智等射猎，遇盲妪（yù），遍扪诸人，云并富贵；及扪神武，云皆由此人。似此术南北朝已有。又《定命录》②称：天宝十四载，东阳县瞽者马生，捏赵自勤头骨，知其官禄。刘公《嘉话录》③称：贞元末，有相骨山人，瞽双目。人求相，以手扪之，必知贵贱。《剧谈录》④称：开成中，有龙复本者，无目，善听声揣骨。是此术至唐乃盛行也。流传既古，当有所受。故一知半解，往往或中，较太素脉稍有据耳。

［注释］

①揣骨：旧时星相命卜的一种，通过揣摸人的骨骼推断人的贫富、智愚、贵贱、寿夭。也称“相骨”。②《定命录》：唐吕道生所著的笔记体小说。③《嘉话录》：唐韦绚所录，全称《刘宾客嘉话录》。追记刘禹锡在白帝城（今四川奉节）的谈话，称《刘公嘉话录》。刘禹锡曾官任太子宾客，故称《刘宾客嘉话录》。④《剧谈录》：唐康骈所著的传奇小说集。

［译文］

嘉庆三年（公元1798年）五月，我随从皇上到滦阳。出发之前，赵鹿泉前辈说，有个瞎子郝生，住在彭芸楣参知家。他给士大夫们摸骨相，相得大多很灵验。唯相祭酒胡长龄时，只相出他是四品官，而没相出他是状元。在江湖术士之中，他的技术稍高些。郝生自称是河间人，但我问及乡里人，无人知道有这么个人。也许是他在外乡时间太久了吧？郝生还说他的师父是一个和尚，技艺尤其高超。他和人说一两句话，便知道对方的官禄。他长期住在深山中，不打算出山。关于他的传说太神，我不大相信。考按相人的方法，见于《左传》；相人的书，在《汉书·艺文志》中也有载录。只是太素脉、揣骨这两家相法，以前没听说过。太素脉到北宋才出现，关于它的流传渊源，都是些支离破碎、牵强附会的传说，显然是假的。我在《四库全书》总目中已详细论述过。揣骨相不知起源于什么时候，查阅《太平广记》一百三十六引《三国·典略》说，北齐神武帝高欢和刘贵、贾智等去打猎，碰到一个瞎老太婆，摸遍诸人的骨相，说都富贵。摸到高欢时，说这些人的富贵都来自这个人。可见南北朝时好像就有了揣骨相。《定命录》上载，天宝十四年（公元755年），东阳县瞎子马生，捏赵自勤的头骨，就知道了他的官禄情况。《刘公嘉话录》载，贞元末年，有位相骨山人，两眼全瞎，人来求他相面，他用手摸，就知道对方的贵贱。《剧谈录》载，开成年间有叫龙复本的人，是瞎子，善于听声音揣骨相。可见揣骨相到唐代才兴盛起来。这种相术渊流既古老，就在日常中便有所接触，所以一知半解，也往往能说到点子上，比太素脉较有依据。

［原文］

阿公偶问余刑天干戚[①]事，余举《山海经》[②]以对。阿公曰："君勿谓古记荒唐，是诚有也。昔科尔沁台吉达尔玛达都尝猎于漠北深山，遇一鹿负箭而奔，因引弧殪(yì)之。方欲收取，忽一骑驰而至，鞍上人有身无首，其目在两乳，其口在脐，语啁哳自脐出。虽不可辨，然观其手所指画，似言鹿其所射，不应夺之也。从骑皆震慑失次，台吉素有胆，亦指画示以彼射未仆，此射乃获，当剖而均分。其人会意，亦似首肯，竟持半鹿而去。不知其是何部族，居于何地。据其形状，岂非刑天之遗类欤！天地之大，何所不有，儒者自拘于见闻耳。"案《史记》称：《山海经》《禹本纪》所有怪物，余不敢信。是其书本在汉以前。《列子》[③]称大禹行而见之，伯益知而名之，夷坚闻而志之。其言必有所受，特后人不免附益又窜乱之，故往往悠谬(miù)太甚，且杂以秦汉之地名，分别观之，可矣。必谓本依附《天问》作《山海经》，不应引《山海经》反注《天问》，则太过也。

［注释］

①刑天干戚：刑天，上古神话传说中的颇具反抗精神的人物。《山海经·海外西经》："刑天与帝争神，帝断其首，葬之常羊之山；乃以乳为目，以脐为口，操干戚以舞。"干戚，古代兵器，指盾牌与大斧。②《山海经》：中国先秦古籍。书中杂记了各地山川、古代神话、地理、民族等方面的内容。全书十八卷，其中《山经》五卷，《海经》八卷，《大荒经》四卷，《海内经》一卷。③《列子》：道家的重要经典，相传为战国列御寇所撰，主张空、静、无为，独立处世。

［译文］

阿公偶然问我刑天干戚的事，我举出《山海经》中记载的来回答他。阿公说："你不要认为古代的记载荒唐，而是实有其事。从前科尔沁台吉达尔玛达都到漠北深山里打猎，碰到一只中箭的鹿逃命，便引弓射死了鹿。刚要把鹿抬走，忽然有一骑飞驰而来。马上的人有身子没有头，眼睛在两个乳头处，嘴在肚脐眼，说话声吱吱地从脐眼里出来。虽然听不明白，但看他的手比划，好像说鹿是他射的，不该夺走。随从们都吓得不知所以，台吉一向胆大，也比划着说你射了没死，我射了一箭，它才死了，应该对半分。那人会意，好像同意了，竟带着一半鹿走了。不知他是什么部族，住在什么地方。看他的形状，莫不是刑天的后裔么？天地广大，无所不有，儒生们则大多局限于自己的所见所闻了。”按《史记》中说，《山海经》《禹本纪》中的所有怪物，我是不大相信的。这些书出现在汉代之前。《列子》中说，大禹四处奔走见过这些怪物，伯益知道这些怪物并给起了名字，夷坚听说了便给记载下来。这种说法必定有所依据。只是后人难免有所增补，又加以篡改，所以经常有很大的出入，而且还夹杂着秦汉时代的地名。把这些加以甄别来读是可以的。如果坚持认为《山海经》是根据《天问》写出的，不应当引用《山海经》来注释《天问》，则有些太过分了。

［原文］

吴茂邻，姚安公门客也。见二童互詈，因举一事曰：交河有人尝于途中遇一叟泥滑失足，挤此人几仆。此人故暴横，遂辱詈(lì)叟母。叟怒，欲与角，忽俯首沉思，揖而谢罪，且叩其名姓居址，至歧路别去。此人至家，其母白昼闭房门。呼之不应，而喘息声颇异，疑有他故。穴窗窥之，则其母裸无寸丝，昏昏如醉，一人据而淫之。谛[①]视，即所遇叟也。愤激叫呶(náo)，欲入捕捉，而门窗俱坚固不可破。乃急取鸟铳自棂外击之，嗷然而仆，乃一老狐也。邻里聚观，莫不骇笑。此人詈狐之母，特托空言，竟致此狐实报之，可以为善詈者戒。此狐快一朝之愤，反以陨身，亦足为睚眦(yá zì)必报[②]者戒也。

［注释］

①谛：详细，仔细。②睚眦必报：意谓像瞪一下眼睛那样极小的怨恨也必定要报复，比喻心胸极狭窄。睚眦，怒目而视，借指极小的仇恨。报，报复。典出西汉史学家司马迁《史记·范雎蔡泽传》：“一饭之德必偿，睚眦之怨必报。”

［译文］

吴茂邻是姚安公的门客，看见两个孩子互相骂，就讲了一个故事：“交河有一个人，在路上遇到一个老人。老人因泥滑失足，这人差点儿被挤倒了。这人本来就横暴，于是开口辱骂老人的母亲。老人非常生气，要和这人打架，忽又低头沉思，拱手赔不是，并问这人的姓名住址。走到岔路，老人告别走了。这人到了家，他的母亲大白天关了房门，叫也叫不应，而里面的喘息声极怪。他怀疑出了什么事，便把窗纸捅了个眼往里看。只见他母亲全身一丝不挂，昏昏然像醉了酒，有一个人正在奸污她。仔细一看，就是路上遇到的那个老人。这人愤怒叫嚷，要进去抓人，但门窗都很坚固，打不破。他急忙拿来一支鸟枪，从窗外射击，老人叫了一声倒下了，原来是一只老狐狸。邻居们围观，都又吃惊又好笑。”这人骂狐狸的娘，只是一句空话，竟招致狐狸用事实来报复。这可使善于骂人的人引以为戒。这条狐狸只图一时泄愤，反而丧命，也足以引起为一点小事就要予以报复的人警醒。

［原文］

诚谋英勇公言：畅春苑前有小溪，直夜内侍，每云阴月黑，辄见空中朗然悬一星。共相诧异，辗转寻视，乃见光自溪中出。知为宝气，画计取之。得一蚌，横径四五寸，剖视得二珠，缀合为一，一大一稍小，巨似枣，形似壶卢。不敢私匿，遂以进御，至今用为朝冠之顶。此乾隆初事也。小溪不能产巨蚌(bàng)，蚌珠未闻有合欢，斯由天命。圣人因地呈符瑞，寿跻①九旬，康强如昔，岂偶然也哉。

［注释］

①跻：登，上升。

［译文］

诚谋英勇公说，畅春苑前有条小溪，值夜的内侍，每到阴天月黑的时候，便能看见空中挂着一颗明亮的星。大家很感奇怪，所以多方探询，才发现是小溪中射出的光。大家知道这是宝气，便想办法取宝。后来在小溪中捞出一个蚌，直径有四五寸。剖开里面有两颗珠，合而为一，一大一小，像枣那么大，形状似葫芦。大家不敢偷偷据为己有，便献给了皇上；皇上至今还装饰在冠顶上。这是乾隆初年的事。小溪不能生出大蚌来，蚌珠没听说有能够合而成一对儿的。这是由于上天生了圣人，才借大地呈现祥瑞。皇上后来寿近九十，身体健康，难道是偶然的么？

［原文］

莲以夏开，惟避暑山庄之莲至秋乃开，较长城以内迟一月有余。然花虽晚开，亦复晚谢，至九月初旬，翠盖红衣，宛然尚在。苑中每与菊花同瓶对插，屡见于圣制诗中。盖塞外地寒，春来较晚，故夏亦花迟。至秋早寒而不早凋，则莫明其理。今岁恭读圣制诗注，乃知苑中池沼汇武列水①之三源，又引温泉以注之，暖气内涵，故花

能耐冷也。

［注释］

①武列水：古水名，旧名热河，今称武烈河，在今河北境内。其水有三个源头，为河北承德避暑山庄湖区的主要水源。

［译文］

莲花在夏天开放，只有避暑山庄的莲花到秋天才开放，比长城以里晚一个多月。但是花虽然开得晚，谢得也晚，到九月上旬，绿叶红花，还浮在水面上，苑里常常把荷花和菊花插在一个瓶里，皇上写的诗中多次写到这事。因为塞外气候比较冷，春天来得较晚，所以夏天花开得也晚。但是到了秋天花也不早谢，则不知是怎么回事。今年敬读皇上写的诗注，才知道苑里池水来自武列水的三个源头，又引来温泉水注入其中，里面有了暖气，所以花能耐冷。

［原文］

戴遂堂先生讳亨，姚安公癸巳同年也。罢齐河令归，尝馆余家。言其先德本浙江人，心思巧密，好与西洋人争胜。在钦天监，与南怀仁忤，遂徙铁岭。故先生为铁岭人。言少时见先人造一鸟铳（chòng），形若琵琶，凡火药铅丸皆贮于铳脊，以机轮开闭。其机有二，相衔如牝牡，扳一机则火药铅丸自落筒中，第二机随之并动，石激火出而铳发矣。计二十八发，火药铅丸乃尽，始需重贮。拟献于军营，夜梦一人诃责曰："上帝好生，汝如献此器使流布人间，汝子孙无噍（jiào）类①矣。"乃惧而不献。说此事时，顾其侄秉瑛曰："今尚在汝家乎？可取来一观。"其侄曰："在户部学习时，五弟之子窃以质钱，已莫可究诘矣。"其为实已亡失，或爱惜不出，盖不可知。然此器亦奇矣。诚谋英勇公因言：征乌什时，文成公与勇毅公明公犄角为营，距寇垒约里许。每相往来，辄有铅丸落马前后，幸不为所中耳。度鸟铳之力不过三十余步，必不相及，疑沟中有伏。搜之无见，皆莫明其故。破敌之后，执俘讯之，乃知其国宝器有二铳，力皆可及一里外。搜索得之，试验不虚，与勇毅公各分其一。勇毅公征缅甸，殁于阵，铳不知所在。文成公所得，今尚藏于家，究不知何术制作也。

［注释］

①噍类：指能饮食的动物。此处指活着的人。噍，咀嚼，吃。

［译文］

戴遂堂先生名叫亨，是在康熙五十二年（公元1713年）和姚安公同时考中进士的，他被罢了齐河县县令回来，曾在我家当馆师。他说他已故的父亲本来是浙江人，心灵手巧，好和西洋人争胜斗奇。在钦天监时，和南怀仁不和，便被贬到铁岭。所以戴遂堂是铁岭人。他说小时看见父亲制造了一杆鸟枪，形状像琵琶，火药铅丸等都贮放在枪背里，有机关可以开关。机关有两个，一凸一凹，密合无间相互衔接像雌雄。扳动一个机关，火药铅丸便自动落入枪筒中，第二个机关随之扳动，石激出火就发射出去了。一共连射二十八发，火药铅丸才能打光，然后再重新装填。他父亲准备把这种枪献给军营，夜里梦见一个人斥责他说："上帝有好生之德，你献上这种武器而使它流传于人间，你的子孙恐怕不会有活着的了。"他父亲害怕，便没有献出去。说这事时，他望着他的侄秉瑛说："如今还在你家里吗？去拿来看看。"秉瑛说："在户部学习时，五弟的儿子偷了出去卖钱，已经不知这枪的下落了。"是真的不在了，还是珍惜不拿出来，这就不知道了。不过这个鸟枪倒是很神奇的。诚谋英勇公接着说起出征乌什时，文成公和毅勇公明公以犄角之势安营，距离敌人的营垒约有一里左右。两人每次来往，便有铅丸落在马的前后，幸好没有击中。算起来，鸟枪的射程不过三十多步，一定不能打到这儿来。所以怀疑沟里有埋伏，但去搜索却一无所获，大家都感到非常奇怪。把敌人打败后，捉了个俘虏审问，才知道该国珍贵的武器中有两杆枪，射程可达一里之外。把枪搜出来一试，果然不错，便和毅勇公一人一杆分了。毅勇公征缅甸时阵亡，这杆枪不知哪儿去了。文成公的那一杆，如今还收藏在家里，仍不知是用什么办法制造出来的。

［原文］

宋代有神臂弓，实巨弩也，立于地而踏其机，可三百步外贯铁甲。亦曰克敌弓，洪容斋[1]试词科，有《克敌弓铭》是也。宋军拒金，多倚此为利器。军法不得遗失一具，或败不能携，则宁碎之，防敌得其机轮仿制也。元世祖灭宋，得其式，曾用以制胜。至明乃不得其传，惟《永乐大典》尚全载其图说。然其机轮一事一图，但有短长宽窄之度与其牝牡凸凹之形，无一全图。余与邹念乔侍郎穷数日之力，审谛逗合，讫无端绪。余欲钩摹其样，使西洋人料理之。先师刘文正公曰："西洋人用意至深，如算术借根法，本中法流入西域，故彼国谓之东来法。今从学算，反秘密不肯尽言。此弩既相传利器，安知不阴图以去，而

以不解谢我乎？《永乐大典》贮在翰苑，未必后来无解者，何必求之于异国？”余与念乔乃止。“维此老成，瞻言[②]百里”。信乎所见者大也。

［注释］

①洪容斋：指南宋学者洪迈。南宋饶州鄱阳（今江西波阳）人，字景卢，号容斋，谥号“文敏”。有《野处类稿》《夷坚志》《容斋随笔》传世。②瞻言：指高瞻远瞩，有远见卓识。

［译文］

宋代有一种神臂弓，实际上是巨弩。立在地上用脚踏动机关，可穿透三百步以外的铁甲。又叫克敌弓。洪迈在《容斋三笔》试词科中所说的《克敌弓铭》谈的就是这种弓。宋军抗金，往往倚靠它，把它当作高效的武器。军法规定一张也不能丢失，如果打了败仗来不及带回来，宁可破坏它，以免敌军用来仿造。元世祖灭了宋朝，得到了克敌弓，曾用它打胜了仗。到了明代，克敌弓失传了，只在《永乐大典》中载着所有图例。但关于它的机关原理的各种图例，只有长短宽窄的尺寸，和它的雌雄凸凹的形状，没有一个全图。我和邹念乔侍郎仔细研究了好几天，也没弄出个头绪来。我要勾勒出它的大样来，请西洋人研究一下，我的老师刘文正公说：“西洋人很会要心计，例如算术中的借根法，本来是中国的算法而流传到西方的，所以他们称之为东来法。现在向他们学习算术，反而保密不肯全告诉你。这种克敌弓既然是前代传下来的高效武器，怎么会防得了他们不偷偷地学了去，却告诉我们他们也不知道呢？《永乐大典》藏在翰林院中，后来人未必就弄不明白它，为什么要求教于外国呢？”我和念乔才打消了请教西洋人的念头。还是老师老成，站得高看得远。先生的想法确实够深远啊。

［原文］

贝勒春晖主人言：热河碧霞元君庙两厢，塑地狱变相。西厢一鬼卒，惨淡可畏，俗所谓地方鬼也。有人见其出买杂物，如柴炭之类，往往堆积于庙内。问之土人，信然。然不为人害，亦习而相忘。或曰：“鬼不烹饪，是安用此？《左传》曰：‘石不能言，物或凭焉。’其他精怪欤？恐久且为患，当早图之。”余谓天地之大，一气化生。深山大泽，何所不有？热河穹岩巨壑，密迩居民，人本近彼，彼遂近人，于理当有之。抑或草木之妖，依其本质；狐狸之属，原其故居，借形幻化，托诸土偶，于理当亦有之。要皆造物所并育也。圣人以魑魅魍魉（chī mèi wǎng liǎng）铸于禹鼎，庭氏[①]方相列于周官，去其害民者而已，原未尝尽除异类。既不为害，

自可听其去来。海客狎鸥，忽翔不下。机心一起，机心应之，或反胶胶扰扰矣。

［注释］

①庭氏：周代官名，掌管射杀都城附近的鸱鸮、狼、狐之类夜间鸣叫的鸟兽。《周礼》将其列为秋官之属。

［译文］

贝勒春晖主人说，热河娘娘庙中的东西两厢，摹仿地狱雕塑了许多神鬼的泥像。两厢房里雕塑的一个鬼卒，极其可怕，就是民间称呼的地方鬼。有人看见这个鬼出去买杂物，比如柴火木炭之类，常常堆积在庙里。问当地人，他们回答说真有这样的事。但是这个鬼不害人，人们习惯了，也就熟视无睹了。有人说鬼不烹饪，用柴火木炭干什么？《左传》中说，石头不能说话，但别的怪物或者依托它而说话。也许是有其他的精怪依托在泥像身上吧？恐怕时间长了害人，应当早些处置它。我认为天地间这么大，都是由元气化生的；在深山大泽之中，无所不有。热河地区的高山峡谷，与民居相近。人与精怪离得近，精怪便也接近人，从道理上讲是可能的。也可能是草木之妖，依凭着它的本质；或者是狐狸之类，借助它的原住处，幻化变形，附着在泥像身上，从道理上来讲，也有可能。问题在于，所有万物都是由天地生育的。圣人把魑魅魍魉的形象铸在禹鼎上，把庭氏、方相列在周代百官之中，为的就是驱逐那些害人的怪物，原就没打算把异类全部消灭。既然不害人，自然任凭它们自由来往。海上人找鸥鸟玩，鸟忽然飞而不落下来。机诈心一起，便有机诈心与之响应，则可能反而更麻烦了。

［原文］

长城以外，万山环抱，然皆坡陀如冈阜。至王家营迤(yǐ)东，则嵚(qīn)崎秀拔，皴皱皆含画意。盖天开地献，灵气之所钟故也。有罗汉峰①，宛似一僧趺坐，头项胸腹臂肘，历历可数。有磬锤峰②，即《水经注》所称武列水侧有孤石云举者也，上丰下锐，屹若削(xuē)成。余修《热河志》时，曾蹑梯挽绠至其下，乃无数石卵与碎砂凝结而成，亘古不圮，莫明其故。有双塔峰，亭亭对立，远望如两浮图，拔地涌出。无路可上，或夜闻上有钟磬经呗声，昼亦时有片云往来。乾隆庚戌，命守吏构木为梯，遣人登视。一峰周围一百六步，上有小屋。屋中一几一香炉，中供片石，镌“王仙生”三字。一峰周围六十二步，上种韭二畦；塍畛(chéngzhěn)③方正，如园圃之所筑。是决非人力所到，不谓之仙踪灵迹不得矣。耳目之前，

惝恍莫测尚如此，讲学家执其私见，动曰此理之所无，不亦颠乎。

［注释］

①罗汉峰：在今河北承德避暑山庄前，又称“弥勒峰”。②磬锤峰：在今河北承德东北处，俗称“棒棰峰”。③塍畛：此处指田畦园圃。塍，田间的土埂了，小堤。畛，田间小路。

［译文］

长城以外，万山环抱，但都是起伏不平的山冈和丘陵。从王家营往东，则山势巍然挺拔，峰峦林石，都含着诗情画意。那是因为天地抚育、灵气汇聚在这里的缘故。有一座罗汉峰，宛然像一个和尚双腿交叠而坐，他的头、脖子、胸、腹以及胳臂，都一一能辨认出来。有一座磬锤峰，就是《水经注》中提到的“武列水侧有孤石云举”的那座山峰，它上宽下窄，立陡如刀削。我写《热河志》时，曾登梯攀绳到峰下考察，发现这座山峰是由许多卵石和碎沙凝聚的，自古至今它没有倒塌，不知是何原因。还有双塔峰，亭亭地相对而立，远望像两座佛塔拔地而起。这两座山峰都无路可以上去，有时夜里能听到峰上有敲击钟磬和诵经的声音，白天时常有一片片云彩在峰顶飘忽不定。乾隆五十五年（公元 1790 年），叫驻守在这儿的军吏做了木梯，派人上去探查。一座峰上方圆一百零六步，有一幢小屋，屋里有一张几案一个香炉。供着一块石头，石上刻着“王仙生”三个字。另一座峰上方圆六十二步，种了两畦韭菜，垄畦整齐，好像是菜园子。这儿绝不是人所能到的地方，假如不认为是神仙的遗迹，那就没有其他的解释了。见之于眼前的事物，尚且这样模糊解释不了，那些道学家们却固执己见，动辄就说这是理学中所没有的，这不是有所颠倒了么？

［原文］

同年蔡芳三言：尝与诸友游西山，至深处，见有微径，试缘而登，寂无居人，只破屋数间，苔侵草没。视壁上大书一我字，笔力险劲。因入观之，复有字迹，谛审乃二诗。其一曰：“溪头散步遇邻家，邀我同尝嫩蕨(jué)芽。携手贪论南渡事[①]，不知触折亚枝花。”其二曰：“酒酣醉卧老松前，露下空山夜悄然。野鹿经年相见熟，也来分我绿苔眠。”不著年月姓名。味其词意，似前代遗民。或以为仙笔，非也。又表弟安中宽，昔随木商出古北口，因访友至古尔板苏巴尔汉。居停主人云：山家尝捕得一鹿，方缚就涧边屠割，忽绳寸寸断，蹶(jué)然逸去。遥见对山一戴笠人，似举手指画，疑其以术禁制之。是山陡立，古无人踪，或者其仙欤？

［注释］

①南渡事：指北宋被金灭亡后，宋王朝渡江建立南宋。

［译文］

我的同年蔡芳三说，曾和几位朋友游西山，到了群山深处，发现有一条小路。大家试探着顺着这条小路攀缘而上。荒凉而无人烟，只有几间布满苔藓的破屋，湮没在草丛中。墙上写着一个大大的“我”字，笔力险劲。大家进屋里去，发现墙上也有字迹，仔细辨认，原来是两首诗。其一道：“在溪头散步遇到了邻居，邀请我一起尝嫩嫩的蕨菜芽。只顾相互谈论南渡的事，不知不觉弄断了花枝。”其二道：“酒酣醉卧在老松树前，静静的山中下了露水，秋夜寂寂。野鹿经过一年的相处已熟悉了，也来到我身边睡觉。”诗后没有写年月姓名。体味诗意，好像是明代遗民所作。有人说是神仙写的，那是不正确的。又，我的表弟安中宽，从前随木材商出古北口，到三座塔去访友。借宿处的主人说：“山民捉了一只鹿，绑好正要在山涧边屠宰，忽然绑绳断成一寸寸长，鹿跳起来跑了。远远地望见对面山上有一个戴着斗笠的人，好像在举着手点划。人们怀疑是他在施展法术放了鹿。这座山陡峭壁立，从来没有人来，那人可能是神仙吧。”

［原文］

赵鹿泉前辈言：吕城，吴吕蒙所筑也。夹河两岸，有二土神祠。其一为唐汾阳王郭子仪，已不可解。其一为袁绍部将颜良[①]，更不省其所自来。土人祈祷，颇有灵应。所属境周十五里，不许置一关帝祠，置则为祸。有一县令不信，值颜祠社会，亲往观之，故令伶人演《三国志》杂剧。狂风忽起，卷芦棚苫(shān)盖至空中，斗掷而下，伶人有死者，所属十五里内，瘟疫大作，人畜死亡；令亦大病几殆。余谓两军相敌，各为其主，此胜彼败，势不并存。此以公义杀人，非以私恨杀人也。其间以智勇之略，败于意外者，其数在天，不得而尤人。以驽下之才[②]，败于胜己者，其过在己，亦不得而尤人。张睢阳[③]厉鬼杀贼，以社稷安危，争是一郡，是为君国而然，非为一己而然也。使功成事定之后，殁于战阵者皆挟以为仇，则古来名将，无不为鬼所殛矣，有是理乎！且颜良受歼已久，越一二千年，曾无灵响，何忽今日而为神？何忽今日而报怨？揆以天理，殆必不然。是盖庙祝师巫，造为诡语，山妖水怪，因民听荧惑而依托之。刘敬叔《异苑》曰：“丹阳县有袁双庙，真第四子也。真为桓宣武诛，便失所在。太元中，形见于丹阳，求立

庙。未即就功，大有虎灾。被害之家，辄梦双至，催功甚急。百姓立祠，于是猛暴用息。常以二月晦，鼓舞祈祠，其日恒风雨。至元嘉五年，设奠讫(qì)，村人邱都于庙后见一物，人面鼍(tuó)身，葛巾，七孔端正而有酒气。未知为双之神，为是物凭也。”余谓来必风雨，其为水怪无疑，然则是事古有之矣。

［注释］

①颜良：东汉末年河北军阀袁绍部下名将，字子义，被关羽所杀。②驽下之才：指才能平庸。③张睢阳：指唐张巡。安禄山叛乱后，张巡死守睢阳城，城破被杀。相传死后变为厉鬼。

［译文］

赵鹿泉前辈说，吕城是吴国大将吕蒙建筑的。河两岸有两座庙，一座祭祀的是唐代的汾阳王郭子仪，这已经叫人莫明其妙，另一座祭祀的是袁绍的部将颜良，更不知道是何原因。当地人去颜良庙祈祷，极有灵验。在它周围十五里以内的地方，不许有关帝庙，若是建了关帝庙，便生祸患。有一个县令不信，在颜良庙举办庙会时，亲自去看，故意叫伶人演《三国志》杂剧。所以狂风骤起，把芦棚上的苫盖卷到空中，绞成一团，然后飞掷下来，伶人有的被砸死了。之后，在方圆十五里之内，瘟疫大起，人畜死亡无数，县令也大病一场，几乎死了。我认为，两军相互敌视，各自都为自己的主君而战，有胜有败，势不两立。这是因公义而杀人，而不是以私恨杀人。有的人智勇双全，却出人意料的失败了，这是天意，不能怨别人。而有的才智低下，败在胜过自己的人的手下，那么罪过在自己，也不能怨别人。张巡声称变成厉鬼杀敌人，因国家的安危而争夺这一个郡，则是为了国家和君王，而不是为了自己。假如大功告成之后，死在战场上的人都挟仇报复，那么自古以来的名将，都得被怨鬼索了命去，有这种道理么？况且颜良被杀已很久了，在一两千年间，他都悄无声息，现在为何忽然显灵？为什么今天才来报复？根据天理来揣度，可以说肯定不是这么回事。那么就有可能是庙祝巫师危言耸听，山妖水怪借百姓迷信而假托颜良的名字作怪。刘敬叔在《异苑》中说：“丹阳县有个袁双庙，袁双是东晋袁真的第四子，袁真被桓温杀了，尸体就不知哪儿去了。到了孝武帝太元年间，袁真便在丹阳显灵，要求给他立庙。还没有建成时，就闹起虎灾来。被害人就梦见袁双来，催促赶紧修建。百姓们建起了庙，各种灾害也就没有了。百姓们常在阴历二月末，在庙中打鼓跳舞祈祷。这天常常刮风下雨。在元嘉五年（公元 428 年），祭奠完毕，村民邱都在庙后看见一个怪物，人头鳄鱼身，头戴葛巾，嘴眼鼻耳等七窍端正而满身酒气。不知这是袁双的神灵，还是假冒袁双的怪物。”我认为怪物一来必有风雨，那么无疑是水怪。不过这种事古时便有过。

滦阳续录二

［原文］

一馆吏议叙得经历①，需次②会城，久不得差遣，困顿殊甚。上官有怜之者，权令署典史。乃大作威福，复以气焰铄同僚，缘是以他事落职。邵二云学士偶话及此，因言其乡有人方夜读，闻窗棂有声，谛视之，纸裂一罅（xià），有两小手擘（bò）之，大才如瓜子。即有一小人跃而入，彩衣红履，头作双髻，眉目如画，高仅二寸余。掣案头笔举而旋舞，往来腾踏于砚上，拖带墨渖（shěn），书卷俱污。此人初甚错愕，坐观良久，觉似无他技，乃举手扑之，噭然就执。踡局掌握之中，音呦呦如虫鸟，似言乞命。此人恨甚，径于灯上烧杀之，满室作枯柳木气，迄无他变。炼形甫成，毫无幻术，而肆然侮人以取祸，其此吏之类欤！此不知实有其事，抑二云所戏造，然闻之亦足以戒也。

［注释］

①经历：官名。金朝在都元帅府、枢密院皆设经历。元朝在枢密院、大都督府、御史台等衙署皆设经历。明清两朝在都察院、通政使司、布政使司、按察使司等皆设经历，掌管出纳文书。②需次：指按照顺序采用候补官员。

［译文］

一位馆吏经过考核，被任为经历官，到省会去候补。他很长时间没有被授以实职，所以非常困难。有位上司同情他，暂且叫他任了个典史。于是他便利用职权作威作福，而且还欺压同事，终于由于别的事被免了职。邵二云学士偶然说及这事，顺便又说起他的家乡有个人正在夜读，听见窗棂上有声音，仔细一看，窗纸裂开一道缝，有两只像瓜籽那么大的小手扒着窗纸，很快就有一个小人跳进来。他穿着彩衣红鞋，头上梳着双髻，眉清目秀，只有两寸多高。小人拖起案头的笔旋转跳舞，往来踩踏在砚台上，拖带着墨汁，把书本都给弄脏了。这人一开始极为惊诧，坐看了好一会儿，觉得这个小人没什么能耐，便抬手去捉，一下就捉住了。小人蜷曲在手掌里，哟哟的叫声像虫鸣，好像在喊饶命。这人恨极了，顺手放在灯上烧死了他，弄得满屋都是烧枯柳树的气味，并没有发生其他什么变异。刚刚修炼成人形，没有一点幻术，便放肆地以欺负人来取乐，这也属于馆吏一类的吧。这不知是实有其事，还是邵二云开玩笑编出来的，但听了也足以引以为戒。

[原文]

李南涧言：其邻县一生，故家子也。少年佻达，颇渔猎男色。一日，自亲串家饮归，距城稍远，云阴路黑，度不及入，微雪又簌簌下。方踌躇间，见十许步外有灯光，遣仆往视，则茅屋数间，四无居人，屋中惟一童一妪。问："有栖止处否？"妪曰："子久出外，惟一孙与我住此。尚有空屋两间，不嫌湫(qiū)隘①，可权宿也。"遂呼童系二马树上，而邀生入坐。妪言老病须早睡，嘱童应客。童年约十四五，衣履破敝，而眉目极姣好。试挑与言，自吹火煮茗不甚答。渐与谐笑，微似解意，忽乘间悄语曰："此地密迩祖母房，雪晴当亲至公家乞赏也。"生大喜慰，解绣囊玉玦(jué)赠之。亦羞涩而受。软语良久，乃掩门持灯去。生与仆倚壁倦憩，不觉昏睡。比醒，则屋已不见，乃坐人家墓柏下，狐裘貂冠，衣裤靴袜，俱已褫(chǐ)②无寸缕矣。裸露雪中，寒不可忍。二马亦不知所在。幸仆衣未褫，乃脱其敝裘蔽上体，蹩躠(bié xiè)而归，诡言遇盗。俄二马识路自归，已尽剪其尾鬣(liè)。衣冠则得于溷(hùn)③中，并狼藉污秽，灼然非盗，无可置词，仆始具泄其情状。乃知轻薄招侮，为狐所戏也。

[注释]

①湫隘：狭小低矮。湫，低下，低湿。此处指对自己居室的谦称。②褫：夺去衣服。③溷：厕所。《南史·范缜传》："落于粪溷之中。"

[译文]

李南涧说，他所居邻县有一人，是大家族的公子哥儿，年轻放荡，喜欢玩弄男色。有一天，他在亲戚家喝酒回来，离城还比较远，便天阴路黑，估计当天晚上进不了城了；一会儿又簌簌地下起小雪来。正在踌躇间，看见十步左右外有灯光，就打发仆从去看看。仆人报告那儿有几间茅屋，四周无邻居，屋里只有一个老婆婆、一个小男孩。于是他前去问有没有住处。老太太说："儿子长期外出，只有一个孙子和我同住，还有两间空房。假如不嫌狭窄简陋，就将就住吧。"老婆婆叫孙子出来，把两匹马拴在树上，请主仆进屋坐。老婆婆说自己老病要早睡，嘱咐孙子招待客人。这孩子约十四五岁，衣衫破烂，但眉目清秀。这人便拿话挑逗他，小孩自顾吹火煮茶，不怎么理睬他。继而这人又和他调笑，小孩好像稍稍明白了客人的用意，伺机对客人小声说："这儿离祖母的房间太近了，等雪停了，我会自己去您的府上去请赏。"这人听了极为高兴，解下身上的绣囊和玉玦赠给小孩，小孩羞羞答答地收下了。他与客人含情脉脉地说了好半天话，才端起灯关上门走了。这人与仆从倚着墙休息，不知不觉昏睡过去。等醒来，房屋已不见了，两人坐在坟墓的柏树下。这人身上的狐皮袭、貂皮帽子以及衣裤鞋袜都被剥个精光，赤裸裸地在雪地里冻得受不了。两匹马也不知去向。幸好仆从的衣服没被剥去，便脱下破袭披在他的身上。两人躲躲闪闪地回到了家，谎称遇见了强盗。不久，两匹马识路自己回来了，但已被剪去了尾巴和鬃毛。而这人的衣裤鞋袜等，则在厕所里被发现了。上面屎尿狼藉，已污秽不堪。很明显，这人并非遇见了强盗。谎言被戳穿了，仆从只好说出了真情。这才知道是因轻薄招来了侮辱，被狐狸耍了一场。

[原文]

戊子昌吉之乱，先未有萌也。屯官[①]以八月十五夜，犒诸流人，置酒山坡，男女杂坐。屯官醉后，逼诸流妇使唱歌，遂顷刻激变，戕[②]杀屯官，劫军装库，据其城。十六日晓，报至乌鲁木齐。大学士温公促聚兵。时班兵散在诸屯，城中仅一百四十七人，然皆百战劲卒，视贼蔑如也。温公率之即行，至红山口，守备刘德叩马曰："此去昌吉九十里，我驰一日至城下，是彼逸而我劳，彼坐守而我仰攻，非百余人所能办也。且此去昌吉皆平原，玛纳斯河虽稍阔，然处处策马可渡，无险可扼，所可扼者此山口一线路耳。贼得城必不株守，其势当即来。公莫如驻兵于此，借陡崖遮蔽。贼不知多寡，俟其至而扼险下击，是反攻为守，反劳为逸，贼可破也。"温公从之。及贼将至，德左执红旗，右执利刃，令于众曰："望其尘气，虽不过千人，然皆亡命之徒，必以死斗，亦不易当。幸所乘皆屯马，未经战阵，受创必反走。尔等各擎枪屈一膝跪，但伏而击马，马逸则人乱矣。"又令曰："望影鸣枪，则枪不及贼，火药先尽，贼至反无可用。尔等视我旗动，乃许鸣枪；敢先鸣者，手刃之。"俄而贼众枪争发，砰訇(hōng)[③]动地。德曰："此皆虚发，无能为也。"迨铅丸击前队一人伤，德曰："彼枪及我，我枪必及彼矣。"举旗一挥，众枪齐发。贼马果皆横逸，自相冲击。我兵噪而乘之，贼遂歼焉。温公叹曰："刘德状貌如村翁，而临阵镇定乃尔。参将都司，徒善应对趋跄[④]耳。"故是役以德为首功。然捷报不能缕述曲折，今详著之，庶不湮(yān)没焉。

[注释]

①屯官：掌管屯田事务的官吏。②戕：伤害，残害。③訇：惊叫声。也用以形容大的声音。唐诗人李白《梦游天姥吟留别》："訇然中开。"④趋跄：指形容走路有节奏。古时朝拜时必须按照一定的节奏和规则走路。亦指朝拜，进谒。《诗·齐风·猗嗟》："巧趋跄兮。"唐代学者孔颖达疏："礼有徐趋疾趋，为之有巧有拙，故美其巧趋跄兮。"此句指参将都司等官员，只知道应付上司，平常装装样子而已。

[译文]

乾隆三十三年（公元1768年）的昌吉叛乱，事先并没有迹象。驻屯官在八月十五夜犒劳屯民，在山坡上摆下酒席，男男女女杂坐在一起，驻屯官喝醉之后，逼着屯民的女眷唱歌。于是一时激起民愤，杀了驻屯官，抢劫军器库，占领了昌吉城。十六日早上，谍报传到乌鲁木齐，大学士温福便催促集结兵力。当时兵力都分散在各个军屯里，城里只有一百四十七人，但却都是身经百战的士兵，视叛民如无物。温福率领着这些士兵进发，走到红山口，守备刘德建议说："到昌吉有九十里地，我们骑马一天便可以到城下。如果这样，结果就是敌人安逸而我军疲劳，敌人坐守则我军仰攻，这就不是一百多人所能胜任的了。况且从这儿到昌吉都是平原，玛纳斯河虽然宽一些，但每处都可以骑马过去，无险要处可以扼守。可以扼守的地方，只有这山口的一条路。叛民占领了昌吉城，肯定不会死守在里面，必然会乘势攻来。将军不如驻兵在这儿，隐蔽在陡崖后面，叛民就不知我军多少，等叛民到后就据险往下猛击，就可以取胜。"温福采纳了刘德的意见。在叛民即将到来时，刘德左手拿着红旗，右手握着利刃，命令士卒："观察敌人的烟尘，不过一千左右人，但都是不要命的人，如果拼死而战，也不容易抵挡。幸好他们骑的都是屯马，没有经过战阵，一旦受到狙击一定往回跑。你们都举起枪屈下一条腿，只管打马腿，马一跑，人就乱了。"又下令道："望见人影就开枪，则枪打不着敌人，而火药就先没了，等敌人到了眼前反没了弹药。你们看我手中红旗一动，才能开枪。敢先开枪的，立斩之。"不一会儿，叛民枪声大作，惊天动地。刘德说："这是白放枪，没什么用处。"待铅弹把前队的一个士兵打伤了，刘德说："敌人的枪打中了我方，那么我们打枪就能击中敌人了。"于是他举旗一挥，众枪齐发，叛民的马果然都横冲直撞，自相践踏，清兵呐喊着乘势冲出，叛民大败。温福叹道："刘德的样子像个乡巴佬，临阵却是这么镇定自若。那些参将、都司，只会迎来送往跑前跑后而已。"因此这次战斗以刘德为首功。但是捷报不能写得过于详细，这里详加记录，为的是不埋没刘德的功劳。

[原文]

昌吉未乱以前，通判赫尔喜奉檄调至乌鲁木齐，核检仓库。及闻城陷，愤不欲生，请于温公曰："屯官激变，其反未必本心。愿单

骑迎贼于中途，谕以利害。如其缚献渠魁，可勿劳征讨；如其枭獍成群，不肯反正，则必手刃其帅，不与俱生。”温公阻之不可，竟橐鞬①驰去，直入贼中，以大义再三开导。贼皆曰：“公是好官，此无与公事。事已至此，势不可回。”遂拥至路旁，置之去。知事不济，乃掣刀奋力杀数贼，格斗而死。当时公论惜之曰：“屯官非其所属，流人非其所治，无所谓徇纵也。衅起一时，非预谋不轨，无所谓失察也。奉调他出，身不在署，无所谓守御不坚与弃城逃遁也。所劫者军装库，营弁所掌，无所谓疏防也。于理于法，皆可以无死。而终执城存与存，城亡与亡之一言，甘以身殉。推是志也，虽为常山、睢阳②可矣。”故于其柩归，罔不哭奠。而于屯官之残骸归，无焚一陌纸钱者。

［注释］

①橐鞬：放置弓箭的袋子。此处指弓箭等兵器。橐，口袋。②常山、睢阳：常山指唐代大臣颜杲卿。颜杲卿，字昕，唐朝长安万年（今陕西西安）人。安史之乱时，颜杲卿任常山（河北正定西南）太守，设计杀死安禄山的部将。安禄山叛军围攻常山，逼迫颜杲卿投降，颜杲卿坚贞不屈，后被处死。睢阳：指唐代大臣张巡。张巡，唐蒲州河东（今山西永济）人。安史之乱时，奉命守睢阳。睢阳地理位置非常重要，张巡坚守睢阳，打败了占据绝对优势的叛军，有力地阻止了叛军的南下。睢阳城破后，张巡被俘后不屈而死。

［译文］

昌吉没发生叛乱之前，通判赫尔喜奉命调到乌鲁木齐核检仓库。听到昌吉城被叛民攻占后，他痛不欲生，向温福请求道：“驻屯官激起叛乱，叛民可能是被逼无奈。我愿单枪匹马在中途迎敌，说明利害关系。如果他们能把首犯绑了献出来，就不必劳师征讨了。假如他们是一群食母食父的枭、獍，不肯反正，那么我必然要杀了他们的头子，势不两立。”温福不让他去，他不听，竟全副武装地骑马奔去，直接来到贼营，申明大义，再三开导。叛民都说你是一位好官，这不关你的事，已经走到这一步，已无可挽回了。于是把他推上了路，扔下他走了。赫尔喜知道自己的努力无济于事，便拔刀奋力杀了几个叛民，他也在格斗中战死。当时公众舆论很为他惋惜，认为：驻屯官不是他的下属，屯民也不是他所管理的，不能说他有徇情怂恿之过。叛乱发生于一时，不是预谋的，不能说是他失于明察。他奉调离开昌吉，当时他不在现场，所以不能说他防守不严，也不能说他弃城逃走。被抢劫的军器库，有营官专职把守，不能说是他疏于防守。无论从道理上说还是从律法上说，他确无死罪。但他却坚决要实现与城共存亡的誓言，甘心以死报国。他的忠烈，可以与颜杲卿、张巡媲美了。所以把他的灵柩运回来时，人们无不哭奠，而屯官的残骸被运回来时，连给他烧一叠纸钱的人也没有。

［原文］

朱青雷言：曾见一长卷，字大如杯，怪伟极似张二水。首题纪梦十首，而蠹(dù)蚀破烂，惟二首尚完整可读。其一曰：“梦到蓬莱顶，琼楼碧玉山。波浮天半壁，日涌海中间。遥望仙官立，翻输野老闲。云帆三十丈，高挂径西还。”其二曰：“郁郁长生树，层层太古苔。空山未开凿，元气尚胚胎。灵境在何处？梦游今几回。最怜鱼鸟意，相见不惊猜。”年月姓名，皆已损失，不知谁作也。尝为李玉典书扇，并附以跋。或曰：“此青雷自作，托之古人。”然青雷诗格婉秀如秦少游[①]小石调，与二诗笔意不近。或又曰：“诗字皆似张东海。”东海集余昔曾见，不记有此二诗否，待更考之。

［注释］

①秦少游：秦观，字太虚、少游，号邗沟居士，学者称其淮海居士。高邮人。北宋文学家。官至太学博士、秘书省正字、国史院编修官。他与黄庭坚、晁补之、张耒号称为“苏门四学士”，颇得苏轼赏识。南宋朝廷追赠秦观为“直龙图阁学士”。《宋史》评其为“文丽而思深”。

［译文］

朱青雷说曾看见一轴长卷，字像杯子那么大，笔力奇诡壮伟极像张二水。卷首题写着《纪梦十首》，但因虫咬潮湿而破烂不堪，只剩下两首还完整，可以读下来。其一道：“梦中到了蓬莱顶，上有琼楼碧玉山。波浮着天如半面山崖，太阳涌现于海中间。远远望着仙人站在那儿，反而比不上乡下老翁悠闲。云帆高达三十丈，高高挂起直接往西去。”其二道：“郁郁的长生树，层层的远古苔。空山从未有人来，元气刚刚在形成中。仙境在什么地方，梦游多少回了。最喜欢鱼鸟的轻松，相见也不必猜疑。”诗的年月姓名，都已损坏，不知是谁写的。朱青雷曾把这两首诗写在李玉典的扇子上，并写了跋。有人说，这是朱青雷自己作的，而假托古人。不过朱青雷诗的风格婉秀，像是秦观的《小石调》，和这两首诗的笔意不同。又有人说，这两首诗，字都像张东海。《张东海集》我以前曾见过，不记得有无这两首诗，等以后再查考。

［原文］

郭大椿、郭双桂、郭三槐，兄弟也。三槐屡侮其兄，且诣县讼之。

归憩一寺，见缁(zī)袍满座，梵呗竞作[1]。主人虽吉服，而容色惨沮，宣疏通诚之时，泪随声下。叩之，寺僧曰：“某公之兄病危，为叩佛祈福也。”三槐痴立良久，忽发颠狂，顿足捶胸而呼曰：“人家兄弟如是耶？”如是一语，反覆不已。掖至家，不寝不食，仍顿足捶胸，诵此一语，两三日不止。大椿、双桂故别住，闻信俱来，持其手哭曰：“弟何至是？”三槐又痴立良久，突抱两兄曰：“兄固如是耶！”长号数声，一踊而绝。咸曰神殛之，非也。三槐愧而自咎(jiù)，此圣贤所谓改过，释氏所谓忏悔也。苟充是志，虽田荆[2]、姜被[3]，均所能为。神方许之，安得殛之？其一恸立殒，直由感动于中，天良激发，自觉不可立于世，故一瞑不视，戢(jí)影黄泉，岂神之褫(chǐ)其魄哉？惜知过而不知补过，气质用事，一往莫收；无学问以济之，无明师益友以导之，无贤妻子以辅之，遂不能恶始美终，以图晚盖，是则其不幸焉耳。昔田氏姊买一小婢，倡家女也。闻人诮邻妇淫乱，瞿(qú)然惊曰：“是不可为耶？吾以为当如是也。”后嫁为农家妻，终身贞洁。然则三槐悖理，正坐不知。故子弟当先使知礼。

［注释］

①缁袍：黑色的袍服。此处指僧人。梵呗：亦称“赞呗”“梵乐”“梵音”“佛曲”“佛乐”等。即佛教徒在进行佛事活动时摹仿古印度的梵腔曲调用汉语歌咏的曲调。梵，是印度语“清净”的意思。呗是印度语“呗匿”的略称，义为赞颂或歌咏。梵呗的伴奏乐器以法器磬、铛、铪、铃、鼓、鱼等为主，也配以简单的管乐器。②田荆：据南朝梁吴均《续齐谐记·紫荆树》载，京兆田真兄弟三人分家，计划将堂前的一棵紫荆树平分三份。次日，正要砍树时发现树枯死了。田真感叹地对兄弟们说：“树本同株，闻将分斫，所以憔悴，是人不如木也。”兄弟们打消了分家的念头，树也繁茂如初。后以“田荆”比喻兄弟和好。③姜被：据《后汉书·姜肱传》载，“（姜）肱与二弟仲海、季江，俱以孝行著闻。其友爱天至，常共卧起。”后人以此形容兄弟友爱。

［译文］

郭大椿、郭双桂、郭三槐是三兄弟，三槐时常欺负哥哥，并且到县城去告哥哥们的状。从县里回来，他在一座寺里休息，只见和尚满座，一片诵经声。施主虽然穿着象征吉祥的服装，却满脸悲伤，宣读祈祷词以表达诚意之时，声泪俱下。三槐问是怎么回事，和尚说：“他的哥哥病危，他来拜佛祈祷。”三槐痴立了好长时间，忽然发了疯，顿足捶胸地呼喊："人家兄弟是这样啊！"就这么反复不停地喊这一句话。把他扶回家后，他不睡不吃，仍然顿足捶胸，念叨这一句话，过了两三天还这样。大椿、双桂一直和他分开住，听了这个消息都来了，拉着他的手哭道："弟弟为什么要这样。"三槐又痴痴地站立了好久，突然抱着两位哥哥说："哥哥原来是这样好呵！"他长号了几声，然后气绝身亡。人们都说是神惩罚了他。其实不是的。三槐愧疚而自责，这就是圣贤所说的改过、佛家所说的忏悔。他能这样，要做到像田家兄弟和姜家兄弟那样友爱也是不难的。他既忏悔，神应赞许他，为何施以惩罚？他一阵痛哭之后即死，主要是因为心中感动，激发出天地良心，觉得自己不能再活在世上，所以两眼一闭，隐身黄泉，怎能说是神剥夺了他的魂魄呢？可惜他知过而不知补过，意气用事，一发而不可收。他没有学问来帮助他，没有名师益友来引导他，没有贤妻来帮助开导他，于是不能从恶的开头走向善的结束，以图有个好的晚节。他的不幸也就在此。从前田家姐姐买来一个小婢，是妓女的女儿。这小婢听人讥笑邻居的女人淫乱，豁然吃惊道："不能做这种事么？我以为应当这样干呢。"后来她嫁为农家的妻子，终身贞洁。而三槐以前干了些有悖于情理的事，就在于他不知什么是对什么是错。所以对于子弟，首先应教育他们知礼。

［原文］

海中三岛十洲[1]，昆仑五城十二楼[2]，词赋家沿用久矣。朝鲜、琉球[3]、日本诸国，皆能读华书。日本余见其五京地志及山川全图，疆界袤延数千里，无所谓仙山灵境也。朝鲜、琉球之贡使，则余尝数数与谈，以是询之，皆曰东洋自日本以外，大小国土凡数十，大小岛屿不知几千百，中朝人所必不能至者，每帆樯万里，商舶往来，均不闻有是说。惟琉球之落漈，似乎三千弱水[4]。然落漈之舟，偶值潮平之岁，时或得还，亦不闻有白银宫阙，可望而不可即也。然则三岛十洲，岂非纯构虚词乎！《尔雅》《史记》，皆称河出昆仑。考河源有二：一出和阗[5]，一出葱岭[6]。或曰葱岭其正源，和阗之水入之。或曰和阗其正源，葱岭之水入之。双流既合，亦莫辨谁主谁宾。然葱岭、和阗，则皆在今版图内，开屯列戍四十余年，即深岩穷谷，亦通耕牧。不论两山之水，孰为正源，两山之中，必有一昆仑确矣。而所谓瑶池、悬圃、珠树、芝田[7]，概乎未见，亦概乎未闻。然则五城十二楼，不又荒唐矣乎！不但此也，灵鹫山在今拔达克善[8]，诸佛菩萨，骨塔具存，题记梵书，一一与经典相合。尚有石室六百余间，即所谓大雷音寺，回部

游牧者居之。我兵追剿波罗泥都、霍集占，曾至其地，所见不过如斯，种种庄严，似亦藻绘之词矣。相传回部祖国，以铜为城。近西之回部云，铜城在其东万里。近东之回部云，铜城在其西万里。彼此遥拜，迄无人曾到其地。因是以推，恐南怀仁《坤舆图说》所记五大人洲，珍奇灵怪，均此类焉耳。周编修书昌则曰：“有佛缘者，然后能见佛界；有仙骨者，然后能见仙境。未可以寻常耳目，断其有无。曾见一道士游昆仑归，所言与旧记不殊也。”是则余不知之矣。

［注释］

①三岛十洲：传说中仙人的居所。相传秦汉时海中有三岛，而十洲位列其中。见汉东方朔《十洲记》。②五城十二楼：传说中神仙的居住之地，常用以比喻仙境。《史记·孝武本纪》：“方士有言：‘黄帝时，为五城十二楼，以候神人于执期，命曰迎年。’”③琉球：指西太平洋的琉球群岛，位于中国台湾岛与日本九州岛之间。琉球历代国王通过与中国“朝贡”与“册封”的关系，与当时的中国建立起紧密的外交与贸易关系，深受中国文化影响。④弱水：据汉东方朔《十洲记》载，在许多河流中，鸿毛不能在水中漂浮，舟船不可渡过，古人认为这是由于水羸弱而不能载舟，故称之为弱水。后来人们将“弱水三千”引申为情海。⑤和阗：地名，在今新疆天山南麓。⑥葱岭：山名，在今新疆境内。⑦瑶池、悬圃、珠树、芝田：皆是神话传说中的水池、园圃、仙树、田地。⑧拔达克善：山名，在今阿富汗东北部和塔吉克斯坦东部。

［译文］

海里的三岛十洲、昆仑山上的五城十二楼，被词赋家引用好久了。朝鲜、琉球、日本等国，都能读中国书。我见过日本的《五京地志》和《山川全图》，所标明的日本国界绵延几千里，但没有记载什么仙山灵境。我曾和朝鲜、琉球的朝贡使促膝长谈。我问起仙山灵境之事，都说，东洋除了日本之外，大小国家还有数十个，大小岛屿不知有几千几百。这些清朝的人肯定没有去过的地方，每每有商船不远万里地往来贸易，但都没有听说过仙山灵境之事。只有琉球有一海水低陷的地方，近似传说中的三千弱水。经过那儿的船只，偶然赶上风平浪静的年头，往往得以回还，也没听说有什么白银的宫殿之类，是个可望不可及的地方。那么所谓三岛十洲，难道纯虚构之词么？《尔雅》《史记》都说黄河发源于昆仑山。据考察，源头有二：一源出于和阗；一源出自葱岭。有人说葱岭是主要源头，和阗的源头流入其中。有人则说和阗是主要源头，葱岭的源头流入其中。两个源头既然汇合，也分不出谁主谁次来。但葱岭、和阗则都在大清的版图中，驻军屯田已达四十多年。就算是在深山穷谷之中，也有人耕种放牧。不论两处源头哪一处是主源，但两座山之中，必定有一座山是昆仑山，这是无须置疑的。然而所谓瑶池、悬圃、珠树、芝田，不仅从未见过，也从未听说过。那么所谓五城十二楼，不又是荒唐的么？不仅这样，灵鹫山在现在的拔达克善，诸位佛和菩萨的骨塔还在，上面题写的梵字，一一都与经典相符。还有六百多间石屋，即是所谓的大雷音寺，回部的游牧民住在里面。清军追剿波罗泥都、霍集占时，曾到过那儿，所见到的也只是这些。所以那些各种庄严的传说，似乎都是经过渲染加工了的故事。相传回部祖先所住的地方，以铜筑城。西边的回部说，铜城在它东边万里的地方；东边的回部说，铜城在它西边万里的地方。彼此都遥遥地顶礼膜拜，但现在也没有人去过。由此推算，可能南怀仁所著《坤舆图说》中所记五大人洲，以及珍奇灵怪之物，也都属于子虚乌有。编修周书昌则说：“有佛缘的人，才能见到佛界；有仙骨的人，才能看到仙境。不能因为普通人没有看见，就断定没有佛界仙境。我曾看见一个道士游历昆仑山回来，说的和过去的记载无什么两样。”这说法我就弄不大明白了。

［原文］

先四叔母李安人，有婢曰文鸾，最怜爱之。会余寄书觅侍女，叔母于诸侄中最喜余，拟以文鸾赠。私问文鸾，亦殊不拒。叔母为制衣裳簪珥，已戒日脂车①。有妒之者嗾（sǒu）其父多所要求，事遂沮格②。文鸾竟郁郁发病死。余不知也。数年后稍稍闻之，亦如雁过长空，影沉秋水矣。今岁五月，将扈从启行，摒挡小倦，坐而假寐。忽梦一女翩然来，初不相识，惊问：“为谁？”凝立无语。余亦遽醒，莫喻其故也。适家人会食，余偶道之。第三子妇，余甥女也，幼在外家与文鸾嬉戏，又稔知其赍（jī）恨事，瞿然曰：“其文鸾也耶？”因具道其容貌形体，与梦中所见合。是耶非耶？何二十年来久置度外，忽无因而入梦也？询其葬处，拟将来为树片石。皆曰丘陇已平，久埋没于荒榛蔓草，不可识矣。姑录于此，以慰黄泉。忆乾隆辛卯九月，余题秋海棠诗曰：“憔悴幽花剧可怜，斜阳院落晚秋天。词人老大风情减，犹对残红一怅然。”宛似为斯人咏也。

［注释］

①戒日脂车：选择吉日，准备好送亲的车。戒日，语出《周礼·天官·大宰》：“祀五帝……前期十日帅执事而卜日遂戒。”后以“戒日”指卜日，选择好日子。脂车，给车轴涂好油脂，指准备好车。②沮格：阻止，阻挠。

［译文］

先四叔婶李安人，有个婢女叫文鸾，李安人最喜欢她。这年我寄信给四叔婶，请帮助找个侍女。四叔婶在几个侄子中最喜欢我，准备把文鸾给我。私下里问文鸾，她没有一丝拒绝的意思。四叔婶便给她准备衣服首饰等，并已选好日子要送她来。有人嫉妒，便唆使文鸾的父亲提出许多要求，事情就泡汤了。文鸾竟忧郁成病死了。我不知道这些事。过了几年，才慢慢听到一些情况，也像雁过长空，影子掠过水面一样，没留下什么印象。今年五月，我将扈从圣驾到滦阳，临行前准备行装，有些疲倦，便坐下来闭眼休息。忽然梦见一个女人翩然而来。我不认识她，便惊问是谁。她却伫立不吱声，我也忽然醒了过来。我不知这是怎么回事。等和家人一起吃饭时，我偶然说及这个梦。我的三儿媳，是我的外甥女，小的时候在外婆家，和文鸾在一起玩，又熟知她含恨而死的事，猛然醒悟道："是不是文鸾？"于是她详细说了文鸾的容貌身形，与我梦中所见女人相符。是不是她呢？为何二十年来，我一直没把这事放在心中，却忽然无缘无故地来入我梦中？我打听她葬在什么地方，打算将来为她树一块碑。家人都说她的坟丘已成平地，淹没于荒榛野草之中已久，辨认不出来了。我只好把这事记载下来，以慰黄泉之下的幽魂。记得在乾隆三十六年（公元1771年），我写了一首《秋海棠》诗，说："幽花憔悴太可怜，开在晚秋斜阳之下的院子里。词人已老没什么风情了，仍对着残花怅怅然。"恰似为文鸾写的。

［原文］

宗室敬亭先生，英郡王五世孙也。著《四松堂集》五卷，中有《拙鹊亭记》曰："鹊巢鸠居，谓鹊巧而鸠拙（zhuō）也。小园之鹊，乃十百其侣，惟林是栖。窥其意，非故厌乎巢居，亦非畏鸠夺之也。盖其性拙，视鸠为甚，殆不善于为巢者。故雨雪霜霰，毛羽褵褷①；而朝阳一晞，乃复群噪于木杪（miǎo），其音怡然，似不以露栖为苦。且飞不高翥（zhǔ）②，去不远扬，惟饮啄于园之左右。或时入主人之堂，值主人食弃其余，便就而置其喙；主人之客来，亦不惊起，若视客与主人皆无机心③者然。辛丑初冬，作一亭于堂之北，冻林四合，鹊环而栖之，因名曰拙鹊亭。夫鸠拙宜也，鹊何拙？然不拙不足为吾园之鹊也。"案此记借鹊寓意，其事近在目前，定非虚构，是亦异闻也。先生之弟仓场侍郎宜公，刻先生集竟，余为校雠（chóu）④，因掇而录之，以资谈柄。

［注释］

①褵褷：羽毛初生时的样子。②翥：鸟振翅高飞。③机心：图谋的心思。

④校雠：校对书籍，以正误谬。亦作“校勘”。汉刘向《管子书录》：“护左都水使者光禄大夫臣言：所校雠中管子书三百八十九篇。”

［译文］

宗室敬亭先生是英郡王五代孙。他著有《四松堂集》五卷，其中有一篇《拙鹊亭记》写道：“鹊的巢，由鸠住着；说鹊灵巧能做巢，而鸠拙笨。小园中的鹊，有个十对百对，只栖息在树林里。仔细观察它们不是讨厌住在巢里，也不是怕被鸠夺了巢，而是它们笨，看起来比鸠还笨，可以说它们不善于筑巢。所以在下雨、雪、霜、霰的时候，它们都羽毛精湿地粘在一起，而当太阳一出来，它们又都一群一堆地站在树枝上聒噪，鸣声怡然，好像不以露天过夜为苦。而且它们从不远走高飞，觅食饮水也都不离小园的周围。有时则进入主人的堂上。赶上主人吃饭，扔点剩余的食物，它们便围拢来啄吃。主人的客人来了，它们也不惊飞，好像把客人、主人都看作是没有狡诈心思的人。乾隆四十六年（公元 1781 年）初冬，在堂北建了一亭。四周是落尽叶子的冬树，鹊环绕着亭子栖息在树上。因此起名为拙鹊亭。说鸠笨是妥当的，鹊笨什么？然而不拙笨就不是我这小园里的鹊了。”这篇文章是借鹊寓意，因建亭时间很近，绝不是虚构。这也是一件异闻。先生的弟弟仓场侍郎宜公，刻完先生的集子，我为他校勘，因而把这一段摘录下来，作为谈资。

［原文］

科场为国家取人材，非为试官取门生也。后以诸房额数有定，而分卷之美恶则无定，于是有拨房之例。雍正癸丑会试，杨丈农先房，拨入者十之七。杨丈不以介意，曰：“诸卷实胜我房卷，不敢心存畛域[1]，使黑白倒置也。”乾隆壬戌会试，诸襄七前辈不受拨，一房仅中七卷，总裁亦听之。闻静儒前辈，本房第一，为第二十名。王铭锡竟无魁选。任钧台前辈，乃一房两魁。戊辰会试，朱石君前辈为汤药冈前辈之房首，实从金雨叔前辈房拨入，是雨叔亦一房两魁矣。当时均未有异词。所刻同门卷，余皆尝亲见也。庚辰会试，钱箨石前辈以蓝笔画牡丹，遍赠同事，遂递相题咏。时顾晴沙员外拨出卷最多，朱石君拨入卷最多，余题晴沙画曰：“深浇春水细培沙，养出人间富贵花。好是艳阳三四月，余香风送到邻家。”边秋厓前辈和余韵曰：“一番好雨净尘沙，春色全归上苑花。此是沉香亭畔种，莫教移到野人家。”又题石君画曰：“乞得仙园花几茎，嫣红姹紫不知名。何须问是谁家种，到手相看便有情。”石君自和之曰：“春风春雨剩枯茎，倾国

何曾一问名。心似维摩老居士，天花来去不关情[②]。”张镜壑(hè)前辈继和曰：“墨捣青泥砚涴沙，浓蓝写出洛阳花。云何不著胭脂染，拟把因缘问画家。”“黛为花片翠为茎，《欧谱》知居第几名？却怪玉盘承露冷，香山居士太关情。”盖皆多年密友，脱略形骸，互以虐谑为笑乐，初无成见于其间也。蒋文恪公时为总裁，见之曰：“诸君子跌宕风流，自是佳话。然古人嫌隙，多起于俳(pái)谐。不如并此无之，更全交之道耳。”皆深佩其言，盖老成之所见远矣。录之以志少年绮语之过，后来英俊，慎勿效焉。

［注释］

①畛域：两物之间的界限。畛，一指田间的小路，又指界限。②此二句用“天女散花”的典故。据《维摩诘经·观众生品》载：“时维摩诘室有一天女，见诸大人闻所说说法，便现其身，即以天华散诸菩萨、大弟子上，华至诸菩萨即皆堕落，至大弟子便著不堕。一切弟子神力去华，不能令去。”

［译文］

科场是为国家取人才的地方，而非为考官取门生之处。后来因为各房考官录取名额有定数，而评选试卷的优劣标准不大一样，所以就有了拨房的制度，雍正十一年（公元1733年）会试，杨农先评阅的试卷中，有十分之七是从别的试房拨入的，杨先生毫不介意。他说：“这些试卷确实比我这试房中的卷子好，我不能心中存有门户之见，颠倒黑白。”乾隆七年（公元1742年）会试，诸襄七前辈不接收别的试房拨来的试卷，他的试房中仅被录取七张卷，总裁官也就随他去。闻静儒前辈选出的本试房第一的卷子，总评时却被排在第二十名。王铭锡的试房中竟没选出第一名来。任钓台前辈却一房中有两个第一。乾隆十三年（公元1748年）会试，朱石君前辈的试卷是汤药冈前辈试房中的第一名，这张卷子是从金雨叔前辈的试房中拨来的。这么一来，金雨叔也是一房之中有两个第一了。当时对此都无异议。所刻的同门卷，我都亲眼见过。乾隆二十五年（公元1760年）会试，钱箨石前辈用蓝笔画了牡丹，赠给所有的同事。于是同事们在画上题诗吟诵。当时，员外郎顾晴沙房中拨出的试卷最多，朱石君房中拨入的试卷最多。我在顾晴沙的牡丹画上题道：“深浇春水细细地培土，养出人间的富贵花。好似三四月的艳阳，花香吹到邻居家。”边秋崖前辈和我的诗道：“一场好雨洗净尘沙，春色全都在上苑的花丛中。这种花种来自沉香亭畔，不要移到野人家。”我又给朱石君的画上题诗道：“请来仙园中的几枝花，嫣红姹紫不知叫什么。何必问是谁家种的，到手相看便有了情意。”朱石君和诗道：“春风春雨之后剩下了枯茎，这倾国名花为什么要问它的名。我心似维摩这个老居士，随你天花来去我都不关心。”张镜壑前辈又和道：“在青泥砚中调了色，用浓蓝画出了牡丹花。问为何不用胭脂色？拟把这事问画家。”“花片是黛色茎为翠色，在欧阳修的《牡丹谱》里排在第几名？却怪玉盘接的露水冷，香山居士太关心。”因为都是多年的好友，便暂时抛开身份地位，互相打趣为笑乐，并没有成见夹杂其中。蒋文恪先生当时是总裁官，看了诗说：“诸位作画题诗放纵风流，倒是一段佳话，不过古人之间产生的嫌隙，大多起于开玩笑。干脆免去这些举动，以保护彼此的友谊。’大家都很佩服这个看法。老成的人还是看得远呵。把我年轻时玩弄辞藻的过失记录在这儿，后来的年轻人们千万不要学这一套。

［原文］

翰林院堂不启中门，云启则掌院不利。癸巳，开四库全书馆，质郡王临视，司事者启之。俄而掌院刘文正公、觉罗奉公相继逝。又门前沙堤中，有土凝结成丸，倘或误碎，必损翰林。癸未，雨水冲激，露其一，为儿童掷裂。吴云岩前辈旋殁。又原心亭之西南隅，翰林有父母者，不可设坐，坐则有刑克。陆耳山时为学士，毅然不信，竟丁外艰①。至左角门久闭不启，启则司事者有谴谪(zhé)，无人敢试，不知果验否也。其余部院，亦各有禁忌。如礼部甬道屏门，旧不加搭渡。钱箨(tuo)石前辈不听，旋有天坛灯杆之事者，亦往往有应。此必有理存焉，但莫详其理安在耳。

［注释］

①丁外艰：丧制名，同“丁父忧”。指遭受父亲去世，或祖父去世（父亲已经去世）。

［译文］

翰林院正堂的中门从来不开，说开了就对掌院学士不利。乾隆三十八年（公元1773年），开《四库全书》馆，质郡王来视察，迎接的人打开了中门。很快掌院学士刘文正先生、觉罗奉公相继死了。还有门前的沙堤中，有一种土凝结成的丸。假如不小心弄碎了，肯定有损于翰林。乾隆二十八年（公元1763年），由于雨水冲激，一个小土球露了出来，被儿童摔裂了。不久，吴云岩前辈就去世了。原心亭的西南角，翰林中有父母在的，不能在那里坐，坐则克父母。陆耳山当时是学士，竟然不信，结果父亲死了。那边还有个左角门，也久闭不开，谁要打开了就要遭到贬谪。没人敢来试试，也不知是否应验。其他的各部院，也都有禁忌。例如礼部甬道的屏门，过去不加搭渡。钱箨石前辈不信，于是在天坛举行祭天仪式时，灯杆出了毛病，他险些获罪。这些禁忌往往有灵验，这里面肯定存在一定的道理，但不知是何原因。

［原文］

神奸机巧，有时败也；多财恣横，亦有时败也。以神奸用其财，以多财济其奸，斯莫可究诘矣。景州李露园言：燕、齐间有富室失偶，见里人新妇而艳之。阴遣一媪，税屋与邻，百计游说，厚赂其舅姑，使以不孝出其妇，约勿使其子知。又别遣一媪与妇家素往来者，以厚赂游说其父母，伪送妇还。舅姑亦伪作悔意，留之饭，已呼妇入室矣。俄彼此语相侵，仍互诟，逐妇归，亦不使妇知。于是买休卖休，与母家同谋之事，俱无迹可寻矣。既而二媪诈为媒，与两家议婚。富室以惮其不孝辞，妇家又以贫富非偶辞，于是谋娶之计亦无迹可寻矣。迟之又久，复有亲友为作合，乃委禽[①]焉。其夫虽贫，然故士族，以迫于父母，无罪弃妇，已怏怏成疾，犹冀破镜再合；闻嫁有期，遂愤郁死。死而其魂为厉于富室。合卺之夕，灯下见形，挠乱不使同衾枕，如是者数夜。改卜其昼，妇又恚曰："岂有故夫在旁，而与新夫如是者？又岂有三日新妇，而白日闭门如是者？"大泣不从。无如之何，乃延术士劾治。术士登坛焚符，指挥叱咤，似有所睹，遽起谢去，曰："吾能驱邪魅，不能驱冤魄也。"延僧礼忏，亦无验。忽忆其人素颇孝，故出妇不敢阻。乃再赂妇之舅姑，使谕遣其子。舅姑虽痛子，然利其金，姑共来怒詈。鬼泣曰："父母见逐，无复住理，且讼诸地下耳。"从此遂绝。不半载，富室竟死。殆讼得直欤？富室是举，使邓思贤[②]不能讼，使包龙图不能察。且恃其钱神，至能驱鬼，心计可谓巧矣，而卒不能逃幽冥之业镜。闻所费不下数千金，为欢无几，反以殒生。虽谓之至拙可也，巧安在哉！

［注释］

①委禽：指纳采。古代结婚礼仪中，在纳征之外，男方都要向女方送上雁作为贽礼，故称为委禽。《左传·昭公元年》："郑徐吾犯之妹美，公孙楚聘之矣，公孙黑又使强委禽焉。"②邓思贤：指宋代民间流传的诉讼书。相传邓思贤是一名很有才干的讼师，人传其术，于是以人名书。

[译文]

神机妙算、奸狡巨滑的人，也有失算之时；依仗财大气粗横行霸道的人，也有倒霉那一天。但奸狡的人拥有钱财，又用钱财来帮助他行施奸计，这可就没有人能深入追究了。景州人李露园说，在河北与山东交界处有个富户丧偶，看见本乡有位新娘，便喜欢上了。他偷偷打发一个老妈子在新娘家旁边租了一间屋子住下，千方百计地加以游说，并拿重金收买新娘的公婆，以不孝的罪名休了儿媳，还约定不要让公婆的儿子知道。富户又打发另外一个和新娘家素有来往的老妈子，带着许多钱财游说新娘的父母，假装把女儿送回婆家。公婆也假装后悔，留亲家吃饭，已经允许新娘回来了。继而双方话不投机，以致互相吵骂，新娘又被赶了出来。新娘对这一切，一点内情都不知。于是双方关系破裂，富户和新娘的父母同谋之事，就连一点蛛丝马迹也找不到了。从这以后，又出来两个老妈子假装为新娘和富户议婚。富户以那位新娘不孝为由拒绝了，而新娘家也以贫富悬殊为由拒绝了。这样，富户策划谋娶那位新娘的奸计，也找不到一点儿破绽了。过了很长时间，又有亲友为两家说合，于是婚事才定了下来。新娘的丈夫虽然贫困，但是士族出身，因被父母所迫，无缘无故地休了妻子，心中郁郁终于得病，但还期望破镜重圆。这回听说原妻已定下日子出嫁，终于悲愤而死。死后他的鬼魂便来到富户家作祟。在新婚之夜，丈夫在灯下显形捣乱，不让两人同床。这么闹了好几夜，富户要改在白天同床。新妇恼恨地说：“哪有先夫在旁边，却和现在的丈夫干这种事的？又哪有过门三天的新媳妇，就大白天关起门来的？”她大哭不愿意。富户没有办法，便请术士来镇治。术士登坛烧了符，指挥叱咤之中，好像看见了什么，便马上起身道歉而去，说：“我能驱逐邪魅，但不能驱逐冤魂。”富户又请来和尚做道场，超度亡灵，也没有效果。富户忽然想起这人极孝顺，所以他父母休儿媳时他不敢出来阻拦。于是再次贿赂他的父母，叫他们命令儿子离开。父母虽然心疼儿子，但禁不住金钱利诱，于是一起来骂儿子。鬼哭道：“父母来赶我，我没有继续在这儿的理由。我要到地府里去告状。”从此鬼再也不来了。不到半年，这个富户竟然去世了。可能是告赢了吧？富户的这一套手法，用《邓思贤》中的诉讼法也告不倒他，包公也难以洞察他的奸计。他依仗他的钱能通神、有钱能使鬼推磨，心计可真够机巧的了。但他最终却没能逃过阴间明察的业镜。听说他花费了不下几千两银子，快活了不长时间，反而送了命。说他至拙也是可以的；巧在哪儿呢？

[原文]

京师有张相公庙，其缘起无考，亦不知张相公为谁。土人或以为河神。然河神宜在沽水、滹县间，京师非所治也。又密云亦有张相公庙，是实山区，并非水国，不去河更远乎！委巷之谈，殊未足征信。余谓唐张守珪、张仲武皆曾镇平卢，考高适《燕歌行》序，是诗实为守珪

作。一则曰："战士军前半死生，美人帐下犹歌舞。"再则曰："君不见边庭征战苦，至今犹忆李将军。"于守珪大有微词。仲武则摧破奚寇①，有捍御保障之功，其露布②今尚载《文苑英华》。以理推之，或士人立庙祀仲武，未可知也。行箧(qiè)无书可检，俟扈(sì hù)从回銮后，当更考之。

［注释］

①奚寇：奚，是隋唐时少数民族库莫奚的简称，与契丹是同源为鲜卑宇文部的一支。寇，蔑称。②露布：古代臣民上书于皇帝，不缄封的文书都称为"露布"，以区别于封缄的文书。

［译文］

京城有座张相公庙，它的缘起已没地方考查，也不知张相公是谁。土人认为可能是河神，但是河神庙应该在沽水、滹县一带，京城不是河神管辖的地方。密云也有一座张相公庙，但那儿是山区，不是水乡，不是离河更远了么？这些猜测之说，实在不可信。我认为，唐代张守珪、张仲武，都曾镇守平卢。据高适的《燕歌行》序来看，这首诗实际上是为张守珪写的。其中写道："战士们在前线生死各半，将军在帐中还在看美人歌舞。"又说："君不见边地征战很苦，现在人们还想念李将军。"这首诗对张守珪很是不满。张仲武则战胜了奚寇，有捍卫国家保证边境安定的功劳；他的露布文书依然载在《文苑英华》之中。由此推想，或许是当地人建庙祀祭张仲武。我不敢肯定。因我随身携带的箱子里没有书可以查证；等扈从圣驾回京后，再细加考证吧。

滦阳续录三

[原文]

德州李秋崖言：尝与数友赴济南秋试，宿旅舍中，屋颇敝陋。而旁一院，屋二楹，稍整洁，乃锁闭之。怪主人不以留客，将待富贵者居耶？主人曰：“是屋有魅，不知其狐与鬼，久无人居，故稍洁。非敢择客也。”一友强使开之，展衤被独卧，临睡大言曰：“是男魅耶，吾与尔角力；是女魅耶，尔与吾荐枕。勿瑟缩不出也。”闭户灭烛，殊无他异。人定后，闻窗外小语曰：“荐枕者来矣。”方欲起视，突一巨物压身上，重若磐石，几不可胜。扪之，长毛毵毵(sān)[1]，喘如牛吼。此友素多力，因抱持搏击。此物亦多力，牵拽起仆，滚室中几遍。诸友闻声往视，门闭不得入，但听其砰訇而已。约二三刻许，魅要害中拳，噭然遁。此友开户出，见众人环立，指天画地，说顷时状，意殊自得也。时甫交三鼓，仍各归寝。此友将睡未睡，闻窗外又小语曰：“荐枕者真来矣。顷欲相就，家兄急欲先角力，因尔唐突。今渠已愧沮不敢出，妾敬来寻盟也。”语讫，已至榻前，探手抚其面，指纤如春葱，滑泽如玉，脂香粉气，馥馥(fù fù)袭人。心知其意不良，爱其柔媚，且共寝以观其变。遂引之入衾，备极缱绻[2]。至欢畅极时，忽觉此女腹中气一吸，即心神恍惚，百脉沸涌，昏昏然竟不知人。比晓，门不启，呼之不应，急与主人破窗入，噀(xùn)水喷之，乃醒，已傫然如病夫。送归其家，医药半载，乃杖而行。自此豪气都尽，无复轩昂意兴矣。力能胜强暴，而不能不败于妖冶。欧阳公[3]曰：“祸患常生于忽微，智勇多困于所溺。”岂不然哉！

[注释]

①毵毵：头发下垂的样子。宋词人辛弃疾《行香子·云岩道中》词：“岸轻乌，白发毵毵。”②缱绻：情意绵绵的样子。《楚辞·九思·疾世》：“望江汉兮濩渃，心缱绻兮伤怀。”③欧阳公：北宋欧阳修，字永叔，号醉翁，晚号六一居士，为北宋时期著名政治家、文学家，唐宋八大家之一。曾历任翰林学士、枢密副使、参知政事。

［译文］

德州人李秋崖说，他曾和几个朋友到济南参加乡试，夜里住在旅舍中。旅舍破旧不堪，而旁边一院的两间屋还稍整洁一些，却是锁着的。他们责怪主人不想留客人住，是准备留给有钱人住。主人说："这屋有魅怪，不知是狐是鬼，好长时间没人住，所以整洁一些，并不是挑客人。"一个朋友坚持叫主人打开了门，铺开被褥独自睡下，并放出大话说："如果是男魅，我和你斗斗；如果是女魅，你陪我睡觉。不要缩着不出来。"他关门吹了灯，也没发生什么异常。到了夜深人静之时，听见窗外小声说："陪你睡觉的来了。"他刚要起来看，突然一个巨大的东西压在他身上，重如磐石，压得他几乎不行。用手一摸，毛乎乎的，喘气声像牛吼。这人力气大，便和怪物搏斗起来。这怪物也很有力气。这两个便撕扯滚打，几乎把屋中折腾了个遍。另几个朋友听见了声音来看，但门插着进不去，只听见屋里砰啪乱响。约莫过了两三刻钟，怪物的要害部位挨了一拳，叫了一声跑了。这人打开门出来，看见大家围了一圈，便指天画地地诉说刚才的情况，好像很得意。这时刚交三鼓，大家又都回去睡了。这人朦胧中，听见窗外又有小声说："陪睡觉的真来了。刚才要来陪你，家兄急着要和你角力，因而冒犯了你。现在他已经垂头丧气不敢来了，妾恭敬地来满足你的要求。"说完，一个女人已到了床前，伸手抚摸这人的脸。女人的手指纤细如春笋，滑润如玉脂，涂的香粉气息馥郁袭人。这人心里知道这女人居心不良，但喜欢她的柔媚，便打算一起睡睡，看她有什么变异。于是把她让进被窝里，彼此亲热，极尽缠绵。到了极欢畅时，忽地觉得女人肚里的气一吸，他便心神恍惚，全身脉络沸涌，昏昏沉沉地不省人事了。天亮后，他的门没开，叫也不应声。朋友们急忙和主人破窗而入，用水把他喷醒，却已虚弱得像个病夫了。把他送回家，医治了半年，他才能勉强拄着拐杖走动。从此他的豪气全无，不再有那种雄赳赳的气概了。他的勇力可以战胜强暴，却不能不败在妖冶之下。欧阳修说："祸患常发生于细微的小事中，智勇者往往受困于所溺爱的人或事。"难道不是这样吗？

［原文］

余家水明楼与外祖张氏家度帆楼，皆俯临卫河。一日，正乙真人舟泊度帆楼下。先祖母与先母，姑侄也，适同归宁。闻真人能役鬼神，共登楼自窗隙窥视。见三人跪岸上，若陈诉者；俄见真人若持笔判断者。度必邪魅事，遣仆侦之。仆还报曰：对岸即青县境。青县有三村妇，因拾麦，俱僵于野。以为中暑，舁（yú）之归。乃口俱喃喃作谵（zhān）语，至今不死不生，知为邪魅。闻天师舟至，并来陈诉。天师亦莫省何怪，为书一符，钤印其上，使持归焚于拾麦处，云姑召神将勘之。数日后，喧传三妇为鬼所劫，天师劾治得复生。久之，乃得其详曰：三妇魂为

众鬼摄去，拥至空林，欲迭为无礼。一妇俯首先受污。一妇初撑拒，鬼揶揄曰：“某日某地，汝与某幽会秫丛内。我辈环视嬉笑，汝不知耳，遽诈为贞妇耶！”妇猝为所中，无可置辩，亦受污。十余鬼以次媟亵[1]，狼藉困顿，殆不可支。次牵拽一妇，妇怒詈曰：“我未曾作无耻事。为汝辈所挟，妖鬼何敢尔！”举手批其颊。其鬼奔仆数步外，众鬼亦皆辟易，相顾[2]曰：“是有正气，不可近，误取之矣。”乃共拥二妇入深林，而弃此妇于田塍，遥语曰：“勿相怨，稍迟遣阿姥送汝归。”正旁皇寻路，忽一神持戟自天下，直入林中。即闻呼号乞命声，顷刻而寂。神携二妇出曰：“鬼尽诛矣。汝等随我返。”恍惚如梦，已回生矣。往询二妇，皆呻吟不能起。其一本倚市门，叹息而已；其一度此妇必泄其语，数日，移家去。余尝疑妇烈如是，鬼安敢摄。先兄晴湖曰：“是本一庸人妇，未遘[3]患难，无从见其烈也。迨观两妇之贱辱，义愤一激烈心，陡发刚直之气，鬼遂不得不避之。故初误触而终不敢干也，夫何疑焉！”

［注释］

①媟亵：轻薄，猥亵。②相顾：互相看了看。顾，看视，瞭望。③遘：遭遇。

［译文］

我家的水明楼和外祖父张氏家的度帆楼都俯临着卫河。有一天，正乙真人的船泊在度帆楼下。先祖母和先母是姑侄，正好一起回到娘家，听说真人能驱神役鬼，便一起上楼从窗缝里偷看。只见有三个人跪在岸上，好像说什么。接着看见真人拿着笔好像在画什么。估计肯定是邪魅的事，便打发仆人去探探。仆人回来报告说：“对岸就是青县境内。青县有三位妇女去拾麦子，都昏倒在地里。以为是中暑，便都抬了回来。这三个人嘴里喃喃地说着胡话，现在也不死不活。这才知道是中了邪魅。听说天师来了，便一起来陈述。天师也不知道是何怪，便给他们写了一道符，在上面盖了印，叫他们拿回去，在拾麦子的地方烧化，说是先召神将来查查。”几天之后，人们纷纷传说三个妇女被鬼劫持，经天师镇治，又活了过来。好久之后，才了解到详情是这样的：三位妇女的魂被鬼们摄去，推拥到一片树林里，要挨个玷辱。一个妇女老老实实地先被侮辱了；一个妇女起初还挣持，鬼嘲弄道：“某天在某地，你和某某在高粱地里幽会，我们围着看，嬉笑，你不知道，这会儿又当起贞妇来了。”这个妇女一下被揭了底，无话可说，也被污辱了。十多个鬼依次污辱这两个妇女，把她们折磨得死去活来，快要不行了，接着又来拉扯最后一位妇女，这个妇女怒骂道："我从来没做无耻的事，却被你们挟持来，妖鬼怎敢如此无礼！"抬手一记耳光，把鬼打得退了好几步倒下了。其他鬼也都被吓退，互相看了看，说："这人有正气，不能靠近。怪我们找错了人。"于是一起拥着另两个妇女进了森林，而把这个妇女扔在田埂上。鬼远远地说："别怨我们，过会儿打发阿姥送你回去。"她正彷徨着找回去的路，忽然有一个神拿着戟从天而降，直入深林中，随即便听见呼叫哀求饶命的声音。不一会儿，哀叫声消失了。神把那两个妇女领了出来，说："鬼都被消灭了，你们随着我回去。"恍恍惚惚像做了一场梦，三人又都醒了过来。人们去看望另两位妇女，她俩都呻吟着起不来床。其中一位妇女本来是卖淫的，只有叹气而已；另一位妇女估计未受辱的那位妇女肯定要把鬼揭露她幽会的话传出去，过了几天，便搬家走了。我曾怀疑，没受辱的那个妇女这样刚烈，鬼怎敢摄她的魂？先兄晴湖说："她本来是一个平庸人的妻子，没经过什么灾难，也就无从发现她的刚烈。待她看到另两位妇女受辱，激于义愤，刚烈之气陡然冲起，鬼于是也不得不避开。所以说鬼在开始误犯了她，最后还是不敢惹她，这没什么可怀疑的。"

［原文］

刘书台言：其乡有导引求仙者，坐而运气，致手足拘挛，然行之不辍。有闻其说而悦之者，礼为师，日从受法，久之亦手足拘挛。妻孥患其闲废至郁结，乃各制一椅，恒舁(yú)于一室，使对谈丹诀。二人促膝共语，寒暑无间，恒以为神仙奥妙，天下惟尔知我知，无第三人能解也。人或窃笑。二人闻之，太息曰："朝菌不知晦朔，蟪蛄(huì gū)不知春秋①，信哉是言，神仙岂以形骸论乎！"至死不悔，犹嘱子孙秘藏其书，待五百年后有缘者。或曰："是有道之士，托废疾以自晦也。"余于杂书稍涉猎，独未一阅丹经。然欤否欤？非门外人所知矣。

［注释］

①朝菌不知晦朔，蟪蛄不知春秋：出自《庄子·逍遥游》。朝菌，指朝生暮死的菌类植物，借喻生命极为短暂。蟪蛄，又称寒蝉。寒蝉春生夏死，夏生秋死，所以不知道春秋，比喻生命短促或见识短浅。

［译文］

刘书台说，他的乡里有个人练导引术以求成仙。他坐在那里运气，以致手足痉挛，但他仍然修炼不停。另外一人听了这人的事很感兴趣，便拜这人为师，天天跟他学习。时间一久，手脚也痉挛起来。两人的妻子儿女们担心他们这么闲呆下去酿成大病，便各做了一把椅子，常把这两人抬到一个屋里，叫他们相对谈论炼丹的秘诀。两人促膝交谈，不管是冬是夏，从没停止过。他们常认为神仙的奥妙，这世上只有他们两人知道，没有第三个人能领会。有人在背后笑话他们，这两人听了，叹息道："朝菌不知道有晦朔，蟪蛄不知道有春天或秋天。这话真对。是不是神仙怎么只看外形呢？"这两人到死也不悔悟，还嘱咐子孙好好保存他们的书，等待五百年后有缘分的人。有人说，这两人是有道之士，假装残废隐藏自己的真面目。我读了不少杂书，只是没有读过《丹经》之类的书。因此上述说法是对是错，就不是我这门外汉所能知道的了。

［原文］

程编修鱼门言：有士人与狐女狎，初相遇即不自讳，曰："非以采补祸君，亦不欲托词有夙缘，特悦君美秀，意不自持耳。然一见即恋恋不能去，倘亦夙缘耶？"不数数至，曰："恐君以耽色致疾也。"至或遇其读书作文，则去，曰："恐妨君正务也。"如是近十年，情若夫妇。士子久无子，尝戏问曰："能为我诞育否耶？"曰："是不可知也。夫胎者，两精相搏，翕合[1]而成者也。媾合之际，阳精至而阴精不至，阴精至而阳精不至，皆不能成。皆至矣，时有先后，则先至者气散不摄，亦不能成。不先不后，两精并至，阳先冲而阴包之，则阳居中为主而成男；阴先冲而阳包之，则阴居中为主而成女。此化生自然之妙，非人力所能为。故有一合即成者，有千百合而终不成者。故曰不可知也。"问："孪生何也？"曰："两气并盛，遇而相冲，正冲则歧而二，偏冲则其一阳多而阴少，阳即包阴；其一阴多而阳少，阴即包阳。故二男二女者多，亦或一男一女也。"问："精必欢畅而后至。幼女新婚，畏缩不暇，乃有一合而成者，阴精何以至耶？"曰："燕尔之际，两心同悦，或先难而后易，或貌瘁而神怡。其情既洽，其精亦至，故亦偶一遇之也。"问："既由精合，必成于月信落红以后，何也？"曰："精如谷种，血如土膏。旧血败气，新血生气，乘生气乃可养胎也。吾曾侍仙妃，窃闻讲生化之源，故粗知其概。'愚夫妇所知能，圣人有所不知能'，此之谓矣。"后士人年过三十，须暴长。狐忽叹曰："是鬑(lián)鬑[2]者如芒刺，人何以堪！见辄生畏岂夙缘尽耶！"初谓其戏语，后竟不再来。鱼门多髯，任子田因其纳姬，说此事以戏之。鱼门素闻此事，亦为失笑。既而曰："此狐实大有词辩，君言之未详。"

遂具述其论如右。以其颇有理致，因追忆而录存之。

［注释］

①翕合：和合，谐调一致。②鬑鬑：须发长的样子。

［译文］

编修程鱼门说，有位士子和狐女亲热。第一次相见，狐女便直言不讳地说："我不是要采补精气害你的，也不想假托你我有夙缘，只是喜欢你的秀美，情不自禁。但是我一见了你就依恋着离不开，莫非真的是夙缘？"狐女不常来，说："怕你沉溺于美色之中而得病。"有时来看见士子在读书著文，就离去了，说恐怕妨碍他的正事。这么来往了近十年，两人感情投合像夫妻。士子结婚好久没有儿子，便和狐女开玩笑说："你能给我生个儿子么？"狐女说："这可说不定。胎是双方精气相遇结合而成的。男女交合的时候，阳精到了而阴精没有到，或者阴精到了而阳精没有到，都不能成胎。两精都到了，但如果有先有后，则先到的精气涣散无力，也不能成胎。不前不后，双方精气同时到来，阳精先行冲击而阴精包裹在外面，那么阳精就居中为主而成男胎；阴精先行冲击而阳精包裹在外面，则阴精居中为主而成女胎。这是大自然化育万物的规律，不是人力所能控制的。所以有的一交合便成胎，有的交合千百次而始终不成胎，所以我说这可说不定。"士子问双胞胎是怎么回事？狐女说："双方精气同样旺盛，相遇后彼此冲击。正面冲击就一分为二。侧面冲击，一种情况是阳精多而阴精少，那么阳精就包裹阴精；一种情况是阴精多而阳精少，那么阴精就包裹阳精。所以双胞胎往往是两男或两女，也有一男一女的情况。"士子问，精气只能在欢畅时来到，少女新婚，只顾又怕又羞了，有的却相交一次就受孕，那么阴精为何能来呢？狐女说："新婚之夜，两人相悦。或者开始时难为情，后来便不羞了；或者表面畏缩而心中高兴，感情既然融洽了，精气也就来了。所以偶然也有一次便受孕的。"士子问既然两精相合而成胎，却又说在女子月经之后才能成胎，这是为什么？狐女说："精气像谷种，血好像土壤。旧血消耗精气，新血产生精气。乘着血产生精气时便可以养胎。我曾侍奉仙妃，偷听过她讲生化的源起，所以了解个大概情况。普通夫妇能了解的事，圣人却不大了解。说的就是这种情况吧。"后来士子年过三十，胡须暴长。狐女叹道："这满脸的胡子像芒刺，人怎么能受得了，见了让人害怕，莫非缘分尽了？"士人开始以为她是开玩笑，后来狐女竟然不再来了。程鱼门的胡须很重，任子田因为他纳妾，讲了这个故事和他开玩笑。程鱼门听过这个故事，也笑了起来。之后他说这狐狸实际上很健谈，你讲得还不详细，于是讲了上述的内容。因为讲的很有道理，故追忆着记录了下来。

［原文］

《吕览》[①]称黎邱之鬼，善幻人形，是诚有之。余在乌鲁木齐，

军吏巴哈布曰：甘肃有杜翁者，饶于资。所居故旷野，相近多狐獾(huān)穴。翁恶其夜中嗥(háo)呼，悉薰而驱之。俄而其家人见内室坐一翁，厅事又坐一翁，凡行坐之处，又处处有一翁来往，殆不下十余。形状声音衣服如一，摒挡指挥家事，亦复如一。阖门大扰，妻妾皆闭门自守。妾言翁腰有绣囊可辨，视之无有，盖先盗之矣。有教之者曰："至夜必入寝，不纳即返者翁也，坚欲入者即妖也。"已而皆不纳即返。又有教之者曰："使坐于厅事，而异器物以过，诈仆碎之。嗟惜怒叱者翁也，漠然者即妖也。"已而皆嗟惜怒叱。喧呶(náo)一昼夜，无如之何。有一妓，翁所昵也，十日恒三四宿其家。闻之，诣门曰："妖有党羽，凡可以言传者必先知，凡可以物验者必幻化。盍(hé)使至我家，我故乐籍，无所顾惜。使壮士执巨斧立榻旁，我裸而登榻，以次交接，其间反侧曲伸，疾徐进退，与夫抚摩偎倚，口舌所不能传，耳目所不能到者，纤芥[2]异同，我自意会，虽翁不自知，妖决不能知也。我呼曰：'斫(zhuó)！'即速斫，妖必败矣。"众从其言，一翁启衾甫入，妓呼曰："斫！"斧落，果一狐脑裂死。再一翁稍趑趄(zī jū)，妓呼曰："斫！"果惊窜去。至第三翁，妓抱而喜曰："真翁在此，余并杀之可也。"刀杖并举，殪(yì)其大半，皆狐与獾也。其逃者遂不复再至。禽兽夜鸣，何与人事？此翁必扫其穴，其扰实自取。狐獾既解化形，何难见翁陈诉，求免播迁？遽(jù)逞妖惑，其死亦自取也。计其智数，盖均出此妓下矣。

［注释］

①《吕览》：指《吕氏春秋》，是战国末年秦国丞相吕不韦组织编撰的杂家著作，又名《吕览》。共分为十二纪、八览、六论，内容驳杂，包含了儒、道、墨、法、兵、农、纵横、阴阳家等各家思想。②芥：原指小草，此处指细微的事物。

［译文］

《吕氏春秋》中说黎丘之鬼善于变幻人形，是真有这等事。我在乌鲁木齐时，军吏巴哈布说：甘肃有个杜翁，家里很殷实，住处在旷野中，近处有很多狐狸、獾子洞。杜翁不喜欢它们整夜嚎叫，便把它们都熏跑了。不久，他的家人看见里屋坐了一个杜翁，厅外又坐了一个杜翁，只要是走动坐卧之处，处处都有一个杜翁来往，几乎有十多个。这些杜翁的相貌、声音、服饰都一样，管理指示家事也都一样。全家被搅得一塌糊涂，妻妾们都闭门自守。妾说，杜翁腰上有个绣囊，可以辨认。仔细一观察，杜翁们都没有绣囊。原来事先已被盗去了。有人教她们说："到了夜里，杜翁肯定要回来睡觉，不让进屋转头就走的，是杜翁；坚决要进屋的就是妖。"结果杜翁们都退到了门外叹气。怒骂喧闹了一昼夜，还是无计可施。有一个妓女，为杜翁宠爱；十天之中常常有三四天住在她那儿。她听说了这事，上门说："这些妖鬼有同伙，凡是可以言传的，它们肯定先知道；凡是可以通过物品加以验证的，它们肯定会幻化出来。不如叫真假杜翁们都到我家，我是个妓女，没什么可顾惜的。可以叫一个壮士拿着大斧站在床边，我赤裸着在床上，和这些真假杜翁们挨个亲热。这中间，比如翻身屈伸、快慢进退以及抚摩依偎等语言所不能传达、耳目所不能听到看到的，丝毫的同异，我都能感觉到。这些差别连杜翁自己也不知道，妖狐决不能知道。我叫砍，便赶紧砍，妖狐就露馅了。"人们依了她。一个杜翁掀开被刚要上床，妓女喊："砍！"大斧砍下来，果然是一只狐狸，被砍裂脑袋死了。第二个杜翁，稍稍有些迟疑，妓女喊："砍！"这个假杜翁果然惊窜而去。到了第三个杜翁，妓女搂着他高兴地说："这是真的杜翁，其余的杜翁可都杀掉。"于是人们刀杖齐举，把假杜翁打死了大半，原来都是狐狸、獾子变的，逃跑了的也再没回来。野兽在夜里叫，碍人什么事？这杜翁却要去扫荡它们的洞穴；他被搅扰实际是自找的。狐狸、獾子既然会变形，也不难找杜翁陈述，请求别让它们搬走。却非要兴妖作怪，被打死也是自找的。如果说起计谋来，这些人和狐狸等，都比不上那个妓女。

［原文］

乾隆壬午九月，门人吴惠叔邀一扶乩者至，降仙于余绿意轩中。下坛诗曰："沉香亭畔艳阳天，斗酒曾题诗百篇。二八娇娆[1]亲捧砚，至今身带御炉烟。""满城风叶蓟门秋，五百年前感旧游。偶与蓬莱仙子遇，相携便上酒家楼。"余曰："然则青莲居士耶？"批曰："然。"赵春涧突起问曰："大仙斗酒百篇，似不在沉香亭上。杨贵妃[2]马嵬[3]陨玉，年已三十有八，似尔时不止十六岁。大仙平生足迹，未至渔阳，何以忽感旧游？天宝至今，亦不止五百年，何以大仙误记？"乩惟批"我醉欲眠"四字。再叩之，不动矣。大抵乩仙多灵鬼所托，然尚实有所凭附。此扶乩者，则似粗解吟咏之人，炼手法而为之，故必此人与一人共扶，乃能成字，易一人则不能书。其诗亦皆流连光景，处处可用。知决非古人降坛也。尔日猝为春涧所中，窘迫之状可掬。后偶与戴庶常东原[4]议及，东原骇曰："尝见别一扶乩人，太白降坛，亦是此二诗，

但改满城为满林，蓟门为大江耳。”知江湖游士，自有此种稿本，转相授受，固不足深诘矣。

［注释］

①娇娆：妩媚动人。②杨贵妃：与西施、王昭君、貂蝉并称为中国古代四大美女。为唐玄宗的宠妃，父兄势倾天下。③马嵬：马嵬镇地处关中腹地。由东晋时镇守此地的武官“马嵬”得名。“安史之乱”唐玄宗西逃中，途至马嵬坡，六军不肯前行玄宗为息军心，乃杀杨国忠，杨贵妃被迫自缢身亡。④戴庶常东原：指清代考据学家、思想家戴震，字东原，安徽休宁隆阜（今属屯溪）人。曾任翰林院庶吉士等职。

［译文］

乾隆二十七年（公元1662年）九月，门生吴惠叔请来一个扶乩的，在我家绿意轩里请仙。大仙的下坛诗道：“沉香亭边艳阳天，喝酒一斗作诗百篇。二八少女亲自捧砚台，至今身上还带着皇家的香烟味。”“满城枯叶的秋天来到蓟门，感慨五百年前在此游历过。不期碰到蓬莱仙子，一起上了酒家楼。”我说：“看来是青莲居士了？”坛上批道：“是。”赵春涧突然起来问：“大仙斗酒诗百篇，好像不是在沉香亭上；杨贵妃在马嵬死时已三十八岁，给你捧砚时好像不止十六岁。大仙一生中没到过渔阳，为何忽然感慨旧游？天宝年间到现在，也不止五百年，大仙怎会记错了？”坛上只批了“我醉要睡”四个字，再问，就不动了。一般来说，乩仙大多是灵鬼假冒的。不过如果真的有所假冒，那么这个扶乩人则像是粗知吟诗作诗的人，然后练了扶乩的手法来请仙。所以必须这个人和另外一个人共扶，才能写出字来；换一个人就写不出来了。诗也只是写写风景，怎么会都有用，可见并不是古人降到坛上。那天扶乩人被赵春涧一顿进攻，那窘迫的样子真是好笑。后来偶然和庶吉士戴东原说到这事，戴东原吃惊地说：“我曾见过另外一个扶乩的，李白的降坛诗也是这两首诗。只是把‘满城’换作‘满林’，‘蓟门’改为‘大江’而已。”由此可知，江湖人自然有这种稿本，互相传授，所以当然不能深问了。

［原文］

田丈耕野，统兵驻巴尔库尔时，军士凿井得一镜，制作精妙。铭字非隶非八分，似景龙[①]钟铭；惟土蚀多剥损。田丈甚宝惜之，常以自随。殁于广西戎幕时，以授余姊婿田香谷。传至香谷之孙，忽失所在。后有亲串戈氏于市上得之，以还田氏。昨岁欲制为镜屏，寄京师乞余考定。余付翁检讨树培，推寻铭文，知为唐物。余为镌其释文于屏趺，而题三诗于屏背曰：“曾逐毡车出玉门，中唐铭字半犹存。

几回反覆分明看，恐有崇徽[②]旧手痕。”“黄鹄无由返故乡，空留鸾镜[③]没沙场。谁知土蚀千年后，又照将军鬓上霜。”“暂别仍归旧主人，居然宝剑会延津。何如揩尽珍珠粉，满匣龙吟送紫珍。”香谷孙自有题识，亦镌(juān)屏背，叙其始末甚详。《夜灯随录》载威信公岳公钟琪[④]西征时，有裨将得古镜。岳公求之不得，其人遂遘(gòu)祸。正与田丈同时同地，疑即此镜传讹也。

[注释]

①景龙：唐中宗李显的年号（公元707年—公元710年）。李显，原名李哲，唐高宗第七子，武则天第三子。中宗前后两次当政，共在位七年，后为韦皇后所毒死。②崇徽：贵重的标记。③鸾镜：指装饰有鸾鸟图案的梳妆镜。鸾鸟，古代传说中的神鸟。后人在诗中多以鸾镜表示临镜而生悲。④岳公钟琪：清康熙年间的川陕总督岳钟琪，曾任宁远大将军。

[译文]

田耕野先生统兵驻在巴尔库尔时，军士在打井时挖出一个镜子，制作精妙。上面的铭文不是楷书，也不是隶书，字体好像是唐代景龙年间的钟铭。由于被湿气所侵，好多处都锈蚀了。田先生极爱惜这个镜子，常带在身边。他后来死在广西军府中，临终时把镜子给了我的姐夫田香谷。传到田香谷的孙子，这面镜子竟不知哪里去了。后来亲戚戈某在市上买到这面镜子，还给了田家。去年，田家要把古镜制成镜屏，寄来京城，请我加以考定。我交给检讨官翁树培，考证上面的铭文，才知是唐代的遗物。我把注释刻在镜屏的下角，并在屏背题写了三首诗道：“曾跟着毡车出玉门，中唐时的铭文还剩有一半。几回反复仔细地看，恐怕有崇徽的旧痕迹。”“黄鹄不能返家乡，空留一副鸾镜在沙场。谁知锈蚀千年后，又被将军用来照白发。”“古镜暂别又归了原主，居然像宝剑相会于延平津。就像用珍珠粉擦拭的宝镜紫珍，放入匣中听得见如龙吟啸。”香谷的孙子也有题记，刻在屏背上，讲述这块古镜的始末情况很详。《夜灯随录》中载威信公岳钟琪西征时，有位偏将得到一个古镜。岳公想要，但没有弄到手。这偏将很快便遭祸。这事发生的时间、地点和田耕野得镜的时间、地点相同，估计可能是田先生得镜故事的讹传。

[原文]

先姚安公曰：“子弟读书之余，亦当使略知家事，略知世事，而后可以治家，可以涉世。明之季年，道学弥尊，科甲弥重。于是黠(xiá)者坐讲心学，以攀援声气；朴者株守课册，以求取功名。致读书

之人，十无二三能解事。崇祯壬午，厚斋公携家居河间，避孟村土寇。厚斋公卒后，闻大兵将至河间，又拟乡居。濒行时，比邻一叟顾门神叹曰：'使今日有一人如尉迟敬德[①]、秦琼[②]，当不至此。'汝两曾伯祖，一讳景星，一讳景辰，皆名诸生也。方在门外束襆(pú)被，闻之，与辩曰：'此神荼(tú)、郁垒[③]像，非尉迟敬德、秦琼也。'叟不服，检邱处机《西游记》为证。二公谓委巷小说不足据，又入室取东方朔《神异经》与争。时已薄暮，检寻既移时，反覆讲论又移时，城门已阖，遂不能出。次日将行，而大兵已合围矣。城破，遂全家遇难。惟汝曾祖光禄公、曾伯祖镇番公及叔祖云台公存耳。死生呼吸，间不容发之时，尚考证古书之真伪，岂非惟知读书不预外事之故哉！"姚安公此论，余初作各种笔记，皆未敢载，为涉及两曾伯祖也。今再思之，书痴尚非不佳事，古来大儒似此者不一，因补书于此。

［注释］

①尉迟敬德：唐名将尉迟恭，字敬德，朔州鄯阳（今山西朔州）人，为凌烟阁二十四功臣之一。相传其面如黑炭，勇猛过人。曾任泾州道行军总管等职。晚年笃信方术，闭门不出。②秦琼：唐名将秦琼，字叔宝，齐州历城（今山东济南）人，勇猛彪悍，凌烟阁二十四功臣之一。曾任左武卫大将军。③神荼、郁垒：二神名。相传擅长捉鬼，被人们奉为门神。

［译文］

先父姚安公说："子弟们读书之余，也应该叫他们知道些家事，明白些世事，然后他们才能治家，才能经历世事。明代末年，道学地位更高，科考更被看重。于是那些机灵的人去研究心学，以攀附有声望的人；老实的人便死钻经书，以考取功名。以致那些读书人，能学以致用的连十分之二三也没有。崇祯十五年（公元1642年），厚斋公带着全家住在河间府，以躲避孟村的土匪。厚斋公去世后，听说大兵将到河间，又准备躲到乡下。临走时，邻居一老人看着门神叹道：'如果今天有一个像尉迟敬德、秦叔宝的人，也不会到这地步。'你们的两位曾伯祖，一个叫景星，一个叫景辰，都是名诸生。两人正在外面打点行装，听了这话，便争辩说：'这是神荼、郁垒像，不是尉迟敬德和秦琼。'老人不服，以丘处机的《西游记》为证。这两祖说那种街谈巷议的小说不足为证，那老人又拿来东方朔的《神异经》来为证。当时已近黄昏，去查找书籍浪费了不少时间，反复争辩又用去很长时间，后来城门关闭，出不去了。第二天要走，大兵已包围了河间城。城陷后，全家遇难。只有你曾祖光禄公、曾伯祖镇番公及叔祖云台公活了下来。在生死存亡之际，间不容发，还在考证古书的真伪，这难道不是只知读书而不闻外面事情的缘故么？”姚安公讲的这段事，在我当初写的各种笔记中都没敢载入，因为涉及到两位曾伯祖。如今又一想，书呆子也不能说就不好，自古以来的大儒像这样只会读书的不止一位，因而补记于此。

滦阳续录四

[原文]

刘香畹言：有老儒宿于亲串家，俄主人之婿至，无赖子也。彼此气味不相入，皆不愿同住一屋，乃移老儒于别室。其婿睨之而笑，莫喻其故也。室亦雅洁，笔砚书籍皆具。老儒于灯下写书寄家，忽一女子立灯下，色不甚丽，而风致颇娴雅。老儒知其为鬼，然殊不畏，举手指灯曰："既来此，不可闲立，可剪烛。"女人遽(jù)灭其灯，逼而对立。老儒怒，急以手摩砚上墨渖，掴其面而涂之，曰："以此为识，明日寻汝尸，锉而焚之！"鬼"呀"然一声去。次日，以告主人。主人曰："原有婢死于此室，夜每出扰人；故惟白昼与客坐，夜无人宿。昨无地安置君，揣君耆(qí)德硕学，鬼必不出。不虞其仍现形也。"乃悟其婿(xù)窃笑之故。此鬼多以月下行院中，后家人或有偶遇者，即掩面急走。他日留心伺之，面上仍墨污狼藉。鬼有形无质，不知何以能受色？当仍是有质之物，久成精魅，借婢幻形耳。《酉阳杂俎(zǔ)》①曰："郭元振尝山居，中夜，有人面如盘，瞬目出于灯下。元振染翰题其颊曰：'久戍人偏老，长征马不肥。'其物遂灭。后随樵闲步，见巨木上有白耳，大数斗，所题句在焉。"是亦一证也。

[注释]

①《酉阳杂俎》：唐段成式所著。《新唐书·段成式传》称其"博学强记，多奇篇秘籍"，故以家藏秘籍与酉阳逸典相比。其书内容驳杂，山川异物、仙佛人鬼、秘录异闻无所不包，故以《酉阳杂俎》为名。

[译文]

刘香畹说，有位老儒在亲戚家住，恰好主人的女婿也来了。这家伙是个无赖。两人话不投机，都不愿住在一个屋里，于是老儒搬到别的屋去。女婿则斜着眼笑，不知为什么。这间屋子也还整洁，笔砚书籍都有。老儒在灯下给家里写信，忽然一个女子来到了灯下。她不怎么漂亮，但风姿文雅大方。老儒知道她是鬼，但一点儿不怕，抬手指着灯说："既然来了，就不能闲站着，剪剪灯花吧。"女子一下就把灯给弄灭了，然后逼近到老儒面前。老儒十分生气，忙用手抹了一下砚中剩墨，然后一掌打在鬼脸上，说："以这为标记，明天找到你的尸体，砍成段烂掉！"鬼叫了一声跑了。第二天，老儒告诉了主人，主人说："原先有个婢女在这间屋子里死了，夜里常出来打扰人，所以只是白天在这里招待一下客人，晚上就没人住了。昨天没有地方安顿你，觉得你年长德高、饱读诗书，鬼肯定不敢出来，没想到她还是现形出来。"老儒这才醒悟到主人的女婿暗笑的原因。这个鬼常在月下来往于院中，后来有的家人偶然遇见她，她就掩面急走。隔了几天留心观察，只见她脸上仍然墨迹狼藉。鬼有形没有质，不知为什么能着上色？这可能是有质的怪物，时间长了成精，借婢女幻形。《酉阳杂俎》中说："郭元振住在山里，半夜时，有个脸像盘子那么大的人突然来到灯下。郭元振儒笔在这人的脸颊上题写道：'长期戍边人都老了，长期征战马肥不了。'这人就不见了。后来他跟着樵夫散步，看见大树上有个白木耳，有好几斗那么大，他所题的诗句就在木耳上。"这是一个例子。

［原文］

乌鲁木齐农家多就水灌田，就田起屋，故不能比闾而居。往往有自筑数椽，四无邻舍，如杜工部[1]诗所谓"一家村"者。且人无徭役，地无丈量，纳三十亩之税，即可坐耕数百亩之产。故深岩穷谷，此类尤多。有吉木萨军士入山行猎，望见一家，门户坚闭，而院中似有十余马，鞍辔悉具。度必玛哈沁所据，噪而围之。玛哈沁见势众，弃锅帐突围去。众惮其死斗，亦遂不追。入门，见骸骨狼藉，寂无一人，惟隐隐有泣声。寻视，见幼童约十三四，裸体悬窗棂[líng]上。解缚问之，曰："玛哈沁[2]四日前来，父兄与斗不胜，即一家并被缚。率一日牵二人至山溪洗濯，曳归，共脔割炙食，男妇七八人并尽矣。今日临行，洗濯我毕，将就食，中一人摇手止之。虽不解额鲁特语，观其指画，似欲支解为数段，各携于马上为粮。幸兵至，弃去，今得更生。"泣絮絮不止。悯其孤苦，引归营中，姑使执杂役。童子因言其家尚有物埋窖中。营弁使导往发掘，则银币衣物甚多。细询童子，乃知其父兄并劫盗。其行劫必于驿路近山处，瞭见一二车孤行，前后十里无援者，突起杀其人，即以车载尸入深山；至车不能通，则合手以巨斧碎之，与尸及衤被并投于绝涧，惟以马驮货去。再至马不能通，则又投羁绁于绝涧，纵马任其所往，共负之由鸟道归，计去行劫处数百里矣。归而窖藏一两年，乃使人伪为商贩，绕道至辟展诸处卖于市，故多年无觉者。而不虞玛哈沁之灭其门也。童子以幼免连坐，后亦牧马坠崖死，遂无遗

种。此事余在军幕所经理，以盗已死，遂置无论。由今思之，此盗踪迹诡秘，猝不易缉；乃有玛哈沁来，以报其惨杀之罪。玛哈沁食人无餍(yàn)，乃留一童子，以明其召祸之由。此中似有神理，非偶然也。盗姓名久忘，惟童子坠崖时，所司牒报记名秋儿云。

［注释］

①杜工部：唐诗人杜甫，字子美，自号“少陵野老”。官至剑南节度府参谋，加检校工部员外郎。世称“杜拾遗”、“杜工部”。②玛哈沁：额鲁特语称强盗。

［译文］

乌鲁木齐的农家大多在近水处垦田，在近田处盖房，所以不能和别人家住在一起。往往有的搭起几根椽子便成一家，而四周没有邻居，像杜甫所说的“一家村”。这儿的人不服徭役，地也不丈量，交纳三十亩地的税，就可以耕种几百亩地。所以在深山老村之中，这类农户特别多。吉木萨的军士进山打猎，望见一家门窗紧闭，院里好像有十多匹马，鞍辔齐备，估计肯定是强盗盘踞在此，便呐喊着包围了这座房子。劫盗见军士人多，便扔了锅灶帐篷等突围而去。军士怕他们死斗，也不去追。进屋一看，里面骸骨狼藉，没有一个人。听见隐隐有哭声，便寻声找去，只见一个十三四岁的小孩赤裸着被挂在窗棂上。军士把他放下来问话，小孩说：“强盗是四天前来的，父亲哥哥和他们打，打不过，全家都被捉住了。强盗们每天拉去两人到山谷里洗干净了，然后拉回来屠割了烧肉吃，男女七八个人都被他们吃了。今天就要走的时候，把我洗完，刚要吃，其中有一个人摇手阻止。我虽然不懂额鲁特语，但看他指指划划，仿佛是要把我肢解为几段，好带在路上吃。幸亏大兵来到，他们扔下我跑了，我总算逃过一死。”小孩哭着诉说不停。军士同情他孤零零一人，便把他带回军营，姑且叫他干点杂活。小孩又说他家还有东西埋在窖里，营官叫他带人去挖，挖出了许多银币衣物。细问小孩，才知他的父亲、哥哥都是劫盗。他们打劫一定要选择在驿道近山的地方。当侦察到一两辆车孤独地走，而前后十里地之内没有救应，便突然冲出来杀死车上的人，就用车载着尸体进入深山。走到车不能走的地方，便一起用大斧把车劈碎，连尸体及铺盖等物都扔到山涧中，由马驮着钱财走。走到连马也走不了的地方，则又将马鞍等扔到山涧中，放了马，任它到哪儿去，然后人背着钱财从人迹罕至之处转回来。算起来，离打劫处已有数百里地了。回来后，把钱物藏在窖子里，过了一两年，再派人假装为商贩，绕道到辟展等处的市上去卖。故多年以来没人发觉。却不曾想到劫盗灭了他的一门。这小孩因年小而免了连坐之罪，后来他牧马掉到崖下摔死了，于是这家就断了根。我在军幕中时处理过这事。由于强盗已死，这案子就不再追究了。如今想起这事，觉得这家强盗踪迹诡秘，短时间里很难缉拿归案。没想到却有劫盗来，惩罚他们的残杀之罪。强盗吃人没个够，却留下了一个小孩，以让人明白这家人遭难的原因。这里面好像有神理在，并非偶然。强盗姓名早已没有了，唯小孩掉到崖下摔死后，有关部门上报的公文中，称这个孩子为秋儿。

［原文］

姚安公言：庐江孙起山先生谒选①时，贫无资斧，沿途雇驴而行，北方所谓短盘也。一日，至河间南门外，雇驴未得。大雨骤来，避民家屋檐下。主人见之，怒曰：“造屋时汝未出钱，筑地时汝未出力，何无故坐此？”推之立雨中。时河间犹未改题缺②，起山入都，不数月竟掣得是县。赴任时，此人识之，惶愧自悔，谋卖屋移家。起山闻之，召来笑而语之曰：“吾何至与汝辈较。今既经此，后无复然，亦忠厚养福之道也。”因举一事曰：“吾乡有爱莳花者，一夜偶起，见数女子立花下，皆非素识。知为狐魅，遽掬以块，曰：‘妖物何得偷看花！’一女子笑而答曰：‘君自昼赏，我自夜游，于君何碍？夜夜来此，花不损一茎一叶，于花又何碍？遽见声色，何鄙吝至此耶？吾非不能揉碎君花，恐人谓我辈所见，亦与君等，故不为耳。’飘然共去。后亦无他。狐尚不与此辈较，我乃不及狐耶？”后此人终不自安，移家莫知所往。起山叹曰：“小人之心，竟谓天下皆小人。”

［注释］

①谒选：官吏赴吏部应选。②题缺：谓奏请任命出缺官职。

［译文］

姚安公说，庐江人孙起山先生谒选时，穷得没有路费，沿路只雇了头毛驴驮脚，北方人称之为“短盘”。有一天，到了河间县南门外，没有雇到驴，赶上骤下大雨，他躲在一家屋檐下。主人见了，发怒说：“建屋时你没出钱，筑地时你没出力，坐在这儿干什么？”把他推到了雨里。当时河间还没有改题缺，孙起山进京，不到几个月竟谋得该县县令一职。赴任时，这人认出了他，惶愧后悔，打算卖了房子搬家。孙起山听说了，把这人找来笑着说：“还不至于和你们这些人计较。你经过了这件事，以后不要再这样，也是忠厚养福之道。”于是举例说：“我的乡里有位爱种花的，一天夜里偶然起来，看见几个女子站在花前，一个都不认识。他知道是狐魅，赶紧扔土块打，还说：‘妖物怎敢来偷看花！’一个女子笑着说：‘你自白天赏花，我自夜里赏花，影响你什么了？我们夜夜来这儿，花没有损伤一枝一叶，对花又有什么影响？你出来就发脾气，怎么如此吝啬？我不是不能把你的花都揉碎了，而是怕人认为我们的见识和你一样，所以不这么干。’说完，女子们飘然而去。后来也没有发生什么事。狐狸还不和这种人计较，难道我还比不上狐狸么？”后来这人还是心中不安，不知搬到哪儿去了。孙起山叹道：“真是小人之心。他竟以为天下都是小人。”

［原文］

太原申铁蟾（chán），好以香奁艳体[1]寓不遇之感。尝谒某公未见，戏为无题诗曰：“垩粉围墙罨（yǎn）画楼，隔窗闻拨钿箜篌（kōnghóu）[2]。分无信使通青鸟[3]，枉遣游人驻紫骝（liú）。月姊定应随顾兔，星娥可止待牵牛？垂杨疏处雕栊近，只恨珠帘不上钩。”殊有玉溪生[4]风致。王近光曰：“似不应疑及织女，诬蔑仙灵。”余曰：“已矣哉，织女别黄姑[5]，‘一年一度一相见，彼此隔河何事无？’元微之[6]诗也。‘海客乘槎上紫氛，星娥罢织一相闻。只应不惮牵牛妒，故把支机石赠君。’李义山诗也。微之之意，在于双文；义山之意，在于令狐。文士掉弄笔墨，借为比喻，初与织女无涉。铁蟾此语，亦犹元、李之志云尔，未为诬蔑仙灵也。至于纯构虚词，宛如实事；指其时地，撰以姓名，《灵怪集》所载郭翰遇织女事《灵怪集》今佚。此条见《太平广记》六十八，则悖妄之甚矣。夫词人引用，渔猎百家，原不能一一核实；然过于诬罔，亦不可不知。盖自庄、列寓言，借以抒意，战国诸子，杂说弥多，谶纬稗（chèn wěi bài）官，递相祖述，遂有肆无忌惮之时。如李冗《独异志》诬伏羲兄妹为夫妇，已属丧心；张华《博物志》更诬及尼山，尤为狂吠，如是者不一而足。今尚流传，可为痛恨。又有依傍史文，穿凿锻炼。如《汉书·贾谊传》，有太守吴公爱幸之之语，《骈语雕龙》遂列长沙于娈童类中。注曰：‘大儒为龙阳。’《史记·高帝本纪》称母媪在大泽中，太公往视，见有蛟龙其上。晁以道诗遂有‘杀翁分我一杯羹，龙种由来事杳冥’句，以高帝乃龙交所生，非太公子。《左传》有成风私事季友、敬嬴（yíng）私事襄仲之文。私事云者，密相交结，以谋立其子而已。后儒拘泥‘私’字，虽朱子亦有‘却是大恶’之言，如是者亦不一而足。学者当考校真妄，均不可炫博矜奇，遽执为谈柄也。”

［注释］

①香奁艳体：即香奁体，是中国唐代韩偓《香奁集》所代表的一种诗风，专写男女之情和妇女的服饰容态，风格绮丽纤巧。它起源于六朝宫体，对后代的诗歌创作有一定影响。②箜篌：一种历史悠久的弹弦乐器。又称"坎侯"或"空侯"，古代有"卧箜篌""竖箜篌""凤首箜篌"三种形制。③青鸟：神话传说中西王母的信使。《山海经·西山经》："又西二百二十里，曰三危之山，三青鸟居之。"郭璞注："三青鸟主为西王母取食者，别自栖息于此山也。"④玉溪生：唐诗人李商隐，字义山，号玉溪生，怀州河内（今河南沁阳县）人。曾任秘书省正字等职。与杜牧齐名，人称"小李杜"，以别于李白和杜甫。又与温庭筠齐名，称为"温李"。⑤黄姑：指河鼓星。相传为牛郎及他的一对子女所化。乐府诗《东飞伯劳歌》："东飞伯劳西飞燕，黄姑织女时相见。"⑥元微之：唐诗人元稹，字微之，河南洛阳（今河南洛阳）人。早年和白居易共同提倡"新乐府"，二人并称为"元白"，号为"元和体"。

［译文］

太原人申铁蟾好作香奁体诗，以寄托怀才不遇的感慨。他求见某公没得见，便戏作了一首无题诗道："白灰围墙挂着罨画的楼，隔窗听见轻弹箜篌声。本来没有信使送信来，白白地叫游人停马等待。月中仙女应随着月中兔，织女只能等着牛郎。垂杨稀疏处离雕窗近，只恨珠帘没有钩起来。"这诗很有李商隐的风致。王近光说："好像不该牵扯到织女，诬蔑神灵。"我说："行了吧，织女告别牛郎，一年一次一相见，彼此隔着一条河什么事也没有？这是元稹的诗。海客乘船上空际，织女停了织机来相问。只为不怕牛郎妒，故意把支织机的石头赠给君。这是李商隐的诗。元稹的寓意在于莺莺、李商隐的寓意在于令狐氏。文人们舞文弄墨，借题发挥，并与织女无关。申铁蟾的诗，也和元、李两人的诗差不多，不能说是侮蔑神灵。至于纯属虚构，却像真事一样，指出时间地点，冠以姓名，像《灵怪集》中所载的郭翰遇见织女的事，就大错特错了。诗人引用典故，涉猎许多人的文章书籍，不能一一加以核对。但是过于荒诞的内容，也不能不知道。自从《庄子》《列子》用寓言阐述自己的主张之后，战国时期的诸子杂说更多。后来的谶纬及小说家又相继继承，到了肆无忌惮的地步。比如李冗的《独异志》诬蔑伏羲兄妹俩是夫妻，已属丧了良心。张华的《博物志》更诬及孔子，尤其像狗乱咬。这样的例子举不胜举。现在这些胡说还在流传，实在叫人痛恨。还有的人根据史料，穿凿附会。比如《汉书·贾谊传》中有太守吴公'爱幸之'的话，《骈语雕龙》一书便把贾谊归入到娈童类中，还加注释说大儒当了男色。《史记·高帝本纪》中说刘邦的母亲在大泽中，刘邦的父亲去，看见蛟龙在上面。后来晁以道的诗便有'杀翁给我一杯羹喝，龙种的由来说来话长。'认为刘邦是他母亲与龙相交生出来的，不是刘太公的儿子。《左传》中有成风私事季友、敬嬴私事襄仲的记载。所谓"私事"，就是密切交结的意思，她们为的是谋求自己的儿子接替王位。后代的儒者只拘泥于'私'字上，连朱熹也有'却是大恶'的话。

这样的例子也有很多。作为学者，应当考证真假，不能只顾炫耀博学非凡，而被人抓住话柄。”

［原文］

太和门丹墀下有石匮，莫知何名，亦莫知所贮何物。德慎斋前辈云：图裕斋之先德，昔督理殿工时，曾开视之。以问裕斋，曰：“信然。其中皆黄色细屑，仅半匮，不能满，凝结如土坯。谛审似是米谷岁久所化也。”余谓丹墀左之石阙，既贮嘉种，则此为五谷，于理较近。且大驾卤部中，象背宝瓶，亦贮五谷[①]。盖稼穑维宝，古训相传，八政首食[②]，见于《洪范》。定制之意，诚渊乎远矣。

［注释］

①大驾卤部：大驾，指皇帝出行的车马。卤部，指皇帝外出时前后的仪仗队。象背宝瓶：为大驾卤部仪式之一。在古人看来，“象”代表着江山稳固、社会安定。在象的背上放一宝瓶，瓶内再插放五谷，寓意太平有像、五谷丰登。②八政首食：意谓八政之中食为首。八政，指古代国家施政的八个方面，食、货、祀、司空、司徒、司寇、宾、师。

［译文］

太和门的台阶下有个石匣，不知叫什么名，也不知里面装着什么。德慎斋前辈说：“图裕斋的先父以前负责修葺工程，曾打开看过。”去问图裕斋，他说：“确实看过，里面都是黄色的细末，只有半匣，凝结在一起像土坯。仔细一看，好像是粮食年岁长了变成这样子的。”我认为，台阶左边的石阙既是贮放良种的地方，那么这个石匣中装的是粮食，较合乎道理。况且在圣驾的卤簿中，象背宝瓶里也装有五谷。因为耕种是宝，古训就是这么说的。周代八政之首就是食，载于《洪范》中。规定制度时实在是深谋远虑啊。

［原文］

科场拨卷[①]，受拨者意多不惬，此亦人情。然亦视其卷何如耳。壬午顺天乡试，余充同考官。得一合字卷[②]，文甚工而诗不佳。因甫改试诗之制，可以恕论，遂呈荐主考梁文庄公，已取中矣。临填草榜，梁公病其“何不改乎此度”句侵下文“改”字，驳落。别拨一合字备卷与余。先视其诗，第六联曰：“素娥寒对影，顾兔夜眠香。”已喜其秀逸。及观其第七联曰：“倚树思吴质，吟诗忆许棠。”遂跃然曰：“吴

刚字质，故李贺《李凭箜篌引》曰：‘吴质不眠倚桂树，露脚斜飞湿寒兔。’此诗选本皆不录，非曾见《昌谷集》者不知也。华州试《月中桂》诗，举许棠为第一人[3]。棠诗今不传，非曾见王定保《摭言》、计敏夫《唐诗纪事》者不知也[4]。中彼卷之‘开花临上界，持斧有仙郎’，何如中此诗乎！微公拨入，亦自愿易之。”即朱子颖也。放榜后，时已九月，贫无絮衣。蒋心余素与唱和，借衣与之。乃来见，以所作诗为贽（zhì）。余丙子扈从古北口时，车马壅（yōng）塞，就旅舍小憩。见壁上一诗，剥残过半，惟三四句可辨。最爱其“一水涨喧人语外，万山青到马蹄前”二语，以为“云中路绕巴山色，树里河流汉水声”不是过也，惜不得姓名。及展其卷，此诗在焉。乃知针芥契合[5]，已在六七年前，相与叹息者久之。子颖待余最尽礼，殁[6]后，其二子承父之志，见余尚依依有情。翰墨因缘，良非偶尔，何尝以拨房为亲疏哉。

［注释］

①拨卷：清朝科举考试时各号房考官初取或复取的考卷，送他房评议，送出的卷子称为拨卷。②合字卷：指合字号舍的试卷。③此二句指唐代华州乡试以《月中桂》为题，许裳得了第一名。④王定保：唐末五代人，钟陵（江西南昌）人。曾官任南汉宁远军节度使、中书侍郎同平章事等职。著有《唐摭言》卷，详载了许多唐代诗人文士的趣闻佚事，多为正史所不详述者。计敏夫：宋代计有功，字敏夫，安仁人，自号灌园居士。曾官任右承议郎知简州，提举尔渐西路常平茶盐公事。⑤针芥契合：像磁铁吸针、琥珀吸芥，意谓彼此情投意合。⑥殁：死去。

［译文］

科场中拨卷复查，被拨卷的考生心里大多不痛快，这也是人之常情。但是否得中，还得看答卷的水平如何。乾隆二十七年（公元1762年）顺天乡试，我任同考官，阅到一张合字号舍的卷子。此卷的文章功底很厚，但诗不怎么样。因为考试制度刚刚改试作诗，我觉得诗作差些还可谅解，便呈给了主考官梁文庄先生。已决定录取了，但在填写草榜时，梁公认为此卷中“为什么不改这种制度”一句，和下文的“改”字相矛盾，于是刷掉，另拨来一张合字号房的卷子补上，先给我看。这份卷子的诗中第六联道：“素娥冷冷清清地对着自己的影，玉兔正睡得香。”我已喜欢上了诗的秀逸，又看第七联写道：“吴刚倚树沉思，吟诗时想念许棠。”我不禁眉飞色舞地说：“吴刚的字是质，所以李贺在《李凭箜篌引》中说：‘吴质不眠倚着桂树，露水斜飘打湿了寒兔。’这首诗在各选本中都没有收录，没有读过《昌谷集》的人不知有这首诗。唐代华州乡试以《月中桂》为题作诗，许棠得了第一名。许棠的诗没有流传下来，如果没有读过王定保的《摭言》、计敏夫的《唐诗纪事》，就不知这件事。不必说你拨来这张卷，即便我知道有这么张卷，也会自动去调换。”这张卷子的考生就是朱子颖。放榜之后，已是九月了，他穷得连棉衣也没有。蒋心余常和他以诗唱和，便借了衣服给他穿，他这才能来见我，并带着他的诗作作为见面礼。我在乾隆二十一年（公元 1756 年）扈从皇上到古北口时，路上车马拥挤，便到旅舍休息。只见墙上有一首诗，已剥落大半，只有三四句还可以辨认。我最喜欢其中“一条河喧流于人声之外，万山一直绿到马蹄下”两句。认为可以和“云中路环绕着巴山的绿色，林中河流响着汉水的声音”两句媲美。可惜不知是谁写的。打开朱子颖的诗卷，这首诗就在里面。由此才知彼此已在六七年前就相投合了。大家在一起叹息了好长时间。子颖对我极为尊敬，他去世后，两个儿子秉承父志，见了我仍然恋恋不舍。说起来，笔墨因缘实在不是偶然的，怎么能以拨房来定亲与疏的关系呢？

［原文］

族叔育万言：张歌桥之北，有人见黑狐醉卧场屋中。初欲擒捕，既而念狐能致财，乃覆以衣而坐守之。狐睡醒，伸宿数四，即成人形。甚感其护视，遂相与为友。狐亦时有所馈赠。一日，问狐曰：“设有人匿君家，君能隐蔽弗露乎？”曰：“能。”又问：“君能凭附人身狂走乎？”曰：“亦能。”此人即恳乞曰：“吾家酷贫，君所惠不足以赡，而又愧于数渎(dú)君。今里中某甲甚富，而甚畏讼。顷闻觅一妇司庖[1]，吾欲使妇往应。居数日，伺隙逃出，藏君家；而吾以失妇，阳[2]欲讼。妇尚粗有资首，可诬以蜚语，胁多金。得金之后，公凭附使奔至某甲别墅中，然后使人觅得，则承惠多矣。”狐如所言，果得多金，觅妇返后，某甲以在其别墅，亦不敢复问，然此妇狂疾竟不愈，恒自妆饰，夜似与人共嬉笑，而禁其夫勿使前。急往问狐，狐言无是理，试往侦之。俄归而顿足曰：“败矣！是某甲家楼上狐，悦君妇之色，乘吾出而彼人也。此狐非我所能敌，无如何矣！”此人固恳不已。狐正色曰：“譬如君里中某，暴横如虎，使彼强据人妇，君能代争乎？”后其妇颠痫日甚，且具发其夫之阴谋。针灸劾治皆无效，卒以瘵(zhài)死。里人皆曰：“此人狡黠如鬼，而又济以狐之幻，宜无患矣。不虞以狐召狐，如螳螂黄雀[3]之相伺也。古诗曰：‘利旁有倚刀，贪人还自贼。’信矣！”

［注释］

①庖：厨房。②阳：同“佯”，装作。③螳螂黄雀：意谓目光短浅，一门心思侵害别人的利益，却不料有人正在算计他。语出《吴越春秋》：“螳螂捕蝉，志在有利，不知黄雀在后啄之。”

［译文］

族叔育万说，在张歌桥的北边，有人看见有黑狐狸醉倒在场院的屋子里。开始这人想捉住它，后来想到狐狸能让人发财，便给狐狸盖上衣服，坐在旁边守着。狐狸睡醒后，左抻右伸，便变成了人。狐狸极感谢这人的守护，便和他交上了朋友。狐狸时常送些礼物给他。有一天他问狐狸：“假设有人藏在你家，你能使他隐藏起来不暴露么？”狐狸说：“能。”他又问：“你能附在人身上飞跑么？”狐狸说：“能。”他便恳求道：“我家极穷，你所给的钱财还不足以维持生计；而你时常赠我钱财，我又感到十分羞愧。现在村里的某甲极富，而且怕打官司。不久前听说他要雇一个女人做饭。我想叫妻子去应聘，干几天，再叫她找机会逃出来藏在你家里。而我则以妻子在某甲家失踪为由要告官。我妻子还有些姿色，我可以诬赖他见色起意，便能迫使他给我一大笔钱。得到钱之后，你就依凭在她身上，使她跑到某甲的别墅里，然后叫人在那儿找到她。这样，我就很感激你的恩情了。”狐狸答应照他说的做。他果然得到了许多钱。他把妻子找回来后，某甲因他的妻子是在自己的别墅中找到的，也不敢再说什么。不料这人妻子的疯病竟不好了。她常常梳妆打扮，夜里好像和人在一起嬉笑，而不让丈夫靠近。这人急忙去找狐狸，狐狸说没这个道理，便亲往观察。回来后，狐狸跺脚道：“坏了，这是某甲家楼上的狐狸看上了你的妻子。乘我不在时迷住了你妻子。这狐狸我对付不了，这可没办法了。”这人哀恳不已。狐狸板起脸说：“比如你们村里的某某，凶暴如虎，假使他强占了别人的女人，你能帮别人去理论么？”后来这人妻子的癫狂病越来越重，并且把丈夫的阴谋都揭露了出来，医生针灸、术士镇治都没有用，终于因痨病而死。村里的人都说，这人像鬼那么狡黠，又有狐狸的幻术帮忙，应该没什么差错了。没想到狐狸引来了狐狸，好像螳螂捕蝉，黄雀在后一样。古诗中说“利”旁倚了一把刀，贪人自己害自己。一点不差。

［原文］

江南吴孝廉，朱石君之门生也。美才夭逝，其妇誓以身殉，而屡缢不能死。忽灯下孝廉形见，曰：“易彩服则死矣。”从其言，果绝。孝廉乡人录其事征诗，作者甚众。余亦为题二律。而石君为作墓志，于孝廉之坎坷、烈妇之慷慨，皆深致悼惜，而此事一字不及。或疑其乡人之粉饰，余曰：“非也。文章流别，各有体裁。郭璞①注《山海经》《穆

天子传》，于西王母事铺叙綦(qí)详。其注《尔雅·释地》，于'西至西王母'句，不过曰'西方昏荒之国'而已，不更益一语也。盖注经之体裁，当如是耳。金石之文，与史传相表里，不可与稗(bài)官杂记比，亦不可与词赋比。石君博极群书，深知著作之流别，其不著此事于墓志，古文法也，岂以其伪而削之哉！"余老多遗忘，记孝廉名承绂，烈妇之姓氏，竟不能忆。姑存其略于此，俟扈跸(sì hù bì)[2]回銮，当更求其事状，详著之焉。

［注释］

①郭璞：东晋著名学者、文学家、训诂学家。字景纯，河东闻喜县（今山西闻喜）人。曾官任著作佐郎、尚书郎、记室参军。死后追赐为"弘农太守"。②扈跸：指皇帝的车驾。跸，指帝王的车驾或行幸之处。

［译文］

江南有个吴举人，是朱石君的门生。他才高八斗却英年早逝，妻子发誓殉死，却几次上吊都没能死。忽然吴举人现形于灯下对妻子说："换上花衣服就死了。"妻子照他的话去做，果然死了。吴举人的同乡记叙了他的事迹征诗，作诗的很多。我也写了两首律诗，而朱石君为他写了墓志铭，对于他的坎坷不遇、烈妇的慷慨殉情，都深加悼念惋惜，但对吴举人灯下现形的事只字没提。有人怀疑是他的同乡虚构出来的。我说："这种看法不对。文章有流派，各有自己的体裁。郭璞注《山海经》《穆天子传》，对于西王母的事详加铺叙。他注《尔雅·释地》时，就'西至西王母'一句，只写了'西方昏荒之国'，不再多加解释。因为［注释］经书的体裁，就应该这样。刻在鼎、碑上的文章，和史传相呼应，不能和小说、杂记等同，也不能和辞赋等同。朱石君博览群书，深知著作的流派。他不把这事写到墓志铭中，是因循了古文法则，怎能说是由于那件事不真实而删去不用呢？我年岁大了，好忘事，记得吴举人名叫承绂，烈妇的姓名，竟没记住。暂时把大概记存在此，等扈从皇上回京，再进一步访查他们夫妇的事迹，详细记录下来。"

滦阳续录五

［原文］

戴东原言：其族祖某，尝僦[1]僻巷一空宅。久无人居，或言有鬼。某厉声曰："吾不畏也。"入夜，果灯下见形，阴惨之气，砭人肌骨。一巨鬼怒叱曰："汝果不畏耶？"某应曰："然。"遂作种种恶状，良久，又问曰："仍不畏耶？"又应曰："然。"鬼色稍和，曰："吾亦不必定驱汝，怪汝大言耳。汝但言一'畏'字，吾即去矣。"某怒曰："实不畏汝，安可诈言畏？任汝所为可矣！"鬼言之再四，某终不答。鬼乃太息曰："吾住此三十余年，从未见强项似汝者。如此蠢物，岂可与同居！"奄然灭矣。或咎之曰："畏鬼者常情，非辱也。谬答以畏，可息事宁人。彼此相激，伊于胡底乎？"某曰："道力深者，以定静祛魔，吾非其人也。以气凌之，则气盛而鬼不逼；稍有牵就，则气馁而鬼乘之矣。彼多方以饵吾，幸未中其机械[2]也。"论者以其说为然。

［注释］

①僦：租赁。②机械：圈套。

［译文］

戴东原说，他的一位族祖曾在僻巷租了一座空宅子。因这儿长时间没人住，有人说这儿有鬼。族祖厉声道："我不怕。"到了夜里，鬼果然在灯下显出形来，阴森的气息侵入肌骨，一个大鬼怒叱道："你真的不怕么？"族祖应道："不怕。"鬼便做出种种可怕的样子，过了好一会儿，又问："还不怕么？"族祖又说："不怕。"鬼的脸色稍缓和了些，说："我也不是非要把你吓走，只是怪你说大话，你只要说一个怕字，我就走了。"族祖怒道："我真不怕你，岂能撒谎说怕？随便怎么做好了。"鬼再三劝说，他还是不答应。鬼叹息道："我住在这儿有三十多年了，从没有看见像你这么固执的。这种蠢家伙，怎么能和你同住？"鬼一下消失了。有人责备他说："怕鬼是人之常情，并不是什么难堪的事，撒谎说个怕字，可以息事宁人。如果双方这么较劲，鬼没完可怎么好？"族祖道："道力深的人用定静来驱逐魔鬼。我不是道力深的人，只能以盛气对付他。气盛鬼就不敢进逼，稍有迁就就气馁，而鬼就趁机而入了。鬼想方设法引诱我，幸好我没进它的圈套。"人们谈论起来，认为族祖的看法可取。

［原文］

饮食男女，人生之大欲存焉。干名义，渎伦常，败风俗，皆王法之所必禁也。若痴儿呆女，情有所钟，实非大悖于礼者，似不必苛以深文。余幼闻某公在郎署时，以气节严正自任。尝指小婢配小奴，非一年矣，往来出入，不相避也。一日，相遇于庭。某公亦适至，见二人笑容犹未敛，怒曰："是淫奔也！于律奸未婚妻者，杖。"遂亟呼杖。众言："儿女嬉戏，实无所染，婢眉与乳可验也。"某公曰："于律谋而未行，仅减一等。减则可，免则不可。"卒并杖之，创几殆。自以为河东柳氏之家法，不是过也。自此恶其无礼，故稽其婚期。二人遂同役之际，举足趑趄（zī jū）；无事之时，望影藏匿。跋前疐（zhì）后①，日不聊生。渐郁悒成疾，不半载内，先后死。其父母哀之，乞合葬。某公仍怒曰："嫁殇非礼，岂不闻耶？"亦不听。后某公殁时，口喃喃似与人语，不甚可辨。惟"非我不可""于礼不可"二语，言之十余度，了了分明。咸疑其有所见矣。夫男女非有行媒，不相知名，古礼也。某公于孩稚之时，即先定婚姻，使明知为他日之夫妇。朝夕聚处，而欲其无情，必不能也。"内言不出于阃（kǔn）②，处言不入于阃"，古礼也。某公僮婢无多，不能使各治其事；时时亲相授受，而欲其不通一语，又必不能也。其本不正，故其末不端。是二人之越礼，实主人有以成之。乃操之已蹙，处之过当，死者之心能甘乎？冤魄为厉，犹以"于礼不可"为词，其斯以为讲学家乎？

［注释］

①跋前疐后：《诗·豳风·狼跋》："狼跋其胡，载疐其尾。"意谓老狼前进就踩住它的胡（兽类颌下下垂的悬肉），后退又会被尾巴绊倒了。比喻进退两难。同"跋胡疐尾"。②阃：妇女居住的地方，内室。

［译文］

饮食与情欲，这是人的最大欲望。但是违背道义，亵渎伦常，败坏风俗，都是王法所坚决禁止的。至于痴儿呆女，彼此钟情，只要不过于违背礼教，似乎不必援用苛细的法律条文加以深究。我小时听说某公在郎署时，以气节严正自任。他曾把家中的小婢指配给小奴，这事不是一年半载了，因此这两人往来出入，也不避讳。

有一天，两人在庭中相遇，恰好某公来了，看见这两人的脸上还带着笑容，就生气地说：“这是淫奔。按法律，和未婚妻有奸情的，要打板子。”于是便急叫板子侍候。大家说：“小儿女在一起玩耍，实际上并没有奸情，从婢女的眉头和乳房发育上就可得到验证。”某公说：“按法律，有想法而没实行，罪减一等。减罪可以，免罪不行。”于是把两人都打了一顿，差点儿打死。他自认为河东柳氏的家法也不过这么严厉。从此某公便讨厌这两人的无礼，故意延误婚期。于是这两人在一起干活时，便犹犹豫豫。没有事的时候，两人又互相躲着，进退为难，惶惶不可终日。于是渐渐忧郁成病，不到半年，先后死去。这两人的父母可怜他们，请求合葬，某公怒道：“嫁给夭折的人违礼，你们没听说么？”不允许对方的请求。后来某公死时，嘴里喃喃好像在和人说话，听不大清。只有“非我不可”“按礼不行”两句，说了有十多遍，非常清楚。大家都认为他见到了什么。男女之间如没有行聘，彼此不告诉姓名，这是古礼。某公在这两人还是孩子的时候，便给他们定下了亲，叫他们知道将来是夫妻。两人朝夕相处，却叫两人彼此无情，是绝不可能的。“家里的话不传到外面去，外面的话不传到家里去”，这也是古礼。某公奴婢不多，不能分工细致，因而两人常在一起接触，却不让他们交谈，这又是不可能的。根上不正，所以它的枝节也不正。所以这两人的越礼，实际上是主人造成的。他办事仓促，而处置又不当，死者能甘心么？冤魂来报复的时候，还以“按礼不行”为理由，以为对方是道学家么？

［原文］

沧州酒，阮亭先生①谓之“麻姑酒”，然土人实无此称。著名已久，而论者颇有异同。盖舟行来往，皆沽于岸上肆中，村酿薄醨，殊不足辱杯斝(jiǎ)；又土人防征求无餍(yàn)，相戒不以真酒应官，虽笞捶不肯出，十倍其价亦不肯出，保阳制府，尚不能得一滴，他可知也。其酒非市井所能酿，必旧家世族，代相授受，始能得其水火之节候。水虽取于卫河，而黄流不可以为酒，必于南川楼下，如金山取江心泉法，以锡罂②沉至河底，取其地涌之清泉，始有冲虚之致。其收贮畏寒畏暑，畏湿畏蒸，犯之则味败。其新者不甚佳，必庋阁至十年以外，乃为上品，一罂可值四五金。然互相馈赠者多，耻于贩鬻(yù)。又大姓若戴、吕、刘、王，若张、卫，率多零替，酿者亦稀，故尤难得。或运于他处，无论肩运、车运、舟运，一摇动即味变。运到之后，必安静处澄半月，其味乃复。取饮注壶时，当以杓平挹；数摆拨则味亦变，再澄数日乃复。姚安公尝言：饮沧酒禁忌百端，劳苦万状，始能得花前月下之一酌，实功不补患；不如遣小竖③随意行沽，反陶然自适，盖以此也。其验真伪法：

南川楼水所酿者，虽极醉，膈不作恶，次日亦不病酒，不过四肢畅适，恬然高卧而已。其但以卫河水酿者则否。验新陈法：凡庋阁二年者，可再温一次；十年者，温十次如故，十一次则味变矣。一年者再温即变，二年者三温即变，毫厘不能假借，莫知其所以然也。董曲江前辈之叔名思任，最嗜饮。牧沧州时，知佳酒不应官，百计劝谕，人终不肯破禁约。罢官后，再至沧州，寓李进士锐巅家，乃尽倾其家酿。语锐巅曰："吾深悔不早罢官。"此虽一时之戏谑，亦足见沧酒之佳者不易得矣。

［注释］

①阮亭先生：清代学者王士禛，字贻上，号阮亭，又号渔洋山人。新城（今山东桓台）人。官至刑部尚书。其作品偏重于对艺术技巧和意境的追求。著有《带经堂集》，诗选有《渔洋精华录》等。②罂：大腹小口的瓦器。或作"甇"。③小竖：小童仆。竖，旧称未成年的童仆、小臣，引申为卑贱的。

［译文］

沧州酒，阮亭先生称之为麻姑酒。但当地人并没有这么叫的。虽然沧州酒久负盛名，但说起沧州酒的人看法很不同。这儿舟船往来，都上岸买酒喝。酒店里的家酿薄酒，实在不怎么样。而当地人又为了防止官府无休止地征酒，便相约不卖正宗酒给官府的人。就算是挨打也不肯拿出来，出十倍的价钱也不卖。保阳制府尚且连一滴也得不着，何况他人。沧州酒不是普通人家所能酿造的，必须是世代相传的酿酒世家，才能掌握好水、火的节候。造酒的水虽然取之于卫河，但深水不能造酒，必须在南川楼下，像金山和尚在江心取泉水那样，把锡罂沉到河底，装地下涌出的清泉水，这样酒才有淡雅的味道。贮存的沧州酒怕冷怕热，怕湿怕燥，环境稍不对劲，就变质了。新酿的酒不太好喝，必须把它放置在架上，过了十年之后，才算是上品，一罂能值四五两银子。但是人们大多用来互相馈赠，而羞于拿到市上去卖。又酿酒大户如戴家、吕家、刘家、王家，还有张家、卫家等先后都衰落了，酿酒的人少了，所以这种酒尤其难得。如要把这种酒运到别处，或者肩扛、车载、船运，一晃动它就变味。必须把它静放几天之后，才能恢复原味。喝酒时要把酒装入壶中，必须用酒杓平平地舀，如用酒杓搅来搅去，酒味也变。这样须静放几天才能恢复原味。姚安公曾说："沧州酒有无数的禁忌，经过万般劳苦之后，才能喝到花前月下的那一杯，实在是得不偿失。不如打发小童仆去随便买来一壶，反倒陶然自乐。"就是因为这个原因。检验沧州酒真假的方法是：喝南川楼水酿的酒，虽然大醉，胸膈间也不难受；第二天也不害酒。只是感到四肢非常舒服，想安然高卧罢了。如果用卫河水酿的酒，情况就不同了。检验酒的新陈法是：在架上放了两年的，可以温两次；放了十年的，可以温十次，味不变，温十一次，味就变了。放了一年的酒，温两次味就变了。放了两年的，温三次味就变了。这一点儿也不能假冒，不知是怎么回事儿。董曲江前辈的叔叔名叫思任，最爱喝酒。任沧州知州时，他知道好酒不交官府，百般劝说，酿酒人还是不肯破坏禁约。于是他在罢官之后又来到沧州，住在进士李锐巅家，把他家酿的好酒都喝光了。他对李进士说："我真后悔不早些丢了官。"这虽然是一时的玩笑话，也足以证明好的沧州酒难喝到。

［原文］

有与狐为友者，天狐①也，有大神术，能摄此人于千万里外。凡名山胜境，恣(zì)其游眺(tiào)，弹指而去，弹指而还，如一室也。尝云："惟贤圣所居不敢至，真灵所驻不敢至，余则披图按籍，惟意所如耳。"一日，此人祈狐曰："君能携我于九州之外，能置我于人闺阁中乎？"狐问何意。曰："吾尝出入某友家，预后庭丝竹之宴。其爱妾与吾目成，虽一语未通，而两心互照。但门庭深邃，盈盈一水，徒怅望耳。君能于夜深人静，摄我至其绣闼，吾事必济。"狐沉思良久，曰："是无不可。如主人在何？"曰："吾侦其宿他姬所而往也。"后果侦得实，祈狐偕往。狐不俟其衣冠，遽(jù)携之飞行。至一处，曰："是矣。"瞥然自去。此人暗中摸索，不闻人声，惟觉触手皆卷轴，乃主人之书楼也。知为狐所弄，仓皇失措，误触一几倒，器玩落板上，碎声砰(pēng)然。守者呼："有盗！"僮仆坌至，启锁明烛，执械入。见有人瑟缩屏风后，共前击仆，以绳急缚。就灯下视之，识为此人，均大骇愕。此人故狡黠，诡言偶与狐友忤，被提至此。主人故稔知之，拊(fǔ)掌揶揄曰："此狐恶作剧，欲我痛抶②君耳。姑免笞，逐出！"因遣奴送归。他日，与所亲密言之，且詈曰："狐果非人，与我相交十余年，乃卖我至此。"所亲怒曰："君与某交，已不止十余年，乃借狐之力，欲乱其闺闼，此谁非人耶？狐虽愤君无义，以游戏儆(jǐng)君，而仍留君自解之路，忠厚多矣。使待君华服盛饰，潜挈(qiè)置主人卧榻下，君将何词以自文？由此观之，彼狐而人，君人而狐者也。尚不自反耶？"此人愧沮(jǔ)而去。狐自此不至，所亲亦遂与绝。郭彤纶(lún)与所亲有瓜葛，故得其详。

［注释］

①天狐：传说中道术可通天的仙狐。《玄中记·说狐》："狐，五十岁，能

变化为妇人；百岁为美女，为神巫……能知千里外事，善蛊魅，使人迷惑失智；千岁即与天通。”②挟：用竹板打。

［译文］

有个人和狐狸为友。这是一个天狐，神通广大，能把这个人摄起到千里之外去，只要是名胜古迹，任他游玩，弹指间去了，弹指间回来，好像在屋里走动一样。狐狸说：只有圣贤住的地方不敢去，真正的神灵住的地方不敢去。其他地方可以按照地图书籍的标示，完全随心所欲，想去哪儿就去哪儿。有一天，这人求狐狸说：“你能把我带到九州之外，能不能把我带进闺房里？”狐狸问他是何意思。他说：“我曾到某个朋友家，参加他家内宅举行的歌舞宴会。朋友的爱妾送我秋波，虽然一句话没说，但心照不宣。由于朋友家宅深院大，虽仅一水之隔，也只能怅然相望。你如果能在夜深人静时把我弄到她的闺房中，我的事肯定就成了。”狐狸沉思了好久，说：“这没什么不可以，但是主人在怎么办？”他说：“我侦察到他在其他侍姬屋里时再去。”后来他侦察确实，请狐狸带他去。狐狸不等他穿戴整齐，马上便带着他飞行。到了一个地方，狐狸说：“到了。”然后转眼不见了。这人在暗中摸索，听不到人声，只觉触手的都是卷轴。原来这儿是主人的藏书楼。他知道被狐狸耍了，仓皇失措，不小心弄倒了一张几，器玩落在地板上，发出了碎裂的响声。守夜的喊：“有贼！”僮仆聚来，打开锁，明烛执杖地涌进来。他们发现有人瑟缩在屏风后面，一起上前打倒了这人，急忙用绳子捆了起来。在灯下仔细一看，认识是他，大家都很吃惊。这人也很狡猾，撒谎说偶然和狐友闹翻了，被拎到这儿来。主人与他也熟悉，拍着手嘲弄他说：“这个狐狸恶作剧，想叫我把你打一顿。暂且免打，赶出去！”于是打发奴仆把他送了回去。后来一天，他和好友悄悄说起这事，并骂道：“狐狸果然不是人，和我交往了十多年，还把我这么个卖法。”好友怒道：“你和那家主人交往，也不止十多年，却要借助于狐狸，来勾搭人家的妾，谁不是人？狐狸虽然生气你不讲义气，开玩笑警告你，却仍然给你留下脱身的后路，这就很忠厚了。如果让你穿得仪表堂堂，把你偷偷地弄到主人的床下，你将怎么来掩饰自己？由此看来，那狐狸是人，你有人的外表而实际是狐狸。你还不自省么？”这人惭愧沮丧而去。狐狸从此不来了，朋友也慢慢和他断了关系。郭彤纶和这人的朋友有关系，所以知道了详情。

［原文］

老儒刘泰宇，名定光，以舌耕①为活。有浙江医者某，携一幼子流寓，二人甚相得，因卜邻。子亦韶秀，礼泰宇为师。医者别无亲属，濒死托孤于泰宇。泰宇视之如子。适寒冬，夜与共被。有杨甲为泰宇所不礼，因造谤曰：“泰宇以故人之子为娈童。”泰宇愤恚②，问此子知尚有一叔，为粮艘旗丁掌书算。因携至沧州河干，借小屋以居；见

浙江粮艘，一一遥呼，问有某先生否。数日，竟得之，乃付以侄。其叔泣曰："夜梦兄云，侄当归。故日日独坐舵楼望。兄又云：'杨某之事，吾得直于神矣。'则不知所云也。"泰宇亦不明言，悒悒自归。迂儒拘谨，恒念此事无以自明，因郁结发病死。灯前月下，杨恒见其怒目视。杨故犷悍，不以为意。数载亦死。妻别嫁，遗一子，亦韶秀。有宦室轻薄子，诱为娈童，招摇过市，见者皆太息。泰宇，或云肃宁人，或云任邱人，或云高阳人。不知其审，大抵住河间之西也。迹其平生，所谓殁而可祀于社者欤！此事在康熙中年，三从伯灿宸公喜谈因果，尝举以为戒。久而忘之。戊午五月十二日，住密云行帐，夜半睡醒，忽然忆及，悲其名氏翳（yì）如。至滦（luán）阳后，为录大略如右。

［注释］

①舌耕：指教书。元张之翰《为郭迁庵寿》："舌耕三十载，不救室悬磬。"②愤恚：痛恨，忌恨。恚，恨。

［译文］

老儒生刘泰宇，名定光，以教书为生。有位浙江医生带着个幼子流落到刘泰宇的村子，两人相处得十分好，便比邻而居。医生的儿子聪敏清秀，拜刘泰宇为师。医生没有别的亲属，临终时把儿子托付给刘泰宇。刘泰宇把他的儿子当作自己的儿子，在寒冷的冬夜里，两人共盖一被。有个杨甲被刘泰宇看不起，就造谣说，泰宇把朋友的儿子当娈童。刘泰宇又气又恨，问起来，知道小孩还有个叔叔是押粮船的旗丁管文书账目。所以他把小孩带到沧州河岸，借了一间小屋居住，见了浙江粮船便呼叫，问有位某某先生在船上没有？这么找了几天，竟然找到了小孩的叔叔，把小孩交给了他。小孩的叔叔哭道："昨夜梦见哥哥说，侄该回来了，所以我天天坐在舵楼上望。哥哥还说：'杨某的事，我在神前告赢了。'不知说的是什么事。"刘泰宇也不明说，郁郁地自己回来了。这位老儒生迂阔拘谨，常常思考这事没法洗清自己，结果忧郁成病死去。在灯前月下，杨甲经常看见刘泰宇怒目而视。杨甲本性强悍凶暴，也不在乎。过了几年，杨甲也死了，他妻子改嫁，扔下一个儿子，也聪明清秀。有位轻薄的公子哥儿引诱这小孩当了娈童，毫不避人地招摇过市。见到这小孩的人都叹息。有人说刘泰宇是肃宁人，有人说是任丘人，有人说是高阳人，不知究竟是哪儿。大概是在河间府以西的地方。考察一下他的生平，可以说是死后可以在社庙里享祭的人吧。这事发生在康熙年间中期。我的三堂伯灿宸公喜欢谈论因果报应，曾举这事叫人引以为戒。年长日久，我也忘了这事。嘉庆三年（公元1798年）五月十二日，我住在密云行帐中，半夜醒来，忽然想起这事，感伤他的

姓名渐为人所忘，到了滦阳后，写下了以上的大致情况。

［原文］

小时闻乳母李氏言：一人家与佛寺邻。偶寺廊跃下一小狐，儿童捕得，絷(zhí)[1]缚(fù)鞭捶(chuí)，皆慑伏不动。放之则来往于院中，绝不他往。与之食则食，不与亦不敢盗，饥则向人摇尾而已。呼之似解人语，指挥之亦似解人意。举家怜之，恒禁儿童勿凌虐。一日，忽作人语曰："我名小香，是钟楼上狐家婢。偶嬉戏误事，因汝家儿童顽劣，罚其蹂躏一月。今限满当归，故此告别。"问："何故不逃避？"曰："主人养育多年，岂有逃避之理？"语讫，作叩额状，翩然越墙而去。时余家一小奴窃物远扬，乳母因说此事，喟然曰："此奴乃不及此狐。"

［注释］

①絷：原指拴住马足的绳索，此处指拘禁，束缚。

［译文］

小时听奶妈李氏说，一户人家挨着佛寺。佛寺廊殿上偶然跳下一只小狐狸，被儿童们捉住，用绳子捆绑了鞭打，小狐老老实实地挨着，也不动。放开它，它就来往于院中，也决不往别处跑。给它食物它就吃，不给也不敢偷东西吃。饿了也只是向人摇尾巴罢了。叫它，它好像懂人话，指示它干什么好像也懂得意思。全家人都很可怜它，禁止儿童虐待它。有一天，它忽然说起了人话："我名叫小香，是钟楼上狐家的婢女，因为贪玩误了事，主人知道你家儿童顽劣，罚我受这些儿童虐待一个月。如今期限到了，我要回去，向你们告别。"问它为什么不逃避？它说："主人养育我多年，我如何能逃避呢？"说完，做出叩头的样子，然后轻飘飘地越墙而去。当时我家一个小奴偷了东西远走高飞了，乳母便说了这个故事，叹息道："这个小奴还不如这只狐狸。"

［原文］

陈云亭舍人言："其乡深山中有废兰若[1]，云鬼物据之，莫能修复。一僧道行清高，径往卓锡[2]。初一两夕，似有物窥伺。僧不闻不见，亦遂无形声。三五日后，夜夜有夜叉排闼入，狰狞跳掷，吐火嘘烟。僧禅定自若。扑及蒲团者数四，然终不近身；比晓，长啸去。次夕，一好女至，合什作礼，请问法要。僧不答。又对僧琅琅诵《金刚

经》，每一分讫，辄问此何解。僧又不答。女子忽旋舞，良久，振其双袂，有物簌簌落满地，曰："此比散花何如？"且舞且退，瞥眼无迹。满地皆寸许小儿，蠕蠕几千百，争缘肩登顶，穿襟入袖。或龁(hé)啮，或搔爬，如蚊虻虮虱之攒咂(zā)；或抉剔耳目，擘裂口鼻，如蛇蝎之毒螫(shì)。撮之投地，爆然有声，一辄分形为数十，弥添弥众。左支右绌，困不可忍，遂委顿于禅榻下。久之苏息，寂无一物矣。僧慨然曰："此魔也，非迷也。惟佛力足以伏魔，非吾所及。浮屠不三宿桑下，何必恋恋此土乎？"天明，竟打包返。余曰："此公自作寓言，譬正人之愠于群小耳。然亦足为轻尝者戒。"云亭曰："仆百无一长，惟平生不能作妄语。此僧归路过仆家，面上血痕细如乱发，实曾目睹之。"

［注释］

①兰若：佛教名词阿兰若。即躲避人间热闹处之地，供修道者居住静修之用。泛指一般的寺院。②卓锡：指和尚的停留。卓，直立。锡，和尚的用具锡杖。

［译文］

中书舍人陈云亭说，他家乡的深山中有座破寺庙，说是被鬼类占据着，不能去修复。一个和尚道行清高，就到寺里去住。刚去的一两夜，好像有什么怪物来窥伺。和尚好像不闻不见，这怪物没显形也没出声。第三天到第五天，夜夜有夜叉推门闯进来，面目凶恶地又窜又跳，吐火喷烟。和尚静坐自若，夜叉多次扑到他坐的蒲团边，但最终没有近他身。天亮后，夜叉长啸一声离去了。这天晚上，来了一位美女，合掌行礼，请问和尚法号。和尚不答，她又对着和尚琅琅地朗诵《金刚经》。她每朗诵完一段，就问这一段什么意思。和尚还是不回答。美女忽然旋转着舞起来，舞了很长时间，一抖双袖，里面有东西簌簌落了满地。她说："这比天女散花怎样？"她一边舞着一边后退，转眼不见了。只见满地都是一寸左右高的小孩，蠕动着有几千个，争着沿着和尚的肩膀爬上头顶，或从衣襟、袖子钻进去，或者乱啃乱咬，或者爬来爬去，好像蚊虻虮虱聚堆叮咬。有的还扒眼睛、耳朵、撕嘴、拉鼻子，好像是蛇、蝎螫人。抓住它往地上一扔，还发出一声爆响，一个又分裂成几十个，越来越多。和尚左右挣持，一夜疲劳，终于支持不住，瘫在禅床下。过了很长时间他才醒来，已寂然一个小人也没有了。和尚感慨地说："这是魔，不是迷人的妖物。只有佛力才足以能降伏魔，这不是我所能的。浮屠不连着在桑树下住三夜，我何必依恋这儿呢？"天亮竟打包回来了。我说："这是陈先生编的一篇寓言，比喻正人君子受到众多小人的欺负。但这也足以让那些贸然采取行动的人引以为戒。"陈云亭说："我什么长处也没有，只有一生不说谎。这和尚回来时路过我家，脸上的血痕细如乱发，我确实亲自看到过。”

［原文］

外叔祖张公蝶庄家有书室，颇轩敞。周以回廊，中植芍药三四十本，花时香过邻墙。门客闵姓者，携一仆下榻其中。一夕就枕后，忽外有女子声曰：“姑娘致意先生。今日花开，又值好月，邀三五女伴借一赏玩，不致有祸于先生。幸勿开门唐突，足见雅量矣。”闵噤不敢答，亦不复再言。俄微闻衣裳綷縩（cuì cài）①声，穴窗纸视之，无一人影；侧耳谛听，时似喁喁私语，若有若无，都不辨一字，局蹐枕席，睡不交睫。三鼓以后，似又闻步履声。俄而隔院犬吠，俄而邻家犬亦吠，俄而巷中犬相接而吠。近处吠止，远处又吠，其声迢递向东北，疑其去矣。恐忤之招祟，不敢启户。天晓出视，了无痕迹，惟西廊尘上似略有弓弯②印，亦不分明，盖狐女也。外祖雪峰公曰：“如此看花，何必更问主人？殆闵公莽莽有伧（cāng）气，恐其偶然冲出，致败人意耳。”

［注释］

①綷縩：象声词，衣服摩擦的声音。②弓弯：指弓鞋。即古代缠足妇女所穿的鞋子。妇女因缠足脚为弓形，所以鞋子称作弓鞋。

［译文］

外叔祖张蝶庄先生家有个书房，极宽敞。周围是回廊，中央种着三四十盆芍药花。开花时，香气飘送过邻居家。有位姓闵的门生带着一个仆人住在书房中。一天晚上，他躺下后，外面忽然有个女子的声音说：“我家姑娘致意先生，今天花开了，又正值月色明亮，邀请了三五位女伴，到这儿来赏玩。不会有害于先生，请不要冒失开门，如果这样，也就显出先生的雅量了。”闵某吓得一声不敢出，外面也不再说话。不一会儿，听见衣服相摩擦的窸窣声。他把窗纸捅了一个洞往外偷看，并无一个人影；侧耳细听，偶尔有窃窃私语声，若有若无，一句也听不清。闵某局促不安地躺在床上，怎么也睡不着。三更之后，好像又听见脚步声。随后隔院的狗叫起来，随后邻居的狗也叫起来。随后巷子里的狗此起彼伏地叫起来。附近的狗叫声停下来，远处的狗又叫了起来。狗叫声渐渐传向东北，估计走远了。闵某怕触忤了怪物招祸，不敢开门。天亮出去看，什么痕迹也没有。只有西廊的尘土上好像有弓鞋印，但也不怎么清楚。原来是狐女。外祖雪峰公说：“这样看花，何必问主人？可能这位闵某粗俗鄙陋，怕他偶然冲出来，扫了她们的兴。”

[原文]

沧州有董华者，读书不成，流落为市肆司书算。复不能善事其长，为所排挤。出以卖药卜卦自给，遂贫无立锥。一母一妻，以缝纴浣濯佐之，犹日不举火。会岁饥，枵(xiāo)腹①杜门，势且俱毙。闻邻村富翁方买妾，乃谋于母，将鬻妇以求活。妇初不从。华告以失节事大，致母饿死事尤大，乃涕泗曲从，惟约以倘得生还，乞仍为夫妇，华亦诺之。妇故有姿，富翁颇宠眷，然枕席时有泪痕。富翁固问，毅然对曰："身已属君，事事可听君所为。至感忆旧恩，则虽刀锯在前，亦不能断此念也。"适岁再饥，华与母并为饿殍②。富翁虑有变，匿不使知。有一邻妪偶泄之，妇殊不哭，痴坐良久，告其婢媪曰："吾所以隐忍受玷者，一以活姑与夫之命，一以主人年已七十余，度不数年，即当就木；吾年尚少，计其子必不留我，我犹冀缺月再圆也。今则已矣！"突起开楼窗，踊身倒坠而死。此与前录所载福建学使妾相类。然彼以儿女情深，互以身殉，彼此均可以无恨。此则以养姑养夫之故，万不得已而失身，乃卒无救于姑与夫，事与愿违，徒遭玷污，痛而一决，其赍恨尤可悲矣。

[注释]

①枵腹：空腹，挨饿。枵，腹中空空。②饿殍：饿死的人。

[译文]

沧州有个叫董华的，读书没能耐，流落为店铺里的算账先生。但他又不能好好地利用自己的长处，受人排挤，被迫从店铺里出来，以卖药算命维持生计，贫得没有立锥之地。他的母亲和妻子给别人缝缝洗洗，帮衬着家用，但仍经常揭不开锅。这一年闹饥荒，全家人饿得闭门不出，看样子都得饿死。董某听说邻村一个富翁要买一个妾，便和母亲商量，打算卖了妻子求生。妻子开始不同意，董华便说失节事关重大，叫母亲饿死了事情更重大，妻子哭着被迫同意了。她只要求倘若活着回来，仍然和他为夫妻。董华也答应了。董妻相貌漂亮，富翁很宠爱她。然而每当和她睡觉时，她的脸上便有泪痕。富翁再三追问，她毅然说："我已属于你，什么事你都可以为所欲为。但是我感念丈夫的旧恩，即便有刀锯架在我脖子上，我也不能断了这个念头。"这一年又闹饥荒，董华和母亲都饿死了。富翁怕有变故，不让董妻知道这个消息。邻居一个老婆子偶然把这消息透露给她，她一声也不哭，呆坐了很长时间，告诉婢女和老妈子："我之所以忍垢含耻，一是为了救婆婆和丈夫，一是因为主人已七十多岁，过不几年，就该死了。我年纪还轻，估计主人的儿子肯定不会留我，因此我还希望破镜重圆。现在一切都完了。”她突然起来打开楼窗，踊身倒坠而下摔死了。这和前面所载福建学使所买的妾殉情事差不多。但是那个妾因男女情深，互相以身殉情，彼此都无遗恨。这位妾则因为养婆婆、丈夫，万不得已而失身，最终仍没能救婆婆和丈夫，事情的结局违背了她的意愿，白白遭到玷污，因此痛苦万般地一死了之，抱恨而终，这尤其可悲。

滦阳续录六

［原文］

狐能诗者，见于传记颇多，狐善画则不概见。海阳李公砚亭言：顺治、康熙间，周处士璕薄游楚豫[①]。周以画松名，有士人倩画书室一壁。松根起于西壁之隅，盘拏夭矫，横径北壁，而纤末犹扫及东壁一二尺；觉浓阴入座，长风欲来。置酒邀社友共赏。方攒立壁下，指点赞叹，忽一友拊掌绝倒，众友俄亦哄堂。盖松下画一秘戏图，有大木榻布长簟(diàn)，一男一妇，裸而好合；流目送盼，媚态宛然。旁二侍婢亦裸立，一挥扇驱蝇，一以两手承妇枕，防蹂躏(róu lìn)坠地。乃士人及妇与媵婢小像也。哗然趋视，眉目逼真，虽僮仆亦辨识其面貌，莫不掩口。士人恚甚，望空指划，詈妖狐。忽檐际大笑曰："君太伤雅。曩闻周处士画松，未尝目睹，昨夕得观妙迹，坐卧其下不能去，致失避君，未尝抛砖掷瓦相忤也。君遽毒詈，心实不平，是以与君小作剧。君尚不自反，乖戾如初，行且绘此像于君家白板扉，博途人一粲矣。君其图之。"盖士人先一夕设供客具，与奴子秉烛至书室，突一黑物冲门去。士人知为狐魅，曾诟厉也。众为慰解，请入座；设一虚席于上。不见其形，而语音琅然；行酒至前辄尽，惟不食肴馔，曰："不茹荤四百余年矣。"濒散，语士人曰："君太聪明，故往往以气凌物。此非养德之道，亦非全身之道也。今日之事，幸而遇我。倘遇负气如君者，则难从此作矣。惟学问变化气质，愿留意焉。"丁宁郑重而别。回视所画，净如洗矣。次日，书室东壁忽见设色桃花数枝，衬以青苔碧草。花不甚密，有已开者，有半开者，有已落者，有未落者；有落未至地随风飞舞者八九片，反侧横斜，势如飘动，尤非笔墨所能到。上题二句曰："芳草无行径，空山正落花。"不署姓名。知狐以答昨夕之酒也。后周处士见之，叹曰："都无笔墨之痕。觉吾画犹努力出棱，有心作态。"

［注释］

①楚豫：指湖北、河南一带。春秋战国时期，楚国是当时湖北境内疆域最

大的国家。楚庄王为春秋五霸之一。战国时，楚国为战国七雄之一。秦始皇一统天下后，在全国设置郡县。楚作地名，重了秦始皇父亲的名讳，遂以荆山（今南漳）之“荆”称之。之后湖北就多称“荆”，有时合称“荆楚”。豫，河南省的古称。古人把黄河以南地区称为河南。汉代设豫州部，唐代设河南道，宋代设南路，元代设河南江北行省，明初设河南省。辖区相当于《禹贡》中的豫州，故简称“豫”。

［译文］

狐狸能作诗，许多传记都有记载。狐狸会画，就不大多见了。海阳人李砚亭先生说，顺治、康熙年间，处士周璕游历湖北、河南一带。周璕以画松著名，有位士子请他在书房的墙上作画。周璕画的松树根部在西墙一角，枝干盘延而上，伸展到北墙，而树梢还占了东墙一二尺的地方。只感到满座浓荫，好像有风吹来。士人备了酒肴，请朋友来一起欣赏。大家围站在墙下，指点赞叹。忽然一人拍掌大笑，随即其他朋友也都哄堂大笑。原来松树下还画着一幅秘戏图。画面上有张大木床，铺着长床罩。有一男一女正赤裸着相交，眉目含情，媚态逼真。旁边有两个侍婢，也赤裸着。一个拿着扇子赶苍蝇；一个用两手扶住女人的枕头，以防被蹂躏到地上。这是士子和妻子以及妾婢的小像。大家都喧哗着来看，画中人一个个都特别像，即便是僮仆也能认出画中人是谁，于是莫不掩口而笑。士子大怒，指天骂地，骂妖狐。忽然房檐处有人大笑道：“你太伤大雅。以前听说周处士善于画松，我没亲眼见过。昨晚得以观赏他的画，坐卧在画下舍不得离去，以致没来得及避你。我也没曾抛砖扔瓦惹你，你便大骂起来。我心中实在不平，因此和你开个小玩笑。你不自我反省，还像昨天那样粗暴无礼，那么我将把这种图画在你家白板门上，叫路人也来乐乐。你考虑一下。”原来士子在昨晚上准备请客的用具，和奴仆举着灯来到书房，突然有个黑色的东西冲开门跑了。士子知道是狐魅，曾大骂一通。大家都来说情，请狐狸入座；在上座设了一个虚位。不见狐狸的身形，而它说话声洪亮，酒到跟前就干了。但它不吃菜肴，说有四百年不吃荤了。临散去的时候，狐狸对士子说：“你太聪明了，所以常常盛气凌人。这不是修养德行的方式，也不是保全自己的方式。今天的事幸好碰到了我，我如果也像你那样任性使气，那么将因为这事而招来大祸了。只有学问能够改变一个人的气质，请你努力。”狐狸郑重地叮嘱完告别走了。再看墙上，那幅秘戏图已消失了，像洗过一样。第二天，书房的东墙上，忽然出现几枝艳丽的桃花，衬着青苔碧草。花不很密，有已开了的，有半开的；有已经落下的，有八九片落下还没落到地上的，随风飘舞；花瓣正侧横斜，好像在空中飘动，这尤其不是笔墨所能表现出来的。上面题了两句诗：“芳草中无路径，深山中正落花。”没有署姓名，知道是狐狸答谢昨夜的酒宴。后来周处士见了这幅画，叹道：“一点儿没有笔墨的痕迹，比起来我的画是在勉强表现风格，有矫揉造作之态了。”

［原文］

景城北冈有元帝庙，明末所建也。岁久，壁上霉迹隐隐成峰峦起伏之形，望似远山笼雾。余幼时尚及见之。庙祝棋道士病其晦昧，使画工以墨钩勒，遂似削圆方竹。今庙已圮尽矣，棋道士不知其姓，以癖(pǐ)于象戏[1]，故得此名。或以为齐姓误也。棋至劣而至好胜，终日丁丁然不休。对局者或倦求去，至长跪留之。尝有人指对局者一著，衔之次骨，遂拜绿章，诅其速死。又一少年偶误一著，道士幸胜。少年欲改著，喧争不已。少年粗暴，起欲相殴。惟笑而却避曰：“任君击折我肱(gōng)，终不能谓我今日不胜也。”亦可云痴物矣。

［注释］

①象戏：指象棋。早在战国时期已经有了关于象棋的正式记载。早期的象棋，棋制由棋、箸、局等三种器具组成，是象征当时战斗的一种游戏。在北宋时象棋定型为近代模式，成为流行极为广泛的棋艺活动。

［译文］

景城的北冈上有座元帝庙，是明代末年建的。年岁久了，庙墙上出现青黑色的痕迹，隐隐约约呈现出峰峦起伏的形状，望去像远山笼罩着雾气。我小时还看到过。庙祝棋道士不喜欢它颜色晦暗，请来画工用墨勾勒，结果弄巧成拙。现在这座庙已塌了。棋道士不知姓什么，因为他下棋成癖，所以得了这个名。有人认为他就是姓齐，这就错了。他的棋极臭而又极好胜，整日叮当地下个不停。和他对下的有时下累了要走，他甚至跪着留人家。有一个人曾给他的对手支了一着，他便恨之入骨，暗地里写了符，诅咒这人快死。有一个年轻人偶然错了一步棋，他侥幸胜了。年轻人要悔棋，他争吵着不允许。年轻人粗暴，起来要揍他。他却笑着躲闪，说：“你就是打断了我的腿，也不能说我今天没赢你。”也可以称得上是个棋痴了。

［原文］

酒有别肠[1]，信然。八九十年来，余所闻者，顾侠君前辈称第一，缪文子前辈次之。余所见者，先师孙端人先生亦入当时酒社。先生自云：“我去二公中间，犹可著十余人。”次则陈句山前辈与相敌，然不以酒名。近时路晋清前辈称第一，吴云岩前辈亦骎骎争胜。晋清曰：“云岩酒后弥温克，是即不胜酒力，作意矜持也。”验之不谬。同年朱竹君学士、周稚圭观察，皆以酒自雄。云岩曰：“二公徒豪举耳。拇阵喧呶[2]，泼

酒几半，使坐而静酌则败矣。”验之亦不谬。后辈则以葛临溪为第一，不与之酒，从不自呼一杯；与之酒，虽盆盎无难色，长鲸一吸，涓滴不遗。尝饮余家，与诸桐屿、吴惠叔等五六人角至夜漏将阑，众皆酩酊，或失足颠仆。临溪一一指挥僮仆扶掖登榻，然后从容登舆去，神志湛然，如未饮者。其仆曰：“吾相随七八年，从未见其独酌，亦未见其偶醉也。”惟饮不择酒，使尝酒亦不甚知美恶，故其同年以登徒好色③戏之。然亦罕有矣。惜不及见顾、缪二前辈，一决胜负也。端人先生恒病余不能饮，曰：“东坡长处，学之可也；何并其短处亦刻画求似！”及余典试得临溪，以书报先生。先生复札曰：“吾再传有此君，闻之起舞。但终恨君是蜂腰④耳。”前辈风流，可云佳话。今老矣，久不预少年文酒之会，后来居上，又不知为谁？

［注释］

①酒有别肠：指酒量大小与身材高矮无关。②喧呶：形容声音嘈杂。③登徒好色：战国后期楚国文学家宋玉，曾当过“文学侍从”一类的官。他文采出众，英俊不凡。大夫登徒子，在楚襄王面前说宋玉“好色”。宋玉为自我辩解，作了《登徒子好色赋》，赋中写道，有位举世无双的美女三年里一直登墙偷看自己，而自己一直无动于衷，而登徒子的妻子样貌丑陋，却生了五个孩子，从而认定登徒子“性好色”。④蜂腰：蜜蜂的腰部中间最细，比喻居中者最差。此处指作者在孙端人和葛临溪之间酒量最差。

［译文］

有人说，能喝酒的人肚里有另外的地方消化酒。事实确实如此。八九十年来，据我所知，顾侠君前辈的酒量算第一，第二是缪文子前辈。我亲眼所见的，有先师孙端人先生，他也加入了当时的酒社。孙先生曾说：“我和顾、缪二人之间，还可以排上十多人。”其次是陈句山前辈，酒量和孙先生不分伯仲，但他的酒量不著名。近来路晋清前辈的酒量称第一，吴云岩前辈跃跃欲试和他争胜。路晋清说：“云岩酒后更加温静，这是因为不胜酒力而刻意矜持。”加以验证，真的是这样。我的同年学士朱竹君、观察使周稚圭都以豪饮自负。云岩说：“这两人只能算是豪举，举着杯子猜拳喧嚷，酒也泼了大半。如果叫他们坐着安安静静地喝，就不行了。”一验证，确实这样。后辈中，则以葛临溪为第一。不给酒喝，他从不主动要喝；给酒喝，即便一盆也没有为难的样子，张嘴长吸，一滴也不剩。他曾在我家喝酒，和诸桐屿、吴惠叔等五六人拼起酒来。一直到深夜，其他人都酩酊大醉，有的还失足摔倒了。葛临溪指挥僮仆把这几个人都搀扶上床，然后从容地上车走了，神志清醒得宛如没喝酒一样。他的仆人说："我跟了他有七八年，从未看见他独自喝过酒，也没看见他醉过。"他喝酒从来不挑，叫他尝酒也不大知道好坏。所以他的同年进士们开玩笑说，他和好色的登徒子一样，好酒到不择酒的地步。他这样的酒量也是少见的。可惜他没赶上和顾、缪两位前辈见见面，在酒桌上一决胜负。孙先生常埋怨我不能喝酒，他说："苏东坡的长处，学了是可以的，怎么连他的短处也都要学？"我主持科考录取了葛临溪，写信给孙先生。先生回信说："我的再传门生中有这样的海量，我听了要跳起舞来。但是仍然遗恨你这个身当中间的人没酒量。"前辈的风流，可以说是一段佳话。我老了，很久不去参加年轻人的文酒之会；后来者居上，现在又不知谁酒量第一了。

[原文]

余八岁时，闻保母丁媪言：某家有牸牛，跛不任耕，乃鬻(yù)诸比邻屠肆。其犊甫离乳，视宰割其母，牟牟鸣数日。后见屠者即奔避，奔避不及，则伏地战栗，若乞命状。屠者或故逐之，以资笑噱，不以为意也。犊渐长，甚壮健，畏屠者如初。及角既坚利，乃伺屠者侧卧凳上，一触而贯其心，遽驰去。屠者妇大号捕牛。众悯其为母复仇，故缓追，逸之，竟莫知所往。时丁媪之亲串杀人，遇赦获免，仍与其子同里闬(hàn)①。丁媪故窃举是事为之忧危，明仇不可狎也。余则取犊有复仇之心，知力弗胜，故匿其锋，隐忍以求一当。非徒孝也，抑亦智焉。黄帝《巾机铭》曰："日中必慧，操刀必割。"言机之不可失也。《越绝书》②子贡谓越王曰："夫有谋人之心，使人知之者，危也。"言机之不可泄也。《孙子》③曰："善用兵者，闭门如处女，出门如脱兔。"斯言当矣。

[注释]

①里闬：里巷。②《越绝书》：是记载我国早期吴越历史的重要典籍，内容以春秋末年至战国初期吴、越争霸的历史事实为主干，上溯夏禹，下迄两汉，旁及诸侯列国。相传为东汉学者袁康所著。③《孙子》：即《孙子兵法》，为春秋时期吴国名将孙武所著。孙子，名武，字长卿，春秋末期齐国乐安（今山东广饶，另一说为惠民县）人。"精通韬略，有鬼神不测之机"，后人尊称为"孙子""孙武子"。

[译文]

我八岁时，听保姆丁妈说，某家有头母牛，因瘸腿不能耕地，便卖给了附近的屠户。母牛生的牛犊刚断奶，看见屠宰母牛，哞哞叫了好几天。后来它见了这个屠夫便跑，奔跑不及便趴在地上发抖，好像哀求饶命的样子。有时屠夫故意追它取乐，并不在意。等牛犊长大，极为壮健，还像小时那么怕屠夫。等角长到坚硬锋利时，便瞅准屠夫在凳子上侧卧的时机，用角一下把屠夫的心脏刺穿了，之后急忙跑了。屠夫的妻子狂呼捉牛，众人都同情牛为母报仇，故意耽搁追牛。牛跑了，竟不知它到何处去了。当时丁妈的一个亲戚杀人，遇到大赦获免，但这个亲戚却和被杀者的儿子住在一个胡同里。所以丁妈就讲了这个故事来警告他，说这种仇恨不能掉以轻心。我从这个故事中所得到的启示是：牛犊有复仇心，知道力气胜不过对方，便故意藏起了锋芒，隐忍着等着那一击。它不仅有孝道，而且聪明。黄帝在《巾机铭》中说："太阳到了正午是晾衣的好时候，拿起了刀就必须割。"说的是机不可失。《越绝书》中，子贡对越王说："有谋算他人之心而被这人知道了，就危险了。"说的是机密不可泄露。《孙子》中说："善于用兵的，关闭着门安静如处女；出了门则如逃脱的兔子一样迅速。"这话说得很在理。

［原文］

姜慎思言：乾隆己卯夏，有江南举子以京师逆旅多湫(qiū)隘，乃税西直门外一大家坟院读书。偶晚凉树下散步，遇一女子，年十五六，颇白皙。挑与语，不嗔不答，转墙角自去。夜半睡醒，似门上了鸟[1]微有声，疑为盗。呼僮不应，自起隔门罅(xià)窥之，乃日间所见女子也。知其相就，急启户拥以入。女子自言："为守坟人女，家酷贫，父母并拙钝，恒恐嫁为农家妇。顷蒙顾盼，意不自持，故从墙缺至君处。君富贵人，自必有妇，倘能措百金与父母，则为妾媵无悔。父母嗜利，亦必从也。"举子诺之，遂相缱绻，至鸡鸣乃去。自是夜半恒至，妖媚冶荡，百态横生。举子以为巫山洛水[2]不是过也。一夜来稍迟，举子自步月候之。乃忽从树杪飞下。举子顿悟，曰："汝毋乃狐耶？"女子殊不自讳，笑而应曰："初恐君骇怖，故托虚词。今情意已深，不妨明告。将来游宦四方，有一隐形随侍之妾，不烦车马，不择居停，不需衣食，昼可携于怀袖，夜即出而荐枕席，不愈于千金买笑耶？"举子思之，计良得。自是潜住书室，不待夜度矣。然每至秉烛，则外出，夜半乃返；或微露鬓乱钗横状。举子疑之而未决。既而与其娈童通；旋为二仆所窥，亦并与乱。庖人知之，亦续狎焉。一日，昼与娈僮寝。举子潜扼杀之，遂现狐形，因埋于墙外。半月后，有老翁诣举子曰："吾女托

身为君妾，何忽见杀？”举子愤然曰：“汝知汝女为吾妾，则易言矣。夫两雄共雌，争而相戕，是为妒奸，于律当议抵。汝女既为我妾，明知非人而我不改盟，则夫妇之名分定矣。而既淫于他人，又淫于我仆，我为本夫，例得捕奸。杀之，又何罪耶？”翁曰：“然则何不杀君仆？”举子曰：“汝女死则形见，此则皆人也。手刃四人，而执一死狐为罪案，使汝为刑官，能据以定谳乎？”翁俯首良久，以手拊膝曰：“汝自取也夫！吾诚不料汝至此。”振衣自去。举子旋移居准提庵，与慎思邻房。其娈童与狐尤昵，衔主人之太忍，具泄其事于慎思，故得其详。

［注释］

①了鸟：指门窗搭扣。②巫山洛水：巫山与洛水之女神。洛神就是伏羲氏的女儿。她因迷恋洛河美景，来到人间。那时，居住在洛河流域的民族有洛氏。宓妃便把从父亲那里学来的狩猎、养畜、放牧的方法教给洛氏的百姓。黄河里的河伯被宓妃的美貌所迷，化作白龙，在洛河里掀起大浪，吞没了宓妃。宓妃终日郁郁寡欢。这时，后羿来到了宓妃的身边。后羿救出宓妃，并与宓妃日久生情。河伯恼羞成怒，危害人间，被后羿射中了左眼。河伯到天帝处告状，但天帝置之不理。后来，天帝还封后羿为宗布神，宓妃为洛神。事见宋玉《高唐赋》和曹植《洛神赋》。

［译文］

姜慎思说，乾隆二十四年（公元1759年）夏天，有位江南举子因京城馆舍低矮狭窄，便租了西直门外一个大户的坟院读书。有天他趁晚凉在树下散步，碰见一个女子，十五六岁，皮肤极白皙。举子挑逗她，她不怒也不答，转过墙角走了。半夜举子醒来，好像听见门上铁环有动静，他以为是小偷，叫僮仆也没人应。他起来隔着门缝往外看，却是白天所见的那位女子。知道她是主动来投他的，便急忙开门，把她抱了进来。女子说自己是守坟人的女儿，家里极穷，父母都很拙笨，因此时常担心被嫁给农家。刚才承蒙你看上我，我也控制不了自己，所以从墙豁过来到你这儿。你是富贵人，肯定有妻子，倘若能筹措一百两银子给我父母，我就是当你的媵妾也不后悔，父母爱钱，也肯定能答应。举子答应了，于是两人缠绵亲热，一直到鸡叫，女子才离去。从此她常在半夜里来，妖媚淫荡，风情万种；举子认为与巫山、洛水幽会也不过这么快活。有一天夜里，这女子来得有点晚。举子在月下散步等着她，她却忽然从树梢上飞了下来。举子顿时醒悟，说：“你莫不是狐狸？”女子也不隐瞒，笑着回答说：“当初担心你害怕，所以撒了个谎。现在你我情意已颇深了，不妨说实话。你将来四处做官，有一个不见形体、随时可以侍奉你的妾，不必另备车马、不挑住处，不需要衣服食物，白天可以藏在你的衣袖里，晚上可以陪你睡觉，不更好过去找妓女么？”举人一想，这的确不错。从此狐女便偷偷地住在书房里，不再夜来晨去了。但她每到点灯的时候就要外出，半夜才回来。有时还微微显出发乱钗横的样子。举子有所怀疑但不知怎么回事。随后她和举子的娈童淫乱，被两个仆人看见了，于是她又和这两个仆人淫乱。厨子知道了这事，她又和厨子亲热。一天，她大白天和娈童睡觉，被举子捉住，当场掐死了。她显了原形，被埋在墙外。半个月后，有个老翁来找举子，说：“我的女儿托身于你为妾，为何忽然被杀了？”举子愤愤地说：“你知道你女儿是我的妾，这就好说了。两男争抢一女而相互残杀，这是妒奸，按法律应该抵命。你女儿当了我的妾，我明知她不是人类，但仍不改变以前的约定，说明夫妇的名分是确定了的。但她却和别人淫乱，又和我的仆人淫乱。我既然是她的丈夫，我捉奸并杀了她，又有什么罪？”老翁说：“那么怎不杀你的仆人？”举子说：“你女儿死了就显出原形，其他的都是人。我杀了这四个人，却拎着一只死狐狸作为证据，如果你是审判官，你能据此定案么？”老翁低头沉思了好长时间，用手拍着膝盖说：“你自找的，我真没想到你这个样子。”他弹了弹衣服走了。不久，举子迁居准提庵，和姜慎思住邻居。他的娈童和狐女相好，恨主人太残忍，把这事都透露给姜真思。所以他知道得很详细。

［原文］

古人祠宇，俎豆[①]一方，使后人挹想风规，生其效法，是即维风励俗之教也。其间精灵常在，肹蚃[②]如闻者，所在多有；依托假借，凭以猎取血食[③]者，间亦有之。相传有士人宿陈留一村中，因溽(rù)暑散步野外。黄昏后，冥色苍茫，忽遇一人相揖。俱坐老树之下，叩其乡里名姓。其人云：“君勿相惊，仆即蔡中郎也。祠墓虽存，享祀多缺；又生叨士流，殁不欲求食于俗辈。以君气类，故敢布下忱。明日，赐一野祭可乎？”士人故雅量，亦不恐怖，因询以汉末事，依违酬答，多罗贯中《三国演义》中语，已窃疑之；及询其生平始末，则所述事迹与高则诚《琵琶记》纤悉曲折，一一皆同。因笑语之曰：“资斧匮乏，实无以享君，君宜别求有力者。惟一语嘱君：自今以往，似宜求《后汉书》《三国志》《中郎文集》[④]稍稍一观，于求食之道更近耳。”其人面赪彻耳，跃起现鬼形去。是影射敛财之术，鬼亦能之矣。

［注释］

①俎豆：指祭祀。俎、豆，都是古代放祭祀品的器具。②肹蚃：蚃，应声虫，意谓知声响。古代迷信说法，认为神灵的感应能力。③血食：指古代祭祀

用的牲畜。此处指接受祭祀。④中郎文集：指蔡中郎文集。蔡邕，东汉文学家、书法家。字伯喈，陈留围人也。官至左中郎将，世称“蔡中郎”。

［译文］

在古人的祠堂里，都祭祀着某一方面的人。这能使后人联想到教化，从而学习效法，这就起到了维持风化的作用。这里有许多古人精灵常在，极为灵验。冒名假托，借以猎取祭祀的，也是有的。传说有个士子宿在陈留的一个村子里，因天热在野外散步。黄昏之后，暮色苍茫，忽然碰到一个人来作揖搭话。士子和这人坐在老树下，问起他的籍贯姓名。这人说：“你不要怕，我就是蔡邕。我的祠堂、坟墓虽然还在，但不大有人祭祀了。而我生前是个士人，死后还不愿意向那些世俗之辈求祭。因为和你投缘，所以来说说我的心情。明天在这儿祭奠我一次行吗？”士子一向度量宽宏，也不害怕，随便问起汉代末年的事。但鬼回答的模棱两可，大多是《三国演义》中的内容，士子便因而生疑。待问及鬼的生平情况，鬼所叙述的详细情况，一一都与高则诚的《琵琶记》中情节相合。于是士子笑道：“我不大富裕，实在无力祭奠你，你应该去求富裕的人。我还有一句话嘱咐你：以后似乎应该找来《后汉书》《三国志》和《蔡中郎集》翻翻，这样你再装蔡邕出去求祭，就更像一些了。”鬼的脸一下红到了耳根，跳起来显了鬼的原形跑了。这个故事是在影射某些人骗取财物，其实鬼也会这种骗术。

图书在版编目(CIP)数据

图解阅微草堂笔记/纪晓岚著,崇贤书院释译.—合肥:黄山书社,2015.11

(经典传家系列丛书)

ISBN 978-7-5461-5331-5

Ⅰ.①图… Ⅱ.①纪… ②崇… Ⅲ.①笔记小说-小说集-中国-清代 Ⅳ.①I242.1

中国版本图书馆 CIP 数据核字(2015)第 286483 号

出品人　任耕耘
总策划　任耕耘　李　克
选题策划　汤吟菲　白剑峰
项目统筹　刘　春
责任编辑　程　景
装帧设计　未　氓
责任印制　戚　帅
出版发行　时代出版传媒股份有限公司(http://www.press-mart.com)
　　　　　黄山书社(http://www.hspress.cn)
地址邮编　合肥市政务文化新区翡翠路 1118 号出版传媒广场 7 层　230071
印　　刷　安徽新华印刷股份有限公司
版　　次　2016 年 3 月第 1 版
印　　次　2016 年 3 月第 1 次印刷
开　　本　700mm×1000mm　1/16
字　　数　440 千
印　　张　28
书　　号　ISBN 978-7-5461-5331-5
定　　价　29.80 元

服务热线　0551-63533706

销售热线　0551-63533761

官方直营书店(http://hsssbook.taobao.com)

版权所有　侵权必究

凡本社图书出现印装质量问题,
请与印制科联系。

联系电话　0551-63533725